“十二五”国家重点图书出版规划项目

中国近现代稀见史料丛刊【第二辑】

沈信卿先生文集

张剑　徐雁平　彭国忠　主编

沈恩孚　著

薛冰　整理

凤凰出版社

图书在版编目（CIP）数据

沈信卿先生文集 / 沈恩孚著 ; 薛冰整理. -- 南京 : 凤凰出版社, 2015.5（2017.3重印）
（中国近现代稀见史料丛刊. 第2辑）
ISBN 978-7-5506-2123-7

Ⅰ. ①沈… Ⅱ. ①沈… ②薛… Ⅲ. ①沈恩孚（1864～1944）—文集 Ⅳ. ①C53

中国版本图书馆CIP数据核字(2015)第053428号

书　　名　沈信卿先生文集
著　　者　沈恩孚 著　薛冰 整理
责任编辑　韩凤冉
出版发行　凤凰出版传媒股份有限公司
　　　　　凤凰出版社(原江苏古籍出版社)
　　　　　发行部电话025-83223462
出版社地址　南京市中央路165号,邮编:210009
出版社网址　http://www.fhcbs.com
经　　销　凤凰出版传媒股份有限公司
照　　排　南京凯建图文制作有限公司
印　　刷　江苏凤凰扬州鑫华印刷有限公司
　　　　　扬州市江阳工业园蜀岗西路9号,邮编:225008
开　　本　880×1230毫米　1/32
印　　张　19.25
字　　数　500千字
版　　次　2015年5月第1版　2017年3月第2次印刷
标准书号　ISBN 978-7-5506-2123-7
定　　价　75.00元
（本书凡印装错误可向承印厂调换,电话:0514-85868858）

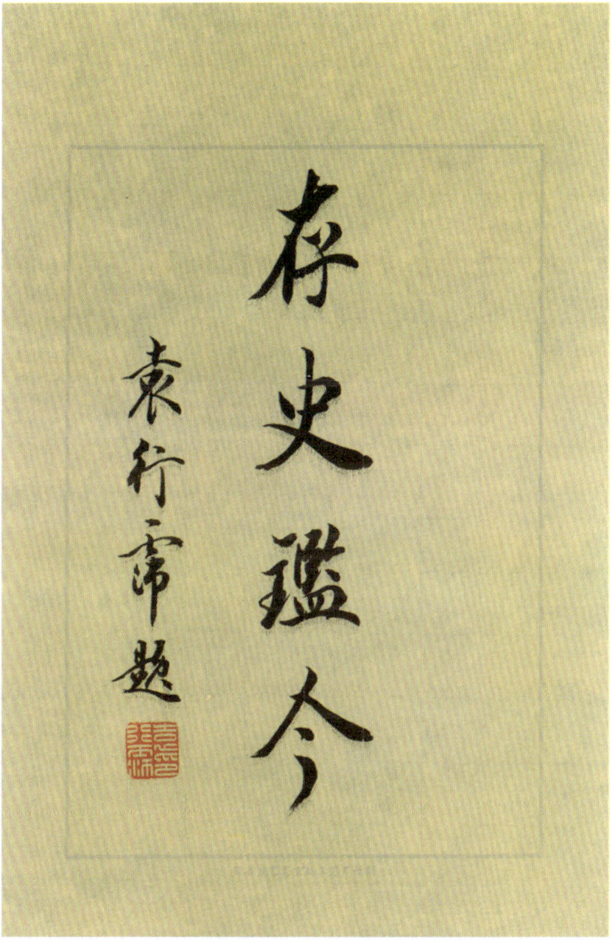

袁行霈先生题辞

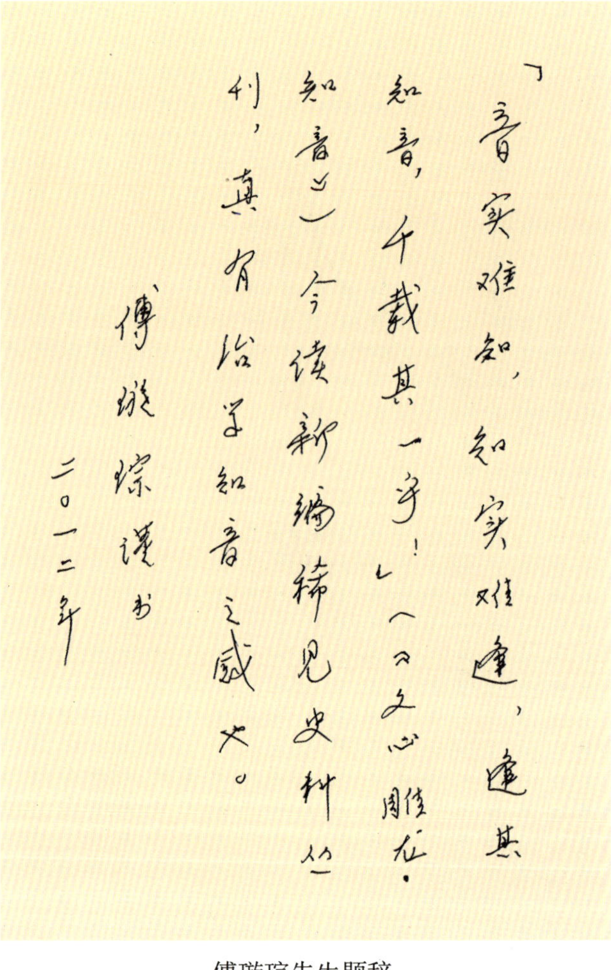
「音实难知，知实难逢，逢其知音，千载其一乎！」（文心雕龙·知音）今读新编稀见史料丛刊，真有治学知音之感矣。

傅璇琮谨书

二〇一二年

傅璇琮先生题辞

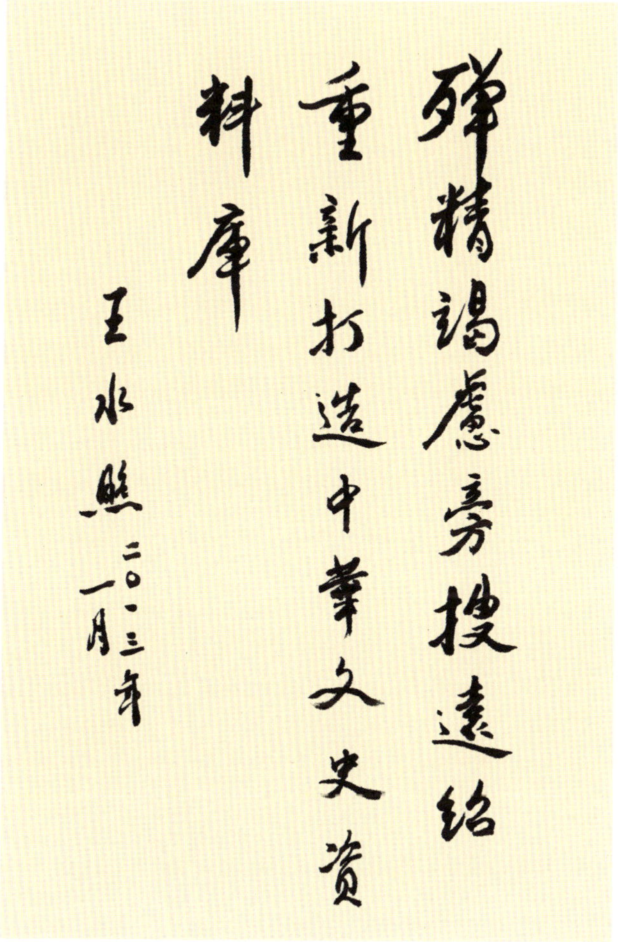

王水照先生题辞

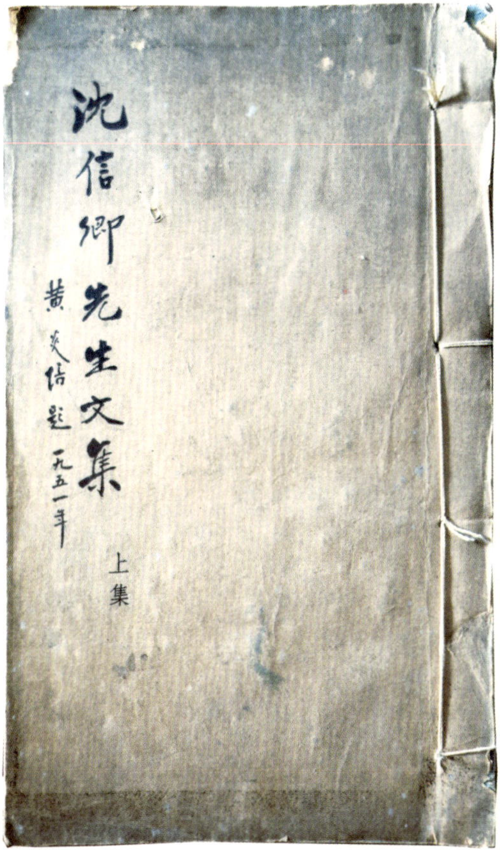

书影一

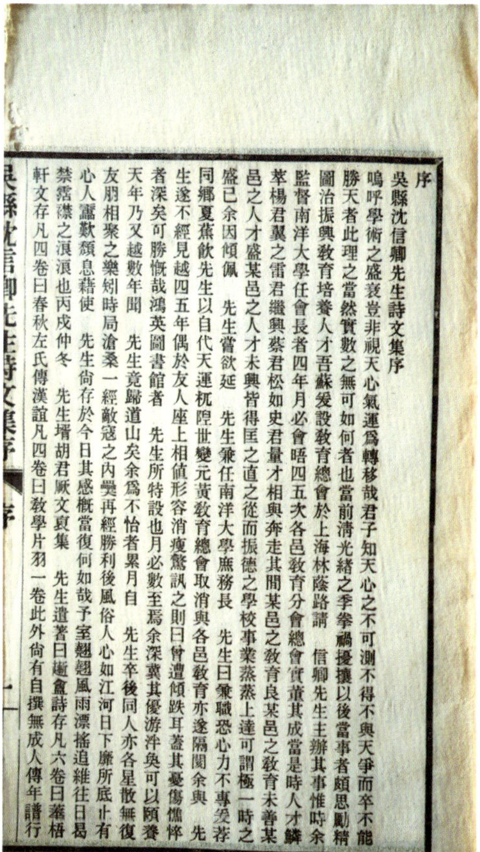
序

吳縣沈信卿先生詩文集序

嗚呼學術之盛衰豈非視天心氣運爲轉移哉君子知天心之不可測不得不與天爭而卒不能勝天者此理之當然實數之無可如何者也當前清光緒之季拳禍擾攘以後當事者頗思勵精圖治振興教育培養人才吾蘇爰設教育總會於上海林蔭路請　信卿先生主辦其事惟時余監督南洋大學任會長者四年月必會晤四五次各邑教育分會總會實董其成當是時人才鮮萃楊君翼之雷君繼興蔡君松如史君量才相與奔走其間某邑之教育良某邑之教育未善某邑之人才盛某邑之人才未興皆得匡之直之從而振德之學校事業蒸蒸上達可謂極一時之盛已余因傾佩　先生嘗欲延　先生兼任南洋大學庶務長　先生曰兼職恐心力不專受荐同鄉夏蕉飲先生以自代天運杌隉世變元黃教育總會取消與各邑教育亦遂隔閡余與　先生遂不經見越四五年偶於友人座上相值形容消瘦驚訊之則曰曾遭傾跌耳蓋其憂傷憔悴者深矣可勝慨哉鴻英圖書館者　先生所特設也月必數至焉余深冀其優游泮奐可以頤養天年乃又越數年聞　先生竟歸道山矣余爲不怡者累月自　先生卒後同人亦各星散無復友朋相聚之樂矧時局滄桑一經敵寇之內釁再經勝利後風俗人心如江河日下靡所底止有心人靄歎頹息藉使　先生尚存於今日其感慨當復何如哉予室翹翹風雨漂搖追維往日曷禁霑襟之淚淚也丙戌仲冬　先生壻胡君厥文裒集　先生遺著曰邂盦詩存凡六卷曰蓉梧軒文存凡四卷曰春秋左氏傳漢誼凡四卷曰教學片羽一卷此外尚有自撰無成人傳年譜行

吳縣沈信卿先生詩文集序　序　一

书影二

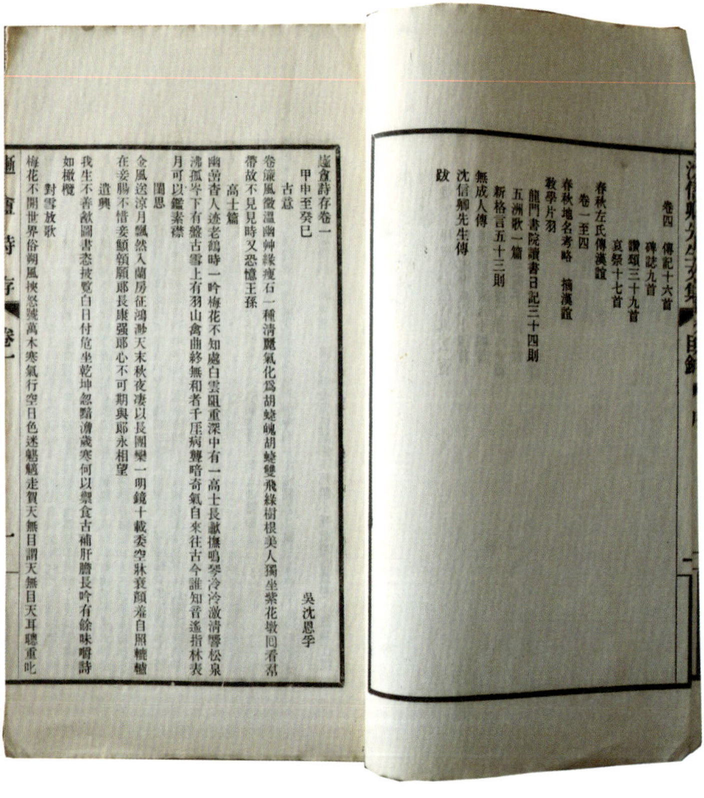

书影三

《中国近现代稀见史料丛刊》总序

在世界所有的文明中，中华文明也许可说是“唯一从古代存留至今的文明”（罗素《中国问题》）。她绵延不绝、永葆生机的秘诀何在？袁行霈先生做过很好的总结：“和平、和谐、包容、开明、革新、开放，就是回顾中华文明史所得到的主要启示。凡是大体上处于这种状况的时候，文明就繁荣发展，而当与之背离的时候，文明就会减慢发展的速度甚至停滞不前。”（《中华文明的历史启示》，《北京大学学报》2007年第1期）

但我们也要清醒看到，数千年的中华文明带给我们的并不全是积极遗产，其长时段积累而成的生活方式与价值观具有强大的稳定性，使她在应对挑战时所做的必要革新与转变，相比他者往往显得迟缓和沉重。即使是面对佛教这种柔性的文化进入，也是历经数百年之久才使之彻底完成中国化，成为中华文明的一部分；更不用说遭逢“数千年来未有之变局”、“数千年未有之强敌”（李鸿章《筹议海防折》），“数千年未有之巨劫奇变”（陈寅恪《王观堂先生挽词序》）的中国近现代。晚清至今虽历一百六十余年，但是，足以应对当今世界全方位挑战的新型中华文明还没能最终形成，变动和融合仍在进行。1998年6月17日，美国三位前总统（布什、卡特、福特）和二十四位前国务卿、前财政部长、前国防部长、前国家安全顾问致信国会称：“中国注定要在21世纪中成为一个伟大的经济和政治强国。”（徐中约著《中国近代史》上册第六版英文版序，香港中文大学2002年版）即便如此，我们也不能盲目乐观，认为中华文明已经转型成功，相反，中华文明今天面对的挑战更为复杂和严峻。新型的中华文明到底会怎样呈现，又怎样具体表现或作用于政治、经济、文化等层面，人们还在不断探索。这个问题，我们这一代恐怕无法给出答案。但我们坚信，在历史上曾经灿烂辉煌的中华文明必将凤凰浴火，涅槃重生。这既是数千年已经存在的中华文明发展史告诉我们的经验事实，也是所有为中国文化所化之人应有的信念和责任。

不过，对于近现代这一涉及当代中国合法性的重要历史阶段，我们了解得还过于粗线条。她所遗存下来的史料范围广阔，内容复杂，且有数量庞大且富有价值的稀见史料未被发掘和利用，这不仅会影响到我们对这段历史的全面了解和规律性认识，也会影响到今天中国新型文明和现代化建设对它的科学借鉴。有一则印度谚语如是说："骑在树枝上锯树枝的时候，千万不要锯自己骑着的那一根。"那么，就让我们用自己的专业知识与能力，为承载和养育我们的中华文明做一点有益的事情——这是我们编纂这套《中国近现代稀见史料丛刊》的初衷。

书名中的"近现代"，主要指 1840—1949 年这一时段，但上限并非以一标志性的事件一刀切割，可以适当向前延展，然与所指较为宽泛的包含整个清朝的"近代中国"、"晚期中华帝国"又有所区分。将近现代连为一体，并有意淡化起始的界限，是想表达一种历史的整体观。我们观看社会发展变革的波澜，当然要回看波澜如何生，风从何处来；也要看波澜如何扩散，或为涟漪，或为浪涛。个人的生活记录，与大历史相比，更多地显现出生活的连续。变局中的个体，经历的可能是渐变。《丛刊》期望通过整合多种稀见史料，以个体陈述的方式，从生活、文化、风习、人情等多个层面，重现具有连续性的近现代中国社会。

书名中的"稀见"，只是相对而言。因为随着时代与科技的进步，越来越多的珍本秘籍经影印或数字化方式处理后，真身虽仍"稀见"，化身却成为"可见"。但是，高昂的定价、难辨的字迹、未经标点的文本，仍使其处于专业研究的小众阅读状态。况且尚有大量未被影印或数字化的文献，或流传较少，或未被整合，也造成阅读和利用的不便。因此，《丛刊》侧重选择未被纳入电子数据库的文献，尤欢迎整理那些辨识困难、断句费力、裒合不易或是其他具有难度和挑战性的文献，也欢迎整理那些确有价值但被人们习见思维与眼光所遮蔽的文献，在我们看来，这些文献都可属于“稀见”。

书名中的“史料”，不局限于严格意义上的历史学范畴，举凡日记、书信、奏牍、笔记、诗文集、诗话、词话乃至序跋汇编等，只要是某方面能够反映时代政治、经济、文化特色以及人物生平、思想、性情的文献，都在考虑之列。我们的目的，是想以切实的工作，促进处于秘藏、边缘、零散等状态的史料转化为新型的文献，通过一辑、二辑、三辑……这样的累积性整理，自然地呈现出一种规模与气象，与其他已经整理出版的文献相互关联，形成一个丰茂的文献群，从而揭示在宏大的中国近现代叙事背后，还有很多未被打量过的局部、日常与细节；在主流周边或更远处，还有富于变化的细小溪流；甚至在主流中，还有漩涡，在边缘，还有静止之水。近现代中国是大变革、大痛苦的时代，身处变局中的个体接物处事的伸屈、所思所想的起落，藉纸墨得以留存，这是一个时代的个人记录。此中有文学、文化、生活；也时有动乱、战争、革命。我们整理史料，是提供一种俯首细看的方式，或者一种贴近近现代社会和文化的文本。当然，对这些个人印记明显的史料，也要客观地看待其价值，需要与其他史料联系和比照阅读，减少因个人视角、立场或叙述体裁带来的偏差。

知识皆有其价值和魅力，知识分子也应具有价值关怀和理想追求。清人舒位诗云“名士十年无赖贼”（《金谷园故址》），我们警惕袖手空谈，傲慢指点江山；鲁迅先生诗云“我以我血荐轩辕”（《自题小像》），我们愿意埋头苦干，逐步趋近理想。我们没有奢望这套《丛刊》产生宏大的效果，只是盼望所做的一切，能融合于前贤时彦所做的贡献之中，共同为中华文明的成功转型，适当“缩短和减轻分娩的痛苦”

（马克思《资本论》第一卷第一版序言）。

《丛刊》的编纂，得到了诸多前辈、时贤和出版社的大力扶植。袁行霈先生、傅璇琮先生、王水照先生题辞勖勉，周勋初先生来信鼓励，凤凰出版社姜小青总编辑赋予信任，刘跃进先生还慷慨同意将其列入“中华文学史史料学会”重大规划项目，学界其他友好也多有不同形式的帮助……这些，都增添了我们做好这套《丛刊》的信心。必须一提的是，《丛刊》原拟主编四人（张剑、张晖、徐雁平、彭国忠），每位主编负责一辑，周而复始，滚动发展，原计划由张晖负责第四辑，但他尚未正式投入工作即于 2013 年 3 月 15 日赍志而殁，令人抱恨终天，我们将以兢兢业业的工作表达对他的怀念。

《丛刊》的基本整理方式为简体横排和标点（鼓励必要的校释），以期更广泛地传播知识、更好地服务社会。希望我们的工作，得到更多朋友的理解和支持。

2013 年 4 月 15 日

目录

前　言

《沈信卿先生文集》十六卷，沈恩孚著。全书铅字排印，仿雕版样式，以宣纸印刷，线装三册。

沈恩孚(1864—1944)，字信卿、心磐，号葎梧、趑庵，晚号若婴，室名趑学庐；江苏吴县人，初寄居嘉定，后定居上海。他早年肄业于上海龙门书院，师从刘熙载等名师，光绪二十年中举人；曾参与公车上书，后被委任宝山县学堂教习，门下弟子即多成材；清廷废科举后，与友人倡议改龙门书院为师范学堂，得当局支持，去日本考察教育，归任龙门师范学堂监督；后应张謇之邀担任图书公司编辑事，同时创办江苏学务总会并任评议员，推行普及教育，研究地方自治，被选为上海城自治公所议事会议长，发起全国教育会联合会并被推为主席。

辛亥革命后，沈恩孚历任江苏民政司次长、省公署首席秘书。袁世凯称帝之际，他毅然退出政坛，率先在报纸上披露"劝进"丑闻；复投身于江苏教育，一九一六年发起中华职业教育社，筹创南京河海工程专门学校(今河海大学前身)，并兼任东南大学、同济大学校董；花甲之年发起人文社，创设人文图书馆(即鸿英图书馆，后并入上海图书馆)，担任馆长，搜辑近代史料，以供治学者参考。

沈恩孚一生，适当晚清、民国"亘古未有之大变局"，从他的作品中，可以看出其如何从一个"淹贯经史"的读书人，成长为"力持共和之议"的先行者。他贡献毕生心力于两件事，一是倡行地方自治，一是发展民众教育。其诗文中"于学于教于政见之著述者甚多"(黄炎培语)，而视野开阔，思想深邃，诲人不倦，责己甚严。他早年因家人避太平天国祸难而生长异乡，晚年复遭逢日寇侵华之劫难，虽因年老衰病困居上海，而能够坚守民族气节，不断在诗文中痛斥日寇罪行，期盼早日光复，为中国军队取得的胜绩欢欣鼓舞，置自身安危于不顾。

抗日战争胜利之后，其子女回到上海，即着手辑印《沈信卿先生文集》。书后有其女沈有珪、有琪一九四九年元旦跋，称一九四六年一月自渝还沪，“即与有乾、有琪、有琳检点遗著”。而书前唐文治序中述，一九四六年仲冬，沈婿胡厥文已将书稿交其求序，可见收集整理工作已近完成。本书付刊，或即在其二女书跋的一九四九年初，但刊成问世则在又两年之后，因该书封面黄炎培题签，下署一九五一年。

《沈信卿先生文集》凡《趣庵诗存》六卷，收自一八八四年迄一九四四年间诗作一千三百余首，以编年分卷；《莑梧轩文存》四卷，收经说、字说、论辩、策议、叙跋、赠叙、书牍、传记、碑志、赞颂、哀祭等各种文体共二百七十余篇；晚年所辑《春秋左氏传汉谊》四卷及《春秋地名考略》，于考据前人研究成果间时出己见，显示其史学造诣；《教学片羽》一卷，收早年读书日记，介绍世界地理知识的《五洲歌》及风人砭世的《新格言》等；自撰《无成人传》及黄炎培《沈信卿先生传》为尾卷。其诗文中保存了大量近现代教育资料、社会史料及同时代人生平交往材料，从中更可以窥见社会急剧变革时期，一代知识分子的心路历程，成为那个时代的一种缩影。

因本书仅存此一种版本，所以整理工作主要在于标点，只对明显错误之处进行了订正。全书格式，一仍其旧。需要加以说明的几点是：

其一，因著者引用前人著作，往往并非原文照引，而多有增删之处，故而对于引文一概不加引号；必要时加逗号或冒号点断，以使语意明确。

其二，是书名号的使用，因著者常使用略语，如将《汉书・地理志》简称“汉志”。对于这种简称，如果根据前后文，能够确定是某书或某篇之名时，仍加标书名号；如不能明确是某一种书名或篇名，则不加书名号。

其三，是校改部分，因无别本可以对校，所以除明显的错别字外，只在两种情况下做了校改：一是著者引用文字中，人名、地名、时间等与原著相校明显错误之处，一是书中多次出现而不能统一者。

校改形式，是在错字之后，以[　]标出正字；在有缺字、漏字之处，则插入□，再以[　]注明应补之字；对于衍文，亦在其后[　]内说明某字衍。

吴县沈信卿先生诗文集序

唐文治

呜呼！学术之兴衰，岂非视天心气运为转移哉？君子知天心之不可测，不得不与天争而卒不能胜者，此理之当然，实数之无可如何者也。

当前清光绪之季，拳祸扰攘以后，当事者颇思励精图治，振兴教育，培养人才，吾苏爰设教育总会于上海林荫路，请信卿先生主办其事。惟时余监督南洋大学，任会长者四年，月必会晤四五次。各邑教育分会，总会实董其成。当是时人才鳞萃，杨君翼之、雷君继兴、蔡君松如、史君量才，相与奔走其间，某邑之教育良，某邑之教育未善，某邑之人才盛，某邑之人才未兴，皆得匡之直之，从而振德之，学校事业，蒸蒸上达，可谓极一时之盛已。余因倾佩先生，尝欲延先生兼任南洋大学庶务长。先生曰兼职恐心力不专，爰荐同乡夏蕉饮先生以自代。

天运杌陧，世变元黄，教育总会取消，与各邑教育亦遂隔阂，余与先生遂不经见。越四五年，偶于友人座上相值，形容消瘦，惊讯之，则曰："曾遭倾跌耳。"盖其忧伤憔悴者深矣，可胜慨哉。鸿英图书馆者，先生所特设也，月必数至焉。余深冀其优游泮奂，可以颐养天年。又越数年，闻先生竟归道山矣！余为不怡者累月。自先生卒后，同人亦各星散，无复友朋相聚之乐。矧时局沧桑，一经敌寇之内哄，再经胜利后风俗人心如江河日下靡所底止，有心人雷叹颓息，藉使先生尚存于今日，其感概[慨]当复何如哉！予室翘翘，风雨漂摇，追维往日，曷禁沾襟之浪浪也。

丙戌仲冬，先生婿胡君厥文裒集先生遗著，曰《趣庵诗存》凡六卷，曰《搴梧轩文存》凡四卷，曰《春秋左氏传汉谊》凡四卷，曰《教学片羽》一卷，此外尚有自撰《无成人传》，年谱、行述并著述目录暨哀诔祭文等，都若干卷，将授梓人，来问序于余。余受而读之，俯仰数十年来世变之大棘，朋旧之凋零，昊天孔昭，我生靡乐，旁徨执简，不知所云。呜呼晞矣！爰勉缀数言，以见文章与世变相因，吾辈虽欲与天争而无力以回天也，敬以告当世读先生集者。

愚弟太仓唐文治谨序于海上南阳温庐

趣庵诗存

卷一　甲申至癸巳

古　意

卷帘风微温，幽草缘瘦石。一种清丽气，化为胡蝶魄。胡蝶双飞绿树根，美人独坐紫花墩。回看裙带故不见，见时又恐忆王孙。

高士篇

幽岊杳人迹，老鹤时一吟。梅花不知处，白云阻重深。中有一高士，长啸抚鸣琴。泠泠激清响，松泉沸孤岑。下有盘古雪，上有羽山禽。曲终无和者，千厓病聋喑。奇气自来往，古今谁知音。遥指林表月，可以鉴素襟。

闺　思

金风送凉月，飘然入兰房。征鸿渺天末，秋夜凄以长。团栾一明镜，十载委空床。衰颜羞自照，辘轳在妾肠。不惜妾憔悴，愿郎长康强。郎心不可期，与郎永相望。

遣　兴

我生不善饮，图书恣披览。白日付危坐，乾坤忽黯澹。岁寒何以御，食古补肝胆。长吟有余味，嚼诗如橄榄。

对雪放歌

梅花不开世界俗，朔风挟怒号万木。寒气行空日色迷，魖魖走贺天无目。谓天无目天耳聪，重叱阳乌起幽谷。红上三竿比户眠，啁噍小鸟下窥屋。我拥重衾梦未酣，猛揩倦眼蘧然觉。却猜天上无良工，冻云雕琢不成玉。玉京仙子日边来，手把火珠不盈握。离合神光变化间，戏扑粉尘三百斛。风为马兮霓为骖，夸父前驱后滕六。须臾空中遍撒[撒]盐，积黔漫漫厚于褥。霏微已著高树巅，飘摇渐入回廊曲。迅如银海涛惊飞，聚如瑶台花乱簇。轻如粉蝶帘前嬉，止如明蟾镜中浴。满街笑口话丰年，俯仰乾坤奚不足。吁嗟乎！君不见东郭先生履尽穿，待诏公车面如鹄。又不见王恭鹤氅御风行，要与神仙斗清福。枯槁荣华都丧真，不如灞桥驴前诗盈轴。

邻家有枯树行

邻家有枯树，骨立画堂西。乱枝半无叶，时复寒鸦啼。啼鸦识树兼识人，哑哑邻女毋生瞋。邻女头蓬面如鹄，自道爬肤遍皲瘃。去时汲水倚回廊，来时捣衣坐石床。去来步步西风里，短衣斜拂寒烟起。寒烟缭乱散夕阳，树影人影交凄惶。凄惶那觉朱颜悴，曾见春风杨柳媚。杨柳胡青青，枯树胡飘零。飘零自有回春意，青青转眼飘零易。君看如云花窈窕，阳台何梦非黄粱。

五　湖

五湖烟水载名姝，寂寞鸱夷傥不殊。乌喙未堪同富贵，又教人世艳陶朱。

易　水

易水悲歌无祖龙，白衣一送涕交胸。当年匕首何曾利，只度秦关百二重。

哀王孙

中原逐秦鹿，钓台饿国士。何来漂母哀王孙，命当薀醢饿不死。饿不死，重瞳愁，重瞳一去乌江头。汉家锺室淮阴侯。

试 墨

凡物贵清白，而墨独不然。匪真纳污垢，黯默中藏妍。老曰守其黑，斯义我所研。举世眩黄金，于尔何惜焉。闲中一挥洒，尔我良有缘。我笔为尔秃，我砚为尔穿。

古别离

寥天一声雁，秋月阳关道。千里杳无人，紫骝嘶白草。回首望家山，严霜隔城堡。欲待封侯归，空闺人已老。

上 将

上将南征壁垒高，旌旗半卷入腥臊。金瓯不信倾浮蚁，铜柱何堪镇巨鳌。海外已回苏武节，帐中齐佩吕虔刀。和亲自古夸长策，贾涕终缨气尚豪。

皓 月

皓月照当头，空庭洒珠露。移坐近苔阶，蹀躞两三步。仰面嬉斗牛，列星烂如故。忽闻孤飞鸦，哑哑入苍树。我亦应声起，拍肩走而呼。惊开广寒宫，天花坠无数。姮娥来镜中，秋波为我顾。疑我曾相识，不去亦不怒。笑我落尘凡，一粲群仙妒。银汉何迢遥，无梁不可渡。思欲御风行，泠然蹑烟雾。左手挈吴刚，右手搏詹兔。直踏水晶球，驰骤云中路。喝住捣药声，告彼天上苦。

怀 古

青莲不识月，呼作白玉盘。目所常遇者，而诧为奇观。东坡欲归去，高处不胜寒。归哉归何乡，天阙谁骖鸾。是皆滑稽雄，口海倾波澜。后身化为我，所少锦绣肝。自疑有仙骨，遐想飞云端。太空浩无垠，胡然著一丸。况我在天地，独于此盘桓。盘桓发浩歌，斯歌解者难。退坐虚白室，望古徒慨叹。

别郭氏子怀松

旅食忽四年，扪胸颇辽旷。一年常数归，家居苦不畅。讵无四方志，曷慰倚闾望。往来一水间，鼓枻发清唱。潮落俄潮生，奔湍信舟放。计里未盈百，客怀日以壮。忆昨朔风寒，羊裘来海上。借下董生帷。忝县马融帐。弟子年十七，洒然脱俗状。聱牙诵句读，艺圃得分饷。文采未翾翥，诗才已倜傥。临行重依依，察色亦惆怅。赠我五言古，经营意为匠。我谓尔休矣，为尔开腑脏。读书在读意，匪曰揣时尚。词章余技耳，行愆终速谤。诛茅识夷途，吾道坦荡荡。跬步积千里，狂逸迷所向。山有拔地峰，海有拍天浪。失足良可虞，我言不尔诳。

舟行向晚

斜日荒墩暮，寒烟归艇孤。天回云影乱，风激水声粗。野鸟随帆下，舟人傍月呼。小桥一灯影，岸树已模糊。

元 夕

爆竹声中月似霜，边关星斗尚无光。不知虎帐今宵宴，谁是当年狄武襄？

南征七首

男儿誓报国，蜷伏非人豪。挥手别乡关，匹马长风号。一瞬可千里，睥睨南天高。欲屠横海鲸，先逐飞山猱。

去去戍孤城，雄心几摧折。年华付鞭镫，高位羞鼠窃。屈身万人下，肝胆何处裂。封侯不可期，锈上征衣铁。

谅山星火急，碧眼瞰龙城。然眉始嗟叹，朝贵多老成。高勋枯万骨，血气世所轻。时无马伏波，铜柱空峥嵘。

虏骑如云屯，将军不杀贼。落日满大荒，虎帐黯无色。刁斗终夜声，前军已蓐食。大帅不言战，吾侪安效力。

开边古所讥，顿兵今岂丑。日中令不发，放马山与薮。悯彼蛇吞象，谁是斩蛇手？归休大旗下，卧看牛羊走。

巨炮忽雷动，强胡窥我边。军无三日粮，死生悬九天。战鼓数声动，壮夫孱不前。枵腹一争命，沟瘠何人怜。

我昔少年时，逐虎深林中。三十起从军，顾盼余子空。白雪忽在鬓，掉头无寸功。不如东邻儿，今为田舍翁。

后南征五首

悠悠出门去，望望山之阿。纵横数十里，古垒炎风多。危峰阻烈日，瞥眼飞鸟过。此身非吾有，慷慨挥天戈。

策马跃南荒，南荒万山紫。壮哉黑旗兵，百战未休止。遗野有孤忠，朝命敢惜死！封豕食上国，何以雪前耻。

巍巍镇南关，桓桓征虏军。萧萧战马鸣，浩浩生风云。杀人乱如麻，鬼哭空中闻。一心成大功，小胜安足云。

黑夜斫敌垒，举烽侵尾箕。将星大如斗，光掩蚩尤旗。四野震鼙鼓，胡儿不敢啼。槛车送酋长，边关封丸泥。

行军五十年，意气轻达官。马革未裹尸，雄姿尚据鞍。愿剖豺虎腹，高坐脍其肝。何必衣锦归，令人惊楚冠。

一 片

一片春风渡野塘，野塘垂柳复垂杨。绿云何处莺声漏，三两花枝倚夕阳。

春 词

春风吹上旧罗衣，惆怅花期事已非。独敛翠蛾思远道，懒看双燕绕梁飞。

寄陈诵笙世培

与君一别半月余，颇怪君无尺素书。而我慵懒亦相敌，反唇倘至应轩渠。感君期我在不朽，逆旅倾心嗟叹久。有时庄论杂诙谐，一语疗人病八九。忆昨春风花乱开，翩翩裙屐枯[姑]苏台。偶从谈笑得真趣，如读异书经百回。梅柳光阴等闲度，独客心情向谁诉？壮怀逸兴试追寻，此乐不疲天亦妒。我所居兮枕浦江，不篙不楫宛在艭。美人悠悠隔春水，鸥边照影何时双。迟君之来我倒屣，君恋吴中钓游地。吴中群彦尽汪洋，龙门文史多高义。我今心交苦不多，愿君讲解得切磋。安得暂借壶公缩地术，滔滔一倾口海之洪波。

大道曲

落日垂杨道，春风醉画楼。楼头嘶玉勒，楼上吴姬愁。

临高台

相送临高台，高台多悲风。一声飞玉笛，客去如秋鸿。

夜夜曲

美人何所思，独向瑶阶立。罗袜不知寒，夜夜庭前湿。

秋 感

二气积今古，阴阳移魁杓。晦朔若循环，江海方滔滔。登高揽白日，长风忽萧条。茫茫天地间，悲歌几雄豪。所思在千古，何以解郁陶。空山有岁月，风雨鸡胶胶。

归舟不寐

卅里路行人静后，五更梦醒夜凉时。潮声渐向枕边落，秋意忽从衾上知。无雨无风灯寂寞，一歌一答橹逶迤。辉辉已见晨星动，箭急归心不可持。

林景周姊丈曾赉秋风话别图景周自澎湖假旋，行期迫矣，约余与姚子让文楠，作是图志别

浦仙本合住瀛洲，偶憩江乡又掉头。七八月中一来往，三千里外两敖[遨]游。苍烟有路盘雕鹗，流水多情狎鹭鸥。此去海天云树阔，相期重话故园秋。

送景周之膨[澎]湖

秋风底事起江头，要送江天万斛舟。我喝苍虬驾银浪，护君帆影渡沧洲。

海上吟有序

海上吟，伤洋场也。邑自道光中华夷互市，积四十余年，鸟集鳞萃，富庶甲海内。然数年已[以]来，巨贾荡产去者踵相接，盖非畴曩埒矣。余在同治壬申之岁居城东门数月，时年丱角，未能辨风土也；光绪辛巳复旅食是邑到于今，兹寒暑六更，耳倦荒淫之谈，目稔奇诡之态，揆厥流弊，殆无终极。噫嘻！陵谷未迁，人禽渐混，白日飘忽，盛衰不恒，留连是非，感交胸臆，既发辛有伊川之叹，聊学香山秦中之

吟。凡诗六章,章系以目,亦托于六义之赋云尔。

游 民

世态入繁华,民风凿纯懿。徒手觅生涯,光天走精魅。黠者潜市廛,来往行踪秘。攫物易探囊,三尺瞀不畏。悍者胁乡愚,大言杂嘲戏。搜索罄其赀,朋呼供一醉。中有得业者,挽车掀短袂。自云良家子,年少素矜贵。好作狭邪游,千金等闲弃。坐此家道落,穷途暗挥泪。见闻均足悲,非悲见闻事。但悲濒海邑,本是弹丸地。今成安乐窝,铄尽黄金气。顿令道旁人,形容半憔悴。

佚 女

野花开满路,暗引蜂蝶痴。碧玉小家女,皎皎冰雪姿。掼[惯]学时样妆,薄施粉与脂。佻达胜男子,钗影落参差。同巷两三人,携手信所之。朝集张家园,后会相与期。暮游静安寺,此乐更不疲。朝朝与暮暮,车马交衢驰。摩肩杂男女,触目迷雄雌。嗟彼长蓬户,憨愚何识知。出门脱荆布,缟衣渐成缁。田家有贤妇,双鬓乱如丝。

倡 家

一女理丝竹,数人仰衣食。此风遂盛开,相沿至今极。城北数万户,倡家累千百。娇女十五余,自负倾城色。堂前硕腹贾,尘土挥黄白。尚笑守钱奴,何堪近芳泽。丑女十二三,黄发初覆额。自惭真面目,金翠滥装饰。掩袖抱琵琶,强赚江湖客。妍媸俱梦中,转眼无人识。蒲柳望秋零,春风难再得。及时嫁村夫,路旁免弃掷。

烟 室

鸦片始外夷,流毒入中土。沪北此业多,逐利猛如虎。金碧辉轩楹,琉璃嵌牖户。离旷眼耳迷,贲育筋骨腐。富家轻薄子,黄口未离乳。横榻顾盼豪,云雾恣吞吐。亦有乡里儿,亲朋结三五。将进足越趄，既入眉飞舞。门外白发翁，自诧目未睹。不问在坐客，个中味甘苦。道有穷巷人，昔受此烟蛊。一饭今不饱，潸潸泪如雨。

异 服

乾坤正气薄，朱紫日混淆。变本复加厉，积久成服妖。男儿喜艳服，衣香逐风飘。采[彩]花错其履，锦带缠其要[腰]。女儿轻艳服，淡妆以助娇。红颜一相映，坐中春愈饶。此风遍城隅，日夕趋浮嚣。邻邑复濡染，璞玉伤于雕。不见西来客，虬髯曳鲛绡。

采[彩]票

喝雉且歇响，呼庐且住声。有票号白鸽，租界盛销行。方之博簺者，同实而异名。得失亦茫茫，子重母则轻。闻者趋若鹜，非想咸怦怦。自忖拔一毛，转眼金满籯。一击惜不中，目瞠心气平。至再复至三，欲已难忘情。艳说东邻儿，因之家业成。弋利此莫便，差强织与耕。群盲赴一轨，迷途那易醒。痴梦日以远，筐箧日以倾。借问票所产，有客来谈瀛。吕宋苦贫瘠，陷人乃设坑。以此课出入，众负彼独赢。吁嗟纵鸽者，杳杳入苍冥。

旅 怀

疏懒心情不可支，衡门总少息肩时。销魂又读文通赋，漫兴长吟老杜诗。大地风云成变态，沧江烟雨起相思。翻憎中夜鸡声恶，未肯知雄学守雌。

非狂非简亦吾徒，何处清声有凤雏。穷巷金裘多季子，孤山梅鹤想林逋。琴裁焦尾曾遭爨，剑铸纯钩会跃炉。闻说齿坚先舌敝，未妨牛马听人呼。

长看古月照今人，燕去鸿来海已尘。一瞬千秋驹在隙，十年万卷蠹非贫。宅边待种先生柳，墓下羞樵翁子薪。岌岌儒冠高几许，岸然席上自称珍。

碧天有路梦迢遥，缑岭仙轺久寂寥。数亩稻粱争燕雀，一枝风雨倦鹪鹩。白云终古轻于絮，红叶无端艳欲烧。感入苍茫谁与语，秋风南浦又新潮。

落落乾坤几姓名，仰天一笑绝冠缨。偶呼胡蝶为庄叟，谁识蟛蜞是长卿。岣嵝摹碑人罕读，洞庭张乐鸟先惊。时流才格凭声价，遂使龙门有品评。

今昨迷途无是非，黄钟瓦釜一嘘欷。幽兰生谷灵修杳，大木参天匠石希。海足波涛鱼在涸，世多枳棘凤何依。欲招关塞离群雁，归去庭前舞采[彩]衣。

高 歌

海天谲诡想云波，蠡管能容有几多。剑入丰城蕴虎气，纲收雷泽杳龙梭。锥囊知遇难寻末，棋局光阴易烂柯。一卷离骚太岑寂，湘灵山鬼动高歌。

寄诵笙

旅况今犹昔，岁华秋复冬。风尘几伯乐，湖海一元龙。歇浦盈盈水，吴山历历峰。春归何处早，花发傥相逢。

冬日田家杂诗

五步一草亭，十步一茅屋。朔风号其间，萧萧振林木。野翁犊鼻裈，荷锸往而复。蔬肥墙角锄，笋瘦篱根劚。稚子来翁前，呼翁茧生足。翁云尔何知，持此城西鬻。得换一囊钱，果尔全家腹。

十室九已空，官租偿恐迟。健男典衣褐，老妪守茅茨。吏胥哗入门，搜括随所之。焦麦不盈瓮，冷齑不盈瓷。老妪怨声发，此怨无人知。非怨吏如狼，贪我粟与丝。非怨官如虎，食我膏与脂。但怨终岁勤，家无馇粥赀。

一叟曝于门，一童歌于陌。一夫采樵归，匆匆呼日昃。促妇起喂孩，孩笑牵娘食。邻媪状龙钟，闻声三叹息。而翁衣无棉，而道贫无力。而子腹如瓠，而恐腮微瘠。子颜一何欢，翁颜一何戚。吁嗟贫富同，村夫复何责。

田中耕稼暇，村中婚娶忙。东家第三女，要嫁田舍郎。西家童养媳，两小年相当。社鼓助新乐，茅轩敞洞房。宾客少冠带，褐衣布为裳。阿母前割肉，阿耶后行觞。鸡豚固自有，酒债还未偿。殷勤祝田祖，来年年丰穰。

白雪吟

白雪何皎皎，照我庭中树。庭树不知寒，琪花已无数。琪花瑶台种，落向红尘误。那便溷红尘，只惜清光露。

阳春曲

问春何处住，春在江之滨。绿杨家近水，况与桃花邻。桃花似人面，花发年年新。人比花长久，翠眉何用颦。

巫山高

巫山高似昔，烟雨接湘波。神女今何处，阳台春思多。春来梦离合，春去影婆娑。愁绝孤峰畔，清秋一雁过。

徐园同游者葛子源士浚、张芷舫坚、王企张廷材、王魸绿树善、陈季璠世垣

板桥西去竹篱东，疏柳撩人曲径通。挂得杖头钱数百，到门不问主人翁。

未堪扶兴醉流霞，当酒全凭乳样茶。团坐绿阴多雅谑，晚风吹动一枝花。

一呼去去一裴回，小立香苔孔雀猜。来踏斜阳归戴月，新词应续卖痴呆。

寿杨媪六十媪为外祖王荆门先生侧室

百岁春逾半，三秋月未西。芬芳庭桂袭，甲子岛花齐。往事催年矢，良时误嫁笄。听春梁庑米，遣制范家齑。荆布随高隐，华颠盼幼倪。牛衣方共守，鸾镜忽孤啼。贫佐黔娄妇，贤扶柳下妻。素帏惊露冷，古井息波澌。灯火鸣机杼，烽烟震鼓鼙。巷空奔犬豕，海宴避鲸鲵。遁窟艰炊饭，比邻懒乞醯。蓬飞亲党散，木择婿乡栖。沪垒归巢燕，暡城扫社鼷。我生叨荫芘，母病赖提携。棣鄂欣联袂，芄支戒佩觿。哺雏终愧凤，立鹤仅侪鸡。小筑怀甄馆，同登阻谢梯。相虚甥宅贵，旌见德门题。梓里钦如鹄，兰闺望若霓。健迎谈娓娓，和接貌媞媞。朱落颜仍驻，丹灵齿更齯。奇姿森竹柏，清节挺蒿藜。桃宴觥称兕，芜词管测蠡。期颐今预祝，益寿访瑶荑。

纨扇词

竹削人间泪，罗裁天上云。制成明月样，肝胆照郎君。

郎心密似纨，妾面团如扇。妾面别春风，郎心逝秋燕。

吾园凉夜围坐

秋气落深院，清光浮太空。水生三面白，人聚一灯红。衰柳摇檐月，枯荷拜槛风。乾坤萧瑟意，不敌麈谈雄。

抵　舍

羁栖三月耳，十日误归期。父怪儿迟至，妻呼婢代窥。忽惊瓜满架，已改菊盈篱。欲缚阳乌住，长绳力不支。

信　步

信步出门去，篱疏径渐荒。狂风吹面黑，落叶满身黄。鸟补新空树，云过不断墙。一畦寒菜里，人影乱斜阳。

戏题太白诗集

太白太白起起起，尔生既带笔花生，尔死笔花应不死。笔花果不死，胡不移此无根无蒂花，遍送世间洒脱奇男子。我笑诗人之诗贱充栋，绝不惊尔长安市上诗名哄。惊尔蜀山为砚蜀江为墨池，纵横四海笔一枝。笔一枝，狂耶痴，百篇冲口而成之。鬼神不及助尔拈吟髭，已令见者目迷五色骇欲走，真如万花飞舞瑶台时。噫吁戏！怪哉万花岁岁落，瑶台笔花千古只一开。掷我架上笔，酌我掌中杯，浇尔酒仙魂醒来。酒仙酒仙尔今长卧沧江明月天，虚抛尔笔年复年。笔之花兮郁郁怒如火，不知一年三百六旬六日中，少发新花几万几千朵。我惜此花无人分瓣香，我愁此笔兮飘然而归无何有之乡，我将呼尔笔兮投我囊！

吾园茗话图图凡五人，余与赵子禧、张芷舫、邵心炯、陈季璠

僵卧蘧庐闷欲绝，出门谈笑皆生春。盟心白首始倾盖，海内知己天涯邻。吾来吾园不盈岁，相交颇有奇侅人。新知故知两莫逆，扪胸都无纤芥存。有时抱膝柳阴坐，舌端互嚼苍烟喷。有时篝灯在一室，酣嬉渐见樽桑暾。人生行乐此极矣，较量车笠奚谆谆。众谓吾侪固达者，论持齐物非不根。市朝林薮等泡幻，我恐聚散如风蘋。我闻新语振衣起，起言公等眉勿颦。天地寄我七尺躯，自顾肤发皆奇珍。倏忽未凿浑沌窍，丹青亦肖面目真。况今欧西摄影术，古来绘事非其伦。孟讥变夏孔从众，请尝试之毋逡巡。时方茗战哗达户，呼来阶下主不宾。一庭秋水光可掬，琉璃之镜空纤尘。欻向青天招白日，须臾齐现身外身。图成清风吹满座，地炉茶鼎火尚温。吁嗟乎！小人之交甘如醴，肝胆不啻越与秦。白衣改变即苍狗，胶膝冰炭谁为亲。我侪作合倘非偶，浮云适遇江之滨。百年不能无别离，何幸臭味投荃荪。消磨晨夕滑稽耳，左挈东方右齐髡。他年仕隐蓍未告，头衔姑署怀葛民。

顾少梅罗浮香梦图

高枕烟峦抚碧穹，天花缥缈坠虚空。罗浮信有仙胡蝶，定抱幽香入梦中。

我欲乘风戏九垓，料应此路近蓬莱。白云且护梅花住，留待诗魂化鹤来。

春　暖

春暖浦江滨，烟花三月新。莺吭调碧树，马足乱红尘。箫管声中路，绮罗香里人。海氛今不动，又见太平民。

落落有序

张某，贾也，而工于书。题其家乘后小影。

落落风尘内，横行志尚虚。雄心沉歇浦，真面现匡庐。述祖留侯传，惊人草圣书。儒冠君未误，顾影莫踌躇。

吾园荷亭

纤月媚云表，斜阳黯庭皋。池昏起水鸟，林暝休风蜩。荷亭澹溽暑，捐扇忘炎歊。燕坐五六人，雄谈杂诙嘲。白波鉴素影，翠盖迎飙飙。凭栏一吟歗，两腋香飘飘。科跣以为乐，俯仰酣游翱。何必跨榑桑，濯足惊灵鳌。

清明郊外即景

野花无处不芳菲，春护人行香满衣。闲看风梭织杨柳，绿云齐傍纸鸢飞。

泊阊门

胥江东去浪花稠，橹软篙疲一系舟。偶到故乡翻似客，斜风细雨入羁愁。

初 夏

小园春意忽寥寂，长廊暮色兼阴晴。苔生一院绿无赖，日落半窗红有情。摊书偶读蚓能和，题扇甫成蚊已鸣。且迎池月上檐柳，镜中独坐风泉清。

焚芝叹，为李逵羽鸿振作

灵芝郁奇气，独媚秋山隅。岂无沃根水，惜哉侪薪刍。英华况易露，浊世谁能娱。野火自空来，恶风与之俱。孤芳忽摧折，未见崇兰扶。崇兰善自保，野火何时无。

揽 镜

我有真面目，而我不自识。明月出褒中，庐山现顷刻。悠然一俯仰，问我何颜色。昔我非庸庸，今我无奇特。

长风歌

长风浩浩夜有声，浪高三尺扶舟行。鱼龙酣卧晓星落，朱霞灼烁东方明。空中万籁一齐发，宛有牙琴移我情。我不知黑水之深何日始，然犀欲照千年精。跎蹉海滨八九岁，未登叒木嬉沧瀛。兹游壮气驾霄汉，双轮脚底飞雷霆。乾坤入我呼吸间，海若失色冯夷惊。南酌吴淞一杯水，北眺燕山数点青。迷离惝恍杳无定，惟有天光云影回。双睛咄哉人情幻，于此世路不如波涛平。辙鲋枯死鲲鲸骄，浊流自渭而趋泾。蜃楼高矗几百丈，蜗角低昂相与争。潢污行潦尽东注，鳞介杂遝都臊腥。忽闻漏舟有歌舞，误猜王母云和笙。蓬莱缥缈现宫阙，群仙老寿如孩婴。金瓯掌上付游戏，昔日桑田今变更。精卫冤禽尚衔石，古来巨壑无时盈。饥鸥泛泛趁潮汐，鹏翼垂天翻北溟。噫吁戏！北溟不可以濯缨，人间何处沧浪清。

通州闸道

驱马仆夫愁，时霖雨方止，车行颇瘁。沧波学泛鸥。迢迢秋水曲，十里一呼舟。野阔倦飞鸟，闸高喧急流。夕阳问前路，荒店有歌喉。

游西山八首

迤逦入云去，看山不计程。红墙依马立，绿树绕人行。路曲风难劲，冈高日易倾。暮烟环古刹，贝叶起秋声。是夕宿荷叶山之普觉寺。

晓梦破虚室，幽香寻曲廊。草交溪伏溜，松动壑生凉。殿阁藏云稳，林峦带雨苍。石桥微缺处，苔卧洞天荒。

出山行近市，计里不盈三。近普觉寺有四王府，附山一村市也。樵客沿途引，村儿入肆谈。石凭双褒滑，泉试一瓯甘。暂息谢公屐，来游未驾骖。

路入碧云寺，浮梁晴跨虹。九天开诛荡，七塔现玲珑。寺后石台本前明魏监衣冠墓，今改建七塔。身似奇峰化，目随平野穷。霞梯三百级，下有鸟歌风。

秘魔崖上石，魔去石仍奇。秘魔崖亦呼碧摩岩，声转而已。木老蝉枯日，亭空鹤杳时。僧多茶后话，客剩璧[壁]间诗。一笑天台近，肩舆越岭驰。天泰山距秘魔崖十里，俗讹曰天台。

跻险探珠洞，山之最高顶有宝珠洞，石形肖珠。旷然胸次开。绛宫升绝巘，绣壤拱平台。人语钟声乱，天光扇影回。俯观香界寺，隐约入苔莓。

重就灵光宿，自碧云寺出，即投翠微山灵光寺宿，翊日过秘魔崖诸处，复宿此。陡惊秋意增。池荷吟败叶，庭树立枯藤。响彻僧房磬，明生佛殿灯。逍遥上高阁，围坐证三乘。

兴飞潭柘寺，道阻栗园庄。莲座群仙会，花丛一衲忙。香尘骄白马，山翠妒红妆。时山中香会方盛。何处应留恋，回车感此乡。

卧佛歌佛在普觉寺，寺以佛故竟呼卧佛寺

元帝范金五十万，不铸戈矛乃铸佛。皇觉寺中真龙飞，都城夜开帝已出。众谓佛兮胡不醒，上方酣卧九州腥。大千世界一粟耳，慧眼岂未通光明。佛云众生谛听者，我相庄严本虚假。香火因缘亦偶然，一笑何堪当大雅。悲哉梦觉皆迷途，兴亡历史何代无。奇山异水少点缀，赖有琼刹森烟芜。不然我来数千里，此中白云而已矣。安得佛前大欢喜，联床抵足日高起。

香界寺娑罗树歌

普觉寺中娑罗树，声名噪若青云士。吁嗟此树亦葱茏，而独无人挂颊齿。娑罗娑罗西域来，子疗心疾根移栽。一茎七叶已殊特，春夏况有奇花开。我游普觉如昨耳，曾抚琼枝发狂喜。道自有唐贞观时，历宋元明长不死。千年神物灵气钟，人间得一亦可止。今来香界观藏经，陡见扶疏两干森中庭。得毋我佛神通现，顷刻随风幻化双龙青。胡为山中日日饱霜露，山外绝无人知名。吁嗟此意试静参，树犹如此人何堪。大厦方需杞梓与楩楠，风尘岂无抑塞磊落之奇男。

卢沟桥

卢沟桥上客，来往未曾休。白日消长路，青山镇浊流。云开渡鸿雁，尘起骋骅骝。风入鞭声劲，新凉八月秋。

于忠肃公祠

土木风凄六驭尘，擎天一柱倚孤臣。鸿声已折南迁议，毳帐终回北狩轮。浩荡阴霾无死气，馨香热血有明神。挥杯遥酹钱塘墓，越水燕云万古春。

九　日

百岁何秋不重九，黄花曾阅古今来。我家遥隔三千路，燕市吴歌亦壮哉。日月堂堂余客梦，乾坤落落几诗才。长风吹向南天尽，万里荒云一雁开。

缥缈吟

缥缈霓裳曲未终，广寒宫阙现玲珑。补天差拟娲皇石，窃药偏逃后羿弓。梦入高秋云幻白，凉生沧海日韬红。漫漫长夜如清昼，大地河山倒影中。

有　仆

有仆有仆意气雄，宅第轩敞如王公。问仆何为忽至此，家有邓氏铜山铜。铜山之高百丈起，仆之门兮客如蚁。钱神大哭穷鬼来，蒿壑凄凉仆死矣。仆死矣，客奈何，君不见道旁执绋紫髯叟，宽袍博带冠峨峨。

长歌行

太空终古长冥冥，人之才兮万物灵。百年三万六千日，不醉常无一日醒。一解。醒亦三万六千日，醉亦三万六千日。众方醉兮胡独醒，独醒不能终一日。二解。吁嗟乎！古来圣贤皆未醒，吾乌知夫不醒之非醒兮而不灵之非灵否？且人与万物同无情，太空之冥冥兮吾又乌知其宵晦而晨明。三解。

出都由通州取水道之栾城遣兴八首

乾坤俯仰一青衫，不向江湖学老馋。百里弦歌兄作宦，两囊书卷仆能监。秋高驿路初肥马，风起粮船尽挂帆。此去行程兼水陆，夕阳迟我在松杉。

舟泊红桥暝色边，渔歌呼起一汀烟。黄金满地吹沙候，碧玉连畦种菜天。篱犬尾摇花影活，城乌背负日光圆。饱看万物欣欣意，流水行云是偶然。

榜人晓起语喃喃，昨夜疏篷雨未酣。沧海乘槎来日下，寒山落木梦江南。菰鲈隽味牵乡思，风月闲情谢客谈。两字平安书早寄，归期最近约春三。

芦花浓处雁声多，远送轻寒枕上过。时有水光摇绿树，未堪秋思入银河。几家屋似长安道，数岁儿能下里歌。此是何乡浑不辨，但看飞棹逐风梭。

盈盈脈脈路西东，解缆茅亭落月中。葭露已凝霜后白，蓼花犹簇水边红。消摇池阁空秋兴，窈窕河洲想《国风》。泛泛轻舟何处系，寥天极目有征鸿。

白日已消高卧后，篷窗倦眼醒喧豗。一天星斗入云去，两岸人家呼雨来。凉入征衣秋浩荡，光生渔火水潆洄。几声吹彻邻舟笛，九月荒村感落梅。

又一乡村又一桥，不知海上几生潮。盘空鸟起云中健，唤渡人来柳外嚣。七八九天风细细，二三百里路迢迢。艰难世事逆行水，遐想仙山王子乔。

去舟就陆前程近，昔雨今晴小住佳。半郭半村疑世外，一尖一宿滞天涯。荒鸡叫月醒残梦，骏马嘶风入壮怀。屈指卸装三日内，弟兄握手在衙斋。

大陆村

茅店鸡栖日渐昏，儿童拍手笑柴门。两行疏柳迎风拜，知我来投大陆村。

栾城怀古

艳说栾书旧封邑，当年臣节老牛悲。甘棠空复夸遗爱，寂寞荒城武子祠。

时闻汉瓦拾黄埃，遗址曾寻柴武台。不与韩彭同作醢，将军应是少雄才。

文章奇气郁眉山，苏氏风流杳莫攀。太息丰碑夸祖德，模棱贻笑石头顽。邑有“眉山发迹”四字碑，盖为苏味道立。

苍茫五代事全非，鼎沸神州净土稀。强虏不贪天子贵，杀狐林外帝豝肥。

秋霖行有序

己丑秋，江浙遭淫雨之害，年谷不登，民困于食。余方客栾城官廨，眷言桑梓，怒焉心捣，作秋霖行。

皇天昔降灾，洪流恣奔突。哀哉大河滨，尽化鼋鼍窟。阴阳积缪盭，移祸入吴越。蛟水挟风涛，霪霖俄匝月。沟渠通百川，粳稻餍蟛蚏。郡县同罹殃，田畴半漂没。霜信自南来，临风酸彻骨。吾乡富鱼米，拯饥推宝筏。今兹遘颠沛，箕斗亦云竭。嗷嗷中泽鸿，会看咽糠麧。大吏善持筹，何谋应仓猝。飞章乍入告，国帑允遄发。穷檐有尪羸，苏困始豪发。毋令实不至，而饱隶与卒。雨师虐我民，朝政固无阙。及此斡造化，元气犹勃勃。晴曦绚冬郊，白日已飘忽。县官缓索租，春至趣耕垡。土脉有肥硗，生生永无歇。

岁暮行

羲和鞭日日已矬，岁云暮矣离愁多。老树蟠根薶积雪，长空寒拥啼鸦过。登城极目天意古，云如苍狗风如虎。迢迢南国路几千，心逐荒郊马蹄怒。

滹沱河

黄尘滚滚天地动，白日惨澹寒埃塕。健骡当风行不前，滹沱河水如鸣弦。河水鸣弦一何怒，驱车来吊汉光武。一瓯麦饭千古屻，差强俎上杯羹分。东西炎运两赫艴，泗沛风云有惭色。谁令洛社倾蒿莱，虽曰人事非天哉。茫茫百感付流水，万派朝宗今顺轨。我将驾海嬉榑桑，先叱蛟鼍波勿扬。

清风店

风吹斜日照绮罗，琵琶隔院来清歌。苏台弦管已非昔，燕赵佳人今转多。佳人何处颜如玉，客柳无情为谁绿。故乡春色待人归，归时花气浓于醁。

舟发保定漫兴

两三茅屋入柳阴，野鸟隔溪时一吟。沧波数尺空鉴影，春光为我开烦襟。我行半水亦半陆，荒店疏星犹在目。清风明月枉留名，曾扑红尘几百斛。归去来，江南三月桃花开，落英满地无纤埃。

吾园漫兴

小别吾园只十月，无多客况与谁说。今吾意态仍故吾，吾来鱼鸟解夷悦。鱼拨剌兮鸟钩辀，耳根百籁都消愁。池塘昨夜涨新雨，高斋未暑风先秋。秋风还忆西清梦，自秋徂夏何倥偬。笑倚阑干指镜中，荷钱一岁词人俸。

徐旭东丈泰山观日图

我不知泰山之高几千丈，卷舒齐鲁忽在掌。亦不知苍茫六合谁雄才，泰山之上几人来。来者东海翁，鹤发颜犹红。一丸起脚底，万壑光熊熊。乾坤不复辨何处，惟觉身在云气中。云气中，遥呼公，问公五十余盘鸟道穷，三十六天通未通？

泊胥门谒韩蕲王庙

鼓震黄天虏偃旗，当年君相愧蛾眉。两宫未洒蒙尘耻，三字空争大狱疑。湖上功名付驴背，江中魂魄傲鸱夷。莫谈南渡伤心事，从古河山一局棋。

寄从兄乐庭

长风一雁路三千，菊瘦梧凋霜满天。耿耿乡心悬别后，滔滔情话寄愁边。闲身无补乾坤大，异地同惊岁月迁。且约花前开口笑，阿兄未老我华年。

枯柳词有序

歌妓某嫁数月而嫠，有《柏舟》节，指吾园枯柳以况之。

年来减尽旧要支[腰肢]，曾见春风妩媚时。自脱绿衣羞学舞，心如泥絮命如丝。

冬　雷

薄寒轻暖不成冬，银海冰销起蛰龙。久雨未酣春已泄，一声霹雳出云松。

早　梅

千年万古月精神，化作人间数点春。何地还堪歌白雪，有情那不到红尘。灵根长护参寥气，瘦影来依独客身。昨夜瑶台香入梦，一枝又著绿窗新。

远游行，送六兄雨峰

黄鹄不得凌风翔，下与鸡鹜争秕糠。浩然出门轻故乡，伯兄燕赵兄南阳。南阳此去江路长，悠悠春水多帆樯。月明星稀兄在航，淞波回首加苍凉。兄乎兄乎，慎勿对此摧刚肠，客中豪气当飞扬。自从世界开洪荒，佃渔耕稼而工商。众生稊米盈太仓，坤舆幻作喧啾场。男儿堕地呼凤凰，矢弧先县蓬与桑。循环晦朔天难量，出东入西乌兔忙。年年岁岁俄壮强，岂能拳缩如蚕僵。昔有白发临高堂，犹谋菽水奔四方。妻孥为我亲理装，几曾别泪挥淋浪。而今陟彼屺岵奚瞻望，我怀兄兮山之冈。识途老马可不缰，会须追电超骊黄，千里万里真寻常，况有膝下驹昂昂。兄乎兄乎，且携稚子珍重餐风霜，无劳远梦驰河梁。

二月一日

春归一月半月雨，客居十日五日阴。老梅既放数枝冻，好鸟不歌万树喑。江头昨夜新送别，今日江风冷于铁。白云缥缈在天涯，天涯未到花时节。

已　过

已过花信几番风，不定阴晴一月中。客梦如烟春未了，可堪劳燕又西东。

寄邵心炯曾鉴

华胥梦醒不知年，揩眼重窥井底天。春好未逢狂杜牧，月明曾照古彭篯。花生草长难堪别，凤舞鸾歌那便仙。莫似桃都山上树，一枝相去路三千。

春郊杂诗

斜阳门巷小桥通，近水桃花几树红。隔岸人家儿出剧，纸鸢随意舞东风。

雨过芳树翠烟稀，天半晴云换绛衣。荷锸野翁双鬓雪，逢人闲语豆苗肥。

杨柳风来面不寒，绿阴深处鸟声欢。游丝忽罥飞花住，留与行人路上看。

得雨未足

高树一鸠呼雨至，秧田万顷绿油油。鞭声蓑影牛新浴，柳岸犹闻踏水讴。

雨　足

云化苍龙风满楼，九天珠玉泻当头。沟渠汩汩蛙声乐，一洗江城无米愁。

立秋夜喜芷舫将归作

秋到桐阴月便凉，满天风露洒衣香。梁园有客归鞍上，梦绕清辉玉臂长。

昔岁芙蕖香满院，今年只见两花开。笑花偏是今年少，知否闹红人又来。芷舫旧号闹红廊主。

赠心炯，即题其诗稿

瘦骨已如削，昂头还自吟。文章投契少，风雨助愁深。大造默无语，吾侪盟比心。蹉跎俱壮岁，豪气肯销沉。

新　浴

我身本无垢，日日试清泉。今夜月如水，何如抱月眠。

兰之华有序

客有以尊人遗照征题者，仅状其图中手兰一枝，而弗以图示。为赋是诗，不欲效世俗贡谀之词，且以自志风树之痛云。

兰之华兮，依依春晖，芳臭宛在，笑言已违。其一章。笑言已违，涕汍澜兮，嗟人子之身，不如兰兮。其二章。不如兰兮，嗟人子之身，夕灌兮朝沃，毋伤尔根。其三章。

白云篇

凉风动木末，蟋蟀吟空阶。素秋忽已老，白云满江淮。江淮何浩荡，容膝有高斋。酣歌出珠玉，朗抱时一开。狂来笑古人，夷跖同土薶。梦觉觉犹梦，有涯知无涯。大道日以远，斯民日可哀。桃李多果实，松柏生苍苔。皎皎月当户，万品皆尘埃。海天碧无际，清光与裴回。

吾园晚秋杂咏

旧种垂杨少，西风减夕凉。不堪虫蚁蚀，况有斧斤伤。老态逢秋月，新寒度早霜。镜中窥绿影，约略记春光。

荷芰折垂尽，芙蓉开未休。绛英烘日薄，缃蕊吐烟稠。烂漫唐宫艳，飘零蜀帐羞。兴亡都阅历，来占小园秋。

三五碧梧影，凉天摇客心。好风吹梦入，疏雨抱愁吟。爨下材难觅，庭前叶已深。何年宿鸾凤，数亩展新阴。

临水一棕树，叶舒青在腰。龙鳞扪欲活，马鬣翦仍骄。雨至全驱垢，风过不助嚣。亭亭张盖立，元气护清标。

终岁与梅住，那须花发辰。绿云养奇骨，素雪忆前身。不削闲枝丑，能藏老干春。巡檐寒尚嫩，瑶想滞江滨。

此　地

此地昔丘垅，今为歌舞场。巴人无白雪，神女儿襄土。冉冉春云活，迢迢秋浦长。谈瀛何浩渺，蜗角有沧桑。

风　雪

风雪迢遥夜，奇书不耐看。未吹狂客到，兼照古人寒。广厦欢颜少，芜园旅梦单。归舟何处觅，一水路漫漫。

三十生朝后放歌有序

岁在癸巳，同人以余与心炯、季藩齐齿，三其三十而九十之，而翁之，而寿之。翁乎，寿乎，戏乎，意在一饮为乐耳。后一月，心炯自苏邮四律索和，余怪其多秋声也，酬之以歌。

少年意气摩青穹，倏忽壮盛何匆匆。希夷康节同甲子，与我并作九十翁。出门长啸觅知己，不凭声誉凭双瞳。东浮沧海大鱼起，西眺昆仑骏马空。白云往来有多少，此意欲问参天松。人生万事付游戏，友朋之乐无时穷。把酒不能尽一盏，醉颜习惯看人红。炎凉世态饱闻见，姑掩耳目师盲聋。不与苍生关祸福，忧患未足樱[撄]吾胸。吁嗟乎！三百六十俱倮虫，非圣那便呼凡庸。昂然独立尺天寸地中，安得遍驱尘垢超鸿蒙。君不见苏台花发驰青骢，寒山古寺苍苔封，天台三隐一去不可踪，和合二仙酣笑生春风。

登焦山得《瘗鹤铭》精拓本

鹤铭千载艳人口，断崖余字八十九。北宋以来多鉴家，眼福吾出欧公右。《集古录》云"余所得六百余字"，盖六十余字之讹。于今五石嵌寺壁，苍烟和墨变昏黝。江涛日夜山脚号，怪物不能挟而走。就观但见凹凸势，料有奇光烛牛斗。兰泉侍郎称嗜奇，爬罗异说致纷纠。聚讼有如议礼难，吾为调停概曰否。王陶颜顾尽存疑，只堪捉影付谈薮。前贤勒石不署名，敢将写作榜何手。此后推倒几豪杰，扫落尘氛笔为帚。山谷临摹未肖之，况乃余子益增丑。近来拓本谁冠伦，鹤洲独步沧洲后。太守风流僧頫颃，昔之水拓非其偶。再数百年罕愈珍，交翠轩名敌鹤寿。顷于焦山得两本，榑桑茧纸差耐久。一归同好一自娱，尔抱琼琚我瑶玖。行囊藉此大生色，浪拍船唇风乱吼。高揖青峰挂帆去，宛有蛟龙攫双肘。褒中逸气飘入云，碧穹飞鸟都点首。时年癸巳秋八月，同舟沈子与某某。徐颂诒、周次咸、七兄郁甫、妹婿潘铸禹。

泊无锡

布帆一幅下西风，岸柳飘摇似画中。邻舫忽闻秋在笛，故园已负月如弓。迢迢流水何年绿，脉脉斜阳前路红。省识慧[惠]山泉味好，此游清兴不堪同。

悼殇子有璜

行年三十百无就，一子曾娱白发亲。况自能言从母读，未缘好弄受耶嗔。是吾薄德偏灾汝，有妹工啼只怆人。生日死时都恍惚，余均在客。抚棺谁与话前因。

苏本绮朱生元稼室手书汉碑字

格写簪花古有之，风流两晋亦堪师。外孙幼妇中郎法，婢视夫人卫茂漪。

艳说家风织锦词，却舒皓腕偶临池。年来墨妙通琴瑟，夫婿能摹孔宙碑。

卷二　甲午至辛亥

平壤叹

东征淮帅印悬肘，带甲羞谈攻与守。帐下时闻歌舞声，酒酣兵噪将军走。将军槛车入国门，朔风莽莽边云昏。吁嗟乎！君不见韩民挥泪饷蛇豕，鸭绿江流日渐浑。

海军叹

威海旅顺号天险，顽云对抱双虹敛。雷动遥知统帅来，银浪时时飞铁舰。自从洒血大东沟，我船见尾不见头。降旗倏忽摇腥风，可怜虽死鬼不雄。

哭心炯

论交才十载，此别竟千秋。狂者亦云少，而君不可留。盛年何短折，遗稿且穷搜。挥涕沧江畔，春风谁卖愁。君旧以卖愁自号。

性本不谐俗，天真贯忌才。君有"天尤忌慧才"句。明知秋在骨，岂料病先胎。有母九京恋，无儿百事灰。凄凉到身后，一死未为哀。

航海同行者为胡劭庵祥鑅、施懋君兆麒、欧阳纫芝保福、潘漱六艺芬、孙汝楫济川诸同年

浩荡天风海水鸣，乐浪东去几长缨。潜虬欲弄幽姿媚，虓虎曾闻丑虏惊。国事艰难须抱负，人才寥落况功名。未堪尺五量穹盖，万里

烟霄一羽轻。

浦 口

积雪卧荒店，天从浦口青。寒光灯外炯，清梦柝边醒。一枕抛残月，双辕走疾霆。杨村知不远，落落数晨星。

于家围

天气忽清朗，兹乡移我情。雪融沙不起，风定树无声。野鸟依人立，疲骡带水行。晴云烘丽日，鞭影袅春生。

感 事

冠盖纷纷塞路岐，几人尚慕豹留皮。中原无气貔貅尽，大厦将倾燕雀嬉。三尺空鸣雷焕剑，一枰谁赌谢公棋。茫茫海国孤臣泪，迸血登坛溅义旗。

太仓乡先辈遗像

寥落东南歌舞场，不知今昔几彭殇。河山暮气乘虚入，梧竹奇姿历劫苍。尘梦已悲秋瑟瑟，流年真似水茫茫。飘然自抱清风去，留向人间阅海桑。

莫 问

莫问龙潜与蠖伸，名山愿访振奇人。等闲忧乐关天下，少壮年华负此身。雁渡沧江秋思阔，蛩啼小院夜凉新。客中别有沈寥感，边塞烽高月满轮。

冒鹤亭同年广生就婚瑞安黄叔颂师之门，邮诗贺之

玉润风姿秀出尘，二分明月是精神。白云岭上团栾影，要占东南几许春。

早知青桂近嫦娥，更比萧裴韵事多。特起朱楼延快婿，盈盈瓯水即银河。

能挈罗浮袠底来，鹤亭籍如皋而家广东，今尽室之温。梅花眷属称清才。永嘉学派新衣钵，旁讨诗津在镜台。

珊瑚碧树有交枝，况已朱蓝附素丝。遥羡绮窗调瑟暇，绛纱帐里侍经师。

识字歌

昔闻见溪与郡疑，今呼爱皮西提衣。三[二]十六母解者稀，而乃发声如念吖。鸟鸣嘤嘤下乔木，仓籀太息斯冰哭。春蚓秋蛇纸上看，不与当年同屈曲。溯从梵语羼正音，周秦旧学谁钩沉。大小二篆八分隶，浮云改变成古今。欧西造字别一祖，耆儒谈道目羞睹。此事由来付舌人，那肯摇唇指画肚。铁舰冲波压境来，东南风气忽齐开。我谓五洲傥有同文日，彼读我书亦快哉。君不闻辜生游学尊邹鲁，海外传经夸译才。

四君子图，为章锡卿家祚题

吾同门友章求诚，锡卿自号求诚子。壮年慕父如儿婴。抱四君子图揖我，曰君有句为我赓。我今披图一展视，识者惟午峰先生讳邦元，曩尝跋其读史札记，其三人则江海门、罗晓岩、章海秋也。锡卿为余言。先生亦非素觌面，曾瞻遗像心所倾。是为求诚先君子，三君夙与相磨砺。求诚求诚君宝之，为君悲歌君试听：方今海内粗太平，晨钟我欲撞寸莛。东南地缺水气腥，北有豺虎西鲲鲸。茫茫四顾无豪英，安得不念先生当日之意气，使我恍闻空山伐木之丁丁，与夫潇潇风雨之鸡鸣。於戏！风雨鸡不鸣，他年突兀天柱何人擎！君不见云停南浦秋月明，我欲高张此轴于中庭，荐以元酒与太羹，祝我先生百世之芳馨。

答鹤亭

剖鲤得奇句，门环烟水多。临风一吟啸，旧雨恍经过。绿绮互相赏，青锋聊与磨。池龙能起舞，变化已蹉跎。

寄姚古凤鹏图

庭草绿如蓑，黄梅节乍过。相思何处所，娄水白云多。吟罢几招鹤，书成傥换鹅。江头迟消息，斜日照沧波。

北河旅店

铃铎起宵声，愁来梦未成。乱鸡催柝尽，羸马别槽行。灯入疏星淡，囊携皓月轻。天涯新断雁，此去若为情。

过安肃口号

莽莽定兴道，荒荒安肃城。树从天外合，山向日边迎。颓庙红犹矗，平芜绿已横。春光正三月，太息此长征。

吾园怀离居诸友，即寄葛永之以浩周逊庵世恒

独卧小园久，风从昨夜凉。白云流曲水，黄叶到空廊。此意谁能遣，所思不可量。何当把篱菊，团坐话重阳。

闻　笛

浩荡一天月，客中都化秋。秋风起何处，长笛最高楼。

珍木篇题张子丹兆桂小影桐城人，为嘉定典史十余年矣

南山有珍木，独抱太古心。胡不献楚宫，斯材中瑟琴。阳春发和煦，散作数亩阴。微风一过之，泠然遇清音。神秀所交会，氛垢奚能侵。不见乔柯上，时时鸾凤吟。

冒巢民先生菊饮倡和诗卷，为鹤亭题于上海逆旅元和江建霞标藏此卷有年，一旦归之鹤亭，而江旋殁

水绘遗风今未歇，灵鹣旧恨不堪寻。珠还合浦翻增感，生死交情底样深。

顾子伟丈鸿烈锄月种梅图

问月何年不曾有，问花何岁不曾开。陶家松菊荒荒后，又见先生归去来。

张子虞预负书图君自记附书目凡二十五种，均其尊人遗著

纵横荆棘一乾坤，囊有遗书历劫存。山鬼犹来呵孝子，自记有梦兽衔书，异人桀石搏兽事。已知豺虎是游魂。琅环岁月蠹应仙，太息妖烽彻蓟燕。要仗文光驱燹火，河山再睹中兴年。

信阳道

滑滑信阳道，功名泥土中。长淮限南北，微雨自西东。荒店人声沸，孤城车辙空。苍茫问前路，消息在春风。

新　雰

新雰日犹薄，久阴风未粗。远山一卷石，积水几明湖。村僻鸡求偶，坡荒豕有奴。肩舆轻似鸟，风景半模糊。

渡淮水

淮水一衣带，浅沙人可行。船唇波影折，渡口鸟声清。芳草偶然绿，顽云到处横。道旁有碑仆，题字记分明。

宋 店

清流曲曲抱危墙，深堑当年是战场。劫后人家烟火密，隔溪啼鸟弄斜阳。

和孝店

一饭曾投和孝店，廖公遗爱在穹碑。犬声遥吠南来客，春色当门花几枝。

雨宿邱家村龙兴寺

回龙寺后龙兴寺，萍水偏多香火缘。细雨如尘春欲暮，佛前抵足梦南天。寺小即宿佛殿。

夜残老屋风如虎，晓起疏棂日未红。梁苑花期何处讯，邱家村里鹊声中。

汝宁道

水云漠漠天昏昏，后有枯庙前无村。风吹丝雨向人面，征衣尽湿不可扪。舆夫肩耸走且呼，泥深一喘才一步。君不见陇头处处有饥乌，微茫烟树无归路。

上 蔡

雨洗春城柳未丝，朔风怒吼冻云凝。东门黄犬今无恙，逆旅何人吊李斯。

晓 发

远树晓烟合，芳蹊春气融。行行不知处，身在杏花中。

西红桥

麦天已足千畴雨，茅店曾无数日晴。春在柳梢人在客，西红桥畔水盈盈。

漆雕祠

赖夹道前关帝庙，荣华堡里漆雕祠。汝南汝北遥相望，怀古心情风雨知。

砖　桥

砖桥风景肖江南，老树花枝见两三。羊瘦鹅肥都似雪，不知春已万家酣。

枯　河

骤雨乍过三里店，枯河流水欲汤汤。客窗夜话绸缪甚，宣圣当年此绝粮。主人王姓，具膳甚欢，云三里店一名冷饭店，圣迹所在。

西华道

桃李迎人笑，春光几许磨。乌巢新雨重，驴背落花多。酒悉怀高谊，风云起浩歌。村农环似堵，来看笥舆过。

沙　河

双舟横古渡，一塔瞰沙河。路险泥如壁，流浑风不波。斗城临岸出，芳树带村过。垢面谁家子，红衣照水多。

三　冈

桃村北望是三冈，晴日初烘柳嫩黄。数岁儿童能荷锸，遥知风俗胜吾乡。

鄢陵道

人行坦坦鄢陵道，天霁熙熙上巳辰。日落城头鸦乱噪，霸图销歇几千春。

彭冈

南国繁华此地无，红男绿女亦欢呼。彭冈彭祖祠前草，岁岁青青枯未枯。

歇马营

未入朱仙镇，先经歇马营。长风吹日晕，远渡照沙明。驴踏浪头去，人推船尾行。当年郑州决，河水此纵横。

开封道

一日未百里，匆匆还夜行。通衢无坦路，残月正初更。灯火犬遥应，笙歌蛙乱鸣。雄心不堪遏，直指汴梁城。

林讷君独立小影

高天厚地人间世，流水行云自在身。只有梅花许同梦，霞烟供养鹤精神。

龚子英杰以哭子诗见示，为赋二绝

一读君诗增旧感，六齿同失有根儿。重寻十五年前梦，怆绝秋风送别时。

圜穹为盖土为棺，我欲彭殇一例看。情短情长都解脱，本无生灭况悲欢。

钱听邠溯耆行年七影图

世事沧桑不可论，寂寥枌社几琴尊。当年袍笏皆春梦，老辈诗歌有国魂。美雨欧风新岁月，商彝周鼎古乾坤。斜阳何处寻芳杜，江水滔滔日夜浑。

陆韬厂蹈海

一睨神州欲断肠，濯缨那复见沧浪。风歌圣德狂名噪，鹏伴忠魂著姓香。已分葬身无净土，未堪挥泪有高堂。鲁连义愤灵均泪，并作潮声咽夕阳。

京汉道杂诗

芦沟晓色等闲看，别后西山梦未安。东去津沽留战血，北来一水吊桑乾。

鼎湖龙去几春秋，弧矢威灵在涿州。一自南针遗海外，妖星频岁现蚩尤。

电掣风驰过易水，一骡偃蹇尚中流。文明草昧同迟暮，飞艇新来在上头。

南天何处不哀鸿，万顷腴田想大农。小水纷岐沟涧错，更无人继禹王功。

群山突兀眼前起，新树参差肩上过。绿竹淇泉风未远，回车那忍绝朝歌。

黄河天险有桥工，百二方墩铁柱雄。宇内奇观称两绝，长城遮断此交通。

许州城外见新荷，柳下嘶风立马多。曹魏霸图今歇绝，哀蝉犹噪汉山河。

西来都是昆仑脉，北岭南支未尽头。一轨如龙穿隧去，翠烟遥接信阳州。

河南湖北界中间，前路南山后北山。此是江淮分水岭，当年形势有三关。

滠口水光连汉口，万流东走挟新潮。英雄淘尽江声咽，黄鹤千年不可招。

江 上

江上风清暑未消，秋林络纬已萧萧。马空北野思周骏，兰刈南山吊楚骚。帝子愁深黄叶下，华胥梦醒白云遥。神仙一去无消息，汉殿秦宫太寂寥。

卷三　壬子至癸亥

五十生朝志感

忽忽知非岁，哀哀失恃辰。予年二十四而无母，丁戊子四月二十七日，在旧历适与予生日同。河山竟还我，花木傥回春。一去几猿鹤，重来无凤麟。江流尽东逝，谁浣素衣尘。

瞻　园

朝市邱园一例论，劫余台榭古朱门。鹅肥鹤瘦评时价，石密花疏写国魂。万木齐含春夏气，双潭犹照废兴痕。新来别有沧桑感，三月南都梦未温。

何　处

晓日初升绮梦长，疏林落叶已全黄。天声寂寞鸡群鹤，边思苍茫虎口羊。燕市金多销骏骨，恒河沙浅断慈航。秋山红树今无恙，何处新营好牧场。

寒山寺

萧瑟寒山寺，虫声度曲廊。丰碑苔未蚀，一衲倚斜阳。

天平山

万剑倚天插，五峰向墓环。白云自来往，红叶上青山。

次杨翼之廷栋梦游香雪海韵

梅花消息几人知，雨雨风风春嫩时。海上潮回似奔马，神山缥缈白云痴。

故 巢

故巢归燕羽差池，花落江南草长时。猛雨几番春已了，顽云犹压最高枝。

次应一嶖德闳旅居韵

江海浩无际，滔滔去不还。浮云苍狗幻，空谷白驹闲。所见几麟角，相窥仅豹班[斑]。鮀朝今未免，近道况曾颜。

时彦好谈古，何人赋遂初。陶篱秽松菊，冯铗艳鱼车。梦想钧天乐，冥搜汲冢书。蓬莱有仙境，华屋已成墟。

大道遍荆棘，盈廷只唯阿。酣嬉燕巢幕，辛苦雀张罗。已信黄金价，犹闻白雪歌。樵渔何处所，涕泪满江河。

斯民三代直，毁誉两堪悲。鹿指秦廷马，羊存鲁庙牺。讹言群喙息，信史阙文疑。不尽苍黄感，相持泣素丝。

戒 坛

策蹇来寻活动松，数年前已失葱茏。山中甲子何人问，清磬一声云万重。

岫云寺

岫云寺址古潭柘，嘉福龙泉已渺茫。只有二青遗法相，年年香火侍空王。

刘熊碑，为王鹤僧宗毅题

汉碑孤本说刘熊，巴刻翁摹证异同。三华奇珍应并数，中郎文字古今雄。

程云阳德全辛亥疏稿装卷，为翼之题

小儒不识天下公，张皇一姓君臣义。不为苍生为黄屋，窃钩窃国都儿戏。辛亥风云起武昌，忽闻揖逊追虞唐。乾坤自有转旋力，伊川横渠相颉颃。吁嗟旦暮成今古，依样胡卢堪捧肚。苏台旧梦已如烟，且向汀洲采芳杜。

寿虞洽卿和德五十

波云谲诡海天苍，脱帽相看鬓未霜。半百光阴一弹指，且开笑口话沧桑。

大好湖山堪醉饱，几多岁月尽消磨。新蒲细柳江头绿，莫向良辰唤奈何。

三　海

当年梦箓已成尘，如梦京华几度春。寂寞瀛台金碧现，断桥故事问何人。

石室峨峨万目看，盈头霜雪竟皇冠。怀仁堂下英风歇，芳臭千秋定盖棺。

观宣子野时雨所蓄壁瓶

璀璨云霞照四筵，壁瓶错列万花妍。宋元质素明清丽，搜访曾经三十年。

次黄任之炎培日本京都金阁寺韵

神山旧梦杳无痕，一卧沧江雪满门。东道傥增行李感，西方已醉美人魂。万流并进衣冠贱，四海为家笠屐尊。记取萧梁书婢谑，新来到处是羊欣。

群　鸡

群鸡栖一埘，奋斗争秕糠。霍霍磨刀声，庖人睨其旁。司晨与抱卵，物性固有常。饮啄以自肥，乃充饕餮肠。人禽同一饱，天意何微茫。宇合多樊笼，危机不可量。目睫掩千里，所之皆面墙。太空无纤埃，鸿鹄方回翔。

南通道

坦坦南通道，前游未渺茫。长堤沙起晕，新柳绿成行。野屋树中出，江帆蒲外张，数龄儿簸麦，朴俗羡兹乡。

狼山支云塔

此亦人间胜，年年香火稠。五峰立中极，四界拱平畴。云气阴晴变，江声日夜流。老僧谈故事，约略记春秋。

题顾述之倬春晖小识

柳丸欧荻并芬芳，箴训长留家乘光。付与佳儿新教育，阳明坠绪在扶桑。

道穷龙战玄黄日，学晦鸡鸣风雨时。寸草有心春不灭，万山新绿已参差。

读津阳门诗

三郎行乐玉奴仙，绣褓香囊尽化烟。长恨一歌成绝唱，更何人道郑宾先。

孤　山

处士芬芳在，孤山土一坏[抔]。当年贤太守，何事竟锄梅。

岳　坟

忠奸自芳臭，铁石有灵顽。一语释遗恨，河山今已还。

玉　泉

玉泉清可鉴，鱼乐我亦乐，烹茶得禅味，能净常不恶。

一线天

一线现佛相，灵山真面非，风云迷大陆，于此悟玄机。

寿曹节母

家声班续史，母范孟迁邻。有子父书读，当官慈训遵。鹿车光鲁郡，羔酒飨豳人。一盏遥飞祝，娥江万象春。

挽诵笙季藩

相逢都少壮，华屋几山邱。萍水曾青眼，沧桑易白头。堕雏寻旧恨，断雁起新愁。了了浮生梦，风凄花萼楼。

述　怀

我年五十五，白发未上头。见者动疑讶，亦不问所由。造化岂私我，我心自油油。生死若海浪，从古无停留。形骇[骸]偶相值，起灭如一沤。仰视苍苍色，其寿无与侔。日往而月来，岁星未五周。昔叟呼我童，今童呼我叟。恻然念同胞，瘠痍几满眸。或叨祖父荫，笙歌方夜游。时闻富者窭，又看壮士偻。生子子生孙，绳绳皆马牛。朝夕亦饔飧，冬夏亦葛裘。何意炎黄胄，夷为貉一丘。顾此重惆怅，拯溺须操舟。更譬射有鹄，欲发先布侯。无教近禽兽，抱书空叹愁。万物我资粮，遗弃胡弗收。乾坤群动场，手口胡弗谋。天行健不息，易象宣其幽。君子勖自强，吾道非外求。老大奚伤悲，努力且勿休。

咏 史

羲农教耕牧，万世蒙其休。鲁叟载空言，论功乃与侔。恢恢大同想，小康安足谋。道德降仁义，窃国诛窃钩。燔书愚黔首，秦图汉所收。英雄入彀中，唐祚移为周。赫赫古帝王，累累成山邱。一姓恣威福，崇高府怨尤。共和建新命，大泽龙蛇游。呱呱数龄儿，无傅当众咻。八旬与八日，皇运两蜉蝣。志士戎衣血，神州沸鼎油。是非有今昨，同室何恩仇。彼岸回潮至，和平向自由。东西转坤轴，日月无淹留。中外同一轨，辙迹若可求。朕即国家敌，猖狂几断头。拿翁既荒岛，威廉复拘囚。枯朽不再春，炎炎忽已秋。止戈以为武，万国皆共球。昔为一书生，今为四海讴。视听自我民，毋谓天悠悠。

乞人乐

朔风吹日出，群乞来街头。三妇襁三儿，一妇学呕呕。两妇搂而戏，鹑衣各自抠。乐哉此乞人，得饱无他求。不知秽在身，宁知呼蹴羞。乍见乞人乐，又闻达官愁。达官何所愁，高坐睨九州。某某累千万，而我未足侔。山不让土壤，海不择细流。民力有时尽，国难何时休。一闻与一见，相去万里邮。所见使我叹，所闻滋我忧。吁嗟人间世，耳目胡能周。

浮云叹

何事非浮云，人心有白日。层层拥积阴，云蔽日难出。章身蚕有丝，适口蜂有蜜。一物抱一性，用之视吾术。寄生在裈中，悯彼虮与虱。相持利渔人，哀彼蚌与鹬。耒耨亦非劳，轩车亦非逸。贵贱撄其胸，纷纷患得失。莘野有先觉，世未丧忠质。兴周首阳饿，衰鲁柳下黜。淳风日以漓，大道日以窒。三圣清任和，尼父捐意必。栖栖救天下，乃遭微生诘。时哉山梁雉，此义更谁述。汉宋附末光，九流并为一。杨墨退无言，释耶起与匹。非孔复尊孔，往往淆名实。寂寞数千年，仅见庙舞佾。明星晦九霄，残雪照虚室。旁皇万象间，尘海夜如漆。

己未立春日

鱼龙百戏总陈陈，霄汉楼台十丈尘。朔雪炎风醒旧梦。江花海柳送闲人。灵鳌未怯三山重，时鸟方呼万国春。莫笑桃源无魏晋，天涯何处不迷津。

胡式古花楼

故园劫后又回春，变态风云迹已陈。乔木百年留旧荫，桑田万顷起微尘。龙争虎斗山河在，燕舞莺歌堂构新。家国苍茫同一感，古来何事不由人。

挽高老愚汝璞

平生未识是翁面，有子驰书满泪痕。举世更谁谈孝友，教人那不重儿孙。横流何处非沧海，古道于今在墓门。汩汩清泉惠山麓，千秋万岁几曾浑。

慰于瑾怀定一丧偶

夭桃秾李想当年，万口交称新妇贤。已见儿孙来绕膝，相期伉俪共华颠。镜台尘洗三千界，瑟柱风凄五十弦。一语便教君解脱，鸳鸯毕竟不如仙。

开封龙亭

开封故郡此重游，来访龙亭帝梦休。寂寂潘杨无第宅，堂堂梁宋几春秋。东留铁塔一竿影，北瞰黄河万里流。我祝双湖似西子，长堤须柳水须舟。

宋艺祖卧像

陈桥故事黄袍艳，转眼凄凉五国城。汉族于今羞帝业，汴京终古镇河声。匆匆八姓群雄去，莽莽千秋一枕横。窟室微光照颜色，当年烛影未分明。

娘子关

杨花乱落李花开，红袖挥戈出将台。三晋风云曾变色，六朝金粉已成灰。河山此日仍天险，夫婿当年亦隽才。一瞬隋唐春梦了，远峰眉韵锁苍苔。

太原道

看山如见麓台画，济人还乘子产舆。滚滚黄尘迷大道，亭亭绿树引前驱。荒坡衰草群羊下，平野余粮一鸟娱。麦秀菜肥农荷锸，此风应未远唐虞。

晋　祠

手扑尘埃入晋祠，清泉汩汩出方池。唐槐火后一枝秀，周柏庭前双干攲。古貌庄严犹血食，良工雕绘亦心仪。桐封遗迹分明在，试诵穹碑幼妇词。

夏　口

烟迷芳草怨斜阳，碧血痕销剧战场。劫后市街都坦荡，秋来汉水益苍凉。江湖遍洒穷人泪，日月空余复旦光。儒将风流今歇绝，不堪回首抱冰堂。

病足负庐山之约，舟中自遣

庐山大好我无缘，心欲往游足不然。江声到耳疑瀑布，忽来幻想如飞仙。万流东逝未休息，世事茫茫多变迁。彭郎一去永不返，小姑绰约增人怜。亭亭玉立若有情，风鬟雾鬓犹半偏。当年豪兴已陈迹，新诗海内空遗传。武汉惊霆龙委蜕，吁嗟浊浪俄滔天。乾坤灵秀谁护惜，桃源鸡犬差安全。滂沱一雨怀旧侣，此行或逊舟中眠。咫尺阴晴有殊态，但祝稳上舆夫肩。江南江北青几许，看山那问媸与妍。湿云漠漠远帆重，画意恍入秋毫巅。扶筇起坐一吟眺，纷纶众美在眼前。何必直跻香炉峰，满身都惹香炉烟。

寿盛竹书炳纪六十

掀髯共话沧桑事，羡君六十老未至。仙山桃实几千年，吾侪毋乃皆童稚。月满江头风露清，双星灿灿莱衣戏。平生肝胆可照人，佳儿佳妇识君意。海滨时有弦歌声，我为青年拜君赐。欲持螯菊飞一觥，自笑从来不能醉。

寿曹母

迢遥梅岭初花媚，松柏森森自苍翠。酒熟家园大地春，何人不向南山醉。伯歌季舞来尊前，叆叇慈云覆九天。君看孝女江头水，岁岁长流如母年。

寿渔堂石像歌有序

曾氏家祠寿渔堂落成于天津，志忞泽霖邮示祠屋及其尊人少卿先生铸石像摄影，媵以事略，以歌报之。

万众冥行逐富贵，不识人间须正气。峨峨石像张目看，能肩吾道魂犹毅。路旁有口诵曾公，公之精诚满国中。沪渎津沽数千里，灵旗来往驰长风。尘氛浩荡昏天地，澄清谁揽中原辔。十年遗爱在南天，至今广厦贫儿庇。

重游焦山

二十七年前，匆匆一过此。重来已如梦，江声犹在耳。移石出江水，太守何多事。我愁年复年，鹤铭无一字。

送黄伯樵异郑仲完璧夫妇西行

海天一舸送长风，伉俪何曾不两雄。新国人才都倜傥，少年心事总玲珑。潮生南浦凉秋近，月到西方好梦同。此别我应先刮目，古来开化倚良工。

梅 园

梅里高风不可攀，梅园裙屐满湖山。万花香里一呼吸，胸有白云时往还。

援库军

笑拥貔貅十万帅，风云怀抱更谁知。穷边笳鼓声销歇，帐下齐擎酒一卮。

雨中观竞技

纤雨随风入柳丝，江城黯淡觉花迟。拔河蹴鞠何年始，斗胜春寒倪未知。

北极阁

北极阁前新雨霁，六朝松下草成茵。万花欲助青山笑，劫后江南几度春。

鸡鸣寺

古寺钟声不忍听，台城遗址草青青。萧梁得失成何事，已唤人间帝梦醒。

沈范亭先生原名李楷，后归宗手书门簿

词林清望今非昔，乔木森森故国新。七叶芬芳留手泽，一朝文献作家珍。重钞进士登科记，宁讳将军入幕宾。知是吾宗遗椠在，即看墨妙亦精神。

双钩宋拓本夏承碑海宁许氏古韵阁本，嘉兴沈氏重摹

建宁汉石宋初拓，藏本无如孙仲墙。许刻沈摹成两绝，八分真面见中郎。

哀武昌

武昌城头鸱夜啼，满街奔走豺狼饥。市民膏血饱馋吻，磨牙欲噬高官肥。生灵已分皆涂灵，瞬息机谋定帷幔。可怜心腹亦仇雠，脱甲囊金齐饮弹。前车乍覆后车摧，倡义雄都竟劫灰。龟蛇腥秽何年涤，黄鹤云中去不回。

绿水洋

行行水现翠蓝色，万顷波涛艳夕阳。饱吸天风纵谈笑，古来沧海有谁量。

鹭江吟

青山绿水照白日，秋入鹭江天气清。挐舟循海一往复，长风如送弦歌声。亭亭远树张翠盖，郑公遗垒何峥嵘。明清兴废已陈迹，英雄涕泪洒纵横。散财千万储国干，南天一柱须众擎。杜陵广厦非幻想，

寰宇那不欢颜迎。浙叶苏杨今逝矣，几人堪与同牺牲。君不见天马山头云缥缈，苍茫独立陈嘉庚。

香港叹

巍然一岛踞海雄，凿山开路摩青穹。几十万人著户籍，歌斯哭斯骨肉同。崇楼杰阁环复道，回看蜑户泥涂中。西来骄子岂天纵，尔自塞明与窒聪。先民智创巧者述，周官所以补考工。二千余年痼秦毒，安得再见神禹功。炎黄遗胄须努力，荒土何处无人踪。东南沃壤皆汗血，宁闻豪杰终为佣。冈峦起伏郁苍翠，仰天感喟不可穷。赫赫当年鸦片战，仓皇割地来和戎。披榛剪棘如画里，此技竟让虬须翁。轻车飞电载欧化，愧我高坐驱长风。

黄花冈

黄花环拱烈士魂，白云山下多丘坟。碧血光芒腾万丈，七十二雄千古芬。南来手种相思树，有情无情不可论。摩挲金字纪功石，攘臂屹立是何神。匆匆十稔付争战，天涯芳草皆啼痕。澄清四海有怀抱，我辈百年须树人。

海　珠

铜像遥看程璧光，海珠遗恨感茫茫。十年几溅无情血，莫向江流问短长。

石　门

云近石门成五色，沧波微晕夕阳红。归舟斜挂一钩月，秋在珠江风露中。

镇海楼

振衣直上五层楼，万屋如鳞瞰广州。寂寞青山龙已去，钓鳌沧海几清流。

寿张母

有子棱棱见风骨，矫健过于霜后鹘。有母沧桑经老眼，曾餐几度仙桃实。松柏苍苍梅欲花，慈云爱日生光华。母谓饥鸿蔽荒野，掌中何忍倾流霞。春晖遍煦江之浒，寸草有心慕芳杜。高堂明镜照欢颜，此乐人间已可数。

严园望灵岩园本钱梅溪筑，今易主矣

梅溪一去小园荒，山色依然西子妆。名士美人都寂寞，古今何事不沧桑。

还元阁

两山遥拱还元阁，一角沧波占太湖。地老天荒明月在，十年旧梦已模糊。

真假山

欲问何年遗此石，偶然遐想到洪荒。狮林一与评真假，人巧天工不可量。

石　壁

路入蟠螭跻石壁，平台数尺瞰晴湖。几多姓字苍苔蚀，一舸千秋范大夫。

香雪海

乘兴来寻香雪海，万梅初放瘦如烟。置身已在最高处，那有红尘到眼前。

汉 柏

汉柏名逾周柏枲，清奇古怪此分明。晋祠别后吴中遇，点缀湖山总有情。

自题小影

五十九年如一瞬，何年何事不蹉跎。浮云变态成今古，自笑忙中鬓未皤。

寿尤遂庵先甲八十

大椿春秋八千岁，而今君仅百之一。浩渺沧波东海滨，太公此是投竿日。胥江歇浦水分流，旧雨相逢几白头。闲来偶话故乡事，如君清福谁能修。我亦不知老将至，未到彭龄都幼稚。年年照眼榴花红，何处掀髯共游戏。

寿张啬翁謇七十

新国初元翁六十，唐虞让德清廷袭。十年时见触蛮争，两字南通舆诵翕。狼山秀色满沧江，经济文章不可双。四海风云似奔马，一隅樵牧无惊厖。天回斗转何方指，浩荡乾坤几甲子。老人南极有明星，相期中夜闻鸡起。

车覆伤左膊歌

五十有九学少年，一事未成百事肩。轻车骤覆伤左膊，了无痛苦心茫然。电光透照损及骨，云须疗养四逾月。乃知造化真有情，锡我安闲非降罚。人生躯体如寄庐，精神飞跃起鸢鱼。修我墙垣有巧匠，或者未至谋迁居。秋风袅袅罗云起，斜阳红到高斋里，白驹尽向隙中过，枥骥何曾志千里。

十二年元旦

旧历之望新历元，元旦月圆圆更寒。霜风砭骨冷于铁，何人今夜高楼看。晨兴儿女礼岁首，有姊日昃方盖棺。同怀十人逝者八，难将生死言悲欢。乾坤父母寿无量，固知人祖非猴猿。民胞物与付空想，疮痍满目滋心酸。寂寞街头未箫鼓，庄严座上谁衣冠。安得家家五色旗，庆祝四海俱平安。

高天引有序

高天引，行年六十寄所感也。

高天厚地著一我，有如沧海浮芥舟。匆匆百岁已六十，两鬓未霜心未秋。日往月来窥易象，阴阳消长无时休。长生无生与生生，仙佛自稀人自稠。老聃释迦两先觉，其徒往往分鸿沟。并行并育大而化，或复狂歌笑孔丘。芸芸众庶失其性，时以一指遮双眸。太牢无味藜藿饱，茅屋欢颜广厦愁。饥饿始耕寒始织，桑妇烹蚕农宰牛。以物养人人暴物，世间那可谈恩愁。轩辕以来几甲子，朝朝暮暮都蜉蝣。我生之初清未季，中兴将相方公侯。婉娈丱角宁解事，喜闻瀛海环神州。华胥忽入金母梦，漂摇牖户空绸缪。越雉南飞箕子泣，俄惊妖焰迷蚩尤。球图宝器付儿戏，吁嗟骨肉伤戈矛。霹雳一声起江汉，浩荡风云龙变猴。钧天雅乐耳根骇，鸣凤高翔麟远游。黄河浊水来宿海，蹄涔奔凑泥跳鳅。孺子酣嬉同濯足，沧浪何处逢清流。文明西土蒙大难，东方月出纤于钩。鸡虫得失争未了，白发欲上青年头。苍茫万感一蜗角，即天即我心悠悠。太和元气永磅礴，灿灿明星百尺楼。

薜 荔

薜荔墙阴伫晚风，纷披新绿已玲珑。举头皓月一轮白，照眼疏花几点红。秋本无心何皎皎，天如有界亦空空。苍烟半亩清凉味，吹入高楼玉笛中。

秋 怀

潇潇骤雨觉新秋，江海潮声怒未休。暑退凉生人易倦，风来云去月长留。有时苍野盘雕鹗，终古银河隔女牛。何处楼台不歌舞，已无天子更无愁。

挽韩王夫人

夫婿乡邦今领袖，儿曹伯仲古埙篪。未瞻椎布齐眉范，共肃山河象服姿。乐土相攸怀蹶父，俸钱营奠感微之。大江南北秋声起，天上人间永别时。

卷四　甲子至癸酉

张弘毅祠

百年早作人才计，回首难忘警醒歌。青眼逢君知抱负，白头迟我愧蹉跎。枌榆寂寞流风在，桃李芬芳旧雨多。独立斜阳几惆怅，江河谁更挽颓波。

梅花曲

金碧楼台沧海尘，梅花一笑便生春。曾教七十南通叟，破睡来看新洛神。

平山堂

旧址已荒文汇阁，扁舟如画瘦西湖。二分明月留江北，长照三贤欧范苏。

史公祠

十日扬州留碧血，浩然正气在乾坤。江山无恙风云幻，岭上梅花有国魂。

铜山道

群山环拱古彭城，楚汉当年几战争。衣锦猴冠何足笑，龙颜曾向乞分羹。

霸王楼

一去乌江叱咤休，英风犹绕霸王楼。绿杨如学虞姬舞，春渡长淮麦又稠。

奔牛镇

鸟弄歌喉下绿杨，豆花如蝶菜花黄。春风谁唱圆圆曲，倾国倾城此故乡。

偶然二首，次王醉叟垲七十述怀韵

偶然读易悟生生，一瞬孩提又老成。不信孔颜曾独乐，最怜巢许已知名。黄鹂翠柳兼歌舞，苍狗浮云几变更。太息飞蛾投爝火，却从幽暗向光明。

太好河山似弈棋，桃源鸡犬正怡怡。樵夫从古能谈道，老妪如今易解诗。烟雨自然芳草绿，风尘无奈素衣缁。九天何处闻鸣鹤，花满江南客醉时。

棉田有序

棉田，闵昆山、太仓、嘉定、宝山兵祸也。齐卢之隙，发难苏境，血战经旬，继以霖雨，气象愁惨，赋此以吊灾黎。时我生第二甲子九月十三日，正旧历中秋。

棉田已白稻田黄，万里风云忽战场。雨笠烟蓑空汗血，金戈铁马满城乡。秋声如诉虫沙怨，兵气能韬日月光。蜗角微茫寻乐国，不堪重与话苏杭。

怒　潮

怒潮空复射钱塘，一塔雷峰倒夕阳。焦土余灰埋白骨，绿槐残梦熟黄粱。马腾冀野肥秋草，鹤唳华亭警早霜。天末笳声南北应，榆关梅岭两茫茫。

斗 柄

斗柄潜移指北荒，一年朝市一沧桑。穷边风雪摩雕鹗，大道荆榛踞虎狼。应有逢蒙烹后羿，更无靖节傲羲皇。苍生何处寻环堵，鸿雁江湖几断肠。

江 南

江南秋尽日萧条，浩淼淞波劫后潮。只见群儿都自贵，曾闻三马偶同糟[槽]。风生鼓角乡心动，雪满湖山战血消。梦想太平重甲子，可怜寇盗已如毛。

寿王栩缘同愈七十

清才自昔凌鹦鹉，曾涉瀛洲采芳杜。江上归来已倦游，心薄阴符称尚父。行年七十貌婴孩，霁月光风笑口开。惯说英雄半无赖，遂令屠钓亦奇佽。醇醪遍饮寻知己，高唱山河收拾起。太和元气付儿孙，此福如天未堪拟。

雪 后

雪后乾坤吐清气，疮痍渐有回春意。忽闻笳鼓又喧喧，江北江南俱鼎沸。征衣缁素问风尘，何处流言非罪人。胡越一家心事异，金焦两点泪痕新。辽东鹤梦惊苏锡，有客思亲归不得。繁华都市半为墟，养虎十年三叹息。

我不能歌

我不能赴海求神仙，又不能排难解纷师鲁连。纵横计里七万又二千，偶然过眼都云烟。榘何方兮规何圆？足何履兮首何冠？草木何朽兮金石何坚？山何崔巍兮水何沦涟？女之颦兮何东丑而西妍？

士之才兮何跖盗而惠贤？众皆若醒兮若眠，叩之真宰若醒兮不闻若喑兮不言。去矣乎，悲骏马之著鞭。来矣乎，笑覆车之在前。君不见灼灼夭桃花自鲜，风飘坠溷无人怜。又不见蟠根老树万藤牵，一朝用作梁栋刑其天。

春鸟歌

春鸟一呼万树妍，江山从此销烽烟。耕夫织妇几沟壑，舞榭歌台仍管弦。十室传闻已空九，黄犊先烹蚕未眠。相逢逆旅话乡土，黯然白日无青天。只看狐鼠饱欲死，翻觉貔貅饥可怜。凋敝东南纷就食，荒凉西北枉筹边。一度荣枯一芳臭，花落花开年复年。苍茫四海悲巢燕，忽梦桃源鸡犬仙。

天际吟有序

朱燮臣寿延以其母夫人秋窗课子图索题，偶感时事，作天际吟。

绛云如縠梅雨霁，一鸟无声入天际。波震尘飞海岳惊，家国艰危堪陨涕。榛苓那复慕西方，吾党谁裁小子狂。欹器空悲桓庙覆，断机更想孟邻芳。回首抱书从母读，六岁为师父题轴。拈髭何计补乾坤，老大方知童稚福。

北　海

北海悲清圣，东山梦谢公。群芳渐摇落，片月自高空。砥柱人才少，飘蓬国事同。江南花事了，弱柳舞斜风。

新　雨

新雨万花浴，微风双蝶嬉。绿肥缘砌草，红上倚墙枝。鸟雀啁啾甚，烟云黯淡时。欲呼明月起，沧海日迟迟。

潮　头

潇潇风雨至，海上起潮头。云树不知暮，江山忽已秋。野花红未褪，水稻绿新稠。归去一蓑笠，村农方醉讴。

赠杨子永荫嘉

杨子方六十，驰书徵挽诗。我谓豫凶事，盲左曾非之。我若徇君请，于我为失词。谈庸得古义，却笑君好奇。庄生齐彭殇，达观诚我师。智乐仁则寿，先圣宁我欺。君生重九节，年年菊在篱。菊秋兰复春，孤芳谁所贻。我齿长君二，霜雪未盈髭。第二甲子过，不知耄老期。回首前甲子，我尚呱呱时。同光将帅尽，外患日以滋。诸贤乘其敝，还我汉官仪。华胥两帝梦，大难平义旗。咄咄九州鼎，一脔群朵颐。坐看朝与市，万事如弈棋。风尘何浩荡，星斗几迁移。未见白头黑，但见素衣缁。衣缁空太息，头白将何为。君家有远祖，所以悲路岐。岐路我焉择，可惠亦可夷。为我歌一曲，且采南山芝。

赠周宗良亮

周子心坦白，如旭初升东。浩然气食牛，谈笑时生风。论交才数年，差觉臭味同。海滨识群彦，市隐此一雄。五十鬓未苍，朋辈谁呼翁。齐眉有孟光，斯乐真融融。相对成百龄，团圞明镜中。亭亭照玉树，双星朗碧空。把菊问秋色，佐以霜螯红。与君一辉映，菊瘦君颐丰。

屠门叹

行行过屠门，日昃时未戌。牛羊濈濈来，骨角棱棱出。海内多风云，人命已如虱。猿鹤与虫沙，秕糠争得失。平原何莽莽，戎马恣奔逸。胜则虎为麟，败则龙为蛭。古来无义战，青史少直笔。巢牧讥放弑，宁非阪涿匹。孔谢军旅问，黩武意所黜。孟曰远庖厨，食肉寓仁术。朝阳杳鸣凤，衰草遗斗蟋。天道至微茫，素秋悲瑟瑟。湘淮昔多将，祸水方四溢。燕齐今多兵，离散几家室。子死悔杀人，自投车下日。那须谈鬼神，了了因果律。

咏史，示鼎儿

廉蔺刎颈交，一变为余耳。四海皆朋友，谁堪托生死。琴挑文君寡，酒卖王孙耻。轻薄成夫妇，白头那可恃。侠哉晋程婴，遗孤存赵氏。义哉宋司空，糟糠谢帝姊。

赠张竹君

众生烦恼何来佛，五十康强本是医。不嫁不婚真解脱，有儿有女为慈悲。

挽张畏钦祖寅

论交曾数使君贤，一瞬沧桑四十年。劫后河山多涕泪，追寻酣梦纪元前。

何处灵山尚有仙，忽闻一饱便长眠。新来旧雨飘零甚，只祝春风长蕙荃。

盛佑卿遗像

独立扶筇天地宽，素衣朱履野人冠。长留一点和平气，付与儿孙带笑看。

青山无恙君何在，沧海归来我未休。真相人间今有几，怕将冷眼睨神州。

璇圆季妹六十志庆并寄示甥辈及两儿

同母十人惟有妹，早生三岁忝为兄。海滨春送梅消息，笑口亲尝儿妇羹。

百尺楼台自明月，万家灯火尚新年。天涯负笈怀游子，此后乾坤在一肩。

樱　花

何年倩笑嫁东皇，裙屐环观喜欲狂。梅骨梨魂都未肖，国花声价在扶桑。

莲花君子牡丹王，浓艳清标压众芳。傥向蓬山移植遍，大风东海表泱泱。

怆然吟有序

张仲仁一麐以其亡长男为宣圹志见贻，感念旧事，作怆然吟即寄仲仁

和平声断万鸿哀，沪垒云屯巢燕来。天外恶风摧玉树，已悲戎马更怜才。

三十三年寻旧梦，怆然我亦过来人。青山瘗鹤新镌字，花好逢君又一春。

高　台

高台竞奏阳春曲，好鸟嘤鸣吐珠玉。华亭无鹤共猜疑，醉白池边新柳绿。尘昏燕市乱云愁，日丽江南花正稠。已叹黄金埋骏骨，却看翠袖拾龙头。芬芳何处非兰芷，恶木盗泉悲志士。山川灵气未销沉，愿掬蠡湖湔国耻。

一发吟

六十三龄黑发翁，忽闻脑后一茎白。老妻珍重前致词，笑谓君身岂金石。怪君年年长少年，我惭蒲柳依松柏。新来两鬓渐成霜，曾记丝丝初覆额。我聆斯语为掀髯，此事何须挂胸膈。青史功名闪电过，百代光阴都旅客。秋虫春鸟自飞鸣，大块茫茫天咫尺。回忆孩提在

眼前，却看儿已须如戟。人生皓首亦寻常，此是月盈微见霸。时贤未耄杖而行，我今腰脚强犹昔。

雨 后

江南泽国愁旱干，一日三雨农人欢。去岁秋螟夺民食，吏冥犯法古语传。今年捕螟未惩吏，再苦吾民天岂然。急点俄顷珠万斛，此价难复论金钱。北望烽烟几挥涕，吴中傥免沟瘠看。秧田满眼涌新绿，聊为苍生加一餐。

赠蔡北仑伯毅

海天一掬和戎泪，南土东藩同割弃。此恨绵绵三十年，然萁煮豆空酸鼻。梦绕河山故国情，缟衣哭母挂冠行。伤心岂减徐元直，大节终完苏子卿。早岁读书兼读律，余事从容谈相术。风尘何处识英雄，戎马春秋几仓蟀。

江北儿

江北儿，江北儿，朝朝暮暮行乞为生涯。垢面出泥掌，追尾轻车驰，此岂天性然，而竟甘如饴。君看支草以为棚，彼父彼母方酣嬉。有时托钵示家范，哀哉教养兼亲师。又闻濒淮多水旱，十口从来有九饥。贫民竞就富民食，虽富宁能遍布施。何以图两全，患难与共之。牵裾别乡井，相率逃荒时。逃荒须挟官文书，贪吏因缘巧猎赀。人持一纸钱数百，盈千累万肥其私。吏肥民愈羸，有司安所司。年年空放灾后振[赈]，终令满目皆疮痍。或云江南今乐土，灿灿玉粒沟中遗。豪奴呼蹴太不情，豆羹箪食胡居奇。或云海滨互市场，观风将为西邻嗤。傥复周官圜土旧，庶堪鞭策罢民罢[罴]。我谓此曹生不辰，那知远祖非轩羲。三薰三沐拱华屋，谁敢仰视评妍媸。噫吁戏，江北儿。

挽张啬翁

名满乾坤事满肩，半生粗粝傲时贤。江淮忧乐关天下，朝市沧桑感暮年。一代人才青史冠，五山风景白云眠。文章经济均千古，更有南通两字传。

乾儿游学将归感赋二首

寻师海外几青春，岂愿才华突过人。每向交游徵月旦，傥曾器识练风尘。兵戈满地家犹在，英俊如云席愈珍。万里归来先拜母，鬓边白发已非新。

季弟生来好读书，埋头一卷世情疏。却悲蛮触争蜗角，那有神仙饱蠹鱼。催老未应随子美，能文且莫羡相如。阿兄此后兼师友，荆璞何从化鲁玙。

赠江问渔恒源

沧江几度换云烟，风雨鸡鸣正黯然。芳草未堪逢野火，微尘谁与变桑田。乾坤整顿须豪俊，狂简裁成即圣贤。落落千秋功罪案，只应刮目看青年。

寿子让七十

五十年前已识君，眼看世事日纷纭。濯缨东海波澜壮，把酒南山松菊芬。大庆帖书王逸少，重阳帽脱孟参军。爱人欲广弦歌化，赠与芝田养鹤群。

雨中偕杨夫人步至胡氏雪园

东风吹面雨如尘，柳未成丝绿未茵。百岁同心顽健日，万方多难偶闲身。沧桑城郭亲情旧，烟树亭台手泽新。石室蟠虬池放鸭，潜研堂址古花春。

丁卯立春日

冉冉年华两丁卯，茫茫人世几乾坤。欲呼樵牧尊天爵，只见英雄入墓门。腊雪新晴方醉饱，春风无语自寒温。江头日夜潮声起，谁向中原浣泪痕。

次任之重游星浦韵

世傥能怜羞李白，别何可恨笑江淹。诸天张乐聋俱震，清昼扬尘面易黔。耕凿无人墟井里，高明有鬼瞰隆炎。钓台总是神州土，溪濑宁知汉与严。

叠前韵

海天寥阔身如寄，乡土忧危客正淹。一树雨肥窗外绿，万家烟起突中黔。沧波淼淼鱼龙活，爝火荧荧玉石炎。闲诵滑稽游侠传，低头迁史笔精严。

管夫人书璇玑诗卷、仇实父补图，为张冠春元映题

璇玑韵事堪千古，锦绣河山几海桑。珍重故家乔木荫，丹青翰墨两平章。

赠方惟一还

银髯洒落画中人，小饮酣歌自在身。不向北山重采杞，偶从东海一垂纶。

朔雪炎风怀旧侣，海云江树入新吟。阴晴又到黄梅节，巢燕喃喃语古今。

叠前韵

一楼风月两闲人，幸息尘劳海上身。画虎羞随儿学步，钓鳌坐看客投纶。

颠倒牺爻窥逆数，摩挲蠹简发长吟。明夷柔顺堪蒙难，爱古何曾敢薄今。

陈顾二氏子乞言

天涯何处无同调，世上于今几解人。沧海曾经三月梦，名山傥有一言珍。材储青史窥周柱，句诵缁衣谢洛尘。岁岁江头蒲柳绿，百年最好是青春。

杨夫人六十志感

四十三年甘苦共，乾坤否泰几迁移。却看荆布仍椎髻，坐叹江山似弈棋。闭户料应人不到，称觞偏有婿先知。婴婴未失婴儿态，柱下犹龙是我师。

叠前韵示鼎儿

榴花一度红如火，南斗阑干北斗移。海上浮家新泛宅，山中烂斧尽观棋。风高柳下和仍介，派合姚江行始知。心自空空香自远，莲蕖宜友藕宜师。

挽竹书

残破河山再造忙，汉江淞水两茫茫。高秋鹤送魂归去，城郭依然照夕阳。

犹听弦歌满梓桑，海天云树已苍凉。如君古道今余几，青峙山头松柏香。

挽张润之祖泽

世事如飞蓬，人心若淤泥。扰扰百龄梦，生死亦等夷。忆君少壮年，昆季相提携。雏凤已成行，上有慈云依。滔滔东逝水，浩荡无穷期。亲故几存在，寥落晨星稀。一睨禹州土，满眼皆戎衣。羡君抱仁术，谈笑起疮痍。沧江照白发，寝馈随轩岐。家珍况环拱，玩古能自怡。连枝忽摧折，同穴复歔欷。朔风凄以厉，四海多涕洟。方须救时相，胡夺活人医。苍昊默无言，徒闻哀雁啼。

幺凤吟

南山有幺凤，恶风化为鸮。一鸣汉水波，再鸣粤海潮。愁胡纵远目，绦鹰出掌高。玄鸟发祥土，门来赤雀巢。四顾何茫茫，群羽方啁噍。乌止谁家屋，家室多飘摇。万口需稻粮，饮啄争堂坳。九皋翔野鹤，白云江上遥。

挽李平书钟珏

慷慨存公道，如君有几人。论交文字始，垂老性情真。宦迹南天迥，才名北海伦。和戎投黻冕，讲武展经纶。民政趋同轨，乡邦倚缙绅。先鞭须骏足，大辂比椎轮。汉水鱼龙化，江城貔虎屯。崇墉成坦路，骇浪起潜鳞。只尽缨冠义，原非从井仁。远游悲国难，旅食抱家珍。褒满瀛州月，帆回歇浦春。十年娱翰墨，一诺出风尘。硕望尊耆旧，宏规让革新。何期劳乍息，渐与病相亲。闻耗还疑梦，伤时岂为身。万方多涕泪，那得不沾巾。

六十四琴斋图有序

雅乐所以导人心于和平，故曰声音之道与政通矣。琴之创始，远自庖牺，居今世而谈古乐，或以知希为贵，顾和平之趣，乐天者自在方寸，无今古也。四川吴浸阳精琴律，谙制琴，且研易学，一日经古道观，方营缮易梁，其废梁已五百年物，中琴材，相材斲制，得琴凡六十四，适符易卦数，乃一一以卦名名之，分赠海内嗜古者，仍颜其斋曰六十四琴。南通张啬翁尝为记其事而系以铭，忽忽数年矣。今吴君补图以徵题咏，而啬翁殂谢倏更寒暑，会东南鼎沸，人以其未见乡土遭兵革为福，而其语可哀也已。剥极思复，人心将以痛苦返和平，宣导郁滞，调燮阴阳，其竢之大难，戡定功成，作乐之后乎。而当天地盲晦，才贤隐遁时，空山无人，一弹再鼓，固亦别有怀抱也。赋此志感。

海天秋浩荡，谈笑遇琴师。月望峨眉远，风怀焦尾遗。良材吁委弃，逆旅赏珍奇。输巧娄明运，雷清郭雅宜。考工兼乐律，序卦略爻词。意匠群灵会，行装万籁随。屋梁萦旧梦，萍水饷新知。鸿爪沧江影，龙头宿草悲。淞滨成久客，庐阜寄相思。岩壑丹青构，琳琅卷轴披。峰多环积翠，树老疏危枝。关塞闻吹角，河山看弈棋。闲情余绿绮，变调入朱丝。遐想羲皇氏，欣逢钟子期。元音超象数，大道悟希夷。谁解吾民愠，南薰消息迟。

赠赵卓荪鼎奎

笑问城西老画师，梦苏襟抱几人知。小园独有千秋想，巢父生涯在一枝。

前有檀园后箬庵，沧桑不忍话江南。闲评乡土丹青价，酒后逢君兴愈酣。

挽范静生源廉

文明屯难几磐桓，怅望云霄失羽翰。三十年来知抱负，平生青眼愧相看。

姚江遗绪拾榑桑，吾道宁非兕虎狂。堪向清流照肝胆，掉头沧海感微茫。

五湖烟水一蓑回，曾记春风放棹来。邓尉更谁寻汉柏，桃源况亦付秦灰。

指股胫樱空太息，黯然赋鹏贾长沙。湘波已溅无情血，那忍招魂读楚些。

东　风

吹遍东风面不温，楼台霁雪已无痕。江南望断春消息，桃李新阴有国魂。

哀济南

黑风陡掩将星芒，血染千年宋海棠。趵突清泉和泪涌，更谁同梦说东方。

散盘歌

少诵昌黎石鼓诗，纵横碧树珊瑚枝。岐阳残刻窥太学，却疑周雅删先师。散盘文奥逾猎碣，谆谆两誓殷民遗。昔闻芸台偶仿制，乃有伯仲分埙篪。相将辇入内廷去，风尘片羽夸珍奇。新来影印化千百，藏家并数吴陆伊。爱俪园中堪竞爽，玺颁废帝何威仪。眉宇齐看子肖父，宁知筋节差毫厘。龙蠖屈伸几迁变，北平倏已擎降旗。清宫宝器此第一，毋令挟走东西夷。飞书远道觅精拓，渴望过于儿索饴。江湖水涨鸿雁至，一日能疗三秋饥。明窗卷幔白云护，循环展玩光影移。有如春蚕饱食叶，初眠未起盈筐时。又如群鸥戏沧海，壶公缩地成方池。墨花微晕香色古，浑沦元气天随之。禹鼎汤盘久湮没，独于尺素蟠蛟螭。二陵复见金碗出，此物应有神扶持。摩挲傥可换凡骨，超轶史籀惊秦斯。萧然一室三代上，彭篯与我同顽痴。

寄赠雪园

雪园新树初覆额，回望花楼天咫尺。鸟语虫声隔院闻，秋月春风感今昔。乾嘉老宿此穷经，深柳书堂梦竹汀。蠹食周秦古文字，燕飞王谢旧门庭。荷锄岁月看农圃，收拾斜阳归牖户。绿杨并作一家村，来往白云欣有主。迢遥累叶诵清芬，池馆亭台酒正醺。亦水亦山几邱壑，宜晴宜雨自烟云。人生何事堪草草，结根孝友长坚好。稼穑艰难无逸篇，子子孙孙以为宝。

曝野吟

大江东去壮波涛，海上何人不钓鳌。借问江南春几许，桃花点点上征袍。

倮国欣然尽解裳，狉榛遗俗傲轩黄。九州禹鼎沉沦后，重为狂民铸肺肠。

蚊巢蜗角有英雄，黄口朱唇唱大同。盲史灭亲新广义，耶娘妻子各西东。

蘧蘧蝶梦醒庄生，鲲化鹏抟蚁命轻。一片绛云嘘未散，如飞弹雨洗江城。

朝呼钱虏暮为宾，不测恩威天上神。占领春风湖一角，捧心西子总含颦。

弦歌谁嗣武城音，痞痳先求窈窕琴。老去风流真绝世，不闻穷巷有呻吟。

温泉索笑减春寒，覆水投金赠旧欢。沧海泪珠盈翠袖，梅花毕竟是含酸。

孝陵空吊杜鹃魂，无复南朝金粉痕。一椽未安千室毁，白门衰柳亦移根。

胡尘一去怅经年，回首珠江梦似仙。万里寒风吹朔雪，暮鸦啼向碧云天。

生葬青年徒太息，死鞭白骨已无知。可怜缥缈凌云想，一落红尘不自持。

鹬蚌从来饱老渔，芙蓉烂漫更欷歔。蜀江淞水源流远，那羡当年三海鱼。

棒喝禅心老未恬，偶来广座说华严。诸天花雨微尘动，龙象无声鬼面黔。

三十死刑儿耀武，八旬家庆父微文。人情天理看消长，皂白于今不忍分。

荃蕙还应未化茅，鹊鸠岂料竟同巢。落花流水无人管，翁自痴聋客自嘲。

百尺旗竿最上头，星移斗转问琼楼。邯郸大贾居奇想，仁义高门笑窃钩。

冲冠一怒独登台，忽听声声反舌来。有客滥竽宁足数，请君入瓮最堪哀。

宣尼说卦离为电，老氏谈玄道在无。抗议万言和涕泪，同根一木异荣枯。

小姑居处尚无家，却悟周公制礼差。贫贱糟糠怀祖德，何心来拾讼庭花。

江海轮声渐寂寥，空余蜃市驾虹桥。九天忽落双成吐，春水方生日夜潮。

莫向洪钟撞寸莛，汤盘犹诵日新铭。万方齐和清平调，闻道联珠有五星。

赠史量才家修

一从浴日向沧溟，尘海相看眼已青。谈易偶逢君五十，乾坤消息问遗经。

爆竹新年同把酒，梅花旧侣正调羹。高歌谁和阳春曲，欢笑还听雏凤声。

送刘海粟西行

愧不能呼天雨粟，浪游四海饷饥鸿。羡君褒有龙蛇气，掉臂沧瀛采国风。

挽梁任公启超

万方忧患更何之，新国经纶是导师。此后遗书编近史，当年清议证先知。霸才一代文如命，旷世三人病亦奇。医云全球同病者至今仅三人。不信太平成幻梦，碧天无语白云痴。

题卓荪画

春回芳草萋迷后，天入沧波浩淼中。山色溪光浓翠活，柳阴水榭自东风。

高下双峰似削成，暑消飞瀑作泉声。摩空一塔破天立，郁郁苍苍万里情。

两三老屋卧云根，此地曾呼黄叶村。烟树微茫城一角，四山凉意化秋魂。

疏林已觉新寒起，突兀山容睡未酣。一叶扁舟何处泊，好风稳送到江南。

明镜篇有序

杨椒其以病目研制镜术，意在济世之同病者，遂昌大其业，为作明镜篇。

视官职在明，欧化光有学。夜读病其瞳，奇想忽满腹。一艺通于道，可以造民福。智创兼巧述，成事岂录录[碌碌]。离输共嗟叹，日月悬万目。随波笑群盲，放眼即先觉。

张赞卿将军壮心千里图

青史多战血，今古同一范。桓桓张将军，忠义贮肝胆。出锋与入刃，万死功岂滥。悲哉将星陨，天地气为黲。裹创负尸还，奋若虓虎阚。酬勋毋乃薄，归隐蔗可啖。心雄老不侯，纵酒味醰醰。有孙绳祖武，世泽永无斩。谈笑尊俎间，金汤那易犯。清芬既远播，夫渠[芙蕖]方菡萏。

挽杨东山逸

忆昔逢君岁，君如兰甫茁。沪滨有八怪，众谓君居一。时论多皮相，所闻傥非实。欲窥君性情，不觉过从密。各有千秋想，欣赏凭艺术。芬芳频染翰，谈笑常促膝。冉冉华年去，春庚复秋蟀。尽瘁在乡土，劳勚向谁述。世事几海桑，论齿适相匹。我心方婴孩，君意骤萧瑟。一见一憔悴，斯人遘斯疾。临危未存问，忽忽若自失。

寿程云阳七十

百千万劫微尘里，陵迁谷变无时已。履蹈艰危亦坦然，由来心地平如砥。穷边移节驻胥台，白首黄童笑口开。雁信朔风怀旧梦，棠阴南国护新栽。怒潮江汉奔雷电，指挥瞬息乾坤奠。衣狗浮云视等闲，尊荣敝屣曾何恋。一筇一衲古稀年，霁月光风别有天。佛海汪洋无量寿，修龄宁止拟彭篯。

悼杨夫人

梦回疑雨复疑风，家国忧危涕泗中。我亦四民无告者，一鳏垂老古称穷。

十七来归嘉礼成，早闻在室有贤声。客居不恨多离别，能事高堂识性情。

少壮年华过似水，艰难况味累如山。萧疏两鬓先余白，何处曾偷一日闲。

浩劫河山家未破，浮名身世念全灰。每逢戎马仓皇日，却仗临机应变才。

四十六年操井臼，米盐琐屑竟无遗。空余皓首齐眉想，此后家庭付与谁。

见我生平百事疏，偶谈身后即欷歔。相期含笑同归去，慰藉温言总是虚。

唤不能应至再三，无言永诀最难堪。凭棺自痛真盲目，药后还疑睡欲酣。

贤母良妻世不珍，怜君甘作背时人。才看儿女都成立，游子天涯泪满巾。

糟糠伴侣悲何在，牛马精神枉自呼。辛苦一生从此了，尚无健妇哭慈姑。

昔人谀墓今谀像，此事难评是与非。懒向名流徵一字，伤心怀抱傥知希。

挽姚子梁文栋

谈经小集逢青眼，名世长才感白头。回想筹边两遗恨，不堪瞑目是神州。

哀沈商耆彭年覆车死

老氏谈祸福，天道难先知。与世一无迕，如君今所希。坦坦四达衢，輭车方电驰。砰然背受冲，骇若丘山隤。鲁莽文明器，吁嗟罪恶媒。我闻徒震悼，望古益衔悲。盗跖以寿终，首阳死夷齐。寥寥腐史语，已破千载疑。吾园忆陈迹，逢君年少时。温恭娴揖让，进退多威仪。岁月滔滔去，海内萌新机。庠序渐如林，桃李何芳菲。谦谦君子度，蔼蔼人中师。沧桑几迁变，仕学两优为。礼教众诟病，君独阐其微。大乐久沦亡，君复融中西。鸡鸣晦风雨，尺蠖甘涂泥。岂意三日别，委形在路岐。我心有余哀，更为君沾衣。

龚景张心铭赠浦口汤泉小志

刘宋朱明余史迹，楚锾秦量入山庄。华清谁续杨妃梦，惠济犹传太子汤。四海疮痍须浣濯，一泉今古未炎凉。涉江何处寻芳草，把袂从君话夕阳。

九 州

不女疵瑕任取求，匹夫怀璧自招尤。从无巢幕曾归燕，何必蹊田始夺牛。未见欢颜多广厦，欲离平地起高楼。漫天风雪穷人泪，怕展双瞳睨九州。

狮子林杂感

五十二年如梦里，重来乡土入狮林。那堪阅尽人间世，都似倪迂叠石心。

何处还留浑沌天，御题真趣未云烟。寰中正作飞行想，谁向清流访石船。

剩雪残冰渐欲春，梅园往事触酸辛。一从泪洒秋风后，倚遍阑干少一人。

蘧庄图卷，为龚瞻麓心钊题

消摇津上立斜阳，此地曹孙弩骑场。点缀农蚕新事业，讴吟先德水芬芳。

筝笛有声来远浦，香花无语上高墩。过江那逢易金卿，淘尽英雄水已浑。

横流沧海几桑田，池豆山螺别一天。傥话桃源秦岁月，大同梦想亦如仙。

人日述怀

众溺谁援手，持危强笑颜。投闲人似海，招隐地无山。朔雪边书滞，南荒战血斑。新都沉寂感，改岁奈民顽。

阴寒天竟醉，蜡腊国犹狂。衰凤思梧竹，饥乌争稻粱。江山余画角，歌舞自霓裳。涕泪中原尽，腴田万里荒。

哀此耕桑侣，驱为草泽雄。黄金销正气，白骨积丰功。道大溟鲲化，才难冀马空。休兵应未晚，世事已飞蓬。

尽厌苏张舌，难回跖跻心。欲呼天有问，不信陆将沉。长夜群盲旦，初春百鸟喑。偶闻箫鼓沸，道是太平音。

南园社集

久雨园初旭，如云客在门。感时谈渐密，怀旧字犹存。珠玉心声吐，杯盘乡味尊。滑稽雄四坐，炙毂有齐髡。

回车述感

草昧淳风远，蚩蚩旧俗仍。缘阶看蚁附，攀槛学猱升。古国此苗裔，新民方浡兴。忽闻谈礼教，匡谬我犹能。

只羡无知乐，风尘感不胜。频年观政俗，何事中规绳。破斧群姬旦，同舟几李膺。摩天横一羽，寥廓有饥鹰。

病起杂感

生死交情梦故人，碧山墓草久成茵。铸铜犹堕南通泪，酾酒难回北海春。西子湖滨裙屐盛，徐公桥畔水云新。市朝林薮都迁变，只见前因种后因。

潮去潮来总未休，微尘沧海几春秋。鱼龙漫衍窥金窟，钗弁纵横醉石头。诸葛弟兄吴蜀用，残唐文献薛欧收。绵延嵩岱风云紧，江汉无声水自流。

妙算神机不可猜，乾坤奠定尚需才。一池春水皆卿事，万派秋声为国哀。边塞又闻喧鼓角，故都重见起楼台。三年剿寇疲奔命，多少名城委草莱。

气吞海岳未为骄，飞燕妆成正倚娇。一代经纶雄笔舌，千村烟火冷渔樵。朝阳不集高冈凤，夜雨时鸣毁室鸮，憔悴民生新甲子，忍令岁岁困玄枵。

十年回首五星屯，万里虫天醒国魂。铜马横江来劫火，铁犁委地长瘢痕。黄金虚牝谁为盾，绿野新农尚有村。关陇频传人乏食，此乡何幸剩鸡豚。

群仙白日自飞升，何处曾逢入定僧。已悔多情难独乐，方知有味是无能。沼吴霸业终亡越，筑薛虚声只恐滕。世事纷纭堪一笑，大仁驯虎不驱蝇。

贾季英丰臻嫁女于葛

卧龙此是双飞日，射雉刚逢一笑年。南国花秾春似海，东方月出梦如仙。

吴镜湖草庐图

海滨村落未全墟，万竹丛中有草庐。三顾隆情今歇绝，布衣何处不驰驱。

不　堪

不堪潦倒一胡翁，夹道亭亭绿荫中。久雨黄梅滋蔓草，未灰红焰入飞蓬。燕巢堂厦何人庇，蜃市楼台转眼空。万里沧江烟水阔，已无粳稻饷饥鸿。

一　家

一家那见一路哭，江北还望江南春。涂山又歌白狐尾，羽渊谁化黄熊神。不问牺牲几玉帛，只悲城郭无人民。得马失马总非福，东施西施同是颦。

闻曲阜孔庙炮毁

大同一语卑三代，至圣千秋奠两楹。阙里又遭陈蔡厄，黄池已悔晋吴盟。杖歌有谶悲梁木，弦诵无声吊鲁城。天下为公腾万口，忍看吾道负苍生。

闻胡子靖元倓死长沙之难

悠悠湘水太无情，暴雨飘风广厦倾。两度清流经浩劫，卅年沧海话平生。赤云谁酿飞来祸，碧血应留死后名。人命于今都草芥，万方那不涕纵横。

喜闻子靖未遇难

每道此君不应死，忽闻无恙若先知。危城已熄群凶焰，痛史偏传八日疑。垂老心情差慰藉，新来消息总纷岐。武成杵血犹难信，鱼雁何曾解诈欺。

挽袁观澜希涛

人才眼底未全空，霜鬓年华意态雄。五岳遍看游已倦，众生无尽愿何穷。艰难教育开新国，忧患乾坤惜此翁。日落海滨城一角，更谁咳吐九天风。

杨夫人殁后周岁示儿辈

百岁苍茫未头白，一年荏苒又秋高。无家野哭人如蚁，独枕酣眠我已豪，风雨同心悲后死，邱山重累念前劳。身衣手线今非昔，报答春晖在尔曹。

和冯开生启程六十自寿

南天北地话经过，欲为苍生唤奈何。乡土粗安容膝易，风尘久倦感怀多。菊于晚节餐佳色，桃有仙根孕太和。一局棋枰闲岁月，长才谁使老岩阿。

有所思

有所思，乃在云之端。长风几千里，平原战血吹未干。赫赫飞将军，天上弹人观避丸。敬颂将军，如天之仁，将驱子敌，忍残我民。民生民生民日死，窃窃私语我闻如是。我闻不告子不闻。今日子为政，毋令人谓训我以杀人。

芳　树

芳树芳树一树发三花，两花结实大如瓠，一花飘在天之涯。天涯几许花间蝶，昨日双飞今日分飞如落叶。叶自凋零花自春。春风复春雨，年年销尽残花魂。

远如期

远如期，远不如所期。勒马将安之，昔是昂昂千里驹，今与驽劣同盐车。盐车味苦，为谁服贾，释彼重负，摆落尘土。脱羁摇首一悲鸣，栈豆纷争中，有虎不能蒙虎皮。曰归曰归，将子毋欺，远如期。

朱　鹭

朱鹭尔啄鱼不知鱼苦，尔不见大鱼鼓浪吞小鱼，小鱼纷纷化为蠹。蠹告朱鹭知，昔我食字今我食民膏与脂。鹭兮鹭兮，水且无鱼尔何噬。有鱼亦如无，去尔悠然逝。吁嗟乎！国之民兮水之鱼，民去将安之，鱼之不如。

君马黄

君马黄，客马苍。苍黄来自冀之野，悲风衰草空腾骧。悲风起西北，浩浩平沙不见人，饥鸦阵阵盘天黑。西北风，东北风，西北风雌东北雄。雄马骗为雌，雌复哀其雄。不敢纵君华山阳，驱君入海如蛇龙。

将进酒

将进酒，杯在口。何来壮士惊四筵，坐客仓皇反缚手。缚君赠君不自由，同官文武今寻仇。仇家先世有莫愁，保君此去无烦忧。此去不知人间世，虫鸟春秋等闲逝。春去复秋来，跋扈将军终乞哀。鼠变为虎虎又变为鼠，鼠耶虎耶，进退方裴回。裴回裴回前路歧，五羊脱虎口，一羊还其骨肉皮。羊本善者相，不能为虎能咎谁。

虎　丘

虎丘在吾乡，垂老始一至。人情忽所近，此亦眼前事。吾悲吴已沼，凭吊来剑池。剑池久寂寞，何故使水滋。又悲五人墓，碧血染青史。今无阉为虐，海内少义士。回首生公台，台荒石未移。石顽民不顽，不顽顽所欺。

赠叶汉丞秉衡五十

吾年垂七十，天不速吾老。泊若婴未孩，柱史赠吾宝。君少吾十八，朋侪呼寿考。谓君成功人，岁月非草草。频年困兵匪，海内日枯槁。此方谁荫庇，家室幸相保。忧乐何先后，万岁集襟抱。乾坤如积尘，一帚那易扫。遍祝吾同胞，洗涤心与脑，涵养太和气，黾勉赴大道。

悲秋水

秋水忽大至，弥望皆汪洋。告灾二十省，人畜都遭殃。导淮日聚讼，江汉同汤汤。舟楫上高楼，田庐已森茫。或效猱升木，欲渡愁无梁。羡彼嗷嗷鸿，双翅犹能翔。何意华胥梦，巢居返洪荒。其鱼叹微禹，鲧殛知堤防。堤防问安在，化为橐与囊。竟我民脂膏，豢此人无良。死者长已矣，生者何肺肠。猥云天肆虐，由来谋未臧。忍见饥无食，而又寒无裳。粒粒饷义粟，勺勺倾仁浆。愿言工代赈，成事毋相忘。一浚郑国渠，秦中饶稻粱。

哀辽宁

养兵二百万，内战无时休。一朝狂寇至，城亡官吏囚。宣言无抵抗，赫赫军人羞。我闻三太息，流涕睨神州。东北无要塞，东南有高楼。可怜歌舞场，脂粉污兜鍪。兵库何充盈，委弃如山邱。民财千万亿，捆载归瀛洲。不堪一杀敌，焉用豢貔貅。以此残同类，不如姑赠仇。赠仇那足训，尝胆枕戈矛。非战有公约，国防胡未谋。侵略与自卫，其界分鸿沟。鸱鸮毁牖户，既雨初绸缪。夸词诳群氓，嘘气成浮沤。尽释公徒甲，不断将军头。将军论功罪，青史在千秋。芳臭关家国，黄金志已酬。长鲸掀巨浪，万里风云愁。东道悲无主，西邻方借筹。西邻谁仗义，辽海天悠悠。公理须后盾，自强非外求。

战城南

战城南，南都醉梦方沉酣，举国为奴心岂甘。六战皆捷一战北，同袍袖手悲何极。早拼热血洒边城，退蓄健儿反攻力。我退敌来，我伏预埋，敌锋又摧，敌甲不回。雪地冰天风似墨，寒气犹能助歼贼。关内逍遥关外王，坐看江山改颜色。江山改颜色，肉食肉可食。肉可食，污我齿，杀父不雠非男子。梅花艳曲正销魂，万人唾骂辽东豖。吁嗟辽东，乱如飞蓬。黑水孤军一马雄，此马今是人中龙。

淞沪捷

白山黑水愁云来，海疆门户先洞开。敌舰横冲若怒雷，市中谈虎人面灰。十九路军悲填臆，大呼杀敌我天职。精诚从此格冥顽，浩荡乾坤齐变色。气吞万牛，誓歼国仇，敌尸山积，淞波不流。置我死地我始生，不鸣一鸣世所惊。惟天无亲德是辅，骄兵愤兵败可虏。回首当年倭子坟，江北江南同吊古。吁嗟乎！祖龙昔求仙，徐福入东土，童男童女多子孙，暴秦遗孽仍黩武。野性何时驯，文明已羞伍。貌袭欧风四十年，毒焰高张今怨府。君不闻三岛凄凉号哭声，倭妇索夫儿索父。

上邪

上邪上邪径路歧，下有直道心危疑。危疑复危疑，径路歧又歧。青天白日不知险与夷，茫茫四顾将何之。一虎腾跃，群狐绥绥，怪鸥齐喑，骏马虺隤。登高以望远，荒野多鹑衣。滔滔江海流，汪洋皆涕泪。谁能驯虎不尔噬，谁能驱狐不尔迷。白日人人在头上，青天万古长无私。

劫后

欲从劫后问民生，烽火隤垣春未耕。尚忆徐公桥畔路，绿杨影里读书声。

和何白蕉题画马

万里穷边塞草枯，健蹄飞铁蹴倭奴。如云汉将今何在，剩水残山一马孤。

叠前韵

一睨苍生泪欲枯，毁家竟未灭匈奴。吴宫花草今非昔，蔽面何人不识孤。

再叠前韵

春黯榆关边柳枯，梦中新国几庸奴。东邻狡狯西邻笑，拱卫如林南面孤。

三叠前韵

欲脍鲸鲵海未枯，枕戈痛哭有狂奴。淞波浩淼鱼无市，细雨江楼客梦孤。

四叠前韵

忍看三岛骨全枯，壮士空为悍将奴。同种自残东亚耻，弟兄推刃势先孤。

五叠前韵

升斗难全涸鲋枯，王孙况已为乞奴。楼台尽日酣歌舞，那问人间寡与孤。

六叠前韵

村落成墟万井枯，高谈尽倡国无奴。闭关西去南都在，再造乾坤力已孤。

七叠前韵

敌垒新平陇麦枯，几家重见牧猪奴。归耕无耒还无犊，遥羡炊烟一缕孤。

八叠前韵

舍身喂虎肉先枯，驱作芙蓉花下奴。变相帝王今有价，曹瞒一去叹无孤。

九叠前韵

馨香冢骨未曾枯，虽死犹雄愧老奴。爱国男儿知有几，东南东北两军孤。

十叠前韵

青年前路问荣枯，戎马生涯脂粉奴。庠序弦歌声欲断，最悲烈士有遗孤。

蹉跎吟

黄龙痛饮已蹉跎，谁道珠崖又弄戈。草泽英雄心报国，京华冠盖口悬河。坐看白日消如许，愁听苍生唤奈何。黯淡风云天欲泣，潺潺霉雨几滂沱。

叠前韵

万言建国总蹉跎，岁岁空操同室戈。鸡犬难逃秦法令，豕蛇已食汉山河。论才岂让谈天衍，顾影还怜傅粉何。凄绝淞波余战血，更谁歌啸向江沱。

累卵吟

百年几读伤心史，四海齐惊累卵危。父老追思刘季约，春秋空在董生帷。别无天地能容我，如此江山欲付谁。万国衣冠兵未戢，文明何事不堪悲。

次白蕉赠诗韵

谈瀛海客多于蚁，百尺楼头有国风。终古白云自来往，到今青史几英雄。庄生梦蝶哀心死，尼父歌麟感道穷。一笠一蓑天地阔，滑滨严濑两渔翁。

叠前韵

何事不应开口笑，哑然南北马牛风。薰莸并作十年臭，蛮触时争一角雄。只有文章驱国难，竟无方药疗民穷。黄金岁月销磨易，多少飘萧白发翁。

再叠前韵

东夷旧是唐虞宅，南国何来郑卫风。画虎人才多类狗，守雌心事本知雄。民生空想无怀乐，易象明言未济穷。闻说渡泸征孟获，最难化蜀继文翁。

三叠前韵

时无师旷能知律，歌罢南风又北风。泪洒琼崖舟已覆，血飞辽水鬼犹雄。殷余奇货囚箕子，夏训前车鉴有穷。祸福从来相倚伏，试将塞马问而翁。

挽金井羊其眉

正向淞波吊国殇，又悲志士欲沾裳。童年早识黄江夏，时政能伤贾雒阳。七叶家声貂不贵，五常才调马真良。秋风惆怅罗溪水，珍重榅书话故乡。

挽惟一

论交海内几诗人，每与倾谈满坐春。欲为江山驱暮气，未将蓑笠送闲身。酒杯傥识风尘味，书卷犹留乡土珍。家住玉峰邻白茆，两番小试亦经纶。

华颠旧雨已晨星，老眼还从何处青。记否小楼同望月，怆然沧海感浮萍。惯吟近句如潮涌，偶话新邦欲涕零。丧地未归君竟去，谁湔此恨慰冥冥。

见我诗者每劝刊行，赋此寄慨

乾坤俯仰入毫端，天自空空心自宽。偶露文章堪忏悔，饱经忧患幸平安。身如野鹤巢难定，梦到梅花骨已寒。四海于今同水火，新诗何忍教人看。

断齑课孙图长卷歌有序

武进顾峤若镜明出其大母年太夫人断齑课孙图乞题，偶感近事，卒尔成歌。

齑味不恶书味长，书声到耳齑亦香。与儿晨夕共甘苦，追念大母恩汪洋。母龄日高儿日壮，已知才格非寻常。笑看雏鸡出巢早，委蜕而去心宁康。太和元气孕慈孝，此本未颠国不亡。各老其老幼其幼，环瀛谁复争雄强。吁嗟乎！时危海内方蜩螗，峨峨髦士民所望。呼号奔走势莫当，一年几度空胶庠。君不闻百分八十好儿郎，数仞难窥夫子墙。四郊况有哀鸿翔，且咬菜根毋自荒。

南昌城砖歌有序

南昌之毁城也，蔡蔚挺敬襄收城砖藏之，自汉迄清凡百余，撰江西省城砖图志，邮书索诗，为作此歌。

北枕江流古豫章，洪都灵杰今南昌。滕王高阁不知处，浦云山雨皆苍凉。新来人命轻蝼蚁，活泼飞鸢杀机起。万里云空瞰九州，无复雄城夸百雉。仡仡垣墉已荡平，片砖只字付闲评。摩挲历代兴亡迹，创建追思汉灌婴。皇冠一掷成何用，纪元最后清宣统。那信长春有伪朝，问谁能上平倭颂。

题海粟画伏狮

问狮何不起，蓄怒亦久矣。此意其肖谁，毋乃肖国耻。

年　年

新旧两重阳，匆匆都过了。四海风云多，年年秋兴少。

秋　花

秋花红似血，此血何人溅。艳哉烈士魂，万古色不变。

讨　蟹

谁谓尔无肠，肉食奈无目，横行曾几时，脂膏已满腹。荒江一星火，昏夜捕尔曹。双螯空自卫，八足将焉逃。我闻里有谚，世乱尔族夥。百擒毋一纵，以纾苍生祸。东方青正色，悲尔化为红。秋风持赏菊，此宴庆谁功。

袁翁六十齐眉乞诗

不知无量乾坤寿，往古来今几许年。笑看岁星周五度，翠楼花月倚双肩。

沪渎犹传著姓芳，淞波无恙话苍桑。问翁古国回春药，翁家卖药沪市二十八年矣。不老精神孕自强。

挽黄伯雨以霖

一卧沧江二十年，潇湘旧梦付云烟。独凭气节论书画，此老胸中别有天。

李唐真迹迄明清，海内藏家此最精。我愿艺林营别馆，为翁遗物作金城。

长堤歌

长城已古长堤起，城捍强胡堤捍水。天降奇灾鱼我民，上客何曾谋徙薪。吏蠹官饕祸所孕，麦舟邻谊分余剩。嗷鸿遍地为饥驱，努力施工十八区。江淮汉运兼沙颍，洞庭旁眺沧波莹。蛇行龙卧势蜿蜒，计里将盈万五千。轮囷材大原须用，哀怨声声化歌颂。篝车谷熟庆季丰，微禹方知鲧有功。顽云横海鲸翻浪，太平洋岸腥风壮。狂澜一障涌心头，先看潮回佛感洲。

东北五杰歌

大青山头一马飞，啸呼逐日吞虹霓。茫茫冀野牛羊肥，独啮塞草聊充饥。王军断路能出奇，群倭愕眙奔命疲。朔风浩荡寒无衣，坚冰入骨霜裂肌。李丁患难长相依，誓同生死皎不欺。渴饮仇血甘于饴，弹尽空拳当铁蹄。苏氏权谋今亦希，捕缚狡寇如缚鸡。蓦然脱兔雌雄迷，假道全师惊岛夷。

子靖以感逝杂诗索题

海滨同话伤心事，劫后相逢我亦鳏。湘水淞波多涕泪，人间天上此河山。

七十自嘲

何年沧海息横流，坐叹民劳未小休。白发亦居时俊俊，蹉跎不上老人头。

偶然揽辔想澄清，一度华胥梦里行。自笑匡时才力薄，不如海上看潮生。

高唱和平别一天，同根萁豆日相煎。红颜十七曾歼敌，我已须眉负少年。

心似婴儿尚未孩，眼中岂少不凡才。碧天浩荡看飞艇，边塞空怜雁叫哀。

榆关陷

万户惊疑爆竹声，榆关烽火竟无情。冲冠一怒知何日，多少红妆已请缨。

青史家传百忍名，龙江辽水泪盈盈。长城一角今残破，谁为秦皇诉不平。

荆溪雨棹图卷有序

丙寅春，观澜、任之偕汤尔和有蜀山之游，汤定之涤以尺幅图之。忽忽七越岁，观墓草宿矣。近任之示我图卷，题咏甚富，而此卷谁归，因有留藏山寺之约。蔡孑民元培诗，以争墩砭世之不广者，固风人之旨也。怀旧感时，为题三绝。

阳羡何人更买田，已醒春梦话坡仙。潇潇风雨同舟日，劫后江山又几年。

闭门卧雪忆袁安，每遇名山不厌看。化鹤还应游五岳，九天风度万松寒。

谢墩雅谑绝冠缨，最误苍生一字争。天下为公诗卷倡，青山留与证同盟。

北宋本玄秘塔，为海粟题

纸墨双珍评宋拓，唐碑真面见诚悬。为揩老眼看题字，一笑重逢十五年。

铸禹歿后二十年志感

海滨弦诵起新声，文化初胎斗大城。桃李能言碑在口，何人不道两先生。一谓观澜。

怆绝瞻园闻耗日，白门旧梦已成尘。廿年戎马残东北，哀到江南又一春。

观小李将军海天旭日图卷

巨唐画创南北宗，北宗父子夸两雄。小李将军此真迹，展卷赞叹揩双瞳。碧山白云相间出，上有红日光熊熊。波涛壮阔腾海马，睛点屈蠖成飞龙。吞吐乾坤入豪发，只觉万象超鸿蒙。道君题字亦劲媚，荒城残照悲遗踪。一姓沧桑奚足问，黄袍帝梦今早终。昔遭洪水邻助虐，鲸鱼跋浪翻青穹。环瀛酣醉酿戎祸，虎狼习性胎秦童。东方初旭已西昃，矮人天小观井中。蓬莱三岛竟孤立，文明转眼嘘蜃空。时代精神评艺术，二阉一吴名等崇。辋川摩诘独对峙，从来杰作羞雷同。此卷流传自开宝，堪表大国泱泱风。

哀热河

山外环山中有泉，热河南控长城边。磬槌高举一峰立，忽然敲破浮云天。声声抗敌敌未至，鹰饱思飏先展翅。壮士何颜犒义军，禹州遗臭成鱼肆。问言此咎将谁归。不信人心都死灰。最悲蝶梦迷离后，万唤千呼魂不回。膏血年年空喂虎，卫霍奇勋思汉武。麻姑已感海生尘，应降蔡家麟作脯。

自有有序

穆恕再湘瑶有说死诗，伤心人之怀抱也，今六十矣，反其意寿之。

自有精神堪不死，即谈性命岂无根。愿将方寸和平气，洗尽乾坤涕泪痕。

告杨夫人墓

青山依旧迎人笑，汝侍翁姑在墓门。一语九泉堪告慰，乾儿三月已生孙。

长相思

长相思，永不见，粉墙双影日高悬，犹是当年团团面。儿曹亦解博我欢，未若母在我心安。岂无芬芳桃李枝，恻然攀折非其时。落花辞条鱼失水，少男少女多仳离。昔悲五伦止夫妇，此道不绝今如丝。弃妇夫倡，弃夫妇随，陨风激荡，作俑云谁。我愿人世糟糠侣，各矢终身以为期。终身为期哀逝者，魂魄何之心不遗。长相思，天地悠悠，生知死知。

饮马长城窟行

饮马长城窟，长城绵亘堆白骨。白骨化为山，骨间壮士能生还。壮士新从虎穴来，为道倭奴亦可哀。杀人利器夸希有，指拭光芒绝纤垢。健儿袭夺涎欲流，一瞬欢呼归我手。左躏古北，右残冷口，喜峰魂落大刀头，血中窜若丧家狗。何意新邦多老成，空建高牙雄北平。六师盼断将军令，坐看敌骑先纵横。敌进我急退，敌守我缓攻。静如处女动脱兔，玄妙戎机万目蒙。君不见察绥危迫多伦[沦]陷，捷书片片飞滦东。

白蕉治印成即赠

白蕉为我刓印多，苦无良石供搜罗。金刀遗法胎息古，胸有奇气难消磨。镌劖造化付欣赏，国削赖此驱愁魔。昔夸三绝君得四，艺林佳话自今始。文化复兴会有期，百未一能羞口哆。蚊巢蘧首几春秋，不知明日此何世。

王显诏寄山水画册索题

谢家六法世所尊，气韵生动为之魂。此诀解者今有几，裴回四王吴恽门。大块文章都假我，休向人间乞烟火。藐姑绰约仙乎仙，披拂白云天上坐。

千龄燕歌有序

千龄燕集徐家汇土山湾马相伯良老人所。自老人外，年七十以上者三：子让七十七，朱志尧开甲七十一，余适七十；六十以□[上]者四：沈思齐惟贤六十八，王一亭震六十七，陆规亮六十五，顾馨一履桂六十四；五十以上者五：朱吟江得傅五十九，任之五十六，林季璋驺五十五，季英五十四，毛子坚经畴五十二；四十以上者四：问渔四十九，杨卫玉鄂联、夏国梁并四十五，贾佛如观仁适四十；三十以上者一：姚惠泉文达三十八；二十以上者三：姚兆里二十九，凌其翰二十八，徐景贤二十七。燕后二月，忽追忆之，以为今何世，而吾侪得有此集乎岂易哉。虑其久而忘也，歌以永之。

相伯老人今之雄，九十四龄颜犹童。坐中少长二十一，得姓十六四姓重。马姚朱沈王陆顾,黄林贾毛以次从。江杨夏凌徐后劲,中惟二人齿适同。二三四五六七十,独无八至九十翁。四姓姚与朱沈贾,一三三二九数容。三姚之二孙侍祖,二贾叔侄欣又逢。二朱论年差十二,吾亦不孤夸吾宗。积成一一五三岁,约举千龄名已崇。此燕今为第一集,兴随年高年不穷。燕罢平台纵一笑,俯瞰万绿餐天风。时在癸酉夏五月,二十七日日方中。

莲花谣

莲乎莲乎,尔性之芳洁兮,羞伍葭苇与菰蒲。谓比德于君子兮,焉能涤淤泥使勿吁嗟。彼烈日之炎炎兮,曾未融万物于一炉。薰在器而蒸为莸兮,惧斯民之毒痡。胡独嘘灵而吸秀兮,吐芬葩兮水之隅。莲乎莲乎,六郎之面兮谁所娱,茂叔去兮来者无。感清浊之代谢兮,非宋傲而唐谀。洵青史而可无天兮,将衮斧颠倒于褒诛。采菱之美人兮隔花笑,笑尔亭亭之翠干兮,怀直道而已孤。况风裳云袂之飘飘兮,谗口犹以为丽都。状老人而心苦兮,夫奚济于滔滔之吾徒。不闻粳稻之香兮充路衢,绿野之农声声兮长吁。

黄河之水

不信人心有洪水,却看洪水又横流。三年两度奇灾告,万口同声首恶仇。梦想禹兴谁殛鲧,浪夸在匄竟无鸠。蚁堤忍复营狐窟,蛇尾空教饰虎头。饥溺本非身外责,呼号况与耳中谋。汪洋豫冀青徐域,哀雁南来白下秋。

我　齿

我齿五十微动摇,七十落尽无一牢。偶开笑口仍粲粲,既毁重完聊解嘲。前身傥是刁凿齿,比附昔贤差自豪。始损其一补其一,三十二齿一一脱。有如革命年复年,新陈代谢堪缕述。从此毋愁啖饭难,哑然此亦养生术。老曰齿坚敝舌先,而今齿敝更使坚。长城东北若齿缺，河山残破再造艰。同咬菜根同茹苦，何事不由人胜天。惟天福人锡之食，一咀一嚼齿有职。囫囵吞枣谚所讥，鲜能知味谁知德。知味无逾古易牙，易牙输我牙全易。

秋风吟

秋风初送白云飞，京洛缁尘又满衣。直北关山戎马迹，几时重见雁来归。

飞泉三叠耳中鸣，那有穷檐嗟叹声。一决兰封天助虐，原非霖雨祸苍生。

旷世雄才有万能，五云楼阁起层层。饱看海上金银气，菰菜莼驴笑季鹰。

金沙日夜涨新潮，羌笛横吹虏骑骄。滚滚蜀江流战血，更谁西去渡绳桥。

箕踞当年一尉佗，风云无改汉山河。于今百越都丰沛，魂魄应思猛士歌。

萧待诏耕牛图，为顾荫亭树森同学题

挥鞭驱耕牛，牛怪人无情。闻人今叹息，有牛不能耕。有牛还叹息，无牛弥可哀。安得画中牛，一一田间来。田间何处乐，乐岁愁未休。谷价贱于税，群群商卖牛。卖牛谁复耕，牛充胡贾饥。余粮海外来，人与牛同悲。

题荫亭雨竹画幅

潇潇风雨中，不掩干霄姿。干霄亦寻常，虚心真我师。

又题其鸟宿月下松画幅

老松欲卧倦鸟宿，乱云方稠孤月明。明月曾经照千古，何时一照宿鸟醒。

婆砧介寿图，为金侠闻承望同学题

菊有傲霜姿，松有岁寒心。纵览列女传，芬芳名节林。娄水产贤淑，友爱情何深。踵美贾逵姊，朂弟为璆琳。温言却衾赠，皓月吐胸襟。以增膏火光，灿灿逾黄金。二十嫔于顾，井臼力能任。窈窕房中乐，哀弦摧瑟琴。殉夫志未酬，永日泪涔涔。江海看潮汐，往来无古今。岁星五循环，庭树玉森森。弟祝姊康疆，跻堂酒一斟。纪行在家乘，献颂兼时箴。薄天轻礼义，末俗齐贞淫。隤波自泛滥，崇山自嵚崟。朗吟柏舟诗，放流桑濮音。

雨后渡钱塘江

云起山头轻似絮，泥融江岸滑如油。双舟笑渡钱塘水，李郭当年无此游。

杭江路过萧山

万山稠叠衔新绿，一树夭斜著冷红。烟雨蒙蒙风细细，几分秋在画图中。

建德晓发

夹岸岚光照眼醒，晓风吹梦入清泠。船头船尾更番坐，贪看青山两面青。

七里泷峡口

峡口忽将江水束，遥看一线未容舟。舟行如欲触山腹，行向中流徐掉头。

钓　台

积翠连云欲上空，钓台人去想高风。桐江今有奇男子，谁更羊裘老泽中。

冯小青墓

处士为邻冢亦香，评量品格到红妆。湖山还仗贞姬骨，留伴梅花傲雪霜。

于忠肃墓道

此腔热血洒何地，慷慨遗言青史尊。一角粉墙侵墓道，斜阳芳草吊忠魂。

书老子后

言者不知今始验，不言那便是真知。化胡未化悲胡化，傥悔骑牛西去时。

谢一亭赠画菊

纸贵江南老画师，龙蛇飞舞有奇姿。热情到处呼生佛，冷艳携来饷故知。摩诘宗风超北派，渊明诗意写东篱。此花不共秋摇落，藏向名山永护持。

次规亮赠诗韵

澄清岂竟志难酬，四海无人展一筹。炙手有诗吟杜老，美髯如画想关侯。梅花已了三生梦，菊蕊频经九月秋。嗷雁声中歌舞起，酒酣还唱忆侬不。

叠前韵再示规亮

举杯到我总空酬，那用花枝当酒筹。坠地昔曾惊父老，笑人今尚恋王侯。是谁意气堪千古，如此年华又一秋。回忆富春江上路，好山君亦爱看不。

再叠前韵

欲斩长鲸愿未酬，散沙量到手无筹。苍生已祸兴戎口，血战方逃窃国侯。闻道蛇龙驱薮泽，空教虫鸟送春秋。大罗天上神仙语，岂问人间是与不。

三叠前韵

每到花时几唱酬，最悲国事未堪筹。失声有母羞文伯，尽瘁何人慕武侯。西被东渐夷猾夏，先河后海岁防秋。黄金去似滔滔水，能易饥黎一饱不。

双凤谣

蓬莱双凤杳无声，万里愁云一鹗横。帝去人间余玉碗，胡来关内复金城。心倾司马尊游侠，耳食公羊梦太平。海外奇书今化蠹，不堪重与话民生。

叠前韵

海滨日夜听潮声，百尺楼头一笛横。却笑儒冠羞短袂，最悲敌骑恋长城。英雄自昔多无赖，妇孺于今感不平。弱肉已残强未餍，堪教天地悔生生。

再叠前韵

雷动双轮夜有声，滔滔东去大江横。尽排旧学卑三古，谁许新邦割一城。坐井目空天上下，枕戈以颂世和平。明知痛哭非长策，年少相看几贾生。

三叠前韵

莫道邻鸡是恶声，满天星斗尚纵横。佛前广设无遮会，化外长游不夜城。流寇亡明悲闯献，奇谋兴汉倚良平。二千年事悬金鉴，马上何堪托死生。

四叠前韵

霜风寒送万鸦声，荒野顽云到处横。只有家财输卜式，竟无言责属阳城。凄凉墦祭盈东郭，浩荡边愁入北平。况复弦歌时辍响，已非讲礼鲁诸生。

吴讷士本善遗像

老卧沧江谈往事，照人肝胆每思君。苏台沪垒感今昔，何处鹤归飞白云。

定之赠山水画

君有胸中千仞冈，笑看人海总微茫。相期十步寻芳草，拄杖青山话夕阳。

濮仲祁垕次白蕉即席次韵诗韵，复次其韵

几人不醉亦颜酡，高论风生满耳过。莫向樽前评近事，已悲世上是非多。

三　叹

游客天南地北，健儿昔锐今愚。半壁为谁易帜，一车有鬼张弧。
取子竟毁尔室，御侮胡阋于墙。一手翻云覆雨，几人异梦同床。
瞻乌将止谁屋，勒马已近悬崖。不容殿中有虎，安得井底无蛙。

桐阴读易图，为戴伯寅思恭题其尊人遗像

好学同悲颜短命，解经独抱孔遗编。有儿酒后谈乡国，霜鬓依然孺慕年。

匡庐何幸留真面，点染烟云未改观。图以伯寅少孤致残蚀，而画工能泯其迹。借问河山残破后，更谁补缀使重完。

汤贞愍公遗像，为定之题定之公曾孙也，告余像由陈叔通敬第得之海上，慨然见归。今距绘像时适百岁矣

三绝更兼三不朽，须眉终古自堂堂。丹青傥合双忠传，只有泉唐戴鹿床。

璧返珠还喜欲狂，百年回首感苍茫。江南劫后徵文献，话到新都几海桑。

卷五　甲戌至丙子

甲戌初春自题七十一小影

饱阅冰霜不知老，梅花数点写精神。岂能独坐清天下，只觉满怀都是春。

一笑有序

夏剑丞敬观同年招饮其家，出示最近画稿，指画中人曰：此门下士补绘友人小影也，误缀以须，有肖此者当移赠之。余戏谓傥肖余乎。同坐者环观之，以为良肖，但画中人颐稍丰、颔下无须耳。定之为欣然添毫，则宛然二十年前之余矣。相与一笑，即赠剑丞。

一笑浑忘人我相，却从颔下补鬑鬑。追寻二十年前梦，君未丹青我已髯。

我髯岁与纪元同，一坐相看半是翁。世事如麻空太息，花时且约步春风。

剑丞命前示画稿曰补髯图，和韵题赠，仍叠韵酬之

早知身外别有我，记否初逢须未鬑。都怪老人无白发，与君相肖是银髯。

平生襟抱许谁同，胸有名山只此翁。太华峰巅曾独立，归来几度梦松风。

长春梦,再叠前韵

塞草碧凝新溅血,宫花红上旧梳鬟。谁教龙去还重现,痴想追攀天际髯。

孤忠文史两难同,老去年华惜一翁。何似待清东海上,钓丝时拂柳边风。

依旧,三叠前韵

使君依旧春风面,遥想罗敷婿已鬑。谁更荆州悲往事,却来襄汉吊关髯。

未堪多难万方同,失马何曾福塞翁。最是苍生容易误,清谈以后又欧风。

白蕉示我梦中诗,即次其韵

白云何处梦仙乡,魂绕梅花雪亦香。最忆春风随步屧,湖滨双影照斜阳。

挽子让

早岁论才俊,文章见性根,一经遗虎观,万派出龙门。浊世功名贱,耆年道义尊。横流堪砥柱,正气在乾坤。

故老推知礼,新邦与选贤。坚为多节木,清似在山泉。并系苍生望,终全赤子天。灵光倾鲁殿,春树黯云烟。

鄢可彊克昌为其吴夫人歿后周岁乞诗

望族延陵裔,幽栖赣水湄。寇氛墟井里,侠气盖须眉。海上浮家计,天涯失偶悲。初春新改火,幼妇共题碑。

碧　桃

碧桃才两树，红白已分岐。色相由天造，荣枯岂自知。微风时鼓荡，新绿况参差。谁谱阳春曲，依然唱柳枝。

张伯初志鹤以年二十五、三十五、四十五、五十五四影合一索题，二十五，其鼓吹革命遘祸亡命之年也，距今三十一年矣

昂头天外去，欲杀竟何伤。此相已三变，我瞻况四方。无言销白日，不坏学金刚。等是庄生梦，看君化蝶忙。

千龄燕第二集

万方多难日，吾辈又偷闲。雨喜酣时息，春看老后还。移尊思北海，满坐颂南山。借问华亭鹤，千年几醉颜。

规亮邮来和韵诗，叠前韵

频年看国蹙，何事许人闲。沃野耕农叹，穷边壮士还。天方怜寇盗，春未到河山。只有黄金价，风尘买笑颜。

再叠前韵

时艰谁共济，老至未曾闲。易送青年去，难招白骨还。士悲新广厦，敌瞰古阴山。斯道今如土，儒冠侮孔颜。

潘仰尧文安亦示和韵诗并近作，三叠前韵

文章岂谐俗，书卷足消闲。时惜好花落，从无倦鸟还。万流赴沧海，一笑抵春山。相见堪相傲，缁尘未上颜。

仲厔亦示和韵诗，四叠前韵

劳人都草草，何幸早投闲。大梦今如昨，高风往不还。补天谁炼

石，覆篑亦为山。垂暮无成就，逢君只赧颜。

五叠前韵

海滨今遁窟，蜗角亦宽闲。岂忍环瀛溺，谁争弃地还。鼠余无乐土，虎卧有名山。重话南都事，全非少壮颜。

六叠前韵

雨送残花去，云窥老屋闲。一春三月尽，百战几人还。少妇梦中梦，征夫山外山。荒村鸡犬少，闻捷未开颜。

七叠前韵

已告然眉急，空悲游手闲。海鱼冲纲破，梁燕啄泥还。旧恨思辽水，新声颂泰山。黄龙如痛饮，一为洗愁颜。

八叠前韵

欲问安危计，休贪旦夕闲。沧波鲸正渴，绝塞雁应还。望气先南斗，移文后北山。大风歌不作，千载想龙颜。

哀秦龚烈妇，九叠前韵

死生悲契阔，何地可安闲。妖梦儿同殉，遗书魂不还。难逃无父国，只上望夫山。五口一家尽，凄凉此玉颜。

十叠前韵

已愤无天倚，惟知有死闲。手挥双泪尽，身付一棺还。此恨兼家国，前盟况海山。儘堪惊世俗，贪懦总惭颜。

雨霁，十一叠前韵

雨霁满园绿，禽声到耳闲。篱花须补种，邻犬未呼还。芰草出新树，锄泥平小山。斜阳红更媚，来照老人颜。

事过，十二叠前韵

事过头堪掉，忙来心自闲。鬼谋原不测，天道几曾还。新月花为障，孤舟浪似山。须眉忘国难，慷慨让红颜。

翼之续胶戏赠

满堂又看花如笑，照夜还看珠有光。博得儿童多索果，欢呼祖父作新郎。

子云且阁草玄笔，能画入时眉样无。客告雏孙今献颂，明年有叔正呱呱。

溪桥忆旧图，为朱以园应徵题

盈盈一水乌溪梦，花落花开两度春。老卧沧江同感逝，天涯多少过来人。

赠陆子兴徵祥

尊俎折冲成往事，河山无恙想当年。笑看富贵浮云幻，胸有千秋只信天。

波震尘飞海岳昏，独标公道镇乾坤。一碑景教西来久，万国齐瞻木铎尊。

今夕何夕

今夕何夕七月七，天上人间几良匹。新历未秋银汉潜，野田草露闻琴瑟。牛女从来事渺茫，齐谐一语诬三光。初民知母不知父，赫然华渚生羲皇。嫁娶纷纭怨旷始，聘妻奔妾申礼防。乃知圣人不得已，智周万物先评量。海滨盛暑多谈屑，即谈风气堪呜咽。星斗纵横歌舞场，那许荃兰永芳洁。

八　感

照镜何人真见面，入海有时先掉头。背毛腹毳安足数，南惧北虑将无休。壮哉千金掷一椎，凄绝二桃杀三士。龙卧还闻梁父吟，狗烹且学赤松子。

寿庄仲咸清华同年八十

君家蒙更大言出，八千纪岁君百一。吾侪虽老如未孩，掀髯傥忆呱呱日。童稚光阴话太平，中年国事悲萧瑟。祇看朝市阅沧桑，谁道鸡虫知得失。回首京华四十秋，相逢已白几人头。钧天梦醒犹长夜，浩荡风尘昏九州。赫赫鹰扬思尚父，钓徒岂意能兴周。借问观鱼濠上乐，何似一竿东海投。

士不遇叹，为叶友琴青作

海滨偃蹇一老翁，仰观天象精诚通。欧西术士为却步，目无余子四壁空。万派奔腾齐赴壑，巍巍朱门履交错。玠也公方涛识量，以今况古何辽落。争能造化世需才，有才坐废吾所哀。凌云广厦起突兀，风尘谁见欢颜开。

陈蔗青介五十乞诗

清秋朗月窥帘栊，香飘桂子来天风。人生何事可欢笑，百龄方半如日中。欲为苍黎谋醉饱，先看一老酡颜红。此才应不忝齐管，泱泱东海鱼盐丰。

雏凤歌有序

金侯城其堡同学年五十四而生丈夫子，有诗志喜，作歌赠之。

纵横老眼看人才，未来豪俊今婴孩。适闻清声试雏凤，使我心颜为之开。阿兄抱孙弟抱子，叔生侄后乃齐齿。年过半百体日强，古国重兴当肖此。重兴古国仗何人，呱呱黄口皆新民。含咀英华养元气，他日化为天下春。

问渔以五十述怀诗见示，放歌答赠

百川赴海无停留，昔日少年多白头。笑我如君逢五十，梦中方作华胥游。共和建国识君始，人道此辈皆清流。黄河浊水自天下，更从何处分鸿沟。大好光阴付忧患，迅于闪电过双眸。江山一夕忽残破，长城万里生边愁。不知明月几圆缺，黄花又见东篱稠。君才奚止量斗石，而亦蒿目悲神州。每感时危鄙肉食，回首初元空远谋。赠君豪语各努力，相期今古为春秋。

沈柏寒长慰为子娶妇于苏，柬迟补寄

等是传家珍八咏，欣闻故里灿双星。鱼鸿小滞过芳讯，珠璧相辉称妙龄。预祝百年头共白，早知一顾眼全青。他时握手逢君笑，绿荫孙枝已满庭。

题开明版二十五史

青史如山看不尽，偶翻精本为开颜。囊书轻到牛无汗，窥管多于豹见斑。最称小窗横一卷，何须广厦庇千间。尺天寸地穷今古，谁晓民生痛痒关。

惜阴堂介寿歌有序

新纪元二十有三年之十有一月七日，同人为赵竹君凤昌八十、马隽卿士杰同年七十、李耆卿锡纯六十、问渔五十集燕于惜阴堂，以歌为寿。

百年五十如日中，六七八十都人龙。升堂脱帽纵欢笑，昔曾于此梦大同。一老银髯照东海，赵家天下今为公。偶从聃柱窥秘史，灿灿列宿罗心胸。坐中意态各飞动，马援固是矍铄翁。高歌应赠李盘谷，妙笔更羡江文通。主亦成宾宾亦主,庄谐并助雄谈雄。沧桑忽感眼前事,庶人毋乃真雌风。不问未来何世界,挽回元气须农工。已破河山仍锦绣,宁信太平难再逢。能为苍生救枵腹,便堪万户铭丰功。安得环瀛齐变酒,樵渔共醉斜阳红。

残菊

已过新旧几重阳,岁岁黄花空傲霜。却笑横行唯一蟹,有肠毕竟是无肠。

古吴杂感

风高让国世无伦,梅里延陵万古春。一自黄池争歃血,姑苏台榭竟成尘。

太守尊荣说会稽,樵歌衣锦换云泥。后车应笑朱翁子,富贵徒骄已去妻。

二乔夫婿并英雄,割据河山转眼空。青史长留红粉艳,天教尤物霸江东。

白衣一夜袭荆州,好绝孙刘岂远谋。中外古今同感喟,海天东望水悠悠。

何氏三高不可逢,寂寥僧寺想遗踪。言寻子季谈经处,红鹤梳翎鹿养茸。

读左春秋大义知,使才自昔伏雄辞。朱郎持节仪观伟,文采风流照四夷。

相业无如荐士先,鸾台功许鼎钟镌。委身女主梁公亚,清慎还堪愧后贤。

兖公器识冠朝端,不杀能教反侧安。无事庸人空自扰,曾将此语讽当官。

小范胸中富甲兵,最关忧乐是民生。义田一族丰衣食,遥想当年已太平。

廷臣奉诏议和金，已使神奸窥帝心。一李力陈三不可，事雠何足御南侵。

时赋膏腴莫浪夸，村农太半已无家。更谁宴从朱圈虱，顾笑赃官此著枷。

丛谤儒流早退闲，孔墙数仞忽追攀。大同先课知行合，亲炙姚江有绪山。

孙子远靖圻为其尊人伯瑜先生勋烈百年纪念乞诗

赫赫奇功在梓桑，江东年少忆孙郎。大兵以后培元气，一语堪争日月光。

百岁乾坤岁岁春，怆怀今古几传人。太平重见知何日，此是当年凤与麟。

忆梦有序

平生有两奇梦，但已不能追忆梦时之年月日矣。其一约先事十余年而先应，其一约先事三十余年而后应也。作二绝句以志之。

戎装整队入宫门，鼙鼓无端惊梦魂。八国联军成痛史，兆萌一榻小乾坤。

或告尔年五十四，年年海上政潮看。知几未受湘厅命，谭督裁兵新免官。

东风谣

苍龙嘘气为春云，东风如酒当者醺。侏儒饱死朔饥死，居然割肉遗细君。朱楼梦醒蛾眉蹙，已嫁狂且枉歌哭。大好年华误拜金，悔将粪土轻珠玉。黄口齐喧国难声，油油绿野何人耕。鸢飞戾天天不语，世界微尘悲众生。

千龄燕第三集仍集土山湾相伯老人所

土山已活春复春，一年一度娱老人。老人年年笑口开，泊若婴儿尚未孩。庖牺以来六千四百四寒暑，莽莽群雄安在哉。而彼苍苍之天今古长不变，浩然与我方寸相裴回。谁呼斯民大梦觉，有产无产同可哀。环瀛海陆界棋布，养兵卫国成祸胎。机声轧轧鸣上下，工女军人应互猜。百人汗血几人得温饱，忍令万家烟火一掷为尘埃。吾侪莫谓众皆醉，洗心自有清光来。君不见一花一鸟各一天，人生乐事当眼前。

春农叹

江南三月春入冬，刀风珠雪愁我农。昨日减衣汗如沃，今日添衣肤起粟。年年水旱田歉收，蚕豆方花麦正稠。乍道苛捐驱猛虎，又闻闲架徵编户。荷锄蹙额话悲辛，劫后荒村初见人。销金都市酣声色，时贤何计兴新国。

读名山集

七字能工未足私，名山偶拾老夫诗。谓集中此生一首项联鸡犬句用拙句也。老夫别有超然想，太上忘情我所师。一物一天天共戴，一人一我我何奇。平生毕竟谁知己，此是真知世未知。

梦仙图，为定之题图为剑丞所作

扰扰红尘都梦里，惟君清梦值清谈。自猜两梦已奇绝，曾作忆梦二绝句。何意逢君今得三。

仙去闻呼孙太初，异香环绕夜窗虚。前身傥是餐霞侣，太白山人共隐居。

丹青夙有苔岑契，此卷人间料亦稀。若使梦中仙可遇，从君一与话玄机。

题黄允中女士娱志堂励学记

欧风浩荡东来日，慈孝家庭世益珍。国粹沦亡何等事，扶持偏仗女儿身。

哀谢玉岑觐虞

雨打春残恶耗来，心如润础长莓苔。妙年有几堪青眼，我为江东惜此才。

瘦似梅花本欲仙，可堪哀雁又风前。饥黎未饱身先死，那怪灵均欲问天。

挂剑遗闻世所珍，延陵高谊永千春。疏慵结习浑难破，已觉多情愧古人。予五十后有三不书，折扇其一也。玉岑来书乞为破例，以夸耀江南，方别图所以报之，而不意竟长逝矣。

飘　风

连车自动逐飘风，如纵龙蛇大壑中。洪范五行成绝学，浪传野语出齐东。

四方猛士未全空，堪傲当年隆准翁。帝子运终余赤白，庶人风更有雌雄。

一　孱

莫将醒眼睨尘寰，众醉如狂笑一孱。万国方营新海陆，几人尚念故河山。农夫荷耒悲无米，壮士投戈痛入关。闻说南荒逃孟获，渡泸五月又征蛮。

何　时

何时同梦醒东方，月落淞波吊战场。变相赂秦愁地尽，无心报越警而忘。未堪多难家齐毁，既有成谋国若狂。放眼九州空涕泪，十年几度见沧桑。

赠定之有序

定之赠梅花画扇，题款曰诗翁。是翁岂乐以诗见乎，聊自遣耳，即以诗训。

怪君强派作诗翁，手把梅花一笑中。处士与谁招放鹤，壮夫何事薄雕虫。心情总觉美无价，墨妙由来神可通。酒后茶余多雅谑，词锋此老亦称雄。

赠钱剑虹国铼，有序

剑虹为余读书吾园时老友，年政八十，以乙亥游庠，又逢乙亥，昔有重游泮水之典，今废矣，然多循例自行之者。剑虹示绝句十首，书此赠之。

吾园五十年前梦，花木楼台已侣烟。鹿洞遗规堪想像，龙门佳话尚流传。欧风美雨乾坤改，孔思周情岁月迁。等是蓝衫今异昔，更将何语最时贤。

挽叶文节景沄，字醴雯，甲午同年，年八十

海滨日夜涨新潮，独抱遗经慰寂寥。桃李春风嘘植遍，何期松柏竟先凋。

东游昔梦久成尘，试数同舟少二人。最是不堪回首处，当年曾已说亲邻。

任之嫁次女于王

每感新民欧化醉，男婚女嫁费平章。羡君青眼看人易，佳婿佳儿又一堂。

赴青岛舟中感赋

同舟襟抱几人同，天助清淡一片风。忽告新来防海盗，客舱上下阻交通。

抵青岛流览市区

昔游香港今青岛，开关都由碧眼翁。一角河山还我后，西风那复怨东风。

观各工厂后悲喜交集

沸耳机声汰手工，文明先进感途穷。环瀛洒遍贫民泪，膏血都营海陆空。

谁为苍黎诉不平，绿阴夹道一蝉鸣。时贤方袭西来法，我愿虬须畏后生。

水族馆

壁储海水镜涵虚，两两三三此聚居。莫怪世间多怪物，昔曾一度见方鱼。立方体之金鱼，尝于日本水族馆见之

沈成章市长鸿烈导观乡区

深入农村作导师，好风来自最高枝。亲民长吏谈心事，况已重游三代时。

甘雨随车散郁蒸，油油新绿亦欢腾。万方各造苍生福，我信中华必再兴。

将游劳山因风折回

百人一舰访劳山，兴败中途风引还。妇孺未堪同破浪，却教老子亦偷闲。

尚觉心情似少年，平生何事不欣然。未妨偶负山灵约，迟我清游三两天。

闻黄河泛滥已入苏境

小白当年塞八河，黄流几度徙洪波。夺淮夺济民鱼鳖，浩浩南来今奈何。

劳山杂诗

迤逦入山都坦道，两行树杪露诸峰。蝉声如唱娱宾曲，潭月桥边绿已浓。

满耳清泉汩汩声，疏松怪石路旁迎。行行已上劳山顶，放眼遥看海水明。

蓝花杂草半开谢，黑蝶穿林时往来。斜卧肩舆飞似鸟，万松俯瞰入苍苔。

潮音一瀑吐清池，六角亭前小立时。峭壁如屏开两扇，风摇娟翠舞高枝。

鱼鳞口下水无鱼，那有渔翁此卜居。莫笑观天如坐井，最宜消夏结茅庐。

柳树台边无一柳，偶于石上剖甘瓜。蓬中意外惊奇艳，两点新红著小花。

驱车直抵华严寺，竹径无风冒暑行。细雨如烟凉未透，下山观海正潮生。

一从洞口望明霞，上下盘纡石径斜。迥绝苍崖环四野，此中耕凿几人家。

上清宫后太清宫，万木参天秀更雄。一碧无涯经数里，不知身在画图中。

未甘遗世学神仙，陵谷何时不变迁。千岁耐冬今剩一，眼看沧海又成田。

杨在田锦龙六十有赠

叔季男儿半无气，豪暴还仇君仗义。侠骨何人为洗冤，青眼竟出风尘吏。孝友躬耕化俗顽，一言排难重邱山。金捐防水民纾困，璧返沈舟国起孱。落落古今三不朽，有德有功碑在口。海隅鸡犬已无惊，那贵腰悬印如斗。吾老看君花甲周，清秋望月又高楼。沧波照影南星朗，航路时时闻野讴。

我生篇有序

甲午同年在沪屡有雅集，或赋诗以寄兴，仲咸持过寓庐，为之索和，且邮示近作，颇多感慨，情不能已，率尔成篇。

我生同治甲子年，逊清帝祚冲龄延。削平大难曾左李，中兴鸿业方共肩。吁嗟衅自宫闱起，微服宸游忧患始。一龙无尾一龙飞，上国威灵损蛇豕。海军痛史何稠叠，悲壮男儿空血喋。自申至午两熸师，一第轻于秋一叶。火荼新政计全疏，桥断瀛台议建储。竟纵狂民招外侮，保皇革命此权舆。迁鼎欢呼如反掌，岂料华胥成梦想。几度沧桑魁柄移，更番水旱灾区广。戎马西征蜀复秦，怆怀东北久沉沦。闲谈老眼经过事，乡味菰鲈口不珍。

短歌行

恶风似虎，来袭于空。穴鼠窟兔，坏其垣墉。一解有禽填海，浪抛木石。既飞戾天，羽毛丰泽。二解大厦陵云，俯瞰洪波。浩浩平原，为江为河。三解鲸嘘海东，狼跳陇西。楼台醉舞，沟壑饥啼。四解匪鸟胡翔，匪鱼胡潜。嗟尔谁仇，殆将自歼。五解羲轩华胄，群呼病夫。列坐高会，呻吟向隅。六解孰能宗予，哀哉尼父。大同一梦，喟然终古。七解

草　色

素秋凋百草，草色何青青。长路空嘶马，微光销腐萤。人心厌滋蔓，世事感浮萍。十步寻芳易，斜阳红满庭。

秋　意

云静秋意远，吹面风微凉。夹道绿犹肥，落叶初半黄。胡妇发萧萧，衰柳与低昂。路人多菜色，三叹此商场。

蜀江吟有序

宝山张铭甫先生鼎生逊清时宦蜀三十年，以廉能著，事迹在邑乘，今殁后五十余年矣。年来蜀苦战，绥辑灾黎，方需良吏，感时念旧，怆然有作。

蜀江何浩浩，蜀山何峨峨。闵此百战场，胎祸由政苛。追怀循吏风，遗爱当讴歌。一去竟千古，将如苍生何。纷纭五十年，万事悲经过。文翁昔化俗，岂贵空言多。

仰尧嫁女于彭

乾坤易之门，夫妇道之始。秾华桃李多，所难得佳士。玉树何亭亭，望表知其里。述祖源流远，商贤孔窃比。教国需群才，宜家慕之子。河洲歌窈窕，钟琴奏宫徵。言追德耀风，况嗣安仁美。相辉若珠璧，极乐过鱼水。鸡鸣同戒旦，期雪东方耻。黾勉作新民，青年各兴起。

蛰居书怀将游虞山作

蛰居江海滨，耳目皆时艰。名山满寰中，天与开心颜。霜枫缀丹叶，秋兴生烟鬟。白云共来往，何高不可攀。慨念兴亡责，匹夫谁未关。朔风何浩荡，尘氛侵市阛。岩栖傥一适，毋乃耽于闲。我身将安寄，闲不闲之间。

常熟道即景

忽现青一片，遥知山已来。疏林红几簇，雨过无纤埃。牛羊散平野，麦苗细于苔。斜阳有无间，倚锄人未回。

竭仲雍、言子二墓

吴中开化祖，泰伯与仲雍。孤竹延陵后，谁希让国风。游夏文学科，南来吾道崇。观上闻一叹，廓然天下公。至德邈无俦，何时跻大同。悠悠数千载，扰扰悲群雄。两贤不可作，百岁都匆匆。昔年黄口儿，今成白发翁。平生尽自负，愧无匡济功。高山空仰止，虽老颜堪红。

自剑门至兴福寺

剑门若剑削，三门天造雄。小高而大卑，大者身可容。照山与拂水，一览归我胸。两湖位东西，尚湖名特崇。太公此渔钓，于今谁继踪。沧波明远镜，俯瞰目未穷。凉风袭襟裾，纤雨时蒙蒙。偶飘黄叶下，秋树犹葱茏。行行投古寺，夹道多苍松。寺中何所有，空潭曾蛰龙。宋梅余老干，唐桂生新丛。通幽到竹径，绿云穿几重。

林甥康候祖漕六十有赠

青莲赠高甥，比之魏阳元。我宅如泛舟，安问相者言。甥年未云老，亦既大其门。自幼而至耆，新知随故温。缅怀祖与父，典型今尚存。我姊俭为宝，将期薄俗敦。先德永芬芳，岂维昌子孙。谁司苍生命，黄金世所尊。滔滔水竭源，丁丁木伐根。一度掌财政，时际云雷屯。偶张巢燕幕，旋脱处虱裈。放眼大九州，狂象群瞽扪。饕风挟欧化，扫荡古国魂。东有长蛇舞，西有封狼奔。强食弱之肉，黯然清昼昏。何以驱阴霾，我心犹朝暾。育物位天地，方寸浩无垠。中和孕元气，吐秀皆兰荪。

漂摇吟有序

胡甥厥文保祥乞题沈逸千承谔讽刺画，一暴客捕缚四弱女而蹴之，莫之抗也，其为国人警者意至深远。余书韵语畅其恉，名曰漂摇吟，冀懦夫立志各自振奋云尔。

盈盈金屋娇，蹴踏来狂人。济济青云士，进退依强邻。漂摇神明胄，广土兼众民。何人敢予侮，何邻信我亲。夫差志报越，亡于西子颦。高枕馆娃宫，安知敌卧薪。木兰当户织，等是女儿身。代父一从军，芬芳万古春。伟哉铁血相，两字今奇珍。至哉先圣言，坚乎磨不磷。

何　物

何物驱我心，忽若万马驰。天夺我臂助，空吟偕老诗。寂寥虚宇中，扫除欢与悲。孤灯朗于月，枯坐风侵帷。譬汝长康强，谓汝偶别离。即此足自遣，生死堪等夷。传家无一宝，慈俭汝所遗。汝劳岂汝忘，我过谁我规。儿曹小有成，奚济时艰危。雏孙解游戏，杀贼徒示威。矫矫寒谷松，郁郁斗奇姿。飘飘芦荻花，纷纷辞故枝。苍昊永幽默，拙哉谈是非。国土日以蹙，念汝魂安之。我今百不羡，惟羡汝无知。有知亦如无，达观傥胜痴。

挽王奏云钟琦

君年五十九，而作六十诗。遍乞知交言，我方心诺之。不图未及期，君先与世辞。我昔评君文，知君固佳士。君既宦齐鲁，优哉兼学仕。清廷逊位日，君适还乡里。乡里亦从政，国事如弈棋。拒署劝进书，堪为顽懦师。一行概其余，论定盖棺时。

挽张孝若怡祖

葱茏乔木荫，芬馥幽兰姿。方稚灵秀钟，未壮声誉驰。名场屡角逐，使节一手持。息影在藹轴，衔哀废莪诗。遗编既铅椠，先德弥光辉。蛰居隐于市，鸿业扶其隤。世道轶常轨，魂梦来危机。背恩谁及防，胎祸群所疑。后昆各竞爽，妙年勇当为。相期济国难，奚止哭吾私。

书　感

荃蕙化为茅，灵均骚亦风。蜀道上天难，太白仙亦庸。蛾眉启谣诼，众口方雷同。机声鸣九霄，列宿如聋虫。一指掩微光，万目失双瞳。生物以息吹，怒窍号于空。非庄而化蝶，非老而犹龙。鹰扬表东海，尚父何时逢。

戎无厌篇

自古戎无厌，而今国奈何。箪壶迎水火，锦绣裂山河。蜃气嘘潮落，驹光闪电过。十年空教训，百忍化蹉跎。白骨鞭难尽，青春锐易磨。鸿冥齐北乡，蚁梦或南柯。咄咄衣冠耻，沉沉心腹疴。问牛方喘息，捕雀又张罗。农困祈销甲，胡骄嗾倒戈。中行谁敢缚，李广岂能诃。东望天如醉，西来道亦魔。微尘驱野马，高浪驾灵鼍。顾盼乾坤窄，漂摇风雨多。碧霄飞将在，坛坫枉平和。

共读楼图，为陈乃乾题

难得有情侣，多藏未见书。慎防红粉染，斜睨翠眉舒。无过国风好，堪将世事疏。羡君架上蠹，乐甚水中鱼。

酣　卧

酣卧风催醒，重衾身觉单。宵长思旧梦，晓起怯新寒。奇暖冬初雪，微冰水不澜。梅花魂寂寂，又感岁将阑。

读史偶感，叠前韵

齐城亡七十，一战复田单。我壮古人杰，天增今岁寒。燕山几风雪，瀛海自波澜。已觉樵柯烂，观棋尚未阑。

冬至，再叠前韵

冬至阳生日，轻裘晓夜单。俗犹珍庞厉，老已惯奇寒。猫狎炉中火，鱼翻釜底澜。偶然谈近事，我舌兴先阑。

陈白荷元乞题其墨荷画册，三叠前韵

此花性芳洁，亦不落孤单。尽有风消暑，从无雪斗寒。玲珑瑶岛种，醲郁墨池澜。化作清闲味，红尘到便阑。

二十五年元旦

不知老已至，忽忽七十三。问目何所见，所见不可谈。问耳何所闻，所闻不可谙。人心之所乐，我心之所惭。有知一何苦，无知一何甘。甘苦傥易地，此味谁能参。此味不忍参，且学痴与憨。

璇圆季妹七十志庆

忆昔妹六十，阿兄有赠诗。经过十寒暑，万方多难时。何幸我同胞，到今尚存二。沧海已生尘，大鱼忽吞饵。世事几迁变，古稀今岂稀。匪独人生然，放眼皆新奇。我念我父母，我妻我兄姊。傥今各康宁，此福真无比。人齿日加长，国势日陵夷。先祝我中华，年寿与天齐。三甥秉义方，相勗为佳士。骅骝分道驰，千里追风始。孙行况林立，堪树新民基。顾盼足欢笑，老健臻期颐。

寿胡母赵太夫人七十

沧海微尘西母笑，东方何事惯偷桃。瑶池酝酿作春酒，寿比昆仑山色高。

寿朱母程太夫人七十

闽洛家声重士林，门前桃李久成阴。人言此母稀于古，霁月光风总满襟。

贫　儿

贫儿学富总颜赧，空见高楼大道横。白璧有瑕哀国士，黄金如土贱民生。目蒿世事成无奈，血沸人心易不平。狂简未裁吾党耻，潇潇风雨感鸡鸣。

叠前韵

太息鲂鱼尾已赧，江河泛滥水纵横。十年飞电成何事，一梦浮云老此生。祇见多金尊季子，未闻宰肉肖陈平。梅花晴雪寒如评，春到枝头鸟不鸣。

倒叠前韵

坛坫时闻剑佩鸣，共愁世界破和平。是谁天下关忧乐，堪与寰中托死生。白日未西朝气尽，黄河以北乱云横。巍巍广厦仍歌舞，那怪桃花人面赧。

叠倒叠韵

伫听惊人鸟一鸣，侧身东望意难平。新来腐草重滋蔓，老去麟松半寄生。大漠沙飞孱马陷，长城日落健雕横。同文同种谈亲善，笑靥相看几度赧。

忆吾园有序

吾园由李氏家园而龙门书院而学校，自逊清以来倡导海滨文化也久。学校迁而故园风景荡为平地，将改营民居，惟老朴数株，一行挺立而已。定之近为余绘莑梧轩图，盖余最初读书吾园时，室外有双梧莑莑然，因自号莑梧，且尝偶署莑梧轩主，聊以志五十年前旧梦耳。此五十年中国步既改，风云滋多，边守不完，忧患方始，风云变幻，城市邱墟，奚止此区区吾园怆怀今昔也乎，作忆吾园诗。

吾园旧住莑梧轩，晚翠枇杷相对妍。胸有苍生书一卷，朝多素食鼎三迁。空栽桃李盈新国，忍看河山送暮年。燕识故巢今已毁，衹余乔木锁寒烟。

寿孑民七十

美大精神倡艺林，耆年涵养更深沉。乾坤浩荡关元气，江海汪洋有指针。西母同衔杯在口，东山遥证矩从心。新民何止三多祝，春满寰中桃李阴。

规亮邮示云间邦彦图像歌自序述像绘明代乡先生九十一感赋一律

吴中五百名贤外，更有云间邦彦图。欲访故家搜痛史，忍看新国辱倭奴。霸才已感时无敌，危局还须众共扶。九十一人风义在，怆怀东北愧吾徒。

春寒负看梅之约

春归三月梅初萼，寒拥层云天尚低。安得广平今再相，未妨和靖久无妻。此花岂竟羞人见，何树还堪稳鹤栖。回忆当年香雪海，胜游如梦懒重提。

寿韩止叟国钧八十

眼看朝市几沧桑，一老巍然鲁殿光。鱼钓渭滨周尚父，驴骑湖上宋靳王。归耕亦系苍生望，救溺何辞白首忙。后乐先忧怀抱在，况闻寿世有文章。

仲仁七十有赠

风雨鸡鸣思旧梦，玄黄龙战忆初元。相期不朽堪心印，岂愿偕亡与手援。共听海隅传逊位，早闻洹上起归辕。筹安忽复夸长策，酿乱先从逾短垣。教育依然扶正气，品流忍使秽中原。识机远过荀文若，启事仍推山巨源。老去感时都块磊，古稀养望在田园。善人桥畔新村落，应许樵渔醉负暄。

闲步小园遣兴

上墙新绿仅齐肩，又入春光绚烂天。两树碧桃成旧侣，饱看笑靥已三年。

斜日正移花影动，微风时送鸟声来。偷闲那有园丁惯，落叶当门不扫开。

残　春

好花初放已残春，几许看花太息人。剩有青山堪啸傲，新来山亦扰红尘。

不定阴晴天似醉，但供租税地先荒。凡夫都作游仙梦，北斗遥思挹酒浆。

自无锡之宜兴过梅里

水色山光看两面，湖滨一路净无尘。沧波三万六千顷，须照澄清四海人。

梅里重来万象春，欷歔让德孰为邻。环瀛到处争蜗角，那怪神州无凤麟。

庚桑洞

步入庚桑洞，气候骤不同。镇日地如沐，心疑山欲融。谁能不草履，而又手不筇。两径盘曲上，前导灯微红。清光照眼来，豁然天在空。登高一俯瞰，万变目所穷。得毋女娲氏，自夸补炼功。沙搏[抟]美人乳，形态兼纤洪。以哺造化儿，以孕窈窕风。凝神叹观止，此意超鸿蒙。悠然会真趣，那许参人工。却笑混沌初，顽石先玲珑。

善卷洞

咄咄善卷洞，界分上下中。中洞环石壁，或肖狮象容。上洞云口升，不辨云几重。吱吱舞蝙蝠，灵气以为宫。高下巡一周，双梯左右逢。忽闻巨雷震，其响逾洪钟。是谁弄狡狯，将令聪者聋。彳亍临下洞，到耳泉淙淙。平堤卧深隧，曲涧穿长巃。轻舟一往还，洗涤尘虑空。起步池之滨，占地盈数弓。面迎飞瀑立，琼瑶投我胸。此瀑自溪下，乃由一孔通。振衣踏危崖，势欲摩青穹。出抵入门处，回想来时踪。来者伊何人，七十三龄翁。

题海粟三画轴

古松

拥衾僧院寒于铁，起写黄山一古松。何处不留真面目，偶挥秃笔化虬龙。

鸲鸽

新来万象皆枯槁，欲向春风借一枝。怜尔不如鹦鹉媚，未能箝口更何之。

伏虎

蜷伏空山百曾愁，张牙舞爪炯又睟。何时一啸谷风应，啮尽人间狐鼠头。

挽张蟾芬

江海滔滔日夜浑，更将何物洗乾坤。如君检点眼前事，便有金针度一门。

东望三山浮巨浪，西来一教满神州。知君此去登天国，摆落人间万古愁。

闻任之述川事七哀

四百七十九回哄，二十二年蜀道难。傥悔阋墙同御侮，谁来东北占河山。

嘉陵江上水云苍，楼阁玲珑春暗藏。预税百年成底事，还须飞洒伟人粮。

川北灾黎存有几，腴田荒尽不堪耕。树皮土块吞难活，一道长堤白骨成。

心死哀于身死哀，市中饿殍问何来。凄啼两日声才尽，两日陈尸尚未埋。

争墩血斗废筹边，竟听猡猡势蔓延。五十万人奴汉族，白夷驯伏黑夷前。

筑路征工万口饥，忍违节度夺农时。熙宁当日行新法，太半张皇误有司。

救国心劳遑救民，坐中一语足惊人。空教跨海搜灵药，何术能回天下春。

已　误

高唱治平遗格物，苍生已误二千年。文明今又毒天下，风气从来趋眼前。百代英雄多战史，万方忧患入诗篇。匹夫空有兴亡责，谁荷鸿毛在一肩。

狂　潮

狂潮日夜涨西东，铁舰纵横各自雄。万国衣冠都偶象，一春风雨几哀鸿。落花半是无声泪，芳草时来独立翁。祇有斜阳新霁后，沧波照遍海天红。

何心，叠前韵

何心更唱大江东，北望燕云气不雄。猛士有谁甘走狗，丽人到处感惊鸿。盔鍪粉黛争千古，风月湖山老一翁。海上楼台今寂寞，时看朋辈醉颜红。

犹剩，倒叠前韵

犹剩残花点点红，当年少壮半衰翁。忽闻飞出山中虎，谁见归来塞上鸿。煮豆何能离水火，卧薪岂易老英雄。百川几障狂澜倒，醉汉空扶西又东。

四一吟，千龄燕弟四集赠相老仍集土山湾

岁岁东风似虎狂，烟波瀛海感微茫。老人南极一星朗，时有祥云来四方。

九十七龄翁矍铄，曾经眼底几沧桑。相看一例皆童稚，宜我头颅未雪霜。

不愁地老与天荒，谈笑纵横又一堂。整顿乾坤仗群力，人生何事可颓唐。

每念同胞关痛痒，有情太上岂能忘。广祈四海苍生福，不饮还飞酒一觞。

双 虹

晚霁双虹忽在东，一分五色一消融。风云瞬息堪千变，此意微茫叩碧翁。

挽江母汪太夫人

当年夫婿人中凤，此日儿曹海上龙。有福如天堪永寿，由来蔗境最难逢。

怆怀戊戌兴亡键，每触新愁旧恨牵。一瞑不闻湘粤事，聊将此语慰黄泉。

王鲤庭大钊以述怀诗索和，酬以三绝句

三十年前追昔梦，罗溪一岁几逢君。看山不约重相见，老去身闲似白云。

今人七十多于古，七十齐眉今亦稀。我与梅花成久别，君如燕子总双飞。

瀛海新潮荡国魂，谁将雨露养荃荪。相期皓首成何事，各有清风遗子孙。

题海粟朱笔画松

扪到危峰石罅松，万千气象早罗胸。哀中跃出如椽笔，不觉绛云已化龙。

洽卿七十有赠

几许烟云过老眼，妙年声誉已腾飞。海滨惯障狂澜起，都道如君古所稀。

蔚挺邮示谢叠山先生桥亭卜卦砚拓本题诗，报以二绝句

一姓兴亡岂足哀，最悲江左久无才。须知南渡偏安日，已为厓山兆祸胎。

落落千秋存一砚，心如坚石劫难磨。风追孤竹西山饿，生不降元死可歌。

润之殁后其家纪念七十，书此贻之

瞜水东南昔寓公，君家孝友是家风。追寻五十年前事，生死交情似梦中。

活人远祖轩歧术，知我时谈管鲍心。独有经纶传子弟，苍生今始盼为霖。

姚慕莲福同**六十有赠**

襟抱从来海样宽，平时青眼早相看。造门曾托苍生命，玉帐风清万井安。

秋澂南浦月明天，一甲重逢丙子年。饮水有源碑在口，道翁溥博似渊泉。

项母五十徵诗母为不屈于日军慷慨死难之项松茂继室

劲草疾风思节义，慈云爱日颂康强，何当痛饮黄龙后，更为高堂进一觞。

尚　湖

尚湖秋色里，舟驶剑门前。来访吴王迹，追怀虞仲贤。绛霞烘远树，素月媚高天。我欲问东海，待清当几年。

中 秋

中秋今九月，月尾月初圆。不见银河影，长吟白玉篇。十年无此夕，万户尽如仙。应醒东方梦，环瀛共一天。

寄题芜湖怀爽楼

忍说清流祸，当年袁太常。天将醒帝梦，后竟助民狂。一疏丹心炯，三忠碧血芳。鸠兹遗爱在，桃李满江乡。

悲丰台

竟忍丰台辱，军前痛哭声。陨风熊虎馁，孔道豕蛇横。鼓角迁南苑，轮蹄控北平。养兵徒养寇，何以慰苍生。

双十节

二十四逢双十节，初元回首感苍茫。共和五族今余几，空倚长城万里长。

国庆年年呼国难，每谈国耻气难降。江山一统腾欢日，东北何曾返旧邦。

思理往事少针砭，万目频遮一指纤。谁道讴歌盈四海，已将愁苦洗茅檐。

观燕脂画牡丹图

清商吹籁秋未残，春孕燕脂生牡丹。一纸云蒸与霞蔚，此岂人间真富贵，神州无帝又无皇。谁许花中尚有王。[1] 花好扶持须绿叶，如何绿叶空稠叠。海外纷传异种来，樱花乱逐东风开。培养灵根锄莠草，天香国色方胚胎。

---

① 此句疑错置，当接“霞蔚”之后。

孙筹成福基以丙午从戎同志三十年雅集纪事乞题

浩荡风云冀北天，怆然回首徵兵年。新军一呼汉光复，此果已种初元前。二十五年如闪电，共和几等昙花现。谁令锦绣好河山，长鲸嘘浪思吞咽。多难兴邦仗赤诚，高歌正气乾坤奠。各荷金瓯在铁肩，英雄相向须真面。

三秋感

无风无雨寻常事，夏历重阳秋气温。一度年丰将苦旱，吁天不再厄农村。

西医鳞次榜通都，国耻东方谥病夫。江北江南患秋疟，花蚊翘尾又生雏。

秋操奉令让民居，此道交邻鉴覆车。假想北平堪占领，人为渔网我为鱼。

胜之为孙娶妇于丁

黄花正助秋来艳，皎月同看望后圆。雏凤双飞娱老凤，客随燕贺满堂前。

相伯老人为于野声斌博士主教南京徵诗

一教流行来古国，万人仰望在新都。大同两字宣文化，吾道从今永不孤。

朱恺俦增元幽篁独坐图

海云江树梦游仙，一醒红尘到眼前。修竹万竿吟瘦绿，偶然小憩福如天。

一亭七十有赠

博爱精神杖国年，独将悲悯感时贤。丹青妙绝人间世，声价高于海外天。

彼岸有谁能自到，慈航何处不堪通。万家一体呼生佛，只手回春仗此翁。

有以匡庐观瀑图乞题者，感赋一绝

庐山日夜鸣飞瀑，过眼烟云总是新。只见银河长倒泻，不知真面向何人。

喜闻百灵庙收复

虎皮胡马嘶风骄，绥东绥北窥战壕。锐师夜袭百灵庙，晨驱乌合空其巢。四百兆人同心德，楚慕子文汉卜式。各散家财犒胜兵，誓湔国耻完天职。昔悲广土人如沙，今见抟沙皆女娲。旧邦新命堪多难，老树盘根初著花。

又闻大庙收复

大青山北雪乱飞，弥漫四子部落旗。冲寒喋血张国威，沙拉木伦丧地归。雄师已捣狐兔窟，虎失其伥气衰竭。壮士冠中皆怒发，誓扫妖氛销彗孛。

恻恻行

恻恻复恻恻，空耗民脂豢国贼。昔弃东北，今叛西北，带甲全忘杀父仇，辜恩反噬天如墨。恻恻复恻恻，皎日未中陡先昃。失地稽诛徒养奸，应悔当年太姑息。恻恻复恻恻，朔风战士悲填臆。黄龙痛饮在何时，赤乌将添新羽翼。恻恻复恻恻，坦途矢直而生荆棘。乌之黑子谁能白，鹄之白子谁能黑。大厦原非一木支，匡济时艰仗群力。

咄咄行

咄咄咄咄，众口所诛，威于斧锧。万里愁云顷刻消，重睹青天悬白日。咄咄咄咄，诚开金石，如汤沃雪。双飞既东，鹊桑大吉。彼莽夫之悔祸，何前愚而后黠。三百六十序周官，不服从来服服不。浩然国魂归，苏以新生活。鸿文光焰照环瀛，始信神州尊气骨。

吾友乐有序

蔚挺邮示六十自述诗，走笔书长句酬之，名曰吾友乐，此乐盖非常人之所乐也。

人生万事空诸有，特仗精神持永久。自道经过三十年，觥觥蔡子真吾友。女教昌明风气开，齐眉梁孟德兼才。掌珠倚玉光辉远，快婿名传海外来。摩挲金石搜方志，早与前贤争位置。图书珍秘饷邦人，几许因缘结文字。雄城百雉毁南昌，收拾残丛谨宝藏。拓本欧西共欣赏，遂令帝国号砖王。上寿六旬如日午，倡导青年乐勤苦。此是新民无逸篇，借问时流谁步武。

将　春

将春未春天似醉，欲雪不雪云方昙。人情世态都黯昧，不知其一况二三。潼关以西人混沌，纷纭消息真伪参。近朱者赤非正色，吁嗟狐鬼同一龛。尺蠖求伸龙蛇蛰，胡马北风越鸟南。但使苍生各温饱，农稻再熟绵八蚕。百工创物商市义，家恬户熙忘苦甘。鸮音可以化鸣凤，安有虎视来耽耽。海陆空军互雄长，东邻已告民不堪。古之聪明睿知者，神武不杀贪暴惭。洗心演易喟然叹，如何两晋亡清谈。误读奇书酿奇祸，乃云遗毒由庄聃。羲文周孔岂欺我，洞观万变粗能谙。浩荡五洲忧患始，忍见楼台歌舞欢。

卷六　丁丑至甲申

沧海行

滔滔沧海百谷王，东西朔南今可航。黑种为奴红种亡，而棕色者驯于羊。白人之白黄人黄，水陆错杂相猜防。冲车铁舰夸雄强，碧霄渐作喧呶场。一老掀髯睨其旁，目空世界穷八荒。天发杀机圣亦狂，智愚巧拙难评量。非鳞胡潜非羽翔，文明自祟兵不祥。罄民膏血徒张皇，蚁驮千钧力岂当。巴蛇吞象充肥肠，有时破腹全身僵。侏儒坐井窥苍苍，俄惊四顾皆面墙。庞然硕鼠盈太仓，嗷嗷鸿雁饥无粮。蜗角触蛮争微茫，乌睹大同与小康。晴云忽展春回阳，伫看卉木齐芬芳。梦游亡何有之乡，心如万顷波汪洋。

超山宋梅

赵氏江山此仅存，欹斜老干蚀苔痕。花开花落成今古，廿里烟云养子孙。

安隐寺唐梅

照眼繁花明似雪，寺僧道是李唐梅。名山已享千年寿，不管红尘劫几回。

未　酣

未酣芳意渐萌芽，庭院无风丽日斜。为问小园何寂寞，老梅只著几枝花。

参　差

参差新绿长莓苔，短短黄杨是旧栽。春在柳梢头上见，耳根不断鸟声来。

雷后雪

闻雷又感北风凉，玉戏无声一夕狂。三月江南看积雪，新来天气亦非常。

春农相对半凄凄，蚕豆方花冻易僵。老妪白头开笑口，冰虫不育岁无荒。

挽夏年伯母吴太夫人

几度神州换海桑，无闻无见福无疆。青山游屐经旬返，白发遐龄计日长。慈孝一门堪寿世，起居四代况同堂。西方极乐今归去，道有灵光示吉祥。

又一年

春去春来又一年，碧桃依旧艳如仙。却看红白分明日，犹是烟云暗淡天。鸟弄柔枝声宛转，犬嬉芳草势回旋。眼前何处无生意，休笑东风不值钱。

题沈逸千画

居庸关

雄关控南口，关外有悲风。烟锁长城北，云横辽海东。

昭君墓

香魂卧幽草，万古冢长青。大汉和戎策，燕然终勒铭。

紫牡丹

赫然紫牡丹，风雨忽摧残。久拥花王号，今将病态看。

冷　雨

几番冷雨送残春，如虎狂风怒不仁。北海一隅多涕泪，奇灾谁复恤东邻。

一　日

一日阴寒一日晴，评量柳暗与花明。如何首夏清和气，浩荡乾坤感不平。

相老九十八寄赠

海滨四集千龄燕，京国重逢五月天。皓首须眉尊一老，白门裙屐后诸贤。春风旧雨多桃李。夏屋新都会佛仙。何事最堪娱百岁，太平气象到穷边。

冯孟武绳祖以四十述怀诗见示，走笔酬之

追寻四十年前梦，夫子门墙初受知。一自绛帷悲宿草，重看玉树挺孙枝。逝驹不尽沧桑感，立鹤依然冰雪姿。云路排风舒健翮，奋飞正及壮强时。

寄赠奉贤王氏野园

名园结构当新村，分水东流绿到门。堪与辋川同入画，不须安石复争墩。有情岁月人增寿，无量欢娱佛报恩。谓王氏性佛、冷佛昆弟薄俗还淳先教孝，太和元气在乾坤。

润之殁后十年志感

生不能济世，老未霜盈颠。君存多活人，君去俄十年。回思少壮初，海桑几变迁。食报在后昆，人也何非天。西来有和缓，将驾岐黄前。圹圹古九州，由一推万千。勗我神明裔，努力齐挥鞭。广厦庇病

夫,志事承其先。良医与良相,同为时所贤。逝者信有知,此乐真如仙。

二十九军七月七日后累战却敌

忍垢弃丰台,芦沟衅潜伏。虎狼固无厌,何时能满腹。故都驱异种,强寇来逐鹿。戎马践长城,气欲吞大陆。责言稠叠至,毒手几翻覆。黑夜炮隆隆,死士随猛扑。意谓攻无备,决为沈阳续。屡攻屡却之,众怒泄仍蓄。惯见倭奴横,惨闻万家哭。东北陷水火,奚堪国再蹙。同仇以敌忾,洒耻励民族。从古骄兵败,况我自反缩。一军当其冲,四海共祸福。小胜安足喜,所贵计谋熟。等此七尺驱[躯],谁无血与肉。各矢耿耿忠,齐规失土复。

徒　守

徒守而不攻,和战两可危。我军坐受敌,敌来讵易归。熊罴二百万,立功当及时。习闻兵家言,制胜须出奇。中原有豪杰,逐日戈未挥。西北多壮士,袖手将何为。腹背捣其虚,彼虏焉能支。运筹在帷幄,神秘良难知。野人偶献曝,聊比粟与丝。渭滨一钓叟,昔是兴周郎。

一　战

一战宣国威,震惊数百里。纷纶捷报来,畴云已雪耻。为天诛不仁,刺虎等于纸。荡荡平津道,坦坦今可履。易守而为攻,其效有如此。两军哀者胜,斯语良信矣。敌亦斯人徒,彼败我何喜。枕戈待愤兵,敢告忠勇士。

哀故都

故都文物区,今成狐兔窟。一朝为虎伥,坚城丧国贼。猛士战方酣,游魂变何突。佟赵两鬼雄,捐躯未收骨。流芳可百世,精爽永不没。津沽捣虏巢，所得岂偿失。转败以为功，须仗孙吴术。

哀天津

北平既委弃，喋血盈天津。繁华两都市，先后俱沉沦。抗战岂不勇，彼暴而我仁。客从三岛来，了了述所闻。彼倭心甚长，狡谋非我伦。信哉失寸土，千古诃罪人。空聆悲壮语，此罪将谁论。食果有甘苦，其根在造因。如簧万言巧，铸铁一错真。何计纾国难，以实不以文。举棋戒不定，况乃争生存。惟夬刚决柔，遗训垂先民。

杨夫人存年七十有感示两儿

自君之逝矣，枯寂到我门。儿曹为人师，远游旷晨昏。一灯照万卷，所对惟古人。落叶依然秋，鸣鸟依然春。冬亦依然冰，夏亦依然蚊。冉冉过八年，君年七十臻。八月十有一，此日君生辰。大儿得三雏，其雄五岁孙。次儿壮未娶，我方为议婚。两各负时誉，奚济乾坤屯。既采欧美风，相期招国魂。滔滔江海流，不知清与浑。而我欲忘世，难除悲悯根。悲悯宁可量，纷纭多见闻。不能塞聪明，大患在有身。今我老犹健，谓君殁犹存。君灵应不泯，君齿仍日尊。何事非心造，真幻安足论。

淞滨驱敌行

血战奠淞滨，驱敌至于海。铁舰横江来，我早卧薪待。决胜岂偶然，明耻士气倍。倾国以殉贪，暴力今安在。远溯李构和，近迄宋受绐。亡韩且割台，清政实先怠。迁鼎营新都，朔雁风云改。四十余年事，回首亦云殆。将谓炎黄裔，俎上任屠宰。一朝睡狮醒，吼破忍辱铠。遂今[令]嘘浪鲸，化为釜中醢。飞将建奇勋，童叟眉舞彩。况闻南口捷，察北又歌凯。废兴命不常，残贼天所罪。闵彼黩武者，虽死犹不悔。

淞沪酣战七十日歌

八月十三以来七十日，淞沪酣战几与欧战匹。平绥平汉津浦三线甲丙乙，胜负转移关智术。评量往事重缕述，南北军情了了知虚实。杀人利器今非一，仗此无畏精神抗物质。雄师累万指挥有铁律，遂使南风加劲疾。寸地尺天争得失，相持何异阶草斗秋蟀。门户洞开敌舰入还出，那堪再纵虎狼踞堂室。机声炮声枪声到耳密，哀哉人命贱虮虱。从古骄兵败可必，况彼悍将淫威驱懦卒。腰佩神符心惴栗，狂口呓言尚欲屈我膝。乞援六度将至七，几许骨灰东去几许遗骸血横溢。日昃方西未夜已如漆，霜飞海角黄叶鸣瑟瑟。

飞将军歌

飞将军，飞将军，将军战绩古未闻。鹰鹯逐鸟雀，譬诸诛不仁。将军俱妙年，其威若天神。天方假我以惩暴，敌兵犹火不戢将自焚。两月毁机百有九，三月以后其数堪惊人。彼机四出殃其邻，残我无辜之良民。而我未忍一轰榑桑之三岛，俯瞰彼都板屋皆灰尘。我告炎黄之子孙，恶声自空来，醒我睡狮魂。人以彼为仇兮，我以彼为恩。壮哉飞将军，决胜九霄上，彼倭非我伦。破彼大陆梦，化而为烟云。我军容既虎貔而熊罴兮，人心且如凤而如麟。我将军不世之奇勋兮，与旧邦新命而日新。

壮哉孤军

壮哉！四百二十之孤军，全军奉令挥泪退，孤军誓保弃地存。巍巍大厦壁垒固，强寇欲入嗟无门。胜为人中龙，败亦为鬼雄，敌来一击碎其魄与魂。浩歌激淞水，大义惊乾坤，中外齐声而赞叹，诧为环瀛之异闻。如此健儿如此血，一点一滴即今我华五族所共珍。呼吁元戎驰檄下，报国奚宜轻杀身。四日歼倭数逾百，而我未死未伤三百七十有七人。友邦照我以肝胆，风行雷动迓之以飞轮。耿耿精忠贯霄汉，能使凡有血气皆我亲。呜呼！凡有血气皆我亲，我南北同仇以雪耻，谁不壮此四百二十之孤军。

哀上海

江海潮流日吞吐，蜗角乾坤文物府。中外交欢水陆冲，浩荡风云鲸变虎。三月雄兵喋血场，哀告同胞去淞沪。百密何堪经两疏，石洞金山未防堵。战略时闻令退师，不信神奇全朽腐。健儿囊橐已缠腰，弃甲逃生重跳舞。市南闸北浦东西，可怜一炬真焦土。七十余年积累成，为国牺牲壮千古。吁嗟乎！死士终留青史名，贪人谁解苍生苦。黄金红粉并为殃，绝顶聪明亦聋瞽。

西　去

西去沧浪魂断时，濯缨濯足水何知。留将豪语千秋赏，误尽神州一字欺。风雨愁人天亦泣，稻粱委地众犹饥。十年方醒华胥梦，从古无如女祸奇。

思往事

赵宋朱明思往事，前文后史有传人。本非芒砀能兴汉，不是桃源早避秦。何地还堪称乐土，此身已分作遗民。百年垂死空悲悯，我负乾坤与两亲。

百不堪

土未全焦心未甘，晓钟已到梦难酣。崎岖蜀道依天险，浩渺瀛洲误客谈。早叹马群空冀北，渐看蚕食尽江南。餐风宿露苍生泪，举目河山百不堪。

横　行

六十万人沪市难民数。同苦况，五千余众竟横行。韩民一弹悲亡国，倭寇三夷愧胜兵。惯听嗷嗷鸣集雁，还传节节刽长鲸。江山锦绣看灰烬，道有雄师镇上京。

一 火

金粉余殃扫六朝，熊熊一火气犹骄。灿然新政南都歇，惨甚联军西后招。会见吴宫埋百草，忍教华胄步三苗。当年祸水曾亡汉，班史伤心燕尾谣。

挽熊凤凰

人才内阁雄新国，春梦京华渺达官。迢递香山萦寤寐，纵横焦土恻心肝。十年建树摧残易，四海疮痍救济难。浩荡南天挥涕泪，灾黎未饱骨先寒。

国难中除夕

雨晦风潇又度年，几人自咎误从前。但经忧患无双福，等是光阴别一天。南岳新来杳鸿雁，西湖今后换云烟。江山岂竟成孤注，谁为流亡愧俸钱。

二十七年元旦

昨雨今晴万象新，相看还似太平民。传闻已复杭州市，私祝重回天下春。煮豆然萁焦我土，挥戈逐日仗何人。古来多少兴亡史，岂有苍生戴不仁。

挽周六平

平生傲骨在风尘，七十犹为席上珍。每值清谈悲近事，能于浊世作完人。胸中自有千秋想，身后惟余一字贫。太息岁除君竟去，知因忧国早伤神。

一月三十一日

旧历岁之首，新历月之尾。长淮东走风云颃，雄师踏雪摧蛇虺。新都收复尚无期，最痛仓皇西去时。闻道江干万人命，不如军官三宠姬。吁嗟同袍此奇耻，洒耻须从赤心始。君不见当年赫赫韩青天，弃地偷生枪下死。

七十五

一瞬行年七十五，百龄去日四分三。独清独醒空自傲，非哑非聋无可谈。阴雨绸缪到西北，繁华灰烬哀东南。联盟岂易乞邻助，失律方闻诛将贪。只手擎天众所倚，遗骸委地民何堪。会当血战决胜负，须与苍生同苦甘。

赠赵、金两君

南海归帆旧雨新，相逢握手倍情亲。耳根都是心伤语，眼底谁非梦觉人。来日大难悲往日，西邻受福笑东邻。神州半洒男儿血，百战方知铁最珍。

晴　光

绚烂晴光空复春，河山锦绣已成尘。伤时每涉逃名想，临难偏多殉利人。如土黄金投海外，未灰白骨吊江滨。红颜慷慨谈忠义，正气犹堪泣鬼神。

喜闻津浦线大捷

有血无铁血空沸，有铁无血铁亦废。蜿蜒南北断长蛇，津浦雄师方吐气。临淮壁垒贯精忠，薪胆苍黎敌忾同。二十八倭歼一手，何人敢藐田间农。怒号万窍狂风起，虎威壮我将军李。春回大地好音多，浩荡江河洗前耻。

人我叹

危莫危于我丧我，悲莫悲于人祸人。同种相残此广土，匹夫有责况众民。已将血肉糜百战，各为国家牺一身。猿鹤虫沙死亦壮，牛羊鸡犬生不辰。世以文明酿大难，古惟仁智工交邻。寇深师老今非昔，斗转星多秋复春。

先姊林太夫人存年九十生辰志感

先我呱呱十五年，垂髫姊已经忧患。劫后于今劫再逢，七十五龄真梦幻。花落花开九十春，江山半破梅犹绽。姊如健在话沧桑，勤俭家风本习惯。复兴古国仗艰辛，来者可追往奚谏。且分杯勺赠饥黎，天涯何处无嗷雁。

闻嘉定旧居藏书与屋并毁

平生夙有爱书癖，偶数家珍逾拱璧。兵燹孤城问旧居，劫灰万卷悲陈迹。虞山吊古绛云楼，一炬成空春复秋。岂意祖龙余焰煽，种遗徐市今寻愁。太息东南多弃地，客来各道伤心事。愧负先人此敝庐，那恨蠹鱼曾食字。

写经图为鹤亭题

鹤亭示我吷庵画，写经云仿声山图。绘图十一报母恩，那许非孝来狂奴。昔我罹忧二十四，哀哀失恃泪眼枯。五十一年如闪电，每念劬劳空抢呼。兴邦多难更心恻，繁华都市今榛芜。天北天南叫鸿雁，何处能无无母雏。有谁濡血书万本，而祷国魂重复苏。乾坤元气在此卷，放之四海为楷模。

收山东

雄师血战收山东，平倭谁建第一功。猛士如云赴前敌，矫矫李白真人龙。指挥若定中左右，壮哉易守而为攻。我众作气彼焰衰，捷报纷纶宵昼同。台庄几度痛锄暴，再接再厉凶顽空。负隅于峄虎垂毙，群丑命危破竹中。虬须碧眼都变色，各以一胜移双瞳。骄兵已败忿兵至，如狂欢祝羞盲从。残破河山争尺土，投艰方始图其终。万国何时有宁岁，及今教民以即戎。

题南蘋画

偶翻画史南蘋传，驰誉当年设色工。丹顶缟衣双鹤立，闲评花鸟话宗风。

吾道东行入海仙，迎留三岛适三年。同文同种今犹昔，最是伤心萁豆煎。

挽竹君

共和建国佐群贤，功在清廷逊位前。岂料沧桑经老眼，海滨未睹再兴年。

最难有序

鹤亭与巢民先生同生日，二十七年四月十五适夏时三月十五也，是夕鹤亭陈列巢民先生遗墨，招饮索诗。

最难新旧历，都是月圆天。雅集此孤岛，高谈方四筵。同生怀祖德，异地会时贤。沧海微尘里，应增老鹤年。

题思齐逋居士集

谁是千秋业，同怀八咏楼。乾坤多患难，身世老歌讴。彩翰人中凤，沧波海上鸥。平生文字契，已白少年头。

陈柱尊柱邮寄赠诗并崔云潜龙同学和作，依韵酬之

仰天何事只长吁，鼻息成虹气未舒。我亦眶生呼负负，谁能不动

悟如如。可堪风雨漂摇甚，恍似乾坤混沌初。四海龙蛇方起蛰，人人自谓握灵珠。

怀相老桂林

一从吾道南行后，老去名山即桂林。不信万方民有罪，渐看三岛日将沉。修龄独应人群瑞，谠论堪为国士箴。共此月明千里外，朗然照见百年心。

七月七日有感

血溅卢沟瞬一年，同根萁豆日相煎。金瓯破碎民尝胆，板屋沉沦敌葬鲜。今后疮痍都满地，古来兴废总由天。艰难百战存公义，昭告环瀛友国前。

杜尊赠旧箸公羊家哲学并示近体各新诗，和其江韵邮谢

老我头颅气未降，是谁国士果无双。东来风雨回瀛岛，西去波涛问汉江。浩荡九天鸣怪鸟，萧条万户走惊龙。攘夷君有春秋志，大义如山笔似杠。

泮宫有序

喻志韶长霖以前六十年游泮，示四律徵诗。吾吴同于是年游泮者惟不才与仲仁健在，科举废后淡忘之矣，重忆旧梦，即和新诗。

泮宫寂寂几春秋，劫后相逢未白头。偶与老人谈往事，已无新进继来游。海滨小隐名何恋，天下为公志待酬。夫子门墙如洞启，早将时雨化神州。

次任之我生第二戊寅年七月韵

邈矣知音钟子期，琴弹古调已非时。西风将代东风劲，南斗方随北斗欹。未死人心今愈壮，能存吾道更何之。月来日往看盈昃，讲易

谈天老不疲。

叠前韵

自昔同将不朽期，那堪憔悴为伤时。黄河预告三秋涨，赤道徐平两极欹。爱读奇书孙武子，羞谈弃地贾捐之。耆年出处关人望，匡济何辞笔舌疲。

赠柱尊，仍用江韵

底事雄心不肯降，此才此世已难双。闷中竟欲消长夏，醉后还堪唱大江。水有鲸鲵山有虎，野无牛马户无龙。凭将何物驱贪暴，气壮风雷笔代杠。

柱尊叠江韵和前作，再叠江韵酬之

时贤谁使我心降，投契如君近少双。市地风云仍朗日，照人肝胆此沧江。移家每窘寻巢燕，卫国应旌守户龙。东北东南佳气在，义旗蜂起建长杠。

盼捷，三叠江韵仍寄柱尊

谁更名城筑受降，捷书遥盼雁双双。台崇器镂成吴沼，水碧山青到蜀江。葛岭无闲重斗蟀，桃源有梦几仙龙。会看飞将从天下，汉帜飘摇翠竹杠。

何时，四叠江韵寄柱尊

何时穷寇望风降，借问屠鲸手几双。未见民心移北乡，须将国耻涤西江。应声岂少能言鸟，投骨从无不吠龙。错落众星仍供极，仰看华盖矗天杠。

强项，五叠江韵寄杜尊

强项将军永不降，擎天只手岂须双。最悲奇祸兴三岛，且遣雄师复九江。汉祖功卑刘氏狗，周田税改范臣龙。一从血溅淞波后，谁挂云帆倚画杠。

云潜索诗，六叠江韵寄杜尊转赠

高阳才子古庞降，元恺当年早有双。诗笑郊寒还岛瘦，文评陆海与潘江。昂头天外招孤鹤，摇尾人前叱小龙。斗柄南移方溽暑，卧观象纬枕床杠。

我武，七叠江韵寄杜尊

我武方扬敌未降，苍生泪眼各盈双。谁分吴魏先都蜀，已决河淮欲注江。熏穴偶然惊社鼠，窥墙曾亦吠邻龙。新来野众迎冯妇，搏虎齐擎臂似杠。

有谁，八叠江韵寄杜尊

有谁能使毒龙降，此祸人间未可双。东望烟波沉一岛，南来鱼雁滞三江。飞腾岂少云中鹘，舞蹈还多月下龙。愿挽天河同洗甲，旌旗高卷束空杠。

未甘，九叠江韵寄杜尊

未甘轻向古人降，畴是千秋不许双。万卷奇书营乐国，十年大梦老荒江。最悲名士流为鲫，却笑仙家豢到龙。遥看榑桑今落日，何须渡水驾云杠。

一杵，十叠江韵寄杜尊

金刚一杵万魔降，更有低眉佛眼双。大力回天从此日，细流入海必由江。已县方正栖侯鹄,先逐猖狂吠主龙。惠政济人今古异,如龙车轨笑徒杠。

生来,十一叠江韵寄杜尊

生来只有酒难降,一盏盈盈向未双。读画间评王若水,谈诗偶涉李才江。柳阴时下斜飞鸟,花底频驱懒卧龙。最爱泛舟波似镜,短篷倒影挂修杠。

安知,十二叠江韵寄杜尊

狂寇将诬天可降,安知大福不能双。遗灰骨返千家泪,沸血肠回万里江。跃跃方来营窟兔,狺狺又听隔篱龙。横流沧海谁为障,我众心坚比石杠。

我辈,十三叠江韵寄杜尊

一笑能将万有降,狂如我辈几曾双。性情岂易投人海,面目何须状帝江。乔木友声求好鸟,荒村寇警斗灵龙。浩然正气从无敌,虎豹齐摧胆作杠。

两雄,十四叠江韵寄杜尊

两雄为国两相降,廉蔺名高虎一双。各有千秋同皎日,自然万派会澄江。朝阳傥复来鸣凤,夜户还当去守龙。重见太平民望渴,要将膏泽润枯杠。

壮心,十五叠江韵寄杜尊

壮心岂为老来降,并世多才近得双。方暑绿阴堪障日,未秋白浪已翻江。横行总是无肠蟹,儿戏齐看屈膝龙。欲问客归何处路,山溪断续不成杠。

豪语，十六叠江韵寄杜尊

有敢言和等乞降，是真豪语罕闻双。霸图终限东西海，战祸方延上下江。势不俱生悲两虎，影何可吠笑群龙。岂如重返初民世，陆未行车水未杠。

相持，十七叠江韵寄杜尊

鹬蚌相持究孰降，渔翁旁睨利收双。乾坤否泰今何世，漾汉沧浪旧入江。民命方知真似蚁，人心岂竟不如龙。伫看痛饮黄龙夜，庭燎高于十丈杠。

题项羽本纪，十八叠江韵寄杜尊

英雄从古为情降，一败重瞳泣下双。亚父孤忠撞玉斗，美人长别刎乌江。骓迷大泽空骑骏，鸡斗新丰未徙龙。先入关中天相汉，沛公西略里名杠。

不妨，十九叠江韵寄杜尊

不妨我为少年降，岁岁长留青鬓双。忽见花开盈老树，又呼月出照秋江。绿肥浅草堪眠鸭，白粲余粮忍饲龙。明镜台高时拂拭，何来尘土暗金杠。

八月十三日，二十叠江韵寄杜尊

才逢劲敌已先降，黄白相看面目双。东亚雄心沉北海，秋风战血冷春江。方兴市政空嘘蜃，未饱民饥柰蓄龙。良贾今多长袖舞，羞谈汉吏画车杠。

寄慰止叟，即次其戊龙七月闻海安兵退作韵

浩荡乾坤几许宽，不须回首问悲欢。途穷寇盗今非昔，气壮山河

破更完。会见长鲸驱海外,欣看来雁下云端。人心各有中流柱,堪障如狂既倒澜。

江韵诗与柱尊唱和至十五叠止,旋又叠至二十,柱尊知而函索之,因又叠一律以为媵

唱酬余兴已全降,三五辉联璧十双。雨过黑云还拥日,秋来白露未横江。自由市上弧张鬼,不夜城中帨感龙。衣裴国风文恶著,有如素锦掩旃杠。

陈慕周宗彝同年索诗感赋

阅尽沧桑劫后身,相逢半是毁家人。平生空有千秋想,何日重回四海春。

戴春风沐新五十有赠

百年偻指正当中,明月前身识此翁。报道蓬莱今水浅,欲觞西母问东风。

双十节闻捷

两都竟裂汉衣冠,东北东南泪未干。倡议名区今祝捷,遥知空巷万人欢。

叠前韵

不须怒发再冲冠,已吸长鲸血渐干。一战敌尸遗二万,同为赤子我何欢。

再叠前韵

乡邻有斗独缨冠,盟誓何曾口血干。三岛亚欧蜗两角,西方应订美人欢。

三叠前韵

掀髯大笑掷儒冠，地老天荒海易干。国庆年年娱乐少，小楼未尽一尊欢。

挽刘全人崇佺飞机遭袭殉职

凌云健骨傲飞仙，正是男儿报国年。堪与长风同万里，竟从碧落下黄泉。

高天等是戴头颅，患难相扶真丈夫。独为千秋存大义，怆然吾道近来孤。

阿兄哭弟最销魂，缕述生平满泪痕。杀敌雄心付流水，长遗此恨在乾坤。

蠡测吟

问天谁使陆将沉，何事能逃得失林。沧海漏舟同命日，最悲洪水在人心。

哀广州

荒台故址越王雄，海市繁华一炬空。焚土英风焦土继，九原何以慰文忠。

哀武汉

喧传狂寇力难支，此地当年举义师。上净又营新陈线，苍生无命欲何之。

骤病自挽

何处曾逢佛与仙，几人绝后又空前。宣尼负杖逍摇日，未到予生寝疾年。

饱经忧患此乾坤，和气居然萃一门。国难未纾家已毁，尚余书卷付儿孙。

面感风邪版上肤，左肢麻木眼微糊。了然生死心无紊，到此方知未丧吾。

自怪心灵身不仁，老鳏究是一天民。乱离岂易仍同穴，魂绕先茔松柏春。先兄嫂暨亡室杨夫人均祔葬先考妣墓，盖以死后仍一家团聚示子孙也。自闻习医者以得尸解剖为难，尝矢愿付遗骸于医院以开风气，儿辈未忍应也。今虽解剖风气已开，无待个人之倡导，而故乡陷敌，归葬非所安，别葬又非所安，因以夙愿著为遗命。

两媳事翁如父女，一儿随侍一天南。遗言耻受全归福，却壮新民蹈刃甘。

遥看窗下作家书，为戒新寒易袭裾。报与郎知爷病态，料筹归省意难如。

芙蓉初日媚幽姿，每记亲情慰问时。难得一丝真不挂，朗然自照玉无疵。

浩气从今赴大荒，达观焉用恋皮囊。留将清白还天地，极乐西方是我乡。

病起杂诗

非痴非梦尚人间，天与衰龄一月闲。病退未闻驱寇退，重逢旧雨话时艰。

恶氛东北到东南，壮士如云百战酣。瀛海于今环祸水，寻源一字只由贪。

焦土频传国策新，名城付托究何人。讹言竟起长沙火，三罪难苏已烬民。

啾啾新鬼怨东风，万骨谁成一将功。湘粤捷书方叠至，南来人又说和戎。

神州分割枉经营，傀儡相扶笑绝缨。已悟鲸吞无此力，冀收落实不居名。

酣眠清昼易销磨，菜粥三餐隽味多。无节起居儿代记，笑谈日共客谁何。

心交老友数汤定之陈陶遗，毋告移居总近邻。时与两贤同接席，庄谐相杂坐生春。

博文难得女儒生黄绍兰，讲学滔滔俗耳惊。一片苦心存国粹，欣然吾道有干城。

同岁情深来夏剑丞李拔可，谆谆静养赠言温。平生好动由天性，此语真堪去病根。

海滨投老亦良图，遐想鹰扬一钓徒。却谢云间今陆叟规亮，新诗约赠四鳃鲈。

何郎白蕉傅粉旧风流，一别家山春复秋。教育英才非所乐，劫余聊作稻粱谋。

古华一老是吾宗思齐，微喘登楼病后逢。勿药已占无妄喜，苍颜岂让岁寒公。

忘年交有浙东严名扬，劳怨谁任殆两兼。咄咄子陵今助我，堪骄文叔又何谦。

西谿设馆太仓唐蔚芝，笃实辉光照四方。避乱依然昌国学，重来海上感沧桑。

吾吴王胜之住万宜坊，经济文章早擅场。余事名兼书画重，几人墨妙已珍藏。

迢遥蜀道忆江问渔黄任之，天际传书雁几行。为国宣劳知旅况，时搜佳句入诗囊。

桂林山水饱双瞳，伉俪杨卫玉彭望芬此福同。底事新兴民族地，遗音飞鸟任摩空。

诗清每赏练溪潘仰尧，万里长征席未安。一岁壮游堪两度，南天报道已新寒。

孝友传家仲氏张仲仁，退闲人望冠吾乡。倘教老子军成立，唤起吴侬遍武装。

百岁将臻老马翁相伯，西南远度万山丛。炮声高射喧风洞，耳若无闻聋未聋。

朱凤千鹤翔同学五十有赠

墨谈兼爱老知足，各有千秋贮胸腹。唐虞让德操莽吁，十年未尽驱遗毒。五云楼阁起玲珑，波震尘飞惊海岳。古来多难励兴邦，此土苍生共歌哭。持节归来倦宦游，无改当初真面目。荒芜三径忆田园，浩荡九州转车毂。百龄恰似日方中，冈陵已陟南山麓。岁寒岂少后凋松，清醒原知非我独。

张公权嘉璈同学五十有赠

乾坤不息基于易，传家孝友今犹昔。充之足以保四海，赤县神州况古国。西风暗袭东风狂，西移政俗东武力。新邦旧染藉驱除，胜败寻常等棋弈。置身要路岂偶然，焦劳擘画皆天职。会看失土尽来归，那许苍黎永饥溺。兵气犹韬日月光，举世方争功赫赫。少壮相期在不朽，我闻太上有立德。后乐先忧半百年，一贯精神仗乾惕。纵横道里几万千，民生谁不关休戚。

伯初六十齐眉有赠

后我呱呱十五年，岁星忽已五周天。木公金母衔杯笑，呼子如何尚未仙。

同袍怒蓄冲冠发，孤岛欣看周甲花。东海屠鲸来下酒，更呼万岁寿中华。

韩少石宝琨堕楼死，唁止叟

众醉何堪尚独醒，楼头竟陨少微星。高堂忧乐先天下，况有哀鸿不忍听。

二十八年元旦

我为苍生望太平，每于岁首问阴晴。默参剥复循环理，纤雨无声傥洗兵。

有谁埋石托青田，视听将毋寄自天。始七七还终七七，料应此日在今年。

一 禽

一禽填海因何事，万众同心在不言。落井究谁羞下石，坠渊使我悯高轩。

鸳社证盟图，为沈定九题

一幅双鸳珍手泽，人间今日是何天。掀髯时索梅花笑，已觉春回万象先。

吾宗佳话一门多，劫后乾坤孕太和。绕膝儿孙俱国瑞，新民永奠汉山河。

百龄颂，寄相老

当代尊耆宿，公推第一人。国光他有耀，民望众无伦。复旦门墙旧，中华冠盖新。青年醒木铎，白下迓蒲轮。回首千龄宴，雄心万里身。土山萦梦寐，风洞抱经纶。南徼初安枕，西都尚卧薪。苍生关痛痒，黄发倍精神。齿德今为瑞，文章老愈珍。期颐兼祝捷，再造九州春。

改岁篇

岁改民何乐，兵凶寇已穷。复兴喟焦土，悔祸祷苍穹。甲子我生始，辛壬皇运终。谁悲天国殄，最愤海防空。藩削韩随越，军联后避戎。旧邦经鼎革，新政问污隆。有惧谋方协，相残种本同。外交牵内战，亚雨扇欧风。共历无前气，堪铭不世功。乾坤关否泰，公道长消中。

廉蓉湖建中索诗

大地春回万象雄，岂容一士叹途穷。澄清天下何人事，只在青年抱负中。

孤岛忆梅图，奚铁棠乞题

天涯多少伤心事，偶触情怀倍黯然。我与梅花成久别，不堪回首十年前。

挽张退庵謇

太息东南焦沃土，谁驱国难起民孱。海滨又见晨星陨，二老遗风望五山。

姚氏丛刊题词

五百余年周浦镇，太常手创始姚厅。成都成邑重瞳裔，叅叶芬芳世德馨。

劫后东南访旧闻，新来世事太纷纭。丛刊几卷光家乘，我信天还未丧文。

桃源叹有序

叹桃源两为日机所炸也。

此地曾经避秦乱，二千年后到今人。当初东去童男女，遗孽胡然来问津。

桃花红染何人血，百战空残两国民。同种同文成惨祸，将教明治悔维新。

柱尊属题其尊人林下课孙图

等身著作北流陈，如许才华今几人。家学渊原知有自，丹青照眼见精神。

少小不知天地大，老经桑海梦全醒。追维六岁趋庭日，题句重吟欲涕零。予生嘉定之娄塘，忆六龄时有同岁邵氏儿甚聪颖，其祖母挈之来学，并绘图乞题于先君子，首句乃六岁为师古未闻也，其下则先君子诗，无留稿，事隔七十年，苦思不能得矣。邵氏儿青一衿于乡，年未及老，已与其祖母先后殂谢，而娄塘两经兵燹，此图无从搜访，为之泫然。

江浙同乡萍聚海上一年矣，以歌志感

焦土重青原上草，幕巢海燕春光老。白日依然照九州，苍生满地涂肝脑。刍狗谁知圣不仁，猿鹤虫沙皆国宝。劫后新民朝气来，坐中旧雨诗情好。一饭时闻笑语狂，万方兵伫烽烟扫。斗柄潜移岁又周，残破河山今再造。自经欧战风云多，希见环瀛遍晴昊。何人口不道和平，跃浪鲸鱼出三岛。猛进从来悔亢龙，东望榑桑谓枯槁。彼美西方我得朋，止戈为武绸缪早。易穷未济变斯通，中外大同昌孔道。

金巨山其源六十有赠

万花斗媚樱花蔫，东风无力空狂颠。计君误落红尘岁，是我初游白下年。六十春秋如反掌，帝运将终谈既往。一跃共和天下公，谁教禹甸成榛莽。鲸起沧溟鸥背盟，争存血战为民生。河山暮气驱除尽，多难兴邦歧太平。眼看少壮今耆老，后先忧乐关襟抱。侏儒欲饱朔欲饥，那怪垂涎桃实早。

季英六十有赠

澄清怀抱今犹昔，回首龙门已陈迹。澒洞风尘昏九州，空谈天下匹夫责。六十春秋十六篇，感旧心情诗纪年。一从梦醒华胥后，何处楼台尚有仙。古国新民各兴起,况复门墙富桃李。整顿乾坤让俊髦,愿倾东海湔奇耻。

从未吟有序

淞滨某诗社有神人唱和之创举,盖灵学实验。既徵信矣,壁有杯回来三韵七绝,三神唱而未有和者,乃两叠之也,因成一绝。

平生从未独衔杯,每念时艰肠九回。岂必我醒人尽醉,安能今往古重来。

鉴前车,叠前韵

祝捷何妨屡举杯,苍生忍苦待甘回。文明构难东西应,共鉴前车诫后来。

回天问,再叠前韵

救火难凭水一杯,问天何物力能回。喟然长叹悲过去,大道为公诏未来。

箴空谈,三叠前韵

谁抵黄龙饮满杯,朔风高唱凯歌回。空谈爱国成何事,决胜须从帷幄来。

亢龙悔,四叠前韵

俯窥沧海小于杯,鸷鸟盘空任往回。省识亢龙终有悔,救时还抱壁经来。

董尊孔,五叠前韵

繁露篇名艳玉杯,春秋烂读几千回。董生尊孔百家废,黄老遗言曾拾来。

广三教，六叠前韵

公宴常斟入坐杯，于今三教广耶回。并行并育如天地，都向尼山携手来。

将星朗，七叠前韵

将星朗若夜光杯，敌舰潜藏骨烬回。天道亏盈况专欲，枉教倾国自东来。

争流渡，八叠前韵

急流稳渡上人杯，横海船遭风引回。成败此中消息在，前因后果自然来。

心眼明，九叠前韵

心眼明逾照世杯，早登道岸莫裴回。中和还我国民性，客气全驱元气来。

曹崧乔以手写华严经徵文，报以短章

如来说法华严始，译本流传有晋唐。手写字逾七十万，完成功德海难量。

焦梦周文基以僧装行乐图题诗乞和

无量光中一笑来，偶然趺坐白云隈。度人只此慈悲念，已落红尘心莫灰。

陈燮生以炯抱子，有赠

妫后原应世世昌，况今天锡好儿郎。能教我佛拈花笑，要索而翁饼与汤。

老凤双飞雏凤鸣，喜听英物试英声。重华远绍文明祖，新国新民此再生。

风雨书感

飘风暴雨带潮声，沧海何知有不平。萁豆相煎应对泣，同根岂易再同生。

早悟百年都是梦，忍教一日偶然闲。最悲盈野盈城血，不与苍生痛痒关。

挽吴潘夫人湖帆室

望庐入室总神伤，此味今教夫婿尝。回想延陵观乐始，二南余韵尚洋洋。

言　情

天地有情钟我辈，文章无价抱遗经。未知今世是何世，莫谓颓龄非妙龄。碧落众星仍密布，红尘大梦傥全醒。皎然心似空明月，不灭秋风腐草萤。

大暑不暑而大雨一日数至

方当盛暑气先秋，猛雨连番势未休。道有黑风撼三岛，久无碧月媚层楼。茅檐易酿灾黎病，版屋应添敌国愁，谁使银河今倒泻，浪传织女望牵牛。

忽　然

忽然爽气自西来，宿雨新晴天竟开。未见澜狂倾砥柱，渐看水浅到蓬莱。愚公始信移山困，夸父终应逐日回。月出有光催梦醒，东方从此祸无胎。

云潜既与陈励行荔英女士成昏礼，方暑，乞诗

风始关雎冠二南，琴瑟钟鼓乐且耽。锵锵鸣凤占世昌，妫后育姜周史谙。门题人面无心感，在易为咸诗义参。桃夭托兴宜家子，可以教国非空谈。淞滨消夏时唱和，此味远胜浮爪甘。冀耨梁舂永相敬，古有两贤今其三。天地之道在恒久，放之四海皆包涵。玄黄血战几寒暑，苍生涂炭情何堪。安得内外无怨旷，农夫归耕桑女蚕。鸡鸣视夜同戒旦，已醒神州大梦酣。

题南屏宗乘

南屏一宗叹奇绝，济佛当年惊俗僧。有如大匠运智巧，不藉规矩与准绳。神游太空浩浩如，缁流从古无其朋。井木涧螺偶示异，众悟法力真万能。饮酒食肉岂狂傷，此意或更超三乘。世人于此得方便，学佛但须心性澄。三千世界堪普照，所仗一片灵光凝。

玉泉寻梦图，为吴养臣兆元题

佛说三世何为哉，有因有果毋疑猜。欲知过去观现在，即观现在知未来。我闻往昔名世英，每由古寺僧转胎。吴翁梦帝赐白芋，上座赧颜髯盈腮。二人前导入一室，似曾栖息相裴回。后访当阳玉泉寺，历历如梦心胸开。大根和尚是前身，翁之福寿根先栽。人生何事非梦境，富贵于我皆尘埃。能教夙慧永不泯，方寸岂殊明镜台。

论　书

书谱服膺惟右军，近人一跃摹金文。更进好奇谈甲骨，殷墟伪造乃纷纷。道高宜若登天然，俗眼所见皆浮云。凡事脚跟踏实地，虽游于艺吾亦云。

新潮讴

未秋已觉暑气消，秋至翻苦秋阳骄。忽然风雨声潇潇，海滨一度来新潮。新潮问从何处来，或云祸水为之胎。从无盛暑秋不衰，新潮毋为吾民灾。

蝉始喧

夏凉秋暑蝉始喧，我劳欲憩扰耳根。嗟尔微虫性高洁，奈此秽浊之乾坤。一鸣四野皆惨绿，黯然欲断灾黎魂。朱唇一笑攫千万，劫后残膏安足吞。再鸣三鸣日西逝，满街红电疑血痕。蝉乎蝉乎尔且休，何时何地非黄昏。

少年行

少年不甘恶衣食，埋头十载眼昏黑。海上忽梦金银台，南天一去无消息。倚闾母老妻空房，白发红颜两凄恻。风尘前路须评量，况今江山气如墨。蚁巢各有小乾坤，人生何事非天职。

天　下

天下有溺溺在贪，不贪不溺众未谙。我生已过百岁四之三，所经忧患岂是庸夫之所堪。浮云苍狗等闲视，纷纭万变付一憨。长日惟消书数卷，有时客至能剧谈。病魔袭我左手足，医方不觉中西参。既悟有生必有死，即知死非苦而生非甘。自笑新来无寸进，所长只有午睡酣。

读　书

读书慎勿读异书，异书往往误人生。结交慎勿结英雄，英雄往往轻人情。乾坤何为有翻覆，起于人心多不平。君看沧海浪如山，水清不可以濯缨。

无 心

无心便敌万夫雄，衰病何曾叹道穷。百战河山仍古国，几番晴雨又秋风。待清素抱老犹昔，可畏青年今不同。为友为仇都了了，太平洋水界西东。

更 剩

百年更剩几多时，日近黄昏已自知。幻想先应求死友，幽居聊复当生祠。从来兴国有天助，除却灵台无我师。一凭阑干花照眼，小红新缀倚墙枝。

却 病

却病何须常服药，爱闲总觉未抛书。高谈自笑扪无虱，健饭方夸食有鱼。不信红尘都秽浊，只看碧落永清虚。超然身置是非外，便尔心游天地初。

每 念

每念苍生心似焚，中年悔预世纷纭。故山别后思红叶，沧海归来梦白云。青史不须留我分，黄金其奈毒人群。环瀛扰扰鱼龙戏，莫莫朝朝有异闻。

坛 坫

坛坫于今似弈棋，猛投一子众惊奇。神机妙算争先著，缓步徐行叹后时。障日崇山全凿窟，当风大树半危枝。人心痼疾依然在，只此难寻国手医。

昔敌今友歌

口为友，心为敌，万方无罪遭锋镝。昔为敌，今为友，茫茫海岸先回首。天地何尝竟不仁，刍狗百姓岂圣人。予智谓人愚，自陷深池谁更扶。坦坦西大陆，浩荡乾坤关祸福。风云变幻不可猜，曙光一线空际来。

苍 鹰

苍鹰瞿视双眼明，盘空取势左右平。巨爪方舒群鸟惊，鸠占鹊巢危欲倾。海鸥早背东西盟，顽云不散风波生。碧天无际鹰转睛，何时一击下太清。

扪 象

扪象群盲堪捧腹，犹龙一老愿低头。村农望岁忧百亩，海客谈瀛小九州。时鸟自然知唤雨，夏虫有几能鸣秋。五千年史俱大梦，七十六龄何远谋。

此 道

此道不知付谁荷，为人自矢忠我谋。半衰筋骨顽仍健，万变风云暑又秋。世未大同身已老，国方再造民宁休。寄言今后青年晓，各使平生素愿酬。

小 楼

小楼居然容万卷，老友谓之拥百城。每逢阴雨易心痗，偶见好花犹眼明。世事从来半可笑，我生何至一无成。试看白首昔孺子，谁道黄河今水清。

悲愤语

何事能为十年计，此心岂易一人知。偶谈已往真堪痛，那问将来只自私。安得有生皆市道，独惭众死尚书痴。会当洗耳清泉去，谁悟回头大海迟。

春风秋月

春风秋月自来往，智叟愚公谁是非。早叹古来青史秽，况看天上白云稀。鸠营南国新巢拙，虫入东方旧梦飞。能学卧龙心淡泊，方知衰凤德光辉。

怀仲仁九龙

令我寂寞思南天，故人迢隔路几千。风云朝暮有变迁，秋光明媚如春妍。髫龄抗志希古贤，吾衰那复值一钱。君气益壮心益坚，勇赴国难今逾年。何时握手欢欲颠，眼看沧海仍桑田。

足　茧

未行千里足何茧，才终一卷目渐昏。图书盈我小天地，倚壁绕床皆国魂。故居兵燹毁其半，佳本此余三两存。足茧暂不思远游，以娱衰老遗儿孙。

素　秋

弥天大祸胎阴柔，肃杀之气横素秋。西方又构文明难，不知浩劫何时休。二十年前自贻戚，片纸岂能长困敌。到此方教庸耳惊，道是晴天一霹雳。

嗟　予

嗟予同产适盈十，陨然老废今仅存。所生十二殇及半，二男四女两未婚。早慧一雄六龄折，老妻先逝谢续新。次女随婿远入蜀，长女抚孤方成人。二男学就薄有名，差幸未至遗国魂。其一重游西大陆，携妇还携七岁孙。一滞昆明几寒暑，只身讲授甘食贫。缕述我家小家乘，当有先德荫我门。病中偶感味枯寂，回想当年我事亲。我肩岂竟不负重，近遭国难潜海滨。日与苍生共忧患，已辜天地父母恩。况经世态变又变，畴辨人心仁不仁。哑然一笑空万念，奚止富贵如浮云。

电车叹

文明利器自西东，电车日夜声隆隆。男女老幼纷蚁附，各输囊中数分铜。我为穷人三太息，两足坐废穷益穷。有轨无轨复错杂，欲进不进灯正红。甚且如龙衔首尾，四达之衢阻交通。乡人卤莽穿路过，目竟若盲耳若聋。猛当其冲茫茫然，呜呼一命辕下终。

寓楼书感

先人敝庐问何在，寇陷瞪城兵火烧。而我浮家老海上，赁屋还如幕燕巢。天地于我为逆旅，身外之物皆鸿毛。但容眠食亦已足，□独子云能解嘲。

谁　忍

谁忍不报国，最难强此身。无肠方是福，有骨未为贫。物贵人随化，狂多圣益珍。何时驱寇尽，同作太平民。

左足又病，盖新病稍减而旧病发矣

每逢秋后暑，易使足生炎。此病久不作，何缘今又添。身经三日卧，梦未一宵甜。安得新凉起，先教霖雨沾。

雪　鬌

掀鬌都似雪，回首忆髫龄。世谓才无敌，天教梦渐醒。曾谋新古国，犹愿老遗经。已悟尘寰扰，无逾陋室馨。

随　笔

书似负人债，诗能醒我眠。千金储助学，一枕梦游仙。世事关门外，天机跃眼前。秋花红簇簇，浓艳夺春妍。

病 久

病久不知病，身闲尚有身。月随云活泼，花助草精神。秋气一天朗，我心万古春。碧空如鸟瞰，到眼总微尘。

西 海

西海横兵气，南天滞乱云。世谁皆欲杀，敌渐不成军。虎有狐能假，鸡无鹤在群。十年经老眼，青史益纷纭。

谁 是

眼前谁是骨崚嶒，有福从来百不能。千古难逢无我圣，十年已作在家僧。窥帘凉月秋光嫩，穿牖炎风暑气蒸，日啖甘瓜真一乐，儿时此味记犹曾。

一 声

无端风度一声箫，吹入高栖破寂寥。何意玉随珉共贱，未闻金怕火常烧。文明重造飞潜劫，富贵都成妻妾骄。西去素秋方肃杀，耳根络纬已萧萧。

足能履地书感

病足历年廿六七，名医概不知病名。有时红云起一朵，病来足重病去轻。我知此病由遗传，我父未衰足弱行。试述我父所自道，雏龄为之耳震惊。市桥路滑目有注，一躄儿跛百病生。痛时往往不可触，当年随侍闻呼声。偶一念此感不绝，摇摇有似心悬旌。亲恩未报老先至，痴顽自号为若婴。昔之婴儿谁不老，今老如我颜宜赧。幸哉我足不剧痛，岂天于我私有情。万事不敢希胜父，病差于父我心平。

古今哀

古之民贼贼民命，今之民贼贼民心。哀莫大于民心死，国家元气随销沉。一自筹安筹窃位，遗毒蔓延日益深。谁信九州无白璧，竟令万目皆黄金。

天何为乎苍苍

天何为乎苍苍？日星何为乎终古而有光？鸟何为乎飞翔？兽何为乎腾骧？静观万物各有常，独骇异夫人之无良兮，等此颅圆而趾方，不知其何肺而何肠。岂此宇宙之广场，今将复返乎洪荒。抑彼浩劫之茫茫兮，竟如长夜之未央。悲乎哉！吾不能效箕子之佯狂，安得置吾身于无何有之乡。

胜之为子娶妇于戴

国风窈窕歌周南，玳梁栖燕双喃喃。青天碧海吐新月，桂秋把酒谈谐酣。剡溪琴韵传家学，凤笙共谱房中曲。高堂对此欢颜开，大椿长荫庭兰馥。

一息歌

老鳏尚有一息存，时复出证青年婚。神州百战减户籍，喜见亲朋长子孙。西欧竞造杀人器，今又喋血于其门。自种之因自食果，智若白人以利昏。勖哉我华神明裔，中和天性归我根。此道造端在夫妇，放之可以弥乾坤。焚香默坐玩羲易，万灵环拱礼国魂。

杨夫人殁后十年书感

七十六翁鳏十年，无才拨乱枕海眠。感君慈俭遗我宝，家毁人安命也天。一儿婚后南游滇，昆明一去岁屡迁。一儿就聘美利坚，别我正值春花妍。长风破浪远讲学，子依膝下妻随肩。太平洋岸两民族，若谈友谊诚空前。大道之行天下公，昔者仲尼有志焉。老至犹存大同想，勖儿此义须传宣。咄咄暴秦童男女，移殖东邻狂且颠。同文同种口亲善，忍哉萁豆时相煎。骄兵既败愤兵继，虎狼自陷蛟龙渊。借问生灵究何罪，不惩始祸谁负愆。我民焦土冒白刃，等为刍狗羞瓦全。君不闻义死丹心照青史，光烛九霄与九泉。古以考终殿五福，语载周书洪范篇。劳生竟羡死者乐，乐其无知无挂牵。无知有知岂易知，凡有情人总黯然。况君贤声在人口，此碑无烦一字镌。或援三世修来谚，谓君宜死夫之先。今知死者亦有知，君果有知当已仙。

身世杂感

孔云老戒得，我今庶免矣。扰扰此尘寰，惟贪为祸始。大之殃国家，到此身焉倚。所以柱下史，知足与知止。

翻手与覆手，世事何纷纭。推之及邦交，疑雨还疑云。纵横互决胜，战国多旧闻。时逾二千年，今如古所云。

汉祖斩白蛇，遂将秦项倾。朱明起饥荒，驱胡归北庭。布衣取天下，两雄畴与京。共和建新国，帝运终于清。何以跻大同，所需公与诚。

我昔壮盛年，浩荡随风尘。自惭器识浅，知言方知人。山泽有龙蛇，郊薮无凤麟。将待天下清，偃息东海滨。狂澜起三岛，大陆几沉沦。中流一砥柱，支拄良艰辛。隤龄草间活，已负昊天仁。

闲　情

当路有高楼，直上遇浮云。罗帏若绛雪，飘摇闪夕曛。凭阑出素面，胡姬颜半醺。虽无缟衣乐，掉头非我群。

窈窕一淑女，皎皎幽闲姿。端坐临我书，非憨亦非痴。敬之若畏友，亦乐为之师。有谁堪此福，天意良难知。

珍禽篇

神州郁灵秀，四海多珍禽。方其野无粮，悲号在远林。一朝偶果腹，群喙皆若喑。亦有鸾与鹤，幽谷相追寻。清风散六合，自然来好音。开襟涤尘想，伫盼清风临。

学古箴

好古起子信，宣尼有良箴。因疑而惑众，旧学将销沉。遗经束高阁，著作方如林。徒炫后生目，难传先圣心。纷纭逞异说，时亦开胸襟。譬之入宝山，偶焉拾碎金。层峦与叠嶂，路迷不可寻。四库浩烟海，百家空浸淫。昭昭悬日月，六艺皆国琛。何如抱一卷，朝讽而夕吟。

啖柿色味俱美，宠之以诗

美哉赤实果，浓艳照双瞳。其液可润肠，其甘能和中。神州元气厚，秋后所产丰。世传有七绝，此亦足豪雄。青黄或殊态，登市什九红。况兼色与味，衡品将谁同。一物应一时，点缀由化工。化工何神奇，俯首礼碧翁。

讹言多

讹言多，讹言谁使多。莫知来由，但问经过。群盲本不辨黑白，四海况易生风波。大块茫茫正长夜，东西飞舞皆天魔。吁嗟乎！东西飞舞皆天魔，苍苍如此大块何。

一　雨

满拟今宵看满月，一雨谁知月出没。翻笑不如月缺时，最少尚有光一发。浮云衣狗斯须变，那用书空频咄咄。上下古今千万年，从无一事真突兀。

雨后诗社公燕

何岁中秋有明月，何时大地无愁云。吾侪于此纵谈笑，不问苍生聊乐员。相呼赏月几赏雨，一洗年年战血痕。更谁投书吊湘水，汨罗闻又多冤魂。雨止忽传月将上，掀髯意外加欢欣。五洲万国只一月，此疆彼界徒纷纷。安得人人心地如月朗，清光普照开尘氛。

月始月

昨宵三五云掩月，今宵月望月始明。湘赣捷音屡歼敌，昭然天道恶满盈。自阙而圆圆而阙，月行一周有定程。一月一圆阙夕多，愿月常圆殊过情。吁嗟乎！重瞳暴兴锋莫撄，垓下终困楚歌声。拿翁霸气全欧惊，羁死荒岛俘于英。失败雄豪在青史，野心毕竟悲无成。君不见深坎时禽出山虎，浅沙每阁横海鲸。又不见曾侯戡乱功盖世，求阙名斋遗盛名。

湘北捷

湘北血战方经旬，歼敌已逾三万人。赣西鄂南同告捷，四海欢跃兵如神。群倭绵亘五百里，七师齐溃有几存。直捣黄龙破竹势，釜鱼瓮鳖皆游魂。风传愤兵将继至，屡胜不骄真胜军。金瓯腥秽渐涤荡，焦土疮痍需附循。驱除暴力改惠政，刍狗终怀天地仁。凯歌声助双十庆，伫看万象都回春。

剥复吟有序

黄云僧蕴深示我蒋君哭女诗，怆然有感，作剥复吟。

万口方诛子弑父，一纸又传父哭女。国难声中所见闻，有情那不同凄楚。瀛海风云起亚东，兄弟之邦萁豆煮。湘赣捷书飞电来，剥复循环此端绪。乾坤元气在人伦，阴惨阳舒视寒暑。子有不孝父能慈，殃化为祥天亦许。中和位育消息微，各抱遗经共咀茹。

秋潮叹

秋暑未退秋潮生，潮来兼掖风雨声。波涛滚滚望无际，四达之衢沟早盈。路旁人如岸上走，街心车在水中行。天失其时人失性，能言禽兽方纵横。子解父尸云救母，振振有词难弟兄。伦常乖舛至此极，律师为辩刑可轻。初民时代今复返，举世谁知浊与清。莫怪秋潮忽怒涌，天使秋潮鸣不平。

高吹万夔风雨勘诗图

诗三百以一言蔽，日［曰］思无邪圣心契。郑笺毛传采三家，孔疏流行宜弗替。渔仲矜才异说鸣，晦翁应声为之继。力攻小序广淫奔，此义傥与尼山戾。贤人君子那可诬，邱中风雨淆真谛。汉宋纷纭门户多，今古迁移政俗敝。国难方殷歌舞酣，桑濮遗音是何世。高叟为诗岂固哉，涵咏篇章入深细。沪垒来营燕幕巢，时艰谁竟同舟济。书抛万卷梦寐萦，楼凭百尺烟云睨。群贤著述付平章，数幅丹青斗清丽。唤起名流道性情，奚独论功在六艺。东瀛果有大和魂，弯弓射兄早垂涕。温柔敦厚格冥顽，海天风月仍光霁。

挽百龄相老

泰山鸿毛等一死，此老达尊兼德齿。百岁经过多痛史，唤醒青年知国耻。修龄大勇世无比，去去西南行复止。谅山凭吊故战垒，旅魂何日归桑梓。请看门下峨峨士，再造乾坤继公起。

志　异

李氏有女曰亚明，取髫耳目俱通灵。一日仰见群仙联袂空中行，随闻仙语朗然三两声，语云我国蒋介石，长期抗战定国策，最后胜利确乎在此役。女所述原语："我国蒋介石长期抗战的确可以最后胜利。"女白所见所闻词甫毕，或问最后胜利究何日。女道又闻天机不可泄。女所述“泄”下原有漏字。此为我友孙君诚恳所缕述，我忖当无一字之不实。女年十二方童稚，其言不欺且无忌。我亲质之非伪亦非戏，归而濡笔志其异。

题秋螅吟馆诗钞有序

吴士翘邦珍盛称秋螅吟馆诗钞为诗史，予访得读之，信不诬也；嗣出其加朱本见示，属参鄙见，为题一律。

天国何曾偶太平，咸同往事最分明。胜朝空有中兴号，信史都由直笔成。弱女心雄当患难，武夫气折悔纵横。溯从母后垂帘始，阴长阳消祸已萌。

倪祝华光耀同学以二律索诗

当年桃李几成阴，萧瑟江南寄慨深。名下人才都自晦，劫余乡梦未堪寻。歧途岂愿逢青眼，沧海相期照素襟。此后乾坤须整顿，平生浩气莫销沉。

秦艺庵嘉赓六十徵诗

忆我呱呱甲子年，岛花数遍占君先。营巢昔慨鸠欺鹊，避地今成蚁附膻。新国沧桑经几度，达酬齿德已兼全。八旬有母承余庆，万卷传家启后贤。患难何曾妨矍铄，康强便不让神仙。良医自古侔良相，广为苍生种福田。

云潜邮寄退居近作索诗

风雨鸡鸣见君子，乱离那易访桃源。海滨旧是诸戎薮，劫后曾无独乐园。衰朽未妨随录录，崇高何以慰元元。笑看老相雄予智，生听强邻树外援。竟为文明蒙国难，岂容弱小讼民冤。荒凉乡井兼城市，凄恻虫沙与鹤猿。不信人群还混沌，但期祖德绍轩辕。西南喋血今方始，东北盟心永弗谖。金谷新居村名新成诗伉俪，苍生待雪涕潺湲。

乾坤正气须扶殖，吾道羞闻逾短垣。

名扬三十有赠

回首当年我三十，羞攻俗学随凡庸。邵心炯陈季藩二子适齐齿，众约合觞九十翁。是公真面一而三，抗心各希国士风。横极四海纵千古，了然惟变斯能通。既倒狂澜迅奔马，潮流激荡帝运终。神禹而降未传贤，一跃竟跻天下公。使由使知可不可，孔岂愚民民尚蒙。兄弟阋墙来外侮，长鲸跋浪化毒龙。炎黄子孙破酣梦，睡狮猛醒惊晨钟。此非一姓兴亡事，万派争存气吐虹。共为旧邦建新命，民果欲欲天必从。删书开卷始尧舜，唐虞固为圣所崇。六经大义久不昌，我方养晦师盲聋。借问盲聋孰我相，倚君目明兼耳聪。君虽与我两忘年，四十六年岁正同。人生百岁驹过隙，愧我于时无寸功。愿君宝此鼎盛年，河山再造须豪雄。年壮譬犹日在辰，会看向午光熊熊。环瀛尽享太平福，早蓄平生怀抱中。中和民性我自有，放之五洲自亚东。西方彼美良可慕，文明先进应追踪。交邻有道仗仁智，将令世界归帡幪。近数藐躬昔经历，无高无下无纤洪。多阅艰辛头未白，少有成就颜堪红。青史人才几不朽，五千余祀何匆匆。相期努力赴寿考，我今年衰心未慵。

冬 至

阳回尚感冷风尖，兵气方扬将令严。起我鸡声啼后舞，笑人蛇足画时添。调元自有雌雄律，卜战谁分甲乙签。伫盼春光盈大地，苍生何日梦魂甜。

叠前韵

思量旧事上眉尖，老去论调格不严。一样文章名下贵，几多朋辈难中添。蹑珠无复三千履，插架新逾十万签。欲济时艰非少壮，已尝世味遍酸甜。

再叠前韵

百感苍茫赴笔尖，如何建国倚威严。万流竞进新潮落，一会筹安旧恨添。尽挟霓裳双起舞，谁窥云笈七终签。相期毋入邯郸梦，早唤痴顽醒黑甜。

三叠前韵

西陨斜日下山尖，汉将如云列陈严。师捷晋绥心气壮，敌歼湘楚血痕添。残年与客谈乡梦，长夜何时报晓签。共建旧邦新命后，方知焦土苦中甜。

朱屺瞻增钧明人书扇厶册

分宜首辅始妨贤，亡国臣多明祚迁。交字有灵鬼应哭，薰莸同器我犹怜。扬清激浊谁司命，遗臭流芳不问年。青史无从评骨相，却于豪翰辨媸妍。

靖江刘翁传、刘母寿言合册

戴天谁信分应贫，世事分明若转轮。道见大原方是学，泽遗后嗣必由仁。况当国难徵文献，共识人群有凤麟。何物堪侔先德贵，子孙永宝此奇珍。

二十九年一月三日

地未全宁天已清，欲销兵气向光明。乾坤何处端倪露，元旦到今三日晴。

元旦到今三日晴，海滨歌舞太多情，或愁久旱农将困，更盼甘霖润众生。

骇然岁熟米偏荒，谁剖居奇市侩肠。太息侏儒空饱死，饥黎难得馈贫粮。

水浅蓬莱亦自惊，卢沟往事误骄盈。损兵百四十六万，赢得新来倒阁声。

天道无私只好还，往来否泰况循环。心怜彼美和平态，终仗黄金点铁顽。

九　日

岁首畅晴经八日，欣看酿雪又黄天。朔风吹下两三点，已兆今秋大有年。

日中易昃月亏盈，竟有凶年继大兵。三岛饥荒来攫食，却怜彼亦是苍生。

北俄西美久同情，两利相权孰重轻。失道东邻悲寡助，旁皇歧路总无成。

南屏佛祖成道日颂

国历新正逢十六，夏时腊八俗相沿。历年七百逾三十，纪念南屏此一天。

香花供奉酒盈尊，我佛宏开方便门。五教一炉堪共冶，灵光朗照满乾坤。

题老缶画卷

画读缶翁少墨本，此由韵胜却超凡。看来绰有青藤味，展卷能教老眼馋。

昆仑关之捷

当年张晏夺雄关，元夜奇兵奏凯还。青史书勋千载近，歼倭四度警凶顽。

甲午重谈清政荒，削藩割地益邻强。宋摧草寇今摧敌，都道功高狄武襄。

御侮依然痛阋墙，评量文野愧东方。试看英美连鸡势，人种明分白与黄。

喜 雪

漫空飞雪未回春，腊月秦风岁早新。无米皇皇邻自扰，天将膏泽慰吾民。

有以坐倚红梅小影丐题者，即书其意

坐看世事幻云烟，何处能全自在天。只有梅花红不俗，相亲如眷眷如仙。

伯初抱孙，戏赠

新年新国产新民，与祖同生六十春。一语阿翁须记取，弄孙要谢证婚人。

挽吴子玉

环瀛浩荡起风云，日迫崦嵫吊夕曛。独为乾坤留正气，万方崇拜故将军。

叠前韵

神州底事锁愁云，几度挥戈日已曛。公道依然在天壤，会看强虏不成军。

晓起见积雪

雪深数寸未开门，自别梅花梦不温。衰朽更谁堪索笑，晓寒来袭醒诗魂。

息影沧江老病身，湖山举目是愁人。昨宵歌舞应休止，一洗楼台十丈尘。

慰蔚挺悼亡

天涯多少伤心泪，只有糟糠情最真。我欲慰君先自悼，十年前是过来人。

且抛家事问河山，恨未先看丧地还。夫婿同心昌女教，南迁慷慨去乡关。

四海同仇国难声，空嘘蜃气笑长鲸。图书万卷名山业，老眼犹堪见太平。

内园题句入册

回思我到内园始，自乐无知方九龄。七十年来沧海梦，更谁双鬓老还青。

二月八日

新旧两元旦，后先都畅晴。九天开跌荡，四海向澄清。边徼犹酣战，强邻已厌兵。同气怀彼美，携手进文明。

春至寒风減，风高雪已干。共愁柴米贵，差幸室家安。止水平心鉴，浮云冷眼看。南天飞将建，祝捷鸟声欢。

秦砚畦锡田传示八十自寿诗感赠有序

砚畦距游泮适六十年，而唱随之乐亦六十年矣，此福如天未易希也，赠此志感。

我年尚少君三岁，自笑重游昔未游。旧梦如烟过十载，遐龄福慧羡双修。

赠刘崧生崇佑

一自剑锋摧白帝，千秋青史艳金刀。当年惯取儒冠溺，那怪云仍意态豪。

一笑科名成底事，掉头不屑话同年。老来扪腹猜容量，饱啖鲜肥便是仙。

二月二十九日大雪

休愁春雪病耕农，腊雪余寒乐岁逢。浩荡飞花如掌大，白云环护倚天松。

白云环护倚天松，幻作腾拏万玉龙。愿与众生同洗眼，一空尘海障重重。

孙敬人儆索书，书赠

红尘门榜垂杨绿，避地村居趣亦佳。对宇望衡稀问讯，比邻一笑若天涯。

南通当日是桃源，耕牧欢愉尽负暄。寂寞五山经世变，何时重与访公园。

毛子坚经畴索书，书赠

知君素是滑稽雄，国难堪纾一笑中。安得鹰扬师尚父，大风重表海之东。

农稳老人王丹老清穆八十双寿题名册徵题

矍铄精神八十翁，跻堂曾共坐春风。回思一度华胥梦，何日扶鸠见大同。

题名半是知名士，祝嘏兼为祝捷人。九九寒消年九九，伫看四海尽回春。

新绿吟有序

吴湖帆夫人潘静淑千秋岁遗词有“绿遍池塘草”句，曾传诵一时，湖帆广徵图咏，报以二绝句。

新绿池塘草又春，千秋词已万家珍。与君同话伤心事，十一年前不幸人。

侊悟人生都是幻，便知仙去亦无悲。丹青况早传双艳，堪慰多情老画师。

程序伯先生画卷，为仰尧题

老辈风流话箬庵，古嘐画史艳江南。丹青评到秋毫末，此卷中年笔正酣。

姚母陆太夫人六十

瀛海沧桑眼界宽，岛花周甲已齐看。新民重建新邦命，家有芝兰永久欢。

济佛示诗，步韵

探得骊龙颔下珠，无私我愿奉三无。昭然日月行天地，大好江山一画图。

题吹万楼日记

谈诗本在性情中，窈窕从来冠国风。虽死犹生岂虚诞，能于地下慰尔翁。

鬼神德盛物无遗，精气游魂情状知。至孝便为成佛券，植根毕竟父先慈。

仰尧寄示五律，走笔酬之

蔓草几时方尽死，奇花今日尚初胎。龙伸蠖屈何荣辱，兔走乌飞尽往来。浩荡白云仍自在，纵横焦土总堪哀。杨朱不用临歧泣，天岂生才竟忌才。

叠前韵示仰尧

大地风云都变色，环瀛兵祸孰为胎。会看海日挥戈落，愿挽天河洗甲来。今老无能堪自晦，众心未死更何哀。庄生齐物成高论，底事权衡才不才。

战 祸

战祸东西两不堪，北鲲何竟欲图南。虎狮互搏杀机厉，鹬蚌相持渔兴酣。又见纵横师鬼谷，偶谈因果证瞿昙。盈城盈野涂肝脑，万恶根源一字贪。

仰尧南行示诗，即次其韵

尽教地老与天荒，衰朽年龄鬓未霜。举目谁非同患难，此身何忍独康强。鸢飞鱼跃风云幻，虎斗龙争岁月长。亢进文明成浩劫，横流海水自汤汤。

叠前韵

故山松柏已全荒，永感春秋露与霜。老杜诗情寄忠爱，右军字势失雄强。大同有志空千古，小试无成窘一长。瀛海微茫谁是岸，怒潮方激水汤汤。

再叠前韵

顽云何处不荒荒，溽暑方蒸露未霜。天相时雄支国难，敌残民命殉兵强。苍生共识尊安石，青史谁能续子长。老卧沧江经岁月，蕰淞一水又汤汤。

颠后小病书感

无才拨乱愧非夫，强项依然颠始扶。天意总教惩往事，民生何自庆来苏。空谈与国关休戚，忍见因人易主奴。方趾圆颅同一性，恢恢吾道未应孤。

叠前韵

饱阅沧桑老病夫，颠危坐看一人扶。十年教训谋先定，四海疮痍困待苏。主义谁甘抛帝国，虚声却笑屈倭奴。西方彼美差堪慕，公道从来势不孤。

读劭介家传书感

世事沧桑几变更，一生一死有交情。回首当初同少壮，风尘投契凭双睛。五十年前早相识，惠和尹任窥胸臆。秋风一试偶联名，朋辈为之诧奇特。如晦鸡鸣趣学庐，各搜秘本印丛书。河山大好看残破，志士羞为俎上鱼。戊戌浪投公府牍，君始簪缨我薖轴。从兹日下与江南，君谋政治我教育。忽闻噩耗共惊疑，咄咄斯才天夺之。残余帝运随君逝，一跃共和入梦时。阋墙召侮将谁谴，发愤为雄经百战。新国重兴望眼穿，隤龄怆读君家传。

鄂豫捷

忆昔经过武胜关，如龙铁轨穿重山。信阳四顾环万绿，南北驰驱曾往还。一从兵祸卢沟始，京汉沉沦此奇耻。同仇血战俄三年，时贤奋起光青史。虏骑云屯久不归，分军五路来包围。神机妙算我先决，狮虎熊罴任指挥。彼扑我空我兜击，捷书络绎方歼敌。圆入瓮中岂易逃，哀哉贪戾自贻戚。明治维新运会迁，权移少壮目无天。气吞瀛海告日昃，丧师百万谁之衍。共和国命无终极，植基深厚由文德。河山再造仗英雄，屡胜毋骄永为式。

偶　感

千顷汪汪怀旧雨，有儿慷慨罄家财。谁教遗我青年毒，戕贼人间几隽才。

题白蕉画兰

春风都是离离草，何处芬芳尚有兰。掷笔问谁知臭味，一枝空谷赏音难。

又

难得同心坚似石，更谁竟体臭如兰。天涯多少灵均泪，无限思量倚画栏。

挽李笨叔方哭，步济佛挽诗韵

水国秋深红蓼疏，春风谈笑想当初。灵光一片分明在，要种梅花带月锄。

交情生死究何干，别后新来又嫩寒。慷慨如君今已少，衰龄旷达亦辛酸。

仰尧邮和颠后小病诗韵，仍叠韵和之

人间谁不是凡夫，莫笑群盲走互扶。青史断无皇万世，苍生岂有死重苏。偶噫从政今何算，或泣王孙早自呶。咄咄曹瞒炉火上，目空天下尚称孤。

子让殁后七年之生辰纪念，其侄埙孟明辉祭于融五讲经社，赋此志感

竟无风雨厄重阳，此会年来第一场。天意傥教回景运，人心自始孕灵光。仍浮绿蚁谈尘梦，要嗅黄花品晚香。谁把山河收拾起，更将诗酒共平章。

伯初道顾、史两姓以双生儿女结婚，为志其事

孪生男女成夫妇，好产新民新旧邦。多难乾坤添韵事，弟兄姊妹两双双。

袁琴孙以所绘老少年见赠，为太夫人六十徵诗

白燕家声振古新，丹青兴趣足娱亲。岁星五度周天日，萱草从今祝永春。

黄花瘦

瘦到黄花又九秋，阳春高唱几人酬。风云何处非龙虎，溲勃于今贵马牛。苦李玄机谁悟得，蒙庄大梦已醒不。广宣五教同携手，一洗乾坤万古愁。

叠前韵

大同梦想几春秋，借问何时此愿酬。尽听吠尧多桀犬，最怜喘月独吴牛。一腔块垒难消甚，再造河山似旧不。太息白门风瑟瑟，只余金粉未知愁。

吕祖赐诗，步韵有序

吕祖诗有“诗书田里儿孙福，仁寿桥边日月长”句，愧无以当之，赋此感谢，并勖后昆。

九秋又见菊花黄，天靳西风尚未凉。但愿苍黎无疾苦，敢祈福寿独绵长。喜看后进兴新国，痛念先茔忆故乡。为乞儿孙叨荫庇，他年留得姓名香。

桂南大捷

邕宁三日建肤功，西去龙津毒焰空。又报明江同奏凯，况闻绥渌

亦平戎。军容早整如荼后，虏命还延破竹中。客气野心多树敌，岛夷猾夏计终穷。

戴敬庵伯寅近号以偶止舟叠韵之作索诗，即次其韵

当年李郭偶同舟，青史于今名永留。百事无成空有志，几人后乐竟先忧。市中变色犹谈虎，海上闲身惯狎鸥。世乱多才谁爱惜，何来珊网一齐收。

周次咸世恒没后七十生辰纪念

一从小别几春秋，眼底尘氛遍九州。偶与儿郎同话旧，依然海上作浮鸥。

生死交情不计年，红尘先到七年前。乾坤忧患催衰朽，自笑霜花未上颠。

易道吟有序

姚孟埙明辉以伉俪周甲述怀诗见示，其诗妇先夫后，或颇引以为谑，书二十八字广其意。

易道阴阳孔系辞，夫随妇唱亦何奇。经师毕竟通今古，义取乾坤固有之。

希腊累捷书感

东西文化两先河，发愤同挥御侮戈。海外只归倭子骨，地中空展巨人靴。黑衫黯淡余腥血，红日沉沦向逝波。浩劫何分黄白祸，弄兵自古不祥多。

曾　经

曾经一弹震神州，都道名堪青史留。寰宇方殷元老望，萧墙又重季孙忧。蛇如有足谁能画，虎已无皮竟与谋。地厚天高容俯仰，衮荣

斧辱在春秋。

谁 使

谁使苍生能有福，奈何白日竟无天。三年已付东流水，孤客还行逆浪船。瀛海风波来浩荡，微尘世界入腥膻。纵谈今古真奇绝，举目河山只惘然。

谁 解

大同悬想高千古，谁解为仁始二人。西哲齐声呼爱国，东方先进忍残民。试参时物无言化，能孕乾坤不老春。早识亢龙终有悔，当年何事锐维新。

挽子靖

西去人才海内雄，浪高回首大江东。精神教育呼同志，忧患乾坤壮是翁。竟与先生成永诀，空悲后死愿无穷。河山还我魂归日，湘水情深涕泪中。

屠 鲸

屠鲸余血肉，嘘蜃入云霄。未返赵城璧，还闻吴市箫。黄金来不易，白帝望非遥。颠倒庄生梦，昂头天一寥。

寄慰任之丧偶

已悟身非我，毋呼天不仁。同悲长逝者，自悼过来人。凄怆前劳等，驰驱后望新。再生应有福，道是太平民。

谈 经

谈经融五教，读史睨千秋。傥入无双谱，非争第一流。相期登彼岸，所向济同舟。天道应来复，民劳可小休。

众　生

众生皆是佛，至圣独无知。忘矣心斋坐，悲哉背道驰。群言一以贯，太极两为仪。何取犹龙譬，将毋屈蠖宜。

东　西

东西俱浩劫，龙战血玄黄。阳复又冬至，梦多方夜长。白云望光垄，红叶忆吾乡。日落风云黯，岁寒松柏苍。

甚　雨

甚雨雪空酿，未风林不寒。绿扶干叶缀，红簇湿花团。比户米盐贵，逢场酒肉欢。路无饥饿死，天□梦魂安。

烟　尘

阛阓烟尘天欲墨，关津寇盗市无粮。横流沧海回头少，善贾多财舞袖长。欲望高于山突兀，祸机潜在水汪洋。偶谈家国谘前路，且睨江山送夕阳。

黄虞孙世祚七十有赠

一睨乾坤一变迁，问谁星火纵绵延。君完白璧更三岁，我落红尘早七年。新国于今无老大，故乡何处有神仙。练溪回首清芬远，海上犹传诗几篇。

一　仆

一仆忠勤年艾矣，半生奔走色苍然。竟如儿女依为命，却胜姬姜见易怜。触耳时憎言太戆，平心早悟美难全。等夷人子堪相谅，衰老吾躬傥有缘。

三十年元旦预言

新国今逢壮盛年，伫看坤转与乾旋。万流异派风云会，百战同袍兵甲坚。青史大书收失地，苍生洪福庆齐天。太平洋上波涛起，变化神龙在眼前。

叠前韵

戎马关山年复年，雄狮应唱凯歌旋。回甘有日忘家毁，茹苦何人表节坚。病久不知春在我，老顽自负福如天。繁华重说苏台梦，亭枕沧浪卅载前。

再叠前韵

梅试初花又一年，东风无力可回旋。眼看板屋惊尘起，梦想楼船破浪坚。不信小巫能使鬼，早知大咎在违天。云开万里明如镜，后有来车鉴覆前。

三叠前韵

春鸟秋虫不计年，早猜进化若螺旋。宣言传诵罗斯福，公道群钦美利坚。新陆黄金仍满地，神州赤县别谈天。我生阅历空千古，除却呱呱甲子前。

古　人

古人糟粕曾何用，今代文章太易成。毁弃天伦由耳食，纷纭世变应心声。空悲兵火环瀛劫，遥羡云霄片雨轻。借问乾坤忧患始，苍苍无语悔生生。

辜　负

年年辜负岁华新，差喜幽居谢俗尘。半解一知今晓事，千锤百炼昔劳人。劫余方悟无生乐，病后重回不老春。七十八龄头未白，此身毕竟为谁珍。

了 了

了了人生果与因，欲呼明月是前身。古今有几能无我，天地何尝竟不仁。新国重光已焦土，故园历劫未回春。华胥好梦如堪续，谁向桃源再避秦。

最 难

最难浊世作完人，涤尽尘襟只一真。忍见旌旗双白日，那知花草几青春。乾坤正气今何在，富贵浮云我自珍。老卧海滨经岁月，苍生犹绕梦中身。

不 知

不知沧海几生尘，何日重回大地春。崇拜黄金成薄俗，高歌白云笑痴人。新来怕涉无聊事，老去还留自在身。我欲忘情师太上，头衔愿署一凡民。

九龄孙

七十抱孙娱我老，九龄好学异常儿。弹琴自得闲中趣，习算何曾问后知。体貌魁梧无与匹，性灵活泼易为师。奇花尚是初胎候，要仗春风化雨施。

何 堪

何堪志士亦沉沦，岂竟才华易误人。未见过江多似鲫，不知在薮孰为麟。节衣缩食依然我，厚地高天又是春。沧海归来醒后梦，曾经几度饱秋莼。

挽朱子桥庆澜

将军遗爱在龙江，比户当年不吠尨。万里垦荒曾臂助。九原感旧永心降。储材建学碑堪访，治水铭勋鼎孰扛。应与羊公同堕泪，怆然一老世无双。

天上人间吟有序

陈施夫人舍命全孤，事可传也，为作天上人间吟。

急难方知女丈夫，权衡生死有良图。怆然寡鹄群雏绕，惨绝孤帆万众趋。归路竟完覆巢卵，异乡甘作首丘狐。乾坤浩荡皆灵气，天上人间岂两途。

春初积雪

小楼梦醒白无际，积雪凝寒腊已春。万口同声愁米贵，试猜丰岁饱何人。

久　雨

阴寒久雨日无光，湿雾弥漫水上墙。汤谷榑桑今昼晦，海天东望失苍苍。

明　媚

忽然明媚露春光，不信东来兵气扬。拜倒美人心四照，眼波已渡两重洋。

高　唱

扶病登楼七八翁，阳春高唱嗽声中。笑看珠玉随风吐，老子于今老未穷。

老子于今老未穷，天涯到处有哀鸿。九州多少苍生泪，销我当年意态雄。

销我当年意态雄，雄风会振大江东。太平知有重逢日，西去何人第一功。

西去何人第一功，赧颜袖手看平戎。海滨忧乐关天下，除却千秋万念空。

随　波

随波习性中凡夫，那得斯民竟自苏。要仗独醒醒众醉，忍看投暗有明珠。

乐　道

有莘自任予先觉，耕野嚣嚣乐道孤。共识天民真价值，岂容一介便私图。

卖书童有序

有卖书童自述服务志趣历数十分时，言明且清，询知薄其姓，文渊其名，吴人也，年才十四耳。异哉，海上鱼龙曼衍之都市，而有此童哉，拟助之就学，俾习成一业，信天才乎庶几得自展矣。

清词枝叶竟全芟，稚齿灵心迥不凡。嘘以春风期远到，红尘青眼老犹馋。

为赵晋卿锡恩题高松茂荫、慈竹春晖二图

南山有长松，天矫若虬龙。北堂有修竹，环绕幽居屋。松竹交相辉，芬芳溢四围。其干云天接，青青布枝叶。松老鹤已胎，竹实凤将来。灵秀所钟毓，子孙荫多福。

瀹茗吟

佳茗若牛饮，终身不知味。试之以小瓯，含咀得其秘。涤器须甚

洁，煮水候初沸。一瀹倾使尽，芬芳散犹未。再瀹再倾之，三瀹可毋四。相沿笑习俗，杯碗恣所嗜。方浓宝余沥，久浸失元气。菁华实早泄，渣滓空迟弃。兹事关日用，咄咄无人议。粤友示我范，如法固易易。虽云此小道，而亦隐且费。那用补茶经，卮言聊自记。

赵宫棓元櫄抱孙

春盎青天白日中，西南风正压东风。清声娱耳来雏凤，新国新民此一雄。

晴　日

晴日当空气候温，春来何处竟无痕。暖风催放幽花媚，宿雨回苏芳草魂。室有奇书常把卷，坐无俗客每关门。古人相对忘忧乐，吾道高于南面尊。

叠前韵

春风沸面已微温，谁洗频年战血痕。穷寇未醒南进梦，伪朝犹醉北归魂。传书有使凭青鸟，克敌何师会白门。兴复河山须一统，堂堂民意万流尊。

唐穗卿先生遗墨

积善余庆孔系词，静参易理有前知。海滨回首红羊劫，自道平生艰苦时。

吉光片羽最堪珍，戎马关山几度春。古国重新儿辈老，二难才调固超伦。

朱梦庐先生燕子画册

饱看海燕舞春风，变态离奇总不穷。贪掠香泥归未得，新巢难稳故巢空。

未秋客梦已匆匆，今昔差池迥不同。芳草天涯余落日，几枝花朵缀愁红。

徐文定逝世三百年纪念册

格物群言聚讼滋，古于大学仅初基。追维西艺萌芽始，此老先知觉后知。

明清代谢景前贤，徐汇名传三百年。五教同风今发轫，共登天国浩无边。

祝华抱孙

添丁莫道寻常事，家有新民新国基。等是乃公开笑口，欣看桃李长孙枝。

挽胜之

多难乾坤息影身，卧薪岁月正回春。河山指日看重秀，何意文星陨老人。

苏日中立约

未醒东邻南进梦，订盟北顾可无忧。海天西望踌躇甚，英美方亲苏自谋。

闽浙之战

借问亚欧谁始祸，忽闻闽浙又遭殃。那知得道仍多助，毋乃违天自速亡。

赠来苏社

隐居何处是桃源，旧梦重提到易园。渴望来苏经岁月，吁天毋再厄元元。

十年东北

十年东北有余哀，西望重悲浩劫来。有美提携方我助，当初袖手祸谁胎。

黄云僧蕴深索书，书赠有序

同人呼云僧为幽默大师，云僧亦居之不疑，于其索书也，书此以赠之。

共夸此老滑稽雄，幽默神情微笑中。堪使人间无苦谛，只缘口角有春风。

三　年

误认桃源鸡犬仙，白衣苍狗瞬三年。春回劫后神来告，兵洗放牛归马天。

沈兼巢卫八十有赠

东海谁尊今大老，南山同颂旧词臣。回头误落红尘日，我后君来两度春。

滇池之水，寄鼎儿

滇池之水日夜流，三年不见汝使我心忧。我今老而未休，汝寂寥兮谁与俦。

滇池之水日夜流，飞鸟遗之音使我心愁。汝妇今从汝谋，汝为周南乎窈窕淑女汝好逑。

滇池之水日夜流，宜汝家室共济兮同舟。作新民兮新我神州，先号后笑兮载歌载讴。雅颂之声洋洋乎遐陬，昔之西南夷今为鲁与邹。

德苏战

拿翁惨败攻俄鉴，希氏骄兵覆后车。中美英苏民治障，文明大难要驱除。

酣战于今海陆空，宣言闪电仗心雄。悠悠生死随司命，猿鹤虫沙无命同。

那信生人好杀人，机心机事扰红尘。有谁不有回天力，方寸长留一念仁。

曲　肱

曲肱而枕乐何在，一臂緾伤未废人。我愿苍生同造福，天回樵牧万家春。

小楼书感

一角小楼书乱叠，从头布置一更新。澄清天下寻常事，须有指挥若定人。

科学精神惊破坏，环瀛浩劫正苍茫。他年重见新天地，谁吊东西古战场。

御倭四年纪念

卢沟微衅敌先开，始祸今为欧战胎。不义多行将自毙，同文同种亦堪哀。

苟延废帝长春命，自去清宫枝节多。革命最初曾赞助，东邻早睨汉山河。

太平洋跨大西洋，高掌如何布国防，纵目九天周一盼，武装渐已美人妆。

不息精神孕自强，维天行健力难量。亚东相我炎黄胄，兴起新民焕国光。

钱孝子庐墓图

故家吴越太湖滨，练水名高庐墓人。天外黑风吹海舶，渡辽孝子竟沉沦。

箬庵墨妙惜无存，写补新图有国魂。留得精神长不灭，芬芳姓氏在乾坤。

夏　凉

炎暑蒸成骨似绵，夏凉渐觉健如仙。我身傥拟新兴国，正是河山再造天。

叠前韵

风梭织雨软于绵，遥想农村竟欲仙。节返黄梅人易病，我方病起福如天。

钱新之永铭酒颂图

平生对酒怕衔杯，惯见名流豪饮来。今古刘伶曾有几，幕天席地量恢恢。

浊贤清圣德俱馨，众醉何堪竟独醒。瀛海风云方扰扰，壶中世界自安宁。

如　何

如何暑雨忽滂沱，水浸东京板屋多。天戒亢龙南北进，洗兵直欲倒银河。

罗、邱宣言志感

当年威氏今罗氏，八项强于十四条。战后乾坤须整顿，昏昏由此向昭昭。

岁寒三友图，为马一良孟元同学题

国难何人不岁寒，稀龄三友未悲观。相期日月重光后，高会耆英话旧欢。

美遣军事使团来华

罗邱决算世人迷，明是分援东与西。军事使团由美出，中苏右挈左还提。

四强公约

传说四强公约订，我能御侮已称强。五年血战醒狮睡，全仗新民增国光。

已信陆军成劲旅，空军初建海军孱。一机一舰关民力，此后还当负钜艰。

中美英苏荷属印，澳洲迤及纽西兰。气凌三岛包南北，已料倭奴寸进难。

近卫投函正试探，奈标国策误于贪。到今孤注何堪掷，十载空悲醉梦酣。

福州捷

惊破东夷南进梦，如雷如电会雄师。快看闽海鲸波靖，伫听全军奏凯时。

东北恨

东北沉沦已十年，逊清残喘苟中延。昭然九国盟书在，谁为三方中日满洲策两全。

既成事实亦无灵，先促东邻幻梦醒。尊我满洲宗主国，撤兵以后试调停。

白光放

黑团斗放白光来，悔祸天心福有胎。诏我太平新气象，谁登北极望观台。

沈阳事变十年纪念

歧路亡羊周一甲，负隅逐虎历千辛。复兴后进跻先进，抗战黄人导白人。

观日蚀

纵观日蚀九层楼，到眼还余玉一钩。每四百年逢食既，我才七十八春秋。

叠前韵

几多感慨一登楼，窃国无诛况窃钩。三岛野心原是梦，神州吐气始今秋。

志我国日全食科学家集中地并平倭预兆

甘肃临洮全食地，专家数百注双眸。武彝五队分观测，乙组名标女士邹。

朱明嘉靖平倭日，青史功高戚继光。三九九年重一度，试看今有几南塘。

湘北捷

欧西三国英苏德方酣战，湘北歼倭万五千。悔祸天心诛寇盗，苍生救困待何年。

老去中秋月二首

老去中秋月，登楼惯独看。心雄焦土梦，冷战玉颜欢。谁酿大瀛祸，应怜同种残。偶然谈笑纵，仗此肺肠宽。

老去中秋月，新民与共看。频闻诸将捷，更助万家欢。湘北武功赫，欧西文化残。仁风扬彼美，云护海天宽。

张母沈太夫人七十帨辰，题敬庵画

稀龄游寿宇，公义晓儿曹。国难须宏济，朋情莫滥叨。岂宜同燕乐，况尚有鸿嗷。荫此南山柏，甘于西母桃。

东　条

东条今组阁，北进傥穷兵。近有英俄抗，遥看美德争。独裁趋末路，孤注殉同盟。何似仁无敌，自然心太平。

柔　和

嘐嘐言大者，柄政即柔和。岂醒青年梦，曾高白雪歌。远交仍玉帛，邻境尚干戈。以子矛攻盾，其如国策何。

泰县有邮诗乞和者，依韵答之

百年能得几蹉跎，一腕红尘一放歌。天地无私容啸傲，文章有价问谁何。新来渐觉锋棱少，老去还教感慨多。我气浩然须自养，从知凡事不由他。

叠前韵

几人从未一蹉跎，放眼乾坤独浩歌。我佛方宣惟妙法，先师竟叹末如何。于今鸣鸟冲天易，终古亡羊歧路多。自利要当兼利物，利他根本却非他。

再叠前韵

沉几观变亦蹉跎，久伫东西唱凯歌。孤立派成今混沌，空谈罪甚昔王何。神州赤县同情富，虚牝黄金彼美多。大海难填原有岸，冤禽衔石不知他。

钱琳叔以振招饮于新居，出示移居二律，即席次原韵

移居庭除共衔杯，莫道黄金未有台。万派同流仍国难，五年苦战岂心灰。几人垂老先鞭箸，三叹维新末路哀。东望烟没迷彼岸，不知何日始头回。

凡有情人不自禁，绝怜填海一冤禽。苍茫故国平居感，慷慨当年志士心。破屋杜陵思广厦，无弦陶令抚孤琴。劫余享此清谈福，如掬沧江涤我襟。

忽　然

忽然美舰驻星坡，想见罗邱议若何。省读远防艰布置，错疑妙算向绥和。中流并系东西望，孤注将投南北讹。海陆空军今壮士，洗兵那用挽天河。

题墨庵印存墨庵，嘉定翟树宜自号也

翟生手运浩然气，却令造化当镌劖。有时放笔为直干，如将芳树间枝芟。有时晴窗袅游丝，又若轻燕花初衔。此道亦有至味存，世俗谁辨酸与咸。朱文白文错落看，秀艳饱我老眼馋。缶翁去后堪踵武，翟生翟生良不凡。

黄园菊

花国龙头黄岳渊，执菊真如逾卅年。留子选种数盈千，此乐闻者皆垂涎。故园避寇始南迁，辟地沪西仙乎仙。沪市红尘高蔽天，独儋

风雅在一肩。回忆练溪朱叟贤，佳种三千名艳传。老死无儿百弃捐，好花都化为云烟。黄翁貌古而心妍，花无钜细叶叶鲜。精神所注蕴必宣，知翁福泽当绵延。翁坐我椅何拳拳，赠我以花报以联。我联心许非空言，自笑涂鸦良亦便。拱手别翁万花前，看花会有踵来缘。

美撤沪兵

美撤沪兵露报章，托庇市民或恐慌。沪为国际之商场，英美对日宜联防。英兵早撤美兵继，此事宁未经评量。波涛汹涌太平洋，蕞尔三岛今张皇。如天之福海军歼，庶几澈悟兵不祥。兵不祥，作不善且降百殃，从来天道非茫茫。

题南通书画家简谱

神州文化自古隆，天才动为当代宗。南通钟毓狼山秀，书画各有名家风。孰勤搜采志其盛，沧叟肖子曰道东。贯珠累累精斯简，如龙如云以类从。鼎革乾坤冠一雄，衣被苍生张啬翁。共和开国清逊位，例破汉班亦至公。劫余凭吊博物馆，海桑桑海色即空。我今怀旧摅蓄念，怆然感不绝于胸。

题浦菊舲泳印谱

菊舲名文之佳儿，索我印谱之题词。古称诗书画三绝，今益篆刻而四之。技挟雕虫讵云小，壮夫什九不能为。妙年声誉已洋溢，何止克绍裘与箕。海滨避寇多故旧，奎山樵后天才奇。

题顾泾凡先生手札墨迹

东林气节光朱明，二顾芬芳垂令名。难兄难弟足竞爽，泾阳泾凡同蜚声。昔题闱卷景端文，今展手札怀忠清。二十五书以人重，三百余年移我情。已窥涯涘测河海，未灰烽火珍瑶琼。子子孙孙其永宝，前贤遗墨心所倾。

夏琅云曰璥七十,以公宴为祝,即席赋此

七十恰如五十艾,回思我在八年前。黑头银髯人怪之,自笑不知何因缘。古称公道惟白发,此道于今亦不然。且祝年年长不老,八十九十百而千。

琳叔居翼之屋,营园林其中,或沮之,以诗见志,示我五古四,赋此答之

园林岂尽标姓氏,花木时复成烟云。但娱耳目惟所欲,偶掷金钱何足云。达观可以折俗论,高想盖已超人群。大同两字在怀抱,余子一笑徒纷纭。

定九示我七十二金婚诗,书贺并志感

金婚西俗成国风,双星朗照光熊熊。鸳湖鸳侣庆偕老,好合百龄情益浓。荆妻别我六十二,霜凋九秋黄菊丛。巡檐不见梅花笑,忽忽已过十二冬。四十六年共甘苦,魂化仙灵才一通。数虚大衍不足四,自惭德薄逊吾宗。乃知伉俪逾古稀,此福如天未易同。

赵母焦夫夫["夫"字衍]人百一寿

有母修龄跻百一,门庭乐事此无匹。百岁已将人瑞夸,况今母年更溢出。欢颜堂上身康强,绕膝子孙且逢吉。艳说金萱不老春,芬流齿颊甘于蜜。乾坤元气在中华,大耋宁关养生术。南极一星如月明,辉映青天与白日。

沈汝梅占先以六十自述诗乞诗

人生七十始称老,五十纷纷举寿卮。吾宗六十今自述,洋洋洒洒五言诗。迅哉白驹之过隙,有如电掣与风驰。百龄修短听诸命,千秋轻重视所为。磊落丈夫什八九,竞进文明谁导师。天下英才得教育,

新民新国兴于斯。新我中华亿万年,桃李年年花满枝。

琳叔复示七律,即次其韵

茎蕙何曾化艾萧,神州灵气未全消。戴山鳌重沉渊易,填海禽冤望岸遥。蔓草渐韬霜后绿,老梅会放雪中娇。洗兵洗尽穷兵毒,天使天骄不再骄。

一　夜

无端一夜东风恶,共道群倭诡计成。先发宁堪终决胜,同仇岂竟不知兵。黄金高价仍无敌,黑水重洋失太平。天为我华驱后患,会看强虏自牺牲。

赠阳复老居士江易园谦题其斋曰阳复

阳复先生今导师,汪洋佛流深入之。三世洞观去来现,一心根绝贪嗔痴。萧然避寇东海滨,小楼促膝无主宾。相期共建极乐国,与众同为极乐人。

无线电

重庆风传无线电,两雄鸟瞰太平洋。未残香港繁华地,已满东京瓦砾场。版屋灰飞悲蝶化,铁机两陨笑蜂狂。多行不义今垂毙,盲左遗箴万古芳。

灾倭来

沪市忽遭陈蔡厄,适有灾倭就食来。数万嗷鸿才一饱,喧宾夺主弥可哀。东人杼柚已早空,此事何堪然死灰。我悲囤户自造孽,谁道天心尚未回。

木道人诞

道人天上人，年与天共长。俯瞰十丈尘，孰臭而孰芳。万年与百世，不怀[坏]惟金刚。芳臭安足论，努力在自强。

香港陷

雨后忽飞雪，似悲香港陷。雪飞丰岁兆，港陷美人鉴。龙伸可暂屈，虎怒毋徒阚。浩淼太平洋，岛岫今军站。何时真太平，春入桃花汛。

三十一年元旦

元旦月圆今两度，回头已历廿年春。太平乐事悬心目，皎皎中天满一轮。

三岛东西并峙奇，遥遥相对宛双狮。亢龙将有无穷悔，忌在骄兵战胜时。

古国难堪老大评，同心御侮世皆惊。神州暮气驱除始，要谢东邻玉汝成。

花放江南三月三，苍生料已苦回甘。大欢预告期非远，聊助新年快意谈。

菲都陷

罗邱那便弃菲都，应是联军有远图。东海波云方谲诡，伫看水浅阁鲸屠。

七十九新岁自嘲

又过七十九年头，万众饥寒不解愁。坐候太平方八十，如何消受一春秋。

长沙捷

欣闻三度长沙复，况又歼倭万四千。广九菲都方陷敌，武功今占白人先。

知 我

知我其天先圣语，我今何事可天知。新来五教通于一，敢告群生道在斯。

一 度

一度歼倭三万人，长沙赫赫战功新。海滨总为浮云蔽，尚有金华消息真。

只手遮天遮不尽，督师贺捷国增光。美人道破当今敌，日义难追德抗行。

挽韩止叟

东南尊一叟，国难树典型。海安得苟安，聊可慰苍生。回首鼎革初，省政志澄清。叟亦与有劳，同佐云阳程。项城谋窃国，大厦摧其楹。元首拥虚位，武夫惯弄兵。叟长乡邦两，委蛇苦心明。北伐兴义师，统一勋宜铭。沧桑万变中，叟已谢簪缨。何图外侮来，焦土悲纵横。新多[都]久沦陷，耄耋弥坚贞。支拄数寒暑，竟陨老人星。洪流折砥柱，江淮回涛声。河山方再造，而叟未观成。怀旧摅蓄念，太上难忘情。

雪 晴

乾坤洗尘垢，沪市雪后晴。夏时适岁首，已兆年丰盈。积雪久不融，清光炫我睛。春寒峻于冬，似虎风未鸣。耄老始一遇，此亦足移情。市民愁无米，尚闻嗟叹声。雪中有饿莩，无棺尸或横。及歌大有秋，死者不复生。苍黎一饥饱，是谁司权衡。千仓与万箱，非由力经营。会将果枵腹，欢笑赴春耕。

翁逸厂六皆银婚有赠

结缡廿五载，西俗号银婚。欧风今广被，竺我夫妇伦。一人一天地，一家一乾坤。关睢钟琴韵，是我中华魂。况在国难中，艰苦以图存。黾[黾]勉仗同心，非可寻常论。阳回百卉苏，冉冉春入门。红千而紫万，元气养其根。根深实必茂，并荫儿与孙。以此颂偕老，差强酒一尊。

珍珠港被袭调查报告

珠港疏防责有归，守军玩敌失先机。美人倩盼纡徐甚，何日西师可合围。

英下院辨[辩]论军事

英声遥听失晨鸡，信任由来是问题。邱相谋猷能料敌，太平洋上早燃犀。

星加坡陷

西来海水几由旬，东望搏桑锐气新。香岛先降星岛陷，英人虽败美人亲。黄金赤血谁无敌，潜艇飞机总不仁。梦想大同前路杳，相期努力斩荆棘。

□□[海滨]

海滨雪霁渐回春，万户方欣万象新。星岛又传遭燹火，松江空复忆鲈莼。太平洋有惊人事，独乐园曾老我身。教集大成今集五，追师孔子莫逡巡。

讲 经

愿人不厌百回听，炳烛微明倡讲经。老去无成未头白，儿时有味已灯青。生民谁是先知觉，好古何堪没性灵。大学日新新以苟，说文部首：苟，自急敕也。鄦书我取证汤铭。

诅倭谣

倭舰歼，倭机潜，倭胆寒兮倭口箝。东方之旭兮胡迫乎西崦，飞行堡垒兮有美之巨灵。冉冉兮云停铁鸟，回翔兮天蔽其青，弹如骤雨兮轰如疾霆。嗟彼罄民膏血造成之冲波利器兮，骄气所萌毁损于冥冥。败若清廷初创之海军兮，大梦未五十年而猛醒。醒狮炯炯兮双睛跖邻，牢牢肥牷兮尚闻屠刀之余腥。苍苍降鉴兮无声与形，太平洋兮庶几真太平，沧瀛告淼兮可无无风起浪之长鲸。

璇圆季妹殁后三周岁志感

海滨五载阅时艰，仙去三年万虑删。吾母吾妻同聚首，遥知天上胜人间。

望 断

望断春光三月三，苍生何日苦回甘。万家一例愁无米，饱死侏儒亦笑谈。

佳 境

足病近堪无杖走，耳聋远亦有声多。年衰得此双佳境，兴到依然一放歌。

朱大年

年少翩翩朱大年，治聋不药渐能痊。凝神指向空中撮，手拂春风到耳边。

消耗战

不论胜败都消耗，几许空军与海军。罗氏歼倭新计画，黄金毕竟奏奇勋。

敬庵、云僧七十公燕，即席致祝

我孙适届悬弧日，我友双双到古稀。先降人间一花甲，赠之九福百龄机。

索　和

时有诗人索和诗，无诗可以饷新知。故乡先垄今如洗，树无一存吾道何从问所之。

赠葛舜庸成

举世拜金偏独否，爱身如玉更何求。忘年得此同心友，愿洒清风遍九州。

最奇，叠朱大年韵

最奇右目病多年，与耳同医亦向痊。等是椭圆杯水洗，灵光知在水中边。

仇述庵埰七十有赠，即次其留别诗韵

春生江海水之湄，乡土人人各系思。君已古稀应有庆，我将年耄尚无知。怅然旧雨睽违日，料是新都舞蹈时。何处重逢谈笑剧，酣嬉还共若婴儿。

题雪映庐画鉴

艳说当湖雪映庐，收藏得昔富图书。画编私史都从实，鉴集名流果不虚。家学渊源通六法，艺林欣赏在三余。神州文献今桑海，珍此丹青拱璧如。

朱太夫人谢题其先翁梦庐先生画册，赠先生花鸟四幅

九龄随姊到江城，花鸟名家早识名。设色无双灵且活，藏珍有八前已陆续得先生画幅四，今益以四幅而八矣。老逾精。隆情惠赠先心许，真迹闲观觉眼明。遗笔偶题诗几首，未投桃李报瑶琼。

意何居

移民就食意何居，海上资粮岂有余。鬼与为邻心戚戚，宾来夺主貌徐徐。华夷此日界难画，英美当年谋不如。天道好还箴训在，犹龙老氏誉非虚。

钱士青七十有赠

功高五季全吴越，遗泽绵长姓亦尊。展布经纶关抱负，栽培根本到儿孙。古稀岁月春如海，国难家庭福在门。我祝环瀛兵洗尽，太和元气满乾坤。

唐蔚芝文治与宴鹿鸣后周一花甲矣，赋此致贺

卅年前已坐春风，吾道相期在大同。不薄小康三代近，独研精义五经穷。愿为尧舜人皆可，宁让耶回教日隆。余事科名如拾芥，是翁未壮早称雄。

倭舰沉

倭舰全沉印度洋，西邻商舶闵相当。见闻矛盾谁堪证，消息推敲奈不详。福善祸淫天道远，殷忧多难国军强。最怜黑市人如蚁，浩劫频遭尚健忘。

传希特勒炸死

猛轰德舰火熊熊，烈焰灰飞怪杰终。鸟瞰鱼潜齐活泼，龙争虎斗枉豪雄。久支劲敌英俄美，如覆全军海陆空。西望隤波方日下，搏桑夕照敛愁红。

鹤亭七十诞，巨山约公宴于金寓，鹤亭有诗出示，赋此以赠

早落红尘我九年，自夸在坐识君先。新诗句好谁同调，旧雨情深此夙缘。家有名园怀永绘，主真华胄溯金天。古稀岁月华如绣，多少桃源鸡犬仙。

珊瑚海之战

太平洋战珊瑚海，海战于今半倚空。美相宣言方满意，倭奴受创尚称雄。问谁自坏维新业，知彼难甘拜下风。一手遮天人不见，峰青江上曲将终。

一　碧

举世滔滔赴浊流，天空一碧豁双眸。万花斗艳松孤秀，百鸟吟春虫絮秋。琐事健忘风过耳，灵心朗照月当头。掀髯笑问身何在，沧海无波泛芥舟。

天　问

珍珠港美失机，珊瑚海美宣威。双方夸胜利，混淆真是非。仁暴与忠谲，问天谁凭依。噫歔欷！君不见搏桑三岛今灰飞。

国难财

已过三月三，苍生未回甘，以三乘三三三九，凉秋九月说可参。吁嗟国难财，人人都引为笑谈。黑市掀风腾物价，富且日贫贫何堪。多

藏必厚亡,吾闻之老聃。众皆蒙难彼殖财,市中有虎方眈眈。安得金风起碧落,吹醒此曹醉梦酣。孽海茫茫鬼面蓝,择肥而噬肥莫肥于贪。

焦梦周七十有赠

玄默敦牂岁壬午,七十老翁偻指数。群英高会竺乡情,吴越一家风已古。五年国难未全纾,差喜偏隅德星聚。焦翁贱诗感慨多,心与苍生共甘苦。神州岂许翁独私,四海于今半焦土。焦土何曾竟不毛,无米愁深黄歇浦。浦西垂耄黑头翁,大愿谁偿空力努。安得环瀛蔑有一夫饥,万邦交颂康宁寿考文明祖。

蔷薇盛开

一雨朝来红满墙,满墙宛有锦幔张。三点两点白花缀,万绿参差涌其旁。绿油油,红簇簇,百头千头斗芬馥,肖我复兴之民族。十分春色烂朱霞,赤县神州天所福。

挽阳复老居士

君来讲经众鼓舞,君去料应生净土。君生净土君愿宏,愿今世界无豺虎。吁嗟豺虎在人心,孽海茫茫不测深。君其易以功德水,遍援溺者毋使沉。天下有溺援以道,佛与吾儒共悃忱。儒佛合一宗灵峰,遗书三卷珍球琳。

哀战祸

狡日心雄久叵测,远交近攻计良得。垂涎白人殖民地,口欲尽兴东亚国。美人自昔烛其隐,门户开放主张力。迩来注目轴心心,扶英联苏以制德。牺牲动至数十万,我念苍生滋怆恻。悲哉残酷海陆空,物质文明虎傅翼。何日环瀛仍太平,劫后遗黎始休息。天方悔祸人未醒,君不见萧条淞沪市全黑,又不见事夷割据滥行权,半折民财为民贼。

题阳复老居士梦游记恩诗遗稿

人生扰扰百年梦，大者云龙与风虎。觉后方知去来现，因果相生有甘苦。君于佛海窥汪洋，一去栖神在净土。净土恢恢不可量，后死其谁能踵武。

木道人以书画匄货，赋诗代启

救世心殷木道人，将以书画饷群伦。道人笔法素超绝，见者惊叹神乎神。得其巨幅或小品，藏之每逾拱璧珍。今盼成裘集狐腋，纷纶众妙先具陈。乱贡芜词告同仁，其各慷慨而出麟之爪龙之鳞，以答道人之盛意，兼为福田善果种其因。

豁　然

龙鳞老树生莓苔，节未黄梅湿已胎。举头有时见白日，触目到处皆黄埃。兵灾以后多疾疠，此与流亡同可哀。谁驱阴霾顿四散，豁然天颜为之开。

保民富

神奇储备券，法币二对一。宣言保民富，以虚易其实。哀哉苏浙皖，东南财赋区。冰山倚如铁，虎威假于狐。袅袅秋风起，萧萧木叶下。海外任高飞，吁嗟大东亚。

兴亚叹

大言谋兴亚，此谋谁创始。同文中与日，相依本唇齿。旅大租未厌，台澎割未已。蚕食东四省，其欲无涯涘。洎乎卢沟战，逮于迁蜀止。焦土遍神州，天若纵骄子。堂堂中华民，刘季首崛起。二千数百年，汉族光青史。中更丧乱多，晋宋悲同轨。明祖逐胡元，元亡蒙古徙。共和存逊清，三足适鼎峙。鼎峙刘朱孙，彼焉有所倚。倚日为领袖，毋乃我华耻。

胡氏雪园八咏

雪影

此雪永不消，此影永不灭。悠悠今古心，何人慕高洁。

永春台

高台为谁筑，为报慈母恩。金萱仙去后，春永在乾坤。

春霭山房

山房不倚山，春霭足藏春。泉石有结构，于此寄闲身。

石屋

石屋通曲桥，可以纳微凉。桥下水清浅，谓宜卧鸳鸯。

瀑布

瀑从何处来，人巧侔天工。昼夜亦不舍，宛与原泉同。

古花楼

花楼花已古，霜后见红叶。红叶时乱飞，翩翩若胡蝶。

秋韵轩

秋风过我耳，秋水濯我足。夕阳无限红，芳草自然绿。

也亭

亭前一小立，天地在方寸。邹孟广居观，蒙庄齐物论。

寿胡母顾太夫人八十

封陈为始祖，当年配太姬。今母成子名，家家仪母仪。
耄耋图猫蝶，谐声取譬工。追维古作者，傥有虎头风。
艺兰香满院，桃李艳成园。门下多英髦，瞻拜随莱衣。
百龄庆人瑞，偻指二十春。四代萃一堂，年年祝帨辰。

眈眈欲

煦煦亲善谈，眈眈吞噬欲。道王而术霸，蜜口□剑腹。夸张败为胜，倚伏祸由福。名附德义膻，实逐英美鹿。

启东陆士岩为其文焕太翁六十双寿乞诗

儒者竺孝悌，佛氏怀慈悲。儒佛合为一，灵峰昔导师。吾友江居士，矢愿今继之。日念阿弥陀，佛来引生西。启东陆学士，吾友夙深知。二老身康强，花甲相唱随。唱随臻极乐，极乐国在兹。在兹复念兹，椿萱永寿祈。曲礼早预言，百年日[曰]期颐。

我愿歌

我愿天不生跛眇喑聋痴呆贪鄙，地不生枳棘莨莠螟螣蝮虺，食人之兽不出没于崇山之迤逦，吞舟之鱼不起伏于沧海之涯涘。人之生也，心不狡狯与凶顽身不寇贼奸。究其死也，女不会妖男不为厉鬼。

我悔歌

我悔少年不早倡大同，鼓吹宣尼天下之为公。我悔三十四十气如虹，既得英才而教育，海滨迄未丕变其学风。我悔我不度我德之未隆，不量我力之未充。我老我衰我疲癃，目不明，耳不聪，自嘲体孱而心雄，尚谓我愿随众生无尽，道未大而亦将莫能容。

我将歌

我将归我古吴之故乡，念我先入[人]丘垄而旁皇。丘垄树全荒，何乡何地尢人为虎伥。我将返我古鄮之故居，省我当年先人之敝庐。敝庐荡为墟，一空累年积聚之藏书。我不怨刍狗万物刍狗百姓之不仁，我将吁天化彼枭獍为凤麟，我仍自署中华民国太平民。

我惜歌

我惜东邻志兴大东亚，而先割裂我中华。我惜我中华焦土战略，将纾国难而国人太半毁其家。忽焉毒龙起于蛰，悲哉杀人乱于麻。

纷纷乎小国如豆，滚滚乎全球如爪[瓜]。爪[瓜]胡为而迭分邪，胡豆[豆胡]为而屡剖邪。卧薪尝胆之岁月，报仇雪耻之萌芽。黄白遥相应，铁血互相夸。出柙有虎兕，荐食有豕蛇。凡尔赛盟书易悔，不列颠戎幕难遮。今昔一喟俯仰频，嗟兵被亚欧非澳，人化猿鹤虫沙。岂海陆空强弱之不敌，乃去来现因果之无差。

我愧歌

我愧我老而百无一成，空负我少壮微名。我愧我对于英才后生，不能概使弃暗而投明。我愧我心惟大同是倾，而太平洋尚未真太平。我愧我素抱宣扬孔教之至诚，不知几许人深赞此热情。

我乐歌

我乐我友贯通儒佛，已往生于极乐国。我乐文字因缘之稠叠，或赠我西湖荡粉黄山茶叶。我乐三五友朋团聚之生活，笑谈通脱天空而海阔。我乐以新诗写我胸臆 ，兴到不自知造句工拙，一吐撑肠之幽默。

我望歌

我望亚洲海陆成万国商场，东西三岛均各转移其目眶，力戒袭故而蹈常，相与评议兼考量，毋再零星霸占其一方。我望华美英苏战后所主张，凡军国重事之平章，白人不袒白，黄人不袒黄，四大邦尊俎一堂，奠定五洲与五洋。我望我中华孔教大昌，道以并行而益彰。儒释道耶回，济济跄跄共标一慈以为航，拯救斯五色人种跻大同而先小康。粲粲乎如金玉之交，相焕发为环瀛瑞光。

麻姑像

纤纤鸟爪想麻姑，绰约谁亲冰雪肤。背痒傥然搔偶著，生平极乐此须臾。

唐突仙灵重自忏，痴憨诗意半由魔。他年碧落如相遇，斯玷白圭当许磨。

屐上裙

同种同文同爱国，东南东北太纷纭。问谁桃李新投赠，樱岛风流屐上裙。

榴　花

墙角榴花照眼明，连番梅雨放新晴。群龙野战玄黄血，洒遍乾坤将太平。

几　多

几多焦土尚荒凉，谁吊中原血战场。旷代奇观经老眼，环瀛两度见沧桑。

任之否认续娶，追忆往事赋此寄蜀

日新同创家庭会，凄绝梅花先后凋。岂有白头重入梦，料无金屋再藏娇。

灼灼夭桃尽满枝，愀然攀折已非时。两家儿女都成立，天使门庭萃孝慈。

金　融

海吞江吐此金融，黑市凭之鬼亦雄。币折公私经济困，哑然君子固应穷。

储备登场妙手空，高抬新券便囊充。母金剩半子金补，商得银行优待同。

飘　风

大暑飘风散郁蒸，车行震荡欲飞腾。仆夫却顾挥之进，履险如夷老尚能。

晒　书

晴日潮生误晒书，将教脉望拓仙居。何如静候秋风爽，薰以芸香辟蠹鱼。

战　绩

遥传战绩黑江东，沦陷边隅厄运终。七月新秋已开朗，十年旧恨未消融。

何日环瀛洗甲兵，欧非白黑尽苍生。远征丧地锋先挫，亢进违天梦岂成。

程寓盆荷

圆周径尺小盆荷，别后重来半月过。菡萏已花花已谢，无花回想胜花多。

江慎修先生遗墨手卷

慎修先生昔仰止，今睹遗书并遗文。云与东原同坐处，此时适馆在郑村。郑村流风余均存，乃是神州之国魂。卷尾一诗题者谁，吾友易园其裔孙。俚言窃附于末光，芬芳臭味怀荃荪。

附耳谈

我友今来附耳谈，道是日轮炸毁已十一，广州五而九江而吴淞口外两各三。又道飞机群群来自美，凡三千架数可谙，同时纵之霄汉间，长空可掩天蔚蓝。三岛恐慌从此始，呼寐使觉乡黑甜。少壮军人醉梦酣，沉沉溺于一字贪，虎视印度方眈眈。朝鲜独立前车鉴，印之甘地胡为茹苦抗英而自甘。天道好还有因果，老氏之言味醰醰。我愿其祸不到绝与灭，我见昔之隆隆与炎炎。

今　昔

帝俄久已改苏联，伊朗波斯名变迁。欧战浡兴诸小国，恍如鸡犬忽皆仙。

轴心席卷兼襟括，雄踞中欧势蔓延。三大英美苏连鸡相对抗，兴衰成败不关天。

黄金世界向称雄，大道生财农羡工。双手万能恐自傲，眼看机制满寰中。

海天列岛似星辰，又似疏花点点春。莫道文明开化久，南洋尚有食人人。

食人人与杀人人，文野名殊实等伦。吾道中和能位育，万灵受命杖精神。

一　雨

一雨四郊尽如沐，农人欢忭各鼓腹。湿云遍覆数千里，遥想既沾与既足。丰年已兆万斯箱，生气蓬蓬盎百谷。唤醒倭人一观天，天之所相民之福。

海上生涯歌

海上生涯久枯寂，我辈豪情有谁敌。纵谈时复遍环瀛，昭昭昏昏各夸其战绩。庖牺以来世界几迁流，老眼纵横今五洲。千古奇灾一瞬五寒暑，会见时雨之师洗尽苍生愁。

天之苍苍

天之苍苍，铁鸟来翔，警汝横行不自量。黑市胡为全市黑，市民耳语窃笑汝张皇。铁鸟盘旋明月光，将以一弹碎汝之兵房，市民不与汝偕亡。

题屺瞻兰竹

兰竹之品皆君子，写兰竹者品相似。写花写叶写枝节，各极自然而已矣。

题乐道堂名家墨迹

名家墨迹搜罗广，兵燹残余此无恙。要仗神灵来护持，每谈文献增凄怆。

题荣宗敬遗像

苍生衣被雄图在，遥溯梅园把臂时。天上人间今契阔，丹青犹肖旧英姿。

交通阻

旗揭欢迎汪主席，如何道路阻交通。帝皇警跸今重见，回首初元感慨中。光复之初苏省领袖均步行于道路。

闻任之毕竟续娶志感

蜀山蜀水听鹃啼，旧梦如烟空怆凄。有妹怜兄鳏未老，女妻为妻久无妻。

中秋千龄会摄影

环瀛一国一乾坤，华美东西同国魂。遥遥相对两大共和国，宛同大鹏两翼垂天云，掩覆小邦若小鸟，各营其巢同其群。两共和国两老人，同时叩问悬弧辰，同为七十九龄同六月，同新历兮旧历改从新，惟是一与十二不同日，略同同岁之弟昆。吾友倡集中秋千龄会，苟表同情无主宾。中秋同日是秋分，秋兴酣于节已春。与会老少实计三十五谓会期实到数，摄影者三十人耳。凡年一千九百七十有六云。三五十五来者三三又五五，十步之内芳草绿成茵。乐哉别有趣中趣，昂然齐现身外身。欢颜同祝公理当永伸，诚心同斥强权毋许存。其有存者同于废，早知公理须同遵。大同世界万岁万万岁，子复生子孙且复生孙。

述志敬告木道人

道人冥冥相吾久，吾将何道酬道人。力倡大同融五教，鹄悬天下行同伦。同伦之同始孝悌，中于修已终安民。施之万物是日[曰]爱，括以一字是日[曰]仁。恢恢五洲与五洋，望而知为元气所浑沦。

顾公亮七十有赠

如游霁月坐光风，将耄年华愧此翁。奚翅古稀今亦罕，孳孳为善与人同。

一度偶然歌醉饱，卉年久矣厌兵戎。苍苍松柏南山寿，兼祝环瀛大道公。

寄任之

久疑鸿雁不传书，忽见书来拱璧如。艳说多情新伉俪，遥知咳吐尽琼琚。

有所感

闻弃家园费较量，坐看白日玄堂堂。新来公事抛荒甚，岂竟年高已健忘。

赠曹仙孙

忽逢佳士倾心许，如与良朋把臂游。珍亼国光经一览，风高市隐亦千秋。

朱苏吾二桂堂祝嘏图

我家堂亦名荣桂，双桂齐花香更多。自是孝思堪不匮，人间天上乐如何。

许子常尊人荫庭先生九十纪念

生前正直早为神，天爵天颁世最珍。成道十周刚九秩，人人艳说许真人。

阅《吴志·陆逊传》有感

白衣竟袭讨曹军，陆主阴谋吕建勋。太息奇才遭奇祸，昭然果报在机云。

一　枝

一枝寄托鹪鹩足，千仞翱翔鸾凤高。同是飞鸣同覆载，孰为眇小孰雄豪。劫余涕泪苍生尽，老去诗歌青眼遭。残破家山苛贱税，汪洋瀛海壮风涛。

和木道人新居偶成韵

焦土寰中遍，白云江上孤。何人非故我，有梦在新都。望望前程杳，茫茫后果无。苍生饥渴甚，一例盼来苏。

虚荣误韩李，割据闵梁萧。假虎威难久，知龙豢不骄。弥兵嗤向戌，问仕鄙周霄。谁酿环瀛祸，何时劫运消。

相期三不朽，自愧百无成。大任千钧重，微名一羽轻。独居偶深念，太上未忘情。我愿奢徒耳，奚曾度众生。

年华邻八十，世界阅三千。学圣如观海，呼翁只信天。最难空倚傍，那用仗传宣。养气师乐孟，胸中自浩然。

木道人百九十八诞辰祝词

木公无量寿,永以万千春。西土艳乐国,南星辉老人。频年经浩劫,今日即良辰。来者其苏矣,太平还我民。

题八指诗存松江闵先生萃祥生而八指,因以自号

八指先生两卷诗,穷半日功始毕之。老辈风流寄吟咏,云间文献亦在斯。先生三绝诗书画,当年仅仅知端倪。曾乞采[彩]毫挥一箑,为写萍鱼群水嬉。持此朝莫扬仁风,冉冉光阴纸繁疲。平生惟此托末契,何幸豹斑今尽窥。沪滨令子往还数,追诵先岑徵芜词。于乡于国见怀抱,公之于世非我私。

敬庵以李翁寿其七十之戴文节山水便面索题

气节世所贵,而今空仰望。惟苏有琴隐,惟浙有鹿床。鹿床之山水,名重于四王。李翁寿戴翁,慷慨出所藏。一箑抵千金,其情不可量。此非秋扇捐,仁风当奉扬。

题张至真小影

玉立何亭亭,仙风与道骨。寄怀山水间,清兴偶然发。苍松老逾劲,红叶瘦未脱。俯仰小乾坤,优游闲岁月。相勗以令名,无憾一毫发。

为仙孙题石田画

吾乡山水秀,石田之画雄。雄亦有时秀,即此是神通。吾家有珍本,遗自江村公。先人之邱垄,传神苍莽中。邻不戒于火,瑰宝竟失踪。对此增感喟,遗恨何时穷。朱明诠墨妙,无人同作风。

黄云僧蕴深七十有赠

读君诗与传，吾早知君名。君昔治吾吴，吴中有政声。况君少壮年，建树已堪惊。近复相过从，君谐一坐倾。吾齿长君九，将耄字若婴。吾字亦谐耳，倘君许同情。

题汪蘋洲女史嶒临郎世宁画鸡

少壮闻鸡起，思与古贤齐。冉冉忽八十，起后始闻鸡。人种有黄白，鸡种有中西。昂头向天外，东方梦正迷。一雄长独立，那不羡双栖。

吴汲初乞题无忧无患图

识字忧患始，此语堪三叹。君子终身忧，而无一朝患。或生于忧患，死于乐与安。于舆岂欺我，两言均不刊。君独无忧患，凡事付达观。吾侪心坦坦，俯仰天地宽。不愧且不怍，庶几太璞完。

三十二年元旦述怀

我年方六十，弄翰曾有诗。命日[曰]高天引，素袍寄于期。荏苒忽八十，双鬓尚未丝。此二十□中，所见奇复奇。苍生关痛痒，齿增心益慈。意惟跻大同，庶能起疮痍。五教亼大成，孔固我先师。我愿诚太奢，苦心有天知。天知先自知，自知先自嗤。自嗤聊自慰，自慰讵自欺。前路尚芒芒，念念总在兹。我念既专注，人附乃浸滋。明德而亲民，亲作新或非。灵峰论大学，作者亦子思。晦庵撰章句，于传工措词。云曾子之意，而门人记之。试参藕益语，语殊意未歧。儒释两印证，更何聚讼为。学庸孔门宝，此宝得者谁。我今揭其要，一言须奉持。并行不相悖，道本公无厶。群龙旡首吉，早于易象窥。学易可假年，由耄而期颐。未知本既耄，期颐乌敢期。

严成德寿诗

人生孰最贵，惟慈能济人。金融在掌握，天假以行仁。孔日[曰]仁者寿，其祥如凤麟。光明照南极，熠朗百千春。

六十一甲子，岛华数已齐。岁星五周天，每周十二期。为善诚最乐，乐此不为疲。古稀堪预祝，转瞬到期颐。

道高魔十丈，易象占明夷。遥溯殷周世，蒙难文与箕。今兹逢小劫，六月以为期。言归适弧辰，造化弄神奇。

人群推领袖，事业益光昌。负儋日以增，骏足方超骧。展布多新猷，此才胡可量。尼山觉世箴，积善有余庆。

喜　雪

阴寒酿雪久，一白放异彩。皇天福我民，此福大于海。斗米须千金，粒粒皆珠琲，臣朔饥未死，侏儒饱亦殆。穷檐枵腹多，发愤诉真宰。岁丰示预兆，苍苍不尔绐。

胡敬侃殉职挽诗

英俊不世出，学成遇亦隆。军书正旁午，越境筹交通。蛮烟瘴两地，岭峻而山崇。因之遘肿毒，天竟夺良工。重闱傥闻耗，凄怆特焉穷。男儿志报国，吐气如长虹。荀老牖下餐，餐孰旌其忠。我欲慰西河，感不绝于中。挽歌以当哭，歌哭毋乃同。才丰何命蹙，魂魄其犹雄。

挽焦梦周文基

江浙联乡谊，天台有焦翁。是翁古来稀，俗吏岂能同。时复一觞咏，襟抱何冲融。易林诵先岑，卦演未济终。风雨思君子，凄凄如晦中。

挽冯母文太夫人

昔母寿古稀，有儿广孝思。遍搜五教义，讲与世人知。母归净土后，成佛可无疑。佛与儒宜合，议创藕益师。五教一致者，惟孝足当之。大哉子之孝，弥昭母之慈。今母寿无量，指天以为期。

挽高望之煌同年

我落红尘早五年，讶君未耄竟游仙。人间天上都灵气，那用区分后与先。

冯超然黄花冈画册，为陈廉斋维俭题

粤海苍茫忆旧游，黄花冈上白云稠。自由神像昂然立，攘臂方争民自由。

共栽红豆寄闲情，芳草天涯几死生。七二人光开国史，当年碧血洒纵横。

朱冰庵索诗

学通儒释道，兴寓书画酒。人间即此是神仙，有谁不乐以为友。

任之邮示哀念先夫人并其继配姚夫人唱和之作

笑眼久开仍泪眼，旧人追忆况新人。苍茫家国无穷感，伉俪多情总是春。

租界还

中英之战鸦片始，五口通商悲国耻。逊清季世迄于今，黯淡神州多痛史。内讧外侮若循环，不断如云未休止。坐看全国裂为三，东北东南两相侣。空谈参战我投机，租界交还人敝屣。天心悔祸此端倪，太平隐然在望矣。

仇亮卿埰邮示自题近影二绝，即和其韵

八十依然老病身，饱看尘世阅艰辛。碧天飞鸟遗音少，谁道东风又一春。

神游知水与仁山，疏食箪瓢企孔颜。自笑银髯霜雪侣，头颅未白未能闲。

聂师母曾太夫人挽词

母父文正公，克继名父志。家训重女红，以暇攻文字。嫔于吾夫子，发轫观察使。受知左文襄，迭升封疆吏。苏浙皖鄂间，随宦明大义。慈俭以为宝，有若性所嗜。技术娴中西，各穷其奥秘。避沪谋治生，盖亦儒者事。析产什之一，赤贫群拜赐。输财较钜著，建学与捐地。耶教取所长，祭祀存国粹。颐养藉游艺，求书幸不弃。珍之逾拱璧，高悬且标置。康强子孙吉，固有大德致。洪范有九畴，维母五福备。

和木道人人日诗韵

道自飞潜滥杀人，远悲故鬼近悲新。老来耳目均非我，劫后江山又是春。圣仗大公公货力，佛标平等等冤亲。未妨落落空千古，已分悠悠了一身。

宋大仁泽中国药史四杰图

厉山旧隶汉东随，荒远神农创国医。一日毒逢七十二，遍尝百草世称奇。

陶苏唐李萧梁始，东璧朱明集大成。药史堪跻通史席，紫阳纲目共风行。

博雅今推海煦楼，即论六法异时流。丹青别有精神寄，时代衣冠考订周。

吁 嗟

吁嗟朝市溷官商，月旦谁评臭与芳。劫后苍生膏血尽，蠹鱼掉尾去堂堂。

眼 见

眼见同根萁豆煎，耳闻白雪唱经年。携琴梦想无弦和，望断南风解愠天。

再题大仁东坡居士小影

坡公一代冠名流，尺素零缣拱璧侔。为写庐山真面目，即论风采渺无俦。

挽李星联方照

昔悲翁弟今悲翁，难弟难兄先后终。回首当初相过从，但见兄弟乐融融。翁评道术月旦工，佩翁锐敏之双瞳。翁家制药疗贫穷，活人无算翁德隆。最近逢翁改旧容，别后与翁未再逢。隙驹一瞬去如龙，天上人间云万重。

挽周舜轩承磬

朗朗须眉炯炯眸，故人有子绍箕裘。何期病肺无灵药，诗酒风流中道休。

驼鸟卵

洁白无瑕驼鸟卵，承以三足椰壳坐。墨飞友是南洋贻，以为宝也转贻我。眼看此卵阅沧桑，三十余年幸安妥。今乃高供圣像傍，双卵一右而一左。

九老图

九老今之老，序齿序坐位。一老齿最尊，首坐无可避。不杖频起行，相形我自愧。自愧亦自豪，坦坦在心地。环瀛乱如麻，我辈得天庇。八贤饮中仙，而酒惟我忌。眷怀及苍生，为谁久憔悴。雅量主人翁，跻堂堪共醉。斯民尧舜民，望古情所寄。

任之岁首自蜀贻诗，以诗报之

岁首竟逢春，双鱼贶故人。群生关痛痒，万里话酸辛。白雪歌空艳，黄粱梦易尘。频年蒙国难，何术济民贫。

读画吟有序

汪蘋洲女史绘一参天苍松，龙鳞老干一曲而上，其下牡丹二株；傍一公鸡矫首后顾拳左足，右足立于石；下石一母鸡，环以七雏，雏鸡十，其三距母鸡略远，母鸡注视之，趣味盎然而意至深也。作读画吟。

饱阅沧桑吾老矣，一笑繁华如梦里。长松百尺黛苍天，松阴羽族得所止。牡丹花下立双鸡，鸡母将雏盈十尾。雄鸡无声天不白，谁呼黑暗中人起。富贵不淫心后凋，堪向春风风桃李。

印奎吴翁六十徵诗

问翁年几何，少于我二十。举世趋纷华，惟翁异所习。知者曰奇人，闵高共推挹。牧豕农之常，鸡群自鹤立。攘臂抗苛征，退众独就执。无辜缧绁中，可歌复可泣。执而不能罪，洋洋舆论翕。慷慨在胸襟，良由非貌袭。一行概其余，望尘宁莫及。

节妇吟有序

节妇松江人，唐姓，宝龄名。其夫清南京督标中营协统也，辛亥南京陷，张督遁，恚而死，家贫如洗。妇因佣于沪之平康以避祸，仍金玉其身，今年六十矣。作节妇吟。

莲花出游泥，芬芳不受污。身与桃李伍，心与冰霜俱。夫既殉其职，妇岂辱其夫。夫固今所仅，妇乃古所无。省志与邑乘，采访慎遗珠。

书刘蓉岩家传后

刘君年五十，追慕其先人。孝哉舜之徒，市隐谁与伦。欷歔述庭训，语语字字真。早岁悔失学，益知往籍珍。既造程朱庐，兼叩阳明门。涵濡道义久，心醉在国魂。金刀本华胄，玉树况清芩。允矣贤乔梓，卓尔皆不群。

木道人绘我小影，指明吹万、沧叟题之，吹万创作，沧叟和韵；越旬日用二老韵自题

若婴老人老多祜，身愿为麟不为虎。恻恻群生半聋瞽，灵根不绝才如缕。鸟瞰环瀛水四俯，佛光所烛德心聚。惜我少壮力未努，乃致新奇惭陈腐。蘧然寝蝶觉而栩，栩栩过墙一无堵。照人肝胆与肺腑，养吾浩气天地补。

老人星有序

癸未初秋七月既望，雨后星月韬光烛，老人星朗然，感念先君子也

满街都是水汤汤，何处飘摇有苇航。雨猛风狂秋浩荡，长庚西匿一星光。

坳堂杯覆水汤汤，杯渡人来蚁扛航。微雨微风秋黯淡，启明东隐晓星光。

天河洗甲水汤汤，壮士喧呼挽大航。雨晦风潇秋瑟缩，斗杓北掩七星光。

小楼卧听水汤汤，凝想乘舆半似航。无雨无风秋寂寞，老人南耀极星光。

起沉疴吟有序

足软不能起行者久，孔圣学会沈贤麟思敏介绍余姚劳其安之子修炳来治，屈吾足而伸之，伸吾足而屈之，屈屈伸伸若循环无痛楚也，投以汤药，多伸筋活血、驱除风湿之品，有起行之望矣，作起沉疴吟。

健民疗养杖精神，术等催眠亦足珍。何似吾宗诚恳意，携来妙手竟回春。

挽穆藕初湘玥

爱国如君今有几，西行一去未回头。六年小别悲长逝，泪洒凉风九月秋。

灵药吟有序

服健步虎潜丸，效速于陈健民之精神疗养，劳其安叔侄父子之伤科真灵药也

一尝馈药效如神，两姓名医孰等伦。每服十丸能健步，潜将虎骨助回春。

秋风吟

花谢花开年复年，秋风浩荡白云天。藏书总落北京后，养老群推东海先。革命何功今耄矣，济时有志我超然。青山邱垄松楠尽，绿水乡村鸡犬仙。

剑花血

猩红血战几花枝，恍睹公孙舞剑姿。白雪竞歌思往事，碧桃误斫恨当时。墙根草蔓无人立，屋角篱疏有犬知。古本新书楼上下，百家美富孰全窥。

小 楼

小楼坐卧渺无俦，万里风云早素秋。共道鹰扬维尚父，谁知蝶梦又庄周。民生到此生何乐，国庆依然庆未休。已白少年头几许，太平不久入双眸。

挽琳叔及其配沈季斋夫人

凉风卷起白云稠，似箭光阴又一秋。早岁服官根旧学，中年随宦焕新猷。同心避地双仙眷，独乐成园几隽游。三世了然来去现，人间天上两悠悠。

逊清光绪新政之一叹

垂帘归政大昏初，应悔先皇未建储。年少才高谁荐祢，国危身殉我哀胥。鸿冥共笑弋何篡，鱼漏空嗟网尚疏。巨帙装成蝉翼纸，此为珍本冠图书。

袁氏之帝制

共和帝制太离奇，酝酿筹安巧饰词。洹水昔曾期隐遁，商山今已释危疑。万人传诵新都诏，百首流行本事诗。朝暮蜉蝣自生死，哀哉大梦乍醒时。

黎副总统之即真

辛亥风云起武昌，逊清一跃驾虞唐。督师不武张人骏，入幕能文饶汉祥。元首同盟归领袖，副车先事费评量。从今名分昭然定，圭玷终磨异姓王。

徐总统之际会

项城门下数人才，独得风云际会来。国有名卿为羽翼，天教元首此胚胎。万家垦牧新民利，三海侵渔老监猜。曾荷殷勤询出处，还叨部长共相陪。

段氏之执政

突来执政信还疑，太息群儿自贵时。一代名花需媚骨，百年老树困闲枝。白头事业成豪举，青史文章有愧词。南北两都酣梦久，不知吾道竟何之。

林总统之平生

已分人心属项城，谁救帝梦败垂成。巍然今日居高位，误矣当年毁远生。青史偏安仍正统，白头抗战仗同声。邦兴自昔因多难，民信于今在足兵。

我不知歌

我不知天之高兮几万丈，俯视螺纹在指掌。我不知苍苍孕育儿人才，都向道人问道来。来者扶筇一老翁，银髯飘拂心空空。有知无知我不知，偶然遐想超鸿蒙。超鸿蒙兮偶然涉遐想，悠悠天地何时穷。天地从来不可穷，人生兮人生，受天地之中以生。生生兮生生，我不知天地何以有日月之明，草木鸟兽何以各有专名。与公名天地，与我同此中，我不知何人与我胸襟同。

回 首

回首滇初校，抗颜儿亦师。悠悠经岁月，了了悟端倪。常绿无多树，繁红曾满枝。传奇蒋山传，诗史杜陵诗。

四 强

半壁究谁支，四携强手时。要闻群属目，默喻竟无词。浩劫将终矣，微光已照之。如何木石尽，填海未先强。

我 闻

我闻东方朔，其人为岁星。星星忽不见，长夜竟冥冥。一朝复其故，天清而地宁。我闻李太白，其星为长庚。长庚朗于西，光掩东启明。两贤仙乎仙，何尝忘世情。忧乐问苍生，海内厌战争。四强今携手，环瀛将洗兵。岂独太平洋，共见真太平。

试 猜

金丹换骨利凡夫，白雪为饥艳藐姑。莫问前身谁太白，试猜今世几三苏。

填海双冤禽

我养浩然气，流行过碧穹。高歌激宇宙，震彼瞽与聋。填海双冤禽，瘏口哓音同。木石为之尽，望海仍空空。神州元气厚，万象旁皇中。悠悠天地间，所思不可穷。

挽仲仁

爱国男儿西去日，怆然一老感离群。十年死别无穷恨，泪洒淞波又哭君。

莑梧轩文存

卷一

经说十三首

欲治其国者先齐其家，欲齐其家者先修其身

《鲁论》第十三篇记孔子之言，正身者二：曰其身正，不令而行；其身不正，虽令不从。又曰苟正其身矣，于从政乎，何有不能。正其身如正人，何令也。政也，家与国之事也，而必以身之正不正为枢，故其答哀公之问政，以修身弁九经之首。而曾子述其意，以为《大学》曰自天子以至庶人壹是，皆以修身为本。夫由身而家而国，孰非天下之所包焉者乎？位不至天子，则量不足以及天下，而天下实为家国之所积，家国实为身之所推。负顽然之身，而日号于天下曰，吾欲齐吾家，吾欲齐吾家以治吾国，而天下莫之信者，何也？身不修也。及既修矣，彼亦未尝一日自表暴于天下也，而天下已相与口赞叹之，心悦而诚服之，以为是人能齐其家矣，能齐其家以治其国矣，何也？先修其身也。

尧之于舜也，二女事之，以观其内，九男事之，以观其外；文王之新命也，刑于寡妻，至于兄弟，以御于家邦，是一帝一王者，身之所化，非止一家一国而已。舜以匹夫之身而有天下，文王以百里之国之君而有天下三分之二，何其盛欤，而其效无弗自修身始，则《大学》之以修身为本，诚万世之鹄也。

杨氏之为我，不拔一毛以利天下，则徒有其身；墨氏之兼爱，摩顶放踵利天下，则几几不有其身。而孟子谓逃墨必归于杨，逃杨必归于儒者，不有其身，则身外之事皆将无所统；□[然]徒有其身，则虽未暇及身外之事，而犹知有身，其所以近儒者在此。吾悲夫今之貌儒而实杨者，其视家国漠然无所动于中，而无一事不先为身计，积而久之，乃渐成一自私自利之天下，而彼墨氏之教乃起而承其敝，则以正心诚意之学辍焉弗讲；而其窃格致之绪余者，反得傲我以所不习也。

致知在格物

童年读《礼记·大学》篇，自"物有本末，事有终始，知所先后"至"致知在格物"，尝窃怪其上兼事物言，下乃言物而不言事。及读郑注：格，来也，物，犹事也；朱注：格，至也，物，犹事也。则叹郑义之精密，朱子固亦时沿袭之。特郑训格为来义，据《尔雅·释言》，朱训格为至义，据《尔雅·释诂》。郑申其义云，其知于善深则来善物，其知于恶深则来恶物，言事之缘人所好来也。朱申其义云，穷至事物之理，欲其极处无不到也。

以朱义絜郑义，其孰为赅且碻欤？曰，从朱义。夫物之数万，积物而成天下，积天下万物之理而成事。身与国皆天下之所包，意与心皆身之所包，人亦万物之一，则一身以内，一身以外，即隐然为此物与彼物之界。两物相偶而事理显，群物相萃而事理繁，故欲穷事理，必穷物理。离物言事，此俗学之大病，所谓知其一未知其二者也，乌足与言致知，而犹或嚣嚣然曰"一物不知，儒者之耻"。吾悲其徒为大言，而转令向所斥为异学者以能穷物理而乘其敝也。且穷理云者恃吾之即物而穷之，非物来而我穷之，于善恶之感应更无与焉。朱义之长于郑者在此。

后郑而释格物者凡七十余家，何纷纷也，而其与朱义相发者，惟黎氏立武之说为挈其领。黎氏云，格物者，格其物有本末之物，致知者，致其知所先后之知，致知格物，即在诚意正心修身齐家治国平天下之中。於虖！韪也夫，韪也夫！天下之大，身为近。身之在天下也，微乎微矣，而附丽于身者，罔非物也，由身而家而国而天下，无一人无附丽于身之物，而不胜格矣。由身而家而国而天下，无一人之身而无心，并无一人之心而无意，心则附丽于身之一物也，意则未可以物名而附丽于心以附丽于身者也。物在身、家、国、天下，而格在心意，知在心意，而所致在身、家、国、天下，物理洞然而事理遂亦犁然，其各当其本末，终始先后，一以贯之矣。彼号称格致家者，终身而仅穷一物之理，甚则终身而未穷一物之理，所遗实多，岂《大学》格致之本义乎。

近人申朱义者，谓格物但当训至事，至事犹亲历其事，根朱子答黄直卿书“真实穷理”之数语，以朱翼朱，亦的解也。而训格为正者，又证以《论语》“有耻且格”，何注“孟子惟大人为能格君心之非”，赵注以为黄帝正名百物，周公于天地以至草木鸟兽一一释之并著于《尔雅》，而《内则》“数与方名”为格物之基础，《中庸》“尽物之性”以赞天地之化育，为格物之归墟。其意甚创而其说甚辩，虽未足以遽埒于朱义之赅且碻，亦差胜于郑以后之纷纷者矣。

有子曰“其为人也孝弟”一章

《戴记·中庸》之篇述孔子答哀公之问政，曰，仁者，人也，亲亲为大。故许叔重《说文解字》隶仁于人部，曰：仁，亲也，从人从二，其于六书为会意。审此，则为人之与为仁，本非二事矣。有子之言似孔子，孔子罕言仁，而《论语》次章即记有子之言，为仁者何也，曰其言为仁，盖不啻其言为人也。

人之大伦有五，君臣、父子、夫妇、昆弟、朋友，天下之达道也。君臣、夫妇、朋友以人，而父子、昆弟以天合。不孝不悌之人，于其天合者而离之，则人合者乌可恃。令群天下之人而皆若是焉，讵非大乱之道欤。有子闵人心之不仁不至于好作乱不止，而作乱之渐，必始于好犯上，犯上之渐，必始于不孝。不孝，而特示人以为人之鹄，冀其各返于本，而藉是以弭天下之乱，则信乎知当务之急者矣。

卜氏子之言曰，父子首足也，昆弟四体也，固无以足加于首而四体自相残，何独于孝弟而难视之。曾子之言曰，未有君而忠臣可知者，孝子之谓也；未有长而顺下可知者，弟弟之谓也。果人人忠其君，顺其长，则世无不治，何复于为仁而难视之。

自墨氏以仁害义，而以无差等之爱为爱者，遂隐拨天下之本而潜构人心之乱，变而加厉，则君臣可平权也，父子可平权也，夫妇可平权也，三纲既沦，而孝弟之风浸以[□]息，犯上作乱之祸且不可救疗，是又有子所未及料者。不有务本之君子，则未知世乱之所极也已。

羿善射、奡荡舟俱不得其死，然禹、稷躬稼而有天下

昔端木氏叹夫子之言性与天道不可得闻，而《十翼》皆圣人赞《易》之词，其所以阐扬天道者，于《系词[辞]·下传》则曰：善不积，不足以成名；恶不积，不足以灭身。于《文言·传》则曰：积善之家，必有余庆；积不善之家，必有余殃。盖诚灼见夫天人感应之理如彼其徵也。

南宫适羿、奡、禹、稷一问，朱子谓以羿、奡比当世之有权力者，而以禹、稷比孔子，实祖马氏之说而益其所未备，窃以为此其中有《易》义焉。夫积恶至羿、奡而极，积善至禹、稷而极，殃至不得其死而极，庆至有天下而极。善射、荡舟非遽恶也，而羿、奡之积恶根于此。躬稼非遽善也，而禹、稷之积善根于此。虽其殃、庆之来，或应之于及身，或应之于其子孙，而上下数千百年之间，统我生以前，迄乎我生以后，凡积恶积善之效视此矣。

《潜夫论》引孔子之言曰，汤、武非一善而王也，桀、纣非一恶而亡也，三代之废兴也，在其所积。其与适之意若合符节者欤。秦汉以下，羿、奡什伯而禹、稷不一二，要其敢为天下之乱臣贼子者，皆羿、奡类也；其不愧贤人君子之目者，皆禹、稷类也。顾有恶不如羿、奡而已不得其死者，有善不如禹、稷而已有天下者；亦有恶如羿、奡而竟得其

死且有天下，或始有天下而终不得其死者，若操之与懿、莽之与温是矣。然而莽与温殃其身，操与懿殃其子孙，仍禹之身有天下、稷之子孙有天下之反也。惟善过禹、稷而不有天下者，孔子后未之有闻；而天之荣孔子于身后，亦遂为生民所仅有。观于素王之俎豆不祧于万古，而祔食者且代有人焉，则其余庆也长，而成名也永，殆非有天下之所可拟也。

於虖！施报之说，儒者固罕称之，而《易》义之所赅，圣人亦未尝为学者秘之。试以人事推之天道，则夫积善之无以异于积庆，积恶之无以异于积殃也，讵待蓍蔡而露其倪乎。自此义不明，而二氏之流乃得假祸福之说以愚人，可慨也已。

君子不以言举人

昔《周官》大比之典，考德行道艺以兴贤能，于斯时也，士之进身，必由学校，而所悬以为考校之格者，司徒三物而已，未有能以言自见者也。

洎春秋之时，世衰俗失，游乡校者议及执政，而士风浮薄益甚于子衿作刺之日，于是欲以言见者嚣然矣。孔子曰，天下有道，则庶人不议；又曰，其言之不怍，则为之也难。盖痛乎风俗人心之日敝，而学者之莫能以躬行自律也。然遍考当日列国之政教，犹未大远乎古。士之假空言以弋富贵者，犹未之有闻。

顾一少正卯出，而鲁之人举国和之，以子贡之智，而亦窃窃以诛之为疑，则辩言之足以惑人听而坚人信也，不至于乱政不止，藉非伏司寇之法于两观。彼少正卯之必用于鲁，不待蓍蔡而可券也。孔子既熟观当世之变故，而又念学校之制既坏，则德行道艺不复能考验于平日，天下后世之取士者，必将出于言举之一途，其曰不以言举人，非识时政也，觉万世也。

夫后世之以言举人而大用之者，莫如秦之商鞅，宋之安石。商鞅则用之而效矣，而其所以效者，乃促秦之亡；安石且用之而不效矣，而其所以不效者，更速宋之乱。则以《周官》之所谓贤能，匪可貌而袭，又匪可析而二之也。贤而不能者，无干时之略，举之者无利于天下，而尚不为天下害。而不贤者多自用之见，举之者以为大有利于天下，而其为害于天下也亦大，至貌袭之而利害愈较然矣。安石之言，曷尝不诵法先王之道，及其用人行政，乃大反其所言，所谓貌袭之者也。商鞅之言，其于利害曷尝不深切著明，其毅然废先王之法，曷尝无取快一时之计，及其究也，乃至于以法自毙，所谓能而不贤者也。

自汉策贤良文学，而以言举人始著为令，唐宋以下，科目盛行，至非言无以为举人之的，其有选自学校者，若汉之博士弟子、宋之上舍出身，转弗逮科目得人之盛，讵非学校之名不副其实有以使之然欤。今诚□[使]天下之学校一切复之三代之制，则士之徒工以言见者，或亦将穷而自返，以求德行道艺之实。然而艺之可试也，德行与道不可试也；且匪惟不可试，能以德行与道为天下学校之师者，或一邑之中无人焉，或一郡之中无人焉；且匪惟无德行与道师，其能以艺为天下学校之师者，或亦不多见焉。虽然，艺之视德行与道，则固可据矣，不以言举，将以艺举，夫以艺举之差胜于以言举也，畴弗谓然。然而徒以言举，则既亡德行道艺之实，而虚存其名；徒以艺举，则并不必存德行与道之名，更安所恃以不亡其实？进退天下之人才者，可弗慎乎哉。

复，其见天地之心乎

阴阳以姤、复为消息。姤五阳而一阴，阳极而阴生之象也，故为五月之卦。复五阴而一阳，阴极而阳生之象也，故为十一月之卦。《易轨》一岁十二月三百六十五日四分日之一，以坎、震、离、兑为四方正卦，之别六爻生一气；其余三百六十爻，爻主一日，当周天之数；余五日四分之一日以通润余。此以知《易》之为书，无乎而不见天地之心，不惟复之一卦为然也。

荀慈明云，复者，冬至之卦，阳起初九，为天地心，万物所始，吉凶之先，则复固为六十四卦之纽。虞仲翔言，复为阳始，姤则阴始，天地之始，阴阳之首，正宗其恉。惟侯氏谓五月天行至午，阳复而阴升，十一月天行至子，阴复而阳升，以复兼阴阳，言与荀、虞之说不合。

要之，复为归本之名，群阴制阳几尽，而一阳来复，人心之恶可以复于善，世运之□[乱]可以复于治，阴消阳息，此其时矣。且夫天地有定位而阴阳无定位，有定位者，天地之象，无定位者，天地之心。天地之心恒与人心相应，人心中之阴阳，亦天地之阴阳也。否、泰二卦以小人为阴，君子为阳，阴阳消长之相反，与复正同。然则于众君子之中而见一小人焉，非即姤之一阴乎；于众小人之中而见一君子焉，非即复之一阳乎。第汉儒说《易》，即象可以见理，复为十一月卦，则康成所谓建子之月，阳气始生者，未始非天地之心之所由见，固不能专以君子道长为复之义矣。《朱子本义》谓积阴之下，一阳复生，天地生物之心几于灭息，而至此乃复可见，亦何尝不与汉《易》之意若合符节也欤。

安土敦乎仁

天地以生物为仁，而昔人谓天体动而地体静，近人谓地体之动，一岁绕日一周，一日自绕本体一周，则地固无时而不动也。地动则凡土之附于地者，固无弗与之俱动也。而吾以为地体之动，仍天之气运之，人之在地，忘其为为，相与安焉，则夫土之附于地者，虽随地而动，实亦无时不静，此所以能载万物而全其为生物之仁也。然则古人地静之说，曷尝误哉。

人受天地之中以生，其智为动，而其仁为静，惟中心安仁者，能与天地合德。《易・系辞上传》安土敦乎仁，朱子以为随遇而安，不失其天地生物之心，视荀慈明之取义于否、泰，王辅嗣之泛言万物之情，切要而可据。盖静动□[阴]阳，互为其根。冬日之闭冻也不固，则春夏之草木也不茂。仁者之以静乐山，而自寿以寿万物也。惟其能安，是以敦厚，惟其敦厚，是以能仁也。夫地亦天中之一物，而人之身以地为宅，则欲赞天地之化育者，必先法地，然后能效天。计夫圜土之圹圹而无垠也，杂于众星之中，仅太空之尘沙耳，吾心与之游而神与之栖，苟或中无所主，则荡然而失其守者，此心之生意或几于息，安所恃以行吾之仁，使油然沛然充塞于两大而无间乎。以是知非安之无以言仁，而安土即敦仁之全量也。

邵康节谓独夫以百亩为土，大夫以百里为土，诸侯以四境为土，天子以九州为土，仲尼以万世为土。其量愈大，则其所及者愈远，此非能有勉强以致之者。中心安仁，则非特天下一人，而万世一人矣。人但习知生物为仁，而不知古人造文，地之吐生物者曰土，土之字实独具生物之义。观于地从土，坤亦从土，五行惟土寄王于四时，而名曰备化，则即离人心之仁以言天地生物之仁，而厥指固已瞭然，况人心之仁初无以外乎天地生物之仁哉。

海外之学易五行为四行，祧金木而袝之以气，而格致家权舆恒于土中之物考验之，知土类非纯一之质，岂不以万物之胚胎在是，而生物之功用莫土若欤。惜其未足与言仁道之大，而徒以是为尽物之性也。

兼三才而两之，故六

自太极生两仪，两仪生四象，四象生八卦，因而重之，爻在其中，此六爻之所由成也。八卦本各三爻，重为六十四卦，于是卦各六爻，或以为伏羲重之，或以为神农重之，或以为夏禹重之，或以为文王重之，实皆无关宏指。《系辞下传》曰，兼三才而两之，故六。三才即三极，《上传》所谓六爻之动三极之道也。

虞氏谓参天两地，乾坤各三爻，而成六画之数，其释参天两地，而倚数云倚立，参，三也，谓分天象为三才，以地两之，岂六画之数，故倚数也，则三才以天言，兼而两之，以地言，于人无与焉。崔憬谓重卦六爻，亦兼天地人道，两爻为一才，六爻为三才。《朱子本义》三画已具三才，而以上二爻为天，中二爻为人，下二爻为地，其说即本于崔。

盖二三为六，三二亦为六，由虞之说，二三为六之义也，由崔之说，三二为六之义也，似虞说与“兼而两之”之义合，而崔说不合。然以上文天道、人道、地道推之，复以《说卦·传》，立天之道、立地之道、立人之道核之，则三才之义，固无以易崔矣。考《逸周书·小开武篇》，周公曰，三极一维天九星，二维地九州，三维人四虞，此《周易》之古义，知三极即为三才，未始非崔说之一证也。

要之，以未重之卦言，则三画已具三才，以既重之卦言，则两爻为一才，六爻为三才，合崔说与《朱子本义》观之，实为兼而两之之的解，而虞说可借以申乾易坤简爻者。效此之义，亦可见《易》义之广，无所不包也已。

君子体仁，足以长人

《戴记·中庸》篇述孔子答哀公之问政曰，仁者，人也。故许叔重作《说文解字》，仁从人，从二。凡以仁也者，人之本体，未与人接，则仁之用不见，而人所以为人之本体亦不见；其从人从二者，必二人相值而始见仁也。由二充之，以至于什佰千万亿兆京垓，无乎而非人，即无乎而不见吾仁。而其克尽乎人之本体者，则等为人，而独超乎什佰千万亿兆京垓之人之上，所谓长也。

《易·十翼》之第七《文言》云，君子体仁，足以长人。京房、荀爽、董遇本并本“体信”说者，谓古文“信”作㐰，从言省，与仁形近而易淆。窃以为贞固干事，贞有信之义，则此作体仁者非讹。或以何妥有仁为木，木主春之说，疑长人之长为长养之长，而孔氏《正义》所云尊长于人者，义有未协，不知上云元者善之长，则孔氏之义固未可易也。况何氏言配元为四德之首义，足与孔氏相发，而孔氏言体包仁道，泛爱施生，亦未始不赅长养不义，特必以长养训长人之长，则固矣。

自墨氏以兼爱为仁，而无差等之流弊，渐将废三纲，斁五伦，而人道几于绝灭。信知仁之足为人长，则以乾德之纯阳，屈在下之群阴，而惑世诬民之袤说，有不结舌而退者乎。是所望于首出庶物之圣人。

不贵异物贱用物，民乃足

《禹贡》载九州贡物綦详，而无一不适于用。或疑青州之海错、怪石，徐州之蠙珠，雍州之球琳琅玕，亦世所谓珍异之物，禹任土作贡而著之贡法，已开后世贵异物贱用物之渐。然其物能以时贡献于上，则仍世所恒有之物，亦异而不异。且海错可以备祭祀、宾客之用，怪石、蠙珠、球琳琅玕之属，可以为饰冠服之用，禹致孝鬼神，致美黻冕，盖非无一二取给于此者，则直谓之用物也可，又何异之足云不然。

禹之时水患甫平，方日患民力之不足，贵无用之物，得毋厉民甚乎。《周书·旅獒》之篇曰，不贵异物贱用物，民乃足。所谓异物云者，即指西旅之獒言，故下云犬马非其土性不畜，珍禽奇兽不育于国，皆以申不贵之意。伪孔传以奇巧训之，若必出于人力之所造作，而始谓之异物也者，其说谬也。

今考《周官》，职方氏之所掌，金锡竹箭，杨[扬]产也；丹银齿革，荆产也；林漆丝枲，豫产也；蒲鱼，青产也；玉石，雍产也；鱼盐，幽产也；松柏，冀产也，布帛，并产也，与禹时所著贡物，大略相等，而实无一异物厕乎其间。《旅獒》所谓毕献方物，惟服食器用，不亦可推此而得之欤。厥后穆王征犬戎，得四白狼、四白鹿以归，而荒服不至，且驰八骏于天下，将肆其欲，而周室几衰，幸席康、成之余业，海内方家给人足，民未大困，而贵异之为害，亦略可睹矣。

然周以穑事开基，累代以节俭为本，故终西周之世，虽昏暴如幽、厉，未闻有玉杯象箸之好，其君无道而其民不贫。周之所以两亡而卒不亡者，不贵无用之物以耗民之力也。且夫天生五材，民并用之，衣食之源于是乎在蹈常袭故，罕以为陋，非上有所好，亦何暇致难得之物竞相夸耀，以自蹙其生计而就冻馁之途哉。

秦汉以降，风俗日敝，人心好异，上下如一，富者日贫，贫者滋瘁，崇俭之主，什不二三。于是却马还珠之事，史臣以为美谈，而文人夸诞之笔，类多侈陈珍怪以炫异于世，本无其物，犹或凭虚构之，其有玩好在前，而能视碧瑜如粪土者乎。居今之世，观时俗之所好尚，而愈不能无慨然也。

周还中规，折还中矩

自天地定位，而方圆之理具焉。《周髀》云，圆出于方，方出于矩，盖就算术言之。实则天地之体皆圆。曾子有《天圆篇》，管子有《地圆篇》，其说足互相发明，以是知凡形之方者，罔非圆之所包也。君子之德与天地合撰，故虽趋行进退之间，必协乎方圆之象。

《玉藻》所谓周还中规，折还中矩，岂第取乎玉之锵鸣已哉。郑注，反行宜圜，曲行宜方，词简而义已备矣。夫古之深衣，袂圜以应规曲，袷如矩以应方。规矩之取其无私，与绳取其直，权衡取其平，同为先王之所贵。五法施而圣人服，规矩其二也。深衣为善衣之次，善衣者，朝祭之服，自士以上，深衣为之次。而《玉藻》之君子，因指士以上言，其服之身者，既必应乎规矩，则其著为威仪者，有不应规矩者乎。周还之为反行，折还之为曲行，其勉而中之，或不勉而中之，要亦随其德量之浅深以流露于外而已。

孟子言，不以规矩，不能成方圆；又曰，规矩，方圆之至。此有形之规矩也。孔子言，从心所欲，不逾矩，未尝兼言及规，则以学者立志之始宜方不宜圆，洎从心所欲，即言方而圆在其中矣，此无形之规矩也。若《玉藻》之言规矩，则有形而无形。其还也，有形；其周且折也，有形；其中也，无形也。

抑又有说焉，君子比德于玉，而玉之方者为圭，圆中为璧，中规中矩，谓之取象乎圭璧，亦奚不可。顾自其小者言之，则象乎圭璧之方圆，自其大者言之，则象乎天地之方圆也。杨子有言，通天地曰儒，意人之所以通乎天地者，此其一端欤。

执虚如执盈

昔曾子称颜子之实若虚，孔子叹有恒之难，特著虚而为盈之失，则知吾学所以自持于内者，贵虚不贵盈，且虽盈而仍贵其能虚也。

《戴记·少仪之篇》曰，执虚如执盈，岂外之所发见者，与中之所积止相反欤。能虚其中，则视其所执之器虚也，而无弗盈也。夫《少仪》言不执者一，言执者二十有二，类各有所主名，独其言执虚也，无主名。无主名，则义之所包者弥广。郑氏以重慎为解，固兼赅入虚如有人之义，而实可与《曲礼》之执轻如不克，互证其旨。郑于《曲礼》注曰重慎之，于《少仪》亦注曰重慎者，执虚与执轻等，即如执盈与如不克等。于其轻焉者而重之，则重者可知；于其虚焉者而盈之，则盈者可知。

《说文》，执，捕罪人也，从丮，从坴。坴亦声丮，持也，象手有所丮据也。执之本字当为丮，于六书执为会意兼谐声字，丮为象形字。《少仪》言盈虚亦象其形而已。郑目录云，少仪者，以其见，相见及荐，羞之少威仪。少，犹小也。执虚非其仪之小者乎，如执虚非其小而不僭于仪者乎。礼之为名也大，求之于仪亦云小矣，而复谨于仪之小者，则匪特视盈如虚也，极之于并无所执，而其盈虚之消息，有无时不与天地参者。其学弥盈，其心弥虚，斯视人之学虚者皆盈，而视已之学盈者皆虚焉。一举手之重慎，敢即自信所学之无失乎哉。

《春秋左传》訾与东訾考

杜预于昭公二十三年传“单子取訾”注，訾在河南巩县西南；又于二十四年传“与之东訾”注，巩县西南訾城是也。

刘昭《后汉书·补郡国志》，巩下有东訾聚，今名訾城；注，《左传》昭二十三年单子取訾，杜预曰在县西南。

晋《地道记》曰，在县之东。

罗泌《路史·国名纪》戊，訾有二，西訾在潍，东訾在巩县西，有故城属周，单子取之。

《春秋传说汇纂》于昭公二十三年《左传》后云：訾，杜注在河南巩县西南。《路史》曰，訾有二，西訾在洛，东訾在巩，此西訾也。今案：

洛无訾城，东、西訾皆在巩县，《路史》误于二十四年附录《左传》后云：东訾，杜注巩县西南訾城是也。《后汉志》：巩有东訾，今名訾城，在巩县西南四十里，俗名訾店，以有西訾，故言东以别之。

《河南通志·古迹》下，东訾城注：在巩县西南四十里。

顾栋高《春秋大事表》七之一訾下，据《路史》西訾在洛、东訾在巩之说，讥杜氏混而一之；其《舆图表》，洛阳下，訾在县境，巩下，东訾在县西南。

江永《春秋地理考实》于二十三年之訾、二十四年之东訾，并引《汇纂》之说。

乾隆《一统志·河南府古迹》，訾城注，在巩县西南；《左传》昭公二十三年单子取訾，二十四年王子朝用成周之宝珪于河阴，阴不佞拘得玉者，王定而献之，与之东訾，杜预注，巩县西南訾城是也；《后汉书·郡国志》，巩有东訾聚，今名訾城；《县志》，在县西南四十里，今为訾店。

嘉庆《重修一统志》同沈钦韩《左传地名补》注，于单子取訾下据《续志》注《地道记》曰，訾城在巩县东；又据《一统志》訾城在巩县西南四十里。

参观各说，杜氏固混矣，刘能引《地道记》在县之东语以疑杜，而又误引二十三年之杜注，未知杜注于二十三年之訾固未误，而于二十四年之东訾混也。罗氏纪西訾在潍，潍在山东，决无西訾反在东訾东之理。

《汇纂》引《路史》，西訾在洛，与余所见明版本及中华版本均西訾在潍异，未知所据何本。实则在洛固误，在潍益误；且既校《路史》之误，而仍误以巩县西南之訾为东訾，亦未注意《地道记》在县之东语，实明指东訾言，又未能指西訾究在巩西何方，殊未满人意也。《河南通志》成书表进于雍正十二年，在《汇纂》后，似仍沿《汇纂》之误。

顾氏固与修《河南通志》者，其据《路史》颇似持之有故，然似未检《路史》原本，但以《汇纂》所引之《路史》为据耳。江氏引《汇纂》无所发明，其未检《路史》原本或亦与顾氏同。《一统志》沿杜注之误，仍混訾与东訾为一，亦未注意《地道记》在县之东语实明指东訾言。沈氏于单子取訾下，并据《地道记》及《一统志》之说，而未能确认《地道记》之訾为东訾。各说忽于此点，乃至东訾所在，久而不明。则顾、江、沈三氏，均未为得；而《河南通志》及《一统志》之误，均可据《地道记》以正之矣。今定訾在巩县西南四十里，东訾在巩县东，盖幸有《地道记》在县之东语，能考见东訾之所在，于此益信古书之可宝也。

字说三十三首

说　一

我国文字有形、声、义三要素，许叔重《说文解字》云，惟初太始，道立于一，造分天地，化成万物，于一之义备矣。实则一字不独为义之始，亦形之始、声之始也。

何以谓一为形之始？太古之世，人居荒野，庖羲氏仰观俯察，见天地之际有地平线焉，即象地平线之形以造一字，故不作·，不作丨，而作横线形。于是敛之为·，垂之为丨，斜之为丿、乀，斜而微曲之为𠂆、乁，曲之为乚，曲而自环为¿，环而四帀为○，如臂之屈为¿，如手之攫为ㄣ，如口之开为凵，如气之出为⺄，如水之流为フ，如山之突为厂，如草木之勾萌为Z，如燕之飞鸣为乙，如蛇之蜷卧为ε，如巾之覆为∩，如器之受为◡、为匚，如钩之逆为ʖ、为¿，无一非一之变化，此非一为形之始之证欤。

何以谓一为声之始？许书始一终亥，亥，篆作𠀅，二，古文上字，一人男一人女，乚象裹子咳咳之形，咳咳者，子初生之声也。原始人类之初发声，如婴孩初离母胎之声然，故最古之声，读一如亥，读亥如婴孩之啼，咳、孩均亥之后起字。始一终亥，而亥复生一，有循环相生之意。此即一为声之始之证。特古今读音变迁，知此者尠矣。试参证世界各国文字之第一母，当信其不诬。

附注 ·，音主，实即古点字，古音亦读点；故古丁字亦作·，丁点双声也。丨，当即古棍字。丿，当即古撇字。乀，当即古拂字。𠂆，当即古曳字。乁，当即古移字。乚，古隐字。𠃋，今写作厶，古私字。〇，今写作囗，古围字。𠃋，古肱字。ㄣ，古及字。凵，音坎。𠄎，今写作乃。ㄑ，古畎字。厂，音汉。Z，今写作乙。乁，今写作乚，音轧。ㄹ，今写作巳。冂，古幂。𠙴，音虚。匚，音方。𠄌，今写作亅，音橛。𠄌，今写作𠄌，音厥。

说　介

介，篆作𠆧，从人，从八。许书训介为画，训画为界，知介、界实古今字。从人从八者，八象分别相背之形，言人各守其所分也。段氏玉裁于许书竹部箇下增个字，以为箇之重文，注云，经传个多与介通用，左氏或云一个行李，或云一介行李，是一介犹一个也。窃以为介、个实一字，由篆体之𠆧，变而为隶，或传写作介，或传写作个，遂成二字。因介为各守其所分之意，此亦一介，彼亦一介，引申之，即此亦一个，彼亦一个也。介与个之声转，犹家与姑之声转，不惟义同，而音亦同，更可证明其实为一字。故许书有介无个，段氏既知一介之犹一个，而未审介、个二字，均为𠆧之隶变，以是虽精通六书音韵，而尚不免千虑之一失。读书识字，岂易言哉。

说　吝

许书，吝，恨惜也，从口，文声。段玉裁云，此字盖从口、文会意，凡恨惜者多文之以口，非文声也。余以为段说是。

《尚书》伪古文《仲虺之诰》，改过不吝，此吝字实为最古之义。盖伪古文虽非古文之真面目，而所录之文，时有古义存焉。《论语》小人之过也必文，不吝即不文过之谓，文过即吝之谓，其义可互相发明。

今但知吝有惜意，几不复知有以口文过之义矣。

《易·系辞上传》云，吉凶者，失得之象也，悔吝者，忧虞之象也。《朱子本义》谓吉凶相对，而悔吝居其中间，悔自凶而趋吉，吝自吉而向凶。盖悔过则由凶而吉，文过则由吉而凶。过之能改与不能改，隐然即于文不文决之。

今之人改过者多乎，文过者多乎，有能见其过而自讼者乎。

说　读

读，篆作讀，从言，𧶠声。隶变作讀，为形声字。言从口，辛声，亦为形声字。辛，篆作䇂，辠也，读若愆，从干上，为会意字。则言字固由三字合成矣。𧶠，衒也，读若育，从贝，𡏳声，亦形声字。𡏳，古睦字，从囧，圥声，亦形声字。囧，古目字，为象形字。圥，菌，圥，地蕈丛生田中，从屮，六声，力竹切，亦形声字。则𧶠字固由四字合成矣。一读字而剖析之，实有七字，七字中又包含象形、会意、形声之三体，寻其得声之原，则读得声于𧶠，𧶠得声于𡏳，𡏳得声于圥，圥得声于六。苟简之又简，而改为从口，六声，未尝不合于六书形声之例。或改为会意兼形声字，从口从目，目亦声，亦仅多一笔。正不知古人造字，何以繁重如此。窃谓欲改良中国文字而趋于便易，即读字以举例，不妨改为⿱口六，或改为咟也。其他若赎，若渎，均可类推。然而囿于习惯者，必为之哗然。即此可悟改造之不易，夫岂独文字为然哉。

说　谑

谑，从言，虐声，形声字也。余以为亦兼会意。盖以言虐人曰谑，谑而其言不虐，谑之例外也。《诗·卫风·淇奥》之第三章云，善戏谑兮，不为虐兮。谓戏言而能不虐，乃君子之美德，非谓谑之字义本不虐也。又《终风》之首章云，谑浪笑敖，中心是悼。悼其言之虐又兼浪与敖也，若笑则何悼之有。《论语》子之武城，闻弦歌之声，夫子莞尔而笑曰，割鸡焉用牛刀。子游对曰，昔者偃也闻诸夫子曰，君子学道则爱人，小人学道则易使也。子曰，二三子，偃之言是也；前言戏之耳。曰戏而不曰谑，可见圣人亦有戏言。戏言而不谑，即戏言而不虐之意，与《卫风》之诗参观，可言谑字以言虐为本义，而不虐为其例外矣。

说 寺

许书，寺，廷也，有法度者也，从寸，㞢声。㞢字隶变作之，而寺字得声之。之字竟变作土，几不复能得其声矣。寸，十分也，人手却一寸动脉，谓之寸口，从又一，又，手也。隶变作寸，亦几无从得手却一寸之意矣。古之言法度者多从寸，如八尺曰寻，六寸簿曰专，将帅之将，导引之导，皆含有法度意。

汉时凡府廷所在，皆谓之寺，故许书训寺为廷。《释名》寺，嗣也，治事者相嗣续于其内。《广韵》寺者，司也，官之所止，有九寺。是寺即今之官署也。明清九卿之官署，有沿北齐之旧制称为寺者，犹存古义。

今称僧人之所居曰寺，盖起于汉，西域白马驼经来，止鸿胪寺，遂取寺名置白马寺。此非寺之本义也。凡通行之字，往往沿用后起之义，而失其本义，不独寺字为然。

说 庸

庸字见许书用部。用，可施行也，从卜中，为会意字，盖谓卜而得中，即可用也。此尚神权时代所造之字，而其义甚古。庸，用也，从用庚，庚，更事也，亦会意字，盖谓更事多则适于用也。故经典庸字大率均训为用。

《戴记·中庸篇》之庸，古义亦当训用。用字之义，本由中而孳乳。今人论人谓中用不中用，中读去声，而古义与中无别。此虽为相传之通用语，要其由来久矣。《中庸》王肃未改本云，君子中庸，小人反中庸。君子之中庸也，君子而时中；小人之□[反]中庸也，小人而无忌惮也。此言一则以中为用，而适合时宜，一则以反中为用，而肆无忌惮。同一用也，而一为君子，一为小人，中与反中，判然不同；犹言以中为用，则适合时宜而中用，以反中为用，则其肆无忌惮，有似乎中用而实不中用也。

程子以不易训庸，而庸字从庚之意晦。自朱子以平常训庸，而庸字从用之义晦。此由宋儒专治理学，不治六书，故其说经也，时或因理想而涉武断，致不合于古义。世称无用之人曰庸人，亦非庸字之古义也。

《中庸》述孔子称舜之大知，曰执其两端，用其中于民，此即中庸二字之确诂。孔门之学贵中行，又贵致用。试再以中庸所述为证，大之天地位焉，万物育焉，其用固广博无伦矣；小之庸德之行，庸言之谨，亦何尝不注重于实用。其精意若曰，德之实用在中，不及乎中则无用，故庸德注重乎行，而继之曰有所不足，不敢不勉；言之实用在中，过乎中则无用，故庸言注重乎谨，而继之曰有余不敢尽。知庸之古义为用，则可与言中庸矣。

说 乃

乃，曳词之难也，篆作3，古文作𠄎，籀文作𠄏，均象气出口之难，特字画繁简不同而已。曳其言而转之，若而，若乃，皆有难意，乃则曳之较重。《春秋公羊传》云，而者何难也，乃者何难也，曷为或言而或言乃，乃难乎而也。此为乃之本义。其作汝字用者，如乃祖乃父之类，义亦甚古，今方言由乃转音作汝字用者甚多，北人呼乃礼切，普通语用之者所在皆是，几成国语矣。吴语中，若吴县呼乃艳切，昆山、常熟呼乃论切，上海呼乃大切，或呼乃弄切，皆乃之转音也。且韵转而声母仍未转，可知乃礼、乃艳、乃论、乃大、乃弄诸切，同作汝字用，即同为乃字矣。即此一字，其变化已如此，此外古音之存于今者，正不胜枚举，在研究方言者随时体会耳。

说丶

丶为点之本字。许书丶，有所绝止，丶而识之也，为指事字。点，小黑也，从黑，占声，为形声字。自借点为丶，而丶字废矣。徐铉本，丶为知庾切，点为多忝切，因切音之异，几若丶与点截然二字，不知古有舌头音，无舌上音，知母实包于端母，则丶与点本一音也。试以之、的二字为证，今用的，犹古用之，之、的二字，今音异而古音同，亦以古有舌头音无舌上音之故耳。几何学之点、线、面、体，点作丶，则其义愈明。今人文字之点句用丶，即许书所谓有所绝止，丶而识之也。

说 星

一恒星为一太阳之说，来自西方之天文家，然一观星字之构造，则不得谓我国古代天文家未知此意也。星，篆作曐，许书在晶部。晶，精光也，从三日。古人以三状多，三日盖状日多也。曐从晶，生声，古文作曐，后省作星。〇〇〇象星形，由〇〇〇而变体为晶，由从晶而省为从日。无论日之为三为一，均之日也，均星即太阳之义也。且晶部尚有曑、曟等字可以取证。曑之或体为参，即今所谓参宿，曟之或体为晨，亦名大辰，即今所谓房、心、尾三宿，皆恒星之较大者。惟古以日月五星为七政，则以地为主体，今太阳系之说，则以日为主体；而行星绕日，卫星绕行星之理，得远镜而证明，是则今人之精于古人耳。

说 家

家字之聚讼久矣，其疑点即起于许书。许书宀部，家，居也，从宀，豭省声。段氏玉裁疑之，乃以为家本豕之居，引申假借为人之居，犹牢为牛之居，引申为所以拘罪之牢。其说以许书人字、大字之义推之，亦颇未安。许书云，人，天地之性最贵者也，又云，天大地大人亦大，故大象人形，其尊人也。如此，何至以豕之居借为人之居乎。钮氏树玉以家之古文作家，谓当作象省声，盖以段说为未可从也。承氏培元等作祁刻小徐《系传校勘记》云，疑古家篆本作𡧹，从宀从㒸，㒸古克字，㒸宀者，能胜任此居也，故《易》曰克家。说较近理，而亦太迂曲。吴氏大澂《说文古籀补》，说父庚卣之家字云，古家字从宀从豕，凡祭，士以羊豕，古者庶士庶人无庙，祭于寝，陈豕于屋下而祭也。但家之本义为居，似非陈豕而祭之义可包。《古籀补》所录家字凡七，虽其体各异，而三家敦、毛公鼎之家字，皆从宀从一从二人。毛公鼎三家字，人之第一笔出一上，似从大从人。颂鼎二家字，其一省宀，其一从宀从一从大从人，大象人形，实则皆从二人也。

余于此字蓄疑有年，偶绎亥字之义，忽悟家当从亥，而诸说皆非。亥篆作[illegible]，二，古文上字，一人男，一人女，从乚，象褢子咳咳之形，一男一女抱子居宀之下，非俨然一家乎。许书古文亥作𠀅，从一从二人，为未褢子之一男一女，非如今人所谓一夫一妇之小家庭乎。《古籀补》录亥字凡二十四，惟沇儿钟之亥为二首六身，合《春秋左氏传》之说。如邵钟、子璋钟、仆儿钟之亥，皆从二从二人；使族敦盖从一从二人褢子，使族敦器从一从一人褢子；陈侯鼎、陈子子匜、鄦子妆簠，皆从二从二人褢子，略如小篆，余均未能尽释其义。要之二人在宀下，无论有子未有子，均为一夫一妇之家庭，则可无疑义矣。至亥、豕之讹，自周时已然。《吕氏春秋》云，子夏之晋过卫，有读史记者曰，晋师三豕涉河。子夏曰，非也，是己亥也夫。己与三相近，豕与亥相似。至于晋而问之，则曰晋师己亥渡河也。家字从宀从亥，为会意字，传写者误亥为豕，正如己亥之讹三豕，东汉时本义已亡。许氏博采通人，未及是正。段氏注许书，古文亥下与豕同句，以为二篆之古文实一字，而未悟及家之从亥，亦千虑之一失。二千余年盲晦之义，一旦豁然，诚快事也。近有一西人，曾以此字见质，意在讽我国之家庭。余告以从亥，非从豕，并为详解一男一女抱子居宀下之义，彼乃大服。若如段说，毋乃辱国乎。

说 伪

伪，从人，为声，形声字也。徐锴曰，伪者，人为之，非天真也。故人为为伪，则形声而亦兼会意。

按伪之本义，人为而已，非与诚对待之名词。诚之对待名词曰欺。《大学》所谓诚其意者无自欺也，其义甚明。荀卿主性恶之说，曰桀、纣，性也，尧、舜，伪也。彼意以为尧、舜之善，亦由人为，正与其《劝学》之意一贯。特以其性恶之说，与孟子性善之说相反，自不如孔子性相近、习相远之说为无弊，致为宋儒所攻击。实则荀卿所谓尧、舜伪者，正荀卿之重视人为，而非以伪为欺也。

凡事不由人为者鲜矣，虽人为之结果未可知，谓人为者无一不欺，殆不可通。许书训伪为诈窃，以为非最古之义，其最古之义，从人为，声则形声，而人为则会意也。惟凡事皆由人为，而人为不能尽趋于善，由是欺诈之弊不免随之而生，训伪为诈，乃伪之引申义，非本义也。盖自《乐记》有著诚去伪之说，而伪与诚俨然为对待名词，引申之义通行，而本义反晦矣。

说 苟

苟与苟为二字，不谙六书者，往往混而为一，但知有苟，不知有苟矣。

苟，篆作，自急敕也，从芊省，从勹口，为会意字。勹口，慎言也，从芊，与义、善、美同，意盖慎于言而急于事，犹云急于赴义、急于为善。故敬字，许书在苟部，从支苟，支之使苟，谓迫之使急，《论语》执事敬古义也。

苟，篆作，从艸，句声，为形声字。从艸则有草草意，故为苟且之苟。自篆变为隶，其形遂与苟相似，而其义则实相反。

《礼记·大学篇》引汤之盘铭曰，苟日新，日日新，又日新。此从芊省之苟，非从艸之苟。苟日新即急日新也，为自勗语。后人误以为从艸之苟，遂觉日新三语，第一语不过希望之词，与下二语意不一贯。《诗·商颂·长发》第三章，圣敬日跻，即汤盘苟日新之意。《论语》敬其事而后其食，亦急其事而缓其食之意。

苟，急、亟，音、义皆同。急从心，及声，形声兼会意字。心欲及人则急矣。亟，从人、口、又、二，会意字。二，天地也；又，手也；勹为人字之隶变，人义在天地间，手口并用，亟之至也。急者，急于心，亟者，亟于手口。苟则包吉人词寡、见善如不及之二义。寻绎字义，随处见先哲急进之精神。自误苟为苟，而人心遂日趋于苟矣，而不苟其庶几乎。

说　怒

怒与怓，皆从心，奴声，为形声字。许书心部，怓训乱，怒训恚。怓则左形右声，怒则下形上声，同一形声字，不变其形，不变其声，但变其合体之位置，变其收音之韵而已。

余以为此二字连类观之，颇足发人深省也。凡古今大乱之起，必起于人心之一怒。盖人未有大怒而其心不乱者，其心既乱，其举动未有不出轨者。有所忿懥，不得其正，发而中节，则谓之和，此为人心、道心危微之辨。佛戒贪嗔、痴嗔，即怒也。孔贵惩忿窒欲，忿即怒也。

怒与怓均形声字，亦可均谓之会意字。何言之，心本有主，怒则心为客气之奴，故心在奴下；心本不偏，乱则由心气为客气之奴，而心不在腔子里矣，故心在奴旁。怒训恚而怓训乱，其果事有必至，理有固然。

说　甲

古甲字多作十，其见于金石文者，如焦山鼎铭甲戌之甲，母甲觯之甲，均作十无论矣。戎字小篆作戎，从戈、从甲，而盂鼎、虢季子白盘、动武钟、绎山碑，皆不从甲，而从十。早字小篆作早，从日在甲上，盖甲象人头，犹言日在头上也。

疑早本𢀸之古文，与戎字同为许书所未采。但吴氏《说文古籀补》，采金石文至博，而亦未见早字，则可见隶变之字，非全无根据一味省略矣。许书宋本，甲之重文𠇌，下云，古文甲，始于十，见于千，成于木之象，语不甚可解。以甲始于十之义推之，则古人造字，先有十后有甲也。今通行之戎、早二字，皆不见许书，而其体皆古于小篆，是亦仅见者矣。

说 吉

吉，从士、口，许书训善，为会意字。按推十合一为士，一为数之始，十为数之终，士之学识能贯彻始终，故士口之言，必无不善，此其所以为吉也。然则顾名思义，士之名岂易居乎，吉之义岂有丝毫迷信之意存乎。质言之，士则今所谓哲学家也，吉则哲学家之言也。凡先哲精要之语，著录于古籍者，如多行不义必自毙、夫兵犹火也、不戢将自焚也、众怒难犯、专欲难成之类，不啻一一为今人预言之。此外尚不胜枚举。如算术然，今人演其算草，而先哲已记其得数。欧战以后，西人崇拜东方之哲学，岂偶然哉。

今之所谓士者，诚有推十合一、贯彻始终之学识，而每一问题发生，必有相当之解决，则小事小吉，大事大吉，可决其无往而不吉也。乃何以学士、硕士、博士日见其多，自命为代议士者日以议员之头衔夸耀于乡里，出入于衙署，而每一问题发生，从未见其有相当之解决。且代议士中亦未尝无一二学士、硕士、博士，而一为代议士，即从无可以解决之问题，则何不返而求其推十合一、贯彻始终之学识乎。然而学士、硕士、博士之不为代议士者，则固胜于代议士多多矣。

说 退

退，许书在彳部，先小篆而后古文，小篆作很，从彳、日、夂，或从内，作衲；古文从辵，作退。今退字为古文之变写，而失夂字之原状也。

彳,小步也,象人胫三属相连也。辵,乍行乍止也,从彳、止。夊,行迟曳,曳曳也,象人两胫有所躧也。日日小步或乍行乍止,而两胫腹有所躧,其行常迟曳夊夊,则虽一步不进,视彼日进之人,固已退矣。

吾人乘汽船而顾旁行之帆船,帆船未尝不进也,而在汽船中视之,则帆船退矣。乘汽车而顾旁行之马车、人力车,马车、人力车未尝不进也,而在汽车中视之,则马车、人力车退矣。然则进退云者,乃因行者之迟速比较而得之,在退者固非一步不进,更非竟向后退。此可见我国古代民族实取急进主义,而有见于迟行者之必退也。

今世界先进各国一日千里,而起视我国之政治、教育、实业,则愀然矣。在教育、实业方面,固未可云一步不进,然帆船与人力车之进耳;在政治方面则不惟一步不进也,方却行而求前,且或曳其足而使之不能不却。我国人试平心思之,退乎,否乎。

说 诚

许书,诚,信也,从言,成声,为形声字。实则诚字亦兼会意,盖事之言而有成者,必有诚意以贯彻之,否则空言而已,必无成也。

诚训为信者,何也,于文,人言为信,反言之即言而无信,不可谓之人。孔子谓人而无信,不知其可。言之无信,即由于心之不诚,而人藏其心,不可测度,故欲知其心之诚不诚,可先观其言之信不信。既以言之信不信而知其心之诚不诚,即可以其心之诚不诚,而知其事之成不成。故诚训为信,其从言,成声,不惟形声,而兼会意。

今之从政者,日为大言,而无一事能成,由不诚之故也。惟其不诚,是以不成,既不成矣,而犹日以其不诚之言欺人,以期事之有成,不亦颠乎。

说 争

许书,争,引也,从𠬪、厂,字在𠬪部。𠬪,从爪、又;厂,象曳引之形。段氏谓凡言争者，皆引之使归于己。观今所谓拉绳之戏，而可识争字之本义矣。

唐封演《闻见录》云，拔河，古谓之牵钩。襄汉风俗，常以正月望为之。相传楚将伐吴，以此教战。古用篾缆，今民则用大麻絙，长四五十丈，两头分系小索数百条，分二朋，两相齐挽，当大絙之中立旗为界，震鼓叫噪，使相牵引，以却者为胜，就者为输，名曰拔河。是拔河即多人之争，争即拔河时所挽之小索。爪、又为两手并用；厂，即索也。

《景龙文馆记》云，景龙四年清明日幸梨园，命三品以上抛球拔河，仆射韦巨源、少师唐休璟衰老，随絙踣地，久不能兴。此则使老者以筋力相角，失礼意矣。余曩在日本东京观高等师范学校运动会，其中犹有拔河之目，知日本搴信唐风，至今未艾也。

余尝谓今日各国之运动会，可拟以我国古时之乡射礼。古者射以观德，故孔子曰，君子无所争，必也射乎；又曰，射有似乎君子，失诸正鹄，反求诸其身。孟子谓仁者如射，射者正己而后发，发而不中，不怨胜己者，反求诸己而已矣，意即本于孔子。今之运动会，其本意非徒在增长体力，练习手眼之敏活，盖无论选手竞胜、团体竞胜，皆须服从评判，正所以养成其不怨胜己、反求诸己之美德，诚公民教育实习之良法。而三育精神，悉基于此；共和精神，亦基于此。欧美风俗尚公平竞争，江苏省教育会采其意，订为公民信条之一，曰崇尚公平竞胜，即所谓君子之争乎。

说　工

工之古义为巧饰，象人有规榘；古文作᭰，从彡。彡，毛饰画文也，巧饰之义，盖从古文而出。段玉裁谓直中绳二平中准，是象准绳而非象规榘矣。榘之本字为巨，从工，象手持之，则工即巨，巨即工也。工为未经手持之巨，巨为业经手持之工。巨加木、矢为榘，又省木为矩，皆不出工作之范围。要之工与规榘，不可分离。故徐锴云，为巧必遵规榘法度，然后为工，否则目巧也。手工时代，目手并用，智创巧述，皆由于此。

今人提倡工业，鼓吹劳工神圣之说，谓工字上一为天，下一为地，丨为工人顶天立地之意，虽非古义，亦新字说之可通者。余以为世界物质文明之进步，固无一不赖工人，贱视工人者，非特违背世界潮流，亦大不合于公道。但仅仅抬高工人之地位，要不如增进工人之技术。苟非注意高等工业教育，使工人中有领袖之人才，而一般工人亦各有科学之基本知识，则断不足与欧美之工业先进国抗，所谓顶天立地者，能副其实乎，愿工人各有以自勉。

说　员

员从贝，口声，许书训为物数。古者数木曰枚、曰梃，数竹曰箇，数丝曰纶、曰总；数物曰员，其引申为人数者，将人比物，非尊之之词也。在昔有官员，如汉《百官公卿表》之所谓吏员，前清所谓吏员出身者是。在今有议员，如参议院议员、众议院议员、省议会议员，及取消而呼号力求恢复之县议会议员、市乡议会议员，是要皆不过为记数之名词。考其实际，无论官员、议员，均无可以自异于人之处也。

吾今于员之从贝，而发生无穷之感慨焉。许书，贝，海介虫也，居陆名猋，在水名蜬，象形。古者货贝而宝龟，周而有钱，至秦废贝行钱，然则古之贝，今之钱也。今之官员、议员，若其本性，无一不好钱者，岂顾名思义，固宜然乎。俗谚有现原形之说，官员、议员之好钱，其即现原形之谓欤。然而员之为义，固由物数而引申为人数，官员、议员之原形，人也，非贝也，乃不现人之原形，而偏现贝之原形，是直不自承认其为人，而人亦将不以人视之矣。噫！

说　寍

今日人心之不寍，极矣。余偶思寍之古义，不禁有感。许书，寍，安也，从宀，心在皿上。皿，人之食饮器，所以安人也。今以甯字或寗字代之。甯，愿词也，从丂，寍声；甯[寗]，所愿也，从用，甯省声，均非安寍之义。按宀象交覆深屋之形，人所居处也，又益之以饮食用器，则既有居处，复有饮食，其心安寍矣。

心在皿上，犹今人所谓饭碗主义也。古人本人情以制字，人人思得饭碗，正无庸讳言。得饭碗则寍，不得饭碗则不寍，古今中外之心理同也。政治革命、社会革命，皆发生于饭碗问题。我国之谈政治者，从未能为一般人之饭碗著想，徒思攫取饭碗以自谋一饱，此所以政象日益不寍也。即号称尽力社会者，或倡实业救国之论，而亦尚未能为一般苦力者之饭碗着想，此所以社会日益不寍也。横览全球诸国，其政治之组织，社会之组织，盖非我国比，而人心之不寍，或更有甚于我国者。然则今日之饭碗问题，诚大问题哉。

说　孝

许书孝字在老部，其说解云，孝，善事父母者，从老省，从子，子承老也。此为会意字，谓子能善事已老之父母为孝；则未老之人，决无不事其事而专恃子之奉养者。子之幼也，父母教育之，父母之老也，子奉养之，皆人类当然之义务也。

古者无告之穷民四：老而无妻曰鳏，老而无夫曰寡，老而无子曰独，幼而无父曰孤。此可见苟非老幼，则壮盛之年，皆可自食其力，决不至于穷而无告。除幼而无父者年既长而即可自食其力外，未老而无妻尚可再娶，未老而无夫尚可再嫁，未老而无子尚可生子，皆不在穷而无告之列，幸也。老而有子，则不论其有妻无妻，有夫无夫，为之子者，固有奉养之义务。负奉养之义务而能善事其已老之父母，此之谓孝；不事其已老之父母，则父母将为无告之穷民，不孝孰甚焉。今之仿行欧美小家庭制者，能了解此义，则无弊矣。

说　奖

奖，嗾犬厉之也，本作奖，从犬，将省声，其本义为使犬猛进。专制时代，视人民如犬马，故其所以勉励臣民者，亦曰奖，于是引申为奖励之义。

今奖励之义，习用已久，几尽人而忘其本义矣。国体虽改共和，而人心则无一不沿专制之习惯，有功则奖，有劳则奖，奖之者不啻比人于犬也。甲以请奖为荣，乙以得奖为幸，请之得之者，不啻自比于犬也。不明字义者之动贻笑柄如此。

考之经传，以名予人曰褒，以物予人，平等者曰赠，不平等者曰赐、曰赏、曰赉，罕有称为奖者。奖励之盛行，必自不学无术者滥窃政柄始。而国民虚荣心盛，比之于犬而不以为耻，自比于犬而不以为耻，其尚有能知孟子之所谓良贵者哉。

说 党

党，从黑，尚声，许书训为不鲜。《楚辞·远游篇》，时曖曖其曭莽，王逸注云，日月晻黮而无光也。段玉裁以为党、曭古今字，盖日月无光，即黑暗之意也。又许书训手部攩为朋群，段注，此乡党、党与本字。俗用党者，段借字也。鸟部朋下曰，古文凤也，凤飞群鸟从以万数，故以为朋。攩字按，《经传》有党，无攩，则习用党字久矣。

《书·洪范》无偏无党，无党无偏，重言以申明之，《春秋左氏传》引为美谈。《论语》君子矜而不争，群而不党；又吾闻君子不党，君子亦党乎。先哲以群为美德，党为非美德，其义甚明。稽之历史，汉、唐、宋、明四代，均有党祸，故我国人久以党为不祥之名词。辛亥革命以后，国人群德未进，而纷纷组党，其结果尽成欧阳修所谓小人同利之朋，而日月为之无光。挂党籍者，亦俱染不鲜之颜色，则何如服膺群而不党之义乎。

说 宪

许书宪在心部，从心、目，害省声。许氏训宪为敏。段玉裁以为心、目并用，敏之意也。余以为凡事心、目并用，则不惟敏而有功，且可以省害；然则所谓害省声者，盖不惟谐声，而兼会意。

今世界各国之立宪政治，以国民受政治之大害，而人人用其心目，监督政治，以防止政治之害也。故国民而果能心目并用者，虽不能必其国内之政治全然无害，而亦必可以省害。苟或不然，则人人自以省用其心目为得计，而大害至矣。

我国非号称民主国乎，为民主国之国民，而人人以省用其心目为得计，此所以有今日之大害也。大害既至而欲求省害，则惟有人人用其心、用其目，且并用其心目，以谋共去其害耳。知此意，则谓宪法在国民之心目，可也。

说 阁

阁，从门，各声，为谐声字。而今日之阁，则亦可谓之会意字。盖欲入阁者，各人各有门路，此一义也；又可云从门从客省，盖政客必先奔走于军人之门，方得入阁，此又一义也。

虽然，今日之阁，岂此二义所能尽乎。阁、搁古今字，故阁之为言搁也。总理既得国会之同意而不能即日任命，则总理因之而搁矣。未上台之总理，不能将各总长之名单即日配定，则各总长亦因之而搁矣。虽阁员一律发表，而各总长尚须经国会同意之手续，又未知搁至何时。因之一切要政，几于无一不搁，而阁字之义乃发挥而无余。

此其弊何在？《约法》规定阁员须国会之同意，此阁之所以搁也。组阁者须以阁员名单请示于军人而求其同意，此亦阁之所以搁也。既须请示于军人，而表面上又不能不受《约法》之范围，此又阁之所以搁也。《诗》云约之阁阁，其今日之别解乎。群蛙之噪也阁阁，其今日之现像乎。

说 钱

钱本作泉，取流行之意。古者货贝而宝龟，周而有泉，至秦废贝行钱，说见许书贝部。按《周官》有泉府，而《周语》景王二十一年将铸大钱，是泉、钱二字，周时已并为货币之称，借钱为泉，盖不自秦始矣。

钱从金，戋声，为形声字，其本义为田器。《诗》云庤乃钱镈是也。今之钱字，已由形声而兼会意，乃二戈争金之象。军人持有形之戈，政客持无形之戈，此军人与彼军人争，此政客与彼政客争，无一不含有争金之意味。《孟子》所谓后义先利，不夺不餍，其即钱之确诂乎。

欲救今之天下，非将会意之钱仍复为形声之钱，使二戈争金之钱一律化为田器之钱不可。苟一旦兵投其戈而退为农工，于是工作其器，农耕于田，杀人之金戈，尽变而为养人之金钱，岂不快哉。

说　官

官，从宀，从𠂤。𠂤，小阜也，俗作堆。许叔重云，𠂤犹众也，此与师同意。段懋堂以为人众而帀口之，与事众而宀覆之，其意同也。

今之所谓官者，其事众欤，其人众欤，徒见其人浮于事，而一事不举也，曰堆，诚名副其实矣。

训官若土之一堆，有似滑稽，然一堆之土，不过无用而已，无害于人也。若一堆之官，食焉而不事其事，则尔俸尔禄，民脂民膏，其害正未可量。

我国之两大害，一曰师，一曰官。两字皆从𠂤，皆令人有多而无用之感想。师则武而不文，而官兼文武。何以去师之害，曰裁兵，何以去官之害，曰淘汰食焉而不事事之官。

说　了

了，篆作了，从子，无臂。子篆作子，许书云，十一月阳气动，万物滋，人以为称。子字本象草木滋生形，〇象其所结之子，丿象草之茎、木之干，一象其枝叶；人以为称者，假借为人之称也。既假借为人之称，而子与人遂通称。李阳冰以为子在襁褓中，足并也，此专指父子之子，并专指初生之子，而其义狭矣。

子无臂，犹言人无臂。无右臂曰孑，无左臂曰孓，两臂均无曰了，言人无臂则了也。古左手之左本作ナ，篆作𠂇；右手之右本作又，篆作又，均象手形；朋友之友篆作㕛，义为两手相助。手之为用大矣，无臂则无手可知，无手则其人无用可知，至无用而其人不已了乎。

古代重工，故百官亦称百工。世界物质文明进化史，皆工人演成之，实则皆手之力也。虽利用机器者，亦仍不能全不用手，工人所以占世界重要位置者以此。今教育之新法，为手脑并用，最近则主幼年宜多用手少用脑，至稍长而手脑并用，正足与了从子无臂之意相发明。夫野蛮时代，人类相残，或至去人之臂以了其人之一生，今之不良教育，奈何使有臂者若无臂、有手者若无手，致其人不了而了哉。

说　僧

许书无僧字。大徐本人部新附之文十八，僧其一也，其说解云，浮屠道人也，从人，曾声，为形声字。

按释氏以佛、法、僧为三宝，僧为僧伽之略，其义当译作众僧伽，又作僧佉，译作众和会，略称为僧。凡三人以上之比丘和合一处而修道者曰僧，即比丘多众和合之意。梵言僧，犹华言众，未可即以一比丘为僧也。然则僧为三宝之一者，正以众生皆有佛性而宝之，以僧为宝，犹以佛为宝，以法为宝，实即以众为宝，以众和会为宝，以多众和合为宝耳。众之中有能觉者，即能成佛，不觉则众中之一而已矣，何宝之有。然惟其皆有佛性，故仍有可宝者在，今日之未觉者，安知其明日不能觉。孔子谓后生可畏，焉知来者之不如今；又云君子无众寡，无小大，无敢慢。孟子谓人皆可以为尧舜，其义一也。

《魏书·释老志》，其始修心，则依佛、法、僧之三归，若君子之三畏也。以儒证释，僧之本义了然矣。所异者，梵语之僧，虽犹华语之众，而为比丘多众和合之义；华语之众，虽犹梵语之僧，而非为比丘多众和合之义。众之观念不同，即僧之观念不同，华俗之别僧于众以此。今乃即以僧为一比丘之称，谓习惯相沿，要非本义，或即根据大徐浮屠道人之一语乎。

说 阀

阀为伐之后出字。伐从人，持戈，与戍字之构造同，惟戍主守而伐主攻耳。伐人而有功曰伐。《春秋左氏传》云诸侯言时记功，大夫称伐是也。自夸其功亦曰伐，晋郤至骤称其伐是也。后世以伐为有功之称，遂称有功之门第为阀。

今人动讥军人为军阀，意欲毁之而反誉之，则由不谙字义，而致有此笑柄也。盖我国人以日本人不满意其军阀，亦从而效之，呼跋扈之军人为军阀，此正如东施之效颦矣。日本之军人，固尝立功于国外，称为军阀，诚哉其为军阀也。我国之军人，拥兵以攫取国民之膏血已耳，能战者亦自残同类已耳，罪之不暇，何功之有，而乃人云亦云，纷纷然相与军阀之，非所谓意欲毁之而后誉之者欤。

近更异想天开，有政阀、财阀、学阀、教阀等种种名词出现，意存讥讽，而于阀字之由来实未尝了然于脑，亦可见我国人之好学深思、心知其意者，几若晨星之寥落矣。

说 她

她字见于《玉篇》。《玉篇》女部，姐，兹也切，《说文》云蜀人呼母曰姐；又祥预切，姐，嫧也，她同，上古文亦作驰。是姐、她、驰三字，皆读兹也，切其义则为母也。

今之提倡新文学者，于他字外，别用她字，以为专指女子称，讵知她字固早为《玉篇》所著录，其音同姐，其义同母，非新造字乎。

任何女子，苟呼为母，强者必怒于言，弱者必怒于色，下流女子或且破口大骂，欲掌其颊矣。而提倡新文学者，乃以鄙弃国学之故，未及详考，几指全国之女子尽人为母，虽非有意玩弄，毋乃近乎不知而作乎。

或问今人呼未嫁之女为小姐者，何也？呼未嫁之女为小姐，犹呼有父之男为少爷。少爷之称，尊其父而兼及其子也，小姐之称，尊其母而兼及其女也，其义固无不通。故小姐为尊称，而大姐反为贱称。她字与姐、毑二字，既音、义皆同，则以她代他，为专指女子之称，未免陋矣。

他之本字为它，即蛇字之古文。上古草居患它，故相问，无它乎。后人借用佗字，佗，负何也，从人，它声，徒何切，为谐声字，今无锡尚存古音。俗体作他，从人，而已无声可谐矣。然此字行用已久，亦早见于《玉篇》。若以从人、从也为会意字，则也字之古义为女阴，专指女子，反较男子为当。况男女皆人也，既提倡男女平等，同用他字，有何不可，而必易他为她，致有呼女为母之嫌，奚取哉。

卷二

论辩五十二首

封箕子于朝鲜论

殷三仁皆见于《书》，而武王既革殷命，释囚访范，所以礼遇箕子者独厚，顾其封于朝鲜事，为《书》所不载，遂孳乳后儒之异说。《史记·宋微子世家》，一曰封箕子于朝鲜，再曰箕子朝周，则箕子之受封于武王，固无疑矣。而世以《汉书·地理志》有殷道衰，箕子去之朝鲜语，《后汉书》因仍前书，亦称遭衰殷之运，避地朝鲜，遽援是以疑《史记》之非，抑何是其所非而非其所是也。夫使箕子而果去于殷衰之日，则纣亦安得而囚之，武王亦安得而释之，《洪范》之访又孰从而访之。即以为释囚、访范非两时事，既陈九畴不欲臣周而去，则异日之朝周又何为者。其朝周也，以封于周而朝也。且周即不臣箕子，而箕子固已不臣而臣也。

刘道原《通鉴外纪》采《史记·世家》说，而不录汉志之文，其去取诚为不苟。而金氏《纲目》前篇兼存之，殆不以为非，而意在取《史记》不臣之说，以振厉风教欤。考伏生《尚书·洪范大传》云，箕子不忍周之释，走之朝鲜，武王闻之，因以朝鲜封之；又云箕子既受周之封，不得无臣礼，故于十三祀来朝。汉人古义为伪孔所乱，赖此犹见崖略，差足根据。以前之言核之，则箕子非去于殷道衰之日可知，而所谓不忍周之释，乃自以苟免耻，非有所不满于周，其卒受周封，因与《微子世家》说显相吻合。《史记》之足信一也。以后之言核之，则所谓不得无臣礼，益见周之未尝臣之，而箕子因亦未尝效夷齐首阳之节。臣而不臣，亦与仕周有间，而未自违其罔为臣仆之志。《史记》之足信二也。特访范当在朝周之日，《史记》乃误列于封箕子之前，致与《大传》不合，而《外纪》因之，罗长源《路史》又因之，则其失亦与汉志均矣。

然必谓汉志所述箕子事举无足信者，又非也，其盛称箕子教朝鲜以礼义，而赞叹仁贤之化不置，此理所必然，无足异者。今朝鲜虽久非箕子之裔，其疆索亦远过于箕子之所封，而素为中国同文之国，累世臣服，风俗柔谨犹昔，盖未始非礼教之遗。惜其积弱，渐以不振，而邻国构难，国之人竟无有能起而抗之者。箕子之风殆将堕矣，而世事之变迁，又不惟一朝鲜为然，可胜慨哉。

六国论

昔苏氏父子之策六国也，老泉咎赂秦之失计，子由谓宜厚韩亲魏以摈秦。窃以为此皆苏秦之所已言，而战国时纵人之所尽能道者也。盖自三晋分，而山东诸侯之大势在魏与齐。齐去秦远，力足助五国以拒秦，而秦不能祸。魏之未弃安邑，与秦界河，塞殽函之冲，不惟与韩为四国障，且足为韩之右臂。孟子游齐不用而游梁，复在丧地于秦后，时则六国之秦祸已亟矣，其自处虽不屑为纵人所为，亦曷尝不与苏秦约纵之意合，亦曷尝不权度乎事势之难易，以决身之去就。特其往来齐、梁间，固始终欲以仁义之言一六国之心，而非若苏秦之意反覆而行诡变，言横不行而始言纵也。顾梁惠伐赵而纵散，齐宣伐燕取之而纵之合也愈难。彼纵人者既不足恃，则惟孟子省刑薄敛，深耕易耨，修孝悌忠信之说，为足以自强而支秦，事小事大、畏天保国之说，为足以固六国之交而纾秦祸。何言之？魏既丧河西地，非得五国助，势不能复与秦抗，六国之臣，惟魏公子无忌熟知之用，能谏魏王之与秦攻韩，救赵邯郸以存其国，而终率五国之师败秦蒙骜，故无忌存而六国虽削不亡。然齐、魏既不能用孟子于前，而六国之人才如无忌者不再见，又卒中秦间以死，欲不为秦并，得乎。夫秦方以远交近攻为计，而六国且助之自攻，齐又事秦唯谨，以堕其远交之彀，洵不待智者而知天下之所一矣。

今五洲之形势，一大战国也。俄据地球六之一，强于当日之秦。以亚洲形势计，则我中国东三省与朝鲜、日本为韩、魏，西北缘边诸地为赵，西藏与英属之印度为楚，十八行省与越南、暹逻、缅甸为燕、齐。以欧洲形势，则德、奥、土耳其为韩、魏，意大利为赵，瑞典、挪威、丹麦、荷兰、比利士、英之三岛为楚，法、瑞士、日斯巴尼亚、葡萄芽为燕、齐。合亚、欧两洲形势计，则印度、阿富汗为韩、魏，西藏为赵，欧西诸国合土耳其、阿剌伯地为楚，而中国、朝鲜、日本尚不如当日燕、齐之逸。统全球水陆之形势计，则中国全境及印度、阿富汗、波斯为韩、魏，澳洲及南洋群岛为赵，欧西诸国及非洲全境为楚，而南北美洲略如燕、齐。曩者日本发难于我中国，类三晋之自残，而亚洲之全局已坏。欧西诸国之联盟，无以异于六国之纵约，而俄、法之交方密，德又折而入俄，则英之势渐孤，而欧洲之祸机已伏。英、美不与于辽东之役，而使俄得争东方之海权，已略等齐之不助五国以自误。一旦印度为俄所并，则全球诸大国其不为六国续者鲜矣。夫六国之时，患在迂阔孟子之仁义而不用，非真无能拯其危者也。而今俄之新政，远过于秦之孝公，我中国人心乃适蹈孟子所谓上下交征利之病，即慨然有愿用孟子之迂阔者，而并未见其人，不益大可惧也夫。

蒯通善为长短说论

瘖者以手语，聋者以目听，人之貌万亿，而无一人焉可不以言交。言者，祸福之始也。积人成国，积国成天下，则国与国交，亦以言始，故圣门有言语之科。而汉志谓纵横家出，行人之官，盖一言而造天下之福者以信，一言而构天下之祸者以诈。至世变日亟，则信者有时而构祸，诈者亦有时而造福，此不可以常理推也。

蒯通者，纵横家也，史迁谓其善为长短说，论战国之权变为八十一首，傥班氏所谓上诈谖而弃其信者欤。其书自号隽永，或以为即今所传《战国策》者，是不具论，要非《汉志》所录蒯子五篇也。《汉志》纵横十二家，前乎蒯子者，有苏子、张子、庞煖、阙子、国筮子、秦零陵令信，后乎蒯子者，有邹阳、主父偃、徐乐、庄安、聊苍。而史迁《仲尼弟子列传》，称子贡利口巧辞，孔子常黜其辩。子贡一出，存鲁、乱齐、破吴、强晋而霸越，岂圣门使才乃近战国游士之所为耶。夫子贡固熟闻孔子无信不立之说者，以巧辞存鲁，似诈而不害其为信，则言语一科之为效大矣。彼纵横家者，以匹夫之口舌，而能操天下事之长短，信善用其术，曷尝不足以稍纾天下之祸。

吾甚惜通有子贡之才，而学不子贡若也。顾能与安其生同却项王之封，而秦失其鹿数语，卒从容以免汉高之烹，亦差胜于世之见利而动、临难色变者矣。且其进贤曹相国有足多者，令高帝不终弃之，其功必不出随、陆下也。后世论人才者，慨然有子贡使外国之想，通且不可得，况子贡哉。

汉武帝通西南夷论

古之君天下者，其幅陨之广狭，只视威德所能及与否，而不以兵力取也。自黄帝画野分州，得百里之国万区。洎尧之世，东西至日出入之处，而南及交趾，北及幽都，盖其政教所被远矣。《禹贡》嶓山，应劭以为冉駹地，则汉时西南夷所居，已有见夏书者。犹昆仑、析支在金城郡，渠搜在朔方郡。汉时所辟地，本禹时即叙之西戎，居荒服外流沙内者也。

后以太康尸位，四夷咸畔，后桀时畎夷至入居邠、岐，于是中国始有夷患。商革夏命，共球集于亳邑，殷武之诗云，昔有成汤，自彼氐羌，莫敢不来享，莫敢不来王。而迁史、班书谓西南夷，皆氐类，非即尝臣服于汤者欤。有周之兴，庸蜀羌髳见于《牧誓》，而武帝元光一诏，亦云周之成康，海外肃慎，北发渠搜，氐羌徕服，知西南夷地亦尝臣服于周。后王稍更陵夷，戎狄内侵，延及平王，秦襄公驱犬戎而有岐、丰，后世子孙竞并天下，天下始置三十六郡。

秦败而南海三郡为赵佗所据，闽中为亡诸所据。汉初郡国入版图者，虽仍秦三十六郡之旧，而边境稍绌于秦孝武席。文景之业，海内富庶，其雄才大略，诚不欲守其固有之土，而止建元三年遣严助浮海救东瓯，实从事夷狄之权舆。时中国元气全盛，王师所至，闽越望风而走，固其宜也。乃以得志闽越之故，慨然以唐虞成周之远德为慕，至于形之诏令，而天下遂知上意之所向，唐蒙、司马相如辈，始乘间以济其长君，逢君之恶，而好大喜功之帜乃张于西南夷矣。

且夫西南夷之地，既为三代以前臣服中国之地，则使武帝之威德诚足以及远，彼亦且献珍崩角之恐后，又何俟发卒通道为。乃蒙之说上，以通道南夷也，曰制粤，一奇也。相如之说上，以通道西夷也，曰可置郡也。以置郡为说，则是贪其土地，欲以巴蜀民命易卬、筰而已。以制粤为说，则是无夜郎固不足以制粤，何后日反以破粤服夜郎哉。况通道夜郎之明年，匈奴方入上谷，杀略吏民。揆当日时势，中国方从事北方不暇，尚能分力于西南夷乎。既以公孙宏议罢西夷，稍休巴蜀士卒，复以张骞、王然、于柏、始昌、吕越人数辈之说，发南夷兵以启衅且兰，虽牂柯、粤嶲、沈黎、文山、武都五郡，卒继犍为而置，亦幸南粤已破，八校尉兵得移诛隔滇道者，始集其事耳。不然，亦终耗费无功已矣。至元封二年平西南夷未服者，置益州郡，而其经营于建元，再举于元鼎者，厥功甫竟罢民不已甚乎。

今沈黎、文山二郡不列汉志，盖汉志定筰即沈黎治，后并入粤嶲郡。汉志嶓山即文山，后并入蜀郡，嶓、文声相近也。其益州郡诸县，皆今云南地。武都郡诸县错杂今甘肃阶州、秦州及陕西地。犍为、粤嶲二郡诸县，错杂今四川、云南、贵州地。牂柯郡诸县，错襟今云南、贵州、广西地。之数郡者，自周以前，其地皆衅服不幸，汉武先后十余年间，勤民者三，而其道大通，遂永为中国。有产其地者，得渐摩礼义而成风俗，则巴蜀一时之不幸，不可谓非西南夷万世之幸也。夫人情以蹈常习故为不乐，而风会之日开，又天运所必至。今之通道泰西各国，且有不得已而为之，而其道数倍于汉武时者，后千百年，又将何如哉。

霍光出入进止不失尺寸论

尝疑霍光挟震主之威，推燕王仆上官，废昌邑一骖乘，而宣帝若有芒刺在背，其人必盛气难犯，雄奇过人，非规矩法度之所能限制。而班氏状其资性端正，则曰无出入下殿，止进有常处，郎仆射窃识视之，不失尺寸。此独何欤。昔太史公疑子房，以为魁梧奇伟，而其状貌如妇人女子，不称其志气。苏子瞻论之，谓此其所以为子房，盖惟柔者可以屈天下之至刚，而惟静者可以宰天下之群动。莫敖以趾高覆楚师，周勃以厚重安刘，此前古得失之鉴也，于光何怪。

迹光生平事业，岂尝规规于尺寸以内哉，正恃有不失尺寸之处，故其所以成就者独大。后世动以伊、霍并称，霍之与伊，相去诚远。而孟子尝以一介不予一介不取多尹。然则光之持重于出入进止间，毋乃其细微处亦有相肖者乎。特光仍以不学失之，宜其器局终不逮尹也。今之论者，或以功高而护其短，或以后嗣之灭亡而诋其过，均之不离乎成败论人之见，而于观人之法，两无所当。夫诚知观人之必于其微，则持是道以进退天下之人才，不难矣。

冯奉世矫制破莎车论

尝读班书《西域传》，而叹汉世之立功名于绝国者，多非常之才也。傅介子之于楼兰，文忠之于罽宾，段会宗之于乌孙，以单车使者，诛名王，斩太子；而常惠以姑翼故攻龟兹，甘延寿、陈阳[汤]以郅支故攻康居之单于城，冯奉世以呼屠徵故攻莎车，皆用便宜发诸国兵，遂安反侧，为汉廷树威。吁，盛哉！

奉世矫制事，在宣帝元康元年，呼屠徵之强，不逮郅支，而过于姑翼，奉世之运奇，亚于延寿、陈汤而略与惠等，其赏不足以酬勋，则又略与延寿、汤等。而一沮于匡衡、石显，一沮于萧望之，虽君子小人之用心不同，均之足以短豪杰之气者也。望之虑后之奉使者利以奉世为比，生事夷狄，而故抑其封，此诚老成之见，然亦思奉世之击莎车生事耶，为西域全局计耶。如徒曰矫制之不可训，则庶几近理，然亦思汉之矫制者独奉世耶。夫奉世固学春秋涉大义者。春秋之义，大夫出疆，有可以安国家，则颛之可也。丞相将军之议封奉世，以此岂曲说欤。厥后奉世以关内侯终，而杜钦尚以延寿之得封列侯讼奉世。前事公论之自在人心，而奇功之不泯于身后，如是夫。

贾捐之请弃珠崖论

土地、人民、政事，国之三宝，然必政事肃而后人民乂，人民乂而后土地可以永保。汉元之世，恭、显用事，关东大饥，珠崖杀吏民，此非内政不肃之明效欤。于此之时，将经营荒岛，驱无辜之民以斗死于海外，孰若专恤关东之为愈。君房之议请罢郡，不可谓非深识远虑也，顾后世有未可援是以藉口者。盖邹衍大瀛海之说，阅二千余年而始验。

古之据形胜于天下者，类于陆而不于海，其在东南下游之地，且非争雄之所，况孤悬海中、水土毒湿如珠崖者乎。故贾生请击匈奴，以其壤地相接，足为边境患也。君房之请弃珠崖，以其有之而无利于我，弃之而无害于我也。噫嘻，君房之议弃珠崖，诚是矣。而如元帝之优柔寡断，恭、显之同恶相济，仅借弃地以暂苏濒死之饥民，何救于汉之不振。罢一郡易，复文景之威业难，朝无人焉，谁与为理。特其惓惓以关东为忧，与乃祖痛哭流涕长太息之意，若出一辙，乌得以其晚节之误于杨兴，而没所长耶。

然则君房之言，信出于爱民之苦心，而非为后世苟且图安者开自便之路也。夫珠崖之可弃，以我弃之而无人能取之也。若明明人取于我，而其地复为举国全局之所系，徒以内不自振，欲夷视于珠崖，是匪特暗于时势，亦君房之罪人矣。尝慨海禁弛而大地之形势全变，昔之扼险在陆，而今之扼险在海。则昔之所可弃者，皆今之所可宝。起君房而处今日之天下，其建议当何如哉。

汉成帝召扬雄颂赵充国图画论

国家当人才飙奋之日，龙骧而虎步者趾相错于廷，一二将帅之臣若走卒耳。洎乎衰气乘之，举朝若长夜之酣卧，而山川秀灵，变为之闷而不发，罕产奇杰之士。于是日慨想前人之威业，以为若彼其人，吾恨不及身而见之。此古今之所同也。

汉成帝之世，以西羌有警，追美充国，召扬雄为其图画作颂，盖有高祖歌《大风》之意焉。然歌风以思韩、彭，高祖暮齿，亦稍厌兵矣。而炎汉之火德，犹如旭之初升，颂图画以思充国，于成帝之世额为美谈，而卒无救于祸水之灭火，讵惟兴替殊势，抑亦主德之昏明异欤。夫充国屯田十二策，老成之谋，惟宣帝之明为能信而用之，非然者不以为迂，则以为养寇自利而已，尚能以七十余之年立功羌虏哉。吾以是知庸暗如成帝，虽有充国而不能使竟其长也。班氏称充国学兵法，通知四夷事，此即其建树动[勋]烈之本。今未至遽无充国其才，而天下之患且百倍于西羌，瞻功臣之遗像，冀笃生之可再，吾将操觚颂之矣。

光武封卓茂论

理天下者有激厉风俗之道二：曰刑，曰赏。刑之为用，戮一人而使天下知上意之所恶；赏之为用，荣一人而使天下知上意之所好。顾以刑威天下，不如以赏劝天下之收效捷者，非必人心尽趋利也。古来忠臣、义士与夫孝子、悌弟、信友之所为，其奋发于天性者什之五，而中材以下亦有时勉而就之者，此则非刑之所能驱，而其中有所艳也。然而亟用赏，则天下亦不化，何也，耳目所习熟之事，非人情所震动，积之既久，众且以爵禄为不足贵。故用赏以激厉风俗之道亦有二：风俗厚，则赏之所及先及于众意中所必急赏之人，餍其心也；风俗薄，则赏之所及先及于众意中所不必急赏之人，革其心也。

自新莽篡汉，汉廷旧臣腼颜叛仰以事莽者踵相接，礼义廉耻几无复存者，而卓茂以不仕莽名重天下，此非西京之硕果欤。光武以萧王恢复汉业，将欲扫新莽之敝政而一空之，非敦崇节义则治道不昌。然即位伊始，海内未定，臣民之延颈以观新政者，度未必以一遗老之升沉，为有关天下之大计，乃必先诸功臣而封茂者，意在震动天下，而非谓茂之才果出诸功臣之上也。且夫茂仕哀、平之世，一循吏而已，其行已在清浊之间，固亦未尝以清义自矜，至建武之初，年已七十余，欲以其畴昔之宽仁恭爱，与中兴诸臣角才能于群雄虓呼、倥偬不暇给之日，吾知其不逮。而光武封为褒德侯，下诏独称其束身执节，为人所不能为，盖以为激厉风俗之道，必于茂乎始，茂之所长，正中兴诸臣之所短。诚使中兴诸臣舍其披坚陷锐之能，相与振兴一代之风教，又知其叛首于茂也已。然则中兴诸臣以有功赏者，众意中所必急赏之人也，茂以无功赏者，众意中所不必急赏之人也。以众意中所不必急赏之人，而受赏于诸功臣之先，则上意之所向可得而窥，而翕然以上意之所向为向者，不且如晨风郁林、鱼龙赴壑也哉。於呼，后之用赏者，其亦如是可矣。然而仅用赏则天下亦不化，何也，理天下者，又自有表率风俗之道在，而非仅恃区区激劝已也。

冯异愿国家无忘河北之难论

昔者圣人之作《易》也，以屯继乾、坤，何哉，自天地生人以来，多忧患之境，而因以动心忍性，增益其所不能。故自氓庶以上，达于天子，皆以安乐为祸，而以忧患为福。然则天下虽已安已治，而竟曰安且治者，仍贾生之所谓非愚则谀也。

新室之末，人心思汉，如渴之望饮，饥之待哺。光武起春[舂]陵，捷昆阳，王郎、刘盆子、刘永、彭宠、秦丰、刘纡、张步、李宪、庞萌、董宪之属，以次降灭。建武之六年，海内亦稍定矣，维陇、蜀犹劳帝心耳。冯异自关中入朝以诏，述芜蒌亭、滹沱河之前劳，遂规帝以无忘河北之难。史称帝每旦视朝，日昃乃罗，总槛[揽]权纲，乐不为疲，其能信不忘者欤。韩非有言，战战栗栗，日慎一日。由此说，则国安于磐石而寿于箕翼，尚有不测之患中于其所忽哉。

宋之南渡，亦号中兴，而笙歌土木，酣嬉于西湖，汴京之难等浮云之过目，就令韩、岳诸将竟犁黄龙之庭，而朝野晏安，亦乌能九[久]夫。罪人有时而歌，狂者有时而舞，纵乐于颠危之时，何以异此。彼其履难而忘也，亦岂真智识之不若人乎。善忘者至桀、纣之忘其身而极，斯固圣人之所痛也。於乎，以安且治之天下，而仓率之难，或萌芽于一二人之心，乃其骤发，则豪杰无以善其后。无他，彼所谓安且治者，仍贾生之所谓非愚即谀也。顾仓卒之难时有，而光武之不忘难，其盛德已卓越于千古，则乌得不私心异幸，以为光武之盛德庶几其复睹于今日哉。

房玄龄问北门营缮论

《周官》阍人、寺人属于冢宰，使内廷无乱政之人，为后世虑至深远也。秦、汉之际，隶内官于少府，外廷犹得与闻宫中之事，然《周官》之意亦浸远矣。惟诸葛武侯相蜀，使宫中之事，事无大小，悉咨攸之、祎、允三人，为得三代遗意。故黄皓终允之世，位不过黄门丞，此岂非行周礼之效欤。

唐之有少府，殆犹绍秦、汉之制，而既分宦寺为北司，遂使北门之事，不关白于南牙。夫南牙宰相，政事之所从出也，以宰相之权之尊，而房玄龄问少府少监以北门营缮，太宗至让之曰，何预君事？竟以为玄龄为仆射时，尝以其亲览谍讼，饬尚书细务属左右，亟大事关仆射，固欲务崇大臣之体，而不使以苛察细务为能也。今此之让，亦犹是而已矣。於乎，讵知流弊之未有穷哉。肃、代以后，宦官之祸与藩镇相终始，论者谓李辅国之用事，实为乱阶，而不知其阶于宰相之不问北门事也。

如但以北门营缮言，当贞观之世，度必无过于奢靡之事。十一年飞山宫之作，其制既不可得闻，后此营玉华宫，亦务为俭约，惟寝殿覆瓦，余皆茅茨，则知玄龄之问，正长孙后所谓小心慎密之一端，必谓预防太宗之日趋奢靡而问之。则彼两宫营作时，何不闻玄龄以一语进谏，而惟区区小营缮是问哉。然自太宗以此让玄龄，而为宰相者几谓南牙政事之外，举非所宜预，而北门之事乃渐不可问，此所以祸随日积，而肃、伐[代]以后宦官之势遂披猖而莫之制也。自古国家隐患多萌于极盛之时，谅哉。

郭汾阳单骑见虏论

有战将，有大将。战将小勇，大将大勇。小勇勇以力，大勇勇以心。唐仆固怀恩之叛，一再引强虏入寇，泾阳之役，汾阳以军万人，当吐蕃、回纥、党项、羌、浑奴剌等三十万之众，其不能以力胜也，不必蓍蔡而可决也。顾身率铠骑出入阵中，而回纥惊令公之神，斯有可攻之瑕矣。汾阳以为彼回纥者，固助讨安史有功者也，今之来寇，徒为怀恩愚耳，我第折回纥之心，藉其力以制吐蕃，而彼余寇者，固易了矣。免胄见其大酋，匪特以诚相感，亦谋定而行也。回纥方以令公为不复存，而令公竟存，则三十万众怯而单骑勇。单骑之勇，心勇也，非力勇也。即彼三十万众之怯，怯于我之心勇，非怯于我之力勇也。谈兵者动谓知彼知己，百战百胜，夫必战而始胜，则其机危矣。独汾阳知彼知己，不战而亦胜，其真不愧大勇矣乎。

今之驭彝者，不惟智不足以知敌，而敌反足以知我。知我之能怯不能勇也，则片言胁我，如所欲以去；知我之外示勇而中仍怯也，则多方尝我，仍如所欲以去；以我之一日战而不胜，致胁我尝我者之纷沓[沓]而前，类皆不战而胜。而我徒外饰战备，若将以力抗，而卒无坚忍之力与之久持，且以不得已而养兵之故，渐至剥削元气以离散天下人之心，而实未尝收一兵一骑之效，是则可为长太息者。

杨炎变租庸调为两税论

法之积久而必变者，时为之。人之常情，非今是古。马贵与谓三代井田之良法坏于鞅，唐租庸调之良法坏于炎，而推及古今异宜之故，庶几其异于常情者欤。虽然，租庸调之法，信良法耶。信良法易为，至于开元而遽敝日清，陆宣公尝议之矣。此时弊，非法弊也。宇文融复之于明皇之时而甚艰，炎废之于德宗之时而甚易，法不胜时，其昭然矣。然则租庸调之不得不变而两税也，犹井田之不得不变而阡陌也。以废井田责鞅，而不深考春秋战国之世变，以废租庸调责炎，而不深考开元以后之世变，岂通哉。

世之右租庸调而左两税曰，租庸调近古，两税不近古而已矣。夫近古云者，有田有租，有家有调，有身有庸，诚布缕粟米力役之征之遗意，而用一用二用三，孟子慨乎言之也。如彼不古云者，户无主客，人无丁中，徒随民之有田者税之，合夏输、秋输而为两，其法创，其意实，苟而后之有天下者遵行以迄于今，虽圣人复起而不能易也如此。此则仍时为之，而非法为之也。於乎，令法有权而时无权，则新莽之泥古法也，亡矣，安石之泥古法也，罪矣。权在法乎，在时乎？今[令]时有权而法无权，则鞅之变法也，大效矣，炎之变法也，小效矣。权在时乎，在法乎？而要其变而效焉者，必规时以制法，往往任万世之过，以就一日之功，毅然行之，绝无所瞻顾于其间，而其法亦不过便于民焉而止。吾甚愿谈变法者之勿戾时也。

唐德宗行税间架、除陌钱法论

国疲于兵，则民困于敛，自古而然。要亦事势之所迫，而无如何也。苟不至于比户而税之，逐物而税之，则民之愁且怨也，未遽以从乱为乐，而祸机之伏犹在隐微。

唐德宗之世，海内骚然叛者迭起，养兵之费月百三十余万缗，判度支赵赞乃奏行税间架、除陌钱二法，盖与前所行竹、木、茶、漆诸税，同非得已。顾行之仅数月，而泾原悍卒以饷赐不如志，得藉口以煽乱长安市中，而其法遂罢。是则非仅不得已也，及其乱也而已，之孰与未乱而勿议行之之为愈乎。考二法之弊，莫□[剧]于赏告；赏告之弊，莫剧于钱不出官而皆出坐者。既比户税之、逐物税之，而复益以数倍、十数倍之罚，民其堪乎。又况琼林大盈，库储充实，而吮民之膏血，不少留余力至此，民其能忍乎。

於乎，今民之庇于宽政也久矣，积晏安以成偷惰，或未暇省及国家德意之深厚。制复之理，固若循环，履霜坚冰，其来也渐。吾其愿计臣之毋师赵赞而天下之毋见经[泾]原兵也。然而国既疲矣，民安得不困，姑纾其力，庶患可弭乎。天下之毋见经[泾]原兵，则仍在计臣之毋师赵赞。

陆贽请还李芃河阳以援东都、李怀光解襄城之围论

兵事孰急，曰审势为急。审势孰急，曰地势为急。是故将兵者贵择地以处兵，将将者贵择地以处将。唐都长安，则河东、河南二道为关内之门户，而河北其藩离[篱]也。德宗之建中四年，李希烈陷汝州，归蔡州，复寇襄城；而马燧方请济师河北，是犹盗贼在门户，而其守望之奴隶徒喧呶格拒于藩篱，欲不丧其主人之赀财，讵可得乎。

宣公以为幽燕恒魏，势缓祸轻，汝洛荥汴，势急祸重，其料敌决胜之策，具在本传。其请还李芃河阳以援东都，李怀光解襄城之围者，意在稍撤河北之精骑选师，以注力河南，固亦非置河北于度外，以筹所急而遗所缓也。考其时河东、泽潞、河阳、朔方四军屯魏县，神策、永平、宣武、淮南、浙西、荆南、江泗、沔鄂、湖南、黔中、剑南、岭南诸军，环淮西之境。芃将河阳军，而怀光将朔方军，以朔方军屯魏县，盖西师而远戍于东，非计之得者。河阳虽河北道孟州之县，在东都之东北，相距仅一河；襄城则河南道汝州之县也，汝州在东都东南，而襄城又在汝州东南。希烈尝陷汝州，则其窥东都也久矣。诚用宣公策，驰檄二李，使芃自东西返，怀光自北渡河南下，以犄角之势支方锐之贼，

厚集援于河南而希烈夺气，遥树威于河北而田悦、王武俊、朱滔亦因之褫魄，则建中之武功不必其在他日元和下也。

乃德宗不之纳，诏发泾原等道兵，未纾襄城之难，先酿京师之乱，卒不能不告急于魏县行营。而怀光既奔赴长安、奔赴章天之不暇，芃亦不得已而还镇，马燧亦不得已而归河东，李抱真且不得已而退屯临洺。襄城以食尽陷，汴、滑随之。希烈稽诛，怀光又反，一子误投，而满局遂纷纷矣。然而兴元之诏，骄将悍卒，闻之挥涕，反正之功，实维宣公是赖。德宗而早三致意于宣公驭将之数言，岂其辱于奉天。

李绛议魏博不必用兵论

用兵之法，在熟权天下之大势，而不可轻试其锋。轻试其锋，则在我既一发而不能收，而其蓄异志以伺我之隙者，反得结成唇齿之辅，以互煽其焰，而我力之不能兼顾也决矣。此自敝之道也。

唐藩镇之横，古未之有。宪宗之世，刘辟、李锜辈相继夷灭，其势稍沮。时则惟郓、蔡之患为亟，余未暇及也。田氏自承嗣据有魏博，相传四世，垂五十年，其包藏祸心固亦不异于诸镇，然自季安侈汰，锐于杀伐，众心渐离，其亦无能为也，已怀谏请袭节度，逆谋未露。而李吉甫遽议讨之，此不驱之为淮西之助，即迫之为平卢之援也。

绛之言曰，怀谏乳臭，必假权于人，权重则怨生罪，所归必在宽厚简易、军中素所爱者。何其宪事之密而烛几之洞也哉。未几田兴果立，魏博听命。绛复深思远谋，厚结其心，则知绛之不欲用兵于魏博者，非特逆料魏博之不足劳师，而并欲用魏博也。用魏博奈何，日[曰]用之以张平蔡之翼，用之以蓄剪郓之爪牙，用之以寒方命诸藩镇之胆，而即隐以诱效顺者之心。夫用兵而用于兵机之已动者，胜败之数均焉者也；用兵而用于兵机之未动者，有百胜而无一败者也。

方宪宗与宰相议魏博事，吴元济未反也，李师道袭东都之兵未发也，而绛已预收一田兴以为他日之用，此岂有所惮于魏博而姑为牢笼之计哉。前吴少诚病，绛已画取蔡之策，虽桀骜如王承宗，而犹欲赦之使立蔡功，则此日魏博之帅，即无田兴之贤，而绛固有驭之之术矣。厥后元济之诛，兴之子布数有功；师道之诛，兴与宣武等五节度并有功。兴固贤矣，非有绛之深谋，亦岂能乐于效命至于此乎。然则禽元济者，李愬也，而实非李愬也，裴度决之而绛已筹之于先也；克师道者，诸节度也，而仍非诸节度也，李逊发其诈而绛已得其制命之人也。

向使郓、蔡未定而轻用吉甫之言，劝兵魏博，无论兴之高节必无以自陈于朝廷，而他镇或乘间窃发以肆其不靖之志，则天下纷纷，何功之有。於乎，用兵而不用欲为吾用者之力，徒恃吾力未瘁，委士卒之命以尝试于锋刃之间，虽徼幸以得志，其可继乎哉。

石敬瑭割幽、蓟等十六州赂契丹论

帝王之业，古未有假手于人而苟焉集事者也。假手于人，则先有所不足于己，而国之成败兴废，将听命于与我者之一喜一怒。凡与我者，所以取偿于我，与我所以不得已而偿于人者，分也，非过也。然以苟焉集事之故，而至人以取偿于我为分，则以是成者，必以是败，以是兴者，亦必以是废。

何言之？五代之主，无一取天下以正者，而石敬瑭为明宗爱婿，徒以素不协于潞王从珂，甘于父契丹而仇唐，是先以无耻之心自待，而将行险徼幸于天下之大器也。方其求救契丹，令桑维翰草表，约事捷之日，割卢龙一道及雁门关以北诸州与之。刘知远逆料其为中国大患，识见诚出维翰上，特既以父事为太过，而独不以称臣为非，则犹以五十步笑百步耳。迨敬瑭仗契丹以亡唐，而复为契丹所立，斯时虽欲食言，其可得乎。况敬瑭本发于意之所甘，而未尝自以为失计乎。彼其意岂不谓土地本非吾所有，但得志于从珂，十六州安足惜，父事彝狄安足辱。噫嘻，苟且目前而贻天下后世以无穷之戚，彼敬瑭固不足责，而彝夏之变局则自此极矣，又乌能无恶于敬瑭也哉。然则石晋之亡，不亡于背契丹之时，而早亡于割地之时；敬瑭之误，并不误于割地之时，而早误于约契丹以割地之时。

观契丹主谓敬瑭曰，吾三千里来赴难，必有成功。其未得十六州地，去中国国都尚远，而易唐为晋，如运掌上，益以晋赂虎其翼矣。厥后出帝之世，大举入寇，先取大梁，遂以制中国之命，其祸至宋而未艾，至辽亡于金而弥烈。议石晋割地事者，竟坐维翰以误国之罪，虽曰刻论，而推原祸始，实无可逃；然而成败兴废之循环，则又不存乎此，而仍视其国之能自强与否。自强其本根也，疆土广狭其枝叶之荣瘁也，夫不见十六州之复为中国有哉。

吕蒙正分门类疏记人才论

世之所以翘才，与才之所以自贡于世者，用各有当，如人之有口、耳、鼻、四肢，各别其所能，而惟心之所使。使必强四肢以辨味、色、声、臭，口、目、耳、鼻以代手足之掉运，则其势立穷。昔宋吕文穆自谓能善用人，而其预记人才也，预分门类，储之夹袋，其真得相臣之度矣。国之有君犹人之心，相则心知觉也，庶司百僚则口、目、耳、鼻、四肢也。有善用人心相，斯庶百僚各别其所能，而惟相之所用使。周公之训词曰，无求备。孔子称君子不器，而论君子之使人曰器之，小人之使人曰求备。

今之操用人之柄者，方痛人才之匮乏，而亟思所以造就之。顾其所以造就之者，先挟一求备之见，以绳天下之人才，将使人人尽为不器之君子而后快，意非不厚，其如居人于君子而几自居于小人何，然犹曰造就人才，其术固与用人有间。亦思今之一人而兼数官，一官而兼数事者，果皆其素所习也哉，漫尤区别而姑一试之，且无一不将姑试之曰庶亦能称职者，欲国事之无敝，得乎。

宋理宗制训廉、谨刑二铭戒饬中外论

君人者，将欲跻天下于泰平，以实不以文。异哉，理宗之制二铭以宣示中外也。其文耶，其实耶。夫理宗在位四十年，始任史弥远，继用贾似道、丁大全，排斥贤人君子殆不遗余力，虽无敌国外患犹虑其不支，矧积弱久而蒙古且骎骎盛乎。而甲辰之春，乃有此训廉、谨刑之铭，此与壬辰润[闰]九月之避殿减膳撤乐，丙申四月之下诏罪己，壬寅十一月之诏求直言，同归于无实而已。意其时西山真氏之《大学衍意》，稍有所动于其胸，而谬欲自拟于汤盘日新之意，未可知也。然彼尝好周、程、张、朱之学矣，且能益尊显其人于身后矣，而用人行政，若不辨黑白者，然董宋臣逢迎于内，而梅堂、芙蓉阁、香兰亭纷纷以起甚至豪夺民田，招权纳贿，何廉之能训。向士璧之见杀，吴潜之暴，皆由似道，而倚腹腔心，俾得肆其蛇蝎之平，何刑之能谨。藏身不恕，而欲喻诸人，可乎哉。申公有言，为治不在多言，顾力行何如耳。理宗之才，不逮汉武万一，而其内多欲而外施仁义，则又过之，宜其言愈多，而所行弥不足观也。故曰，君人者，以实不以文。

戚继光平倭寇论

尝读兵家书，至《纪效新书》十八卷、《练兵纪实》九卷、《杂集》六卷，而欢戚家军之名闻天下者，非倖也。明嘉靖中，倭寇之横矣，继光累战有功，俞大猷[猷]、刘显辈未之能匹。要其用兵无他术，号令严、赏罚信而已。夫失律之将不戮于国，将之所以不可用；失伍之兵不戮于将，兵之所不可用。继光以临阵回顾斩其子，则虽有孱兵，其畴弗蹈水火而若履平地也欤。区区倭寇，曾何足平。

然而，继光之剿倭则所向克捷，其将兵镇北边无赫赫功者，何也？坚于守而敌不能我犯，其功乃百倍于战胜。李成梁之将略其不逮继光远矣，而功多于继光，则战胜者贵乎，敌不犯者贵乎？然而倭寇之平，固未始不以战胜为继光功，又何如也？彼汪直等之句倭以四扰也。寇自外至，而实由内召，非大创之不可得而骤平，又官卑非以坐镇为能，飙发电举，其积威也以渐。后之镇北边而敌不犯，正券于前之所向克捷也。

吾慨夫倭寇之在明，犹有继光以折其气，今之披倡甚倭寇者，将并非继光之所能折其气，则又欲将兵者尽如继光之镇北边焉，使敌不我犯，则幸矣。

楚子文毁家纾难、汉卜式输财助边论

事有能人之所难者，虽非庸行，君子所不忍訾也。自人情如私其所有而风俗日薄，后礼义廉耻而先衣食积之也久，则居官者嗜名而兼嗜利，视其家之肥瘠重于国之休戚，而忠荩之臣乃什无二三；居乡者嗜利而不嗜名，视其财之盈绌重于身之荣辱，而慷慨之人乃什无四五。於乎，天下事之不坏，其可得乎。

若楚子文之毁家纾难，汉卜式之输财助边，皆能人之所难，而论者往多子文而少卜式。窃以为子文功在楚国，津津乐道其毁家之事者，犹窥豹于管而见其斑也。其不满意于卜式之输财者，谓其足以坚汉武开边之志，亮非无识，然必自量能如卜式之轻财，则始可议卜式矣。夫子文楚相，而卜式汉民，相之与民，其于国轻重何如哉。子文之毁家，非有所甚不爱其家，且实有所甚爱于其家也，国不完而国之重臣能独完其家者，殆未之有。毁家以完其国，则其毁也暂，而其完也永，此正子文之长于完其家也。而浅人顾以是奇子文，毋乃不自省其身之在地，而诧星辰之高欤。彼卜式者，河南一牧羊人耳，既数分其产与弟，而复愿输财之半佐天下用兵，以风富豪之争匿财者，义行于家而推及于国，讵曰以利易名已哉。令后世之雄于财者，尽人金铸卜式而事之，天下尚患有不集之事耶。矧其位御史大夫时，以主罢盐铁船算为上所不悦，则其于取与之果，固乐多与人而不乐多取者。汉武以其欲寡取也而不悦，则向之所以悦之者，亦不在义矣。而究不得以汉武之失，并疵卜式也。妄人顾不以是卜式，从而非笑之，又毋乃不自省其徒手之逸而讥负担者之以劳糊口欤。

要而言之，大臣而人人子文，则国无不治，富民而人人卜式，则国无不强。所不可券者，臣家臣毁之，其也偶，而君或强臣以毁家，则非正。民财民输之，其事也亦偶，而君或强民以输财，则非正。至于狂愚之臣，构成国难，而即为亡家之媒，顽劣之民，酿成战祸，而藉为撄财之地，卒之其家既毁于贼民，而举朝之臣几无一人焉不毁其家，其财尽输于敌国，而举国安分之民，几无一人焉不输其财。世变之大，莫此为甚。恐子文比肩，卜式接踵，尚未易揹拄于其后，奚暇较量古人之短长也哉。

张留侯不谏易储、王魏公不谏天书论

一言而关系天下之安危与万世之是非者，皆大臣之事也。明知其言之决无益而强言之，曰戆；明知其言之未始无益而弗敢言，曰懦。然二者相权，豪杰之士，愿其为戆，不为其懦者，则以苟欲毋戆，必我所以宪事之识诚有大过人者，而后可默默以自处；苟或失之懦，则虽他事之有裨国计者固多，而即此一念之瞻顾，不惟负国，且为身心疚也实大。

昔张留候[侯]、王魏公名炳汉、宋，而世不以不谏易储事少留候[侯]，独以不谏天书事少魏公，何哉？留候[侯]从高帝定天下功成，韩、彭醢，萧候[侯]囚，留候[侯]方托道引之术以自晦。高帝欲易太子，廷臣如周昌、叔孙通辈争之不可谓不力，而卒无以觉悟上意，信有如留候[侯]所云，难以口舌争者。度留候[侯]此时，即无吕泽之要，亦未尝不深思远谋，日画定太子之计，顾思之未得其术，则必不轻为无故之呶呶，以取嫌于猜忌之主。四皓之策岂仓卒要劫时所能定哉，盖虑之者预矣。司马公讥其为子植党以拒父，而无子房、无此事，则是子房转泰然于不谏也，何忠于韩而薄于汉若是，此未知子房之善用权也。

若魏公之事则不然。方王钦若以邪说导真宗，真宗曰王旦得无不可，则真宗意所顾忌者，一魏公耳。令魏公独持正论以辟之，其势当立阻，而乃撙酒美珠，遽关其口，此必其养于中者未足，而利害之见能摇其心也。且夫美珠之赂，魏公以为惮己而赂之欤，以为市己而赂之欤？如以为惮己而赂之，则反其珠可也，面陈其事可也，即君觃为不可辞，拜其赐而仍侃然匡赦其失焉可也；如以为市己而赂之，则上以利市其下，下即以唯阿应其上，天下事当可问哉。从君于昏，陷身于不义，稍一委蛇，遂为相业之瑕，削发披缁之命，悔无及矣。

窃尝综汉、宋当日大势而计之，高帝竟行废立事，则孝惠之贤，将为扶苏续，而其祸更烈于诸吕；真宗不行封禅事，则咸、景之政，不为祥符累，而其业不亚于太宗。以魏公处高帝之世，揣其平日立朝之意，断不忍坐视易储之乱，而亦不能如留候[侯]之巧于弥缝。以留候[侯]处真宗之世，揣其杜门引疾之意，亦不乐与议天书之妄，而必不至如魏公之苟焉附和。留候[侯]不谏易储，而易储之举终自留候[侯]沮之，其功实出周昌、叔孙通上。魏公不谏天书，而天书之出，不啻魏公赞之，其罪实不在王钦若下。於乎，留候[侯]固不失为智士，魏公其未得为纯臣乎。

《新唐书·地理志》详载渠堰之利论

顾氏《日知录》云，欧阳永叔作《唐书·地理志》，凡一渠之开，一堰之立，无不记之其县之下，实兼《河渠》一志。好攻新书之失者，谓新书并旧志《礼仪》、《音乐》为《礼乐志》，而增一《仪卫志》，又别增《选举》、《兵》二志，非尽仍旧书之例；渠堰之利，详载《地理志》，疑不如别志《河渠》之允。不知《史记》之有《河渠书》，《汉书》之有《沟洫志》，实皆一河为纲。唐时未有河患，无大兴发，酾渠设堰，特事之琐琐者耳，不足立专志。然而渠之为利，足以溉田而运漕，堰之为利，足以蓄水而御水，民命于是乎寄，国用于是乎取给。以不足立专志之故，而并此渠堰之利而没之，则一代之农、工二政，将于何而考稽焉，讵非史氏之憾欤。虽列传、《食货志》中时亦散见一二，又何如条分件系于其县之下，使览者寻行而易晓也哉。史家有附传而无附志之例，载渠堰于《地理志》，欧公之创为附志例也。

新书以事增文省自多，而刘允城讥之以为事增文省，正新书之失。窃谓此议但可施之于纪、传，而未可施之于志、表。志、表皆欧公手定，颇存马、班旧法。即以《地理志》与旧志参观，视刘晌[昫]之仅详建置、沿革，其优劣何如？顾氏称其详而有体，殆非溢美，又何能执允城之说以议之耶。大率新书省文之弊，在于词涩；而史之志地理，本无取乎华瞻。新书增事之弊，在蒐及小说，以致猥杂；而郡县之有渠堰，非若邑之名胜，文人或引以为谈助，而渐致失实，其所来取，度不外志乘之书，断可徵信。矧此渠堰之利，尤民命国用之所倚赖，而史氏所不宜简略者哉，则诚无以易乎顾氏之说也已。

傅介子、陈汤论

古来权略之士，偶一自效，而立就赫赫之功者，非特其才足以应变也，盖必熟审乎当国者之能用我与否，以决我计之可不可，而绝非苟焉尝试以徼一时之幸也。

傅介子、陈汤同立功于异域，而介子斩楼兰王，白于大将军而后行，汤之用兵于郅支单于，不乐奏请而甘受矫制之罪，夫岂介子之权不足，而汤之必欲行其权欤。元凤之时，霍光用事，建昭之时，匡衡与石显用事。光之能用介子，而衡、显之不能用汤也，固不待蓍蔡而可券矣。迹其成功之难易，介子所为，一游侠者之所能，而汤之所为，以拟卫、霍之功殆无多让。乃介子不逾年而受封食七百户，汤及甘延寿越三年始封，而仅食三百户，虽亦汤之贪而无行，有以自取，衡、显独何心哉。汤之告延寿曰，国家与公卿议大策，非凡所见事必不从。举朝泄沓之状，若以此数语者，铸鼎而象之。令彼值霍光之世，亦何乐不为介子之请耶。观介子欲诈取龟兹王，而光谕以龟兹道远，且验之于楼兰。则介子之功，光之功也。而衡、显之沮抑汤功，反以生事蛮夷为词，不诚足以短豪杰之气乎。於乎，傅、陈之才，犹非世之所罕，而霍光不数遇，衡、显方接踵于天下，徒令才若傅、陈者不获自效于时，而愤世者致有乏才之叹，可悲也夫。

韦处厚、李绅论

唐中叶之相业杰出者，惟李长源、陆敬舆、裴中立、李文饶数人而已，余皆非身系天下之安危者也。韦德载相文宗，李公垂相武宗，所建树固未足与数人者埒，然核其生平行事，盖不可谓非有唐之人才。

韦官于宪、穆、敬、文四朝，李官于穆、敬、文、武四朝，才相俟，而器量则韦优于李。李以文艺节操见知，屡为怨仇所排，卒跻显位，而所至务为威烈，或陷暴刻，故身殁而坐吴湘之冤。其厄于李逢吉也，实倚韦之申救而免，不然亦早殆哉。韦姿状若懦，而廷争不可回夺，刚于御吏，而推择官材，往往弃瑕录善，此岂壹务威烈者所能望乎。其为相也，澄别流品，肫肫以近君子远小人为言，又倾心裴中立，始讽敬宗以不能用，继勖文宗以久任，以人事君，此之谓矣。然而太和初政虽号清明，李同捷、王廷凑之乱未获及身而定，则救时之略，或少短欤。李刺滁、寿二州，去虎暴尹，河南恶少望风遁；节度宣武，蝗不入境，拟以汉之循吏，差可无愧。及其入相，徒充位耳，则亦黄霸之流也。意者文饶当国，会昌之气象已赫然超轶太和，即伴食门下无伤乎。夫天下之安危在相，既相矣，而不为天下安危所系，则非天下才。顾不为天下安危所系，而所乐与共事之人尝系乎天下之安危，则其才犹不至绝无益于天下。韦乐与裴中立共事，数引以为重，而中立既老病，则文宗朝不可无韦。李则文饶所引与共事者，而文饶功业方盛，未易颉颃而侪伍之，殆非武宗朝必不可无之一人。韦终于相，李罢相而仍镇淮南，则韦之才足治内，而李之才足治外，可知也。而论唐中叶之相业者，尚曰非天下安危所系。於乎，相也，而身系天下安危者，几人哉。

汉萧何，唐房玄龄、杜如晦，宋赵普合论

大臣之功过，以心之公为出入，而一代佐命之杰，则必无无功可录者。故吾于汉之萧何，唐之房、杜，宋之赵普，不论其功，论其过。

何事高帝，能以功名终，庶无过矣，独其治未央宫，壮丽则秦阿房之续也，遭帝怒，而又进天子重威之说，乌足训万世。而以普之治第京师絜之，则何公而普私。房、杜，儒者气象，非刀笔吏埒，而其赞成

临湖殿之事，岂善处人骨肉之间者乎。责备贤者，畴曰非过，顾情势近迫，藉不出此，则唐社危。以普之构成秦狱絜之，又二人公而普私。普自号以《论语》佐太平，而不免为患得患失无所不至之鄙夫，其他勋业复焉足道。

或曰，何先后用客计释帝疑以脱祸，亦曷尝无得失之见介其胸，奚为而苛责普。曰，何之求自完也，自污且不惜其心则可哀矣。普以卢多逊之毁，请备枢轴、察奸变，因是以图报复，至波及亲藩，苟有人心，安忍为此？充其极，可操、懿而杞、桧也。即其谏讨幽、蓟，略与玄龄谏高丽之役等，不可谓非忠，然而彼竭诚于垂殁，此纳规于再相，其为难易盖判然矣。矧其为政也专而多忌，且屡短微时所不足者，视何之荐参自代，房、杜之同心辅政，及房之久处要地，不吝权于新进，能毋怍欤。吾于是益信君子小人之界画，只争此为公、为私之一间也。吁，微乎哉。

周云成康、汉言文景论

窃尝纵观前代治乱之迹，而以为嬴秦者，古今风俗厚薄之界也。自七雄恶周制之害已而去其籍，文字异形，车途异轨，教令哤杂，奸伪萌生。洎始皇并冠带之伦，燔经坑儒，四维遂绝。陈、项奋呼，秦失其鹿，高帝入关，屏除苛禁，传至文景，海内粗安，号称富庶。徒以承秦之敝，制度文物，悉由苟简，唐虞三代之治，遂不可复，匪惟用人行政之故，盖亦时代使然。然班孟贤赞景纪，竟以汉之文、景拟周之成、康者，臣子颂扬其君，固不以溢美为嫌，而不必尽究其实也。

周自后稷封邰，公刘迁邠，太王居岐，积德累仁，至于文、武，越夏、商两朝，始受天命。继以周公制作之才，外抚殷民，内兴礼乐，成王、康王始安坐而享其利。王业之成，允哉难矣。

汉高以泗上亭长，五载而定天下，从古帝王盖未有受命若斯之易者，此迁史所谓天也。孝惠蒙业未久，而母后临宇，平、勃之能，不如周、召，产、禄之祸，烈于管、蔡。于斯时也，天下之势殆哉岌岌。孝文入继大统，持之以恭俭，与民休息，世称令主，而治宗黄老，不崇儒术，振兴文教，谦让未遑。景帝遵孝文之恭俭，而晁错导之以刻薄，老、庄之弊，流为申、韩，薄后太子之废，周亚夫之不食，皆其验也。然则以景视文，盖犹未能同年而语，况其上乎。特其前后数十年间，破觚斫雕，民返于朴，吏治烝烝，几致刑措。圣人云，善人为邦，百年亦可以胜残去杀，岂虚言欤。夫以孝文之质之美，后世守成令主，如唐之太宗，犹多未逮，宜非景帝之所敢望。

诚使高帝创业之始，佐命诸臣固非屠狗贩缯之辈，而议礼定朝仪者，亦稍胜于叔孙通之徒，则虽二帝三王群圣人之道几为秦火所烬，而百王之礼至周大备，访求遗老，必有能言其一二者，周监二代而汉监于周曾是，传及孝文，辅以贾生、王佐之略，而风俗之美，犹不能追纵成、康。乃高帝既沿秦制而孝文无复古之大志，景帝又值七国之变，至孝武稽古右文，仍不敌其穷兵黩武之意，卒至府库虚耗，盗贼蜂起，虽雅重儒术，转不如文景之世，犹收黄老清静之效。自是以后，六经几无实用，徒开俗儒聚讼之渐。论世者以三代下治不古，若不得不归咎于秦人之坏法，此尤可长太息者也。

宫中府中俱为一体论

治国之道，未有内不治而外能治者也。以一国言之，则四境为外，宫府为内；以宫府言之，则府为外，宫为内。府事皆宫中所得预，而宫中则人主所宴息之地，宦官、宫妾所以伺意旨、窥喜怒之地，其事非府中所得预。是故一或不谨，则近幸由是而作奸，朝政由是而日舛，敌国由是而生心，疆土由是而侵削，其甚者社稷即由是而倾覆。语云，千里之堤，以蝼蚁之穴溃，百尺之室，以突隙之烟焚，此之谓也。武侯进《出师表》在后主建兴五年，其曰宫中府中，俱为一体，而继之曰，陟罚藏[臧]否不宜同，又曰，不宜偏私，使内外异法者。计是时政无巨细，咸决于武侯，府中之事必无偏私之法可知，武侯意所惓惓者，宫中而已。

《蜀志·董允传》称亮将北征，虑后主富于春秋，朱紫难别，以允秉心公，亮欲任以宫省之事。盖后主暗弱，武侯窥之已深，而其嬖溺宦寺之心，已萌芽于是时。他日黄皓之祸，固武侯所逆料而先事预防者也。《允传》称皓终允世不敢为非，至允卒而陈祗代为侍中，与皓互相表里，皓始得与政事，则武侯所为任允以官[宫]省之事者，信有以格后主之非心，而特不料允之先后主而卒也。老泉咎管仲之死不能荐贤自代，以成竖刀、开方、易牙之乱；若武侯者，可谓能荐贤矣，而卒不能使后主免于黄皓之祸，国之存亡，岂非天哉。

或曰，武侯既逆料黄皓之为祸，则当日武侯之权，岂力不能诛皓者，与其责允等以匡主之事，何如锄国恶于未蔓之年。呜呼，大臣谋国，亦引其君以当道已耳，安能屑屑焉较量事后之得失乎。令允等而在，虽百黄皓何损于蜀，苟无才足以制皓者，则如后主之暗，一皓去而如皓者方接踵以至，亦乌能悉数而去之。且皓之专权，自景耀元年始，距武侯之没二十余年，距武侯北征进《表》，时且三十年，不识武侯时宫中已有黄皓其人乎，抑尚无黄皓其人乎。陈《志》简略，不详皓事始末，固未可知也。特武侯时虽无黄皓其人，而后主乐亲小人之意，必有隐露于宫中所陟罚之人者，所谓不宜偏私，殆即谓此。

大凡暗弱之主，有失之宽，无失之严。武侯治蜀尚严，而后主独于宫中反行其道，则宫府之不能一体断然也。彼府中之人，非即所称忠志之士忘身于外者乎，顾使闻宫中之陟罚不尽同于府中，则豪杰之士畴不为之恢[灰]心，讨贼之无效又可决已；况宫中之陟罚不明，将不止于讨贼之无效，必如黄皓之覆国而后已哉，而后主卒不悟，悲夫。

厚韩亲魏以摈秦论

纵约之败，秦并六国之机也。而从[纵]约之所以必败，则以苏秦非能一纵约之人也。秦之说赵肃侯曰，秦不敢举甲兵而伐赵者，畏韩、魏之议其后也。其为洹水之约，秦攻一国，五国各出锐师以挠之。意以为秦所欲攻者，莫如韩、魏近，六国之势一，而后韩、魏可以支秦；

韩、魏可以支秦，而后山东诸侯不至遍受秦祸。厥后陈轸说齐合三晋以摈秦，所见亦与秦同。子由作《六国论》，祖秦、轸之意，发为厚韩亲魏之说。窃谓子由之说，六国时纵人皆能道之，即横人亦能见及之，远交近攻，正所以破厚韩亲魏之势也。以一离六，自聚而散，其势易；以六当一，自散而聚，其势难。是故横人有效而纵人卒无效。观苏秦相六国一年，而秦以韩、魏之师伐赵，纵约遂解，亦可见当时六国之君类无不狃于功利，而绝无深知大计者矣。

然吾不深咎六国之君而咎苏秦者，何也？秦有能一纵约之才，而无能一纵约之学。其挟策以干赵也，揣摩简练，不过为金玉卿相计，且始以连横说秦，不合于秦，乃不得已而言纵，曷尝以天下之治乱系其胸哉。迨纵约既解，请使于燕而去赵，复伪得罪于燕而奔齐，意欲弊齐以为燕，此不惟不足以信六国之君之信心，而先自为六国之蠹，欲横人之无逞志也得乎。

然则以苏秦之舌，而济以孟子之仁义，其能见信于六国之君乎？曰未必然也。孟子游梁、游齐，而终身不入秦，盖以为近秦之国莫梁若，远秦而不受秦敌之国莫齐若，之二国者，皆深系六国之大势。自公孙衍欺齐、魏以伐赵而纵约败，此亦孟子所扼腕也。然张仪相魏数年，而孟子始去魏，齐取燕未及一年，而孟子即去齐者，魏受秦绐，其祸犹缓，一旦觉悟，犹及联六国以拒秦，至齐人取燕，而六国之势始败坏而不可收拾矣。其不遇于梁，而复不遇于齐，天之不欲相六国也。信苏秦以孟子之仁义说六国，则六国之君亦谁复以金玉卿相畀秦，而遂其约纵之计也哉。於乎，是又乌能无咎于六国之君也。且夫六国之君，皆子由所谓贪疆场尺寸之利者也。其意岂不知韩、魏之不足以支秦与四国之力之足助韩、魏以拒秦，一国发难，则五国瓦解，人修怨于我而我以德报之者，未之有也。

苏秦死而纵人之才更无有如秦者，故秦人日以得志。推原祸始，则齐、魏之伐赵，无所逃罪。魏地之大，仅埒于韩，当秦之冲，固无日不藉四国之援，而乃首挑衅于纵约之长，则四国尚有乐亲韩、魏者乎。

齐地小于楚、赵而强于燕，其力足以联三国以助韩、魏，而乃先率魏以构怨于赵，则三国尚有乐亲韩者乎。魏之伐赵，自伐也；齐之与魏伐赵，不啻助秦以伐韩、魏也。未几而魏效河外，韩丧宜阳，两国日蹙而四国亦随之侵削，悉为秦并而后已。秦之狡与六国之愚与。

孔明有王佐之心论

自战国以后，上下二千余年，求所谓王佐才者，盖难言之。尝于汉西京得一人焉，曰贾生；于偏安之蜀得一人焉，曰孔明。贾生《陈政事疏》以辨等威、正风俗、教太子、崇礼义为纲，多合《礼经》遗意。孔明《出师表》以宫府一体、亲贤臣、远小人为宗旨，亦原本于《周官》。即其言以窥其心，均王佐之心也。明道之称孔明，其犹子瞻之称贾生乎。

顾心之所蓄，以立身行事为纲，符核其始终本末，则孔明固优于贾生。于何见之？贾生立谈痛哭，取忌于时，孔明苟全性命，不求闻达，同此不可一世之心，而心之所养者异。贾生伤为傅之无状，以至忧卒，孔明鞠躬尽瘁，死而后已，同此食禄忠事之心，而心之所养者又异。然则隐居、求志、行义、达道，惟孔明近之，岂贾生所能望哉。明道以孔明之取蜀于刘璋，议其未尽合王者之道，而仍原其心者，盖推琮为曹并取而兴刘之说，则不取于璋，璋亦必终失之。昭烈之日暮途远，不得已而出此，尚未足为孔明之心术累也。令昭烈竟成王者之业，则孔明讵非王佐。伊、吕之得主汤、武，时也，而不可数也。故子瞻惜贾生之才，而明道取孔明之心。

礼以养人为本论

天下事，未有不极于至庸而可期于无弊者也。口腹之于饮食也，手足之有裳衣也，彼民之愚不自解其所以然也，习焉而忘之，以为是诚便于我者，则相与安之矣。惟礼之于人也亦然。太古之世，人无以自别于鸟兽，弱食强之肉，而鸟兽卒为人所胜，则力之屈于智也。然而任智不已，则始而人食鸟兽，继且人与人相残，而不知其祸之所终极。圣人虑其然也，于是乎为礼以维持。彼其所以维持之者，非有他道也，曰君臣也，父子也，夫妇也，昆弟也，朋友之交也。此五者，自有人类以至于今，未有能改者也。而说者谓礼理起太一，礼事起于遂皇，礼名起于黄帝，夫苟不审其理之所存，而徒曰事耳名耳，则固非礼之精焉者矣。

礼之精者奈何，刘子政所谓以养人为本是也。养人奈何，曰小者养其身，大者养其心。养其身者，非能使之不耕而食，不蚕而衣也，货恶其弃于地也，不必藏于己，力恶其不出于身也，不必为己，养之以天下之公利而礼存焉。养其心者，亦非能舍君臣、父子、夫妇、昆弟、朋友之伦，而与之演太极之旨、抉性命之秘也，不独亲其亲，不独子其子，老有所终，壮有所用，幼有所长，矜寡孤独废疾者皆有所养，男有分，女有归，养之以天下之公义而礼存焉。其在《周官》司徒之职，以保息六为养，以乡三物为教，宏纳细目，粲然备矣，其得谓之非本务也欤。苏明允云，圣人之道，得礼而信，又安在本不立而能信于人欤。

然而有其本，必有其末，《曲礼》三千，皆礼之末者。而失其所谓末，则将并其所谓本者而虚存其名。故自嬴秦燔先圣之书，而黄老之学始得承其敝于《礼经》放失之后。近者墨氏之教且骎骎与孔孟争衡，剽窃其绪余者，谬欲藉是以返之于忠质，而于养人之政顾独鲜措意焉。吾未识其知本焉否也。

李东阳论

国之有良相，犹良医也。医者以病夫之有时不受药而悻悻以去，听其发狂以就毙，非情也，孰若徐进以疏导之剂，俾病者不至于大惫，而因以培养其元气之为得乎。明武宗之世，刘瑾用事，刘健、谢迁去，而李东阳留，卒以保全善类，弥缝其阙失，而瑾之凶焰乃不至于大炽，此疏导之剂也。令东阳亦悻悻以去，则武宗之发狂疾也必矣。彼刘瑾者，其外邪之骤入者也，健、迁辈投以峻剂而不纳，而东阳始易方以进，其心苦矣。而议者不察，以为怀利而不去，是未窥其有活人之术而庸医视之也，乌足以知东阳哉。史称东阳潜移默夺，天下阴受其庇，其培养元气，亦云至矣。惜乎武宗之不谨于疾，而不惟一瑾之足以为患也，以区区培养之力，不敌其戕贼之甚，庸有济乎。然而相臣之利则亦溥矣哉。厥后魏珰之祸，士大夫奔走若奴隶，竟无复有东阳其人者，而明之元气斫丧垂尽，以迄于亡，匪特受病有浅深，抑亦良药之未可数遇也。

徐阶论

世多奇华亭之能倾贼嵩，吾惑焉。嵩之败，由父子稔恶使然，华亭第默窥上意之疑嵩而去之，未可尽以为功也。而或且以其先谨事嵩，诋之为心术之疵，吾益惑焉。几事不密，先圣固垂戒于《易》矣；夏言之覆车，又朝野之所寒心，而与嵩同列者之所宜鉴也。彼其倾嵩，岂与高拱之倾华亭、张居正之倾拱侔哉。

华亭相业，具自榜直庐三语曰，以威福还主上，以政务还诸司，以用舍刑赏还公论。迹其先后行事，盖能践其言者。其为首辅有过人者数大端：导帝反猜刻以宽大，遂发舒言路一；保全善类，俾任事者得以功名终二；所持诤多宫禁事，至中官侧目三；倾心委居正，基神宗初政之美四。史臣称其虽任智数，要不失正踸也。夫踸也夫，夫以智数，遇大奸而以其不失正者总持朝纲，此决非小有才者之所能，尚何訾议之有。杨、沈诸贤正气凛凛，其以击嵩遘祸，徒乏智数耳。然而智数，才也，非尽人而可能也。不失正，则才短者之所得勉为尽人而可能也。壹任智数而无学以为质干，则不至于失其正不已，华亭之学出姚江门人，其信非徒恃才者欤。

张江陵论

衰世之政，患任之人少，其有敢于任事者，不可谓非救时之杰也。至以任事之久，为怨所丛，不幸败于身后，而世遂以是少之，几并没其前此赫然之功，其亦非持平之论也已。

明之张江陵，继高拱为首辅，承严分宜之后，此明政极敝之时也。而其为政，以尊主权、课吏职、信赏罚、一号令为主，其导君以讲学、亲贤、爱民、节用为急务，其用人若李成梁之镇辽，戚继光之镇蓟，皆得其任。彼其素以豪杰自许，谅哉无愧色矣。顾夺情一事，既为世所诟病，而始与高拱相期以相业，后以负气不下，至结冯保以谋去之，且去之不已，并谋陷之，此则其心术之疵，无可原者，宜其相业之不能与伊、吕方驾也。

而世之短江陵者，徒病其威福之自恣，何足以服江陵也欤。夫威福者，人主之操柄也，至人主不能自有，而寄之于臣，此其失固不在臣，而在其君矣。盖其臣而能行其君之权者，犹衰世之能臣也。若夫泄沓之朝，身为大臣者有匡救之责，而各退然以权让人，窥其迹有若纯臣者，然而隤靡之气充塞上下，天下大势有若病痿，夫安得如江陵其人者，运掉其肢体之不仁，而使之起坐行立若无病之人哉。然则大臣专断，诚非国之福，至大臣而并乏专断之才，国事其又谁任之。

语云，十围之木持千钧之屋，五寸之键制开阖之门。彼大臣者，屋之木而门之键也。其或材朽[朽]而不任重，牡敝而不适用，则风雨不蔽，而窃盗且日睨其旁矣。噫嘻，人才之难，古今同叹，如江陵者，既不多得，则且勿轻议江陵，而第师其任事之勇焉可也。

张耳、陈余论

古所称刎颈交者有二，曰廉、蔺，曰耳、余。廉、蔺之交，始离而终合；耳、余之交，始合而终离，岂度量之相越远哉，为国与为身之异也。

方耳、余贱时，各藉富人女以自赡，盖碌碌无奇行者；其为交也，非能以道义相劘切，以风节相敦勉，志富贵耳。迄比肩事陈涉，怨其不以为将而以为校尉，于是说武臣背之，此固不待泜水之事，而两人之心迹已可见矣。夫不信于友，不可以获上，亦安有不忠于其主而能信于友者哉。厥后武臣既败，并事赵歇，一怀忿于钜鹿之围，一蓄怒于河上之渔猎，余既未足与共患难，耳亦何足与共功名。耳、余之并封于项王也，余独斤斤计较于侯王之尊卑，何其陋也。及耳之败于余而出走也，瞻顾于楚、汉之强弱而不能决，何其庸懦而无识也。幸汉事成，而耳得以赵王终耳，令汉为楚并，耳能复念汉王之有旧而不负汉乎。

且耳、余事武臣，其智既厮养卒之不若。耳王常山，至为余三县兵之所袭，其斩余于泜水，亦倚淮阴之力以成其功，耳之才又余之不若。然则两人固徒以反覆为能事，而他无所见长者，其一败一不败，匪可以得失论也。顾耳之怨余，犹人情之常，余之要汉以杀耳，诚何心哉。所谓刎颈交者，乃至此耶。泜水之祸，不可谓非余自召之也。责耳者曰，耳以余故，并杀故主歇，罪之大者。夫不能信于友而欲其忠于主也难矣，如耳者，尚足与语君臣之义乎。

於乎，世衰俗失，而朋友之道日薄，自楚、汉以来二千余年，何代无耳、余其人，虽其积成嫌隙以相报复，或未至如彼其甚，而小利害之反眼与下石之挤，可胜道哉。欧公谓君子与君子以同道为朋，小人与小人以同利为朋，几见有同利而能善其卒者欤。

管仲论

昔史迁叙次管氏之轶事，以其书世多有之，置弗论。独致意于《牧民》、《山高》、《乘马》、《轻重》、《九府》诸篇，盖深识管氏之相中主而能致富强者，此其机括也。

自孔冲远始疑《轻重篇》为后人所加，而叶水心至谓《管子》之尤缪妄者无甚于《轻重》诸篇。窃尝取其书而详核之，彼其所载于《轻重篇》者，凡民生纤屑之事，靡弗备具，霸者致民驩虞或于是乎。在后儒不察，习见秦、汉以下之政教，君民隔绝有若霄壤，以为并其屑屑者而谋之，非政之体，甚矣其惑也。夫叶氏永嘉之学，号称通经济者，而其所祇于管氏之书，仍不越秦、汉以下儒者之故见，则宋之不振也宜矣。

其他推重管氏者，晃[晁]氏谓其《心术》、《白心》诸篇，亦尝侧闻正心诚意之道，张氏嵘亦谓《心术》、《白心》上下、《内业》诸篇，是其功业所本，然之数篇皆杂道家之言，善读周、秦诸子书者，必能辨之，乃益叹史迁《列传》所来于管氏之书之一二言者，为能独揭其粹精之处以示万世也允乎。

赵氏用贤之说曰，王者之法，莫备于周公，而善变周公之法者，莫精于管子。又曰，其书如《牧民》、《乘马》、《幼官》、《轻重》诸篇，大抵不离《周官》以制用，而亦不尽局于《周官》以通其变，殆微窥管氏相中主之苦心，有不得不出于此者，于一匡九合之伟绩，讵有所溢美焉。管氏惟善变王者之法，故不失为霸。彼狃于其故而不变者，自弱之道也，求为霸且不获，又何王之足云。

顾等变法也，管氏行之于先，则富强其国；商君行之于继，则国富强而速其亡；荆公行之于后，则未及富强而国受其祸，非特用人行政之得失异也。变古而今者，由繁曲以趋简直，其势便；变今而古者，由简直以趋繁曲，其效迂。荆公之徒取诟病，有由然矣。苏子瞻论管氏变周之制，谓繁曲者所以为不可败，简直者所以为必胜，即以是画王、霸之鸿界。则知其简直也过，虽胜而未有终不败者。此有商之所为不能并驱于管，而亦以见管氏之霸业犹近于王也。世之谈变法者，类宗商而祧管，何为也哉。

荀卿论

尝谓处乱世而不合于时者，其人必不失为圣贤之徒。圣贤处乱世，彼曷尝无待用于时之心，以为待用于时者，将拨乱世而反之正，非枉道以苟合已也。不枉道以苟合，于是终不为浊世所容，而冥冥焉抱所长以没世。於乎，此局外所同声一叹，而实有志之士所甘焉者也。

战国之世，谈天、雕龙、炙毂辈，各挟其术以鸣于诸侯王之庭，所谓不枉道以苟合于时者，孟子而外，荀卿庶几近之。观其不得志于齐，去而之楚，复不悦于春申君，以为兰陵令，不久而旋废。史迁以孟、荀合传，意之两人者其抱道而不遇一也。

然而荀子之书，如《非十二子》等篇，有不可一世之概，自信过坚，且其性恶之说，亦驳而不纯。故东坡苏氏遂以为李斯刻薄之祸，兆于荀卿。不知东坡所以訾荀卿者，非果訾荀卿也，訾荆公也。荆公之贤不如荀卿，而章、蔡辈假荆公之新法以乱宋，则罪等于李斯。然则章、蔡之祸，固荆公导之，而李斯之祸，何必竟谓荀卿导之哉。李斯惟尽变荀卿之所学，以行商鞅之法，故得志于秦。使荀卿而早日变其所学也，又何患不得志于齐，不得志于楚，而以兰陵令终也耶。

虽然，吾谓荀卿不幸以兰陵令终，而又不幸以其书传也。令荀卿不以其书传，则徒观其出处之本末，俨然大贤矣。而必鸣其不平，不为布帛菽粟之文使天下后世法，徒创过高之论，使天下后世之读其书者望而知其非纯儒，则荀卿之过也。昌黎韩子之言曰，荀与扬，大醇而小疵，疵乎其书也。果不疵其书而疵其人，则以昌黎鉴古之识，岂莽大夫而犹以为小疵乎哉。扬子则书可疵，而人亦可疵者也。荀子则书可疵，而人不可疵者也。曷言乎书可疵而人不可疵，曰，不枉道以苟合于战国之世故。

刘晏论

自古执经之儒，皆薄理财之臣，而不知天下多事之秋，未尝不以理财为急。唐遭安史之乱，天下户口十亡八九，府库耗竭，所在支绌，得刘晏领度支，而县官所给，皆倚办于晏，其操何术而能然哉。

窃尝以为事无钜细，独任之则常劳，众任之则常逸。任国家之大事者，固未有能不假手于人者也。假手于人，而用人者或无所简择于其间，则正人不至；正人至矣，而又或用违其才，使其人不获自贡所长，则仍用之而无效；用之有其效，而使效能者得侵我权，凡轻重出入之地，其机务不总揽于上，则又百弊丛出，未受其利而先睹其害。

晏之言曰，办集众在于得人。其言固足为凡任事者之式，而匪独有以握理财之纽矣。又称其食货轻重之权，制在掌握，宜乎绝中饱之弊而利归于国。后之继掌财赋者，如韩洄、元琇、裴腆、包佶、卢徵、李衡辈，虽皆其故吏，而未足与之比伦也。然而，利之所在，怨之所归，中饱之弊愈绝，则府怨愈多。观其始构于敬羽，中忌于常衷，终死于杨炎，固亦士君子之所悲。而世顾以言利之臣，类皆不得其死，谓晏死不足深恤，则是朝廷制禄以养官，可废司农之职；而其食禄于朝者，亦谁复有乐为国家掌财赋者哉。

方今彝狄眈视，公私交困，柄国之臣，日策富强，然行之有年，海内元气日耗而度支之费愈绌者，岂任事者之不力，而利害之计较未熟欤；其亦用之或违其才，且权不归一而中饱之弊未尽绝欤。於乎，晏之立身大节，若交通中官，以利塞有口者之证，旧书虽为之曲原，而终不无可议。至其理财以爱民为先，而句检簿书，出纳钱谷，必委之士类，则诚有大异于小人之务财用者夫。安得尽如晏者而使之理今日之财也哉。

天地之气运北而南则治论

二气之流行于天地也，如人之一身血脉贯注，无乎而不通。人之气上逆则百病交作，而下达则心体俱泰。其上逆者，阴不足而阳为祸也；其下达者，阴阳调也。

五方形势，西北高而东南下，南者阳之所宅，而北者阴之所居。故南方之气北，则其气自下而高，北方之气南，则其气自高而下。自下而高，则阴与阳相争，而天地之气逆；自高而下，则阴与阳不相贼，而天地之气顺。

逆气之所感，于天为疾风暴雨，于地为山崩川竭，于物为毒蛇猛兽，于人为乱臣贼子，于事为贱妨贵、少陵长，四夷侵中国。数者并而天下于是乎大乱。大乱之机，非一朝夕之故也，而天地之气则必于天下未乱之先而动焉。

顺气之所感，于天为祥云甘露，于地为醴泉芝草，于物为麒麟鸾凤，于人为忠臣、孝子、悌弟、信友，于事为政不暴、民不怨、官吏不失职，士农工贾不废其所业。数者并而天下于是乎大治。大治之机亦非一朝夕之故也，而天地之气则必于天下未治之先而动焉。

且夫天下之治、乱，固非天地为之，而人为之者也。天地之气，则诚天地自为之，而亦转移于人者也。其始也，人受天地之气以为气，其继也，天地亦即以人之气为气。自有天地以来，北人强而南人弱，以弱临强，则治之数什一，而乱之数什九。以强临弱，则乱之数什一，而治之数什九，此理之顺逆使然也。故邵子曰，天地之气运北而南则治。

师道立则善人多论

孟曰性善，荀曰性恶，扬曰性善恶混，而《通书》之言性曰刚柔善恶中，其说盖不孟、不荀、不扬，于昌黎三品之恉为近，而实渊源于江都。江都之言曰，性非教化不成，又曰，性待教而为善，此《通书》之所祖。

《通书》之言性也，非特为性发也，明师道也。其曰师道立而善人多，所以申圣人立教俾人自易其恶、自至其中之说也。或曰，师之名尊矣，顾不列五伦之目，何哉。曰，得其道则臣师君、子师父、妇师夫、弟师昆、朋友交相师，而无事别为目焉。师之于五伦，其若气之于五行乎。气分布于水、火、金、木、土，而师寄位于君臣、父子、夫妇、昆弟、朋友，以善为督，无他道也。圣人灼知其然，而又熟计夫人之善不善相半，彼君、父、夫、昆之于臣、子、妇、弟，其分相临而其道或不足以相胜，矧朋友之分，相侔者而能相临欤，则不得不尊师之名，以教之权统归之师。《周官》大司徒施十有二教，乡大夫受教法焉颁于其吏夫，是以州长、党正各掌教治，俨然为一州一党师，而族师、闾胥、比长，亦与有化民成俗之责。

马贵与云，古之为吏者，其德行道艺，俱足以为人之师表，讵惟师表之直，将胥天下而善之。及周之衰，孔子始以布衣为天下师，从而化之者三千人，善人多矣，而卒不获朝廷以正天下，匹夫无势，刘子政所为长太息也。然自秦汉以来二千余年，儒吏异趋，政教殊途，而人心一息之善至于今未绝，则被我孔子之泽远矣。今之学者穷乏独善之操，而达歉善之量，徒嚣嚣然曰，我师孔子，我师孔子，其悳也夫。

必有关雎、麟趾之意，然后可以行周官之法度论

治天下者，以身治，非以法治也。以法治天下者，前古未之有，闻惟嬴秦狃一时之效，不知自返，使三代以前之制度荡焉泯焉而无复存，而遂以是自速其亡。以身治天下者，自尧、舜、禹、汤以至文、武、周公皆然。而夏、商以前之制虽善无徵，独《周官》犹见当日致太平之迹。然迹之所存，又非周家取以治天下之本也。周自太王至于文、武，历世有贤妃之助，而二南之治得刑于之化居多，洎成王、周公致太平，制礼作乐，法度遂彬彬焉。盖其所以起化于家，积德累行而成一代之风俗者，非一朝夕之故矣。

程子有言，必有关雎、麟趾之意，然后可以行《周官》之法度，岂无说哉。自七雄恶周制之害，已而去其籍，田畴异亩，车途异轨，文字异形，天下之民之耳目，既不期而自变，又遭秦政挟书之禁，《周官》之法度湮没于山岩屋壁者，积有年矣。至汉武开献书之路，其书始出，而东、西二京，信之者惟刘歆、郑康成二人，则《周官》之法之限于时而难行，自汉已然。矧后世之治天下者，能据其迹以取信于愚顽无知之民，而不必返求诸本原之地乎。然而秦汉以下之君，以身治天下者，实无数人。汉之文帝，唐之太宗，其治亦烝烝矣，而文帝宠慎夫人，使与后同席，太宗纳巢剌王妃，宫廷之间，均不能无愧于雎、麟之意。顾天下晏然就理，而两主不失为三代下之贤君者，不困天下以难行之法则，其以身率天下者，虽未能悉由乎文、武之道，天下亦谅其殚精图治之意，奉法而唯谨，而于宫廷之间，耳目所不及见闻之处，亦无暇苛责于其上也。程子之言，诚蒿目新法之害，冀以隐讽安石，而亦稍解神宗之惑，岂谓有关雎、麟趾之意，则《周官》之法度可必行于世也哉。愚尝谓有周公之道，有其书亦治，无其书亦治；无周公之道，无其书亦乱，有其书亦乱。其或有当于程子之意欤。

治天下以正风俗、得贤才为本论

古圣人之垂为六经以教万世也，惟《礼》之为用也博，而其所以培养人心、扶植人材者，为能收效于无形象之间，而即以挈乎万事万物之纲。纽自十七篇之义浸微，三百六十官之事不举，而天下遂无以复于三代之治，盖人心之媮而人材之匮乏也，有由然矣。

程明道先生尝言于朝，谓治天下以正风俗、得贤才为本，何其合于古经之意，而异乎末世之离本以言治者欤。夫司徒乡三物之教，曰六德，曰六行，曰六艺，人人有此德、行、艺，则成风俗，一二人有此德、行、艺，则成贤才。其所以正之者有道，则其所以得之者非偶然，治天下之本，舍此其将焉求。及周之衰，孔子窥文、武之政于方策，其答哀公之问政曰，亲亲之杀，尊贤之等，礼所生也。又尝曰，恭而无礼则劳，慎而无礼则葸，勇而无礼则乱，直而无礼则绞。君子笃于亲则民兴于仁，故旧不遗则民不偷，此正礼生于亲□[亲]尊贤之谓。意以为苟无礼，则虽有恭、慎、勇、直之美德，而不免有劳、葸、乱、绞之弊。苟有礼，则第加意于亲与故旧，而民已兴仁而不偷，本末之辨，辨以此也。

今将正天下之风俗，则事有急于亲亲者乎；将得天下之贤才，则事有急于尊贤者乎。而亲亲以丧祭为终事，尊贤以宾兴为始事，风俗之正，谨其所终，贤才之得，谨其所始，尤礼意之精且密者。故曰，所重民食丧祭，又曰，举贤才，观丧祭之与食等重，而知风俗之转移视此矣；观宾兴之以三物为举，而知贤才之用无有以他途进者矣。曾子言，慎终追远，民德归厚，而仲弓言焉知贤才而举，不得谓曾子知治本而仲弓未之知也。曾子期以丧祭之礼正天下之风俗，仲弓慨宾兴之礼废而无以得贤才也。近世礼教不修，士大夫不甚措意于丧祭之仪节，彼民之耳目所濡染者日非，至爱亲敬长渐成空谈，而风俗因之日薄，既易宾兴为科目，又使杂流并进，滞科目出身之迁转，致科目与杂流之人共趋于奔竞之途，而贤才因之短气。欲天下之治，其尚可不返求之本哉。

使民各得输其情论

昔《周官》大司徒之职，以保息六养万民，本俗六安万民，而比闾、族党、州乡有相保、相受、相葬、相救、相赒、相宾之谊。故自比长以至乡大夫，其所辖之民以职之崇卑为众寡，而万民之情之所以获输于上者，自五家之长始，风俗之懿，芸生之康乐，由是道也。

及世之衰，井田废，而先王之法坏，彼民之情既无以自相维系，而司牧其民者法令日益繁，势分日益尊，数仞之堂，远于九重之天，虽有离旷之明聪，其能周知民隐者鲜矣。善乎程明道答刘安礼之问，临民日使民各得输其情，诚灼见夫三代以下政俗之敝而痛砭之也夫。

自一身一家以推之国与天下，凡情之有所不能达者，以壅阏者之多也。去其所壅阏而使通之，则离者合矣。《易・噬嗑》之义取乎合，伊川传以为治天下之大用，盖未有能合而不能输其情者。不观夫水乎，滔滔江海，百川之所汇，舟楫之所容，与狎而玩者或灭顶焉；然惟不却涓流之输，是以大也。一勺之多为日用所利，赖苟止于坎而无沟渠以宣其秽恶，则饮之者病无所输也。民之情犹水，则临民者之量必若江海之大，而后可得所输，则民利受所输，则临民者亦利彼其能受，正使民得所输之道也。而贼民者乃曰，彼民之各事其事，固非上之人所一一能究诘矣，民之利害，民之所自为也，非上之所乐与闻也。噫嘻，是犹一人之身，贵其心而贱其耳、目、手足，而并以耳、目、手足聋、瞽、残废为非心之所宜知也。

《洪范》云，谋及乃心；又云，谋及庶人。岂不以民非甚贱，临民者非甚贵，必以其心为天下人之公心，而虚听于民，斯民之情无乎不输欤，且临民者亦何乐民之不输情于我也。彼民之视我若父母，然则我之视民犹家人骨肉也。家人骨肉之情，而长一家者有所不得闻，则家道睽矣，更未有家之长不使得闻者也；而独于民之情则不然，其亦惑之大者矣。

明道之言曰，先王之世，以道治天下。后世只是以法把持天下，此民情之所以不得输也。横渠为云岩令，月吉具酒食召乡人高年会县庭，亲为劝酬，使人知养老事长之义，因问民疾苦及告以训戒子弟之意，其阴行《周官》之法，而非介甫之以泥古病民者比乎。后世之临民者师横渠之所为，以实明道之言，殆亦不无小补也夫。

学者不可不通世务论

扬子有言，通天、地、人曰儒，通天、地而不通人曰伎。世之贵儒而贱伎也，易通人而难通天、地也。盖十人而八九顾以天下之所甚贵为天下之所甚易，而精神才力常苦不给者，何哉？彼夫儒其名而寡其实者，其不足以应人事之繁赜也，久矣。伊川不云乎，学者不可不通世务。世者，人之积也，不通世务云者，正扬子之所谓不通人也。

窃尝以为人苟未学焉则已，既学之矣，则世务诚非学以外之事也，乌有此之不通，而犹得嚣嚣然号于众，曰我固今世之所谓学者乎。於乎，是真今世之所谓学者而已矣。人受形天地而有身，身之与世，若鱼之与水，不可离也。鱼无所事于水，身不能无所事于世；于世之中，而因其远近以为之等，则曰家、曰国、曰天下。家有家之务，国有国之务，天下有天下之务，而罔不于身乎枢纽之。古人之为学，有知、仁、圣、义、忠、和之六德，则身之鹄也；有孝、友、睦、姻、任、恤之六行，有礼、乐、射、御、书、数之六艺，则通行于家、国、天下之轮舆也。故其身而未担国与天下事，于家为学人已耳；及担国与天下事，即于世为通人。《戴记·大学》一篇，以修身为家、国、天下本，而言絜矩之道綦详、世务之至精者也。

今之天下大于古，而天下之国且各务其所务，虽有魁儒者出，计亦未易周知而遍能之，然而默揣今天下之所宜，以考核于古之所谓德、行、艺者，惟射之为用近始不可恃，而其他则仍未有易乎古也。吾甚不慊夫世之空谈世务者，徒自襮其无本之学，而諓諓不已也。

九职任民论

国之有民，必使少壮男女各有所治之职业，而后犁然就理，故非独一夫不耕或受之饥，一女不织或受之寒也。凡民之有常业者而稍或旷之，凡天地之利之生生不已以养吾民者而不使民自取之，皆长民者之责也。

《周官》太宰以九职任万民，此宜司徒之事而宰亦统之，岂不以其总五官、掌六典，而理财之政有得兼而董之者欤。今核九职之事，有一恃人力而举其人者，三农、百工、商贾、嫔妇、臣妾、闲民是也；有相土之宜辅以人力而因举其地者，园、圃、薮、牧是也。惟山泽之材，必以时取，而不欲小民用之无节，特举虞衡之官以别之，明法禁操柄之一禀于有司也。其间曰生、曰毓、曰作、曰养蕃、曰饬化、曰阜通、曰化治、曰聚敛、曰转移执事，即少壮男女所有事。陈止斋谓制天下之民，各因其能以服其事。太宰既授之职，闾师又责其功，所以奠民生而作其业，信乎得《周官》之意矣。

夫古之治民者，货恶其弃于地，力恶其不出于身，因民之所利而利之，非长国家而务财用之谓也。其所谓开财之源者，则生之众、为之疾已耳，其所谓节财之流者，则食之寡、用之舒已耳。今农政不修，民之游惰者日夥，而工商之业渐不能与泰西诸国争胜，是生之者不众而为之者不疾也。计臣偶建一策，谓可保我民自有之利，而事未见效，官吏之仰食者动以数十计，甚且因缘为奸，假公肥己，而国帑之所费岁巨万矣，是食之者不寡而用之者不舒也。凡我所谓生财之道，动与古戾，而泰西诸国之所以自治其民者，乃日以详审精密，其盛者或间合我中国三代之政，而究亦无以逾乎《周官》九职之事。窥其迹者，徒见商贾之业驾我之上，而不知其原本于百工，徒见百工之艺亦驾我之上，而不知其原本于格致。

尝谓《大学》格物之传既亡，朱子即物穷理之说，盖混言之耳。彼泰西格致之学，未可竟谓之不合于古议者。顾采其格致家言，补《考工记》之所未备，非无见也。顾其地力、人力之不逮我中国者实多，彼惧地力之有所未尽，而求之于矿产，患人力之有所不足，而佐之以机器，亦因势利导之云尔，安见不如是不足以为治乎。然则我中国而急图自强也，不患不能振兴新学，而仍患不能循古之法也。

循古之法奈何，曰今之三农、百工、商贾、嫔妇、臣妾、闲民犹是也，园、圃、山、泽、薮、牧犹是也，以太宰任民之道行之，而佐以泰西格致之学，则向之虚存其名者，今且一一考验其实，使举国之中，货无或弃于地，举国之人力无或不出于身，而谓民犹有不给，国犹有不富夫，岂其然。然自莽、歆、安石假是以朘民祸世，疑《周官》者并以其理财过密，诋为非圣人之法，即二三豪杰，雅负识时之誉，而谈新学则以为通材，援经术则以为迂士，孰能深信夫太宰九职之事，实有行之于今而无弊者哉。

圣门论政重在行字论

古之人学而后入政，未闻以政学者。圣门之学，一以躬行为重，其于政也，犹之学也。故自孔子之身以逮七十二贤之徒，虽无一人焉得柄天下之大政，而其相与论政之语，散见于《鲁论》及二《戴记》者，类无不以行为枢。即其未尝质言行者，盖靡弗隐括乎行之意焉。

秦一六国，燔诗书以愚黔首，而政与教歧为二；隋一南北，建进士科以溺人于文词，而政与学又歧为二。彼贱儒者，日诵孔氏之书，徒雕绘其言，志弋富贵，而于民物之利病概无所动于其胸，一旦入官，若瞽之无相，芒芒乎不知其身之所之，履险而蹶者比比也。魏晋之清谈，绝未措意于当代之政要；而安□[石]所谓行熙、丰之复古，锐意于行而不达政体，乃终于不可行之。二者一误于秦以后政教之久分，而人自为学者渐至蹈虚而不务实，一误于隋以后政学之久分，而学非所用者渐至泥古而不通今。夫蹈虚而不务实，则欲行而绌于理；泥古而不通今，则欲行而绌于势。理与势绌，其不足与议行政之得失也决矣。降而愈下，则因循粉饰以为政，无一日弗言行，而仍无一日果于行。呜呼，岂圣门之所谓政哉。

汉唐以来内外官制得失论

窃尝观于古今成败之迹，而欲帝王所恃以经纬万物者，惟其实而已。实之存亡，以用人之得失为蓍蔡，而其因事设官，以有庶司百职之目者，皆其肤末也。

《周官》之制尚已，自秦以降，只宇文氏一踵行之，虽亦虚袭其名，而南北纠纷之世，政俗差美，盖少变魏晋之浮华焉。一统之治，汉、唐为盛，而汉制多仍秦旧，唐多仍隋旧，其间相距才数百年，而中更五胡之乱，唐之去汉方，方汉之去三代，弥悬绝矣。则由五季而宋、辽、金，而元而明而迄于今，凡朝野规画所不能强而同者，孰非时与势之所为，岂直官制一端云乎。

杜君卿、马贵与之徒，既博稽前代之已事，以深著其得失，而其所以得失之故，则并非杜与马之所得而详说也。要而言之，其得则内外相维，其失则内外偏重。内重之祸，莫甚于秦，而秦则政之敝，非制之失也。其后一发于汉之王莽，再发于南宋之秦桧，三发于明之严嵩，内臣无所惮于外，而大之敢于为逆，小之敢于为恶矣。外重之祸，莫甚于周，而周则封建之敝，非官之失也。其后一发于东汉之州牧，再发于晋之诸王，三发于中晚唐之藩镇，外臣无所惮于内，而大之流毒于天下，小之流毒于一隅矣。夫使内外之臣而各忠其事，忠其事而各不逾其权限之所及，则不必考其官制之得焉与否，而国之享其利可券也。使内外之臣而各不忠其事，不忠其事而各逾其权限之所及，则不必考其官制之失焉与否，而国受其病可券也。然而逾其权限之失，其为祸也，诚未可量；若内之臣诿其权于外，外之臣诿其权于内，且不特内外交相诿，而此内臣复诿于彼内臣，此外臣复诿于彼外臣，是之谓有其官而无其实，其酿祸于无形者，又可量哉。吾以为其失不在制，而在人。

权 论

天下之为器也，其重无与等藉，曰，以刀荷之，未有能胜其任者也。析天下之大而各物其物，其轻与重之等，至赜而不可纪藉，曰，以意度之，未有能周知其数者也。然而居此天下者，日有事于天下而未尝困也，其大者足以宰天下，其小者足以宰天下之物，是何道也，曰，有权在。

古之造物者，以称物之轻重者为权，非自我而轻之重之也。物轻也而我轻之，物重也而我重之，而物遂以我之所轻重为轻重。是故能称乎物之轻重者，其有权者也；不能称乎物之轻重者，其无权者也。无权而物得自为其轻重矣。

凡物之云者，我之对也，家与国与天下之事所统焉者也。一家有一家之权，一国有一国之权，天下有天下之权。一家之所以视我为轻重者，以权在我也；一国之所以视我为轻重者，以权在我也；天下之所以视我为轻重者，以权在我也。我以一家之权畀之一家中之一人，则一家之事，视此一人为轻重矣。我以一国之权畀之一国中之一人，则一国之事视此一人为轻重矣。我以天下之权畀之天下中之一人，则天下之事视此一人为轻重矣。

不善用其权者，权在我也，而假之人，假人之权者，复虑其权之在我而责重也，而又假之人，以为我如是以用我权，则人劳而我逸，而不知我之所以轻重乎人者，人得持之以轻重乎我矣。今试挟重赀以走五都之肆，百货充牣，惟我所欲市也，而为铢、为两、为斤、为钧、为石，惟列肆者之所命，以权在彼也。若夫怀宝而衒于门，负担而呼于涂，其物之为贵为贱，彼与我目之所共睹也，而所以贵之贱之者惟我，则权在我也。家之有主也，国与天下之有君也，权之所在也，主不自有其权则移于仆与妾，君不自有其权则移于官与吏，若是而其家治、其国与天下治者，未之闻也。是故权者不可以假人者也。

然而公天下之权，则其权可常有，私天下之权，则其权易替者，何也？物轻也，而我轻之，物重也，而我重之，其权公；自我而轻之重之，其权私。其权公，则我与天下得其平，我之权犹天下之权也，而天下亦无乐乎自有其权，此我所以常有权也。其权私，则厉天下以自便，天下既无乐乎我之有权，而亦将各私其权以厉天下，于是乎人人有权而人人无权，此权之所由替也。吾为之说曰，物有轻重，权无轻重，不变非物，不经非权。

畜性辨

物万而哺乳动物称高等，其不依人生活者谓之兽，依人生活者谓之畜。兽号百而畜六，吾国古来之约词耳。畜之六曰马、曰牛、曰羊、曰鸡、曰犬、曰豕，自古而然，北驼南象不与焉。鸡非哺乳类，姑勿论。马、牛吾知其均能驾而能耕也，犬吾知其能猎能守卫，而极北之部落亦或使之驾也，皆能如人意，能供人驱使，故人乐豢养而用其能。而之数物者遂以是生存于地球，与驼、象等。羊性驯，故古之造文者，善、美、义等字皆从羊，顾无所能，不足为人用，人之豢养之也，徒食其肉而衣其皮。自西风东渐，多畜牛以供人食者。其牛未尝耕且驾，盖无以异于羊，而耕牛禁宰，固犹著为令。豕性惰而愎，饱食则卧，其气吁吁然，执鞭以临之，则东奔而西突，盖畜类之性劣无豕若者，故人之豢养之也，肉食而已，又利其生之繁，而供人之食益以丰也。

呜呼，如羊之驯，尚以无所能故，不能如马、牛、犬之为人用，日宛转于刀俎之下，而人且夷然莫或哀之，矧惰且愎如豕者哉。今异族之诋讥吾国者，全谓吾国人之性劣多类豕，然则刀俎将随其后矣。国之人有闻而悲且愤者乎，其鉴于畜。

答或问

或问于予曰，蒙读尊孔救亡之论，其人道救国、人格救国、人心救国三义，既洞烛时弊，足为指迷之南针矣，顾窃有疑焉，今我国既为民主国，岂尚有孔子所谓君臣之一达道乎？则应之曰，民主国固未尝无君臣之达道，存于政府及社会之各机关中，特不明古人造字之义者，狃于秦以后君权无限之观念，误以君为君主专享之名词，臣为对于君主专用之名词，而不知君臣二字之本义，凡一般人之地位稍尊者，无一不得而称君，其处于受人指挥之地位，而于义必当服从者，无一而非臣也。

许叔重《说文解字》云，君，尊也，从尹发号，故从口；尹，治也，从又、丿，握事者也。臣，牵也，事君也，象屈服之形牵引前也，从牛，象引牛之縻也，玄声。质言之，凡执行主要事务、发布号令者，皆可谓之君，凡牵引以就工作、服从指挥人之命令者，皆可谓之臣。《易·家人》卦彖传云，家人有严君焉，父母之谓也，是父母亦君也。《仪礼·丧服篇》妾为君，是家长亦君也。《论语》子路使门人为臣，是弟子可为师之臣也。《孟子》故将大有为之君，必有所不召之臣，是君固未尝卑视臣也。又君臣主敬，丑见王之敬之也，未见所以敬王也，是君臣固当互相敬也。

此犹曰徵之于古则然，试更徵之于今。中华民国元年二月二十四日，临时大总统孙中山先生令民间普通称呼曰先生、曰君，固尽人而可君矣。谓人曰君，即不啻自居于臣，盖《小戴记·曲礼》自卑而尊人之意耳，而适合于古义。此犹曰无关事实之称呼则然，试更徵之事实。今试问中央政府以至地方政府任何机关，其能无执行主要事务、发布号令之人乎，今其名固非君也，而其实岂异于君乎。自执行主要事务、发布号令之人外，其孰非牵引以就工作、、服从指挥人之命令者乎，今其名固非臣也，而其实岂异于臣乎。不宁惟是，下至一团体、一公司、一农场、一工厂、一商店，亦各有执行主要事务、发布号令者，亦各有牵引以就工作、服从指挥人之命令者，今其名固非君臣也，而其实岂异于君臣乎。然则谓君其为五达道之一，圣人之言，固百世不易者也。民主国虽无君臣之名，而君臣之实自在也，子何疑焉。

予更有原为服膺孔学之人告者，孔学之精义，备具于《易》之十翼，而其要义，备具于《小戴记》之《中庸》、《大学》二篇。宋程子、朱子提出《小戴记》之《中庸》、《大学》而列于四书，且明示人以《大学》为初学入德之门，厥功伟矣。顾程子谓不易为庸，则程子之创解，而非庸之本义。《说文解字》云，庸，用也，从用、从庚；庚，更事也。是庸之本义，更事多而切于实用之谓。今人误以庸为平庸之庸，而乡愿乃得伪托于《中庸》，天下事从此败坏矣。《中庸》所谓庸德之行、庸言之谨，庸德即更事多而切于实用之德，庸言即更事多而切于实用之言。能言不能行，不可谓之谨，行道而有得于心，乃可谓之德，知非富于经验、洞达事理者，虽欲效用于世而不达于用，此庸之所以可贵也。吾人苟熟读《论语》二十篇，何一非孔门之庸德、庸言乎。《大学》古本实无错简，朱子移其篇第，而此谓知本二语衔接而复叠，视古本在修身为本、其本乱之后，于义孰安乎。《补传》一章，诚周密矣，而学者溺于俗学，乃深苦致知格物之难，几于望科学而却步，不知西国以科学致富强，彼不过实行我《大学》之初步而已。

《大学》教人用力之点有四在字，其开宗明义，曰在明明德，在亲民，在止于至善；而于格物之上，致知之下，复标一在字，则诚意且从格物始，科学之不能容丝毫虚伪，正入德之初步也。我国人之通病，往往好高务远，而忽于初步之起点，日谈诚意、正心、修身、齐家、治国、平天下，而疏于致知格物，亦其一证。中山先生以孔子天下为公一语，昭示来者，且揭《大学》之纲领以告革命之同志，盖深恐滔滔者之流而不返，而导之以入正轨也。吾人苟熟读《孟子》七篇，又何一非阐明《大学》及《中庸》之要义者乎。孔学之要义既明，更进而求其精义，则惟《易》之为备，备天、地、人三才之道，由宇宙观悟人生观，教人于纷纭万变之世事中，应之以中正之道，勉为君子，而可无大过。是则我国自羲、文、周、孔以至于今，为至大至精之学，凡哲学、科学之根源，悉于是焉在，无一人能自外于此道者也。

道义说

人所共行之路曰道，行焉而各适其宜曰义。自其广泛者言之，则可即道以该义；自其切近者言之，则可由义以入道。道义者，非可托之空言，当体验之于实事者也。事无钜细，苟不知其何以能行，不足与言道也。苟行之而有所不宜，不足与言义也。吾人亦事事求其可行，求其行之而适宜已矣。

东北在周代以前已隶中国之史地证

《春秋》左氏昭公九年传，周、晋争阎田，王使詹桓伯辞于晋，述武王克商肃慎、燕、亳，吾北土亳在陕西三原县境，燕即今北平市，至肃慎则都于今吉林宁安县（前宁古塔）古肃慎城，其国境广袤数千里，盖南包长白山，东滨大海，跨今吉林、黑龙江二省地（据《满洲源流考》）。周初楛矢之贡，已为归化以后事。故《春秋》之世，詹伯述周初封疆，正其名曰吾北土，与西土、东土、南土并称。闻日本人尝诡辞欺西人，谓东三省本非中国地。此或口亲善而心兼并之邻邦不自知其失态之常态乎。然在我国立场，要不可以不辨。

尝见日本富山房发行之《支那疆域沿革图》，其国重野安绎及河田罴在明治二十九年所合著出版也，当时颇流行于我国。其于夏代图，在盛京（今辽宁省）注属青州，虞营州在吉林注息慎（肃慎之转音）；于周代图在盛京注幽，及医无闾山（此则早见于我国古籍书之《尧典》、《周礼》之《夏官》、《尔雅》之《释地》者）在吉林亦注肃慎。彼国学者固考订我国史地甚详，我国苟据此以折日人，彼宁不哑然自笑。

吾敢敬勗国人，并敬勗各校青年，我国志士既日以救国呼号于众矣，极愿素习政治、外交者，于历史、地理二科有切实之研究也。近年以来颇见报载各大学试卷笑谈，有极易明了之史、地问题，竟答非所问者，此其程度幼稚，在教授生徒者，固应分任其责。而际此国际风云日亟，坐拥广大之土地，彼眈眈虎视者正利用我不自注意之弱点，以图侵占，岂惟东北之往事可鉴，不论何地何事，在在足以引起外交之纠纷。譬彼落伍之富家翁，有祖遗之财产，而概不知其坐落，乡里之桀黠者从而觊觎之，渐鱼肉之，吾见其尽也。知今不知古，其弊与知古不知今略相等。况学古入官，在商代已有明训，今又历三千数百年，古史累积如山，今古地名之变迁，每一地各有其历史，如杨氏守敬之《历代舆地图》与顾氏祖禹之《读史方舆纪要》，均为有功史、地之大著作。顾书已多通行本，杨图传布犹未甚广。今各校图书馆中藏此图者有几，即有此图，曾寓目者其人有几，此诚一憾事也。敢举一隅以告青年，并为有教育之责者告。

策议四首

行钞票策

金、银、铜并匮而议行钞，此下策也。钞之行也，始于宋之交、会，金、元、明乃以钞名。时则中国之地犹未为五洲万国之市场，而以虚代实，民已弗之宝。今西国银行之钞，能行于我之通商口，而我国银圆之布在通商口者，商人至自抑其值，使不得与西国银圆等，以是为推钞可知也。然此亦非尽商人之不谙公义，我中国银行存本未足与彼之银行埒，而利权为所操也；且我中国银行固有钞矣，行于通商口而不行于内地，此西国所未闻。西国银行创自荷兰，而英之公家银行握权最钜，其钞能遍行于各国通商口，已建分行之所，而必核存本之实数以发钞，此所以取信于各国也。今将为收回利权计，则宜厚集公家银行之存本。而欲银行钞票之信于民，则宜隶总银行于户部，核户库之实数以定钞数，隶各分银行于各布政司、各关道，核藩库、关库之实数以定钞数；库储不足，则济以商股，复核商股之实数以定钞数，而尤恃开矿为金、银、铜之来源，庶钞可行，而行钞之后不与宋、金、元、明同弊。如徒师宋、金、元、明之以虚代实而补苴目前，则未敢信其行之而能久也。

泰西历与回回历异同策

中西历皆古疏今密。梅氏谓西历约有九家，前五家皆西之旧法（唐之九执一，元之万年二，明之回回三，陈星川、袁了凡四，唐荆川、周云渊五），即回回历也。后四家皆西之新法（利西泰、汤道未、南敦伯共一，穆尼阁、薛仪甫二，王寅旭三，揭子宣、方位伯四），即欧逻巴历也。阮氏谓九执术，今西法所自出，则西历实以回历为祖，经歌白泥之改订，地谷之变更（汤氏所译多本地谷），厥后复有远镜之制，累测益精，故以今西法为胜。

考回回术有太阳年，谓之宫分，以春分为第一月第一日，借白羊等十二宫，名其为太阳年之月；有太阴年，谓之月分，以第十二月为斋月，斋满日相庆为元旦，又以见新月为月之一日，而不在朔，历十二月为一岁，有闰日无闰月，故岁首无定月，每间二年递早一月，此其辜较也。西其因仍回历之宫名，而即以中气日为交宫之日，使岁周与天周复混为一，梅氏颇以为憾。然即此可见西历之同于回历矣。其小异者，西历以冬至后十日太阳在最卑点为元旦，用回历之太阳年耳，而不以春分为第一月第一日耳。至西历以耶稣降生之年纪始，回历以谟罕默德避难出奔之年纪始（近洪氏援西书之说，较梅氏云□世三年可据），则又各尊其教，无关推步之术者，盖可置弗辨云。

游勇、盐枭如何捕获解散策

有事而募兵，无事而裁兵，此游勇、盐枭之萌芽也。及其萌芽也而滋长矣，始不得已，而思所以芟夷之，则犹布种而不欲其生，不如勿布种焉，而其萌芽固自绝也。然既滋长矣，而徒悔其布种之非，则已无及，不为之计而姑听其蔓延，势且养成不测之祸，而流毒未知所终。无已，则有捕获与解散之二策焉。

捕获之策，将责成于州县乎，而快役既同虚设，眼线又畏寻仇，吾闻其捕，未见其获，其不可恃也决矣。将责成于防营乎，而今日之游勇、盐枭，即昔日之仰食于防营者也，今日之防营，苟一经遣撤，即异日之游勇、盐枭也，兔狐相顾，呼吸交通，此来彼往，有若儿戏，未闻其捕，安见其获，其不可恃也又决矣。然则惟各疆臣严饬所属协力会捕，或可永绝其萌芽乎，顾不养不教，而徒从事于诛戮，非政也。

方今海内虚耗，外侮日迫，激成内变，殆将不支。是故平情论之，则解散之策，实为无弊。解散云者，非可设甘言以市之，假虚声以慑之也，必先使毋为饥寒之所困；欲使毋为饥寒之所困，又非可计口而授之食，度身而予之衣也。垦荒以为养，劝工以为教，其蠢者散之于西北之旷土，其巧者散之于东南之局厂，则游勇之为民不利者，即可为民兴利，盐枭为官不利者，亦即可为官兴利。一转移间，而富国之基在是矣。如第曰去目前之大害，而大利所在委而弗取，则捕获其一二，而未捕获者不知其凡几；解散其什佰，而未解散者不知其凡几。彼其能忍而填于沟壑乎，则其为游勇、盐枭也如故矣，且虑其不止为游勇、盐枭已也。痈之将溃，医者束手而坐视之，岂情也哉。

民德堕落、国本颠危当急图挽救议

共和国以道德为基础，此语习闻之矣。吾国先民之宝训，以忠、恕二字为道德之结晶，而又以勤、俭二字为维持道德之要素，诚共和之大好基础也。而何以民国成立二十年，风俗人心反有江湖日下之势，欲望则亢进，品性则渐漓。悲哉！炎黄之子孙以潮流之激荡，几令固有之道德漂没而无遗。我瞻四方，忧心如捣，原其受弊之所在，则帝制推翻以后，耳日日为政争所颠倒，无复有纲纪法度之尊严；欧风崇拜以来，精神尚与科学相距离，徒袭其服食起居之华美，于是奢侈之变相，即为贪婪嬐惰之劣根，终于腐败。新机为之阻遏，正气因而销沉，斯则种族之隐忧，非独社会国家之险象矣。

管子不云乎，礼义廉耻，国之四维。华盛顿不云乎，施政之基，首当修养人民私德。中外政治大家目光之远到，大率从同。侧闻旌麾所莅，方以提倡道德，树之风声，兴国要图，无过于此。谓宜持节约主义，力返夏、商忠质之遗，以转移风俗，此治标之说也；集优秀人才，广宣孔孟仁义之教，以陶冶人心，此治本之说也。而尤赖各方领袖本身作则，导之以至诚，庶几可挽既倒之狂澜，救未来之危局。知关荩虑，谨贡刍言。

卷三

叙跋五十一首

《艾庐遗稿》叙纪元前丙申十二月

余之始识心炯于海上也，心炯业以能诗名于时，而年甫冠。其为人狂论善笑，矫若鹤之在野，乍相见则彼此俱素耳熟者，即相得甚。嗣余读书龙门书院，而心炯夙为院长孙师所器，固先进弟子，由是切劘以道谊者近十年。间于夜分纵谈古今，哗声远达于户外，甚则鸡鸣未息。两人者各自谓极朋友之乐矣。顾其间亦散聚不恒，每数月别，心炯所著诗、古文、词必增益于旧，旧所见必窜易几尽。余窃怪其传世之心太锐，用心亦太虐，数微规之，孰料此即其啬于年之朕耶。

心炯以乙未春殁，会余计偕北上，未及就其家搜遗稿，洎南旋而已什佚四五。爰亟网罗其所放失，合并之于其完善者，与姚子子让互商定，为文一卷，诗三卷，词二卷，其文及诗二卷之一，则犹心炯所手订也。别有《天上人间集》、《绿窗絮语》，遍徵之不获，闻其家云，方心炯疾少瘥时，火其稿殆半，夫非不欲有所苟存于身后，而预蕲存焉者之必永欤。然而永与不永，固有命焉，若其信可存者尚不幸多所亡阙，至以存焉者寡，过珍之而录其丛残以为快，敢曰既当吾心炯意乎。

心炯为文慕欧阳文忠，为诗宗陶靖节，论词心折姜白石，而于之三家，亦不尽求肖，盖其天分实不为古人所掩，而又绝非以貌似为能者也。於戏！以心炯之才之陵轹辈偶，令天复相之，以昌其年，培其所肆于文字之力，以就圣贤大业，讵惟为晚近学者之所难；而遽使穷愁以死，既死而所遗于世者复止此，宜不待知之深，而始为之悲也已。

刊既竣，述余所知于简端，将藉是以志余悲也。集刊赀者唐子蔚芝、曹子君直、姚子古风、陈子季璠力居多，与检校之劳者古风、季璠、赵子子禧、袁子竹一与其从子观澜。

《江苏教育总会文牍四编》叙纪元前己酉七月

江苏教育总会自学务总会成立，遵部章更定名称以来凡四稔，文牍岁一册，至是编而亦四。方学务总会之发起，恩孚即与于起草之役。时朝廷未设学部，预备立宪之诏旨未颁布，海隅数十志士奔走喘汗，树国民教育之帜，呼号于众，谋所以振起国家之贫弱者，皇皇如也。

顾相度世界趋势，吾国非宪政无以救危殆，而所以嘘植宪政之萌芽者，兴学固尚已，要以凡事取决公论为近是，兹会之组织既为宁、苏两属统合之机关，即宜含有地方之性质，所抱持之宗旨，固在研究本省学务之得失，而即可藉是以养成士绅会议之惯习。属稿之始，盖三致意于此。今者咨议局且成立矣，回念濡毫吮墨时，殆如畴曩。

自乙巳迄于今己酉，中更丙、丁、戊三大会，于会章数有修改，恩孚必参与。戊申大会后，复以沈君同芳辞驻会之职，勉承其乏，故于会中历史，知之也详。之数年中在会任事诸君子，类能尊崇秩序，宝贵议案，于取决公论之本旨不少背。夫亦可略见与于斯会者之程度，且益信程度之无所谓及不及，日习焉斯及之矣。虽然教育者所以铸造国民完全之人格，及其将来之幸福，其已往者皆幼稚之时期也。悬吾的以移注天下人之目，使各挟进化思想，奔赴于其下，而能生存于竞争之世界为适者。父母之对于子女，则当视教育为义务；政府及地方团体之对于人民，则当有特定之教育费；官立、公立、私立各学校，肩此教育巨任者，则当有日新月异岁不同之希望，足则辱焉，止则殆焉。

况吾省之教育程度，与吾国之教育程度，敢云足乎哉，而止而不进，已有朕兆。农、工、商、实业之不昌，而财匮乏欤；科举之流毒蟠结人心，而未易拔欤；新旧之界严，城乡之畛域不化，洋洋谈普及而进行之方针或反迷惑欤，又安得不树国民教育之帜，呼号于众，冀夫寐者觉而觉者不数数寐也。然则吾江苏教育总会会员，勿谓谘议局已成立，凡百事业有全省之意思机关在，吾姑憩而息焉，教育事业不发达，则宪政之基础仍不固。诸君子勖哉，急起直追，进而有益，厉吾国庶有豸。

《江苏教育总会文牍五编》叙纪元前庚戌七月

宣统二年学部始编定第一次教育统计图表，颁行各省，恩孚览之而愁然以悲焉。盖全国学生数，见于京师高等以上各学堂总表者一千四百七十八，见于京师中学以下各学堂总表者九千九百三十九，见于各省学务总表者一百零一万三千五百七十一，合之仅一百零二万四千九百八十八；而江苏之宁属仅二万零二百六十六，苏属仅三万五千五百七十，合之仅五万五千八百三十六。虽部表经始于宣统元年，尚以光绪三十三年为断，已为二年以前之陈迹，迄于今兹其数当递进，顾自设专部、设各省提学使司以来，亦有年矣。

以各总表所列之岁出数，计京师及各省凡银一千八百一十一万七千一百四十三两，合国币二千七百一十七万五千七百一十四圆五角，而江苏之宁属岁出银九十五万九千六百五十七两，合国币一百四十三万九千四百八十五圆五角，苏属岁出银九十三万九千三百三十四两，合国币一百四十万〇九千〇〇一圆，共二百八十四万八千四百八十六圆五角，约占全国教育费岁出数十分之一，而学生数约仅占全国总数二十分之一。呜呼，吾江苏固各省所推为教育之先进者，而数年来热心志士喘汗经营之成效，乃止于此，其能无俯而怍也欤。

或曰近部试游美学生之中程者，其七分之二出自上海一隅之学堂，而出自私立学堂者复占其二之一，贵精贵多之说，将奚择焉。则应之曰，人才教育，精为贵，国民教育，多为贵。藉谓既多而无取其精，或既精而无取其多，均之为阻碍进化之蟊贼。且所谓精与多之二义，亦讵有一定之界说，非比较不可得而见。选吾国之所谓精者，而仅中游美学生之程，则以吾视美，其未精焉可知也。吾江苏之学生数约仅占全国总数二十分之一，而全国学生数亦仅一百〇二万四千九百八十八，今全国人数未经确实之调查，无可据，即以通常所称之四万万人计，全国学生数约仅占全国人数四百分之一耳，则几几无多与少之可言，而欲嚣嚣然自号于众，谓吾固有教育之国，其亦强颜也已。

虽然自宣统纪元，海内外人民政治之思想风起云涌，请愿速开国会之书已二上，虽不得请，而教育之影响于政治者既如彼。南洋劝业会之开幕也，实业界之蹈常习故者可藉知世界优胜劣败之公例，其以新思想发明新制造品者，必由是而为社会有智能识者所崇拜，他日以实业之发达而影响于教育，其将以此会为券也无疑。而教育馆之陈列品，入览者乃类多微词，曰美术品多，而关之国民之生活者少也；曰成绩品多而教育用品少，关于教育之计画者尤少也。然则彼志欲改良教育者，将入此馆而得规仿之益，其道何由。夫使吾国之教育而早从事于详密之计画也，则全国学生数何至仅占人数四百分之一，而今而后，其可知所急也夫。适辑录文牍五编竣，述所感如此。

《私塾改良总会文牍》叙辛亥六月

川沙沈君戟颐之发起私塾改良会，在学堂初兴、科举未废时，其宗旨在使私塾之教授管理法与学堂略相等，殆将一一化私塾为学堂，而非欲保存私塾之名以与学堂相对待也甚明。夫私塾与学堂之区别，学堂则国家主义而私塾则家族主义也，故设立学堂为教育之本位，改良私塾则补助教育之一事而已。然而今之办学者，知学堂为国家主义者有几，榜其门曰学堂，而其教授管理法与私塾略相等者比比也。丁斯时也，主持教育者方改良学堂之不暇，奚斤斤于私塾为。虽然，委私塾于不问，亦岂计之得者耶。

余以为改良当有标准，单级小学者，改良私塾之标准也。任何私塾无不可化为单级小学者，尽单级小学而私塾之名固无有存焉者矣。而私塾改良会之名，亦遂为过去之历史矣。余尝谓沈君之发起此会，实即以消灭此会为最后之希望者。骤闻之似甚奇特，苟程其效，固当如是，盖此会成绩大著之日，即此会退居无事之日也。今即以苏省开通较早之各厅、州、县论，大率已无藉此会之鼓吹矣。而僻陋之地，求学堂如瑞物者，犹时有所闻，则或尚沈君之所汲汲，而其苦心诚不可没也已。会沈君编文牍竣，屡乞言于余，为述所见如此。

《江苏省教育总会文牍六编》叙辛亥七月

凡百事业，能抱积极之思想以图进化者，不问其迂曲与直捷，必少少有成绩可表见。江苏教育总会之有文牍凡六编矣，溯自总会成立以来，其进化之历史，约可分为二时期，最初年则理论之时期，一二年后即渐入于实行时期。而实行时期又可分而为二，则由本省教育主动时期而入于各省教育界交通时期是也。交通时期始于庚戌，而又匪独教育界一部分，之关系于政治界则有谘议局、联合会，于实业界则有南洋劝业会，何一非吾教育界交通之媒介。要可由是以推测，吾国社会之思想固渐由消极而趋于积极矣。於乎！积极与消极之异点，盖中外贫富强弱之大根源。果社会之思想而日趋于积极也，谓吾中国贫而不能富、弱而不能强，藉非丧心病狂必不忍出此言也。

虽然，此积极之思想萌芽于政治界乎、实业界乎、教育界乎，则一大疑问也。吾尝数数言之矣，无政治则教育与实业犹网无纲而裘无领也，无实业则政治与教育犹鱼无水而牛羊无刍也，无教育则政治与实业犹夜行无灯、涉大海渡沙漠而无指针也。三者循环，废其一而无以为国。身在教育界，则即于教育之各方面求所以达其积极之思想而已矣，彼政治、实业何独不然。

且教育之范围大矣哉，有家庭教育，有学校教育，有社会教育，今所宜汲汲从事者，为家庭教育乎，为学校教育乎，为社会教育乎，是亦大疑问也。社会教育之直接影响于社会，夫人而知之矣，故或谓教育会当以社会教育为本位，讵知社会即分析家庭之分子以构成，在教育幼稚时期，家庭与社会一以学校为导师，今敢谓学校所施之教育无遗憾矣乎。能使学校教育绝无不良之种子羼而入焉，因而示国民以义务教育之鹄，俾受教育者若万矢之奔赴，则由学校而间接影响于家庭，间接影响于社会，其发荣滋长之气象，已断不在世界文明先进国后。

然而又有一疑问焉，彼世界文明先进国，有男女歧视之义务教育乎？今之老师宿儒，亦尝津津谈教育焉，亦尝津津谈义务教育焉，而于初等小学得令男女同校之问题，尚踌躇审慎而不敢决，则学校教育仍含有消极思想于其间，其所影响于家庭、影响于社会者当若何？教育界积极思想之萌芽，或犹挟消极思想以摧折之，其所影响于政治、影响于实业者，又当若何？於乎！积极与消极之异点，盖中外贫富强弱之大根源，吾愿主持教育者深长思也。

《清风室诗文钞》叙民国二年十一月

曩予读书上海龙门书院，共研席者数十人，钱子剑虹以伉爽著。尝闻其尊人铁江先生宦游川中，固儒吏也。今岁之秋，东南乱事既定，予息居上海市西区寓庐，有客叩门入，则剑虹，出铁江先生《清风室诗文钞》，将徵叙于予。

予别剑虹久，于文字颇不逮少壮之措意，顾既以先生遗稿示，则受而读之。默念戊戌以来，仕、学二途，各挟新旧是非之见，迭为雄雌，而欧风所渐，若潮汐之方至，未容以篙楫撼。由是科举变而学校，独裁政治进而立宪，近且国体易君主而民主，凡环球强国积数百或数十年之文化武力以构成之美名，罔不一旦猎而取之，而人心习于帝制，荣利之念激为政争，伏尸流血，殃及民命。丁斯时者，坐漏舟而泛汪洋之巨浸，尚未知彼岸所在，盖不胜今昔之感焉。

兹幸得以一日之暇，与剑虹促膝斗大室，从容论文。回溯二十余年前，日集二三知己，一灯荧然，纵谭达旦，此情此景，忽涌现心目间，讵非意外之乐欤。予谓世运递嬗，文体亦日异而岁不同。周秦之文之存于今者，其质干与胎息，类为后代伪本之所不能袭尚矣。汉魏以降迄于明清，集部之所著录未可偻指计，或藉是以窥见一时之风尚与其人之怀抱遭际，则子舆氏论世知人之谓也。后此之为文者，有能萌柢科学，涵濡国粹，撷中外之菁英而与之化焉，庶几为宇宙之至文矣乎。

先生值咸同间之乱离，而牢愁之言不多见，由其所遭际以测其所怀抱，学而仕耶，仕而学耶，可想像遇之。其言曰，以身勤官为劳形苦志之具，非以官奉身，苟以肆志，夸诩权势而已。世之为国服务而洞晓此义者几人哉。读先生遗稿竟，而叹之数卷者，未足以尽先生；独此寥寥数语，乃如见先生也。

蒙铁梭利女史《新教育法》叙民国三年十一月

凡动物无一不有自动力，而人类之自动力最强，故万物皆为人用。教育者，所以发挥人人固有之自动力，俾日趋于正当，以养成其自立于人类之能力者也。

夫人类所日与接触者，万物耳，所谓自立于人类之能力，在利用万物以生活而已。有生活而后有物质文明、精神文明之发现，离物质文明而空谈精神文明者，惑也。今以吾国人之能力，出而与世界各国相比较，何为事事不如人，所不如人者，其利用万物之能力乎。二三志士知其然也，乃日摹拟东西国之教育，思有以挽救之，久而渐觉能力之不如人，根原于自动力之不如人，而自动力之不如人，根原于晚近教育受秦以来专制政治之影响，违反人人固有之自动力。自其童稚之年，桎梏之，戕贼之，已消灭其能力于无形。而一种专以文字为学问之积习，又消灭其利用万物之能力于无形也。

近吾国教育界既少少从事研究，以求适当于吾国人之教育，而适有蒙铁梭利氏之《新教育法》，风行东西国，我荫亭同学亟起而辑译之，附以己见，以饷海内之执教鞭者，意者其吾国教育革新之一动机乎。蒙氏之教育，以活动为自由之第一义，以遵法为自由之第二义，以自主独立为自由之第三义。吾以为蒙氏之义非创也，彼西方教育家，自廓美纽司本培根、赖叩脱之学说，倡自然主义之教育，而洛克之《教育杂感》，实产生卢骚之《爱弥儿》一书。由卢骚而衍为巴笃周、康德、配司泰洛、齐弗勒培耳诸家，其支派容有不同，而渊源则一。蒙氏之所主张，与洛克为尤近，其第一义即洛克自然活动力之说，其第二义即洛克善良习惯之说，其第三义即洛克能自立于世间尽一己义务之说。且其发明教具以熟练儿童之感官，亦即洛克训练感觉以实物教授之方法。盖由配司泰洛、齐弗勒培耳上溯之，其来也有自，特蒙氏融会医学、哲学、心理学、生物学，一一得之于实验，弥可贵耳。而其吻合于吾国古代之教育者，荫亭既缕述之，可勿赘也。吾国教育界诚悟晚近教育之非，返而求之人人之自动力，采蒙氏之法，就儿童与物接触之感觉，诱起其格物致知之基本观念，使他日各以其自动力，发为利用万物之能力。则东西国之人，犹是人也，吾国之人亦犹是人也，何不如人之有是，或荫亭辑译是书之志也夫。荫亭，嘉定顾树森字也。

《省立第二师范学校十周纪念册》叙民国四年四月

立国以教育为根本，教育以师范为根本，夫人能言之。顾师范学校之根本，又在师范生之师，师范生之范，则非可苟也。龙门师范学校之成立，在新纪元以前之乙巳，时清政府承庚子拳乱之后，感外侮之日迫，少少知教育为当务之急。江苏带江襟海，吸世界之新潮较早，其呼号奔走思以教育救国家之危亡者，所在皆是，而师资缺乏，糜财而寡效者又所在皆是，已建设之师范学校，官立者宁、苏各一，私立者通州一而已。

龙门固江以南有声之书院也，旧辖于苏松太道，于是应时世之需要，改为道立师范学校，其校舍则书院之故屋也。其锐意改组者，则院长、院董与住院生中之数人也。恩孚固亦当日住院生之一，方任教席于宝山县学校，以同人之意，偕袁、叶二君赴东考察教育，仅数月，以开校期迫归，而忝任斯席，于师范生之师、师范生之范，盖未尝不三致意焉。而困于才短，复困于费绌，任事两年，日赖同志之赞助，虽未至陨越，而自忖所学所经历万不足久于斯任，乃无日不抱求代之志，以冀教育之进步不自我而阻，且无日不预备代者之代，以冀教育之进步日新又新而不已。

今校长贾君，即向所预备代者之代，以本校教员留学日本高等师范毕业，而受代者也。自恩孚去职，一代以袁君，二代以夏君，既迭有进步矣，而二君者又无日不以恩孚求代之志为志，洎贾君归，而我三人者乃大快，谓如贾君之年力与学行，庶几可久于斯任，而为斯校确树不拔之基础矣。贾君既受代，则日以斯义语贾君，谓昔之求代，量力也，冀教育之进步也，今又乐君之久任而不求代，非己所不欲而施于君也，亦冀教育进步也。求代非常轨，久任而教育之精神乃贯彻。贾君亦心韪之，无以易吾言。以是丁辛亥之革政，宁、苏两教育机关废止，他校均中辍，而龙门之继续如故。省政统一，各师范学校就规定之地点次第分立，因改校名为省立第二师范学校，而龙门之性质仍如故。

今距成立之年，寒暑十易矣，校友会之员额，岁有增进矣。披览比较各图表，可稔知十年之概况，凡授教育及受教育于斯校者，试一念呱呱幼稚之民国立国之根本若何，外侮之迫我若何，此后教育之主旨，对内对外所应造就之民德、民智、民力又若何，则已往之成绩未足多，而所挟未来之希望至无涯矣，又非独贾君一人之责也已。西哲有言，患难为最良之教育，国之患难，国民全体之患难也，我校友其奋哉。

《上海市自治志》叙

人有负重而不自释者，大力者挟之而趋曰，汝弗胜，吾为汝代。代者之重如故，向之人亦未尝以得代为庆曰，吾不自知吾力之弗胜也，乃彼之急欲释吾负也。而是人也，向所耗之力固多矣，则未可没也。

上海之有市政，不始于民国，其正城厢内外之名曰市，则自民国始。计自前清光绪三十一年十月，官治易而自治，迄民国三年三月，复自治为官治，首尾十年矣，实八周年六阅月。此八周年六阅月中，予见市政之日进也，未见其止也。而何以复于官治，盖呱呱堕地之婴儿，忽焉丱兮而未弁也，而头角崭然，邻儿叫嚣于其旁，不辨其声之谁何也，而家长以为不详，而姑禁其自由，曰将徐俟其老成也。此其操术之良否未可知，其拱璧此儿心如揭也，胡可诬也。

夫自治而既复于官治矣，则自治其陈迹耳奚志为？市之旧服务于市政者，以为此区区陈迹，固尝集合吾全市之人之精神，分八吾全市之人之财力，早夜以经营之，设无一人焉摭其事实以告来者，毋乃与野马尘埃并相吹于太空矣乎，则志之也宜。创其议者为穆君湘瑶，且匄赀助成之；任编纂之劳者为杨君逸，辅之者为瞿君庆。普稿既就，属弁言其端。噫嘻，予之不能无情于社会也，日以将来为希望，宁乐溯既往自治而陈迹矣，又奚言。然而予之衣食住于此市也逾三十年矣，予之家于此市也亦几几十年矣，于市之盛衰休戚而漠然无所动于胸，岂情也夫。则谓予之乐溯既往，犹夫人之情，予亦笑而承之。

医学名词审查会第一次审查本叙民国五年九月

我国自输入欧化以来，抱救时之宏愿者，其精神类能倾向于科学，而各科学名词往往随移译而变，且有根据东西文之岐异，学者病焉。民国成立，始多设专门学校，而留学东西洋先进国毕业医学者，各经营学校及社会之事业，各以其所心得集会讨论，颇有声于时。及民国四年，乃有审查医学名词之动议。

先是西国医学家创设之博医会，于医学名词积十有五年之研究，译成之本逾三十矣。其会中多邃于华文者，我国浅学之士或不逮焉。以名从主人故，亟盼得我国人之考正，并经我国教育部之审定，以嘉惠学者。而我国医学家组织之中华医学会、中华民国医药学会，适亦同负此志，医药学会并将有骨骼名词草案告成。江苏省教育会知其然也，以为集合中外医学专家而从事医学名词之审查，其即审定各科学名词之权舆乎，由是乐以介绍自任，先沟通中外之情愫，冀速观其成。凡开商榷会者数次，议定由博医会、中华医学会、中华民国医药学会、江苏省教育会各举代表五人以内，合组一医学名词审查会，以五年八月七日至十五日为第一次会期，请教育部派员与会，而关于医学、药学之会后此而成立者得加入焉。

届期开会于江苏省教育会会所。先一日之豫备会议决审查方法，一，到会人数三分二以上决定者作为统一之名词；二，不满三分二者，取比较数，存两种名词再决一次，如仍不满三分之二者并存之，但以多数者列前；三，第二次之公决，如有人主张尚待考查者，得于下一日决之。其审查范围，先骨骼部，以中华民国医药学会之草案为据，一，译名同者无庸讨论；二，不同而附有理由者注意审查；三，不同而未附理由、无关重要者，如不及审查，通信研究；四，如此草案所列外尚有欲增入者，得增入之。

自八月七日正式会开始至十二日而会毕，每值辩论时，各代表倾吐其素缊，务不留豪发之遗憾而后已，而一有真理披露又无不能舍己从人，尊崇公理，其气谊之融洽雍雍乎，几于中外一家矣。果我国人之会议而悉遵此轨也，其何道之不济。恩孚与于是役，而又心服诸君子之盛意，谨述其梗概如此。各会代表姓氏另著医学名词审查会第一次会员录，不赘述。

《文惠全书》叙民国五年十二月

予少壮居嘉定,知邑之贤士大夫也稔,时则城西之周、黄皆不治俗学,为后进宗仰,而先生独以新教育倡其邑人。盖吾国更甲申、甲午两役,越、韩脱藩,台、澎割,旅、大、胶、广租,国人怵时局之危迫,已渐萌觉心。顾廷议兴学,竺旧者狃科举遗习,尚趑趄不前,先生慨然斥家财以诱后学,应者渐众,而向之宗仰之者,乃或窃窃议其后。然则是非之真理,殆未易为流俗人道,而先生之卓识与毅力,固自有其倍蓰什佰人者在,著述其余事耳。今读遗书,于《尔雅释言集解后案》见先生之学之邃于古,于《嘉定物产表》及《治疗偶记》,见先生之学之切近于实用,于《文集》、《外集》、《书牍》、《诗存》、《笔记》,见先生之学之与时而俱进。乃者国体改革,政潮迭变,凡先生规时风世之言,或已陈矣,而在当日则无一非浅人之所诧以为新者也。夫世界一新陈代谢之世界耳,人类之由野而文,社会国家之组织由单简而复杂,吾人数十年来积极之希望,由思想而一一产为事实,何一非陈谢新代之景象。苟昔之新者,而非今之陈,则世界尚何进化之可言。于文反已为以,以之为言用也,金坛段氏谓已主乎止,以主乎行,故形相反。则彼局于已然者之止而不行,且率民而出于无用也夫,岂难知哉。予因是叹先生之学之与时俱进,正先生之学之邃于古而不局于古,亦即先生之学之所以切近于实用。读先生书者,可观其通也已。

《中国商战败绩史》叙民国六年一月

吾读《中国商战败绩史》而愀然焉,曰此非四十年来海关进出口货价比较表乎,胡不幸而获此战败之恶谥。窃谓吾国自中外互市以来,商则有之,战则未也;商与商自战则有之,与外商战则未也。然则吾国之有出口货,彼外商因市场之所需要,捆载吾之国货去耳,彼且如出无人之境,又何胜败之可言。夫彼之商以农、工为大本营,既骎骎入吾不战而并不守之国,吾之商方日为彼商向导,或略分其刍秣以为饱，而绝未知其大本营之所在，徒仰彼前锋之鼻息，彼东则导之东，彼西则导之西而已，以云战败，其谀词乎。

虽然，吾国之商人其奋哉，吾既有为人利用之出口货矣，则吾固有可战之器在，吾器不自用而人用之，可耻孰甚。吾愿吾国商人注意国外贸易之调查，侦知其市场之需要，避实击虚，以为前锋。吾尤愿吾国工人日以研究艺术为事，俾有多数精良之人造品，为商人后盾。吾尤愿吾国农人日以研究种植为事，俾有多数精良之天产品为工人后盾，为商人后盾之后盾。如是吾商人之大本营固，庶乎可言战矣。吾知后此数十年，有重检海关进出口货价比较表者，其感想必大异于今可知也。今欧战逾二稘，欧商困矣，彼予吾以从容之准备，而吾弃其时乎，吾国之商人其奋哉。

《实用木工学》叙民国七年

《考工记》云，知者创物，巧者述之、守之，世谓之工。百工之事，皆圣人之作也。古人尊视工也，曰圣、曰知、曰巧、曰世守，凡以其饬材辨器为民生利用者大，非犹夫晚近莽男子所事之工也。顾何以昔之工则圣作、知创而巧述，今之工乃为莽男子之所事；又何以今之工我国为莽男子之所事，而环顾东西国之工，又未始不圣作、知创而巧述。於乎！此其故可思矣。

自隋制工商不得仕进，而四民中独士若万能，庞然自谓学大人之学，操工业者至不敢与抗礼。我国人之卑视工而工之自视卑也，隐若非莽男子不宜工矣，虽有圣畴作，虽有知畴创，虽有巧畴述。伟哉龙君，慨然以《实用木工学》饷世之学而工、工而学者，其深知莽男子之不宜工，而工之不莽之必由学乎。

夫二十世纪以来，世界工业之猛进，一日千里，木工其一耳，且工之浅近易学者耳。我国在黄帝之世已命赤将为木正，以利器用，此四千六百年前木工之专官也。而伏羲造琴瑟，神农造耒耜，木之有工，盖远在书契未兴以前，迄于今而日用之器几不堪与东西国较工拙。

哀我神明之裔日享用外人之制作品，而坐视贫民之徒手以嬉以食，不闻教之一艺以赡其生，其能自赡者又域于数千年来阶级之见，而不乐其子弟之以工为职业，是则从事教育者所内疚。而深幸龙君是书之出，必可使述者由是以得巧，且亦藉为职业教育之一助也。

《科学杂志》叙

盈天地之间，森然万象，环吾人之上下四旁者皆物也，而无一非吾人可以自得之学，而常人忽之。而先知先觉者于森然之万象中得一物焉，循其自然之原理，朝研而夕究之，日求其所以自得者，而了然贯彻其始终，于是有科学。然则科学者，学之由自得而精焉者也，非外袭而取其博也。而此《科学杂志》，则所采不以一科学为限，而兼及各科学之长，则又未始不取其博也，而不惟其精也。虽然，今世界已发明之科学至繁赜矣，彼先知先觉者饷我诚厚矣。果后知后觉者不以所得于先知先觉者为已足，而于森然之万象中任举一物焉，循其自然之原理，朝研而夕究之，日求其所以自得者，而了然贯彻其始终，吾知新发明之科学，将不知其凡几。而今日之后知后觉者，又安知非即他日之先知先觉，则此杂志其导师也夫。

《太平洋会议之参考资料》叙民国十年十月

太平洋会议，关系吾国前途、亚东全局，国人目光近颇移注于此，而研究者苦乏参考资料，日求之西报之一麟一爪，是亦出版界之憾也夫。以素未瞭然世界大势之国民，而仅少数志士嚣嚣然号于众曰，注意太平洋会议，其效几何。史君量才以《申报》参舆论一席，宜有所贡献于国民，而项君远村主编《星期增刊》，平日固熟知世界大势者，因嘱其搜取报中有系统可寻而不涉空论之纪载，董而理之，编为《太平洋会议参考资料》一书。

全书凡三十余万言，分前、后两编。前编为太平洋问题，先述太平洋会议倡议之原因，复将涉及太平洋诸问题分类编次。其于山东问题，则起自拒签德约，而注重于巴黎和会中失败之经过，空论不与焉。于英、日同盟问题，则载盟约全文，以及友邦之评论。于西比利亚、雅泊岛、加里福尼亚诸问题，亦均详述其始末，以期增进国人之世界常识。若领事裁判权与关税自由权，已有专书论述者从略焉。后编为世界问题，则将两年来之世界大势，分门别类为有系统之纪载，虽若无与于太平洋会议者，而实为研究世界大事者所必不可少之智识。以余所见关于太平洋会议之论著，如黄君郛、罗君家伦，身在外洋，观察详审，其所以示我国民南针者，信为有价值之文字；而握管斗室，洞烛重洋以外之形势，罗列珍错以饷国人，则是书其选矣。编既竣，问叙于余，为志其缘起如此。

《同济大学工科机械仪器目录》叙民国十二年

科学，世界所公有也，无国际；而以科学名满世界者，德为最。今之同济大学，权舆于中、德合办之专长学校，质言之，即吾国人以德国科学为学之一学府也，其建设先医后工，而工科则为斐伦志博士所手创。博士富任事才，为余所心折，其学术则余非工学专家更未敢问津也。欧战时期吾国以国际关系，同济由校董会议决改自办，迁校吴淞，于博士之归国，尤惓惓焉。洎中、德国交复，阮校长赴欧考察，余坚属仍请博士来华主工科教务。博士慨然允诺，随挟集之多数机械仪器以赠校，不惟足敷工科生实习用其精良，且驾旧校而上之。于是全校忭舞，精神亢进，参观者至谓同济工科设备为吾国现在之工校冠。是则博士所以贶吾国者厚矣。爰述其缘起，以谢博士并勗我工科生，各以劬学答博士厚贶也。

《江苏兵灾调查纪实》叙民国十三年十二月十四日

养兵可为？曰卫国，非国际战争而有兵灾，此由国民无力制止军人之内哄，可耻也。

方齐、卢备战决裂，苏、浙耆老痛和平公约之失效，议以九月三日纪念两省省耻。时则齐所揭橥者曰讨卢，其罪状曰贩土，曰干苏之民政；卢所揭橥者曰讨曹，其罪状曰贿选，其名义皆足为用兵之藉口。而卢之名义适与国民心理相吻合，故一去浙，再去沪，而舆论多恕词。齐以军纪窳败，战前战后焚掠之惨埒洪、杨，因是益为苏民怨府。

今齐免职而卢奉宣抚苏、皖、赣命，苏民之被灾者，乃怨齐而兼及卢，以为卢果去浙而不踞沪，可不使苏民受久战之痛苦，而苏民之德也犹浙民矣。惜乎其智不及此，虽负讨曹之美名，而厚浙薄苏之迹彰彰焉，宣抚之命，胡为乎来哉，寻仇云尔。况齐既免矣，免而不抗命，又何仇之可寻，讨曹本恉固如是乎，宜苏民拒卢之声哗然起也。

或谓讨曹而曹竟败，虽不败于卢，而卢究为先发难人，则以我苏十县人民生命财产为湔雪国耻之代价，度受灾之苏民或可稍释其不平之气，而谓我侪固以物质为精神之牺牲，亦讵非痛苦后自慰之谈欤。然而我国民无力以制止军人之内哄，日日呼和平，不谋所以自卫，而徒见军人之此仆彼起，循环报复，虽幸而暂洗一时之国耻乎，能保异日之永无国耻、永无省耻哉。均之为民耻而已，呜呼！

《汉书艺文志讲疏》叙民国十五年十月

余尝谓读书贵读其意。夫欲知古人立言之意，而求之古人之书；求古人之意于古人之书，而至求之古书之目，其有所不得已乎。自文字之著于竹帛，而谓之书，凡一书出，古人往往瘁其毕生之精力以成之。三古以来，成书不知几何，而古书之存于今者几何，苟一切未窥其崖略，而曰吾读书能读其意，此欺人语耳。

《汉书·艺文志》者，治国学之门径也。余尝入之国文自修书辑要，定为必不可不读者之一。盖自逊清以上溯两汉，承汉武排斥百家、尊崇孔子之后，此二千年中，学者之思想，殆未有人焉能越孔学范围者。且曷尝无目空今古之狂士，悍然思有以越之，而要自有其不可越者，在何言之？治国学者，信能遍读周秦古书，即知孔子以前之群圣，至孔子而集其大成；孔子以后之诸子，又未始不自孔子而演为派别，虽有侈然自谓已越其范围者，卒亦未见其能有所越焉。而《艺文志》开卷，即揭橥仲尼，其评定九流，儒以外各采所长，而痛砭辟儒及放拘、刻礊、蔽邪、荡鄙诸弊，复壹以孔氏中行之道为鹄，则以班氏袭中垒父子之绪余，而中垒之读书，庶几可谓能读其意者也。

余友之能治《艺文志》者二人，一为上海姚子孟埙，一为武进顾子惕生，皆有成书以饷学者。余见姚书也先，而顾书也后。姚书修正时采顾说，今顾书又修正矣。余佩惕生之读书劬而著书勇，其浸淫于古之益进于昔也，深冀读其书而有能读其意者。

刘海粟游欧作品展览会叙民国二十一年

刘子海粟，我国艺术之创造家也，此不独海粟自信之，我国人盖无不惊叹而共信之矣。然而海粟意未足也，于是游欧以博观西方之艺术，其出品又屡为西方艺术家所惊叹。至是而一国之艺术家进而为世界之艺术家，宜其流风广被，及门之以艺术鸣者踵相接，而传家之一狮且以弱冠雄于时也。然而以海粟之天才及其年与力之方富，吾知其进也尚未有艾。今海粟出其欧游作品，以一饱我国艺术家之眼福，吾不知其流风所被，又将何如，或亦国难中唤起国人强毅精神之一助也。

《易解》叙民国二十二年二月

《易》备天、地、人三才之道，盖由宇宙观悟人生观之书也。治《易》者苟心有所会，几无一不可通之于《易》。约言之，则圣人教人以学为君子，于纷纭万变之世事中，应之以中正之道，庶可以无大过而已矣。

蔡子乾九出所著《易解》，徵叙于予，予读之既竟，犁然有当于心，深叹其致力也劬，持论也粹，示人以涂径也周，绝非晚近浅学者流袍[抱]一知半解嚣嚣然自号于众者比也。尝谓治国学莫若治《易》难，有汉儒之《易》，有宋儒之《易》，有儒家之《易》，有道家之《易》，有术数家之《易》，要不能越象、数、理三者之范围。于三之中析其一或于一所含有之若干义中复析其一焉，不可谓非《易》之一义；于三之中遗其一或一所含有之若干义中尚遗其一焉，讵可谓《易》之全义乎。

清《四库全书·经部·易类》所著录者百五十八部，附录八部，存目三百十七部，附录一部，凡四百八十四部，其非全部；说《易》或为《易》之支流或其书羼入《易》义，散见《经部》《五经总义类》、《小学类》，《子部》《儒家类》、《术数类》、《杂家类》、《道家类》者著录及存目又约三百部，而《清经解》并《续编》下逮南皮张氏《书目答问》所续录，与夫最近续出之名著尚未统计焉。然元王巽卿《大易缉说》于古来说《易》七百余家中取六家，四库聚书时益以王氏后至乾隆诸家，其数仅较七百余不为少而未大增，则元以前书所佚已多矣。清陈省斋《周易浅述》凡例称解《易》数千家，未能详览，其书成于康熙甲戌，殆约词而非实数也。

慨自孔仲达据王、韩注作《正义》，而《易》之古义几亡，仅恃李鼎祚《集解》采自汉暨唐三十五家之学说以抒崖略。自陈、邵图书出，而宋《易》遂夺汉《易》之席。刘长民先邵子而传陈学，其说图数九、书数十，与邵子适当相反，以是启学者之疑。朱子据吕伯恭本著《周易本义》，始复古经篇次，其开卷首揭邵图，而邵学遂大昌。迄清胡朏明《易图明辨》出，其辨也视元钱子宜《周易图说》为益明，清代学者乃据为图因《易》作、非《易》因图作之确证，复以汉《易》夺宋《易》之席，而于《系辞》傅河出图、洛出书、圣人则之，之所则云何，究亦末[未]由探讨其本原也。《四库书目·易类叙》虽云两派六宗，互相攻驳，固亦未有人焉谓图、书全无涉于《易》义者。

善乎宋林德久之言曰，《易》道变化不穷，得其一端，皆足以为说也。今蔡子博稽群言，疏通而证明之，时复摅己见以订正之，其可谓好学深思，心知其意者欤。然则是书也出，读者以是为学《易》入门之书可，且由是以窥《易》学之大成亦奚不可。

《亲民电报汇编》叙民国二十二年

凡一事之成就，必有其不可磨灭之精神。其为图群众之便利，而不惜牺牲时间、经济以为之者，则弥可贵也，如印君锡璋之《亲民电报汇编》是已夫。是编之风行海内久矣，用之者第感觉其便利焉已耳，而不知印君之成是编也，费时五年，费财近十万，固有如彼其难者。今印君往矣，而是编之便利群众，盖已成显著之事实。则其精神固不与之俱往也。爰于其增修而重印也，为志数语于简端。

《叶氏支谱》叙民国二十三年六月

《记》云，万物本乎天，人本乎祖；又云，别子为祖，继别为宗。此吾国古代宗法之所由立，而亦谱系之所由不可紊也夫。《记》所谓别子为祖者，质言之，则创业之始祖云尔。古之宗法以始祖之嫡长子为宗子，即所谓继别之宗，余皆支子也。顾支子虽不得与宗子等，而支子能创业者，则必尊之为祖，此《礼》意之精，隐然有勗勉人以创业之微旨存乎其间，而岂晚近日以礼教相诟病者所能窥见其万一乎。今宗法虽不可复矣，而凡家谱所称始迁祖者，非犹是别子为祖之遗意乎。始迁祖之名义，固不能强同于封建时代因功受赏邑之别子，而其为创业之始祖，宁有异乎。然则古今之礼制虽迭有变迁，而《礼》之精意曷尝不流行于沿袭之风俗中。仁人孝子求所以自完其报本反始之责者，其道亦多矣，而谱系非即其一乎。

予友叶君鸿英以所辑《叶氏支谱》示予，属为之叙。予以为君固叶氏创业之别子也，而奉始迁祖之名于其考丽水公，此仁人孝子之用心也。予识君尚在四十年前，君货殖而亿屡中，有似于孔门之端木氏，遂以商起家。其为人也，务实而不好名，斥资助文化事业及地方善举者未可偻指计，而人或罕知之；最近捐国币五十万为鸿英教育基金，人始以君之轻财重义相惊叹。而君生平盖从未浪费一丝一粟者，有心人之不可测如是哉。而君于人所惊叹者且淡然置之，方亟亟焉以所辑支谱博访于通人，而程以一字之毋苟。有子有言，君子务本，本立而道生，其君之谓欤。

予悲夫世俗之不以立本为务，而有上下数千年之感焉。《周礼·春官小史》奠系世，辨昭穆。《史记·三代世表叙》云，自殷以前诸侯不可得而谱，周以来乃颇可著，又云，余读谍记，黄帝以来皆有年数，稽其历谱谍，终始五德之傅[传]，古文咸不同乖异。《十二诸侯年表叙》亦首引春秋历谱谍。司马贞《索隐》称刘杳云三代系表，旁行邪上，并效周谱，谱起周代。《艺文志》有古帝王谱，又自古为《春秋》学者，有年历、谱谍之说。谱之由来远矣，其书著录于正史者，以《汉志》历谱十八家六百六卷为最古，而但有帝王诸侯世谱，古来帝王年谱，此外无见焉。其后《隋书·籍经[经籍]志》谱系篇所录百家集谱、百家谱及百家谱集钞，又百家谱、二百家谱、世统百家谱钞，则通国之氏族谱也；益州谱、冀州姓族谱、洪州诸姓谱、吉州诸姓谱、江州诸姓谱、袁州诸姓谱、扬州谱钞，则一地方之姓谱也；若京兆韦氏谱、谢氏谱、杨氏血脉谱、杨氏枝分谱、杨氏谱、北地傅氏谱、苏氏谱，则一家族及一支之谱也。其范围之广狭，则由帝王而诸侯而乡大夫、士、庶民，由通国而一地方而一家族而一支，递变递详之迹略可睹矣。

家谱之名见于《新唐书》、《宋史》两《艺文志》者特多，于谱系中特其一体耳。《隋志》谱系四十一部三百六十卷，通计亡书合五十三部一千八百二十卷；《旧唐志》谱牒五十五部一千六百九十一卷；《新唐志》三十九部一千六百一十七卷；《宋志》一百十部仅四百三十七卷矣；《元史》不志艺文，遑问谱牒；《明志》亦仅三十八部五百四卷。洎清修《四库全书总目》，则竟无一部之见录焉。唐以前递变递详者，中更五代、辽、金、元之戎马，至是乃自详而略而及于无。外族入主中国，对于吾华民族之隆替，彼既漠视之，而当日采访及编纂之汉官，亦绝未措意及此，可慨也。《隋志》杨氏枝分谱殆支谱见录之最古者，君以叶氏在沪之创业人而手辑此支谱，则叶氏光前裕后之盛业也。

《历代名人生卒录》叙民国二十四年七月

自迁史创列传之体，史家沿袭之，而人才与政治隆污、学术兴替、风俗盛衰之关系，可藉以考见。读史者至录及其生卒之年，盖犹子舆氏论世知人之遗意也。

吾友钱子剑虹之尊人铁江先生，著述等身，清风室丛刊书目凡十有七：曰《乾道临安志》、曰《光绪舆地韵编》、曰《傅子》、曰《镜海楼诗钞》、曰《妇学》、曰《女英传》、曰《小学盦遗诗集》、曰《江上松风集》、曰《农桑衣食撮要》、曰《涪州石鱼记》、曰《海宁县志略》、曰《钱氏考古录》、曰《清风室诗钞》、曰《清风室文钞》、曰《吴越杂事诗》、曰《春秋疑年录》、曰《历代名人生卒录》。恩孚虽未窥全豹，尝于二十年以前，僭序其诗文钞，且尝获读其《吴越杂事诗》以下数种，已深佩其所学之确有根底，洵非若晚近之游谈妄作、专事排斥古人自炫其一知半解或并未足与于知解、导后进以浮薄之风者可比。盖由铁江先生夙精考据，于小学、地理尤有专长，而又博极群书，贯通而融会之，宜其成书至十七种之多也。

此十七种中，凡先生在日未经校刊，由剑虹手校者十余种，《历代名人生卒录》其最后校刊之一种也。剑虹孜孜有所增补，于刊行是书之年，年八十矣，来沪搜访古籍以备参考，竟以车撞折其腿骨，甘之而不悔，是则剑虹之壹以继述为念，可由此而想见其为人。而世之嚣然以非孝叫号者，或亦可翻然自觉也夫。

《袁世凯与中华民国》小序民国二十四年十二月

余夙谓公、诚二字，为古今立国之常轨。辛亥之推倒满清，易帝制为共和，公之效也。袁氏之阴谋帝制，口是心非，身败名裂，不诚之验也。南北统一之易，未可谓袁氏无功于其间，而授意军人，假托民意，万恶之俑，胥由此作，遂使主夷为奴，下藐其上，防口积威，胁迫而成推戴，讨逆大义，貌袭而为倒戈，迁流所极，纲纪荡然，人心习于诈欺，国本因而斫丧。苟数其罪，更仆难终，其不能逃中外之口诛笔伐，岂不幸哉。是编经白蕉若[苦]心搜采，复经古红梅阁主覆阅加评，褒为信史。惟不诬于既往，庶垂鉴于将来。以是鞭遗臭之白骨，勗向明之青年，洞观得失之林，奚止壤流之益。爰于汇印单行本之始，志曩昔之感想于简端，亦冀从事政治生涯者，内诇良知、力扶正气云尔。

《定海成仁祠备录重编》叙民国二十五年一月

於乎！仁之为义大矣哉，亦微矣哉。志士仁人之杀身成仁也，孔子既昭然垂教万世矣，而于召忽之死子纠，则未许其仁；于管仲之不死子纠，相桓公以匡天下，则不以为非仁，何哉？召忽之死，死于内争而失败，内争，至不仁之事也。管仲之不死，能匡天下而使民受其赐，其功在安内以攘外。安内攘外，至仁之事也。夫果国有人焉，早以安内攘外为己任，则志士仁人宁复有杀身成仁之事。至志士仁人舍杀身成仁外无术焉，留正气于天地间，仅以一死激发顽懦之精神，冀后世食民族复兴之果，则其事之可悲而可痛也，孰有甚于是者乎。

吾观于明季舟山之陷，死难者达万八千人，而叹今日之有中华民国，安知非食此万八千人死难之果。又叹当日南都之酣歌恒舞，致一时清望如史阁部者督师拒敌，未收尺寸之效，徒以身殉国，令后之人凭吊于梅花岭上之忠魂，欷歔太息而不能已。而唐、鲁、桂三王虽各据一隅，勉支残局，复以自相水火，先后夷灭。鲁王之未亡也，尝乞援东邻，奉使者竟纵情声色，为彼族齿冷，因浸出师之议。人之无良，乌得不为天之所废，万八千人其能死而瞑目哉。推其远因，马、阮之罪，固上通于天；而魏阉之斫丧国命，又远因之远因也。

然则定海成仁祠之有备录，备录之有重编，其为有功世道之书，信矣。读是书者，诚鉴于明亡之惨祸，亟亟为安内攘外之图，俾民族复兴之伟业，由群策群力以底于成，庶不为耽耽者所窃笑也夫。

《理化名词汇编》叙民国二十八年双十节之后五日

科学名词审查会自中华民国六年开始审查化学名词，九年开始审查物理学名词，十二年开始审查算学名词。化学分原质术语、仪器、无机、有机化合物命名法、有机化合物普通名词、生理化学各类；物理学分力学、物性、热、电、磁、光等各类；算学分数学、代数、几何、三角、微积分、关[函]数论、代数解析等类。开会次数多者六七次，少者四五次，审查委员有各学术团体所推专家代表出席讨论。每次开会先期编成草案分送各代表考查，开会时依次提出讨论，尽情辩驳，有一名词而费时至二三小时者，务使怀疑者有蕴必宣，然后表决。闭会后即以审定之名词即送海内外学术团体暨专家徵集意见，至下届开会时郑重讨论，加以最后之修正，再由教育部审定颁布。至十三年以后，一部份审查工作由中国科学社继续进行，基础名词于是告一段落。

科学名词审查会文件因时局变迁，移徙至再至三，略有散佚，亟应汇编成册，又以化学命名法仅定系统而未详于应用，故委托曹梁厦君整理编订，以备后人之参考。曹君已先将《算学名词汇编》竣事，由会印行，今后将理化名词厘订，是依命名法加以补充，增注参考材料，又告成矣。曹君于国难时期努力工作，俾《算学名词汇编》、《理化名词汇编》先后成为完备之书，供海内科学专家之参考，此诚本会同人所同声感谢，而亦当为科学专家所忻幸也。爰志其缘起如此。

《雪墨》叙

近人钻研墨学者夥矣哉，顾敢道墨之不甚异于孔、孟者盖鲜。好为异说者以墨学略肖佛学，甚至谓墨印度人，望文生义，附会于赤道人之肤色，不知《史记·孟子、荀卿列传》固明云，盖墨翟宋之大夫，则墨子固齐之盖人也。齐、鲁位泰山南北，鲁孔、齐墨，宜有不甚相异之处。评墨子者，逊清毕氏沅一叙详析而平允，已少少见墨子真相矣。

自孙氏诒让《墨子间诂》出，读墨者始大便利，有功于墨子良钜。

《雪墨》之作，无锡杨中一氏践形之特识也。何雪乎，孟子痛诋墨氏兼爱为无父，以墨学末流之爱无差等，致墨氏含冤二千余年而莫白，非孟子所及料也。有雪之者，准诸孟子、仲尼不为已甚语，谓兼爱即无父母，乃已甚乎，亦与孟子之本恉未为剌谬也。《墨子·公孟篇》称孔子当而不可易，《公孟篇》虽非出墨子手，要亦其徒之述其师说，较诸《非儒篇》之为末流伪托者，诚不可同年而语矣。夫孔子岂囿于儒而已乎。儒居班《志》九流之一耳，有小人儒者，孔子早戒弟子以毋为。孔子则手订六艺，肩列圣相传之道统，时中一谊，众之千万，衵而不磨，而无纤豪之流弊，岂囿于儒而已乎。世以《戴记·儒行篇》孔子多尊儒语，遂谓孔子为儒教祖，小孔子者也。墨子知孔子当而不可易，即引墨子为孔子徒亦奚不可。且墨与孟同称尧、舜、禹、汤、文、武之道，同斥桀、纣、幽、厉之行，同以仁义之说蕲拨乱世而反之正，同尊巍巍荡荡不可获罪之天。孟云顺天者存，逆天者亡；墨云顺天之意，得天之赏，反天之意，得天之罚。就其荦荦大者观之，孔、孟、墨救世之苦心，殆无乎而不同，则《雪墨》之作，匪特孔子无类之教，当为莞尔，即孟子不得已之好辩，或亦可无辩矣乎。

跋铜陵章子《读通鉴纲目札记》

论史率有数病：游谈无根，强求异于前人所已言，无当于理与势，病诞；吹求细故，乐訾謷贤人君子之瑕，至以一眚蔽众善，病苛；于众所唾弃之乱臣贼子，动绳以理学家语，哓哓不休，病腐。则必如之何而后无病？曰，非世道人心之消长所系，勿辨也，非一代规制沿革与夫理乱得失之本所存，勿议也。

铜陵章午峰先生少绩学，不诡随于时，晚而著书自娱，诗、古文辞外，有《读通鉴纲目札记》若干卷。其哲嗣锡卿谓余曰，是书为先人病中作，志不期寿世，徒以不敢泯先泽故，决意付之梓。校雠之役，子其毋辞。余既诺锡卿，而窃恨交锡卿晚，未及一睹先生为人。洎读先生书，而知先生为人之纯且谨也，虑其诞也，而窍之，虑其苛也，而平之，虑其腐也，而以世所谓祸福者动之。呜呼，先生无意于寿是书，而其精神所腾踔于楮墨间者，往往不可遏，则先生之所学盖可见矣。或曰先生是书涉祸福之说，殆仅以耸愚不肖者之听，而不类儒家言，犹有憾夫。著一书而使世之愚不肖者时有所动于其胸，毋亦可以无憾也与。

跋《元书·后妃公主列传》纪元前己亥八月

《元书·后妃公主列传》一卷，宝山毛生甫先生著，旧附《休复居文集》后，为嘉定黄氏西谿草庐刊本。元和陈梁叔跋语云，先生撰《元书》虽未竟，按《与李申耆书》中明言诸表皆定，又言成考辩数卷，其书当存于家，而孤子久病，家惟稚孙，无墨索得，乃仅以所见后妃、公主二传附文集后。则黄氏刊版时，此二传外固非无可徵者，而惜其搜访之未力也。

毛氏自嘉定析隶宝山，而累世仍其故居，先生事迹及诗文集具见嘉、宝二邑志，独嘉志艺文史部所录《元史考正稿》，则宝志阙如。略谓斠正脱稿者，后妃公主传一卷，余或重撰一篇，或改半篇，或改数字，意此实所撰《元书》未定稿，而嘉志所题，后人以臆名之欤。

稿先入蒋浦徐氏，继归永康应氏，同治初余外舅杨月如先生曾亲见于怀宁汪氏寓所，盖应氏弗之宝，由书贾挟出传假者，恐此数十年中，亦在零落之数矣。近人著述若顺德李侍郎《元秘史注》，吾吴洪侍郎《元史译文证补》，皆足订正《元史》舛漏，成一家之言。先生家蓄元代书甚夥，其所考辩或当别有发明，不使后来居上，而手定诸表隐于万氏《历代史表》外踵增一席，度为餍心之作无疑，顾不获并永其传，滋可慨耳。今其诗文集已不多见，余所藏者非足本，而此二传幸完好，爰录出编入丛书，俾后之览者犹藉是以见虎之一文、骥之一毛也。

跋《顾泾阳先生闱卷墨迹》民国四年十二月二十四日

东林之风远矣。此科学[举]遗墨，宁足窥神龙鳞爪耶。顾文字往往以人重，人心者，国家元气也。明代士夫以气节见重当世者，盖与汉之东京比隆。故明社屋而中华卒不亡，此讵非讲学者之赐，讵非人心未死之效。抚今追昔，感不绝于余心。

校印古本《大学》跋民国七年十月

《大学》、《中庸》，均《礼记》之一篇，自宋二程子尊信而表章之，朱子复为之章句，合《论语》、《孟子》为四书，学者乃憭然于孔学本原所在，厥功伟已。顾《大学》旧本，程、朱以为有错简，颇更其次第，明王文成则悉以旧本为正。窃尝就注疏本、章句本反复推究，而信文成之不我欺。近人习见四书，读《大学》旧本者盖鲜。兹录出付印，其空字则注疏本有注处也，其提行则依章句本分章例也。不录注，期学者自得也。

《周易本义》跋民国十一年八月

《四库全书总目提要》录《周易本义》十二卷，为内府校刊宋本。所称宋本，即咸淳乙丑九江吴革刊本也。此本十二篇及卷首之九图、卷末之《易赞》五首均完善，虽间有蠹痕，而字画均可辨认。革《序》及《筮仪》则因藏者不慎，首尾已有缺佚，惟此为可惜。要为吴刊本无疑，可宝也。

题袁霓孙先生金画山水小横幅民国十三年十月

霓孙先生曩在吾园谈画，自谓心师戴文节。余不习绘事，而素佩先生性行，以为艺通于道，尝于逊清光绪壬辰乞作便面二。忽忽三十余年矣，沧桑屡改，每慨如先生其人者，今未易见也。昨观澜以此小横幅见示，结构气韵，宛然文节，其先生快意之笔乎。

先曾祖《群峰集》跋民国二十二年八月十六日

先曾祖《群峰集》，最初为石琢堂先生所刊行，故标题冠以沈氏，版毁于洪、杨之劫。光绪己卯先从兄乐庭在部曹时，以初印本覆雕于京师，亲丧南旋，寄版京友家，洎服阕回部，而版已不知何在，频年访查未获，日谋所以覆刊之。蹉跎迄今，而恩孚年七十矣，始匃资以仿宋字排印，标题仍石刊之旧，不敢忘其初也，但行数则易十为十五，每行字数则易二十为二十五。旧本间有讹字，则校正矣。

谨案，先曾祖事略具载《苏州府志》及本集石《叙》。顾有事足风世，书之家乘，家以内累代津津传述而为石《叙》及《府志》所遗者，先曾祖之应礼部试也，英声早蜚都下，会和珅柄国，使人讽曰，某公望子殷矣，子名元也，由一得三，若反掌耳，盍一踵门乎。先曾祖心鄙之，谢不与通，由是既捷而廷试被抑。石《叙》备载琐事，岂竟忽其大者，计作《叙》之年，和珅尚未败，则或难昌言之。其领修《府志》，已在道光初，而亦遗之，是所未解也。先从兄尝诵王铁夫先生赠先曾祖诗，有"不作三元君自好"句，句见《渊雅堂诗稿·丁未看榜四律》中，慰先曾祖进士未元也，意指不交权贵甚明，可云诗史矣。用特补录于此，俾后之人知先曾祖立身本末固如是，其不苟也。《渊雅堂稿》中有先曾祖联句及《银河篇》题词，为本集所未录，且尚有其它事迹可参考，异日傥续有所获，当汇刊补遗附卷后。

唐蔚芝文治《万言疏稿》跋

逊清光绪中，予年二十有六，初至京师，时距法越之战才六年耳，所遇京曹官及入都之士大夫，其相与聚语者，差缺之肥瘠，升迁之迟速而已，而宴集之场，每赫然揭示勿谈国事。呜呼！国事而相戒以勿谈，则国事可知也已。洎甲午中日战后，予复至京师，时屡败而和议未就，耳所闻目所睹者一如前，且有公然询贿赂之门者，其机乃萌芽于当年所谓海军捐。而海军之失败，实由卖官之巨赀移修颐和园，供西太后娱乐而未增军舰。谁秉国钧，竟至此邪。

此《万言疏稿》，上于甲午战败之日，盖灼知非采西法不足以图存，又逆虑既采西法，国粹或因以沦亡，而扼要于正人心一语。老成远见，惜留中未见施行，而受知德宗，殆即以此夫。

以德宗之明，苟变法不失之操切，不启宫廷之衅，则废立之议可不兴，庚子拳祸可不作，保皇与革命两党可不起，清社岂遽屋哉。宣统继绪，亲贵用事，迄于辛亥，予参与中央教育会议，默察人心已大去，而中枢主学务者，其意见尚动与时贤相凿枘，此时尝三太息，以为其亡不远。由是隐然动赞助革命之思想，内忖亡清不亡国，国且复兴；坐而待亡，孰与兴之。及南归而武昌之义师告捷矣。

今玩此《疏稿》手迹，益叹治乱盛衰，必由积渐，天既厌清，虽有谠言，无能挽救。而提倡国学、设馆专修之一老，事隔四十余年，仍与《疏稿》之精神一贯，海内大学如林，此后国学教授将惟及门诸子是赖。及门诸子亦各有以发挥而光大之，而云潜之英年笃学，其必能踵武名师，养成国器，可前知也。

跋《万言疏稿跋》

自甲午迄今四十五年矣，日人恒以我国之有事为利。其助我革命，非爱我也，不料我竟一跃而跻共和，则彼所大不利也，乃诱袁氏盗国，而提二十一条以困之。自是以后，盖无日不利我有事，以肆其野心。至沈阳被袭，攫我四省未已，迫成去岁七月七日之抗战。我国之失地，过于甲午数倍，而我国人爱国心之猛进，则过于甲午不啻千万倍。故甲午之战，为清亡之先机，去岁以来之抗战，为中华民族复兴之先机。复兴以何为券，予谓必仍以正人心为券。今之从政者而了此义乎，国奚患不兴；国人而一一了此义乎，奚止兴国，且为万国师。

跋汪小鹈新橅金孝章墨梅册

不寐道人善山水竹石，尤工墨梅，本名朱衮，入复社，明亡隐于吴市，殆八大、石涛之流也。原本藏湖帆家，笔法有宋、元遗榘；别一册与并时朋辈合绘，尤精绝。盖自怡之作，墨梅以外，皆设色也。又见其手书五七言近体长卷，语多凄惋，可想见伤心人之怀抱矣。小鹣橅此本，几可乱真，而秀或过之，但纸素今不替若，微逊其苍古耳。尝自谓橅此后画梅大进，自道心得，吾知其不诬也。

跋双於翁画册武进汤涤，字定之，自号双於道人

逊清翁、刘两书家名埒而相轻，翁欯刘云，那一笔是古人，刘欯翁云，那一笔是自己。予爱双於翁画，却爱其无一笔非古人，无一笔非自己。方予乍展是册也，曾指其中数叶，谓翁何酷似檀园，而翁自题固无一拟檀园者，但答云，竺好之而已。此庖丁所谓以神遇也。替[昔]袁随园自道其诗话所由作，谓平生爱诗如爱色，每读人一佳句，有如绝代佳人周目，明知是他人妻女，于己无分，而不觉中心藏之。此老一生花里活，宜有是趣语。予以为画味之长，有时过于诗味。翁近为予写山水梅兰各四叶，兴之所到，飘然欲仙，以方是册，可云双绝。此正如乔公二女，得为之婿者，均足自豪矣，愧无随园妙笔作渐盦名画录耳。然每登其云视楼，一作壁上观，恍入蓬菜[莱]胜境，即此神龙之鳞爪，亦岂容红尘中人逼视哉。

跋明侯忠节公守城绝缨书袖卷民国二十六年

少凥嘉定，饫闻侯先生暨二黄先生明季死难事，邑之人每庄颜以道之，盖气节之在人间久而弥尊也。此书距城陷才八口，众危之状，已流露于楮墨，悲哉！题跋、观款均精绝，二钱尤同邑之宿学也。今河山还我二十有六年矣，国难未已，人心渐有觉悟意者，炎黄子孙可不至重陷惨祸乎。頫仰今昔，不胜民族复兴之渴望。

《潜励斋初稿》题词民国二十八年

自来见道之士，事无小大，必有不苟同于流俗之处，非劈为异也，

其所见固非时尚所能囿也。吾友崔君云潜之与陈女士励行订婚也，以同学文字之切磋，进而为精神之契合，其造端非犹夫世之盲目婚矣。兹以吉期将届，念晚近婚礼之日爹，思所以矫正之，爰出《潜励斋初稿》如干首，质诸当代贤达，为嘉礼告成之纪念。吾知此一卷也，虽仅窥豹之一斑，视彼钻石约指，光辉远矣。

谨志先君子《杨媪六十寿诗稿》后民国三十年

先君子吟诗，不假思索，恒口成之，罕或留稿，随手散失殆尽。此《杨媪六十寿诗稿》缮正后，适予诵祖考《瘦吟草》，于掩卷时矣置其中，今岁检《瘦吟草》录副本备重印，发见此稿于第一册中。因先君子亲笔书也，已五十四季矣，手泽仅存，若获至宝，将付装珍藏之，乃泣然缀言其后曰，此诗作于先慈弃养后四阅月，故第六首云；越二年之秋，而先君子亦弃养；又越三年之春，而媪亦殂谢。追寻往事，既不胜霜露之痛，复重念自予之生，媪以先慈体弱多病，代之抚我育我，且关注我家事，纤屑无所遗，指导烹饪更精绝。殁后迄老妻云亡，儿子尚未娶妇，其法失传太半矣。而当予童稚之年，所以陶冶予品性者，往往指陈故事，娓娓动听，至今杜心目间，以是感不绝于予心，谨志之俾子孙永母忘。

《命谱》题词民国三十年

吾尝谓至人以万古为年，如孔、关文武二圣，与天地日月同寿，永哉命乎。其它立德、立功、立言之三不朽，根原一生之命者，皆其暂耳。袁尹《命谱》之作，所注重以立德为最，虽于世俗所谓富贵功名亦非鄙弃不道，要为有功世教之名著无轻也。展阅一过，书此以摅所见。

跋蔡蔚挺所藏魏曹望憙造像拓本

予所见造像拓本多精品，而此尤精绝。石藏山左陈氏，故陈氏监拓本为世所宝。今此石已流入外邦，则拓本弥可贵也。吾友狄平子尝以珂罗版印入《六朝造像精华》中，于拓本真赝辨之颇审，以方此本，觉此本精神过之。蔚挺老友以此见示，讵非眼福。

书前因二篆后

前因者，吴君孝仁，仁字切音也。君闻予前号奉梧，为孚之切音，亦欲以仁之切音为号。予为拟此二字，则大乐，即乞予篆之，谓向学予书，人以为肖，以是窥见右军笔法，此亦前因也。君书近已入道矣，古人青蓝之喻，今有同感，宣尼畏来者，信然。二切音均以今音切今音，今人不尽知古音也。

题木道人画牛

木道人，南通高僧也，灭度久矣。今主海上来苏社，作示多灵异，偶为冷禅画一牛立树下，一笠挂树间，意境超绝。为题其画云，有牛而无牧童，于意云何，可作色不异空观；无牧童而有笠，于意云何，可作空不异色观。世间一切一切，均可作如是观，亦可不作如是观。冷禅于意云何，道人于意云何。

题刘青田画轴

刘诚意于《画史汇传》列明代第一，有《蜀川图》之名作，其画流传绝少。其卒也，据《明史》为胡惟庸所毒，年六十五。但以诚意之遇事前知，而不能避毒死之垝，足则可疑耳。后世遂多附会之谈，要亦未徵信也。

跋《多宝塔碑》

《潜研堂金石文跋尾》谓康熙中碑石断，铭词句“佛知见法为”五字、“空王可托本愿同”六字按六系七之误损，“归我无空”四字末行缺“大夫行内侍赵思”七字。此本除上述诸字全缺外，尚有已损字，必康熙石断后拓无疑；然较之痴肥之本，相去已不啻霄坏[壤]，盖犹是乾、嘉拓本也。

跋《玄秘塔碑》

诚悬书此碑时年已七十余，盖极矜练之笔也。兰泉侍郎《金石萃编》云此碑下截每行磨灭二字，虽旧拓者多同。此本除断蚀各字，神采奕然，且墨色已旧，殆清初拓本也。

跋许石楠所藏《陶贞白墓志铭》

此本纸墨均奇古，石楠考之甚详，可无赘言。其书放笔为直干，略似《鹤铭》，特坚劲不逮耳。惜初裱入拙工手，翦贴卤莽，误易谥字、真字之位置，而于拓本微坳处，大都廓而平之，遂损其含蓄蕴藉之神，然尚有字可辨认。予见旧拓本类此者盖数数矣，不足怪也。要之此本在近世可视为瑰宝矣。

书《商君列传》后

昔尝谓秦亡于李斯，不亡于商君，非多商君之能强秦也，彼其欲行法于秦，而以徙木市信，盖为世所深鄙。然以絜夫口变法而民弗信焉者，其相去岂特寻丈之间哉。又其言曰，始秦戎翟之教，父子无别，同室而居，今我更制其教，而为男女之别，允若是，则固非尽蔑先圣王之道者，何其与贾生之所讥者不类也。

意秦俗之敝，丁商君时已极，彼犹能少引之绳墨，及始皇任李斯而遂荡然欤。夫以霸人国之功易身之车裂，人悲其即以变法贻祸，或又议其不当施法贵近以自危，皆肤末之见也。法不可施于贵近虞变为，矧管氏之相齐，实亦小变周官法者，而孔子且仁之，其夺邑伯氏，至没齿无怨言。曾伯氏贤于虔、贾之徒乎，亦在服之而已。

商君用事于秦越二十年，自封商于以迄族灭才二年耳。智能逆魏王不杀己，而不能决然弃富贵，坐待虔、贾之徒之甘于已，令得君未若孝公之专且久，则早败矣。吾甚惜孝公锐意求才而仅得商君，吾尤痛才不逮商君者之徒纷纷也。

书《大东合邦新义》后

於乎！日本士大夫之志在兴亚也有年所矣。顾亚东之局日益危，何哉，彼其国家之政策未必其悉与士大夫之言相应也。森本藤吉是书，大恉在先合日、韩，复合中国，以御异种之侮，末附宇内独立国一览表，于环球大势盖瞭如焉。

然窃以为欲兴亚东者日本，而速其危者亦日本。夫中、日、韩三国，亚东之兄弟，中国其长，日其次，韩其季也。中、日之衅萌芽于琉球，而横决于甲午。甲午一役，日人图攘其季弟之利，而因以推刃于其长兄，遂使强俄得乘间而动，名则救乡邻之斗，实则操戈矛以入其室，而东方之事亟矣。

吾怪日人志欲兴亚，而其夷琉球为冲绳，既以致中、日之不能骤合；又怪其志欲合日、韩以合中国，而甲午一役乃强中、韩之本合者而离之，且必割我台湾以自广，是则苏子由所谓贪疆场尺寸之利者也。今日人则已悔矣。我中国方患强俄之耽耽，诚不宜复念甲午之嫌以修怨于日。昔武侯忍猇亭之耻，东和孙权，计不得不出乎此也。故我中国而不欲纾俄患则已，欲纾俄患，则莫若近合日，远合英、美以抗之。

然而，我合于人与人合于我则有辨，藉非发愤以立自强之基础，虽曰暂合，其可恃乎哉。

赠叙十一首

送张芷舫之官河南叙

外秩自督抚以降，能福人，能祸人，能以意所然否而荣辱人者，惟州县。县县无贤不肖，能福之，能祸之，能以意所然否而荣辱之者，惟督抚。故其督抚而贤者也，惟州县之贤不肖是省，而所以福之、祸之、荣辱之者，旷然无所介于胸焉。今士人通籍，其上入词林，其次部曹，其次出为县令。令令之职与位，词林、部曹所得傲而睨之者也，而其可有为，则非词林、部曹之所能逮也。顾通籍之士之出为县令者，或不自幸其可有为，而曰吾之职与位，词林、部曹固得傲而睨之，则凡督抚之所以福之、祸之、荣辱之者，其果能无介于胸焉否耶。

吾同门友上海张君芷舫，以己丑、庚寅联捷成进士，授知县，将之官河南。其假而归也，同人觞之，于其临行而送之。夫河南天下之中也，土厚而民朴，其教易行，吾知芷舫将缘是以有为也。芷舫为人，韬其才而不以自鸣，呐其口而不以言惊人，则其居官也，度不惟无忤于督抚，而亦督抚之所不能祸福而荣辱者也。

不数年间，芷舫且坐堂皇南面以莅其民，使其秀民偶而语曰，某官至，其福我矣乎。某有赏，某有刑，其然我之所为而荣我矣乎。斯其政固足以奋其民矣。又使其顽民偶而语曰，某官至，其祸我矣乎，某有赏，某有刑，其否我之所为而辱我矣乎。斯其政固足以儆其民矣。民之秀者日以奋，而其顽者日以儆，则夫中材而幸为良善者，亦日赖以安。斯其所谓可有为者，或不止乎是，而所以祸福荣辱其民者，不亦大有功于民矣乎。他日由县而州，由州而府而司道而督抚，则还念为州县时，督抚所不能祸福而荣辱者，至是而不能不祸福荣辱其州县。吾又愿芷舫之善率其州县，而悉使之大有功于民也。

王楞仙先生五十寿言

同治壬申，予问业姊婿林景周师之门，假研席于楞仙先生家数阅月。时年总角，厚先生中子树善，而未获与先生数相见。顾尝一望见颜色，退然，呐然，无疾言，无惰容，矜重而无饰，审知为笃行君子也。越十余岁，遭先生于其族人某君之室，齿加长，貌加腴，窃窃然怪之。今先生命其子缵善、祖善斆于予，因得晨夕共笑言。而先生年五十矣，风采如畴昔，视其子若侄类伯仲行，益窃窃然怪之。既而悟曰，此殆天之将以大年假先生也。此实原于先生之能澹荣利，而不以流俗人之心为心，外牵引于物而内自铄也。且夫流俗人之心，何心乎，居官期至方面，积产期至巨万。乡里之人艳之，则私相语曰，某也，某贵也。贵且富，顾其人或厌尝世味，至求老牖下不得；得老牖下矣，或又郁郁不能久居，戚友相睽；隔数年则曰发苍苍矣，又数年则曰齿牙动摇矣。若彼者，岂真有魁材伟抱，志欲有所自效于时而以身试哉，亦曰磨其躯干而已。先生足不逾里闬，上奉母，下荫子若孙，门庭之内，雍雅如也。斯乐也，疑人人能有之，而能有之者几人哉。世之役役名利以自疲者，既不知斯乐之可慕，予不能聒而与之语。有知之者，请为之告曰，古有积道成德，遁其光而不耀者，先生其人与。

钱母王太恭人五十寿叙

松郡夙多富家钜族，而金山为雄；钱氏之富，又雄于金山。方太恭人之归于朝议公子馨先生也，朝议公年少多豪举，外则博交通儒，角逐于诗坛文社间；内亦广求贤淑，以襄理中馈。太恭人秉诗礼之训，逮下以和，嫡庶间无违言焉。

岁丁丑，朝议公不禄，子铭江、铭铨幼，太恭人始督家政，乃喟然集其家人而诏之曰，夫富匪惟为子孙计，一家富何如富一族。彼中人之产，得温饱为幸，虽好施与，力不赡；力赡矣，鲜久持弗懈。我钱氏赖祖宗遗泽，拥巨赀于乡，而族人衣食于称贷者亦半。朝议公尝憾焉，顾屡议建立义田，未及行，弃而逝，继述志事，其在尔曹。皆曰，诺。于是置田千亩，养济群族，以终朝议公之意。而朝议公手定家刻书甚夥，拟刊书目未果，亦踵其意而成之。盖太恭人幼习书史，畅晓大义，故于朝议公未竟之善举，必力任其事。而其它恤孤寡、赈贫乏，为寻常巾帼所能为者，可弗道焉。

戊子十有二月，值太恭人五十寿诞，子铭江等迨其乡里戚族，将为太恭人寿，则力止之曰，我年迫四十，遽失所天，此十年中，茹辛苦躬操井臼，心力瘁矣，幸抚稚子以成人，我愿已足，何寿为。且濒河郡邑告灾未已，移此无益之费，延穷民数日命，讵不美乎。铭江等未敢拂太恭人意。而其父族从子树善谓太恭人素性乐善，能寿其身，而义田之举，可兼寿其家，宜贺，爰告于吴郡沈恩孚，而寿之以文。

张母刘太君六十寿言

张氏世居宝山之真如镇，自朝议大夫铭甫先生宦蜀归，始挈今太君刘恭人及畏钦、润之昆季卜居嘉定。恩孚之识畏钦，已不及拜见先生于其门，顾与其昆季时相过从，十余年来，情好日笃；而畏钦复与伯昆为儿女姻亲，恩孚因得耳熟其家事。先生有丈夫子五，畏钦、润之皆太君出，其三昆惟叔屺存，岁从真如来问视，五十许尚恂恂如。

太君先世为蜀之巴县人，年十八而归先生。时蜀中寇氛充斥，先生在官督团兵，未遑内顾，旋遭母忧去蜀，宦橐萧然，未能挈家归，爰诛茅于合州之云门山，以栖眷属。太君含茹辛苦，支拄数载。洎先生服阕抵省，而仕路亦纷沓，性不乐媚上官、幸非分，曰惟以俭支贫。太君亦以时局艰，山居可诸从简约，不随之省寓；先生摄邛州篆，甫偕履任。每在任所见先生嫉恶严，不少假借，辄婉词陈白，俾济以宽。衙署之内操中馈不殊山居，未尝壹委仆役。狱囚衣食，必躬检点无少阙乏。缘是知先生累任剧邑，得所在有政声者，太君与有力焉。

先生既辞官里居，则为子均产，尝析其一为太君养膳赀。太君后以先生志建宗祠未果，出其赀太半，命畏钦昆季鸠工相地，勉竟厥绪。春秋告虔，则族之居真如者咸来会，人多太君之用财也，当讵知其沃培根本之意，与先生若一，固非寻常巾帼所能见及欤。太君于家祭、墓祭，凡蔬果、楮帛，恒自督理，虽儿妇乞分其劳，非目所过而手所经未慊也。其于父族，嫁若在室，睽数千里若堂宇，值二老迄长弟相继逝，家中落，虑弱弟无以自存，遽驰书往，趣尽室来，共居处者累月，嗣僦屋他所，犹纤巨悉为经纪，视等己事，盖不必力所能胜而亦慨任之。自奉不过丰，宾至则肴馔精洁，冠绝一时。又好施与，戚党穷乏者，苟有称贷,恳恳然必有以应。故门内外佥颂太君弗辍。今畏钦以丁酉拔贡,试高等,官广西知县,润之又以轩岐之术名于时,孙行十数人兰茁玉立,怀和而抱春,门庭之瑞,罕与伦比。

明年四月之望,为太君六十寿辰,畏钦远宦归省,将复之官,行期迫矣,念俗有预祝生日礼,与润之屡请于太君,未之许。恩孚等窃维人子显扬之愿,成否悬之于天,而色养则人事之至近者也,其所不可必者,既非天所靳与,则于其至近之一端,罄诚以致之亲,度亦为太君所乐受。而畏钦昆季秉承家学,出可为民造福,处亦挟所长以活人,乡里蓄德不倦,当益昌其家,又匪独太君一人之庆,而无可辞者,敢述所闻见,以侑一卮。

封安人袁母秦太安人七十寿言纪元前丙午七月

近世士大夫瞭于中外强弱之大势者,既少少鼓吹女学。恩孚谓吾国女子固有茹苦耐劳之特性,故虽处教育盲晦之时代,而一二女中之杰,类能秉承家训,相夫畜子,腾播懿美,为戚党光。更十数年后,女教大昌,巾帼而弁者,肩项相望,必能各以其琴歌美术陶冶家人之性灵,俾国民太和元气充实而发扬。于斯时也,庶几大快。

而我袁母秦太安人,非所谓以茹苦耐劳之特性腾播懿美于教育盲晦之时代者欤。恩孚与其长君名希涛者交最稔,缘是得饫闻其家事。今所述太安人之令德,一如其长君言,无溢美。

其言曰,吾母秦太安人,宋淮海先生裔也,元明以来,世居无锡。祖蓉庄公历官两浙盐运使,祀乡贤。父瀛洲公官江西典史,太安人幼侍任所,十余龄即助母吴孺人理家政,井然不紊。瀛洲公病瘫逾半载,太安人昼夜侍左右,调汤药,不片刻离;旋更丧乱,随吴孺人窜迹乡曲数年,历诸艰苦。会吾舅氏朴堂公复任江西,摄贵谿县丞,迎养吴孺人,于是太安人复得侍母至江西。同治壬戌岁,归吾父霓孙府君。

其时大父淞逸公已弃养,大母孙太安人在里门,道路梗塞,府君侍伯祖谷廉公于江西，将之官浙江，窘于资斧，太安人撤奁妆助行。旋摄淳安典史，督勇防剿发匪，不暇及家事，太安人侍养谷廉公暨伯祖母吴宜人，委曲周至，如事舅姑。岁在乙丑，发匪平，府君迎养孙太安人，太安人亦至浙，一家始完聚。孙太安人，同邑松坪学士元孙女也，家世重礼法，治家整肃，太安人事无大小必请命，岁时祭飨及家庭品节，一依孙太安人旧制垂十七年。壬午冬孙太宜人殁，于今又二十余年无改。

府君居官敢任事，当防剿发匪时功颇伟，以忤上官，不列荐剡；旋办龙山茶捐，拂上官意撤差，应赔缴公帑数百金。太安人尽鬻奁具衣妆，予府君清缴。自后虽布服非将敝不更制，谓非此无以成居官之廉也。希涛犹忆髫龄随府君侍大母食，太安人自入厨调膳奉大母，又以小机食希涛诸弟妹毕，乃始自就食。遇珍味可复进者，必谨藏之，不自食。育希涛暨诸弟妹，未尝一雇乳媪，夜深篝灯制履或补绽衣，盛暑严冬不辍。平生不好畜婢，遇至困时，并杂役之媪遣去，家事钜细一身任之，不贻府君纤悉内顾忧。故府君仕浙四十年，廉干日益彰著，上官遇剔弊事，辄檄府君往，往必革陋规，却馈遗请托，风裁峻厉，以末僚倾动大府。迄于今日，希涛等犹得勉循轨范，见齿于乡党社会者，皆太安人刻苦持家之所致也。顾太安人待人独挚厚，族有茕无依者，皆饮食教诲之，久而不厌。戚里往来周洽款至，下逮村妪贩童，瞻太安人颜色者，皆藉藉称颂弗衰。

府君性刚，始仕值军兴，执乱民辄杖杀之，又好使气忤权要，太安人婉言苦谏，府君性渐和。教希涛等虽细行小言，必诫勿苟，且待人勿涉凉薄。既娶子妇，遇之极慈恕。近十余年寓居上海，希涛等念太安人半生瘁于家计，一切日用琐屑，不敢以闻。然太安人自谓体未衰，犹料量家事，抚视诸孙，不自暇逸云。太安人子三，长希涛，次希濂，三希洛，次、三均出嗣。孙三，长世枌，年十四，希涛出；次希濂出，三希洛出，皆未名。女孙三。

今岁七月四日为太安人七十寿辰，其长君方敖游京津，观北方之新政以归，其次、三二君学于日本东京者，亦先后归省。恩孚既饫闻太安人之令德，而复与其昆季有切磋之谊，夙佩其克自树立，咸不愧为当代之志士；而以相知之深，昕夕讨论世务，使恩孚不至拘于墟以自画其所见者，长君之力为多，盖其慷慨任事，先人而后己，若出遗传性者，其乌可无文以为太安人寿。爰系之以颂曰：维母之贤仁兮，蓄德中闱，启佑其后昆。伯倡而叔和兮，相睎为旧邦新国之伟人。是匪独一人一家之笃庆兮，食其福者，有黄帝之圣子神孙。

柳君荫桥寿言民国十六年

于恒星天中而有太阳系，于太阳系八行星中而有吾人所栖息之大地，于大地五色人种错落数十国中而有吾华，于吾华二十二省、蒙古、青海、西藏三区域开化五千年之古国中，而以藐焉之身衣食居于其间，吾不知若何而使人踌躇满志曰，是人也，庶可谓戴天履地之完人也欤。抑古所谓太上立德、次立功、次立言者，固各随其人之分际，肩其力所能负之责，而大之足以永寿于世，小之亦寿其家、寿其身欤。惟然而柳君荫桥，兰玉之寿君也宜。君系出周柳下季，至唐为河东著姓，今聚族居浙鄞东五里。君之先德逸舟先生，以农桑雄于苏、浙间。君其第六子也，有干才，蜚声市场，娶包，群称曰贤。以为子求学，絜家而沪，年五十，而有丈夫子四，女子子一，孙五，女孙二。平生接人以诚，戚友以急难告，乐为助。其在载记之《大学》曰，德者本也，财者末也。谓君知本殆无愧。岁十一月二十四日为君设弧之辰，而其贤内助亦四十有九矣。吾观蔡君所述君之家世与行谊，而知君不惟以德寿其身，且已寿其家也。

叶苏老夫人七十双寿叙

曩尝博观有史以来列女言行，恒有独抱异禀，洞达时变，所见为并世贤豪所未逮者，以为我中华自庖牺以来六千四百余年之光荣固匪仅须眉丈夫构成之，巾帼与有力焉。顾简册如林，芬芳彤管之所赞美，大率以节操著者什五六，文艺著者什二三，才识著者什一二耳。若夫瞻瞩国家隆替之由，与种族盛衰之故，毅然以倡女教，疏瀹民智自任者，则吾友鸿英叶先生德配苏老夫人，其赫赫照人耳目矣。

溯当逊清之季，政敝而俗窳，战败而疆土蹙，士尚沉溺于科举以锢其灵明，女尚桎梧于裹足以残其肢体而弱其子女，有先知先觉者大声疾呼于众盲群聋间，冀幸免为列强俎上肉，而柄国者始欠伸于酣睡之余，思以一纸劝学诏书救神州之陆沉，其未足骤挽隤势也固宜。然而海内识时之俊，风起云涌，已沛然莫之能御。

时则有苏氏三媛者，崛起海滨一隅，与昆季行创设男女中学各一，即夫人为恩孚等闻名之日也。夫人年二十一而归鸿英先生，理家事井井，事姑孝，相夫顺，育子慈，御下仁，于先哲所谓妇德者无忝焉。其教女生也，蔼若阳春，亲若骨肉，师生也而若母女，于近人所谓师范者无忝焉。今欧美教育家之学说，有贤母良妻主义，有超贤母良妻主义。或不解为超贤良也，而诡更其词曰非贤良，于是排斥礼教，鄙夷女红，视家庭若传舍，日皇皇如也，委弃其所负母妻之责任，而曰造福人群。人信此曹将为之造福也，而家族、社会岌岌乎其崩溃矣。庸讵知超贤母良妻主义，未始不植基于贤良，特不以能尽母妻责任为止乎。若夫人者，其以贤母良妻主义，兼超贤母良妻主义，而适合我中华蜕旧就新之教育者欤。

今岁四月之二十五日，当旧历三月二十三日，为夫人七十帨辰，鸿英先生且七十有六矣。古稀伉俪，儿孙绕膝，荫下之庇，根深实茂。距夫人结缡之岁，适届西俗金婚之年。此人世罕遇之盛事，不惟古所稀，亦今所稀也。况鸿英先生以白手成伟业，服膺老氏深藏若虚之义，其散财以济公益未可偻指计，其斥巨赀为教育基金，计画周葡，声播遐迩，均由夫人赞助之力为多。虽夫人之平生懿美，早为政府所褒扬，且大书于邑乘，吾侪亦乌可无一言以励后起夫。古有能文三苏，父子也，而长公之名尤燥。今有兴学三苏，女兄弟也，而夫人之福尤奓。其后先辉映，蔚为邦家光者，将与我数千年之古国而并寿。天乎，人乎，岂琐琐者望尘能及乎。而世俗循例颂祷之词，询可吐弃弗道也已。

杨翁在田六十寿言

自古奇杰之士，其少壮必有过人之行为，遇艰困而弥彰其天性之特异者，故其出而任社会国家事也，亦往往能人所难，时或出人意揣之外，而考其实，则惟是循乎天理人情之当然。彼庸庸者，必俟人既为之而始知之，且知之而犹退然不敢为之，于是为之者乃卓然超越乎时流，而为众所推重。吾感夫晚近人才消磨于圆融肆应，未暇培养其肩荷身当之实力，而叹杨翁在田之有声于时，非倖也。

翁先世籍海门，至其尊人而徙家常熟之沙州[洲]。翁少贫，未能多读书，随父服贾，既长而任侠，邑某为势豪所殴辱，翁出之于危，势豪因以仇某者仇翁，中伤以蜚语，竟与里人曹楫升同系狱，配河南偃师。偃师令察知其冤，白主者并释归，而曹方流寄邻邑，翁不忍先行，纡道百里与偕。曹病暑几殆，翁扶掖之共达于里门，义声乃大著。自是深自敛抑。洎丁父忧，益以礼自闲，率诸弟躬耕奉母，以孝友闻于乡里。

逊清光绪之季，两浙缉私统领器公才，擢充队长，驻吴淞五年，静镇不扰。解职后专营商业，慨内港航行之利见攫外商，谋所以挽救之，与同志创设大通航业公司于沪南。南通张季直先生深然之，羽翼之使成就，未数年而营业与大达公司埒，时论服张先生之知人明而翁任事力也。

沙洲故分隶常熟、南通、江阴三邑，新纪元之十一二年间，江水蚀堤，由通境界港至江境新港袤三十余里堤将圮，翁斥资万金匃工分段筑楗，成立保坍会，因被推为董事长，而翁固无尺寸私产于其间，其公也如此。比年水灾迭告，江南北交困，而沙洲无被湮之患，非翁之惠欤。自齐、庐[卢]弄兵，滨海多盗，翁任崇海清乡驻办兼长江下游督察长，甫受命，即擒[擒]巨魁多名，并督所属清查户口，四境晏然，课绩以简任职存记。有劝翁出展所长者，则笑谢之，示非所志而已。

新大明轮案者，中外交涉希有之胜诉案也，事在十七年。是轮也，翁所独资自营，撞沉于日本商轮厚田第二丸，被难者三百余人，耗至恻然，亲履目鱼沙沉船所，衣之，棺之，恤其家，诉日商于理。或沮以弱国无外交，徒讼无济，翁屹然不为动，卒以公断得值，日商如所断以偿。其不侮弱，不畏强，仁而不柔又如此。

二十年，常熟遘灾，西乡以开坝出水之争，各集众将械斗，翁召主者开示以利害，且输巨金裒益四、五两区之多寡，争者感悟，祸变立弭，长官旌其间曰见义勇为。其信于众也又如此。翁鉴于最近航业之衰落，病在各自为谋，倡大达、大通两公司联合之议，实行于二十一年秋，而骎骎见革新之效果。我国各业踵而行之，协力与外商竞，则易贫弱为富强夫岂其难。

翁性竺厚，惓惓亲故，接人一秉至诚。恨少失学，赀助贫寒子弟不能竟其学业者无吝色。以是倚翁之力，先后学成而服务社会者已数十人。复设小学于乡，以培后进。其它慈善公益事，分财以提倡者不胜道，道其可为世风及才识之超越常人远者。

翁与恩孚从子有林共事久，而其长君复与从孙辈同就学于光华大学，故知翁也稔。今岁秋仲，值翁六十揽揆之辰，其戚若友商所以寿翁者，佥谓翁虽以国难故，不乐效世俗无益之浮文。而我国省、县、市、乡信各有人焉，其性行才略与翁伯仲，星罗棋布于此广土众民中，岂仅泰山、河海之壤流已乎，国难其奚足纾。是不可无一言以纪其实。从子既缕述翁之平生，若不能罄诸口，爰撮所闻为当世告，非鄙言之足以寿翁，要由翁平生行谊，早有足以寿世者在，而初不以区区文字增重也。

江阴葛翁凤池六十寿言民国二十六年

纷纭万变之人群，其度量相越，恒不可以道里计，惟器识之宏远者，或遗传自先代，或由艰苦磨练而成。其初若有幸有不幸，及其卓然自异于侪辈,人相与慕之、羡之、交口称道之,而叹彼苍之所以降才于斯人者,乃无所谓幸不幸,视其所自树立何如耳。若葛翁凤池者,其可使有志之士奋袂而兴起矣。

予尝与翁先后董南菁学校,固耳熟其为人,近获观其六十自述之文,证以畴曩所闻,而悟其性行之耿介,则本自遗传,其所营事业之隆盛,则植根于髫年之艰苦磨练,非倖也,非偶然也。自昔闻人凭藉二者之一,其所表见于当世,往往超迈时流,而翁实兼此二者于一身,则信乎其非倖也,非偶然也。

葛氏世居江阴之青暘乡,自宋以来为巨族,登巍科、跻朊仕者络绎,光于谱牒,列乡贤名宦者,故家无与伦比,谈邑之文献者必偻指及焉。至翁而二十余傅[传]矣。父榕初太翁早世,闾里称长者,宅心仁厚,无问贤不肖,壹以宽恕遇之,以是经商多折耗,且好施与,散家财殆尽,手债券无算,临危悉裂而焚之,识者谓积善之家,其余庆宜在翁也。

方失怙时,年十三耳,母奚太夫人茹荼抚孤,辛勤督教,未届成年,即令习商于沪。律己严正,尝一以被诬、一以被嫉辞职。顾其勤于所事,至因服务而坠黄歇浦者二。于其所受益之师秦彦卿君,则笃念弗忘,盖心折其事必躬亲而大公无私之精神,且平生奉为模楷。此由其秉性优异,譬彼大木,根干坚强,既得天独厚,积久而枝叶扶疏,展数亩之阴,夫奚足怪。故其资望之日进也,由副经理而经理而监理而总理,其投资与创业之日广也,凡颜料号三、堆栈二、银号一。

其敬宗睦族,赞助乡土公益而孜孜于慈善及教育也,若宗祠之建则支二万余金,并赎回宋代祖茔三千金。若敬梓堂之设立则捐地八亩及四千余金,又匄集五千余金。若消防队之组织,则捐二千金。若江、靖两邑救生义渡瑞安号之改造,则捐二千金。若施医、施药、施米、施衣、施棺,则历二十六年。若红十字会之筹置分会,若四河闸桥、义成桥、南新桥、凤过庄新桥之修建,若西街之重筑,则亦各输巨金。其助各地水、旱灾及沪之各善团,则约四五万金。尤洞烛立国根本，以增进民智为最亟，既与其介弟润秋建体仁小学，设备周密，校舍宽广，二十年来历支开办经常各费共十一万余金；复办高等小学于东弄，捐五千金，又勼集万余金，惓惓焉日以培养乡党子弟悬为心目中之鹄的。视彼徒以兴学为名高者，其所食之果，必有异焉。翁尝谓自念以少孤失学，而省立身必以德为先，以学为本，深闵家况清寒之童稚，与予抱同情之戚者，正不知凡几，爰特建一校，俾受数年陶冶稍树基础云尔。又尝谓丈夫不患不得志，苟得志，当力图报称于社会，急国家之急，使人知若人不虚生于时，毋徒求田问舍，积铢累锱为富家翁斯得矣。又替尝谓为人谋善后宜适如其分量，动曰一劳永逸，非长策也。惟修德者能维持于将来继承弗替，则古来帝王江山岂有颠覆者哉。是则聆其言而可知其局量之过人也。况又观其行而知其才识之过人。方欧战之未起也，沪市商业多以卤莽自败，狡点[黠]之徒，乘时弋利，侥幸须臾，闻者从风而靡，谲诡波云，其来也忽然，其散也亦忽然。橡皮股之升降，其一也，既告蹉跌，全市动摇，追悔者什八九，而翁独不预。在舶来品腾涌时，业颜料者多至百余家，同业之竞甚烈，则敛手旁睨，人莫之测。曾无几时，亏蚀倒闭者踵相者接，而翁乃安然致巨利。洎欧战之既酣也，外货以罕，见珍居奇者喜形于色，佥曰此互市以来未有之良机也，钩心斗角，各逞其智巧。翁于是发舒其稳健之素抱，指挥若定，雄步市场，而望尘弗及者比比皆是焉。

青旸为江阴三十六乡之巨擘，北距县治，东南接壤无锡，中贯运河，水陆交会，实行李往来之要冲，米、麦、棉麇集为市。有利农民之贫而质其谷食者，往往故贬其值，故昂其息，而四河卡又徵其货运出入之税，乡人苦之。则为设堆栈，廉其息而薄其质，思有以便农也。而客户诪张，每诳言售货以偿本息，一去而不还，坐是亏累者屡矣，则就堆栈兼营油厂，以益其所损，且云农苟便矣，初志固不在盈余。其重于公而轻于私如是。提携里人才，无巨细辄引进之，有小过亦曲恕以觇后效，谓世以任用私人为讳，若并私人而弗能任用，乃以公义自文，其偏浅乌可训乎。其资助戚友，有以月计者，有赒一时之困者，有求无不应者，以羡补不足，非有绳尺于其间，准乎情而已。性刚直而果断，为人解纷难，片言立决。事母孝，虽或撄其怒，而母至即息。痛萱闱之苦节以终，格于年例而不及旌也，则缕述其懿美告于当代贤豪，求所以表彰之。自不匮之思，推锡类之仁，非特为市廛中之麟凤，其言儒言、行儒行者，或尚非其侪偶欤。

岁二月旬有六日，值夏秋正月之六日，翁六十弧辰也。其哲嗣行之索予文为寿。予维道人之善，不贵溢美，贵得其实。其人有足以寿世之事，即为世所乐寿其寿之人。今世之丰于财者多矣，为问泽及乡里者几人乎，能为百年树人之计者几人乎？有争养赡之费而妻讼其夫者，有析产不均而子女讼其父母者，岂财之为累乎，其所自累，有人所不可知者在也。今翁之言与行，予知之既稔，则亦乐寿其寿，以告世人，俾各晓然于翁之质直好义，足以立懦而敦薄，尤愿闻风者则之效之，勉为寿世之事，以盾其后，则此圹圹九州，将无往而非寿宇也。

周母凌太夫人七十寿言

吾国妇德之盛，在欧化未东时，虽穷乡僻壤，累有所闻。逊清同治初削平大难，号称中兴，将相多理学名臣，两宫垂帘，方以孝治天下，东南为文化区，尤彬彬好礼，慈俭蒸为风俗。若周母凌太夫人者，则际会其时之一贤淑也。

太夫人为浙之象山白沙湾凌君献宗女，九龄而童养于同邑爵谿周氏，婉娩听从翁姑，以是钟爱之。及笄，而与隆顺太翁成嘉礼，产五女，最后产了时余，甫三岁而太翁殂谢。方太翁昆季之析爨也，田三亩，屋数椽耳。太翁经商于外，太夫人理家政井井，无内顾忧，由是膏腴日增，十倍于初。盖太夫人内助之力有如此。暨失所天，含茹辛苦，弃商而农，恒亲督工作，田宅又数倍于太翁在时。此则太夫人之以俭昌其家也。其遣嫁五女，丰啬悉中礼，所适皆同邑望族。其为子择师而就学也，未尝吝修脯，俾勉学以底于成。此则太夫人之以慈其昌其后来。今时余年二十九，任爵谿乡长，而太夫人七十矣。

予未识时余，而与象山之严君名杨为忘年交。名杨为时余乞予言以寿太夫人。予念太夫人幼睹承平，中遭鼎革，老而又逢国难，桑海变迁之迹，苟非思其遭故，良非偶然。慨自清季世西后耄荒，衅生母子，甲申、甲午、庚子诸役，国土日蹙而朝政日偷，颐和园之娱老，速清社之屋，身甫殁而共和政治遂代兴。太夫人以巾帼教子成立，蔚为乡里之素封。国以不慈不俭致衰，而家以克慈克俭致感[盛]，剥复消长之机，有识者当懔然思日中月盈之戒。而新纪元以来之筹安窃国，使东邻从而生心，彼庞然自大之三岛民族，又以箕豆之煎，促成我炎黄子孩之重新古国。斯则不惟当为太夫人寿，而更当祝我中华无疆之寿矣。

书赠南京孤儿院

少者怀之，孔氏言志之一也。幼有所长，又其大同理想之一也。陈君经畲创设是院，杨君叔平力助其成，允符此怡。谨以吾国忠恕勤俭之四宝，赠来院之丱角同胞，俾各为复兴民族之一员。

书牍三十一首

上李紫璈师

恩孚幸获受知师门者，五年于兹矣。顾兹五年中第一望见颜色，未知浅学如恩孚者，师以为可教焉否也。然窃闻师之昔治溧阳，而今治吾吴也，所至有颂声，则忻忻然曰，如师者，固恩孚所乐受教而不疑者矣。

恩孚年四五而攻句读于乡，十一而学为词章，十五而附弟子员于吴庠，始内惭所学之肤浅，未足与古人而抗行。由是诵习昌黎韩子及周、秦、汉、魏、唐、宋诸子之文，而略识古人之所以为文；读李、杜、韩诸集及初、盛、中、晚诸唐人之诗，而略识古人之所以为诗；既冠，间涉说经、小学诸书,而略识古人之所以为书。然而钝于记,锐于忘,朝而览焉,夕而无所止于胸也;卒然而有心得焉,则洋洋乎不知神之所栖,稍纵焉而又苦其惝恍也。久而徐悟曰,夫古人之书之得永于后世,必有实乎书之中与溢乎书之外者,而其书乃数千百年而不敝。然则读之而钝于记也,无病于钝也,日与之亲,而所得于书之中者自在也;读之而锐于忘也,无病于忘也,日与之亲,而得于书之外者又自在也。且此尚非读书之本恉也。读书之本恉,学以致用而已;亦非汲汲于求用也,求所学之可用而已。用则以所学公之世,不用则以所学公之万世,此又古人著书之本恉,而所谓实乎书之中与溢乎书之外者,亦无以超越乎此恉也。

恩孚不敏,窃以自勗,倘师以为可教焉,教之,则幸甚。

复陈叔美

贵镇因壤地插花,按照民政部奏案,不得不专隶青浦。昨在自治筹办处展览积牍,见诸君子有不愿改隶之请,至以台湾割归日本为比。窃以为稍涉误会矣。

科举时代重籍贯,选举时代重住居。章练塘无论隶元、隶江、隶青,凡住居本镇者,总为本镇之居民,同系中国国籍。改正区域,既关奏案,迟早必行,且举办自治事宜,镇专隶一邑,实较分隶数邑为便利。此不宜固执也。前诸君子以急期自治成立,主张就一镇之内画界各办,本非上策,特为之犹贤乎已。盖分办则人、财两难,将来居民之负担必重;合办则同镇之人自能融化畛域,而一公所之开支必较两公所为简省,为地方财力计,与其主分,诚不如主合。

窃谓目前进行之方法,惟有速将全镇人口数合并计算,重定议员额数,并合造选民册,速行选举,成一完全之章练塘自治区域,为地方造福实非浅鲜。若迁延一日,即损失一日之权利,殊非计也。今督抚专隶青浦之批,意在实行部章,即元、江籍贯之人,仍得以本镇选民资格举为本镇之自治职,固未见其有害筹办处。合并办理之批,足以调和全镇之感情，省自治之经费，轻居民之负担，利莫大焉。请招集乡父老，以鄙意转告，并将会商情形复示，不胜企盼。

复沈朵山

承示吕君中学历史稿，搜采至为翔实，去取亦颇精采，惟意见书所持理由，及原稿合唐、虞、夏、商为一章，尚与鄙见相左。

盖鄙人对于历史教科书改革之意见，有两大目的。一巩固共和国体。夫以民国国民而聒以一姓兴亡之事实，所收效果，盖可想见。故本国史方面，惟有注意分期办法，第一期推崇唐、虞之传贤，认为共和之远脉；次分王政、帝政为二期；而末以民国成立为结束，方可谓中华民国之历史。即世界史方面，亦宜多采共和国之事迹，俾国民知所取法，方可谓中华民国之历史教科书。此关于思想方面者也。

一节省授课时间。各校历史教员几无人不以时间不敷为苦，值共和建国之时，将帝政时期之材料大加删汰，实一绝好机会。况教育原理，无论何种科学，均不宜使学生脑力有丝毫之虚耗。而近今历史一科，几尽成记问之学，实缘断代为史之观念深中人心，非我用书，概为书用，遂至一部二十四史竟若无处说起，而精神之虚耗者多矣。此关于应用方面者也。

鄙意吕君之稿，尽可赓续，其分期之法，教育部方采刍议，编为略例，不久即有确定之标准。果材料齐备，他日配置稍有变更，当易为力。如吕君之博赡，极盼其悉力为之。

此外尚有小节目三，亦应更正。

一汉族二字，用之汉武以前，实为不当。最近教科书多作华种，或竟定为中华民族，似更瞭然。

一苗、蛮是否一族，实一问题。苗之名见于吾国古籍者，惟《书》屡称三苗、苗民、有苗，为最可据。马、王二氏均以三苗为缙云氏后之为诸侯者，即四凶之饕餮。杜预谓缙云为黄帝时官，则苗族实中华民族一部分之被摈于南方者，《皋陶谟》所谓何迁乎有苗也，似未可即以为蛮族。近人依据译籍，谓蚩尤为苗族之长，实中国之土人，黄帝西来逐去之。其说略据吕刑，而黄帝逐去土人云云，颇足贻将来之隐患。鄙意华、苗二字，实农业时代之名词，以植物之花与未花，喻人类之开化、未开化。苗进化则亦华矣，华退化则亦苗矣。有苗之被迁，即其证也。吾人对于苗族，万不可视为被逐之土人，否则苗族一受教育，将自命为中国主人，树光复之帜矣。

一西周二字，宜去西字。鄙意夏、商、周一期，夏、商可各为一节，周可分为二节，春秋战国可如原稿，而仍当统之以周。此后若西汉，若西晋，若北宋等名称，皆后人追溯之词，在史法宜去西字、北字，其例一也。吕君谓自秦至清，世变纷繁，不能括为一时期，此实不忍割弃之为累耳。试一以民生为前提，可存者有几乎。周以前之历史，设未经孔氏及史公之痛删，岂少也哉。无者不能强之使有，多者不妨减之使少。《易・系词》传古者疱[庖]牺氏数节，盖孔氏之史法也。且分期之法，正不必每一期之材料相等，此尽有伸缩之余地。

非坚护前说，再四思索，更无其他良法耳。

致韩紫石书

报载请办签捐及取销自治两事，爱公者均甚为疑讶。窃谓公之高明，决无此举，即幕府中当亦不至有此无聊之议。盖上一事为前谘议局所议决永革案，经公布自当继续有效，下一事则苏、松、常、太、通、海各属已确有成绩可言，且光复以前孚与翼之、继兴、庸生诸君尝在筹办处，竭年余之心力，始克次第观成，度公之必愿卵翼而扶植之也。

惟是市虎之讹，易淆观听。辱有一日之契，未敢默默。尚望有以示慰，或竟由公署投函报馆辩正，以释群疑。公意如何？

县知事试验条例业经颁布，当可稍抑奔竞。惟闻贤能之吏亦多不愿就试，劣者固藉可陶[淘]汰，而高洁者亦恐因此自退，似宜择尤酌保，以示讽劝。以孚所知，若奉贤之钱，吴江之丁，上海之吴，殆其选也。丁、吴治行甚优，资格稍浅，而光复之初即已任事。钱在前清久历任途，曾得卓异，其催科似亦颇为出力，应否特示优异之处，请与隽公酌之。冯、张调任已发表，前此所受之种种困难，当稍可解除矣。

复刘士芳

承示，令兄由远道寻觅尊人遗骸归葬，孝行可佩。见询四则，依照原列次序，条答如下：

一、家奠或开丧受礼，可视财力酌定。《檀弓》记子思语云，有其礼，无其财，君子弗行也；有其礼，有其财，无其时，君子弗行也。此时字，即《礼器》所称礼时为大之时，其说详下一条。财则称家有无而已。

二、《仪礼·丧服》，改葬，缌。郑康成注，指子为父、妻为夫，盖自周以来行之。唐时期亲以下皆素服，则孙与近亲之服皆可包括。明时既奠释缌，服素服而还，则治葬者服缌麻而不限三月矣。民国以来规定之丧服，甚简略，但于服礼服时，男子左腕围黑纱，女子胸际缀黑纱结，未有差等。然罕见有遵行之者，大率仍沿周制，从习惯，实非礼也。鄙见以为，服之年月民国未有特别之规定，旧制三年实二十七月、期年、九月、五月、三月五等之服，在法律仍为有效，自当从习惯。其服式则应从今制，凡斩衰、齐衰、大功、小功、缌之名目，均定于我国有麻无棉之时代，以麻之粗细为别者，循名责实，早应废除。今葬亲于亲故十一年之后，可依据改葬服缌之旧制，服最短时期之服，而于服大礼服或常礼服时，男子左腕围黑纱，女子胸缀黑纱结，所谓礼时为大也。

三、衣冠葬之用意，由不能得死者之遗体，不得已而以此为纪念也。此亦亡于礼者之礼，无所谓标准。拾骨还乡与衣冠葬不同，今实际已在报除之后，宜如改葬礼。

四、仪仗为阶级制度之表示，亦习惯而非礼也。欲提倡平民精神，以不用仪仗为宜。近见有以挽联、祭幛等游行道路者，较为近理。

但亦宜服膺丧具称家有无及国奢示俭之古训。

未识尊见以为然否。

致教育部范总长

自湘厅命下，两奉电促，深感勗励之盛意，而审量出处，未能黾勉，徇知惶悚无量。恩孚辞不就职之原因，真、皓两电已陈梗概，乃闻公尚有意督进之，恐以久稽不决，延迟湘厅之成立，并虑旁观不察，误以公为阿好而妨贤路，则负疚滋重。用再详述区区之愚忱，幸垂察焉。

吾国现象，尚如漏舟泛海，未知所届政治为有机体，彼伸则此缩，此牵则彼动，衡以物理，殆无可逃。教育行政仅内务行政一部分事，单骑猛进而荆棘塞途，苟非中阻，势且立蹶。恩孚在民国初元，亦尝以乡土关系，投身政涡，谬思有所建树，而局部改革，植基未固，经潮流之冲刷，两年计画，不数月而荡为烟云。既受此强烈之激刺，复益以各方之接触，深信吾国病根在大多数人无啖饭地，必先由中上流社会屏绝虚荣，破除阶级思想，专营根本事业，兼司积极之指导，或可裨补万一。幸而觉悟，此责宜肩。

前者请求设厅之议，各省感裁司后教育费之日削，几于举国一致。愚见所及，窃谓此其最小之一因，而硁[胫]大于腰、指大于股之痛苦，讵此单简之方药所能疗治。顾以公意所在，且不得不认为救急方药之一，遂亦欣然附议。此意在津、在京时，曾为同志言之。今若勉就厅职，骤改其服务社会之志愿，非良知之所许，此不可者一也。

立国大本，诚在教育，顾由教育产生政治，则为良政治，由政治产生教育，尚非良教育。中外强弱不同之故，即在此点。将欲扶植国本，官厅固与社会同负其责，惟念凡百建设，非由社会自营，不能确立基础。官厅之所提倡而辅导者，若方圆之有规矩，曲直之有绳墨已耳。教育为全国精神所寄，欲巩固其基础，当唤起社会之责任心，而后有真精神之发现。近今文明先进各国，盛倡自动主义，正以养成国民之精神，于学校而为基础之基础也。湘省承曾、左诸贤遗烈，自动之力当远在吾苏上，恩孚一知半解，自忖未足为壤流之助，私愿所存，方期少少立基础于社会，设竟自辍营造，操规矩绳墨以登匠者之门，其为人也有类狂易，进退失据，莫此为甚，此不可者二也。

公之孜孜为国，众所共喻，在官言官，以设厅表示趋重教育之政策，并经采纳众议而施行，宁敢谓非当务之急。徒以急于自陈，言不择意，硁硁之见，或局方隅，而发自至诚，未敢矫饰，尚祈曲予鉴谅，即为呈请免职，择贤代任，俾释悬悬。夙荒先生已电允莅苏，同人欢忭逾恒，企踵以待，此后湘、苏教育，必能沆瀣一气，互换新知。恩孚苟有所见，自当为间接之贡献，以冀末减方命之戾。专肃布札，临颖歉然。

复沛国族会

奉示敬悉。贵会于迁冢一案，询及鄙见，具佩热诚。查慈善团迁冢之议，原以世界日趋文明，慈善事业在增进生人之幸福，从积极方面着想，养生当重于送死。而养生之道，注重于养，不如注重于教。盖增进地方人民之智识技能，为最高之慈善事业也。法公董局以推广学校地址，商请迁冢，易地而增值，未可谓全无理由。且其所办学校，在市政之范围，所教又系华人子弟。文明国对于公共事业，在法律上可以收用土地，该公董局迭经善意磋商，久延不决，未免示外人以弱点。与其将来受外人之强迫，不如及时自动，可保持市民之体面而无损主权。此当日议决迁冢之苦心也。

沪市人烟稠密，为全国冠军。南市近数年来，居户常虑房屋之不敷，苦力者至一室而聚居数家，其拥挤困苦之状，不堪寓目。而车马所经，荒冢累累，连阡接陌，尝叹我国人泽及枯骨，而疏于为生人谋福利。即以慈善眼光观察，权衡轻重，亦未免恻然于心。此在尊重保冢习惯者，或别有见地，不以为然。然而时既不同，事非一律，昔之冢地，今成市廛者岂少乎。秘密则无人过问，公开则易招反对，此正人之所以短气,而黑暗之所以难进于光明也。佛最慈悲,而僧人均火葬。按之四大皆空之义,躯体且视如灵魂之传舍,况为枯骨。祖先之墓,值万不得已时尚可迁葬,况为无主之坟。

平情思之,主迁者固亦几经斟酌,慈善团系财团法人,议事当然取决多数。局外之言固未可漠视,而局中之经过情形,似应共谅。闻当事者已收地价,再翻前议,恐交涉上无此先例。辱承函询,知贵会全系为公,无丝毫之成见,且曾于此案真相详细调查,故敢就再三考虑之所及,掬诚奉告。鄙人素抱住民主义,爱沪如爱乡土,雅不愿素号文明之上海,以迁冢一案贻外人笑。惟裁度之。

致章行严书

行严先生足下:偶览七月十八日《甲寅》杂志第一卷第一号时评,至东南大学问题一则内,有恩孚率同警察数十人蜂拥前教育厅长蒋维乔于七月十日驰赴该校视事等语。查蒋君到校在七月十一日,闻由该校教授学生欢迎前往,何劳警察。且自七月二日至十八日,鄙人未尝一离上海,宁有化身术可至该校。不知谁以此等谰言传布京师,而向为足下所主持之杂志,乃竟采之以为资料。设使确知鄙人踪迹者,以此推论《甲寅》杂志之所记载无有价值,度非足下所愿也。

鄙见以为足下果欲整顿学风,首宜以诚实指导青年,而不当以无稽之谈为天下倡。足下之推许敦复至矣,讵知敦复固亦尝为鄙人所钦服者,其自误乃在不审进退之大义,食言而肥,不能自反,专务攻讦。拥之者又以造谣为长技,凡耳目较近者,每深悉其与事实相反,以致大为乡里所不直。本一为人信仰之学者,而迫之使自陷穷境至此,亦鄙人所代为扼腕也。读尊著《大愚记》,觉今人能逃此二字者鲜矣。即如鄙人等,硁硁之见,不过欲稍为社会存是非,而不堪人耳之恶言乃时见于报纸,虽私衷坦然,其感想正与足下等耳。

以畴曩曾有往还之雅,而他日亦容有相见之时,与其匿怨,不如忠告。故在喉之鲠,不敢不吐。幸鉴谅之。

致孙馨远书

展诵号电，垂念苏省两遭兵燹，元气大伤，特于倥偬戎马之余，首揭维持秩序之意，东南父老昆弟心焉。志之某某等军旅，未娴愧乏一辞之赞，祇以桑梓大义，未容缄默。窃谓拨乱反正，固赖非常之才，惟诚与公，实为救时良药。频年以来，政不由轨，人用己私，攘夺为能，诈欺相尚，是非淆乱，纲纪全隳。剖其症结，厥有二病，一曰党同伐异，一曰茹柔吐刚。宄奸由是鸱张，才贤因之蛰伏。自非挟兼容并包之大度，更树彰善瘅恶之先声，虽已电掣风驰，扫清宇内，根本未立，难云善后。此则军民一体、心同理同者也。我公治浙经岁，未闻间言，今者传檄江淮，指挥若定，默窥发号施令之微意，盖已洞见及此。若夫行师于士气方张之日，筹饷于财源已涸之时，戒胜兵以勿骄，鉴竭泽之非计，减少地方一分之痛苦，即增多地方一分之感情，凡此皆早在荩筹，而甚愿晓谕部曲，共宣德意者也。最后胜利决于人心，同人夙怀此义，不敢失言，亦不敢失人。谨布区区，以效曝献。

致蔡孑民、吴稚晖、钮惕生书

七月二日报载上海政治分会请褫夺恩孚等公权一案，恩孚披览之余，经数度之良心自讼，不惟学阀之名不敢居，即所加依附、把持、操纵等名词，亦殊无一字之敢承也。此等蜚语之来，首发现于武汉之印刷品，经历数月，几于众口铄金，积灰销骨。尝谓立身本末，只问事实之有无，不计外来之荣辱，以是忍尤含诟，久置不辩。今既见于政治分会之公牍，若犹不措一词，则反涉不能尊重国民政府之嫌，非万象更新之时所宜有此漠视人权之国民也。

恩孚前此对于教育事业勉尽绵力，正如蚊负丘山，不足齿数。所云把持、操纵，非惟万无此心，亦并万无此力。至对于压迫我苏之北洋军人，压迫我华之帝国主义，早认为根本错误，不适于民气勃兴之时代，苟非丧心病狂，何至依附。回溯十余年来，追随海内贤达，抗帝制，斥贿选，“五四”运动扶植青年之正气，“五卅”惨案指陈外交之要点，且主张废督裁兵，戒齐氏为戎首，讽孙氏以缓冲，阻奉、鲁军之南下，往事昭然，无一不可覆按。此本为国民应尽之义务，岂愿缕述于诸君子之前。不意政治分会结束之日，竟有摭拾蜚语，提此与实际相反之案者。历念革命将庆成功，后方尚多伏莽，中外耳目齐济南都，诚欲涤除旧染之污，当以维持公道为先务之急，现虽杜门谢客，疏远世事，以挚爱国民政府之故，不敢不一自剖白，藉贡刍荛之见。维三公与政府诸贤垂察之。

答潘甥仲昂

甥所著《中国人文思想之骨干》一稿，扩充成一小书极好，惟流弊一部分，推论之步骤，未见详细之说明，未敢断定其然否。儒见所及，今人以孔子为儒家代表，而孔学却不能以儒家范围之；班《志》以六艺代表孔学，而儒家仅列诸子九流之一；此确有见地。

宋儒于诸子中提出《孟子》，于《小戴记》中提出《中庸》、《大学》二篇与《论语》并列，此诚已窥见孔学之大体。但《大学》以格物致知为最先，初未轻视物质。汉、宋以来误解格物者，误人耳。至人文思想之退化，实由东汉佛学东来后，不善学者佛袭其布施、乞食之皮毛，而遗其精进大雄之精神。至如来书所述之种种流弊，其受病所在，全由不知不觉而来，非好学深思者不能知其意；其好学深思而无上下古今之识者，亦未易心知其意。下笔稍一不慎，主张稍一不慎，一弊未去，一弊又来。高密为一代大儒，而其注大学格物，似已稍受佛学影响，绝非孔门本恉。至宋儒以不易为庸之阻碍进化，更无论矣。

甥试熟思儒家之名词，究以何为定义；我国之退化，是否全由儒家思想；其退化原因是否全由贵人；且全部相斫史中，有几人真能贵人。而科举时代之贵官而贱农、工、商，近今之贵商而贱其他，是否为各弊中之最大者。其相生之因果，至为复杂，偶一涉想，几如游骑无归，不觉哑然自笑也。要之我辈立言，以能革除已往之弊而不发生将来之弊为最上，次之则就古人立言已发生之弊易一至当之说，以求矫正其弊。甥于此语，当有同情。

致青岛沈成章市长鸿烈

七月中以敝社年会集于仁宇，渥承优异之招待，既随雷局长周历市区，佩新猷之宏远，复蒙亲举玉趾导观乡区，缕示为民生利不与民争利之旨趣，心领神会之余，恍如身入桃源，为近十年来最愉快之一事。此岂独佐理得人极一时之选，要由我公洞见治要，默运枢机，始能人尽其才，地尽其利。回沪后常耿耿不能去诸怀，何感人之深也。

尝念吾国沿袭欧风，创兴市政，非有调节贫富、酌剂盈虚之计画，最易竭农村之膏血，益都市之奢华，甚且使邻近都市之农村，濡染浇风，销耗元气；兼以生产未富，虽日谋交通之便利，徒广外货之推销，无救我民之破产。时艰蒿目，后顾茫然。何幸一游治下，获睹此目张纲举之设施，觉向之私忧窃叹者，乃大类杞人，而民族复兴之呼声，由我公早开其先路。果能全国踵起共趋修明内政之一轨，累卵之危可易为泰山之安。此则老而未朽之年所引为无穷之希望者也。而尤愿我公推《康诰》保赤之诚，课汤《盘》日新之效，行健不息，先劳无倦，潜蓄自卫之民力，广储救时之人才，树四海之风声，立万年之国本，又岂仅青岛市民享太平之幸福已乎。

前在席间，由同人齿及拙诗，不敢自秘，步奚斯之颂鲁，别录附呈。海天辽阔，北望有祥云飞来，临颖神驰，专伸谢悃。

复张凤辉庆桐

棣壮心未已，情现乎词，惜此尚非其昔耳。鄙人年来有一种深切之感觉，无论他国何种主义，一到我国，无不变其本质，甚且反为大害。即有少数人能澈底明了其意，往往为多数盲目奉行者演成厉民之政。自荆公以来，均坐此弊。此利禄教育及国人个性最喜假公济私之结果。革命而不能革去此点，总有高谈均成梦想。况值社会经济几于全部崩溃之时，殆已至虽有善者无如之何之地位，然此心亦正是灰冷不得而又性急不得。惟望以吾侪心力所及，广播善良种子于人间，此善良种子先以革去胡涂苟且四字为原则，须存一他人尽管造孽我不参与之决心，或亦目前心安理得之事也。

复君劢

舍侄孙带到手书并杂志三册，述及在粤时备承指导，甚感学海书院三原则极可挽救时弊。鄙意欲使第一原则发生效能，总须试之以事，胡定安之办法略可仿行。记从前龙门书院有管事生，大可考验诸生之性行，或亦足供参考。

近数年来之感想，觉无论何种机关，任事者能了眼前事，已算上等人物；其次者并此而难之。能时时有规画进行之思想，而所规画又切于实际、确能行之无弊者，则真凤毛麟角矣。非改革一般人颓废与浮躁之积习，唤起其新精神，则复兴中国恐仅成口头语，无实现之希望。吾棣既肩此重任，定能注意此点也。

深慨吾国汉、宋二儒于《大学》格物二字，未得确诂，且注力者颇少，而西方之自然科学乃突飞猛进，驾我之上，不知相去几何。及今步其后尘，尚不过为《大学》之初步。而研究社会科学者，又往往误入歧途，沉迷不返，总之不切要而已。

讲学之暇，极盼以新知饷我。虽记忆力日衰，正如盲者不忘视、跛者不忘履耳。一笑。

复陈柱尊

云潜交到手示并大著，捧诵一过，桂林山水灵气之所钟，及频年国难感愤之所积，一一泄之于诗，嘻笑怒骂之中，却无一不合于变风变雅之旨，近今作者未易觏也。风雨如晦，鸡鸣不已，恨相见晚矣。鄙意以为现世界苟尚有少数正人君子在，虽沧海横流，决无陆沉之理。视所自处者何如耳。我辈果自完其不愧不怍之天，要不宜过于忧伤憔悴，致积极思想渐趋消极。顽云蔽空，白日自在，一朝云散，晴光烂然。大劫之来，正以制造未来之太平，驱除青年虚骄之气，养成其儋何艰钜之实力，则今日之急务矣，度高明早引为己任也。尊稿第一集如尚有余存，盼并赐一读。

复柱尊二

昨奉示并旧作二，适琐事丛集，今日始克捧读。公不惟著作等身，而性行之卓越，固大异于今所谓政治家矣。敬佩敬佩。文稿自叙如尚未付梓，则小有商榷。韩公尝自述所学，其始即非三代两汉之书，不观其评荀、杨均谓之大醇小疵，盖自命已高出荀、杨上。以杨为师，殆非所愿承也。然此或由鄙见素薄子云，心先有所蔽，乃发为是言耳。一笑。

复柱尊三

云潜携交惠书，蒙赠大著《公羊家哲学》及七律，并示近著数首，一一诵讫。不惟公羊氏得二千余年后之知己，且有功世道人心，殊非浅鲜传作也。中间引书处，与原文颇多出入，古来著作家往往有之。腹笥充盈，恃记忆力者，尤多此类语。但鄙见以为，既有印版书后，则引书究以录原文为宜，可省后学者校勘之劳，兼免传钞者之转辗遗误。且所据之本，亦有问题，即如大著革彖一条，律以正名之义，当称革《彖传》，或由手民夺一传字，或由注疏本以来《彖传》概称彖，日而袭之，未敢臆断。恐读者竟谓《彖传》即彖词，则讹矣。《周易》自费氏以传解经，而《十冀[翼]》之《彖》、《象》上下传、《文言》传均混入于经，至朱子据吕东菜[莱]古《周易》本作《本义》，始复《汉书・艺文志》十二篇之旧。此宋儒为汉儒补过之一大事，功在圣经，不可磨灭。于彖与《彖传》之界说，窃斤斤焉。其他目力所及，较次于上述之重要者，别纸录奉，或土壤细流之一助乎。然尚恐有目力所未及者，傥著述之暇，将引书各条逐一检点其与原文有出入者，悉以色笔标识，以俟再版修正，尤所渴望，以读后忠是书也，竺将使昌黎复起，不能吹求大醇中之小疵，故有于贡献。执事如不嗤为毛举细故而采纳之，则幸甚。委书联语奉缴。另一联恳交云潜。

复柱尊四

奉示并承惠大著，敬谢。事冗，诵两日而始毕。通人之文，固当如是，合文与道为一。六艺之遗，孔学之髓也，离道言文，本无至文。志于文则道亦文矣，志于道则文即道矣。宗派因乎习，散骈因乎时。不賄于习者，全其天者也；不囿于时者，全其我者也。大著其当之乎。文槁[稿]《叙》易昌黎为韩文，若云适如分际，殆犹未也。然《进学解》固明明师解嘲，昌黎亦无从自辩矣。

复柱尊五

奉手示并新诗及大著二部，一即交小儿携美，不惟大壮行色，亦可使彼邦人士觇吾国文化之厓略矣。小儿蒙奖饰逾恒，又宠以佳章，何以克当。匆匆就道，敬为厚谢。

大著穷一日之力展诵一过，洞澈周、秦诸子源流，六通四辟，近人著作罕见其匹偶，非根抵盘深，曷由臻此。鄙见有未安者二条，附陈切磋之义。一原儒上，大同之世，无父子、无兄弟、无夫妇数语，不无语病。盖立言本恉固非如是，用笔稍纵，失之过耳。恐世之妄谈非孝公妻者，援为护符，致为全书之累。实则四海皆兄弟语，最足发挥大同之思想。若高语至于无，将与儒者所本司徒之五教舛驰，亦未易合于孔子五达道之说矣。此不敢不贡其愚者也。

一原阴阳，禮字从示，豊声，古文作禮[礼]，象人跪于天神前数语，豊之误豐[豊]，必由手民，当校正而已。礼象人跪于天神前，似非确诂。乚象玄鸟之形，孔字从之，有嘉美意，训为人跪，未知所据。礼之会意，由祀神致福，小篆说解盖根源于古文，若引而切近于人事，则表示善意之谓也。高明或别有以教我乎。土壤细流，无补山海，执事不病其吹索则幸甚。特先函谢。尊恙想已臻康复，录录[碌碌]未走候为歉。

复杜尊六

奉示并赠《待焚诗稿初编》及《四益宧骈文稿》，发缄狂喜。日来因车受颠簸，微伤腰部，精神稍疲，时时休憩，读尊稿三日方毕，惜卷九缺二十一至二十六叶，仍未窥全豹耳。因知公天分近太白，于古作者已无不涉其藩篱堂奥。有时以文为诗，则稍受退之、介甫之影响，不审公以为然否。

受之固吾吴之邃于国学者，竟尽瘁于教授，其已刊之书，曾见数种，未睹其全也。

承贶尤感，专此鸣谢。

复崔云潜龙

日前惠赠大著已展览一过，条理井然，考证亦翔实，盖得治学之要矣。昨又损书示以叙稿，别纸摘出二事，应否增入及修正，尚希酌之。

承以道义相契，将使居一日之长，既面述之，又函申之，诚挚之意，何敢坚拒。好为人师，孟氏所讥，而忘年之交，自古有之。如执事之英年劬学，固愿备切磋也。

叙稿附缴。

复云潜二

昨手示附到文稿已披览一过，各篇大体均合法度。送沈一叙，有道人所不能道处，最惬鄙意。内箕子数语，稍不合分际，已笔志其上。其他间有一字之删节，无关宏旨，修词而已。古来文字之可传者，或以性情，或以才、学、识，或以文采，苟合其一，皆可宝贵。要必于行已[己]处世之间，先立乎其大者，而后可垂之永久，脍炙乎人口。虽杨子云、范蔚宗之流，身败于末路，而文存于后世，一经评论，为憾多矣。

吾友英年力学，早事名师，既植本根，必收良果。文字之得失，固不仅关于文字，此意义未可以文字达也。至诗之工拙，亦各视其人之怀抱何如，而天才学力，又当别论。苟无感触，苟无兴会，尽可不作。故一日不妨有数诗，数年不妨无一诗。先圣诏弟子以余力学文，窃谓今人更可以学文之余力学诗。虽诗亦有韵之文，而古人特列为六艺之一，盖时之为用不同，于今视之则非甚重也。

复云潜三

昨手翰并文稿两篇俱有法度。自述中丙子、丁丑二年事误倒，应更正前后。叙述均甚完密，佳构也。讲记颇有益学者，教人固当如是。

程烈妇文，当勉为之，以未得其死事状，遂致延阁，歉甚。半亦由事冗故也。

读书记已检得，殊无足观，故不复送阅。如必欲观之，可于枉顾时略一浏览足矣。篇幅无多，不费时也。

复云潜四

承示与诸同学书，援据经典，启发后进，是真精神教育，可愧俗师矣。

肃顺当是肃慎之笔误。

《学记》严师为难，郑注严，尊敬也，止与下文尊师一贯其义，不可易。若解为师之威严，则孔子之循循善诱，其谓之何。尝谓《学记》即吾国最精之教育学说，近人多忽之，亦忘本之一事也。

《鄦书》老部，孝，善事父母者，从老省，从子，子承老也。子部，孨，放也，从子，爻声；《玉篇》公孝切，《广韵》古孝切，不过与孝叠韵而已，均与孝字之义无涉。其解为人子之达道，甚至以为与孝同者，皆不合制字本义，虽《康熙字典》之陋能辨之矣。特就所知及之。

江苏省教育会劝告教育界专心职务勿染时好书

今者天相中华，共和之国脉几绝而复续，将欲扫除社会之惰气，革新全国之人心，使吾中华民族得自立于生存竞争之世界，非以教育为凡百事业之主动力，其何能济。故今日之教育界，负有巩固中华民国之责任者也夫。

教育之要点何在，曰养成人格，养成生活力。此二义者，包含至广，固全世界之所同，而尤为共和国民所万不可缺之要素。吾侪试平心静气而一思之，今日之厕身教育界者，其生活力果足以自养乎，其人格果足以为一般国民之模范乎。此大问题也。盖尝闻古人之解决生活力问□[题]者矣，曰民生在勤，勤则不匮。又尝闻古人之解决人格问题者矣，曰以身教者从勤之云者，宝贵其精神时间而已；以身教之云者，其举动足以为人法式而已。

乃自民国成立以来，吾教育界之热心研究卓然有所表见者，固大有人在，而一二随波逐流之士，不自振拔，渐染社会之恶者，亦日有所闻。近数月间来告于本会者，谓某校教员有雀牌之好，某校教员有扑克之好，几日触于耳鼓。最近且见于巡回讲演团员之报告，谓经过昆山、吴县、常熟三邑，此风尤盛。本会同志惄焉伤之，以为此三邑者，固夙负文明先进之誉，而不料教育之内容，竟有腐败之点潜伏其间若此也。此雀牌、扑克等之游戏，其始不过闲居无事者一时之遣兴，苟身任教育职务者，能别示以正当之娱乐方法，若公共体育场之设置，音乐会之组织，或增长体力，或陶冶性灵。以彼例此，其文野必有能辨者。吾教育界不能以教育之力转移习俗，而反不免为习俗所转移，讵非大可耻之事欤。

抑又有进者，吾国民自前清之季迄于今日，殆无日不酣歌漏舟之中。丁此内忧外患纷起沓来之日，吾教育界果确负巩固中华民国之责任，方当以劳苦主义为社会倡，娱乐非其时。吾侪又试平心静气而一思之，吾教育界之生活力何为尚不足以自养，殆未能宝贵其精神时间，而消耗于无益之事者太多乎。诚移其消耗于无益之精神时间，于课余之暇，少少注意于家事之整理，或调查学校以外之状况，则助长其生活力者何限。即不然，日考求世界最新之学说，谋所以改良不适当之教育，俾受教育者获有切用之知识技能，或从事于生徒作业之训练，俾积渐以成勤劳之习惯，则间接助长一般国民之生活力者何限。此孰得孰失，何去何从。且吾教育界之人格何尚不足为一般国民之模范，毋乃不经意之举动，有不免为社会所非议者在乎。诚改革其足以为人非议之举动，而易以为人法式之举动，则匪惟不自丧失其人格，而造成一般国民之人格者何限。此孰得孰失，何去何从。

愿吾教育界勿以人之侮吾为病，而以吾之自侮为病，勿以人之不助吾为病，而以吾之不自助为病。知自侮之适与自助反，而事非一端，即知自助之必始于不自侮，而其道亦非一端矣。吾教育界不以为迂腐之谈而漠视之，则幸甚。

敬告全国同胞书民国十七年七月二十九日

恩孚素未隶国民党籍之国民也。尝参与教育事业数十年，不自度德，冀救正一部分青年之误入□□歧途，力有未能，徒坐视其陷于刑戮，盖无日不在引咎自责中。

溯当逊清之季，即愤慨伪立宪之万不可恃，以为惟民主政治合于世界之公道，欣逢辛亥武昌举义，爰与雷君继兴发起各省代表会议，以促成共和，自问固非不革命、反革命者。不图南北甫经统一，袁氏遽谋窃国，自是追随乡邦贤达，反对帝制，反对卖国条约，反对贿选，不自知其开罪几何人矣。然此固国民应尽之天职，区区私愿，只期稍存是非于社会，以此丛怨心所甘也。复不图革命军奠定东南之前，忽有加以学阀之名者，近且易为学棍矣。夫阀为有功之门第，既愧不敢当，而棍为无赖之代名词，窃维平生硁硁自守，又颇讶其不类。

顷有人示以六月二十九日报，载杨杏佛致王儒堂书，有江苏学阀歌颂曹锟贿选，拥护齐燮元祸苏等语，乃叹毁者之凭空臆断，竟可全与事实相反，而闻者激于嫉恶之意，从而附和之，诚不足怪矣。查十二年十月五日贿选一案，固江苏教育同人议决为国耻日者也。议决之日在同月十二日，且先一星期已议决警告参、众两院江苏议员不承认贿选。此二会议均由恩孚主席，其通电均披露于是月之报纸，见者虽或忘之，尚可覆查也。贿选之恶果，酿成十三年齐、卢之战。恩孚复随江浙父老通电，以九月三日为省耻纪念日。是年复通告各学校勿忘十月五日之国耻。凡此皆足为毁言之反证，并详载于江苏省教育会年鉴第九期、第十期，又可覆查也。

恩孚以止谤莫如不辩，缄默者久矣。今则破坏已终，建设方始，裁兵、裁厘、禁烟诸议，昔所认为革命当先革此三弊者，行且实现，而修改不平等条约已有最友好之国开其先例，人民痛苦庶几信可革除矣。但念是非淆乱，则浡兴之新国，又伏危机，为良心所驱使，不敢不一言以自白，非为个人辩，希望新国前途之日进于光明而已，惟同胞垂察之。

中国公学募捐启

自环球棣通，世界各国相见以科学，而国民之程度遂以学校之程度为代表。其国民有大多数之人无普通之知识技能以自营生活于一国之内者，国必贫。其国民中虽有大多数之人备具普通之知识技能，而未有杰魁之才挟其雄厚之学力为其国民营生活于世界竞争之场者，国必弱。中此贫且弱之病，而谋所以救济之术，则科学其药品，而学校其医院也。宏大之医院，活人也多，宏大之学校，成材也多。故教育为世界最高之慈善事业。

中国公学之成立也，在光绪三十二年丙午，维时社会之抱教育宏愿者，以为与其掷巨资历于外洋，而日咽人之余沫以为学，不若求所谓主观之教育者，或由是自耕而自获焉，以庶几一饱也。斯义也，热心志士既奔走呼号于下，而贤大吏之洞达中外时局者亦深赞成之。是年冬，两江总督端拨吴淞官地百有四亩，为建筑校舍基址，讵不以是校之发起，固将使全国青年同受高等之教育，而非以一隅之地为范围者欤。三十四年戊申，贷大清银行银十万两，始于是冬鸠工建筑。会设立南洋工科大学之议起宣统元年己酉，两江总督端、江苏巡抚瑞乃奏准为南洋工科大学预科。盖大吏之规画与社会之持论，既灼知世界之趋势在实业，而实业之趋势又在工业，教育方针至是而大定矣。

二年庚戌六月，校舍落成，计容寄宿之生徒六百，虽未可与于世界宏大学校之林，而我中国最新公共之建筑物，此其一也。顾欲岁养此六百生徒，以造成多数杰魁之才，俾各挟其雄厚之学力，为国民营生活于世界竞争之场，此其代价，实将购贫国而使之富，弱国而使之强，虽昂其值，殆未可靳然。而设备费之钜额未偿也，维持费之所出，除各省旧认之协款外，所短绌之额又甚钜也。藉非厚藉群力，蓄有固定之基本金，虑无以为继。爰以校董会之决议，募捐于直省贤大吏暨社会宏达诸君子。我贤大吏暨宏达诸君子，诚悯中国之贫而欲富之，痛中国之弱而欲强之，则必不乐坐观其维持费之不断，而愿投此富强其国之代价无疑也。

表彰选举人道德徵求姓氏启

共和国家以人民之道德为基础，夫人知之矣。顾自民国成立以来，起视吾国民之道德，进耶，退耶？吾不忍斥言也夫。吾国冒万死、蒙大难之志士，牺牲几多之生命，挥洒几多之热血，应世界潮流以争此共和者，何为也哉？将使一般国民捐除疾苦于代议政治之下而已。果国民而犹有自觉心也，讵忍此代议政治之萌芽摧残于醉生梦死、攘夺权利者之手。

吾不知今所谓代议政治者，诚以议员监督政府耶，抑将待国民监督议员耶？今无论其为国会议员，为省议会议员，为地方自治团体何级之议员，其产生也，必由选举人，故议员者，政治之母，而选举人者，又议员之母也。家有不贞之妇，必无良子女，国多嗜利无耻之选举人，必无良议员。欲议员之精白乃心，人各以利国福民为目的，而克举其代议之天职，必选举人行使其投票权时精白乃心，人各以选得利国福民之议员为目的，而后国家有清明之政治，人民有神圣之代表。

然则选举人者，负国民道德消长之责，不当以公权殉私利，奴隶于金钱，造祸国殃民之恶因者也。何言之，彼志欲为议员，而甘以金钱运动人者，是以刑事犯之实弋议员之名，其人必素未有利国福民之目的无疑；彼选举人而甘受金钱运动，投奴隶其心、奴隶其手之票者，是又以选举人之名践刑事犯之实，其人必不足以选得利国福民之议员无疑。彼其罪案在国法固列有专条，即或以巧于弥缝之故，为国法所不能及，吾知其受平旦之裁判，自宣告其消灭人格之罪状也久矣。而其斫丧国民之道德，即为造成祸国殃民之恶因。

吾国民而忍听国家陷于万劫不复之地位则已，诚犹有一毫挽救国家之思想，则彼嗜利无耻之选举人，固宜表襮其姓氏，与全国之人共弃之，勿使污我中华之干净土。若其犹有悔心，而不忍自陷国家于万劫不复之地位也，吾国民亦宜许其良知之自讼，而姑隐其不洁之姓氏，毋遏其自新之机。吾甚痛夫数年以来之社会，日以破坏人之名誉为事，遂使真是非日以隐晦，而国民之道德因是而日以堕落也无已。则反而行之，其将日以表彰国民之道德为事，圹圹乎中华，璨璨乎民国，彼为善者，若耳鸣之自知，而不为社会所引重者众矣。吾侪既以表彰国民之道德自任，而代议政治之国家选举人又负国民道德消长之责，则宜自表彰选举人道德始。以吾侪所闻彼选举人之不受金钱运动者，盖亦非少数矣，有确知其姓氏者，请以三人以上之署名，加章证明，投函来告，当揭其姓氏于省治及县治之通俗教育馆，并随时披露于报纸，俾一般国民相与口脍炙而心模范之，以为是人也，能尊重道德，不造祸国殃民之恶因，而洵以选得利国福民之议员为目的者。是则吾侪所视为革新民国之起点，而不胜馨香顶祝者也。

中华民国对日外交民意宣言

自日本田中义一之满蒙积极政策发现，怀抱征服世界必先征服支那之野心层叠进展，虽日本尝在国际否认之，而自去年九月十八日袭取辽宁以及侵占吉林、黑龙江两省，滋扰天津，并最近在上海吴淞之累次以重兵猛攻，皆一一自行证明其田中政策之实行，而不知早已违反《国际联合会盟约》、《九国协约》、《凯洛格非战公约》所规定，且不啻自行声明日本固不愿遵守此三约之义务者也。

《国际联合会盟约》第十条云，联合会负担任尊重并保持所有联合会各会员之领土完全及现有之政治上独立，以防御外来之侵犯，如遇此种侵犯或有此种侵犯之任何威吓或危险之虞时，行政院应筹履行此项义务方法。试问日本自去年九月十八日以来，在我国东三省及最近上海吴淞之种种非法行为，其对我国所行之侵犯及威吓，有一不违反此第十条之约文否。

《九国公约》第一条云，缔约各国协定，一，尊重中国之主权与独立暨领土与行政之完整；二，给予中国完全无碍之机会以发展并维持一有力巩固之政府；三，施用各国之权势以期切实设立并维持各国在中国全境之商务实业机会均等之原则；四，不得因中国状况乘机营谋特别权利而减少友邦人民之权利，并不得奖许有害友邦安全之举动。试问日本在我国东三省及最近上海吴淞之种种非法行为，有一不违反此第一条四款协定之约文否。

《非战公约》第一条云，缔约各国用各该人民之名，郑重宣告，彼等罪责恃战争以解决国际纠纷，并斥责以战争为施行国家政策工具。试问日本在我国东三省及上海吴淞之种种非法行为，有一不应受此约第一条所规定之罪责及斥责之文者否。

又《国际联合会盟约》第二十条云，联合会会员各自承认，凡彼此间所有与本盟约条文抵触之义务或协商，均因本盟约而废止，并庄严担任此后不得订立相类之件。我国愿宣言竭诚遵守此约文。试问日本在我国东三省及最近上海吴淞之种种非法行为，其一味以侵犯及威吓举动强迫我承认无义务之屈辱条件者，我国人能违反此约文而承认之否。

日本所谓满蒙悬案者，大概根据"二十一条"要求南满、东蒙之协定及换文。此在我国已根据《国际联合会盟约》第二十条，经国会议决声明废止，而日本尚以为悬案，声言不承认废止。此即日本不愿遵守盟约义务之一证。至于其他日本之所称悬案者，大率起于彼之非理要求，时时有侵犯我国主权与独立暨领土与行政完整之危险，为我国所不能承诺者。乃日本以为一出自口，我不承诺，即在悬案之列，且在国际联合会对于东三省悬案常掩护其非理之要求，必欲与我直接交涉，不愿第三国之参与。不知我国人早已窥见其隐，认清非经第三国参加审议，决无以辨明两国之曲直。此全国所以一致反对直接交涉之理由也。

日本又常以保侨为藉口，实行其侵犯我国主权与独立暨领土与行政完整之计画，以浪人滋扰及收买土匪，妨害治安，为不二法门。不知我国对于保护外侨之义务，固无时不尽力行之。即间有一二外侨不听我国之劝告，自投匪区，致遭不测，或窥探我国军事区域，致蹈危机者，我政府官吏亦无不将我国人不合法律之行为，严加惩处。此已往之事实具在，我国可诚恳宣示于各国者也。故我国之保护外侨，我政府官吏早视为我国之义务，无时不尽其责任。日本人正无庸自相惊忧，时时横生枝节，如竟不信任我国能尽此义务，则是日本人心理之自生障碍，不妨撤回其侨民，不必居留我国。而我国固绝对不能承受保护外侨不力之责任也。

日本借悬案之名，以图侵占我东三省广大之土地，以保侨为名而图侵占我江海要冲之门户上海万国商场附近之闸北及吴淞，此尚是梦想实行其田中政策，所谓征服世界必先征服支那之初步。彼欲置我于死地，我国人自不得不出全力以自卫，预备长时期之抵抗，以自求生路。此抵抗之自卫，我国实为国际负保障前述三约之义务，以冀伸公道于世界,而对于日本仍绝未抱有敌对之思想。日本以炮弹、炸弹轰毁我无辜人民之无数生命财产,其惨无人道,蔑视国际公法,正未知各友邦之感想如何。我国今预告各友邦,此后必要求日本之损害赔偿。而对于日本军人为军阀所压迫受牺牲而死伤于我之自卫者,我最爱和平之民族仍表示其不胜怜惜之意。彼日本死伤人民之家族,但应自怨其军阀,阻止其军阀侵吞我国之梦想,而当谅解我国万不得已之防御。此又可诚恳表示于日本明达之知识阶级者也。

故我国对于日本外交之宗旨,一,根据《国际联合会盟约》第十条、第二十条及《九国公约》第一条,绝对不承认日本违背上述条文所规定之要求。一,日本在我上海闸北吴淞之违约行动,当与日本在我东三省广大区域之种种违约事件共同解决,应请各友邦认清日本之猛攻上海为转移国际对于东三省之视线,毋为所蒙。如日本不能从速觉悟者,我国应要求各友邦履行《国际联合会盟约》第十六条之义务。一,日本所谓满蒙悬案,绝对不与日本直接交涉,应本《九国公约》第三条开放门户、机会均等之精神,请各友邦参加审议,以期获最公道之结果。一,日本既经签字于前述之三约,而所施于我国者,无一不与三约相背驰,凡曾签字于三约之各友邦,我国不求其特别助我,但希望各尽其对于约章之责任,以裁制此世界未来之大敌,而维持国际永久之和平。

上海南市保卫团旨趣说明

我上海南市居江海之要冲,商业繁盛,毗连租界,在法律上为自治团体,在政治上为中外属耳目之区。当太平无事之日,地方公民固应早有自保自卫之计画矣,徒以上海为各地方人愿为住民之上海,同享安居乐业之福,未有燃眉之急,鲜或措意于此,此未可谓已尽公民之责也。今者军事猝兴,全市警察之所分布,容有尚待地方公民辅佐之处,于是有保卫团之组织,而地方公民自保自卫之精神乃实现。

我团员之资格,均为确有职业之优良市民,其权限与军事无涉,而但为警察之辅佐，除注意地方治安外，他非所敢问焉。所谓自保自卫者，非独保卫其一身一家，而实保卫全市之人民，盖以团员为全市人民负自保自卫之责者也。我团员同心同德，各本此旨趣，以尽地方一分子之义务。我全市人民其必因此而了解，地方确有职业之优良市民固应如是矣。

复邵心炯

昨奉手札，洋洋千言，眷念同学者周且至，非惟慰鄙人之渴怀而已。

承询治《诗》体例，自审于此事固未窥古人之藩篱，曷敢置喙。然近亦颇有志于此，自往岁冬季迄今再阅月，尝手录毛、郑异义，稍稍参校，甫及《小雅·南有嘉鱼之什》，深惧见浅闻狭，蓄疑待质，而无能为之披聋发瞽者。兹乃幸有切磋之助，亦尚虑卒业之非易易也。

盖治《诗》以笃信《传》、《笺》为上，而《传》义隐略，非深于《尔雅》、《说文》之学，动多扞格。郑氏《礼》学专家，其笺诗亦时时根据于《礼》，读郑《笺》者，于三礼之学茫乎无闻，而苟焉从事，是真犹疱[庖]牺以前之民知其母而不知其父也。近儒陈氏硕甫，《诗》学为海内雄，所著《毛诗传疏》，几于人抱一编。其于《礼》学盖亦非茫乎无闻者，而读其书者，或尚诋其与《礼》义不合，则信乎说经之难也。

顾亦有可以自主者，好学深思，博观而约取之，期于日知所无，而不务自标新义。所践者实，则意气平而无坚于自信之弊，积日累月，亦何患所业之不进也哉。昔尝谓《礼》学无王肃攻郑，则门户可至今不分。《诗》学无郑樵轻发难端，则朱子亦不至变易古义，与吕伯恭强争是非，以召訾议于后世。大率读书稽古，无求胜前人之心，则后人之议我者亦寡，而嗜奇炫异，又贤者所不免。执事聪明才辩，有大过人之处，果以阐明经义为宗旨，而不屑亟求人知，以角胜于时彦，则他日成书，必有可观，讵非同学之光，而不才之所忻喜而鼓舞者与。目眚不能多作字，聊述鄙意如此。

卷四

传记十六首

杨媪传

杨媪，金匮之荡口镇人，少鬻于嘉定胡氏，以勤敏故，主人女视之。及长，归我外祖王荆门先生为侧室，事嫡谨而无子。年二十九，外祖没，遭赭寇之乱，依先考妣而居。

先妣育子多，至予而九。予在提抱以属媪，时予呼媪曰妈。每饮食卧起，必津津为予道家庭故事，或曲诱以事父母敬长之礼，予乐听之不倦。予四龄从先妣读，九龄而就外傅，十一龄而毕诵四子五经，但通解其文义，学属词而已，陶冶品性，则维媪之力。

媪不多识字，略明书算，为先妣料量中馈事井井，又善割烹，虽常味，为所手调必适口。昂值之品，必蓄其余，屡索之必得。洎予娶妇，少少能师其术，而不如其善蓄也。往来戚党间，无少长争迎之，以得其信宿为快。婢妪经其指挥，则服役必中节。其言蔼如能感动人，在予家数十年，未见其盛怒。以例旌节孝，见者辄贺，亦视为外来荣誉，不色喜。予年二十四丧先妣，二十七又丧先考，恒茹哀相慰藉。而媪亦渐衰，偶以倾跌跛一足，光绪十八年二月二十六日骤患头风而没，年六十五。没之日，予客上海，闻讣归视其殓。

沈子曰，今吾国教育家方提倡女师范学保姆学，将使海内贤淑相与研习儿童心理学，从事小学教授及蒙养院之保育，其利溥哉。如媪曷尝学，顾先妣导予以严正，而媪以和肫，然述外祖遗训，则固有所受之。嗟予小子，童年躬受其福，而酣嬉未及知，忽忽乎壮强之期已逝。於乎，负吾媪。

绣屏先生家传民国十五年三月

先生姓施氏，讳官绂，绣屏其字也，江苏嘉定人。父锡卫，以进士历官安徽、福建，先生幼而随宦，长以盐大使指分广东，累充白沙、芦包、菉兰厘局，黄冈、桥面缉私局差，大吏深器之，补招收场大使，六年俸满，奉委解残引赴京。辛丑丁父忧，服阕改官浙江，充运署审计科员，补钱清场大使三年。其在官理灶民讼案勤，有所兴革，必餍人意，德之者众。戊申丁母忧，扶榇回籍，送者塞途。服阕补黄湾场大使，未一年光复，弃官归。而江苏设松盐局，局长访鹾务才于余。余举所知，谓久宦而犹儒行者，其先生乎。起为两浦场知事，以改制去职。庚申之夏，奉委赴严衢查缸，遇疫，殁于杭之城站旅次，年六十有七。配金夫人，余表母姨也。两家时相过从，以是知先生性行稔。其接人欿然若不足，蔼然视卑幼若朋侪，自余髫龄以达艾年，或一日一遇，或数岁一遇，未见有疾言遽色，亦未闻偶一臧否人也。子祖镛、祖韶。祖镛为兄，后祖韶早卒。孙之鼎、之骅，韶出；之驹、之鹏、之騂、之鸾、之骏、之鸿，祖镛出。

张先生焕纶传

张先生焕纶，字经甫，江苏上海县人，少有大志，肄业龙门书院，为住院生，兴化刘先生熙载高第弟子也，博极群书，以舆地学为经世之本。苏松太道冯先生焌光建设求志书院，分六科课士，延主舆地斋讲席，兼属论次有史以来兵事，专述所据地理之得失，著《历代方略纪要》。而冯先生弃官觅亲骨于伊犁，事遂中辍。

感科举之溺人，救时人才之匮乏，日思以实学培后进储为国用，光绪戊寅偕川沙沈成浩、同邑徐基德、范本礼暨弟焕符创立正蒙书院，就学者即四十余人。众诧为未经见，疑忌丛集，顾成效日著，生徒日进，其始以经费无出任教职者，均不取修脯，恃同邑姚天来资助者五年。辛巳、壬午间，道、厅、县睹其成绩，迭相提倡。洎余姚邵先生友濂任苏松太道，为筹基本金建校舍，以地枕梅溪，改名梅溪书院，即今梅溪学校是也。

尝谓育材以读书为体，治事为用，师宋儒胡安定经艺、治事分斋遗意，供像率诸生岁时礼敬。又谓儒者有五蔽：蔽于考据琐屑，则儒而贾；蔽于词章涂泽，则儒而优；蔽于理学元虚，则儒而释；蔽于象数祸福，则儒而巫；蔽于富贵利禄，直儒而贼矣。去此五蔽，乃获一通。故其立教以明义理、识时务、体用兼备为主旨。其教科为国文、舆地、经史、时务、格致、数学、歌诗等；甲申年始增英法文，旁及洒扫；应对进退与夫练身习武之术，有击球、投沙囊、投壶、习射、蹴鞠、超距、八段锦诸课，分日轮习。尤尊重德育，选古人嘉言懿行为常课，以六条目为敦品勉学之鹄，曰和厚、曰肃静、曰勤奋、曰精熟、曰敏捷、曰整洁。其于学生若父兄之爱子弟，时其饮食、衣服、起居，而一一导以规范；又如将帅之勒其士卒，自晨动讫晦休，各有定程。膳有师同席，宿有师同舍，班置班长，斋置斋长，督之以学长，游息时则以学长、斋长递相监护，而统以一教员，一以养成其服从规律习惯，一以试验其管理才也。中法之役，俾学生受军事训练，率之夜巡城厢，闻履声者皆知其为梅溪生矣。

南洋公学之肇始于丙申也，聘任为总教，一循梅溪成法而扩大之，特设师范班，为吾国有师范学之始；作《警醒歌》以勖诸生，校以外亦多传诵之。翊年设外院，资师范生之实习，方次弟设中院、上院，备大、中、小学于一校，病作而去职。或云以不获悉行其志，托疾而行也。果久于其职，所造当益宏远。既去公学，尽瘁于梅溪，终其身二十年间，被其教泽者数千人。卒年六十，门人私谥曰宏毅先生。

论曰：先生以经世才，从事教育，其动机盖怵于强邻之环伺，祸至之无日，思以兴学挽救之，时则琉球始吞于日，越南未弃于法，洞烛时变，可云先觉矣。邵先生之巡抚台湾也，以夙契而延揽之，偶一小试其吏才，未竟所长也。独此陶铸时彦、警醒后学之精神，犹令人于国体变更后，溯流风于学制灿然之日，讵非感人者深欤。

盛君家传

盛君讳肇保，字绳武，号佑卿，吴县人，谱名丕谟，系出春秋之郕。《公羊传》郕作盛，是为得姓之始。自汉迄明，世为望族，陆[隆]庆间君之九世祖茂仁始迁吴，七传至祖启新，多隐德，父熙麟，本生父炳麟，君兼祧之，清制也。天性仁孝，幼事祖母孔及本生父、本生母单已恪尽子职。咸丰庚申，太平军陷苏城，父面受刃伤，懵不省事，君在髫龀，能维护不去；闻祖母殉难于河，随父赴河以殉，遇拯，觅祖母尸不忍离，而寇大至，乃向河稽颡，含泪离城，转徙至用[甪]直乡高家堰。求母避寇所及亲族踪迹，未得耗，而父撄重疾，时君才十龄，以一身问医侍汤药，衣不解带者逾月，而父病痊，君母亦闻踪至。因设小肆于甪直西涨汇乡以维生计，君任事有过成人。

城复，还故居，始就学，日苦诵千百言，不数年谙经史大义，能诗文。君闻丰备义仓费绌，亟请于父，捐元和常稔田五十亩，由苏抚李文忠奏奖国子监典薄[簿]。庚午，族人以娄门外十贤祠及虎丘御史公专祠遭兵燹，议移建并建忠孝、义烈、贞节诸祠于师俭堂故址，君承父命创捐祭产，规画程工，并访各支祖墓，详考谱系，任集修谱费，搜采校订，越一年成家乘初稿。及祠工竣，君父谓吾得与族人共集此，事赖此子耳。故戚族中咸目君为千里驹。

壬申入邑庠，以襄办漕运，母殁仅及视殓，引为终身疚，乃家居理租务以奉父。七应省试未捷，以广东义赈案改直隶县丞，顾不忍离亲远宦。凡乡里公益事，若义塾，若宾兴，若清门赙会，若栖流所，若代葬社，若接婴局及保墓掩埋、恤嫠放生、赈粥贷米、施医给药诸善举，靡役不与。君外和平而内公正，诚能格人。里有纠纷，得君一言立解，领袖诸绅，每引君为助。

壬辰，鲁抚又以劝赈案奏保君知县，留原省。甲午战后，君感时局日艰，谓宜革新教育，以经史养其器识，以科学益其知能，习地理以明世界之趋势，习体操以救民族之积弱，闻者韪之。爰令子振先精研舆图测算，振先肄业中西书院。

是年冬，父病几殆，君遍求名医，夫妇焚香祷天，侍疾如十龄时，衣不解带者复经月。一夕，夫妇朦胧病榻侧，梦神告父曰，以汝子诚求，缓汝三年来。父病由是日减，越岁方春而霍然。至丙申冬，夙疾骤发，竟不起，适三年也。君哀毁尽礼，抚幼弟肇熊读，奖掖兼至，春为祭扫出入必偕。

己亥冬，江督刘文诚以君漕运劳，奏加五品衔，寻以四川案赏花翎、正三品封典，而君年五十矣。先是亲朋以君才长，累劝出仕，至是复申前请。君谓内忧外患方亟，果有济时略，诚不宜自逸，今遇英主，力行新政，而曙光仅一瞬，如不才者，何补于时邪。幸随诸父老效棉力于乡邦，冀以愚诚稍振陨俗，或亦于人心国本不无毫末之益乎。遂绝意仕进。

妹复秀适秀水王祖芬，早孀，仅遗幼孤，一欲身殉者屡矣，君反复导以抚孤大义，迎居于家，爱甥逾已出，俾与诸子同塾而督教之。妹没，为请旌如例。君素友爱，中年后以得幼弟为乐，以为无妹尚有弟也。辛丑冬，弟忽染喉疫，君体肥而年渐高，以爱弟故，日必登楼六七度至十余度，而中西医百方疗治无效，垂绝时，君持其手大恸，盖发于至情，不能自抑已。

子振标之入京师高等实业学校也，君谆谆训以力求实学，痛戒时习；啬于自待，勿啬于待人。君于故人子弟之志进取而力不逮者，乡党之贫乏忧患及婚丧不能举者，辄资助之，其训振标，犹此志也。子振先暑[署]镇江府学教授，君又训之曰，教职虽俗称冷官，实本古者庠序设教之义，当体斯义，为国家培根本。予十年前即谓舍教育无由图强，今幸次弟设学矣，顾实不副名者，时有所闻，汝宜力助镇江中学之负责者毓成真才，庶慰予望。振先本此旨也往，以是获时誉词，调代松江府学教授，未及任事而殁。子振庠在招商局，奖叙湖南知县，惧君之悲悼也，不赴，并辞局务归侍。及振标毕业试最优等，奖举人，分省知州，农工商部奏调留部，以对品官员外郎候补，兼任母校化学教员，其归省也，君又训之曰，汝幸获寸进，对家对国，所肩弥重，教育与实业，均救时良药也，勉为之，勿负少时大志。

君严于自督，未尝一事苟，尝患痰饮，屡治未瘳，医谓非鹦粟膏不为功。时逊清方收洋药捐，士夫吸食不为怪，或饷客以为殷勤，医既坚劝试服，果效，累发累试，遂成瘾。后禁烟令下，惟年六十以上宽其禁，君年适六十矣，独毅然自戒。家人及亲故咸虑其戒而复病也，环阻之。君谓：死生，命也，既禁矣，予敢以年老而遁法外乎。就医于沪，月余而瘾绝。遇老友嗜此者，或同卧一榻，纵谈竟日，不一染也。

辛亥光复之冬，乡愚无赖者乘国变煽众抗租，君拟恩威并济之法，陈当道施行，众皆悦服。今苏乡民风未丧淳朴之遗者，君有力焉。旋被推为吴境租粮并徵局长，虽风雨必晨至夕归，躬自督率。洎举为市公所议员暨市民公社职员，每届会期，必准时列席，发摅所见，遇有妨害公众、摧残教育者，争之必力。司宗祠出纳数十年，词[祠]产所入恒有羡余。君以建词[祠]后岁久未修，谓予老矣，今幸健在，此非予责乎，勼工度材，不数月而焕然。故茔有塌损者，亦遍修之，而常费仍裕如，且已蓄有修谱基金矣。君小试其理财之能，而其效如此。

君年六十有九终于里第，新纪元七年之三月七日，即夏历正月二十五日也，葬吴县十三都十一图难字圩木渎镇辽里村新阡。越二岁，族议建报功词[祠]，以君升享。配单，男子子三：长振先，娶陈，继娶叶，皆先君卒；次振庠，娶闵，继娶沈；三振标，娶贝。妾李，女子子一難珍，适武进顾润章。孙九：家瑞、家龙、家凤，振先出，瑞、龙皆先君殇，凤亦殇；家鹏、家鸿，振标出，鸿殇；家骅、家骝、家骥、家骧，振庠出。女孙七：家馨，振先出，适同邑陆鸿书；家陶、家庆、家端，振标出，陶殇；家琬、家珮，振庠出，家鑫，振标出。

沈子曰：《周官》乡三物之六行，曰孝、友、睦、姻、任、恤，君其备之矣。迹君平生立言与处事，殆仁且智者，予尤服君之六十而绝烟瘾，谓此非大勇者鲜能之。今凡百惟新是求，而令格于武人，毒痡兆民，遗殃种族，痛乎哉。其知过不能改，湛溺于此者十常八九，何其懦也。我炎黄子孙而尚欲振拔于万方多难之日邪，各鞭策其身，以师君之大勇，庶乎有豸。

孙母张太君家传

太君姓张氏，生于江阴之文村，父讳鼎年，太君其长女也。年二十三归莲初太翁，太翁讳祖荫，事迹别著家传。先是太翁母钱太君岁过文村料量田租之入，辄闻村人道张女贤，谓遍数我村，无逾女者，因为太翁委禽焉。结缡后事姑以孝闻，姑老，隆冬不能兴，躬侍卧榻，问视周且慎，岁岁习为常。姑病泄匝月，扶持上下一夕六七起，襦袴污，手浣濯之，人以为难。性和易诚谨，生子五，而太翁早逝，茹哀抚孤，刻苦支门户，有不给佐以十指。亲戚或馈遗济其贫，则婉辞之，布衣蔬食，督教其诸子，氐于成立，已昌大其家业。尝谓诸子曰：自我来汝家，汝父商于外，岁时定省无间，每入门必急趋母所，忖母所欲，必先意承志，歠食服御必丰必葡。汝祖母年高，又素严峻，时呵斥于家人宾客前，汝父则长跽任过，未敢少忤。我睹今人之事其亲者，罕或汝父若也。汝曹敬志之，能汝父若我，慰矣。以新纪元之八年没，年五十三，五子名具太翁传。三曰寿熙，乞传，传其家传如所述。

沈恩孚曰：女正位乎内，男正位乎外，《易·家人》彖傅[传]诏我矣，苟易其位非正也。吋论右欧美化，妄人至谓男女可无别，家庭可遗弃，妇道荒矣。讵知妇主内政，匪娴于缝纫、烹饪已称其职，将陶冶儿女品性，光荣其种族，有人群伟大之责任在。隆古遗风善俗，世有淑媛，固不越此轨。於乎，太君其庶几乎。

程烈妇传

倭寇之扰，东南涂炭，凡国军委弃之城邑，焚掠残杀，惨不忍睹。

闻武进之陷邑之程烈妇死于难，其父族崔龙，烈妇侄也，巨事略乞言于予。予据所述以考其言行，稔知为贤妇人矣，以未得其死状，虑轻率为文之失其实也。谓龙年少而诚竺，所撰事略必不诬烈妇，可无赘词。既而孰思之，我苏以文物著称，涵濡古昔圣贤之教泽也久，而须眉男子，或腼颜事敌，假窃名义以毒我民，痛乎哉，得一烈妇，庶一雪此耻，则又乌可以竟无一言。烈妇年三十而寡，无子，其死难也，年五十有九。其于父族之休戚若未嫁时，爱其侄尤挚，勖之以俭且孝，喜其嗜学，时时奖进之，曰设汝祖母在，必大乐矣。盖每念不忘故母，不觉自其口出也。於乎，非至性过人，灼见肥家之本，而能然乎，况其能义死，爰撮要为之传。

沈恩孚曰：自狂夫以礼教为诟病，妇德衰矣。然乾坤正气所钟，数千年文化所被，虽弱女子能谙大义者，未绝迹也。东夷构祸，天地盲晦，暴力所摧，玉石俱碎，谓死难者仅一程烈妇，夫岂其然。顾无能文之侄纪其事，则遂湮没矣。予为烈妇悲，尤为死难而不闻者悲。

刘母沈太夫人传

吾友刘君永昌，居母沈太夫人之丧，既服阕矣，手太夫人事略，告予曰，吾母一生勤苦，督儿孙辈成立，平生行谊有为士君子所难者，子其为吾母传。

予既诺之，而以尘事纷扰，迁延者数月，乃按事略而传之曰：太夫人沈氏，江苏江阴籍，髫年即丧父母，依季父以居。时太平天国方图光复，大江南北厄于兵燹，太夫人随季父避难于乡，童年即养成艰苦卓绝之性。年二十三归太翁梅亭先生。太翁经商常熟，因家焉，顾无暇问家事，一切委之太夫人。以是事无钜细，咸躬任之，未逮事其舅，事姑委曲将顺，能养其志，姑欢愉，甚康强，逢吉绵历大年，皆太夫人孝养所致也。又恩勤鬻子，篝灯课读，恒居中坐制衣履，诸儿环坐朗诵，刀尺声与书声相应，非焚膏将烬不寝。

太夫人俭约持家，资太翁贸迁所得以度日，食无兼味，至以可口者唉儿辈,而自餍粗粝。岁己亥,太翁殂谢,生事顿蹙。时儿女泰半未婚嫁,诸儿年稚,未能治生,日在窘乡。太夫人哀痛椎心,勉支门户,不怨不尤,惟勖儿辈益劬,谓穷乏者天所以磨练志士也。吾非食贫之惧,惟儿辈不克成立是惧。儿辈果努力向上,困心衡虑,正玉汝成耳,何自馁为。

太夫人喜亲家庭琐事,终日不愿有片刻暇,尝云吾稍暇即感烦闷,故晨夕手一缕,非裁制即补缀,虽既耄犹然。家人化之,相戒以逸乐,妇女则随侍学针黹。太夫人指示不倦,并时述有益身心之故事,或追叙平生经历,娓娓乐道之,听者忘疲。一门之内融融泄泄,凡妇女俱能撙节财力,自制裘裳,其可风也已。性好整洁,虽屋角墙阴,时自拂拭,起居之室无纤尘,衣被折叠井然,储杂物有定所,一检即得。日常操作苟力能自为,不假手仆婢。且以沧桑变易,饱经忧患,鉴社会奢风日炽,因力戒子若孙曰,居家之道,惟俭可久,世事日非,大乱将至,急宜崇实黜华,珍惜物力,此则所见过人远矣。

年事既高,儿辈屡以称觞祝嘏请,力持弗允,曰此无益事,人子之所以孝其亲者,在此乎,故终其身未尝举寿筵。待人和蔼,乐与邻妪村妇谈话,无阶级思想介其胸。惟教其子若孙则严峻逾恒,谓读书所以增进智识,生活能力之大小,以智识程度之高下为差,少壮不努力,老大徒悲伤,古人之诗岂欺人语哉。自子而孙而曾孙,皆尝亲督课,之有游学东西洋或肄业国内大学者,必使有以自立为度。

中日战起,大炮飞机轰炸之下,阖邑皇皇然,不宁厥居。太夫人撄病迁徙,没于武进罗墅湾南李塘家赁屋。以逊清道光二十九年十月初六日生,中华民国二十六年十一月十九日卒,年八十有九。子三:长永昌,娶张;次永青,娶庄,继娶李;三永芳,娶褚。女三:长适汪,先卒;次永范,适屈;三永华,适王。孙聪强、任强、文强、敦强、锦荣、慧强,孙女德孚、新华、德行、德懿。曾孙秉正,曾孙女馨畹、畹芬。

沈恩孚曰:女教之为家国本,谅哉。若太夫人庸言庸行,初未以奇特之事震惊世俗,而以身示范,一家化之。果一邑之中,有若太夫人者若干人，则一邑化矣。一国之中，有若太夫人者若干人，则一国化矣。吾国兴女学数十年，娴于政治、法律者有之，争女权者有之，自西俗东渐，其风扇而日烈，民智进欤，妇德昌欤，顾任以寻常家事，或反苦弗胜，毋乃慎乎。若太夫人，其犹吾国先圣贤遗风所被乎。负教育之责者，其深长思之。

杨君月如行述

鸣呼，吾国人之措意教育事业才十余年耳，而君之宣劳于教育也，盖亦十余年，而早死。其死也，以覆车京尘，倾跌损齿，毒侵及脑，为日医、德医所不能治。悲哉。

君讳保恒，江苏上海人，杨其姓，月如其字也，少从余友项君莲生读于龙门书院。项君固笃行士，予时与篝灯谈艺，睹君攻苦状，知非常儿。君性简默，中敏而外朴，举止整饬，偶发言必中的。早夜劬学，而不耽于举业。

前清戊戌以后，一二爱国志士痛外侮之日迫，呼号奔走，佥谓非革新政治无术以救亡。君独窥见立国根本，当以教育为先务之急，慨然游学日本，入东京弘文学院，毕业师范而归。时吾苏各县小学已次第建设，大率由举业蜕化，合教育原理者十不及二三。君与贾君季英创办二十二铺小学于刘公词[祠]，教授训练，精神栩栩，一时有模范小学之目。复筹设上海师范传习所于半泾园，毕业者服务邻近各县，声誉大振。于是吾苏教育之新机动矣。未几龙门书院改道立师范学校，以刘公祠小学附属，君任监学兼小学办事员，计予抗颜龙门凡二年，所艰难与共，倚若左右手者，君其一也。

君思虑邃密，经验宏富，所计画必及久远，不苟同于侪偶。予以教育方在萌芽，四方来学者或浸淫旧社会之习惯，宜示以身范，徐纳之于轨则，颇主先感情而后意志。君以为师范者教育之母，布种不良，莠其乱苗，倾于感情则得失半，毋宁趋重意志为无弊。予深韪其说。

君于教育既确有心得，信用日益著，所任职务，影响社会较钜者，一为单级教授练习所主任。单级教授练习所者，江苏教育总会所附设也，君以总会委托，赴日考察，尽彼邦之所长乃就事。大江南北及邻省之人所练习者，类能如君所指授，传播于其乡里。一为上海城市自治公所学务专员。君前此任县视学一年，悟设校多而入学儿童少，徒耗教育费，收效微薄，故所规建校地点，均相户口疏密，能容学龄儿童多数，费核于其旧，而获受义务教育者常倍蓰于他校。若万竹小学，其尤著者也。入民国，任县公署学务课长数月，其支配全邑市乡立各校，悉本此旨。一为省立第一师范学校长，自民国初元受事，迄于君之死，君恒以事与愿左，不克大展其素抱欲引去，予辄尼之。其附属小学教授法，采自动主义，大为时论所重。

窃念君与予共事也久，君之任龙门师范监学及小学办事员也，予方督校事；主任总会练习所也，予方以干事驻会；任学务专员也，予方长议席；任第一师范学校长也，予方司苏民政。凡君所主张与设施，殆无一非予所与闻，且甚心折焉，或赞助焉。知君、信君、爱君，当无如予深者。呜呼，孰谓追念畴曩，而已如梦耶。君之北行，以应教育部聘编纂教科书故，既藏[蒇]事，假旋矣，复以部员函约，将为最后之结束期，数日而南。呜呼，孰谓遂以此陨其生耶。

君倾跌之日，在民国四年十二月六日，越岁一月五日君竟死，距倾跌适一阅月，年四十有四，所著译甚夥，或已行世，或稿未竟。君娶王，继娶罗；子二，本心、本和，女三。君母老子幼，同人将代谋所以教养者，谨述其略，为国之人告。呜呼，如君早死，夫何言。君功在社会，死亦奚憾，独社会失君为可憾。予未知社会之报君何如也。

薛君仙舟行述

於乎！吾人耳熟世所谓苦乐生死，岂人生观固如是耶。彼日较量衣食住之美恶而蹙蹙若不足者，盖未有群众痛痒在其胸，而又未能自辟一径途，以集中其毕生之精神也。彼以年命之短长为寿夭，而不问其人矢力于社会之多寡者，殆未知饱食不事事之人，虽期颐耄耋而徒耗劳力者产生之资粮；苟一日有所贡献于人群，虽中道殂谢，而其志趣已足千古也。惟然，故有能乐人所苦、死而犹生者，若薛君仙舟其俦欤。

君广东中山人，讳某，以字行，生于中华民国新纪元前三十四年某月某日，卒于十六年九月十四日，年五十。君四岁丧父，依母陈居江苏之江都，甫五岁已琅琅背诵当时家塾课本及《大学》、《中庸》朱注无讹。君父岐山先生临没时，曾指君谓其长兄三镛曰，此儿有异禀，他年必有成，其善视之。九岁遭母丧，归依长兄，移居上海，天性纯笃，念江都父母故居辄泪下。

越二年，随兄北行就学天津中西书院，攻苦逾恒，所学猛进。年十六入北洋大学，文行均过人，师爱而友敬之。既毕业，得以官费游美，未及行，闵国家多难，义愤填胸，遂奔走救国事，备历艰险，几陨其生，尝效乞儿潜入内地。庚子汉口之役，事败被捕，或怜其才，竟释之。念学不足无补于国，乃赴美入加利福利省立大学，而官费以汉口事除名，困甚，日以清水、面包解饥渴，甘之如饴，谓吾国人尚有茹苦过我者，彼能是，我何不能，我以分国人之苦为乐也。留美二年，得学士归，旋赴德实习银行科，刻苦如旧，以是婴胃疾。

辛亥光复而君回国，先后营转运公司，办中华实业银行，任复旦公学教务长，多不如君意。生平以全力注合作事业，无一时不预筹为实行地。七年，君为工商银行赴海外集股，在美搜访合作制度綦详，益富于心得，逾年归，在公学创设上海国民合作储蓄银行，嗣复发行《平民周刊》，以宣传合作主义，历四载无间，其书籍及编纂材料，悉由君给之。九年，任工商银行总理，与陈果夫君等共组上海合作同志社，当选委员，以社员散之四方中辍。

君治事常夜以继日，食不求饱，衣不求暖，居不求安，出非远道不车，车必三等，所入悉周贫乏，家无余财。年四十五始娶，生女子子二，长五龄，幼未周。君病没前数月，慨前此合作运动之效微，谓宜训练饶有毅力与实学之干部人才，草合作训练院大纲上中央政府，以国库奇绌未果行。江苏建设厅任君江苏农民银行筹备主任，君以其非纯粹之合作组织也，辞不就。嗣中央政府聘君计画全国合作银行，草章略定矣；又谋恢复上海合作同志社为有系统之研究，以广传布，而均未获观其成。惜哉，君尊崇秩序，嗜清洁，砥廉隅，爱才嫉恶，任事无丝毫苟，凡力所能及必为之，视富贵功名澹如也；博学强记，通英、法、德、义、日斯巴尼亚五国文，将病，尚拟习俄、日二国文。持论动关民生祸福，以为惟大规模之民众合作，能防制资本专制，消弥阶级斗争；而其根本在陶铸人格，改革不良心习，知努力服务为天职。不朽哉，其德与言乎。

余未识薛君，余友王君志莘与薛君共事久，持其家族及友朋所录言行见告。王君，信人也，所告必不诬，为撮叙其可风世者如此。

亡室杨夫人事略

夫人杨氏，讳宝龄，字颂椒，恩孚生长地之嘉定人，先外舅月如先生次女也。幼而聪颖，随宦云南，王[主]理家事已井井，以是为先外舅姑所钟爱。先外舅既告归，夫人年及笄，而姊为先兄郇甫继配，我家因习知夫人淑慎之行，先严慈徵同意于恩孚，为纳币焉。

年十七来归，未多读书，而娴写算及缝纫、烹饪。新婚一月中，与共治六书，即通其大义。恩孚时授徒海上，岁仅省亲数次，默察夫人操持中馈，无不称堂上意者，乃壹以家政委夫人，而专攻学业于龙门书院。恩孚频年衣食于文字得，泰然无内顾忧，日与同志切磋道义，而不为当代贤达所弃者，夫人所玉成也。洎二亲先后见背，茕茕在疚之身，惟夫人能慰藉之。四十以后，恩孚既献身教育，而儿辈亦届就学年龄，始挈家迁沪。

辛亥光复，以地方义务所迫，尝一度自效于政治，革新之始，人抱为民服务之志愿，急公而忘其私，身居高级行政机关者，月俸限支五十圆以内，而夫人支拄家计益艰矣。南北统一，袁氏已蓄谋盗国，而二次革命无成，恩孚感政治澄清之不易，仍冀以教育培国本，退蛰于沪，将偕隐以终老。自筹安酿祸，政潮迭起，沪市屡为戎马之场，而家有幸未毁者，夫人临机应变之力也。

夫人更事既多，凡所处理，悉中肯綮，且从未偶一专断，必谘而后行。有为恩孚考虑未及者，时能匡正其阙失。自奉至薄，而宾至则款待殷拳，未尝苟简。尝谓，我素性先人后己，否且不安。戚党中以夫人心地坦白，遇事能和平商榷也，有所疑难，辄就访焉，或竟委托代理。自是百端丛集，辛劳日甚。计寓沪以后历二十余年，迄于骤病不起，盖未见其一日之休憩也。

夫人以中华民国纪元前四十四年六月二十三日即新历八月十一日生，十八年九月二十四日没，年六十有二；生男子子三，殇其一，女子子九，殇其五。存者男有乾、有鼎，女有瑶、有珪、有琪、有琳，有瑶适上海王万善而寡，有珪适嘉定胡保祥。方诸儿之将就学也，夫人必先授以字义及心算一年，俾稍植基础。诸儿之得循序以受中高等教育，差能自立者，亦由夫人之不忽于其始也。夫人没而恩孚如失左右手矣。窃念恩孚德薄才庸，早食社会之赐，参与政治而未能出民于水火，参与教育而未能使青年志士不为歧途所迷惑，天降之罚，其又奚辞，乃不于其身而于夫人，悲哉。夫人体素强，尝两婴笃疾而获瘳，其没也，病未及二日。

没后二旬，杖期夫沈恩孚述。

姚恭靖言行回忆杂录

余之初识子让也，在其嘉定西门内之赁屋。时余未届志学之年，子让亦年甫弱冠耳，尚未能深窥子让之所学，但觉其蔼然可亲，兄弟之间，怡怡如也。自一面后，亦不常见，闻姊丈林景周常道其所学之纯粹及治学之勤，以为此真益友也，因是爱之重之。

及余读书龙门书院，乃获时时亲炙其言行，居恒不多言，言必当于理，且极关心乡土公益事。待人接物极温和，而处事极条理精密，常述兴化刘融斋先生之训言及其著作中之精要语，以为师法。余入龙门时，已不获见融斋先生，闻子让言，乃如亲事融斋先生矣。

子让为文，瑞安黄漱兰先生尝评之曰清在骨间。余谓不独其为文然也，其为人亦然。甲申以后，国事日紊，外交既失败，而内政之因循如故，有以出处问子让者，子让应之曰，余母年高，将稍尽子职，无进取志矣；惟有乡里之事，则甚愿为之。其言外意，盖可味也。余尝默窥其两琐事，亦可想见其素养之一斑。一日其世兄孟篪白事，辞色稍忪遽，则训之曰，汝遇事毋稍乱。而孟篪卒如其训，临难而从容身殉。又一木工制一置天地球之器，度其寸尺至再至三，其成也，竟不如式，必斜置乃得入，则喟然曰，余以为此木工殆一精细人矣，孰知其但为减料计乎，人心如此，虽小可以见大。

龙门同学之治天文学也，盖始于天地球之购置。先是院中但议购一地球而已，以属子让，而并购天球回，且述店夥之趣语云，君购一球须二球之值，如欲仅购地球乎，则以天球奉赠；或仅购天球乎，则亦以地球奉赠，殊无以难之也。而同学中因是发生研究天文之兴味矣。余因谓治学亦有机缘。

龙门定章，每一事必二人或三人分治之。子让尝引余为助，余之得稍谙治事轨范者，亦深获子让之益。揭其要则三语耳，曰视公事如己事，曰随事留心，曰遇事不苟。

尝偕子让应礼部试于河南，时阴雨兼旬，平汉路仅通至确山，滞旅店不能进。同行者颇以不及期为虑，子让独夷然，谓此行以素未游汴，意在略观沿途之风景与风俗耳，不及期何损。此其所自得者，固别有在矣。一夕宿三里店，主人王君留晚膳甚殷，其麦粥之甘美盖无伦比。是夕谈甚欢，主人谓此地即孔子绝粮处，余家在此地，号丰足，日费约二十五文也。子让有句云：当年陈蔡厄，未遇主人贤。余与子让吟咏甚多。

子让精于算术，其治礼以丧服为本。故其任谘议局议员、国会议员也，均任财政审查事；而上海土地测量章程均为其手订。其反对贿选而回也，卒成丧礼丧服草案。

子让尝两任地方自治议长，其第一次在总工程局时期，余同在议席，未见其轻发一言，而同人翕然服之。或戏谓议长何长而不议乎，而不知议长之职固应尔也。

子让生平言行，可以朱子《论语注》中四语总括之，曰：事理通达，心气平和，品节详明，德性坚定。

余所忆子让言行仅此，非谓五十余年之交谊，所闻所见尽此也。余所能忆者仅此，其无关品学者，虽能忆而以为不必述也，且所述者已不能尽忆其年月日矣。呜呼，如余与子让五十余年之交谊，而能忆者仅此乎，夫孰谓余尚未老乎。

苏省铁路公司始末记民国十七年十二月

新纪元前六年，时议以苏杭甬铁路借款草合同入英人势力范围，危甚，顾逾限而线未定，当默废。江、浙负时望者倡议商办，同声一词，于是定两省分办计画，谓我工速竣，即外力无由内侵。众皆激于爱国思想，不数月款集，华侨投资者亦踵至。是年八月苏省铁路公司成立，议规南北二线，南线自沪达浙，北线自海达豫；举王先生清穆任总理，张先生謇、王先生同愈任协理，聘徐君文泂任工程师，萃群力，排万难，勘地动工，其相号召也曰锐。乃依公司律陈，由商部奏准商办。

翊年外务、邮传二部以草合同为英使所胁，不敢抗。由苏、浙两公司会派代表诣部力争，保持商办名义，并改苏杭甬路为沪杭甬，其斡旋之语曰，款由部借，路由商筑。

至新纪元之元年，而苏路南线工竣，计建筑及测路、购地各费已国币五百三十六万元有奇；时以赞助革命，复筹济临时政府巨款。而北线受津浦合同牵掣，镇、徐、海、清开通之议屡变而未决。

二年交通部收浙路为国有，公司以革命后国权稍振，股东会议决苏路亦让归国有，乃派代表赴部协议，定照股款原额，五年内分十五期偿股东，未偿清前由公司推二人为查察员，全路财产先交沪杭甬路局接管。公司遂告结束，设苏路股款清算处，专司还款事。而五年十五期之约，则以频年内争，国库偿款每愆期，其最后一期竟逾限十年而未偿也。余亦集股人之一，且尝董事于公司，记此以志慨。

调查众议院议员上海初选举一得记

教育十年，不敌选举一次，此我国人最痛心之谈也。而不谓民国成立以前，首先办理自治之上海，亦使恩孚发生此等之感触。今其他怪状不记，专述个人经过之事实，为负有办理选举之责者告。

本届众议院议员上海初选举，恩孚以时局纷扰，本届选举之是否各省一律办成，殊未可知，故宣示选举人名册时未注意也。二月二十二日，接上海总商会送到众议院议员上海初选区投票入场券，内开：沈恩孚，年二九岁，住法界，旁注江苏教育会字样。当以住居上海历数十年，素未闻有同姓名之人，而该券所开年岁、住址均不相符，疑有化名影射等弊，乃于冗忙之中，忽动详细调查之兴会，即以是否另有一人函询上海初选举监督沈知事。据复称：另有其人，函知上海市主任调查员陆君崧侯查照见复等语。当即同时函询上海总商会及上海市主任调查员陆君，请查明同姓名之人现住法租界何路何号门牌，操何职业，先后得复另有一人，仍未将详细住址开明。再经分别函询，均复称底册并未注明何路何号门牌等语。又见《申报》、《新闻报》等均登有上海总商会紧要通告，称上海市经董函送本届众议院议员初选举入场券，有多件因选举人门牌号数不详，致无从投递等语，方知此次办理选举之内容。

因念选举人名册经宣示确定已久，非查阅选举人名册无从得其真相，即亲至第二投票区，索阅选举人名册。该区附设上海公共体育场，据该场管理员王君鹏答称，此处并无选举人名册。当即告以依法各投票区应有选举人名册，乃由王君知照监察员刘君荣照，向选举事务所取到石印未经盖印、但开姓名、年岁、资格并无籍贯、住址、住居年限之省议会议员选举人名册一本。一经查阅,则发现年岁相同之沈信卿二人、黄炎培二人,沈宏鼎、沈丹丞年岁相同,名号分作二人,王鹏、王壮飞亦名号分作二人,而年岁一作三〇,一作二八,又儿子有乾现在北京清华学校肄业,而亦列名册内,但未接到投票入场券。当询以众议院议员初选举人名册何在,则答称仅此一种;询以正式之名册何在,则云须明日取来。

不得已,至三月一日投票时间前,再往查阅,则由管理员钱君允中取出投票簿见示,亦未盖印。查阅该簿,则沈信卿仍二列,黄炎培仍二列,均年岁相同,而黄炎培籍贯一列上海一列川沙,实则人人皆知黄本川沙籍而住居上海者也。惟该簿亦无详细住址,无从决定其为另一年岁相同之沈信卿是否另有其人。此时距投票开始之时已近,其他未及细查,乃告监察员以如有持沈信卿、沈有乾投票入场券前来投票者,须询明其详细住址,如涉含胡,即请扣留等语。并念如此办理选举,虽未能证明其舞弊,而违背法令已为不可掩之事实,依法当然无效,未经投票而出。及六时以后往询,则据称竟有冒名沈信卿、沈有乾者二人曾往投票,均经盘查后退出,票已扣留。

三日午前至开票所,拟检阅选举人名册内现住法租界之沈恩孚究竟曾否注明何路何号门牌,则亦未存有选举人名册,乃面请初选举监督沈知事,向事务所调取底册检阅,则两沈信卿均住永庆里,确系重出,而所谓现住法租界之沈恩孚,则确未注明何路何号门牌,且底册未注详细住址者甚多。因面请沈知事查明法租界之同姓名者,究竟有无其人,其在第二投票区冒名投票之二人,此二券究系何人所发,经沈知事面允而退。退后再具函声请,未得复也。

查众议院议员选举法第八十二条,凡左列各款情事为选举无效:一、选举人名册因舞弊牵涉全数人员经审判确定者,二、办理选举违背法令经审判确定者。又查第二十四条:选举人名册应载选举人姓名、年岁、籍贯、住址、住居年限及左列第一款或第二款事项。本届办理初选举宣示之选举人名册,但载姓名、年岁及一二等字样,未将籍贯、住址、住居年限宣示，此违背法令者一。又第二十九条：选举人名册确定后，应分存各投票所及开票所。恩孚于二月二十八日、三月一日两次往上海第二投票区索阅选举人名册，均未有正式之众议院议员初选举人名册分存该投票所；二月二十八日仅以省议会议员选举人名册出示，三月一日仅以投票簿出示；三月三日至开票所，亦未存有选举人名册，仅以底册出示，此违背法令者二。又修正众议院议员选举法施行细则第十五条，同一选举人不得编入数选举区之选举人名册，而一投票区之投票簿内竟有同姓名、同年岁之沈信卿、黄炎培各二人，此违背法令者三。

本届办理选举是否有心舞弊，恩孚万不敢以小人之心度人，然一有重名，即系牵涉全数人员，且违背法令之证据已得其三，依法当选举无效。惟是选举无效四字，决非办理选举人员所愿闻，依法又须经诉讼判定之手续，此次所得证据，关于选举人名册者为多，而所见之名册均系未经盖印不正式之名册，如系有心舞弊，反可消灭证据，另造合法之名册，而诉讼无效。且查此事理应负责之调查员，实系恩孚素所敬佩之姚君文楠，固可深信其决非舞弊者，特不敢信其所委托之人，有无不正行为而已。

恩孚住居上海，但愿地方公民之程度日高，非欲与现服公务之人构衅。而前此未注意于选举人名册宣示之时，亦当以放弃公民责任躬自引咎。万一以诉讼之故，致有人陷入刑事范围，亦大非良心之所许。用将调查一得披露，以冀全国公民之觉悟，并愿办理选举人员咸知此非，全由法令之不善，而执行法令涉于苟且之不善，亦非但为执行法令者之过，而大多数公民不注意于选政之过。但使各县之各投票所各有持正不阿之公民若干人，于选举人名册宣示时详加审查；于选举人名册确定后即赴投票所查明其有无分存之名册，复详加审查；于投票完毕时详查投票簿画到之总数，于开票日核对其总数之是否符合，并将当选人所得之票详查其有无笔迹相同之票，则虽有工于舞弊之人，当亦未易措手矣。

至于根本要图，则各县当先有详密之户口册，而后办理选举时可得确实之选举人名册。又必各地方各有自治机关，佐以良好之警察，而后能造成详密之户口册。不此之图，则号称民国而户口之确数尚不可得，致办理选举人员竞增户口数，冀本地方多得议员名额，竞增选举人数，冀本地方多得初选当选人名额，遂使全国人心相率为伪，而道德之隳落将无已时。民既为无道德之民，国即为无根本之国。慨念前途，隐忧何极。窃谓此当由官厅、社会共负其责，不惮繁琐，切实调查，务使各地方均制成详密之户口册，视为民政入手之第一办法，庶几拔政治虚伪之根，而使全国人心共趋光明之域。是则恩孚披露此调查一得之意也。

黄君膺白纪念词民国二十六年

余识君在上海光复之年，其前此之热心革命，盖未及闻。君时任军职，英姿飒爽而恂恂若儒者，余固默窥其有非常之抱负，而决非卤莽从事之寻常武人矣。清帝逊位，南北统一，君首先辞军职，示人以民国军人之模范，其志趣颇与徐君固卿同。顾君方壮年，而能以退让讽世之夺攘名利者，此尤非有大过人之素养未易臻此也。

新国多故，踪迹久疏，洎君赠余以所著《欧战之教训与中国之将来》一书，乃益叹服，屡为介绍于世之关心国事者，谓此真我国前途之指针也。嗣又有《战后之世界》出版，其所以警告国人者尤深切著明。而频年困于内争，自耗国力，此宁非君所隐痛者欤。

国民政府成立，君首任上海市长，凡所规画及罗致之人才，至今利赖之。辽东变起，四省沦陷，长城以内，大势岌岌，君独挺然忍天下之诟，以解一时之危急，其能人所难如此。君又洞察世变方殷，建设新中国非可以浮躁肤浅之人任乃事，于是有新中国建设学会之筹设，其目光之远大，将贻国家以无疆之休。惜乎未享大年，而竟以痼疾不起也。然其落落大者，固为海内明达所周知。余虽不问世事久，敢不举所知以告当世乎。信我国之渴望复兴者，尽人能以君之志为志，而各努力于其分内之事，则复兴之期岂远哉。

思美图记民国三十年

此予七十六稔时，儿子有乾应美国哈佛大学聘，挈眷西行前留景。今行者远矣，予年七十八矣，倩觐光乔梓图之，命名曰思美。所思者三：一思我杨夫人臂助四十六年，偕老竟成虚愿也；一思我乾儿数万里讲学，雏孙一上随渡重洋也；一思我西邻公道照人，古国重光获助良多也。缭以松竹梅者，岁寒久矣，维兹三友，寄我遐心也。

西山游记

太行之山有支脉焉，其强形钜势，蜿蜒卧于都城西者，统名之西山。西山诸胜，都人士嗜游者无不至，至则或五六日或八九日始略遍，而亦罕有遍者。己丑秋八月二十三日，与从兄乐庭暨同郡顾子康民、支子伯云，自五老胡同寓所驱车出平准门。时日未加午，埃壒略静，微见山色迤逦。经西直门，过高梁桥，树木丛杂，佳气蓊郁，清风泠泠，挟舟而行。行须臾，小憩海淀，旋过圆明园，下抚铜狮，徘徊扇子河侧数百步，始复登车。又数里，玉泉山苍翠渐迫，水潺湲其麓。仰视白日栖于林巅，疾驰径投宿荷叶山之普觉寺。普觉寺者，唐兜率寺故址也，有巨佛卧于寺，元时范铜五十万斤铸，俗呼寺曰卧佛寺以此。殿前娑罗树大数围，七叶连茎，相传贞观中来自西域，本二株，今存其一。

二十四日天未晓，雨大至，雷转万壑间，声隆隆。乐庭语枕上曰，山中雷亦不恶。雨止，号余起，钟鼓声出殿中已久。绕寺右行宫，循墙入度曲廊，上观音阁，下步石桥，入洞天，出琉璃坊下，石浴雨滑如凝旨。伯云指谓康民曰，此去三里许，有四王府，村市也。余习野处，心怀之，盍往观乎。众曰可。向午回方丈坐饭罢，出寺门行数武，前路已迷。呼樵夫导焉，比至，以径多碎石，足尽疲，休于茅店，试茶石床上。一村童来，倚柱而谈，天趣横溢。俄顷浓云出岫，天深黑，复作骤雨势，趣归寺，则雨随至。是夕瀹茗僧房，漏三下始寐。

二十五日巳、午间，访聚宝山碧云寺，距里许，马不能前，缓步循石道达寺。寺前一石坊矗立，额曰绀翠凌虚。既入，双狮蹲门，中横石梁。逾梁历阶，数重殿阁面起。陆续升石梯凡二百四十余级，至最高处，七塔峙于石台，盖毁前明魏监衣冠墓为之，去泰去甚，睹者色犹骇。席地列坐其上，慨然念明社之屋，祸胎于魏监，而士大夫有捐弃兼[廉]耻，仰阉人鼻息，摧残正人君子以斫丧国家元气者，厥辜讵可逭乎。寻环观五百罗汉，摩挲辽经藏出。康民尚从倚门际还顾，曰巨观哉。且语且徐行，觅停车所，命仆驾翠微山灵光寺。冈陵稠叠，暝色四凑，指白塔而驰就宿焉。

二十六日伯云黎明已登白塔，而余三人未起。起则并登之，所眺乃不及远，遂下俯莲塘，残叶未尽，旁出一渠，泉汩汩有声。乐庭偕康民蹲其侧掬水，乐甚。而头陀报早斋具，卒食，肩舆登秘魔崖。崖斗出盈丈，中容数十人，下临枯涧，深不测。隔岭衰蝉抱秋阳噪，时时两三声，岩谷并答，聒耳稍烦，趋方亭围坐，略与老僧谈。下由念佛桥过一片石，历双泉桥，达天泰山，观俗所谓魔王肉身于慈善寺，盖去秘魔崖十里矣。方未至于天泰山也，道出云树间，奇峰怪石，朋兴辈作，舆夫若鸟迅飞，险绝处肩崖臂林，磊砢承其趾，口呿不合，间一旁视，目且眩，身恍惚霞举，危极而心夷。既至，一僧应门，导观寺中，讫无他异。舍去，登山之绝顶，宝珠洞石累累如珠绀宫，背洞外向，平台拱其前，俯瞰群山，但隐约隆起，其空旷处则平畴绣壤，错如犬牙，左浑河，右昆明，了然在目。其下为香界寺，藏经所在也。就观之，寺亦有娑罗树二，而游人鲜齿及者。复下造龙王堂，有亭，有池，有洞壑，其邃宫幽室，则尚为西人辟暑者所踞，皆怃然。先后至大悲庵、三山寺，仅老树一二株，无可观。回息灵光寺，雷雨又作，雨已，晚霞烂于庭树。乐庭上寺后天游阁。余振衣从小坐环行石榭，凉意逼襟袖，疾趋下。而康民、伯云已往长安寺，回时夕阳犹在山也。

二十七日晨登寺侧玩月亭小眺，下翠微山，长驱入栗园庄，问途奉福寺，将穷探潭柘诸异境。而山中素以仲秋集香会礼佛，适遭之，士女云萃，车声雷动，尘滚滚蔽日，寺以内几无置足所。康民意欲退，伯云意欲进，乐庭则意在进退间，靡不可。余曰，夫游览之乐，以奥、以雄奇、以寥廓无屏障而往复有逸气，以所值必离俗而远嚣，否且败兴，不如归，矧留其余以供他日瞻瞩，亦快事也，又奚恋恋为。于是忻然回车，绕道卢沟而返。

是役也，所过寺小大十余所，宿寺二，历日五，窥西山名胜仅半云。

碑志九首

清胡君墓志铭

君讳泰，字阶平，胡氏，元和人，候选州同。上世居安徽之休宁，君之曾祖曰正熹者懋迁来江苏，始隶今籍。祖嘉福，父文镛，均泊于荣利，仍其先业。君幼冲读书了大义，甫十龄即解算数，以贫弁章句。性外和内严，自少壮迄衰老，为人营赀财无少苟。赭寇之薄省垣，君侍其父司质库于外邑，共事者相惊以寇至，急趋其家，独君父子守弗去。寇烽及门，犹挟所藏返所主，乃驰间道归，其律己以人之所难而忠于为人类如此。洎君之子祥鎜通籍，则人有口诵前事着[者]，谓君抱义，若鸡伏雏，宜昌其后也。余交祥鎜稔，且为甲午乡举同岁，岁时拜君所居，伯呼君，弟呼祥鎜。而君亦以家人遇余，故略能道君生平。

君以光绪二十七年六月二十七日终于上海寓所，春秋六十有三，其明年十一月十日归葬于吴县三都一图西律字圩西碧山之麓寿星坞。配程氏，子三，祥鎜其长也，戊戌进士，户部山东司主事，以覃恩封君朝议大夫，配太恭人；次祥权、祥淦，殇；女一，未字卒；女孙四。

铭曰：

吴山之苍苍兮，君灵之所游。鸾栖而凤吟兮，维高原之松楸。胎奇孕秀兮,君之幽。

清故川沙杨君墓志铭

君讳斯盛,字锦春,杨姓,江苏之川沙人,业工于上海;曾祖开第,祖裕安,父德昌。君早失怙恃,窘于学费,乃习圬,自故里青墩镇转徙入上海境,时为人解难,所至魁其曹。年三十余,少少有所蓄,即醉心慈善业。晚年累金约三十万,念徒养不如教,毅然割家财三之二,延当代通人规画乡土教育事,以弥少年失学之憾。光绪甲辰设广明小学于上海公共租界,其明年增设广明师范讲习所,又明年在六里桥建浦东中学及附属高等小学、第一附属初等小学。开校之日,揭勤、朴二字为校训,戒子孙毋许涉校务,举校董十人主之。或訾为狂、为中蛊,而君志弥笃不少却。尝谓我国患贫弱极矣,惟教育为救国第一义,吾起家寒微,辛劳所储,差足温饱,顾亦国民之一也,此区区赀产,以贻子孙,则贤者损智,愚者益过;以建学培才,则公众食其福,而子孙与被泽焉。

於乎,吾数千年来盲晦之中国,锢于家族主义,浸成悭吝褊小之风俗,所保存者私财之毫末,而大地菁华坐视列强之水陆轮转以去,其利害固灼然。君独以天资锐敏,一跃而入国家主义,斯真人杰哉。

君貌癯若不胜衣,与人交恂恂如也,而勇于赴义,心雄万夫。乙巳之秋,滨海大风潮,淹居民无算。君议修筑海塘,以工代账[赈],既倡捐巨金,则持册讽同业曰,输金多者例首列,雅不愿公等名后予也,不且力迫募集者又数万。一日大宴同业,筹立土木业公所,励以设学,会喘疾剧,且喘且语且呕血,同业感奋,开办金立集。丙午冬,浦东绅董设路政局,抽渡捐以筑路,众怒腾沸,聚数千人毁捐局,波及诸董屋。官督兵至,则破官舆,将抗兵。君自六里桥别墅闻警,飞舆往,登高阜挥众使退。众谓杨君命我矣,夫何言,哄而散。翌日君开宣讲所,大集乡民,责以无状;议止渡捐,而自筑洋泾、陆家渡诸路,以惠行人。众意大解。其诚能动物类如此,所成就公益事,若筑南码头至艾家坟石道，若改造严家桥，若助建上海南市医院，若以横沙田纳题桥市课勤院，皆其著者。置宗祠田，以租入备族子弟就学；嫂二，弟一，咸给养老金；付子孙者才十一，训以无男女必入学而已。

君不多识字，仅谙浅近文义，而能英语，博交欧美人，善英人阿尔摩思。阿有道人也，君交阿二十九年，事之大者，无不咨以行。其挚友黄君炎培云然，以为君轻财尚公德，盖善师西人之长焉。黄君又云，君无疾方遽色，出入进退有常，处衣履必整洁，论事先沉思，思定则断，无少凝滞；富记忆力，道数十年前事不爽；善综核，于企业之计画精确无伦比，囊无储钱，日有所需，取之守藏者，一一笔之；与人约不失时，从善如流，疾恶如仇，遇士流敬礼倍至，多曲恕；又绝爱才，或商或工，有一艺长，辄投之赀，俾有所营以自见，故人乐为用。

君以咸丰元年辛亥十二月十二日生，以光绪三十四年戊申四月三十日殁，年五十有八。妻赵，继妻张；子一，鑫；孙三，永、新、顺，顺早殇。以宣统二年庚戌十二月二十日吉时葬君于上海高昌乡二十四保十四图某字圩。

方君之毁家兴学也，今学部尚书唐公景崇任江苏学政，莅校大叹赏，亡何或自京师驰书索行历，谓将请于朝给优奖。君哑然曰，吾兴学以市奖乎，不之应。而唐公卒奏奖之。葬之前数月，江苏巡抚程公德全奏请付国史馆立传。其葬也，吴县沈恩孚志其墓而为之铭。

铭曰：

窅乎杨君之藏，如君者什而八九，何孱国之不可强。吁，寂寥其寡俦兮，浙之叶兮苏之杨。

清故上海林君墓志铭

林君讳曾赍，字景周，江苏上海人；曾祖光照，祖熙，本生祖曜，父炳魁。君少有闻于时，内行纯笃，其涉世在和介闲[间]，以邑诸生服地方公务，数十年如一日。晚颇悦禅，而未尝厌世事，于时贤所设施时有纠正，议革旧俗主渐进，故中流以下士多服从之。其被选城议事会议员也，尝谓家人曰，吾亦市民之一耳，举吾议员者，期吾为地方福；吾不敢假团体力以压市民也。其知道之言欤。

君以清道光三十年庚戌九月二十七日生，宣统二年庚戌九月六日卒，年六十有一。配吴县沈氏恩孚姊也。子三：长祖沣，娶童，继娶黄，继娶汪；次祖湣，娶陈，继娶潘；次祖瀓，娶杨。女三：长适叶尔松；次适王式垚；次适胡宗僖，均同县人。祖沣及及适王、适胡二女早卒。孙三：之瑗，之琨，之瓒；女孙四。

铭曰：

君之族兮振振，君之性兮外执义而内敦任。弗显厥身，以昌其后人。

故海门季君墓志铭

君季姓，讳廷槐，字植三，江苏海门人；曾祖某，祖某，父某，本生父某，世兼耕读。君幼入塾，聪颖逾常儿，稍长苦学能文，以奉母故不远游，力田之暇，课业不辍，且授徒于乡，教学日相长也。邑以濒海，夙产棉，岁庚寅丰收值贱，奉母命买帆舟渡江市棉常熟、苏州间，获厚赀以归，乃业木材，盖儒而农而商矣。母殁，族有乘丧攘产者，旁观咸不平。君重礼轻财，无芥于胸，而境日窘。顾心钦新教育，诏儿辈学以为国，毋忧贫，费或不继，则称贷以维持之。性沉默恬澹，非公事不入官署，乡人感其诚，有纷难辄就质于门，座常满，君排解之，则悦服而去，不决始讼之官。官判与君言或差异，乡人必曰季先生曾若何云云也。二年七月之变，平邑几兴党狱，所在骚然。君虑株连非地方福，盾以公论，获全无算。会中央令撤自治团体，县知事徵为邑治市董事，凡所擘画，不以费绌自馁，若学务，若烟禁，若稽查户口，若修治桥梁，维日孜孜，急公如私，故自治之名义废，而精神不衰。任事仅数月，竟以积劳染时疫殁。

君生于清同治元年八月二十四日，殁于民国三年八月三日，年五十有三，以四年某月某日葬于新开港李家宅前新莹[茔]。配某氏，子三：新益、新民、新德。新益前署江苏实业司长，尝共恩孚服公务久，以行状乞铭，不敢辞。

铭曰：

末俗之营营兮求获而不耕，君勗子以劬学而昌其家声。丁国体之变更兮，谓一蹴而跻文明，胡革新之初基，乃摧残于党争。君起扶善类而冠不及缨，维一木之能支兮为梓桑之光荣。嗟世事之不恒，感吉人之凋零。松柏青青兮，妥君之灵；茁兰兮充庭，嗣君之令名。

清故上海赵君墓志铭

中华民国四年之冬，上海赵鸿藻、鸿钧将以越岁之一月某日，葬其父于县之北乡北新泾二十九保六图元字圩。鸿藻既以状来谒，乞志其墓，鸿钧复自湖南介予从子有林驰书以请，乃按其状而为之志曰：

君讳云龙，字余斋，赵姓，世居江苏之上海；曾祖某，祖某，父某。君幼遭寇乱，家产荡析，辍读而服贾，营米、棉二业，所入不足供事蓄。于是慨然远游，应某公勘矿安徽之聘，周历崎岖，风雨不倦，同行者钦畏之。在清光绪之壬午，以赀叙布政使司理问衔，加三级，封五品，累解云南军饷，以边防出力，加五品衔，赏蓝翎。嗣服鹾务于淮扬间，父病，归侍汤药，衣不解带者三阅月。丁父忧，衔悲内伤，气结成块，奉母以居垂十年。

戊子筹募山东赈，活人无算。壬辰以县丞指分广东，署常镇道蔡观察钧调赴镇江，委办洋务，兼带巡勇及督理清道各事。君于交涉夙所研究，措施悉当，吏民交口颂，叙劳以知县用。吕观察海寰继任，深器之，留原差。丙申蔡观察督办金陵掣验局，调随局差遣，徐侍郎某又委押充功盐，以母老陈情归省。母勗以为公宣力，勿急乌私，乃行。丁母忧，服阕，蔡观察移任苏松太道，委办洋务。徐侍郎以全权大臣驻韩，又委驻沪采办，以子鸿藻晋封四品。

君虚中好问，乐取人善，服官十载，囊无私钱。与人交心如坦地，谓宁人负我，我不负人，未尝道人短，人有过必忠告，为人谋必忠。俭于其家而好施与，有以缓急告者，必尽力以应。族之寡孤生养死敛，赒恤备至。卑幼或不率教，辄严词厉色，不少假借，而提挈扶持甚周。以是戚族子姓咸共敬惮，而心悦服之。

君以清咸丰二年壬子十二月六日生，以光绪三十三年丁未二月七日殁，年五十有六。配钱，封恭人。子二：鸿藻，清累官通判；鸿钧，以生员毕业于上海广方言馆南洋公学，今任湖南某校教员。女一，殇。

铭曰：

世皆非猥而非狂，又谓中行不可望，夫孰见其有所不为，夫孰见其进取而皇皇。惟君黾勉于自立兮，岂贵官而薄商，不苟一日之安兮，独劬劳以为常，将蓄德以肥家兮，若累土而成高岗。穹乎其隆起，视君之藏。

胡君墓志铭

君讳光墉，胡姓，雪帆其字，江苏嘉定人。先世系出宋文[安]定公后，明时由徽州迁太仓，又迁嘉定。分支始祖讳廷相，高祖讳履端，曾祖讳起凤，行谊见邑志孝义传，祖讳瀓，父讳敬曾。君幼而聪颖，年十八补邑诸生，以事父不远游。父病肝，尝刲臂杂糜以进，遂瘳。洎父殁，哀毁逾常人。其葬父也，躬亲畚臿，至下穴槌击，闻者嗟叹。

性廉慎精勤，以襄理平粜为邑耆宿所器重，自是与闻邑政，历董存仁、育婴、清节、积谷、教育款产事，剔除积弊，公私之界厘然。督浚东北乡各河，遘岁歉，以工拯，省耗节时，妇孺交颂。其浚北横沥，车伤肩；浚新泾，以劬咯血。赴事弥勇，口不言疲，先后司地方财政几二十年，迄未支公费，而计划详密，无毫发苟。

君宽和平坦，外圆内方，排解纷难无德色，遇横逆泰然受，干以非义则拒之峻，因公抗争侃如也，退而淡忘，不损交谊。尝谓人或负我，我终不负人。治家主俭约，但蓄花木自怡。既建安定支祠城西区，乃营古花楼其北，复曾祖旧业，承先志也。楼成，将奉母娱老，而母殁，竟以忧病疽卒。综君生平，事亲孝，为人谋忠，服公务任劳怨，能浃人以诚。其寻常善行，若恤孤寡、周贫乏类时俗所优为弗志，志其可风世者。

君生于清同治五年十一月六日，卒于中华民国八年十月二十六日，年五十有四，以九年二月二日葬支祠东。配同邑赵。子三：长保良，娶宝山金；次保祥，余次女婿也；次保恒。女二：长保玉，适同邑印；次保厶。孙男二：世鸾，保良出；世骧，保祥出。孙女一，世燕，保良出。

铭曰：

万众芸芸同归邱坟，或食弱之肉以肥其身，或荣于枝叶而弗沃其根，唯君之庸德庸言宜昌儿若孙。

杨夫人沈太君墓志铭

太君江苏海门沈处士讳耕扬女，杨太翁讳益明室也。年十八归太翁，相夫以俭勤，妇德著于乡里。太翁之卒在逊清光绪三十三年，太君主家政，常勖子以友爱。晚年以子锦龙经商富，谆谆谕以赒恤贫乏，且谓家既丰，则宜兴实业以赡民生。闻者服其有远识。

太君以新纪元之十四年七月二十八日卒，年六十有八。子三：长即锦龙，历任通江常刘海沙保坍会会长、崇海清乡局长、江苏督军公署谘议；次锦桂，历任苏属盐巡营稽查、沙洲河工主任；次锦荣，早卒。女二：长适承，次适周。孙四：公柏，锦龙出；衡芳、志芳、成芳，锦桂出。女孙六。以十七年一月三日葬太君于常熟东兴沙同盛圩太翁墓东。锦龙与余从子有林友善，为述所知云然。

铭曰：

玉韫于璞，德润其屋，一言泽物，数世蒙福。窅乎，母之藏兮不可量兮家之谷。

袁弘毅墓志铭

予友袁君观澜之没，既以诗哭之，逾二月将葬，其孤以志墓请。於乎！君少予二岁，而遽殂谢，予奚忍志君墓；顾与君为道义交数十年，又奚敢自诿。

君讳希涛，观澜其字也，江苏宝山人；少与予同学上海龙门书院，予及见其尊君霓孙先生，廉吏也。君性孝友，幼秉庭训，攻经世之学。值清廷变法，君已卓然有声于时，尝与朋辈纵论中外得失，洞见立国之大本在兴学，而兴学之本又在师范，先倡办小学于其邑，邑之人既信服，则推而及之。省龙门书院之议改师范校也，君力促其成。既与予东渡考察归，先后长校者各二年，而君所成就乃日益宏远。

君勇于任事，发苍然矣而未告劳。自予识君，而君已患咳，每与君共事，未闻一日不咳也，又未见其一日以咳自馁也。稔君者自远耳其咳声，则曰君至矣。於乎！今追寻此声可得耶。君在苏，则苏之学务小大无不与，而复旦公学、太仓中学皆由君手造。其于本邑，则凡举新政无不与，而全邑之土地丈绘由君告成。既仕新国，官至教育次长，代部务，则画全国高等师范区，悉本君素愿以为之鹄。方对德宣战，予主收同济学校自办，君在部援助尤力。洎不合于时而退，退而尽瘁于苏之学务，一如其未仕时。

君起家寒素，久宦而囊空，时告贷以济急，有辄给人要需，自谓我日处困乏，亦未遭绝粮也。足迹几遍海内，畅晓国情，复周历欧美，孰各国学制，以是凡所设施，多切中事理。晚而孳孳义务教育，未观成也，而志弗衰。其它由君创议或为君所力赞者，未可以偻指计，不一一志，志其大者。

君以中华民国纪元前四十六年十月十一日即逊清同治五年九月三日生，十九年八月二十九日殁，年六十有五。夫人秦氏。子枌，娶葛敬璇。女二：长世庄，适吴之汪懋祖；次世芳。孙哲俊；女孙三：哲怡、哲衡、哲智。君既殁，邑之人怀君不能忘，将铸像事之，私谥曰弘毅。

铭曰：

江海之滨，斗大之城，君挈其曹，以跻文明。为群努力，是曰天职，既型于乡，不胫而国。国之理乱，民之智愚，将牖其聪，忍私一隅。衣不轻暖，食不甘旨，勤邦俭家，自营为耻。江水汤汤，海天苍苍，清风皓月，与君久长。

南洋中学王引才君纪念碑民国二十三年四月

世果有精神不灭之事业乎，有之，则教育为近。若王君引才之于南洋中学，其庶几焉。

君讳讷善，引才其字也，为校长培孙从兄，晚以字行。其既殁也，培孙谓予曰，君必有文以纪其实。予念真知引才者，今日当无逾培孙，乃即根据培孙之所述，以撮其要。

培孙谓君自育材书塾之创设，迄改中学，以至长吴县而离校，任教职凡三十余年，以不旷课自律，虽居亲丧未虚一时也。其所授为国文、历史，所采材教之丰浅，学者无从窥涯涘，而收效不在近而在远。尝组一励学阅书会，卧室积书如山，任学者取携，不稍吝。人有片长，称道不去口。时以朂勉学者，虽房闼琐事亦缕述之，以为劝戒。课外则导以习字，蓄碑帖甚富，罗列卧室，俾参观之。或见农有良法，工有新器，恒口讲笔述以传播于众，其善与人同如此。在三十年前，即揭《孟子》民贵君轻之旨及《礼运》大道为公节，启发青年思想。尝谓我国非革命无浡兴望，革命而乏建设材，徒蹈洪、杨故辙，苦无辜之民耳。平生珍重时间，凡宴集未尝一后至，其授课未有先君入教室者。君长吴县前，久参与地方自治，而绝未一荒教育本务，不居办学名，而学校之经画实主持之，事无小大，无一不维护之。以是在校之师若生咸笃念之不忘。其它言行，非培孙所述，概略之。非特信培孙之不诬，君在校则言校而已。

赞颂三十九首

孔子画像赞有序，民国二十一年

春秋以获麟止。《孔丛》记孔子作歌，三传均未之载。《公羊》涂疏引之，与《汉魏丛书》本小异，寻绎词旨，以涂所引为长。盖虽伪书，而古本亦可贵也，且歌或不伪。多闻择善而从，孔学固然。其歌曰：唐虞之世麟凤游，今非其时来何由？麟兮麟兮我心忧。白龙山人意造此像，录歌以告曰：此拟歌状也，其庄生所谓以神遇者乎。

赞曰：

尼山毓圣，道企文周，生民以来，藐矣寡俦。疏水可乐，麟歌写忧，所忧维何，滔滔横流。不可而为，夫焉怨尤，删订六亲，远朋来游。日月著明，悬像千秋，望之俨然，思永身修。

祁君像赞

君讳祖鋆，字冕廷，江苏上海人。性伉爽，任公益事勇，悯贫寒子弟之失教，创时化小学，延嘉定李廷翰长之，相社会所需要，授以应用之学。学年既毕，则一一介于公司、商店，俾各试所长以食其力，于其离校必得业以去。君殁，校归市立，其旧生追维遗泽，久而弥笃，集念祁会以识不忘，并手制君像，铸铜事之。

爰为之赞曰：

卓彼祁君，雍雍肃肃，榘范在身，动流止岳。海滨一市，破圜斫朴，童叩于郡，习嬉废学。时贤所唱，职业教育，而十年前，君已先觉。民之为仁，水火菽粟，披沙砻石，是产金玉。孩者成人，君墓草宿，永怀令誉，振兹陨俗。

陈母杨太君像赞

弘农之媛，颍川之匹，相夫克勤，勗子善述。指挥所定，内外秩秩，若舟有楫，若柱有磌。才济其贤，名啬于实，永贻母范，载之不律。

邵心箴像赞

恂恂邵子，守道弗迁，深藏若虚，以全其天。海滨风雨，鸡鸣思贤，何图未耄，遂捐管弦。荃蕙方茅，蝼蚁方膻，抱璞以终，吾何间然。

冯楼女史遗像赞

彬彬女史，浙水之英，奋袂就学，邦人所惊。抱璞还乡，斐然有声，昔诽今誉，此将彼迎。时盲世晦，女学初萌，既执教鞭，劳与悴并。家国多故，弥劬其形，木兰罗兰，中矩外型。薰烧于香，膏销以明，一瞑千载，永贻令名。

黄鄦臣像赞

悠悠练水，产生隽才，维乔与梓，时彦之魁。政事文学，乡望所胎，斐然狂简，庶几可裁。文惠殂谢，涂人告哀，何图长君，亦殒蒿莱。眷怀故里，我心则摧，云飞川逝，瞻望徘徊。

张公镠像赞

君年方青，负笈而东，学成斯教，貌癯心雄。江海之滨，泱泱大风，为国殖产，相地于淞。俗之偷安，呼号弗从，况遭时艰，虽劬何功。惜君之才，用而未终，复损其年，悲填吾胸。

郭聘之像赞

恂恂郭君，抱璞守真，温良之性，慈惠之仁。濒海弹丸，以浇易淳，佻达城阙，素衣淄尘。惟君笃敬，仪其里邻，有道穹碑，磨而未磷。

远绍祖德，渊冰在身，启足启手，庶几完人。

绣屏表姨丈遗像赞

我年未冠，侍丈甚欢，晨夕往还，无暄与寒。日月不居，如盘走丸，我栖于乡，丈则之官。粤江浙水，风清带鞶，垂垂老矣，履艰能安。何图逆旅，溘然盖棺，幻哉人生，皆如是观。

周舜卿遗像赞

蔼然一老，苏锡耆英。起家沪渎，驰誉清廷。斥财市义，为乡里型。岁月不淹，殒兹老成。扬名之乡，妥君之灵。

尤邃庵像赞

蔼然一老，乡邦之贤，八十未衰，望之若仙。知乐仁寿，其天独全，谓翁颐养，庶几彭籛。大圜无规，人生寄焉，一朝委蜕，如居斯迁。胥江悠悠，水清且涟，怆怀旧雨，渺若云烟。

吴子恺遗像赞

勤邦俭家古训昭，知斯义者何寂寥。惟君肫然契于道，白头市隐人中豪。以君风世君已杳，是则是效民不恌。

穆母朱太君像赞

惟母之德，温恭慈俭。履丰若约，纳之闲检。造子莪朴，弄孙莞簟。从兰有芬，群玉无玷。仁者既寿，生乎奚忝。白云在天，萱闱长掩。

濮友松像赞

世衰俗薄人自私，古有六行君兼之。申刚史直剖析微，惟公且勤后进师。於乎一老天不遗，死而不亡君庶几。

李廷慧像赞

晦朔循环，百代顷刻。劬于所事，为称其职。矩遗动止，绳中语默。壶范女师，永芬家国。

史君像赞

忠献之胤，西村之裔。义不仕清，高志克继。拜经揖子，心夷貌惠。既隐于市，宁遁于世。汉土重光，君颜大霁。国运初旭，家财敝斓。尊酒乾坤，数终未济。白云在望，畴与为俪。

王惠生像赞

我年未冠，君奇我文。君亦落落，非俗可群。日月迁流，鸟春虫秋。昔之童稚，今多白头。扰扰百年，如云如烟。愧未忘情，为君黯然。

闽侯王君赞

义不背人，强于苟生。怀此风也，以共跻治平。下焉将徙贪以从廉，上之且决污以导清。吾闻为善自知，方之耳鸣。於乎！此老宜后昆之永享。

盛母单太夫人像赞

梦桔而诞，天授之福。幼遭艰危，智勇具足。既事舅姑，门内雍睦。相夫翼子，有口皆谷。惠流戚党，仁稠义渥。蚕为庭瑞，丛兰扇馥。蔗老弥甘，果殖于孰。遗训谆谆，肥家敦俗。

黄允之象[像]赞

悠悠练水，旧德之门。惟君早慧，笃学能文。建校育材，化被榆枌。乡邦要政，实靡不闻。怀袍[抱]壮志，蠖屈未伸。晚遁工商，亦经亦纶。既哭文惠，又悼伯昆。天胡不吊，乃复及君。怀此三贤，里垂之芬。永延令誉，最后之人。

吴谱笙象[像]赞

君家累代，夙相闻知。学成未用，君何数奇。忧能伤人，古不我欺。父殁兄继，惟仲所悲。农桑大利，君宜兴之。命厄其才，乌呼噫嘻。

孙潘夫人象[像]赞

维乐安之良匹兮，为荥阳之淑媛。既夙娴夫姆教兮，乃来归于德门。戚党咸钦其懿范兮，妯娌未闻有间言。谓可振厉夫风俗兮，又宜繁荣其子孙。胡遐龄之未享兮，洵天道之难论。此彤史之芬芳兮，以永垂于后昆。

周聘儒暨其陈夫人像赞

姬宗远绍，妫后并昌。德门伉俪，型于一乡。羽翼邹鲁，矩范鸿光。苹蘩辍荐，松柏弥苍。谢兰窦桂，累叶齐芳。何意耆龄，化鹤高翔。双星匿采，白云在望。献花祭社，永此馨香。

董仲佳象[像]赞

举世逐膻亡其羊，君独好修以为常。淹通中外能文章，况复植品如珪璋。斯才前路不可量，忽焉摧折方壮强。阿兄道之涕沾裳，我听其语亦感伤。幸哉膝下驹昂昂，会看千里追飞黄。

史量才像赞

滔滔江海，风雨一舟。自我识君，逾三十秋。君性伉爽，而多智谋。遭遇鼎革，遂展宏猷。掌高跖远，昔无能侔。为民喉舌，何恩何仇。傥以此死，万事可休。淞波渺渺，浙水悠悠。魂兮归来，与大化游。

曾母尤太夫人象[像]赞

欧风东来妇德新，良妻贤母世益珍。相夫勗子何辛勤，以劳为爱爱始真。有儿著作早动人，文章经济堪等伦。悲深风树成至文，曰有慈孝为之根。诵斯文也敬其亲，灵兮在天礼白云。

杨子佚像赞

恂恂杨君，吾苏之贤。早倡兴学，为乡党先。异地争迎，其职屡迁。艰难弗惮，力所能肩。教费独立，君有功焉。频年服务，有劳无愆。老而不倦，堪风青年。我闻君逝，能毋黯然。

潘伯申像赞

世风谲诡丧其真，曰惟诚信能动人。以商起家百度新，勗子成名荣里邻。自治萌芽迹已陈，当年君实披荆榛。与君识面海之滨，谓君怀抱都是春。不图一癌致殒身，徒令后死悲前尘。

李母王太夫人象[像]赞

槎溪毓秀，平泉作嫔。松筠砺节，兰蕙移根。谆谆勗子，哀痛感人。抱孙而逝，含笑归真。素帏长掩，彤史永芬。式此懿范，勒诸贞珉。

叶文节象[像]赞讳景沄，字醴雯，文节其乡谥也

於穆文节，志洁行纯。经史之华，蔼若阳春。既魁于乡，长才未伸。门多髦士，用启后昆。耆年讲学，国粹所存。一廛息景，时晦道尊。胡天不吊，殒此完人。潜德有光，寿之贞珉。

阮子衡像赞

元瑜之学，渊源中郎。追诵先芬，其泽孔长。壮而拔萃，旋举于

乡。既官京曹，如凤方翔。遭遇鼎革，潜居梓桑。维工开化，示儿周行。以佐建设，为邦家光。林泉蔗境，宜寿且康。何图遘疾，遂归大荒。式此遗范，永为世坊。

张镕西耀曾像赞

政潮之起伏兮，君致身于要职。法治之萌芽兮，君植根于立德。悲亚东之风云兮，其来也忽然而未知所极。君日忧天下之忧兮，将瞑而惓惓于国。炎黄之后裔而复兴兮，在后死之维君是式。

叶君七十颂

国难之日，家庆之年。为君祝者，别有说焉。万众叫嚣，强口弱肩。内灾外侮，惟夸召愆。何以持危，何以扶颠。如君朴诚，庶可回天。谓天盖高，其道乾乾。行健不息，老壮且坚。树之仪表，用朂时贤。蒸为风俗，寿世蹄筌。

袁太翁预庆百龄颂

达尊尚齿，世颂期颐。既逾九十，若券在持。仁者宜寿，庶乎无愧。于国难中，弥珍人瑞。厥子从政，桑梓蜚声。退隐沪市，亦负令名。维兰有馨，维椿永茂。此福如天，载以德厚。

浦东同乡会会所落成颂

歇浦之东，产生豪雄。一呼众应，觉世之钟。万九千人，心同德同。合上川南，与奉金松。六邑之秀，大开心胸。曰吾中华，天下为公。巍巍大厦，既高且崇。頫观江海，百川所钟。何目不明，何耳不聪。白日在心，光烛太空。圹圹九州，精诚感通。复兴古国，新民翕从。

美术专科学校二十五周年颂

问谁手创是校，自号艺术叛徒。与新邦而齐齿，偕同志以先驱。既道通于四海，更心雄乎万夫。何以永寿无极，人人各有一吾。

胡氏甥祖妣百岁、考七十生辰纪念词

海陵胄裔，瞟水一支。花楼遗荫，仰瞻宗祠。母慈子孝，昔闻于时。葛藟芘根，棣鄂连枝。七十曰老，百年期颐。如生如存，不匮之思。悠然南山，采菊见之。清芬可诵，念兹在兹。

孙筹成、吴松如夫妇效欧俗银婚词

银婚欧俗也，今尚有何事不欧化乎。则以笃于夫妇之爱故，双双袭欧俗以重行婚礼，佳话也，亦韵事也。视世之一夫一妻，其名而重婚，其实者影响于人心风俗为何如。然则由银婚而金婚焉、金刚石婚焉，予固乐为孙、吴贤伉俪预祝，且祝其影响于人心风俗，各实践君子之道，造端夫妇之古训，而中西文化跻于大同也。

裕民农场钟铭场辟于镇江，铭参古籀书

维中华民国二十有四年乙亥，陈瀚清铸钟于裕民农场。沈恩孚为之铭曰：天生物以养人，货毋弃于地，力毋不出于身。工商其枝叶，农蚕其本根。鸣斯钟以觉我民。

哀祭十七首

祭林志姜文

嗟嗟志姜，古孰无死，胡子怫忧，而损其齿。忆子之乐，椿萱荫长，服彩以嬉，雍雍雁行。既捷于乡，未强而壮，茁兰盈阶，门瑞春盎。

曰堂曰构，疾雷栋倾，号天呼父，中销厥精。脱衰跃起，公车再蹶，饥鹰病鞲，搏而不鸷。燕山苍苍，黑水汤汤，三千里归，载疴于杭。颓然入门，寒暑飘忽，晨吟夕呻，削肤存骨。谓生也苦，离形返真，母洄妻咷，复牵其魂。嗟嗟志姜，子气横绝，往往雄谈，髡心仪舌。矧子盛年，高才驾时，颉颃[颃]老宿，又凌轹之。子独何为，不歌不哭，愤来填膺，神与冥逐。茫乎后顾，子亦弗留，委俯仰事，重群季忧。嗟嗟志姜，子悲曷已。洵子能悲，灵其鉴此。尚飨。

祭瑞安孙渠田师文

维光绪二十有七年三月丁卯朔，越二十有一日丁亥，受业沈祥龙、袁康、孙照、沈光琮、黄晋、张刚、李钟珏、黄恩煦、赵履福、章家祚、张坚、叶景沄、谈寿荃、姚文楠、汪锡增、钱国镤、项文瑞、沈恩孚、陈世垣、朱昌泰、袁希涛、范本安等，谨以清酌庶羞之奠，致祭于瑞安孙师之灵，曰：

於戏！今天下事，殆不忍言，谏及往者，孰尸其愆，粤西赭寇，实胎祸焉。昔师奉命视学，隐忧伏莽，飞章九天，犹器将坠，手援使全，彻杜绸缪，朝野罔先。何期涓流沉陆，星火燎原。洎大难戡定，而民财已殚，遂任外戎，蹈我瑕衅，匪侮则谩，搤吭附背，吹毛索瘢。我瞽无相，彼驱之颠，祝越于俎，庖丧其铨。然则谋臧不用，讵跳梁滋惧，而支厦愈难。

於戏！我师人谓永嘉学派，水心、止斋，揖让其间，而不知觥觥经济，前无龙川。岂况为国拔士，茅征茹连，中兴之佐，乃获二贤。独于其身，天不假权，虽皋比迭拥，不过阴培桃李，顾瞻吴越，英才橥橥。此奚特师之不幸，而尤令志士短气，名流永叹。受业等质顽性鲁，仰高钻坚，适丁厄运，扪胸愤填，益慨师于当日洞烛时变，为世所难。而其再宴恩荣，晋阶卿贰，要等于过眼云烟。惟兹深识卓见，光之汗简，日月同悬。

於戏！我师巍乎鲁殿，陨矣泰山，穷冬惨切，春风不还，哀雁唳空，瓯江漫漫，徒望白云，挥涕汛烂。

於戏！我师胡不少留，希踪彭籛，更裁狂简，整顿坤乾。师之灵爽，在后在前，傥忆旧游，来凭吾园。临风酾酒，瓣香告虔，神其昭格，鉴此拳拳。尚飨。

祭程云阳文

於乎！道穷玄黄，天地晦盲，万方一概，沸羹蜩螗。悲苍生之倒悬，能勿追念公当日之慈祥。在昔暴俄肆毒，兵压我疆，巨炮之口，公以身当。惟至仁兼大勇，遂感格乎顽强。滔滔龙江之水，将百世为公而流芳。洎乎开府而迁苏，汲汲求贤以自匡，倡导民治，萌芽地方，髦士峨峨，欢联议场，若旱作霖，颂声洋洋。遭辛亥之鼎革，跻逊清于虞唐，孰扶颠而持危，与南通相颉颃。此先哲民贵君轻之大义，而不侔效忠一姓之张皇。既移驻乎南都，易戈矛而冠裳。纸币祸国，峻其闲防，决算创始，时无抗行。尝燕居而论政，恻然以行一不义杀一不辜为耻辱。聆斯语者，犹到今而耳详。胡不平之怒潮，由一击而簸扬，经十有九年之震荡，而未睹民生一日之宁康。公退海滨而学佛，得毋口不言而神伤。岂太上之不朽，固有情而善忘，知公魂魄之永恋乎，三吴谨掬诚以荐馨香。尚飨。

公祭赵竹君文

於戏！维织时之俊杰，有过人之远谟，尝大器而小试，蜚英声于仕途。溯清政之不纲，或奔走相号呼，独沉几而观变，以匡济为良图。方玄黄之龙战，瞻止屋之谁乌，萃群贤于一堂，揭片语为楷模。讽胜朝以揖让，俾希踪乎唐虞，庆南北之统一，乃功成而不居。悲筹安以致危，诚巧拙而智愚，历岁星之二周，仍待清于海隅。丁文明之蒙难，痛民生其凋枯，睹朝市之沧桑，固未颠而同扶。策炎黄之苗裔，反老马使为驹，将旋转乎乾坤，忖岁月之非迂。胡修龄而厌世，不少留乎须臾，念典型之在望，徒临风而欷歔。

项君莲生追悼会词

上海项君莲生既殁之月余，邑之教育会劝学所特为项君开追悼会，而属恩孚为之词。呜呼！项君之没也，以瘁于视学故，则教育会劝学所之为项君悼也，非惟悼项君，将以祝各厅、州、县之视学，人人如项君之黾勉于其职务也。夫视学之职务，上之则指导人以国民教育宗旨而趣其进行，次亦考核校长、教员之勤惰达于教育行政官以时董劝之，下则奔走于各学校之间，负其名而已。斯语也，闻项君固尝道之，而自以不得为其上与次为憾。顾欲为其上与次，亦必自为其下焉者始夫，安知项君之不得为其次者，不既为其上欤。项君自肄业上海龙门书院，而得官广东之连州，而留学日本东京之宏文学院师范科，而归任乡土学务，而被举为县视学，皆以朴勤著闻。呜呼！欲疗吾贫弱之中国，则朴勤固良药也已。项君之殁也，以瘁于视学故，则惓惓地方学务者，乌能无情于项君。

词曰：

膏粱不可以餍病夫，佩玉琼琚不可以驰驱。惟布帛粟菽为生人之所需，而君瞑矣欷歔。

吴怀久哀词

於乎！怀久竟劬于教育以殒其生耶。抑壮盛之年，尽瘁乡土，乃潜销其精耶。吾视子疾，以言赠子：曰忘曰空，沉痼且起。子以书谢，谓疾良已，何图一别，遽归蒿里。

於乎！怀久芃芃者禾，稂莠孔多，闵先觉之未觉，况后生之蹉跎，感彭殇兮同尽，惟此神明兮不可磨。吾不知未死者之奚以肩此任兮，徒悲云何。

胡雪帆哀词

予别雪帆海上，有山西之行。时雪帆病甚，顾未至不可药。返自山西，则已殂谢。慨人生之不常，而四十、五十之有闻者日零落也，作哀词贻其家。

词曰：

吁嗟生死，畴云非天，有生而丑，或死而贤。君之一生，言忠行质，何图盛年，婴兹笃疾。方疾有瘳，茕茕居忧，号呼恋母，毁损之由。昔君以孝，闻于里党，今扈慈云，飘然长往。古华之阴，妥君之灵，魂魄来依，庶几永宁。

葛永之哀词

予交永之在总角之年，忆永之好读书，每纵谈时变，辄中其得失。顾体孱善病，丰于才而不乐为世用，邑之人迫以公事，非自度力可胜弗任也，意谓勉任之而以疾妨公，不如已。卒年六十有一。予闵夫国人之盲于从事而往往非其才，才而用不尽其量者又十八九也。于其葬也，作哀词以勗其后人。

相彼众星之绕极兮，不知其几千万世。自羲农以逮今兹兮，畴非亲殁而子继。悟生死之循环兮，既辍笑兮又焉涕。大哉父乾而母坤兮，藐乎其一姓而一系。曰克家与亢宗兮，策少年以自砺。悲人事之沧桑兮，维孝友其弗替。魂魄来归兮，奚止恋春秋之享祭。

龚子英哀词

嗟龚子兮永逝，日月不淹兮时已迁。维子努力于少壮兮，夸吾党之一贤。际南都之新建兮，希屯难之共肩。悟竭泽之非渔兮，鉴清流兮在渊。讵苍黄兮反覆兮，更群蜚兮刺天。乃褰裳而委去兮，抱太璞兮苟全。愤窃国之未诛兮，孰为兔蹄与鱼筌。吸民脂以肥豺虎兮，腹如瓠兮口犹涎。笑蜗角之沧桑兮，望初元兮若仙。慨人生之不恒兮，矧薰销兮膏煎。彼何落之弗实兮，亦何摧之弗坚。念彭殇兮同尽焉，用濡毫而涕涟。

二姊哀词

嗟嗟我姊，少更乱离，及我之生，由荼而饴。忆姊适林，我方丱丫，九龄来沪，抱书以嬉。呼姊之婿，为我之师，冉冉数月，有知无知。十八重来，乃栖一枝，遂作寓公，权舆此时。江海滔滔，万马奔驰，昔之童稚，而今已耆。自姊有家，相夫孝慈，俭为身矩，勤为行规。谓彼贪夫，以奢自疲，谆谆勗子，肥家之基。姊年日高，老而未衰，寝疾七月，胡竟弗支。生也有涯，逝者如斯，不朽之言，永贻来兹。

俞凤宾哀词

於乎！俞子而未永年兮，使予累月而不怡。子抱济世之弘愿兮，不为相而为医。既雏龄而笃学兮，融中西而贯之。孝友根其天性兮，仁礼盎乎容仪。偶促膝以谈道兮，又惇信而不我欺。有等身之著作兮，非驰骋乎文辞。刊行先哲之遗书兮，付畀后进以师资。冀薄夫之复敦兮，甘疲劳而如饴。予昔覆车以伤肩臂兮，子云不药而可治。絜技术之短长兮，羌无故见之挟持。予哀逝而感头风兮，子温言以慰其私，电疗十施以告瘳兮，造化因人而神奇。溯往事之若梦兮，忽怆焉怀旧而悲时。谓天道诚亲善人兮，子胡为乎不期颐。夫岂阳愆而阴舛兮，乃至福跖而祸夷。世不知横流之何极兮，宁独为子而涕洟。

周母顾太夫人诔词民国二十三年一月

繄姬宗之华胄兮，由子令而知母贤。饫闻高堂之起居兮，曾未瞻拜乎慈颜。嗟隤俗之荒于家政兮，国运随之而告艰。母独厌都市之穷奓兮，耽村舍之安闲。躬俭勤而示范兮，憙佳儿佳妇之比肩。儿既仕学之兼优兮，妇亦礼仪之久娴。孙枝复矫然其挺秀兮，浦滨或时时而往还。溯平生之懿孅兮，睎德曜与惠班。谆谆乎勗家声之勿坠兮，其言可砭愚而订顽。方汝死以为常兮，胡苍昊之不益其遐年。众谓寿富而康宁兮，唯好德植基于其先。矧无疾而考终兮，允矣箕畴之福全。将扬芬于彤管兮，庶几续中垒之遗编。

史量才哀词

事或百思而不可解兮，虽哲士亦穷乎钻研。岂祸福之倚伏兮，老氏诚烛乎几先。惟君妙年而振奇兮，恒頫视乎群贤。勺东海之一波兮，谓将涤中夏之腥膻。萌事业于蚕桑兮，譬兔鱼之蹄筌。遭辛壬之鼎革兮，乃奋起乎一廛。抗时论以策共和兮，民加膝兮帝坠渊。悲苍黄之反覆兮，泣萁豆之相煎。百度方炫其维新兮，外忧骤至而空前。念匹夫之有责兮，萃万钧于一肩。既司齐氓之喉舌兮，夫何尤而何愆。众乐薰莸之共器兮，争效聋盲以自全。闵君卒然而构难兮，曾莫知其所由然。世不复返乎羲轩兮，人又奚慕乎彭籛。感来日之茫茫兮，孰与持危而扶颠。我未暇哭其私兮，徒搔首而问天。

徐固卿同年绍桢哀词

觥觥徐君，将也而儒。夙耽国学，早孰阴符。义旗一麾，遂奠新都。清廷逊位，如鼓应桴。筹安奸命，彼诈者愚。拂衣南归，重建雄图。功成先退，养痾海隅。朔雪穷边，封狼生貙。方倚老成，遥赞中枢。悲哉秋气，光殒星衢。白云在天，高不可呼。兴亡有责，寄之匹夫。

穆恕再哀词

维穆子之权奇兮，气象超迈乎时贤。既鸿声而大视兮，雄辩动惊乎四筵。方革新之猛进兮，遭群疑而北迁。拾巍科于谈笑兮，忘兔鱼之蹄筌。际自治之萌芽兮，策闾阎之安全。试割鸡之牛刀兮，荷警政区政于一肩。洎海滨之复旦兮，庞也不吠乎市廛。夫何窃国之阴谋兮，首摧残乎民权。谢公职而退营工商兮，兼著交通之先鞭。非积财以自肥兮，塞漏卮之涓涓。创乡校十有四兮，梓桑之颂翕然。树消防之模范兮，邻邑闻风而起焉。睹彼世态之失常兮，效信陵而损年。悲速朽与不朽兮，胥陈言之可捐。返形骸于无有兮，驾祝融使驱前。不争生人之寸土兮，神游乎寥廓之天。

公谥勤达王先生哀词民国二十八年四月

吁嗟！人生固如寄兮，况复时难又非常。溯自治之萌芽兮，树风声于一方。会神州之鼎革兮，侪佐命之元良。世趋贪诈与残酷兮，播众恶以召天殃。君忖浩劫之方来兮，期普济以慈航。目蒿戎马之纵横兮，心哀市朝之海桑。相彼前路之榛芜兮，葆兹崇兰之幽芳。飘然洁身以远引兮，逝将濯缨乎沧浪。病淹留于逆旅兮，载沉疴以还乡。竟一瞑而不视兮，胡作善靳降以百祥。维易名之盛典兮，昭公论之未亡。勖后死其奋兴兮，跻斯民于平康。

胡母赵太夫人诔词民国二十九年

维母秉性之渊懿兮，袍淑质而嫔德门。上既承欢于椿萱兮，下复流芬于荃荪。感所天之先殒兮，长才未竟于厥身。附支词［祠］而卜兆兮，营雪园而永春。慨彼东邻之肆扰兮，藉此警醒夫国魂。滔滔大江之逝水兮，下游相继而沉沦。自沪迁汉而迁蜀兮，无改乎泰然之天。君撤环瑱以献金兮，爱国岂后于伟人。况俭勤之家范兮，饫闻慈训之谆谆。众皆醉心于自利兮，曷若植基于利群。何图高年之夙疾兮，药不无补乎本根。方拭目河山之再造兮，遽含笑而归真。揣生卒之仅差一日兮，盖来有自而去有因。

春秋左氏传汉谊

卷一

吴　沈恩孚　辑

贾逵云：大史公《十二诸侯年表序》云，鲁君子左丘明作传。《左传疏》卷一。贾逵下"云"字，阮氏勘记据浦镗正误增。

据刘向《别录》云：左丘明授曾申，申授吴起，起授其子期，期授楚人铎椒，铎椒作《抄撮》八卷授虞卿，虞卿作《抄撮》九卷授荀卿，荀卿授张苍。此经既遭焚书而亦废灭。及鲁共王坏孔子旧宅，于壁中得古文《逸礼》有三十九篇、《书》十六篇。天汉之后，孔安国献之，遭巫蛊仓卒之难，未及施行。及《春秋左氏》，丘明所修，皆古文旧书，多者二十余通，藏于秘府，伏而未发。同上。

贾逵云：取法阴阳之中，春为阳中，万物以生；秋为阴中，万物以成。欲使人君动作不失中也。同上。本疏，贺道养驳贾，非也。冬至一阳生，夏至一阴生。则春为阳中，秋为阴中，是。《艺文志》云：古之王者，世有史官，君举必书，所以慎言行，昭法戒。左史记言，右史记事，事为《春秋》，言为《尚书》。帝王靡不同之。同上。此录《汉书・艺文志》语，"法戒"下省"也"字。本疏据《礼记・玉藻》，动则左史书之、言则右史书之二语纠《汉志》之误，可备参考。

郑玄注《论语》序"以钩命决"云：《春秋》二尺四寸书之，《孝经》一尺二寸书之。故知六经之策，皆称长二尺四寸。同上。

大史公《十二诸侯年表序》云：自孔子论《史记》，次《春秋》，七十子之徒口授其传，鲁君子左丘明惧弟子各有妄[忘]其意失其真，故具论其语成《左氏春秋》。同上。阮氏校勘记云：《史记・十二诸侯年表序》"忘"作"安"，无"有"字。卢文绍[弨]校本"有"作"自"字；按，如今本《史记》作

“安”，其意为善。恩乎以为惟“忘”故失真，孔氏所见《史记》自胜今本。

沈氏云：严氏《春秋》引《观周篇》云，孔子将修《春秋》，与左丘明乘如因观书于周史，归而修《春秋》之经，丘明为之传，共为表里。同上。严氏，《汉书·儒林传》之严彭祖也，字公子，东海下邳人，治《公羊春秋》，以语涉《左氏传》，故录之。近人有谓《左氏传》非丘明作者，何其敢于为叱说也。沈氏，孔序所云沈文何也。《陈书·儒林传》、《南史·儒林传》、《隋书·经籍志》均作沈文阿。

《艺文志》云：左丘明，鲁史也。同上。《汉书·艺文志》，“史”上有“太”字，“史”下无“也”字。阮氏校勘记但云“鲁”下有“大”字。

《汉书·儒林传》云：汉兴，北平侯张苍及梁太傅贾谊、京兆尹张敞、大中大夫刘公子皆修《左氏传》，谊为《左氏传训诂》，授赵人贯公，公传子长卿，长卿传清河张禹，禹授尹更始，更始传子咸及丞相翟方进，方进授清河胡常，常授黎阳贾护，护授苍梧陈钦；而刘歆从尹咸、翟方进受，由是言左氏者，本之贾护、刘歆。同上。阮氏校勘记云：《汉书·儒林传》“诂”作“故”。《说文》云：诂，训故。言凡传注之书，有以故名者，如汉《艺文志》：《书》有大小夏侯解故，《诗》有鲁故、齐后氏故、齐孙氏故、韩故、毛诗故训传，后汉贾逵作《周官》解故。故即诂也。此非《汉书传》原文，孔疏颇多省略，亦有增字，非但易故为诂而已。

贾逵《春秋序》云：孔子览《史记》，就是非之说，立素王之法。同上。

服虔云：夫子以哀十一年自卫反鲁，而作《春秋》，约之以礼，故有麟应而至。同上。

服虔又云：《春秋》终以获麟，故小邾射不在三叛人中也。弟子欲明夫子作《春秋》以显其师，故书小邾射以下至孔子卒。同上。

据今服虔所注题云：隐公，《左氏传》解谊第一。《左传疏》卷二。孔疏此句下接云：不题春秋二字。然则春秋二字，盖是经之题也；服言《左氏传》三字，盖本传之题也。

重言孟子者。服虔云:兼与惠公俱卒,故重言之。同上。

郑众以为隐公摄立为君,奉桓为太子。同上。

贾逵以为隐立桓为太子,奉以为君。同上。

郑康成依据纬侯以正朔三而改如孔安国,以自古皆用建寅为正,唯殷革夏命而用建丑,周革殷命而用建子。同上。

服虔亦云:孔子作《春秋》,于春每月书王,以统三王之正。同上。

贾、服以为仪父嘉隐公,有至孝谦让之义,而与结好,故贵而字之,善其慕贤说让。同上。孔疏以公先求邾,非邾先慕公。骏、贾、服不知公先求邾,正贾、服所谓谦让也。

服虔云:赗,覆也。天王所以覆被臣子。同上。

旧说,贾、服之徒以为四公皆实即位,孔子修经乃有不书。同上。

刘、贾、颍为传文生例云:恩深不忍则传言不称;恩浅可忍则传言不书。同上。

郑康成公羊难云:宋穆公云,吾立乎此摄也。同上。

贾、服以为北杏之会时已得王命。同上。

服虔云:爵者,醮也,所以醮尽其材也。同上。

贾逵云:凡言初者,隔其年后有祸福将终之,乃言初也。同上。

贾、服以共为谥。同上。

《地理志》云河南荥阳县;应劭云:故虢国,今虢亭是也。同上。汉志“荥”作“荥”,“之”作“曰”。

许慎《五经异义》:《戴礼》及韩《诗》说八尺为板,五板为堵,五堵为雉;板广二尺,积高五板为一丈;五堵为雉,雉长四丈。同上。

贾逵、马融、郑玄、王肃之徒为古学者,皆云雉长三丈。同上。服虔以聚为聚禾黍也。同上。

服虔云:公本欲养成其恶而加诛,使不得生出,此郑伯之志意也。同上。

郑玄云:畿上有封,若今时界也。同上。

服虔云:入言公,出言姜,明俱出入,互相见。同上。

郑康成云：人君殡数来日，葬数往月；大夫殡、葬皆数来日、来月；士殡葬皆数往日、往月；士之三月，大夫之逾月也。同上。

郑玄、服虔皆以轨为车辙也。同上。

《洪范五行传》云：蜚，负蠜，夷狄之物；越之所生，其为虫臭恶，南方淫女气之所生也。同上。

服虔以为宋师即黄之师也。同上。

贾云：极，戎邑也。同上。

附录：

仲子生而有文在其手。陈树华云：王充《论衡》《雷虚篇》、《记妖篇》并作文在其掌，唯《自然篇》仍作手。同卷阮氏校勘记。

公及邾仪父盟于蔑。陈树华云：《汉书·邹阳传》引作义父，师古曰，义读为仪。同上。

郑伯克段于鄢。陈树华引赵匡集传云：鄢当作邬，郑地也。《史记正义》作邬，云旧作鄢；《汉书·地理志》作鄢。按：旧作鄢是也。同上。

必自毙。《释文》：毙，本又作弊字。按《说文》作獘，从犬；诸书改从大从廾，而又别造毙字，训死。同上。《说文》：毙为獘之重文。

不义不暱。《考工记》：凡昵之类不能方。注：郑司农云，故书昵，或为枳；杜子春云，枳，读为不义不昵之昵，或为䵒；李善《文选注》四十一引传文，暱，亦作昵。按：昵，暱之或字。《说文》黏字注，引作不义不黏，或从刃，作䵒。唐元度亦云黏字见《春秋传》，日声、刃声、尼声、匿声，皆双声也。同上。

其乐也融融。惠栋补注：融，古人作肜。《文选》张衡《思玄赋》注引作其乐也肜肜云，融与肜，古字通。案《后汉书·马融传》：丰肜对蔚，丰肜，犹丰融也。同上。

无骇帅师入极。案《汉书·古今人表》作亡骇。同上。

刘歆三统以为五月二十三分月之二十，而日一食，空得食日而不得加时。汉末会稽都尉刘洪作乾象历，始推月行迟疾，求日食加时。《左传疏》卷三

许慎《说文》云：藻，水草，从月、从水，巢声，或作藻，从藻。同上。《说文》藻在艸部，下云：水艸也，从水，巢声；重文藻下之藻，或以澡。此“从月”之“月”、“从藻”之“藻”，均传写误也。阮氏校勘记已校正。

《说文》云：筥，饭牛筐也。同上。今本《说文》无此语，筥下云：筲也；筲下云：陈留谓饭帚日[曰]筲，一日[曰]饭器；篆下云：饭牛筐也。

服虔云：畜小水，谓之潢；水不流，谓之污，行潦道路之水是也。同上。

班固曰：不歌而诵，亦曰赋。郑玄云：赋者，或造篇，或诵古。同上。

骄谓恃己凌物，奢谓夸矜僭上，淫谓耆欲过度，泆谓放恣无艺，此四者之来，从邪而起。故服虔云，言此四者通从邪起，是也。同上。

《地理志》云：陈留郡雍丘县杞国。武王封禹之后东楼公。同上。此非汉《志》原文，字有增损。弑君不书族者四事，丹州无知不称公子。公孙，贾氏以为弑君取国，故以国言之。宋督，贾氏以为督有无君之心，故玄氏。宋万，贾氏以为未赐挨[族]。执杀大夫不书挨[族]者二事，楚杀得臣与宜申，贾氏皆以为陋。同上。本疏骏、贾语皆不录。汉贾氏治《春秋左氏传》者，西京有贾谊、贾护，东京有贾逵，逵传父徽业，则受自刘歆。此贾氏，公无从考定为谁也。

刘、贾以遇者用冬遇之礼。同上。本疏骏语，申杜《释例》意，不录。

服虔以先君为庄公。同上。

《地理志》云：汝南上蔡县，故蔡国，周武王弟叔度所封。同上。

此三年治兵与秋教治兵，其名既同，建当不异。故服虔解此，亦引司马职文，明是旌旗所建用秋辨旗物之法。同上。

《说文》云：革，兽皮治去其毛，革更之。同上。

服虔以上登为升，下登为成。同上。

《地理志》云：河东闻喜县，故曲沃也，武帝元鼎六年行过改名。

应劭日[曰]:武帝于此闻南越破,改曰闻喜。《志》又曰:赵国襄国县,故邢国。同上。此均非《汉》原文,有省句。

服虔以用六为六八四十八,大夫四为四八三十二,士二为二八十六。同上。

八风,八方之风者。服虔以为八卦之风:乾音石,其风不周;坎音革,其风广莫;艮音匏,其风融;震音竹,其风明庶;巽音木,其风清明;离音丝,其风景,坤音土,其风凉;兑音金,其风阊阖。同上。

附录:

葬宋穆公。《史记·郑世家》、《汉书·古今人表》作缪公。《礼记·丧服小记序》以昭缪,郑氏注:缪,读为穆,声之误也。陈树华云:凡谥法曰穆者,《史》、《汉》多作缪,盖古字段借也。同卷,阮氏校勘记。

郑公子忽为质于周。《说文》注引《春秋传》曰:郑大子曶。案:曶与忽,古今字。《论语》仲忽,《汉书·古今人表》作仲曶。同上。《说文》"大"作"太"。

百禄是荷。宋本荷作何,注同。《释文》亦作何,云:本又作荷。案《诗》作何字,作何字则与《说文》字义合;凡作荷者,皆字之假借也。同上。

石碏谏曰。汉石经《公羊》残碑,碏从足作踖。同上。

《释文》:憾,本又作感;《说文》云:感动人心也。同上。

《史记》作观渔于棠;《汉书·五行志》亦作渔。同上。

《汉书·五行志》僖作釐,《古今人表》亦作釐。同上。

《释文》云狝;《说文》作玺。同上。

贾、服以为长葛不系郑者,刺不能抚有其邑。《左传疏》卷四。

服虔云:公为郑所获,释而不结平,于是更为约束以结之,故曰渝平。同上。

芟，所衔反。《说文》作发，所末反，云以足蹋夷草。《释文》。同上，《说文》“草”作“艸”。

贾云：书之者，刺[刺]纪贵叔姬。同上。

《世本》云：齐景公亡滕。服虔昭四年注亦云：齐景亡滕。同上。本疏以齐景之卒在滕隐之前。《世本》言隐公之后，仍有六世为君。骏：齐景亡滕之谬，春秋时，国亡而复者多矣，疑滕亦然。

《地理志》云：沛郡公丘县，故滕国也，周文王子错叔绣所封，三十一世为齐所灭。同上。《汉志》“文王”作“懿王”。师古据《左氏传》文之昭《系本》“文王子”驳之，岂孔子[氏]所见《汉志》与颜氏所见异乎。

服虔云：如，而也。《释文》。服虔云：如，而也，临歃而忘其盟载之辞，言不精也。同上。

《异义》：《左氏》说诸侯有大功德，乃有朝宿汤沐之邑。《公羊》说以为诸侯皆有朝宿汤沐之邑。许慎以《公羊》为非。同上。

先配后祖，多有异说。贾逵以配为成夫妇也，礼齐而未配，三月庙见然后配。郑众以配为同牢食也，先食而后祭祖，无敬神之心，故曰诬其祖也。郑玄以祖为軷道之祭也，先为配匹，而后祖道，言未去而行配。同上。本疏三说并驳，意在申杜，均不录。

服虔云：公之母弟，则以长幼为氏，贵适统，伯、仲、叔、季是也。庶公子则以配字为氏，尊公族，展氏、臧氏是也。同上。

服虔止谓异姓，又引宋司城韩、魏为证。同上。

《说文》云：震，劈历震物者。电，阴阳激曜也。同上。《说文》“电”下“曜”作“耀”。“震”下“震物”作“振物”，有“《春秋传》曰震夷伯之庙”句。

服虔云：先者见获，言必不往相救；各自务进，言其贪利也。其言见获者，当谓我被郑获也。同上。本疏驳语可参考。

《地理志》云：梁国留县，故载国。应劭曰：章帝改曰考城。古者留、载声相近，故郑玄《诗笺》读俶载为炽菑，是其音大同；故汉于载国立留县。同上。故载国，今《汉志》作故载[戴]国，古有舌头音，无舌上音，戴、载音同也。阮氏校勘记云：诸本作戴。陈树华云：昭廿三年《正义》引亦作戴。

石经初刻戴，后改载，传文同。案：作载与《释文》合；《公羊》、《谷梁》同此本《正义》并作载，是也。说详《释文》校勘记。今考《说文》，戴，故国，在陈留；徐云：即戴国。

《地理志》云：鲁国薛县，夏车正奚仲所国，后迁于邳，汤相仲虺居之。同上。

郑玄云：庶姓，无亲者也，异婚姻者也。同上。阮氏校勘记云：宋本"婚"作"昏"，各本异；下有"姓"字，此本脱。所谓此本者，即校勘记序目之《附释音春秋左传注疏》六十卷本，版雕于南宋，递有修补，至明末犹存，为注疏六十卷本之严善者。阮氏《正义》以此本为据，盖经修补，非纯粹宋本，故上云宋本、各本，此云此本也。

贾逵以宗为尊；服虔以宗盟为同宗之盟。同上。

《方言》云：楚、卫谓辕为辀。同上。

服虔云：考叔挟车辕，箠马而走。同上。

餬，音胡。《说文》云寄食。《释文》《说文》云：餬，寄食也。同上。

《地理志》云：河南郡新郑县，《诗》郑桓公之子武公所国。同上。汉志"诗"下有"郑国"二字。阮氏校勘记云：宋本"诗"下有"郑国"二字，与《汉书》合。

《周语》称共工、伯鲧二者皆黄、炎之后，言鲧为黄帝之后，共工为炎帝之后。炎帝则神农之别号。《周语》又称尧命禹治水，共之从孙四岳佐之，胙四岳国，命为侯伯，赐姓曰姜氏、曰有吕。贾逵云：共，共工也；从孙，同姓末嗣之孙；四岳，官名，大岳也，主四岳之祭焉；姜，炎帝之姓，其后变易，至于四岳，帝复赐之祖姓，以绍炎帝之后。同上。"尧命禹治水"至"主四岳之祭焉"，疏卷九同。

《地理志》：汝南郡有新息县，故息国也。应劭云：其后东徙，故加新云。同上。汉志"应劭云"作"孟康曰"，"东徙"作"徙东"。阮氏校勘记云《释文》"息"作"鄎"，云一本作息。案：《说文》云鄎，姬姓之国，在淮北，今汝南新鄎。

附录：

见恶如农夫之务去草焉。《周礼·秋官序》官薙氏注引传文无焉字。贾疏同。《文选·东京赋》注引亦无焉字。同卷阮氏校勘记。

祊。《汉书·五行志》引作邴。同上。

岳本、毛本谥并改作谥[諡]。段玉裁云:《五经文字》谥、谥[諡]二字,音常利反;上《说文》,下《字林》;以谥为哭声,音呼益反。今用上字据此。《说文》作谥,并不从兮从皿。即《字林》以谥[諡]代谥,亦未尝增一从子从皿之字。《众经音义》引《说文》亦作谥。同上。沈氏涛《说文古本考》云:唐以前本《说文》皆有谥,无諡。

郑康成读诸侯以字为谥句,见哀十六年。《正义》杜读诸侯以字为句,非。仁和孙志祖云:《礼记·檀弓》鲁哀公诔九子,郑注云,诔其行以为諡也,尼文因其字以为之谥,明用《左传》此语。又《仪礼·少牢·馈食礼》注云:大夫或因字为谥。传云:鲁无骇卒,请谥与挨[族],公命之,以字为展氏是也。《史记·五帝本纪》集解引《驳五经异义》作诸侯以字为氏,氏乃谥字传写之讹。同上。陈树华云:《说文》邘字注:周武王子所封,在河内,野王是也。石经邘作邗[?],非。

馆于寪氏。《史记·鲁世家》作寪氏。钱大昕云:寪,古通用。孟僖子有薳氏之簉,其即寪氏之挨[族]乎?同上。

《鲁世家》:桓公名允。《左传疏》卷五。《释文》及本疏引《世本》桓公名轨。

郑众、服虔皆以成宋乱为成就宋乱。同上。

贾、服以邓为国,言蔡、郑会于邓之国都。同上。

服虔云:与夷,隐四年即位,一战伐郑,围其东门,再战取其禾,皆在隐四年;三战取邾田,四战邾、郑入其郛,五战伐郑围长葛,皆在隐五年;六战郑伯以王命伐宋,在隐九年;七战公败宋师于管,八战宋、卫入郑,九战宋人、蔡人、卫人代戴,十战戊寅,郑伯入宋,皆在隐十年;十一战郑伯以虢师大败宋师,在隐十一年。同上。

服虔云:大路,木路。同上。

服虔以藻为画,藻率为刷巾。同上。

贾、服等说鞶厉皆与杜同,唯郑玄独异。《礼记·内则》注以鞶为小囊,读厉如裂儒之裂,言鞶囊必裂,缯缘之以为饰。同上。杜注:鞶,绅带也,一名大带;厉,大带之垂者。

服虔云:缨如索群,今乘舆大驾有之。同上。

《地理志》云:河南县,故郏、鄏地也。武王迁九鼎焉,周公致太平,营以为都,是为王城,至平王居之。同上。考《汉志》此增"也"、"焉"二字。

《地理志》云:南郡江陵县,故楚郢都,楚文王自丹阳徙此。同上。

郑玄云:道近或可以不亲告祖。同上。

《晋世家》:靖侯生僖侯,僖侯生献侯,献生侯穆,侯穆生桓叔。同上。此非《晋世家》原文,盖节录,以明靖侯为桓叔之高祖而已。

附录:

惠栋云:郑众曰古文《春秋经》公即位为公即立,云古位同字。栋案:郑注《周礼·小宗伯之职》云,故书位作立。同卷阮氏校勘记。

《仪礼·士冠礼》注云:宋大夫有孔甫,甫字或父。贾公彦云:甫,通作父。同上。

《释文》云:凿,《字林》作榖,云粝米一斛,舂为八斗。《说文》榖字,亦云一斛舂为八斗也。《淮南子·主术训》作粢食不榖。《玉篇》糳字,下引传作粢字不糳。陈树华云:糳,为凿,盖古字假借。同上。

衡沈纮綖。《文选》张平子《东京赋》衡作珩。李善引传文及杜注同。案:珩与衡,音、义同。同上。

陈树华云:《汉书·地理志》河南郡有洛阳县。同上。

命之曰仇。《汉书·五行志》中引作名之曰仇。案:名即命也。《说文》云,名自命也。闵元年传,今名之大,以从盈数,《史记·魏世家》引,名作命。《礼记·祭法》黄帝正名百物,《国语·鲁语》作成命百物。《史记·天官书》免,七命,《索隐》曰免星凡有七名也。是命、名古同声同义。同上。

其弟以千亩之战生。《汉书·五行志》中引亩作畮。颜师古云：畮，亩古字也。同上。《说文》：亩为畮之重文。

命之曰成师。《史记·晋世家》、《汉书·五行志》命并作名。同上。

异哉君之名子也。石经初刊，之作子，磨改作之。《史记》名作命。同上。

夫名以制义。陈树华云：《汉书》引传，义作谊。案：谊、义古今字。同上。

兄其替乎。惠栋云：三体石经作其瞥，《汉书·五行志》引传，乎作虖。案：虖，古乎字。同上。

惠之二十四年。石经作惠之廿四年。惠栋云：石经凡经传中二十字作廿，三十字作卅，此古文，《春秋左氏传》本文也。《说文》：廿，二十并，卉，三十并也，古文省。《说文》所谓古文，孔壁中之文也。同上。

哀侯侵陉庭之田。《史记·晋世家》庭作廷。同上。

贾逵云：不书王，弑君，易祊田，成宋乱，无王也。元年治桓，二年治督，十年正曹伯，十八年终始治桓。《左传疏》卷六。

贾云：桓恶而有年丰，异之也，言有非其所宜有。同上。

《说文》云：骖，驾三马也。同上。

郑玄云：上大夫曰卿。同上。

《地理志》云：冯翊临晋县芮乡，故芮国也；河东郡河北县，《诗》魏国也。同上。此亦非《汉志》原文。

《膏肓》：何休以为左氏宰渠伯纠，父在故名，仍叔之子何以不名；又仍叔之子，以为父在称子，伯纠父在，何以不称子。郑箴之云：仍叔之子者，讥其幼弱，故略言子，不名之。至于伯纠能堪聘事，私觌又不失子道，故名且字也。同上。

服虔云：春秋前以黜陟之法进爵为公。同上。

《地理志》：济阴郡定陶县，《诗》曹国是也。同上。此亦非《汉》原文。

贾逵以旝为发石，一日［曰］飞石，引范蠡《兵法》作飞石之事以证之。《说文》亦云：建大木，置石其上，发其机以追敌。与贾同也。同上。“发其机以追敌”句，阮氏校勘记云：宋本亦作“追”，闽本、监本、毛本作“磓”；“其机”，诸本作“以机”。今考《说文》，“其机”本作“以机”；石部无“磓”字。追、磓，古今字也。

贾逵云：言大别山川之雩。郑玄云：雩之正，当以四月；凡周之秋，五月之中而旱，亦修雩祀而求雨，因著正雩于此月，失之矣。颖子严以龙见即是五月。郑玄《礼》注云：雩之言吁也，言吁嗟哭泫以求两［雨］也。贾、服以雩为远。同上。

贾、服：始杀唯据孟秋。同上。

服虔云：牛羊曰肥，豕曰腯。同上。

瘯，七木反，本又作蔟，同蠡，力果反。《说文》作瘰，云：瘯，瘰皮肥也。《释文》同上。今本《说文》无瘯、瘰二字，瘥下云：小肿也；一曰族絫。臣铉等曰：今别作瘯、蠡，非足意；陆氏所见《说文》异今本也。沈涛《说文古本考》云：元朗所见本有瘯、瘰二篆，二徐改为族、絫，以作瘥字之一解，妄矣。是谓古本《说文》为二徐所乱，其或然邪。校勘记云：钱大昕云《说文》歺部嬴字注云畜产疫病也，此瘯、蠡之正字。蠡、嬴声相近，故假为蠡耳。瘯亦俗字，当为族，六畜之疫曰族嬴，或作族絫，絫、嬴亦声相近。

汉世儒者说九族有二。《异义》：今《礼戴［戴礼］》、《尚书》欧阳说，九族乃异姓有属者，父族四：五族之内为一族，父女昆弟适人者与其子为一族，已女昆弟适人者与其子为一族，已之女子子适人者与其子为一族；母族三：母之父姓为一族，母之母姓为一族，母女昆弟适人者与其子为一族；妻族二：妻之父姓为一族，妻之母姓为一族。古《尚书》说九族者，从高祖至玄孙凡九，皆同姓。郑驳云驳今文家说也：玄之闻也，妇人归寄［宗］，女子虽适人，字犹系姓，明不得与父兄为异族，其子则然。《婚礼请期辞》曰，唯是三族之不虞，欲及今三族未有不亿度之事而迎妇也。如此所云，三族不当有异姓。异姓其服皆缌，《礼·杂记》下，缌麻之服，不禁嫁女取妇，是为异姓不在族中明矣。《周礼》小宗伯掌三族之别名，《丧服小记》说族之义曰，亲亲以三为五，以五为九。以此言之，知高祖至玄孙昭然察矣。同上。

郑玄云：接，读为捷。捷，胜也，谓食其母，使补虚强气也。同上。

《周本纪》称：大王见季历生昌，有圣瑞，乃言曰，我世当有兴者，其在昌乎。则是大王见其有瑞，度其当兴，故名之曰昌，欲令昌盛周也。其度德命发，则无以言之。服虔云：谓若大王度德，命文王曰昌，文王命武王曰发，似其有旧说也。旧说以为文王见武王之生，以为必发兵诛暴政，命曰发。同上。此引《周本纪》亦非原文。

《孔子世家》云：叔梁纥与颜氏祷于尼丘，得孔子，孔子生而首上污顶，故因名曰丘，字仲尼。同上。此非《孔子世家》原文。污顶，《世家》作圩顶，已见阮氏校勘记。

郑玄云：隐疾，衣中之疾也，谓若黑臀、黑肱矣。疾在外者，虽不得言，尚可指摘；此则无时可辟。俗语云：隐疾难为医。同上。

郑众、服虔皆以六畜为马、牛、羊、豕、犬、鸡。同上。

服虔以为俎、豆、罍、彝、牺、象之属，皆不可以为名也。同上。

《鲁世家》云：桓公六年，夫人生子与桓公同日，故名之曰同。同上。此亦非《鲁世家》原文，疏卷八引《鲁世家》略同。

附录：

高渠弥。《史记·秦本纪》作高渠眯。同卷阮氏校勘记。

《书》曰实[寔]来。《诗·韩弈》正义云：《春秋》桓六年州公实来。而《左传》作实[寔]来。惠栋云：实当作实[寔]。石经传作实，宋本同误也。陈树华云：案传解经不容立异，且《公羊》、《谷梁》皆作实来。实[寔]，训是；是。杜注乃云实，实也。《诗正义》似未是，据非也。钱大昕云：孔氏所据乃服虔本，非杜本也。鄭礼伯父实来注，今文实[寔]作实，是实[寔]即实之古文。《春秋》、《公羊》、《谷梁》为今文，

《左氏》为古文，故二传作实来，《左氏》作实[寔]来。杜氏改从二传，失古文之旧矣。同上。《说文》云：实[寔]，止也，从宀从是，声实。实，富也，从宀从贯；贯，货贝也。

粢盛丰备。案：惠栋云，禹庙残碑作资盛。《说文》作斋，云稷也；又云，斋或从次，作粢字。按凡经典言粢盛，皆粢盛之误。齍、斋、粢三字古通用，为祭祀之黍、稷；餈、粢二字同用为周礼之粉餈，不知何时淆乱，而莫有正之者。同上。恩孚按：《说文》云盛，黍、稷在器中以祀者也，从皿，成声；齍，黍、稷在器以祀者，从皿，齐声。是从皿之齍，解与盛同，与郑禾之斋、粢有别，当以齍为齍盛之本字。

接以大牢。《释文》：接，如字。郑注《礼记》作捷，读此者，亦或捷音。案：《尔雅释诂》，接，捷也。同上。

以名生为信。《论衡·诘术篇》：生字在名字上。按：以生名，以德名，以类名，语言一例。《论衡》为长。以德命为义。《论衡》作德名，案：命、名，古同声同义。同上。

《释文》以"周人以讳事神名"绝句云，众家多以"名"字属下句。陈树华云：《淮南子》曰，祝则名君，高诱注云，周人以讳事神，敬之至也。《诗·公刘》正义引王基曰：周人以讳事神。《书·盘庚》正义引亦以神字绝句。《礼记·曲礼》郑注引《春秋传》曰：名终将讳之。同上。

《异义》：《公羊》说，天子至，庶人皆亲迎；《左氏》说，王者至尊，无敌体之义，不亲迎。郑玄驳之曰：文王亲迎于渭滨，即天子亲迎也。天子虽尊，其于后则夫妇也。夫妇判合，礼同一体，所谓无敌，岂施于此哉。《礼记》：哀公问曰，冕而亲迎，不已重乎。孔子对曰，合二姓之好，以继先圣之后，以为天地之主，非天子则谁乎。《左传疏》卷七。本疏驳郑语可参考。

《地理志》：巴郡，故巴国。同上。今《汉志》无故巴国三字。注：应劭曰，《左氏》巴子使韩服告楚。

《地理志》云：冯翊夏阳县，故少梁也。同上。故《汉志》此有增字。

何休《膏肓》以为左氏以人主安处父位，尤非衰世救失之宜，于义左氏为短。郑箴云：必如所言，父有老耄罢病，孰当理其政预王事也。苏云：誓于天，下君一等；未誓，继子男并是降下其君，宁是安居父位。同上。阮氏校勘记云：浦镗《正误》，"苏"改作"所"。

服虔云：古之为享食，所以观威仪，省福祸，无丧而戚忧，必雠焉。今大子临乐而叹，是父将死而兆先见也。同上。

《地理志》：河东大阳县，周武王封大伯后于此，是为虞公。同上。《汉志》注：应劭云在大河之阳。

服虔以为不书宋，宋后盟。同上。

《陈世家》以佗与五父为二人，言蔡人为佗杀五父及桓公大子免，而立佗，是为厉公。立七年，大子免之三弟跃、林、杵臼共弑厉公，而跃立，是为利公。利公立五月卒，林立，是为庄公。同上。此亦非《陈世家》原文。本疏驳语可参考。

《说文》云：军中反间也。同上。阮氏校勘记云：宋本"云"下有"谍"字，是也。闽本、监本、毛本作"谍"，《说文》云非也。

《说文》云：狃，狎也。同上。考《说文》云狎，犬可习也；狃，犬性骄也。锴本作犬性状也。

服虔云：下日者，公至而后定战日。同上。

服虔云：鲁以王[壬]申被灾，至乙亥，而尝不以灾害为恐。同日[上]。

郑玄以为生牲曰饩。同上。

《说文》云：周谓之椽，齐、鲁谓之桶[桷]。《释文》。同上。今本《说文》桷、椽二篆下均无此语；榱下云，秦名为屋椽，周谓之榱，齐、鲁谓之桷。沈氏《说文古本考》引《易・渐》释文云：秦谓榱，周谓之椽，齐、鲁谓之桷；又云《左传》桓十四年释文引亦作周谓之椽，或所据本不同耳，知陆氏所见《说文》异今本。

贾氏虽夫人，姜氏之入，皆以为例。同上。

《地理志》：泰山郡牟县，故牟国也。陈留郡宁陵县，应劭曰故葛伯国。同上。此亦均非《汉志》原文。《汉志》牟下但云故国，宁陵下故葛伯国上作孟康曰。

刘、贾、许曰：桓卒而季归，无臣子之辞也。蔡侯无子，以弟承位，群臣无废，主社稷不乏祀，故《传》称蔡人嘉之非贬所也。杞伯称子，《传》为三发。蔡侯有贬，《传》亦宜说。史书谬误，疑有阙文。同上。孔氏《春秋正义序》云：前汉传左氏者，有张苍、贾谊、尹咸、刘歆；后汉有郑众、贾逵、服虔、许惠卿之等，此以刘、贾、许为次，知贾为贾逵也。

《齐世家》云：襄公使力士彭生抱上鲁君车，因折杀鲁桓公，下车则死矣。同上。此亦非《齐世家》原文，有省改字。

附录：

荀侯。陈树华云：应邵[劭]班叔皮《北征赋》注引作郇侯。《汉书·地理志》同。同卷阮氏校勘记。

齐人饩诸侯。案：《说文》米部氣字，引《春秋传》作齐人来氣诸侯。又曰：或从既，作槩；或从食，作饩。惠栋云：或从既者，《礼记》既，禀称事是也；或从食者，今通用也。古氣字作气，故气为古氣字，氣为古饩字。许氏引作氣，所谓述《春秋传》以古文也。同上。

《释文》云：蔘，本或作鄝，同。陈树华之《诗·郑笺引》同。同上。

莫敖患之。《汉书·五行志》作莫嚣。颜师古曰：莫嚣，楚官名也，字或作敖。同上。

《释文》：屡作娄，云本又作屡。娄乃古屡字。《汉书》凡屡字俱作娄。同上。

谓其御曰。《汉书·五行志》中作谓其驭曰。案：驭，古文御字。同上。

举趾高。《汉书·五行志》作举止高。案：《仪礼·士昏礼》注云，古文止作趾。《诗·七月》篇，四之日举趾。《汉书·食货志》作四之日举止。案：《说文》无趾字；止下云，下基也，象艸不出，有止，故以止为足。古书足趾，字多作止。同上。《说作文》[《说文》作]草木出有址。

莫敖缢于荒谷。《释文》云:荒,本或作巟。陈树华云:案《说文》荒当作巟。淳熙本、监本、毛本"于"作"於",非也。按:巟当是古本古字,后人改之。同上。

天王使家父来求车。《仪礼·士冠礼》注引作家甫。同上。

公会宋公、卫侯、陈侯于袲,伐郑。《公羊》宋公上有齐侯二字。《说文》袳字注引《春秋传》曰:公会齐侯于袳。陈树华云:是袲乃袳之变体,而宋公上当有齐侯也。同上。

生急子。《释文》云:急,《诗》作伋,《诗·芄兰篇》正义引传,亦作伋。《史记》、《汉书·古今人表》并同。同上。

左公子洩。《汉书·古今人表》洩作泄是也。同上。

疆埸之事。监本埸误场。惠栋云:古文作畺易,《周礼》有畺地、易地。杨统碑:畺易不争。吕君碑:慎守畺易。盖用此文。《说文》云:畺,界也,从畕,三其界画也,或从疆土。案:《汉书·礼乐志》,吾易之远;晋灼曰,易,疆埸也。又《食货志》云:瓜瓠果蓏殖于疆易。同上。疆土,校勘记误疆士。

祭仲逆,郑子于陈而立之。陈树华云:《史记》作公子婴于陈而立之,是为郑子。《索隐》曰:《左传》以郑子名仪,此云婴,盖别有所见也。按:仪同倪,倪即儿,小儿也。故《左》作仪,《史》作婴。同上。

《谷梁传》曰:筑之外,变之正也。仇雠之人非所以接婚姻也,衰麻非所以接弁冕也。其意言公与齐为雠,又身有重服,不得与齐侯为礼,故筑于外也。左氏先儒亦用此为说。《左传疏》卷八。

《公羊传》曰:夫人固在齐矣,其言孙于齐,何念母也。正月以存君,念母以首事。《谷梁传》曰:接练时,录母之变,始人之也。其意言文姜往年如齐,至此年三月犹尚不反,三月练祭,念及其母,乃书其出奔,非三月始从鲁去也。左氏先儒皆用此说。同上。

《公羊传》曰:夫人何以不称姜氏,贬;曷为贬,与弑公也。其与弑公奈何,夫人谮公于齐侯:公曰,同非吾子,齐侯之子也。齐侯怒,使公子彭掳干而杀之。《谷梁传》亦云:不言氏,贬之也。左氏先儒取二传为说,言传称绝不为亲,礼也。谓庄公绝母,不复以之为亲;为父绝母,得《礼》尊父之义,故曰礼也。同上。

郑箴《膏肓》云:宫庙朝庭,各有定处,无所馆天子之女,故宜筑于宫外,是言须筑之意也。同上。

庄二十七年,《公羊传》曰:公子庆父、公子牙、公子友,皆庄公之母弟也。左氏先儒用此为说。同上。

刘、贾谓纪季以酅奔齐,不言叛,不能专酅也。同上。

聂北之下。《公羊传》曰:曷为先先言次而后言救,君也。雍榆之下。《公羊传》曰:曷为言救,而后言次,先通君命也。左氏先儒取彼为说,言齐桓,君也,进止自由,故先次后救,妹孙臣也,先通君命,故先救后次。同上。阮氏校勘记云:宋本"先"字不重;又云:宋本"言"上有"先"字,是也,指"曷为言救"之"言"。

先儒又言,书次者,皆美之辞。同上。本疏驳语:此"先儒"指贾氏。

《方言》云:戟,谓之孑。同上。

《膏肓》以为楚、邓彊弱相悬,若从三甥之言,楚子虽死,邓灭曾不旋踵,若刳腹去疾,炊炭止沸。左氏为短。郑箴云:楚之彊盛从灭邓以后;于时楚未为彊,何得云彊弱相悬。同上。

何休、服虔亦言:欲共伐郕。同上。

贾逵云:不言公子次,正也。同上。

贾、服以为齐大夫来迎子纠,公不亟遣,而盟以要之;齐人归,迎小白。同上。

贾逵云:称子者愍之。刘与贾同。同上。

《乐记》云:倒载干戈。包云:以虎皮名之曰建櫜。郑玄以为兵甲之衣,曰櫜,櫜,韬也,而其字或作建皋。故服虔引以解此。同上。

附录：

除道梁溠。《说文》引作除涂梁遷。同卷阮氏校勘记。

星陨如雨。《论衡·艺增篇》引作星賈如雨。《周礼·大司乐》正义：星賈而雨。《公羊》作賈。《字林》云：賈，即陨字也。同上。

服虔云：覆，隐也，设伏而败之，谓攻其无备，出其不意，敌人不知，败之易，故曰取。《左传疏》卷九。

靳，居觐反。服云：耻而恶之曰靳。释文。服虔云：耻而恶之曰靳。同上。

《释例》曰宋万。贾氏以为未赐族。同上。

昭十三年，楚弑其君虔于乾谿，书地；此弑闵公于蒙泽，不书地者，《释例》曰：先儒旁采二传，横生异例。宋之蒙泽，楚之乾谿，俱在国内。闵公之弑，则以不书蒙泽国内为义；楚弑灵王，复以地乾谿为失所，明仲尼本不以为义例，则丘明亦无异文也。同上。

经书人，而传言诸侯。先儒以为诸如此辈，皆是诸侯之身。同上。此"先儒"上下并无采取二传语，无从考定其必为汉儒说，或必非汉儒说，姑录之。

服虔云：蛇，北方水物，水成数六，故六年而厉公入。同上。

绳，食承反。《说文》作譝。《释文》。字书，绳作譝字，从言，训为誉。同上。今《说文》无譝字。阮氏校勘记云：《广雅》云，譝，誉也。

《说文》云：刖，绝也。同上。

服虔云：定姝[叔]之祖，共叔段有伐君之罪，宜世不长，而云不可使共叔无后于郑，言其刑之偏颇。郑厉公以孽篡，适同恶相恤，故党于共叔，欲令其后不绝。传所以恶厉公也。同上。

《晋世家》云：曲沃武公伐晋侯缗，灭之，尽以是宝器赂献于周僖王，僖王命曲沃武公为晋君，列为诸侯，于是尽并晋地而有之。曲沃武公已即位二十七年矣。自桓叔始封曲沃，以至武公灭晋，凡六十七岁，而卒代晋为诸侯。同上。此节录《晋世家》文。“是”，《晋世家》作“其”，“僖王”作“釐王”，“并”作“併”，“二十七”作“三十七”。阮氏校勘记之宋本、闽本、监本、毛本“是”作“其”，不误。

《史记·十二诸侯年表》云：庄王元年当鲁桓十六年，即位十五年而崩；僖王元年当鲁庄十三年，即位五年而崩；惠王元年当鲁庄十八年。同上。“僖王”《史记》作“釐王”。

《洪范五行传》曰：蜮，如鳖，三足，生于南越。南越妇人多淫，故其地多蜮，淫女惑乱之气所生也。服虔云：遍身护护或或，故为灾。同上。阮氏校勘记云：《释文》“蜮”本又作“蟚”，《汉书》引经文作“蟚”；《说文》云：蟚，短狐也。

服虔亦云南燕伯爵。同上。

先儒之说使庄公绝母子之情。同上。

刘熙《释名》云：阙，在门两旁，中央阙然为道也。服虔云：西辟，西偏也，当谓两观之内道之西也。同上。

服虔云：鞶鉴，王后妇人之物，非所以赐有功。爵饮，酒器，玉爵也，一升曰爵。爵，人之所贵者。言郑伯以其父得赐不如虢公，为是始恶于王，积而成怨。同上。

贾逵以文姜为有罪，故赦而后葬，以说臣子也。鲁大赦国中罪过，欲令文姜之过因是而得除，以葬文姜。同上。

服虔云：臣将享君，必卜之，示戒慎也。同上。

《说文》云：凤，神鸟也。天老曰，凤之象也，鸿前麐后，蛇颈鱼尾，鹳颡鸳思，龙文龟背，燕颔鸡喙，五色备举，出于东方君子之国，翱翔四海之外，过昆仑，饮砥柱，濯羽弱水，莫宿丹穴，见则天下大安宁。从鸟，凡声。凤飞则群鸟从之以万数，故古文作朋字。同上。《说文》“龟背”作“虎背”，“丹穴”作“风穴”；“凤飞”句为重文；“朋”下注“飞下无则字”。“故古文”句非《说文》原文。阮氏校勘记云：《说文》“丹”作“风”；《淮南子》作“风穴”。

此注坤下巽上，观坤下乾上否及六四爻变，诸如此辈，皆据《周易》之文知之。故贾、服及杜并皆同焉。同上。

服虔云：巽在坤上，故为著土也；一曰巽为风，复为木，风吹木实落去，更生他土而长育，是为在异国。同上。

《史记・田完世家》，完卒，谥为敬仲，仲生稚孟夷，夷生湣孟庄，庄生文子须无，文子生桓子无宇。同上。此节录《□[世]家》文。

沈氏云：《世家》桓子生武子启及僖子乞，乞卒，子常代之，是为田成子。同上。此亦节录《世家》文，有改字。《世家》"启及僖子"作"开与釐子"，"代之"作"代立"。阮氏校勘记云：宋本"常"作"恒"。

《世家》云：敬仲之如齐，以陈字为田氏。同上。《世家》此在"仲生稚孟夷"下。

附录：

批而杀之。案今《说文》作搥，无批字。《玉篇》引传，正作搥而杀之。同卷阮氏校勘记。

《汉书》《五行志》、《艺文志》引传文，并作其气炎以取之。颜师古注：炎，读与焰同。同上。

齐人歼于遂。《汉书・地理志》引遂作隧。同上。

《释文》云：瑴字又作珏。《正义》引《仓颉篇》：瑴作珏，双玉为瑴，故字从两玉。《说文》瑴字云珏，或从㱿。岳本作瑴，是也。同上。

生子颓。石经、宋本、足利本颓作穨。案《六经正误》云：《说文》作穨，临川、兴国本并作穨，当从之，后同。同上。《史记・曹世家》与《年表》皆云僖公石夷。贾逵以为羁是曹君，赤是戎之外孙，故戎侵曹，逐羁而立赤。《左传疏》卷十。

先儒以为栗取其战栗也，枣取其早起也，修取其自修也。同上。

服虔曰：阴阳不和，土气不养，故禾麦不成也。传言饥，而经不书者，得齐之籴，救民之急，不至于饥也。传言饥者，指未籴之前，说告粜之意，故言饥也。同上。

服虔云：不言如，重谷急辞，以其情急于粜，故不言如齐告粜；乞师则情缓于谷，故云如楚乞师。同上。

颍氏唯系于有无君之庙患漆，本非鲁邑，固说曰漆有邾之旧庙。同上。阮氏校勘记云，宋本、监本、毛本“无”作“先”，不误。

刘、贾云：言新有故，本言作有新木，言厩不书作，所用之木，非公命也。同上。

贾逵云：言及先后之辞。同上。

栽，《字林》：才代反，一音再。《说文》云：筑墙长板。《释文》同上。《说文》栽字注有《春秋传》曰楚围蔡里而栽，陆氏盖据彼释此。

刘、贾依二传以为鄣，纪之遗邑。同上。

服虔云：射师若敖子斗班也。同上。

郑玄亦云：在手曰梏，在足曰桎。同上。

贾逵云：不系齐者世其禄。同上。

服虔云：虞舜祖考来格，凤皇来仪，百兽率舞。同上。

服虔云：从之言，欲与通也。同上。

《说文》云：酖，毒鸟也，一名运曰。同上。《说文》：酖，乐酒也；鸩，毒鸟也。阮氏校勘记云：段玉裁校改酖作鸩。

附录：

御孙谏曰。《释文》：御，本亦作禦。《汉书·古今人表》同。同卷阮氏校勘记。

齐侯来献戎捷。《说文》引作齐人。同上。

《鲁世家》：闵公名开，庄公之子。《左传疏》卷十一。此非《鲁世家》原文。《鲁世家》“闵公”作“湣公”。杜《世族谱》云：名启，方汉景帝讳，启、开因是而乱。

《说文》云：豺狼属狗声。同□[上]。

服虔云：重不可动，因其不可动而坚固之。同上。

《史记·赵世家》：夙生共孟，共孟生赵衰。《魏世家》：毕万生武子。同上。此均节录《世家》文。

《史记·吴世家》：云吴大伯，弟仲雍，皆周大王之子，而王季历之兄也。季历贤而有圣子昌，大王欲立季历以及昌，于是大伯、仲雍二人乃奔荆蛮，以辟季历。季历果立，是为王季。同上，此亦节录《世家》文。

刘炫用服氏之说，以为毕万在周箎，仕于晋。同上。

贾、服之说，皆以为文姜杀夫罪重，故去姜氏；哀姜杀子罪轻，故不去姜氏。同上。

服虔于庄公三十二年注云：闵公于是年九岁；于此注云：公即位时年九岁；僖二年注云：闵公死时年九岁。同上。死年九岁必传写误也。杜注于庄公之末改为八岁，以是纠服之误，未知所据。

服虔云：谓季友出奔鲁，弑二君。同上。本疏驳语可参考。

服虔云：车有藩曰轩。同上。

服虔云：重，牢也。同上。

服虔云：阻，止也。方相之士蒙玄衣朱裳，主索室中殴疫，号之为狂夫，止此服，言君与大子以狂夫所止之服衣之。同上。

谂，音审，《说文》云深谋。《释文》。同上。今《说文》作深谏也。

附录：

《释文》云：曹，《诗》作漕，音同。案《诗郑笺》引亦作漕。惠栋云：《诗序》曹字从水旁，曹传作曹[漕]，古文省也。按《说文》：漕者，水转谷也。地名字不必从水，今本《毛诗郑笺》恐非。同卷阮氏校勘记。

龙凉。案惠栋云《说文》引作牻椋，云牻，白黑杂毛牛，椋牻，牛也。古文省少，或借凉为椋。沈彤云：按《广韵》，椋牻，牛驳色，盖《说文》脱驳色二字。牻椋谓牻服色驳也。否则冬与金玦皆有义，而牻独无乎。上文偏衣即牻服，盖分织牻牛白黑毛为之，下所谓奇无常也。同上。

《诗》大明绵，《郑笺》云：《春秋传》曰蜃，宜社之肉。《正义》曰《左传》无此文，而言传曰衍字也。闵二年《左传》曰：帅师者受命于庙，受蜃于社也。按据《说文》：祳，社肉也，以蜃为器盛之，则亦可谓肉为脤。故《左传》直云受蜃于社也。此云受脤于社，脤，乃祳之俗字耳，其古本必作祳，或作蜃也。同上。

《鲁世家》：僖公名申。《左传疏》卷十二。此亦非《鲁世家》原文。《鲁世家》"僖"作"釐"。阮氏校勘记云：《史记》、《汉书》《五行志》、《律历志》，"僖"并作"釐"。案《史》、《汉》多作"釐"。

《公羊》以为此言次于聂，北救邢，与襄二十三年叔孙豹救晋次于雍榆，二事相反，为之作说，言此是君也，进止自由，彼是臣也，先通君命。贾、服取以为说。同上。此与疏卷八文异而谊同。

贾逵云：杀子轻，故但贬姜。同上。与疏卷十一谊略异。

先儒以为此役诸侯身行，故言此，以异之。同上。

服虔云：虚丘，鲁邑。鲁有乱，邾使兵戍虚丘。鲁与邾无怨，因兵将还，要而败之，所以恶僖公也。同上。

贾云：江、黄称人，刺不度德善邻，恃齐背楚，终为楚所灭。同上。

服虔以为冀为不道，伐郹三门，谓冀伐晋也。冀之既病，亦唯君故，谓虞助晋也。将欲假道，称前恩以诱之。同上。

《谷梁传》曰：一时言不雨者，闵雨也；闵雨者，有志乎民者也。六月雨雨云者，喜雨也；喜雨者，有志乎民者也。文二年传曰：历时而言不雨，文不忧雨也；不忧雨者，无志乎民也。言僖有忧民之志，故每时一书；文无忧民之志，是以历时总书。贾逵取以为说。同上。

贾逵云：不言于师，善会主加礼，若卒于国。同上。

《公羊传》曰：屈完者何，楚大夫也。何以不称使，尊屈完也。曷为尊屈完以当桓公也,其意言屈完楚之贵者,尊之以敌齐侯,若屈完足以自专,无假君命,不为楚子所使,故作自来之文。服虔取以为说。服虔云:言来者,外楚也,嫌楚无罪言,来以外之。同上。

服虔云:风,放也。牝牡相诱谓之风。《尚书》称马牛其风,此言风马牛,谓马牛风逸,牝牡相诱,是末界之微事;言此事不相及,故以取喻不相于[干]也。同上。

郑玄以为周之制每州以一侯为牧,二伯佐之,九州有九侯十八伯;大公为东西大伯,中分天下者,当各统四侯半,一侯不可分,故言五侯,其伯则各有九耳。同上。

《周礼·甸师》祭祀共萧茅。郑兴云:萧茅,字或为莤莤,读为缩。束茅立之祭前,沃酒其上,酒渗下去,若神饮之,故谓之缩,缩,渗也。故齐桓公责楚不贡包茅,王祭不共,无以缩酒。杜用彼郑兴之说也。同上。《说文》酉部莤下引《春秋传》曰:尔贡包茅,不入王祭,不供无以莤酒。阮氏校勘记可参考。

昭王,成王之孙。《周本纪》文也。同上。

《楚世家》:成王封态[熊]绎于楚,以子男之田国,居丹阳。同上。此非《楚世家》原文,有增字省句。

扬雄《方言》云:扉,粗屦也。丝作之曰履,麻作之曰扉,不借粗者谓之屦。同上。

《曲礼》云:卜、筮不相袭。郑玄云:卜不吉,则又筮,筮不吉,则又卜,是渎龟筮也。晋献公卜娶骊姬,不吉,公曰,筮之是也。同上。

《周礼》:占人掌占龟。郑玄云:占人亦占筮,言掌占龟者,筮短龟长,主于长者,亦用此传为说。同上。

郑众云:以二至、二分观云色,青为虫,白为丧,赤为兵荒,黑为水,黄为丰。同上。

《周本纪》云:襄王母早死,后母曰惠,后生叔带,与传不同。同上。此节《周本纪》文。

《周本纪》云:古公有长子曰大伯,次曰虞仲,大姜生季历。同上。

此节亦[亦节]《周本纪》文。

贾逵云：虢仲封东虢，制是也；虢叔封西虢，虢公是也。马融云：虢叔，同母弟，虢仲，异母弟。虢仲封下阳，虢叔封上阳。同上。

《秦本纪》：惠王十二年初腊，始皇三十一年更改腊曰嘉平。蔡邕《独断》云：腊者，岁终大祭，纵吏民宴饮，非迎气，故但送不迎。应劭《风俗通》云：案《礼》，夏曰嘉平，殷曰清祀，周曰大蜡，汉鹜腊。腊者，猎也，田猎取兽祭先祖也。同上。此引《秦本纪》亦节文，且有改字。阮氏校勘记云："案《礼》，夏曰嘉平"，宋本"夏"上有"传"字；"汉鹜[鶩]腊"，监本作"鹜"，亦非，宋本作"汉改曰腊"，不误。知本疏鹜字并为鹜[鶩]之误也。

《说文》云：晨，早昧爽也。同上。《说文》：晨作晨，从臼，从辰；晨为曟之重文。曟，房星，从晶，辰声。

天策，傅说星。《史记·天官书》之文。同上。

附录：

尔贡包茅不入。《诗·伐木》正义、《后汉书·公孙瓒传》注、李善注《藉田赋》、《册魏公九锡文》并作苞茅不入。《文选·六代论》作苞茅不贡。高诱注《淮南子》同，茅作茆。案：作苞是也。《史记·乐书》：苞之以虎皮，字从艸。自石经始去艸头，后人往往仍之。同卷阮氏校勘记。

王祭不共。《释文》：共，本亦作供，下及注同。案《诗·伐木篇》正义、李善注《册魏公九锡文》、高诱注《淮南子》、颜师古注《汉书·刑法志》作供。《说文》引传，亦作供。同上，《说文》云：供，设也，从人，共声，一日[曰]供给。

君其问诸水滨。《说文》濒字注云：水厓，人所宾附，频蹙不前而止，从页，从涉。案陈树华云：《广雅》，滨，厓也；频，频比也。徐铉曰：今俗别作水滨，非是。同上。

犬毙。《说文》引传，毙作獘，顿仆也，从犬，敝声，或作毙。《五经文字》云弊字注，云见《春秋传》，又作毙。同《说□[文]》。详隐元年

《释文》校勘记。同上。

均服振振。《释文》:均,如字,同也。字书均作袀。《周礼·司几筵》疏引传文作均。段玉裁云:贾、服、杜君等皆为袀,袀,同也;今本疏袀字讹均。同上。

《宋世家》云:微子开者,殷帝乙之首子,而帝纣之庶兄。周武王克殷,微子乃持其造军器,祭于肉门,袒面缚,左牵羊,右把茅,膝行而前以告。于是武王乃释微子,复其位。成王诛武庚,乃命微子代殷之后,国于宋。《左传疏》卷十三,此亦节《宋世家》文。

祓,芳弗反,徐音废。《说文》云:除恶之祭也。《释文》。同上。今《说文》无之字。

《释名》云:八十曰耋。耋,铁也,皮黑如铁。同上。

扬雄《方言》云:颜、额,谓颡也,中夏谓之额,东齐谓之颡,河、颍、淮、泗间谓之颜。贾逵亦云:八寸曰咫。《说文》云:周制寸、尺、咫、寻,皆以人之体为法中,妇人手长八寸,谓之咫,周尺也。同上。八寸曰咫,杜袭用贾说。此谓"贾逵亦云",不惟时代倒置,且似杜未见贾说者,尊杜而诬矣。《说文》"寸、尺、咫、寻"下,本有"常仞诸度量"五字。

贾逵云:烝于献公夫人贾君,故曰无礼。马融云:申生不自明而死,夷吾改葬之,章父之过,故曰无礼。同上。

服虔云:上军之舆帅七人,属申生者。襄二十三年,下军舆帅七人往前申生将上军。今七舆大夫为申生报怨,栾盈将下军,故七舆大夫与栾氏。同上。阮氏校勘记云:陈树华云,"上"字当作"下",前"申生将上军"句,"上"亦当作"下"也。按闵二年传云:公将上军,大子申生将下军。陈树华所订是也。

《谷梁传》曰:林属于山为鹿,沙山名也。服虔云,沙山名鹿山,是林属于山曰鹿,取《谷梁》为说也。《汉书·元后传》称后祖翁孺自东平陵徙魏郡元城委粟里,元城建公曰,昔春秋沙鹿崩,晋史卜之曰,阴为阳雄，土火相乘，故有沙鹿崩，崩后六百四十五年，宜有圣女兴，今王翁孺徙，正值其地，日月当之。元城郭东有五鹿之虚，即沙鹿地。同上。《汉书》以下非《元后传》原文。有省文增字。其说当系王莽窃国时所伪造，而疏称计尔时去圣犹近，所言当得其实，陋矣。

附录：

受玉惰。案《说文》惰字下云不敬，引《春秋传》曰执玉惰。同卷阮氏校勘记。

《说文》云：震，劈历振物者。《左传疏》卷十四。此与疏卷四所引同，而彼作"震物"，知彼疏误。

服虔解谊，其文甚烦。传本若有此文，服虔必应多解，何由四十余字不解一言，亦至二十二年始解婢于子。同上。二十二年传婢子疏未引服谊，当是杜注即服谊也。

服虔、孔晁皆云：爰，易也；赏众以田，易其疆畔。同上。

服虔以离为戈兵，兑为羊，震变为离，是用兵刺羊之象也；三至五有坎象，坎为血，血在羊上，故刺无血也。震为竹，竹为筐；震变为离，离为火，火动而上，其施不下，故筐无实也。同上。

服虔以为三至五为坎，坎为月，月生西方，故为西邻；坎为水，兑为泽，泽聚水，故坎责之泽；泽偿水则竭，故责言不可偿。同上。

服虔云：兑为金，离为火，金、火相遇而相害，故无助也。同上。

服虔云：离为曰[日]、为火，秦嬴姓水，位三至五有坎象，水胜火，故为嬴败姬。同上。

服虔云：五至三有坎，为水象，震为车，车得水而脱其輹也；震为龙，龙为诸侯旗，离之震，故火焚其旗也；震东方木，兑西方金，木遇金必败。韩有先君之宗庙，故曰宗丘。同上。

服虔云：坎为寇，为弓，故曰寇张之弧。同上。

服虔云：一役者，谓韩战之役。同上。

《宋世家》云：箕子者，纣亲戚也。郑玄、王肃皆以箕子为纣之诸父。服、杜以为纣之兄庶。同上。

《洪范五行传》曰：鹢者，阳禽。同上。

《五行传》云：青祥，白详之类。同上。

服虔云：鹢退、风咎，君行所致，非吉凶所从生。襄公不问己行何失而致此变，但问吉凶焉在，以为石陨、鹢退，吉凶何从而生，故云失问。同上。阮氏校勘记云：《说文》作鶂，引六鶂退飞，无鹢字。

《说文》云：孕，怀子也。同上。《说文》怀作褢。

刘、贾先儒皆云：言新有故木，言作有新木。同上。此与疏卷十同。

服虔云：阖扇所以开，键闭所以塞。《月令》：仲春修阖扇，孟冬修键闭。从时，从此时也。同上。

服虔云：国家凶荒，则无道之国乘而加兵，故修城郭为守备也。同上。

附录：

千乘三去。惠士奇云：《上林赋》江河为阹，注云，遮禽兽为阹，阹即去，实一字。同卷阮氏校勘记。

《释文》云：蛾，本或作蚁；析作晳，本或作析。案惠栋云：娄寿曰古蛾与蚁通，《汉书》白蛾群飞、扶服蛾伏，《陈球后碑》蜂聚蛾动，《仲秋下旬碑》蛾附，皆与蚁同。陈树华云：《礼记》蛾子时术之，蛾音蚁。《后汉书·皇甫嵩传》时人谓之黄巾，亦名为蛾贼，注云：蛾，鱼绮反，即蚁字也。同上。

用人其谁飨之。案《风俗通义》引作：用人其谁享之。同上。

务穑。案《论衡·明雩篇》李善注、《册魏公九锡文》并作务啬。同上。

《说文》云：螽，飞虫螫人者也；蚃，毒虫也。《方言》云：燕赵谓螽为蠓螉，其小者谓之蠮螉。《左传疏》卷十五。今《说文》"螫人者"下无"也"字。

《说文》云：胄，兜鍪首铠也。同上。今《说文》无"首铠"二字。

《说文》云：骈，胁并也。《释文》。《说文》云：骈，胁并干也。同上。《说文》云：骈，驾二马也。骿，并胁也，从骨，并声。晋文公骿胁，知骿为正字，骈为段借字。本疏于传及《释文》或传写均误也。

飧，音孙。《说文》云：铺也。《释文》。同上。

《方言》云：弓藏谓之鞬。同上。

匜，以支反，一音以纸反。《说文》云：似羹，魁，柄中有道，可注水。《释文》。《说文》云：匜，似羹，魁，柄中有道，可以注水。同上，今《说文》亦有"以"字。

服虔云：申意于楚子，伸于知已；降服于怀嬴，屈于不知已。同上。阮氏校勘记云：宋本"伸"作"申"，"已"作"己"。

羁，纪宜反。《说文》云：马络头也。绁，息列反。《说文》云：系也。《释文》。《说文》云：羁，马络头也，又曰马绊；绁，系也。服虔云：一曰犬缰，曰绁，古者行则有犬。同上。《说文》：羁为䩻之重文；有绁，无緤。䩻篆下云：马络头也，从网，从䩻，马绊也。馽篆下云：绊马也，从马，口其足。《春秋传》曰：韩厥执馽马前，其重文曰絷。今絷行而馽废。疏引马绊为羁之别一谊，是䩻、馽不分，而一字兼络头口足两谊矣。绁篆下云：系也，从糸，世声。《春秋传》曰：臣负羁绁。阮氏校勘记云：石经避庙讳，偏旁作緤。知传及《释文》均用唐讳字也。系、係、繫传写通用，当以系为正。

《说文》云：纲，维纮绳也；纪，丝别也。同上。

《韩诗外传》云：文云晋[晋文公]亡，过曹，里凫须从，因盗重耳资而亡。重耳无粮，馁不能行，介子推割股以食重耳，然后能行。《释文》。同上。

郑众、贾逵皆以二叔为管叔、蔡叔，伤其不和睦而流言作乱，故封建亲戚。郑玄《诗》笺亦然。马融以为夏殷叔世。同上。

《方言》云：杀人取财曰惏。同上。《方言》云杀人而取其财曰惏。

《释文》。同上。

释鸟云翠鹬。《说文》云:翠青羽雀也。同上。

附录:

臣负羁绁。案《说文》引作臣负羁绁。同卷阮氏校勘记。

蒲城之役。宋本役作伇。《说文》云:古文役从人。同上。

天子有事膰焉。《释文》云:《周礼》作鐇字,音、义皆同。案:《说文》鐇字下云宗庙火孰肉,从炙,番声。《春秋传》曰:天子有事鐇焉。同上。

卷二

《说文》云：掖，持臂也。《左传疏》卷十六。

掖，音亦。《说文》云：以手持人臂曰掖。《释文》。同上。此与上云“持臂”同，而文有详略，知孔、陆二氏所引《说文》，其一非原文，或均非原文矣。今《说文》作以手持人臂投地也。沈氏《古本考》据《释文》及正义，谓古本无“投地”二字，今本乃浅人妄增。

服虔云：以师枯槁，故馈之饮食。同上。

服虔云：言室屋皆发，榱橑椽在，如悬罄[磬]。同上。阮氏校勘记云：程瑶田《通艺录》云，《左传》室如悬罄，字从缶；从缶与从石同意。罄有房室中空之象，室无资粮，故曰如悬罄也。《国语》作悬磬。

《楚世家》云：楚之先出自帝颛顼高阳，高阳生称，称生卷章，卷章生重黎。黎为高辛氏火正，帝喾命曰祝融；帝诛重黎，而以其弟吴回居火正，为祝融。吴回生陆终，陆终生季连，季连芊[芈]姓，楚其后也。其后中微，或在中国，或在蛮夷，不能纪其世。周文王之时，季连之苗裔曰鬻熊，事文王，曾孙态[熊]绎，成王封于楚。同上。此节《楚世家》文，亦有增易字。

以之于言，所涉甚多。刘、贾、许、颍阮[既]不守例为断，又亦不能尽通诸以，唯杂取晋人执季孙以归，刘子、单子以王猛居于皇，尹氏、毛伯以王子朝奔楚，随示以义数事而已。又云诸称以，皆小以大、下以上，非其宜也。同上。

《说文》云：跃，迅也，踊，跳也。同上。

盐之为啑，未见正训，盖相传为然。服虔云：如俗语相骂，云啑女脑矣。同上。

韅,许见反,王又玄见反。《说文》作韅,云著掖皮[鞥]。靷,以刃反,《说文》云:轴也。鞅,于杖反。《说文》云:颈皮也。释文。《说文》云:韅,著掖皮[鞥]也。靷,引轴也。鞅,颈皮也。同上。今《说文》韅,著掖[鞥]也。靷,引轴也。鞅,颈靼也。

琼,求营反。《说文》云:赤玉。释文。同上。《说文》"赤玉"下有"也"字。璿,篆下云:《春秋传》曰璿,弁玉缨。知唐时《左氏传》已非古本矣。阮氏校勘记云:《说文》引作璿,弁玉缨。《张衡集》引同。

附录:

晋侯朝王,王飨醴。石经、宋本、淳熙本、足利本飨作享。《释文》亦作享,云注同。《国语·晋语》作飨,《诗·彤弓》正义引同。刘向《新序》引作享。案:作享为正字,作飨为同音假借。左氏多用正字。同卷阮氏校勘记。

昔赵衰以壶飧从,径馁而弗食。闽本壶误壶。石经、宋本飧作飱,这[注]同。岳本作飱,闽本、监木[本]、毛本作飧。案:飧字当从夕,从食。正义曰:刘炫改径为经,谓经历饥馁,下属为句。案:经、径古多通用。如《楚词·招魂》经堂入奥,注:经一作径。《史记·高祖本纪》夜径,索隐曰:旧音经。《隶辨·徐氏纪产碑》雍直径管,即经管也。同上。

《诗·小雅·彤弓》正义云:传文直云,玈弓矢千,定木亦然。故服虔云矢千则弓十。同上。

《周礼·大司马》以九伐之法正邦,国贼杀其亲,则正之。郑玄云:正之者,执而治其罪。《王霸记》曰:正,杀之也。《春秋》僖二十八年,晋人执卫侯归之于京师,坐杀其弟叔武。《左传疏》卷十七。

贾、服不晓传意,解为先聘晋,后聘周。同上。

郑玄以为望者，祭山川之名。诸侯之祭山川，在其地则祭之，非其地则不祭。且鲁境不及于河。《禹贡》海、岱及淮惟徐州，徐即鲁地。三望，谓淮、海、岱也。贾逵、服虔以为三望，分野之星，国中山川。同上。

《史记·卫世家》及年表，卫从此年以后历十九君，积四百三十年，卫元君乃徙于野，王。元君卒，子角代立。秦灭卫，废角为庶人。同上。

《夏本纪》：禹生启，启生太康及仲康，仲康生相。同上。此节改《夏本纪》文。“仲”，《史记》作“中”。

服虔云：无理，谓过天子门不櫜甲束兵，而但免胄。同上。

秣，音未[末]，谷马也。《说文》作餘，云：食马谷也。《释文》。同上。

《释名》云：耨，锄，妪媷禾也。同上。

附录：

《释文》：殽，本又作崤。案《后汉书·庞参传》云，孟明视丧师于崤。同卷阮氏校勘记。

《鲁世家》：文公名兴，僖公之子。《左传疏》卷十八。此非《鲁世家》原文。“僖”，《史记》作“釐”。

《汉书·律历志》云：文公元年距僖公五年辛亥二十九岁，是岁闰余十三，闰当在十一月后，而在三月，故传曰非礼也。同上。此非《律历志》原文，字有增损。“僖”，汉志作“釐”。

芊[芈]亡氏反。《史记》以为成王，妄。《释文》。同上。

桓谭以为自缢而死，其目未合，尸冷乃瞑，非由谥之善恶也。同上。

何休《膏肓》以为三年之丧，使卿出，聘于义，左氏为短。郑康成箴云:《周礼》诸侯邦交,岁相问,殷相聘,世相朝,左氏合古礼,何以难之。同上。

郑玄以为明堂在国之阳,与祖庙别处。左氏旧说及贾逵、卢植、蔡邕、服虔等皆以祖庙与明堂为一。同上。

鲧,禹父。《夏本纪》文也。契,汤十三世祖。《殷本纪》文,契生昭明,昭明生相土,相土生昌若,昌若生曹圉,曹圉生冥,冥生振,振生微,微生报丁,报丁生报乙,报乙生报丙,报丙生主壬,主壬生主癸,主癸生天乙,天乙即汤也。下注云:不窋,后稷子,《周本纪》文。服虔云:周家祖后稷,以配天,明不可先也,故言不先不窋。禹、汤异代之王,故言不先鲧、契也。同上。"契生昭明"至"即汤也",皆据《殷本纪》节改。

帝乙,微子父,《宋世家》文。厉王,郑桓公父,《郑世家》文。同上。

贾颖以为举国曰溃,一邑曰叛。同上。

《说文》:肆,训为陈,字从长,聿声。肄,训为习,字从一,豸声。同上。《说文》:镻,极陈也,从长,隶声。 ,习也,从聿,希声。孔氏所引均误。

附录:

归余于终。案《史记》历书余作邪,注云:邪,音余。同卷阮氏校勘记。

事则不悖。《汉书·律历志》引传,悖作誖。同上。

顾炎武云:石经锡误赐。《汉书·王[五]行志》作毛伯赐命。案:经与传文往往不同,顾炎武以作赐为误,非是。同上。

惠栋云:废与置,古字通。《公羊传》:去其有声者,废其无声者。郑氏答张逸曰:废,置也。以废为置,犹以乱为治、徂为存、故为今、曩为曏、苦为快、臭为香、藏为去。郭璞所谓诂训义有反覆旁通,美恶不嫌同名。杜注云:六关所以禁绝末游而废之,非也。陈树华云:《庄子·徐无鬼》,于是乎为之调琴,废一于堂。废一于堂,亦废训置之明证。同上。

队而死也。石经队作坠，俗字。《汉书·五行志》引传同。同上。

诸侯敌王所忾，而献其功。《说文》引传，忾作鎎。同上。

含，本亦作唅，户暗反。《说文》作琀，云，送终口中玉。《释文》。

贾、服云：含、赗异人，今一人兼两使，故书且以讥之。何休《膏肓》以为礼尊不含卑，又不兼二礼，左氏以为礼，于义为短。郑康成箴云：《礼》，天子于二王后之丧，含为先，襚次之，赗次之，赙次之；于诸侯含之、赗之；小君亦如之；于诸侯臣，襚之；诸侯相于如天子于二王后，于卿大夫如天子于诸侯，于士如天子于诸侯臣。何休云尊不含卑足[是]违礼，非经意。其一人兼归二礼，亦是为讥。《左传疏》卷十九上。

《晋语》说此事云，舍于逆旅宁嬴氏。注《国语》者贾逵、孔晁皆以宁嬴为掌逆旅之大夫。同上。

服虔云：使射姑代先且居，赵盾代赵衰也，箕郑将上军，林父佐也，先蔑将下军，先都佐也，改蒐于董、赵盾将中军，射姑奔狄，先克代佐中军耳。同上。

服虔云：凫氏为钟，各自计律，倍而半之。黄钟之管长九寸，黄钟之钟长二尺二寸，余钟亦各自计律，倍而半之。度量衡其本俱出于律。同上。

抒声返除，故为除也。服虔作纾，纾，缓也。同上。阮氏校勘记云：《说文》纾，缓也。纾为正字，抒为假借字。

《说文》云：帑，金币所藏。同上。今《说文》"藏"下有"也"字。

服虔以为致之于郑。同上。

《释例》曰：楚杀得臣与宜申。贾氏皆以为陋。同上。

隧，音遂。《说文》作裞，云赠终者衣被曰裞。《释文》。同上。传作隧，阮氏校勘记云宋本、岳本、纂图本、毛本"隧"作"襚"。

贾逵云：箕郑称及，非首谋。同上。

何休《膏肓》云：礼主于敬一，使兼二丧，又于礼既缓，而左氏以之为礼，非也。郑箴云：若以为缓，案《礼》：卫将军文子之丧，既除丧，而越人来吊，子游何得善之。同上。

附录：

以子车氏之三子奄息、仲行、针虎为殉。案《诗·黄鸟》正义曰：《左传》作子舆，《史记·秦本纪》亦作子舆氏。今传文作车，与孔氏所据本不同。同卷阮氏校勘记。

训卒利兵。《论语》：必先利其器。《汉书·梅福传》：非厉其器。陈树华云：古利、厉通用。同上。

顾炎武云：《水经注》引阚骃日[曰]，令狐即猗氏，刳首在西三十里。后汉《卫敬侯碑》阴文：城惟解梁地，即郀首山，对灵足，俗当猗口，刳字作郀。《玉篇》：郀，口狐切，秦地，在河东。同上。

《汉书·五行志》引传文作：楚使越椒来聘。今诸本皆无使字。无使者是也。《五行志》使字疑子字之讹。又按：子越椒三字连读。宣四年传云：楚司马子良生子越椒；下文虽或言子越，或言椒，或言伯野，要之伯野是字，则合子越椒三字为名。传文非楚子连读也。同上。

服虔云：反不书者，施而不德。《左传疏》卷十九下。

鄋，所求反。《说文》作郪，云：北方长狄国也，在夏为防风氏，殷为注芒氏。《释文》。同上。今《说文》"殷"文上有"在"字。

服云：伐我不书，讳之。同上。

《史记·十二诸侯年表》：宋武公即位十八年，以鲁惠公二十一年卒。同上。

服虔云：不言所埋，埋其身首同处于战地可知。同上。

贾逵云：皇父与谷甥、牛父三子皆死。郑众以为谷甥、牛父二人死耳，皇父不死。马融以为皇父之二子从父在军，为敌所杀，名不见者，方道二子死，故得胜之；如今皆死，谁杀缘斯。服虔云：杀缘斯者未必三子之手，士卒获之耳。下言宋公以门赏耏班，班为皇父御而有赏，三子不见赏，疑皆死。同上。阮氏校勘记云宋木[本]、毛本"今"作"令"。恩孚绎，传文仅皇父之二子死耳。如令皆死，何得云败狄，缘斯疑为班所获，故独赏班。

慭，鱼觐反，又鱼辖反。《方言》云：伤也。《释文》。《方言》云：慭，伤。同上。

左氏先师，贾、服等皆以为太庙之室也。同上。

服虔云：谓能处贱且又知耻，言不可污辱。同上。

服虔云：绕朝以策书赠士会。同上。

明帝时，贾逵上疏云：五经皆无证《图谶》明刘氏为尧后者，而左氏独有明文，窃谓前世藉此以求道通，故后引之以为证耳。同上。

《晋语》云：昔隰叔之违周难于晋，生子舆，为司空世及武子，佐文襄，辅成景，足以受随范。贾逵云：隰叔，杜伯之子，周宣王杀杜伯，其子逃奔晋，子舆士蒍也，武子蒍，孙即士会也。同上。

《齐世家》：孝公卒，弟潘杀孝公子而立，是为昭公。同上，此节《齐世家》文。

服云：子杀身执闵之，故言子为在室辞。同上。

服虔云：华耦为卿，侈而不度，以君命修好结盟，举其官属从之，空官废职。鲁人不知其非，反尊贵之。其意以为贵之者，鲁人贵之，非君子贵子[之]。同上。

服虔云：鲁国中小寇，非异国侵伐，故不书也。同上。

附录：

惠士奇曰：服虔以郕邽为郕邦之家["家"疑衍]宝圭，大子以其国宝与地夫钟来奔也。然则邽不从邑。服说见《太平御览》一百四十六。同卷阮氏校勘记。

《史记·鲁世家》：鲁公伯禽，子考公酋，弟炀公熙，子幽公宰，弟魏公费，子厉公跃，子郑公具，子顺公濞，弟武公敖，子懿公献，弟孝公称，子惠公弗皇，子隐公息姑，弟桓公允，子庄公同，子闵公开，兄僖公申。《释文》。

《鲁世家》：鲁公伯禽，子考公酋，弟炀公熙，子幽公圉，弟徽公溃，子厉公擢，子献公具，子顺公濞，弟武公敖，子懿公戏，弟孝公称，子惠公弗皇，子隐公息姑，弟桓公允，子庄公同，子闵公开，兄僖公申。《左传疏》卷二十。此皆节《鲁□[世]家》文。今《史记》作幽公宰，魏公溃，厉公擢，献公具，真公濞，懿公戏，惠公弗湟，隐公息，湣公开，釐公申。

《史记·楚世家》云：蚡冒率弟能达杀蚡冒子而代立，是为楚武王。《释文》。刘炫云：案《楚世家》，蚡冒率弟熊达杀蚡冒子而代立，是为楚武王。同上。今《史记》作熊通弑蚡帽子。

服虔以为再来伐鲁西鄙，书，北鄙，不书，讳仍见伐。同上。本疏驳语可参考。

贾、服皆云：葴，㭬也。同上。

服虔云：鹿得美草，呦呦相呼；至于困迫将死，不暇复择善音，急之至也。同上。

《释例》曰：刘、贾、许、颍以为君恶及国朝，则称国以弑，恶及国人，则称人以弑。同上。疏卷二十一同。

服虔云：正刑一，议刑八，即引《小司寇》八议，议亲故贤能功，贵勤宾能辟。同上。

先儒旧说及谯周考史，皆以颛顼、帝喾为帝之身号，高阳、高辛皆国氏土地之号，高阳次少昊，高辛次高阳，尧承高辛之后。《大戴礼》五帝德，司马迁五帝纪，皆言颛顼、帝喾，代别一人，《春秋纬命历序》，颛顼传九世，帝喾传八世。同上。

司马迁采帝系《世本》以为《史记》，其《夏本纪》称禹是颛顼之后，

《秦本纪》称皋陶是颛项之后，伯益则皋陶之子垂之所出，史无其父，旧说相传亦出颛项。服虔云：八人，禹、垂之属也。同上。

《史记》：殷、周皆为帝喾之后也。同上。

服虔用《山海经》以为驩兜，人面马喙；浑敦，亦为兽名。同上。

服虔按：《神异经》云，梼杌，状似虎，毫长二尺，人面、虎足、猪牙，尾长丈八尺，能斗不退；饕餮，兽名，身如牛，人面，目在腋下，食人。同上。“身如牛”，阮氏校勘记云，宋本作“羊”。

服虔亦以蒐为隐。同上。

服虔云：夏官为缙云氏。同上。

先儒贾、服等相传为然。同上。此指杜注贪财为饕、贪食为餮二语。

魅，亡备反，《说及[文]》作鬽，云：老精物也。鬽，或从未。《释文》。同上。今《说文》云：或从未声。

附录：

服虔云：成德为成就之德，是服虔所见本盛作成也。陈树华云：成、盛古字通，《公羊》皆以盛为成。同卷阮氏校勘记。

《鲁世家》云：宣公名倭，或作接，文公之子敬嬴所生。《左传疏》卷二十一。此非《鲁世家》原文。“倭”，今《史记》作“俀”。《集解》徐广曰：一作倭。《释文》云：宣公名倭，一名接，又作委。

服虔云：古者一礼不备，贞女不从。故《诗》云：虽速我讼，亦不女从。宣公既以丧娶，夫人从，亦非礼，故不称氏，见略贱之也。同上。

服虔云：赵盾既救陈而楚师侵宋，赵盾欲救宋而楚师解去。同上。

服虔载三说，皆以子之马然为叔牂之语，对曰以下为华元之辞。贾逵云：叔墙，宋守门大夫，华元既见叔牂，牂谓华元曰：子见获于郑者，是由子之马使然也。华元对曰：非马自奔也，其人为之也。谓羊斟驱入郑也；奔，走也，言宋人赎我之事既和合，而我即来奔耳。郑众云：叔牂即羊斟也，在先得归，华元见叔牂，牂即诬之曰：奔入郑军者，子之马然也，非我也。华元对曰：非马也，其人也。言是女驱之耳。叔牂既与华元合语，而即来奔。鲁又一说：叔牂宋人，见宋以马赎华元，谓元以赎得归，谓元曰：子之得来，当以马赎故然。华元曰：非马也，其人也。言已[己]不由马赎，自以人事来耳。赎事既合，而我即来奔。同上。

睅，户板反。《说文》：《字林》之大目也。《释文》。《说文》云：睅，大目也。同上。

于思，如字，又西才反，多须貌。贾逵云：白头貌。《释文》。贾逵以为白头貌。同上。

《说文》云：兕，如野牛，青毛，其皮坚厚可制铠。同上。“兕[兕]”为《说文》㱿之重文。今《说文》㱿篆下云：如野牛而青，无“毛”以下八字。

《说文》云：畚，蒲器，可以盛粮。《韩诗外传》云：鲍焦挈畚采蔬，遇子贡于道。同上。今《说文》畚篆下云：𦉜属蒲器也，所以盛粮。

遂扶，旧本皆扶，房孚反。服虔注作跣，先典反，云：徒跣也。今杜注本往往有跣者。嗾，素口反，《说文》云：使犬也。服本作啾夫，音扶。獒，五羔反。《尚书》传云：大犬也；《尔雅》云：狗四尺为獒；《说文》云：犬知人心可使者。《释文》。

服虔本扶作跣，注云：赵盾徒跣而下走。服虔云：嗾，啾也，夫语辞。獒，犬名，公乃啾夫獒使之噬盾也。同上。扶作跣，阮氏校勘记引卢文弨云：服本是也。襄三年传，晋悼公惧魏绛之死，亦跣而出，皆是急迫不及纳屦使然。赵盾饮未至醉，何假于扶，明扶字误也。嗾獒，今《说文》嗾篆下云：使犬声；獒篆下云：犬如[知]人心可使者。两篆下均有《春秋传》曰公嗾夫獒句。阮氏校勘记引臧琳云：依正义则服本亦作嗾，但训嗾为啾耳，啾字《说文》、《玉篇》皆无，至《集韵》始收。毛本注疏作取，不从口，非也。獒，《史记》作敖。

《晋世家》：成公者，文公少子，其母周女也。同上。

服虔云：丽姬与献公及诸大夫诅无畜群公子，欲令其二子专国。

同上。阮氏校勘记云:《释文》亦作丽。闽本、监本、毛本作骊。案:丽、骊一字耳。

罔,亡丈反。两,本又作蜽,音同。《说文》云:罔两,山川之精物也。《释文》。同上。今《说文》蜽篆下云:蛧蜽,山川之精物也。阮氏校勘记云:郑氏注《周礼·家宗人》,引作螭彪魍魉。《说文》鼎字下引作螭魅蛧蜽。

《律历志》云:商三十一王,六百二十九年。同上。此非《汉志》原文,有省改字。

《律历志》云:周三十六王,八百六十七年。同上。此亦非《汉志》原文,有省改字。

其食指者,食所偏用。服虔云:俗所谓啑盐指也。同上。

《说文》云:鼋,大鳖也。同上。

服虔云:笠毂,毂之盖,如笠,所以蔽毂上以御矢也。一日[曰]车毂上铁也。或曰兵车旁幔轮谓之笠毂。同上。

《仪礼》:昏礼者,士之礼也,其礼无反马。故何休据之作《膏肓》以难左氏,言礼无反马之法。郑玄答之曰:冠义云,无大夫冠礼,而有其昏礼;则昏礼者,天子、诸侯、大夫皆异也。士昏礼云:主人爵,并裳缁衣,垂墨车,从车二乘,妇车亦如之。此妇车出于夫家,则士妻始嫁,垂夫家之车也。《诗·鹊巢》云:之子于归,百两御之;又曰:之子于归,百两将之。将,送也。国君之礼,夫人始嫁,自乘其家之车也。则天子、诸侯嫁女,留其乘车可知也。高固大夫也,来反马,则大夫亦留其车也。《礼》虽散亡,以《诗》之义论之,大夫以上,其嫁皆有留车反马之礼。留车,妻之道也,反马,婿之义也。高固以秋九月来逆叔姬,冬来反马,则妇人三月祭行,乃反马礼也。《左传疏》卷二十二。

传以师出为例,足唯系于战伐;而刘、贾、许、颖滥以经诸及字为义。同上。

贾逵云:二子不系之陈,绝于陈也,恶其与君淫,故绝之,善楚,有礼也。同上。

服虔亦云：艾猎，蔿贾之子，孙叔敖也。此年云之尹蔿艾猎，明年云令尹孙叔敖，明一人也。同上。

《释名》云：城上垣曰陴，于其孔中俾倪非常，亦言陴，益也，助城之高也。或曰女墙，言其卑小，比之于城，如女子之于丈夫也。《左传疏》二十三。今《释名》作城上垣日[曰]睥睨，言于其孔中睥睨非常也；亦曰陴，陴，裨也，言裨助城之高也；亦曰女墙，下与疏同。

逵，求龟反。《尔雅》云：九达谓之逵。《说文》作馗，云：九达道似龟背，故谓之馗。逵，戎馗字。《释文》。同上。今《说文》"九达道"下有也字。

服虔云：食采于彘。同上。

《韩世家》云：韩之先事晋，得封韩，原曰韩武子，后三世有韩厥。《世本》云：桓叔生子万，万生求伯，求伯生子舆，子舆生献子厥。《史记》所云武子，盖韩万也。如彼二文，厥是万之曾孙。而服虔、杜预皆言厥韩万玄孙。同上，此引《韩世家》亦节文。

衅，许靳反。服云：间也。《释文》。同上。

服虔云：坎为水，坤为众，又互体震；震为雷，雷，鼓类，又为长子。长子帅众鸣鼓，巡水而行师之象也。同上。

服虔亦云：此祸也。又引《易·师卦》六五，长子帅师，弟子舆尸，凶。长子帅师，以中行也；弟子舆尸，使不当也。佐之于元帅，弟子也，而专以师济，使不当也，军必破，败而舆尸。同上。阮氏校勘记云：宋本"此"上有"主"字，是也。

《楚世家》云：熊咢卒子熊仪立，是为若敖；若敖卒子霄敖立，霄敖卒子态[熊]煦立，是为蚡冒；蚡冒卒弟熊达立，是为楚武王。同上。此节《楚世家》文，今《史记》熊眴作熊眴，熊达作熊通。《集解》云：徐广日[曰]眴音舜。《索隐》云：按《玉篇》，眴在口部。顾氏云：楚之先即蚡冒也。刘音舜，其近代眴字有从目者，故刘氏有舜音，非也。阮本[“本”字衍]氏校勘记据《玉篇》，眴字云当从口。

服虔云：言其缕破蓝蓝然。同上。

两饰掉正，皆无明训。服虔亦云：是相传为然也。同上。

杜以龟为背之隆高当心者。服虔亦然，是相传为此说也。同上。

服虔亦以为犨子。同上。

郑玄云：广车，横陈之车。服虔云：軘车，屯守之车。同上。

服云：扃，横木校[投]轮间；一日[曰]车前横木也。《西京赋》云旗不脱扃。《释文》。服虔云：扃，横木，有横木投于轮间；一日[曰]扃，车前横木。张衡《西京赋》云旗不脱扃。同上。

服虔云：入楚师，使楚师入郑。同上。

《孝经》有此二句。孔安国云，进见于君，则必竭其忠贞之节以图国事，直道正辞，有犯无隐；退还所职，思其事宜献可替否，以补王过。同上。

麦麹鞠穷，所以御湿。贾逵有此言，则相传为此说也。同上。

出溺为拯，《方言》文。同上。

贾逵云：称人众辞善，其与众同欲。《左传疏》卷二十四。此与《谷梁传》谊略同。

蝝，悦全反。《字林》：尹绢反。刘歆云：蚍蜉子也。董仲舒云：蝗子。《释文》。同上。

服虔云：与华元私盟，许为退师，若孟任割臂与鲁庄公盟。同上。

《辨名记》云：倍人曰茂，十人曰选，倍选曰俊，千人曰英，倍英曰贤，万人曰桀，倍桀曰圣。同上。阮氏校勘记云：辨名，又作别名，见《白虎通·圣人篇》。

《史记·殷本纪》云：纣贤辩捷疾，闻见甚敏，材力过人，手格猛兽，知足以拒谏，饰是非之端，矜人臣以能，高天下以声，以为皆出己之下。武王伐灭之。同上。“武王”句非《殷本纪》原文。今《史记》“贤辩”作“资辩”,“饰是非之端”作“言足以饰非”。阮氏校勘记已见。

此,传地反,物者唯言妖耳。《洪范五行传》则有妖、孽、祸、疴、眚、祥六者之名,以积渐为义。《汉书·五行志》说此六名云:凡草物之类谓之妖,妖妖,犹夭胎,言尚微也;虫豸之类谓之孽,孽则牙孽矣;及六畜谓之祸,言其著也;后人谓之疴,疴,病类,言浸深也;甚则异物生,谓之眚,自外来谓之祥。是六名以渐为称,唯眚、祥有外、内之异耳。大旨皆是妖也。同上。此非《五行志》原文,有增改字。“是六名”以下,疏盖释志以就传文。

许慎《说文序》云:苍颉之初作书,盖依类象形,谓之文;其后形声相益,谓之字。文者,物象之本;字者,孳乳而生。同上。此节改《说文叙》文。

服虔云:人反正者,皆乏绝之道也。人反德则妖生,妖灾生则国灭亡,是乏绝之道也。同上。

服虔云:宣扬威武之处。同上。

先儒说母弟善恶褒贬,既多相错涉,又云称弟皆谓公子,不为大夫者,得以君为尊。颍氏又曰:臣无竟外之交,故云[去]弟以贬季友。子招乐忧,故玄[去]弟以惩过。郑段去弟,唯以名通,故谓之贬。同上。

贾逵亦云:郑使大夫往残贼之。同上。

《礼·坊记》曰,天无二日,国无二王,示民有君臣之别。《春秋》不称楚、越之王丧,恐民之惑也。郑玄云:楚、越之君,僭号称王,不称其丧,谓不书葬也。同上。阮氏校勘记云:宋本“国”作“土”,与《坊记》合。

《鲁世家》云:成公名黑肱,宣公之子。《左传疏》卷二十五。此亦非《鲁世家》原文。

茅戎,亡交反。《史记》及三传皆作贸戎。《释文》。同上。

《方言》云:膊,曝也。同上。

贾逵云：杀庐蒲就魁，不与齐盟，以亡其邑，故讳不书耳。同上。

《周礼·小胥》：正乐县之位，王宫县，诸侯轩县，大夫判县，士特县。郑众云：宫县四面县，轩县玄其一面，判县又玄一面，特县又去一面。四面象宫室，四面有墙，故谓之宫县；轩县三面，其形曲，故春□［秋］传曰请曲县繁缨，以朝诸侯之礼也。同上。

《说文》云：援，引也；枹，击鼓杖也。同上。

《说文》云：肘，臂节也。同上。

《晋语》云：靡笄之役，郤献之伐，齐侯来献之，以得殒命之礼也。服虔引《司马法》：其有殒命，以行礼如会所用仪也。若殒命，则左结旗，司马授饮，右持苞壶，左承饮以进。同上。

辟，音避，注同。徐，扶臂反；服氏扶赤反。同上。阮氏校勘记云：惠栋云，下云乃奔，则辟当读为跸，与五年伯宗辟重同。《周礼·大司寇》云：使其属跸。康成曰：故书跸作避。杜子春云：避当为辟，谓辟除奸人者也。按谓：跸，止行也。古跸字有作辟，注训为避，非也。

《方言》云：甑，自关而东谓之甗。同上。

服虔云：今河南俗语，治生求利，少有所得，皆言可用藉手矣。同上。

《说文》云：锢，铸塞也。同上。

附录：

《说文》引传，陨作抎。同卷阮氏校勘记。

《说文》引传，作韩厥执雸前，读如辄；縶雸，或从系。执，臧厥云：古文左氏本作韩厥执雸前，雸即縶正字。今本讹为马，又别出縶字，縶当为衍文。同上。《说文》縶篆下云：雸，或从系，执声。

《史记·齐世家》陉作陵。徐广曰：一作陉。贾逵曰：马陉，齐地也。同上。

使垄亩东西行。案《史记集解》引服虔注，无西字。同上。

《说文》云：紝，或从任，作絍。同上。《说文》云：紝，机缕也。

贾逵云：郑，小国，与大国争，诸侯仍伐，许不称将帅，夷狄之，刺无知也。《左传疏》卷二十六。

《说文》：衅，血祭也。同上。

《史记·齐世家》曰：顷公十一年，晋初置六军。顷公朝晋，欲尊王晋景公。景公不敢当。《晋世家》云：景公十二年，齐顷公如晋，欲上尊景公为王，景公让，不敢。同上。此节改两世家文。"当"，《齐世家》作"受"。阮氏校勘记云：案《史记》"当"作"受"。本疏驳语可参考。校勘记于"将授玉"下引惠士奇云："授玉"，古文《左传》作"授王"；详《左传补注》。然"玉"、"王"二字，篆体分别甚微，此处自因太史公误认玉为王，正义所言是也。

服虔云：鞍之战，祷武公以求胜，故立其宫。同上。

《说文》云：盐河东盐池，袤五十一里，广七里，周总百一十六里，字从盐，省古声。同上。"字"字疏增。

《方言》云：墊，下也。同上。

服虔云：是时栾书将中军，荀首佐之，荀庚将上军，士燮佐之，郤锜将下军，赵同佐之；韩厥将新中军，赵括佐之，巩朔将新上军，韩穿佐之，荀骓将新下军，赵旃佐之。同上。

贾逵云：诸夏称天王，畿内曰王，夷狄曰天子。王使荣叔归，含且赗，以恩深加礼妾母，恩同畿内，故称王；成公八年，乃得赐命，与夷狄同，故称天子。同上。

饯，钱浅反。《说文》云：送去食也。《释文》。同上。今《说文》作"送去也"，疑传写脱"食"字。

《史记·赵世家》云：赵朔娶晋成公姊为夫人。贾、服先儒皆以为成公之女。《史记》又称有屠岸贾者，有宠于灵公，此时为司寇，追论赵盾弑君之事，诛赵氏，杀赵朔、赵同、赵括，而灭其族。又说云：公孙杵臼取他儿代武死，程婴匿武于山中，居十五年，因晋侯有疾，韩厥乃请立武为赵氏后。同上。此行《赵世家》均节改记文。

《膏肓》以为媵不必同姓，所以博异气，今《左传》异姓则否，十年齐人来媵，何以无贬刺之文，左氏为短。郑箴云：《礼》称纳女于天子云备百姓，于国君云备酒浆，不得云百姓足不博异气也。齐是大国，今来媵我，得之为荣，不得贬也。同上。

应劭《汉官仪》云：法冠，一日[曰]柱后冠。《左传》：南冠而縶则楚冠也。秦灭楚，以其冠赐近臣，御史服之，即今解豸冠也。古有解豸兽，触不直者，故执宪以其用形为冠，令触人也。同上。阮氏校勘记云：宋本“用”作“角”，不误。监本、毛本作“以其形用”，非也。

《世本》云：公明生赵夙。《晋语》云：赵衰，赵夙之弟。则括之祖公明是也。服虔又以为公明之鬼。同上。阮氏校勘记引浦镗云，“括”上当脱“同”字。

肓，徐音荒。《说文》云：心下鬲上也。《释文》。同上。今《说文》作心上鬲下也。

此贾逵之言，杜依用之。古今传文皆以为膏之下。贾、服、何休诸儒等亦皆以为膏。同上。

案《世本》：郤豹生冀芮，芮生缺，缺生克也。又云：豹生义，义生步扬，扬生州，州即犨也。如彼文，则犨与克俱是豹之曾孙，当为从祖昆弟。服虔以为从祖昆弟。杜云从父昆弟，或父当是祖字误耳。《左传疏》卷二十七。阮氏校勘记云：宋本“是”作“为”。

贾逵、郑玄及此注皆云：兄弟之妻，相谓为姒。同上。

《方言》云：虔，杀也。同上。

服虔云：佞，才也，不才者自谦之辞也。同上。

《汉书》称商君为法于秦，战斩一首者赐爵一级。其爵名一为公士，二为上造，三簪袅，四不更，五大夫，六公大夫，七官大夫，八公乘，九五大夫，十左庶长，十一右庶长，十二左更，十三中更，十四右更，十五少上造，十六大上造，十七驷车庶长，十八大车庶长，十九关内侯，二十彻侯。同上。阮氏校勘记云：段玉裁校《汉书·百官公卿表》七上，“袅”作

“褱”。又引浦镗云:“公”、“官”字互误。

《异义》:韩诗说觵五升,所以罚不敬也。觵,廓也,著明之貌,君子有过,廓然明著。《诗》毛传说觵大七升。许慎云:觵罚有过,一饮七升为为[“为”字衍]过多,当谓五升是也。同上。阮氏校勘记云:《释文》亦作觥。石经此处缺。宋本、淳熙本、岳本、纂图本、监本、毛本作觵。觥字注云:俗觵从光。据此当以觵为正也。《说文》引《诗》,觩作斛。

何休《膏肓》难左氏,叔孙侨如舍族为尊夫人,案襄二十七年豹及诸侯之大夫盟,复何所尊而亦舍族。《春秋》之例,一事再见者,亦以省文耳。左氏为短。郑箴云:左氏以豹违命,故贬之而去族,今侨如无罪,而亦去族,故以为尊夫人也。《春秋》有事异文同,则此类也。同上。

服虔云:鱼石,卿,故书。同上。

附录:

《说文》邑部引传,争鄇田。同卷阮氏校勘记。

《汉书》《律麻[律]志》、《五行志》引传:礼义在动作二字上。《律麻[律]志》以作,故义作谊。同上。

能者养之以福,各本并作之以,惟《汉书》《律麻[律]志》、《五行志》,《汉酸枣令刘熊碑》均作以之。惠栋云:杜注养威仪以致福,则当如《汉书》所引作养以之福,与下败以取祸,文正相对。案颜氏注汉志云:之,往也,往就福也。段玉裁云,作养以之福,谓将身向福也,亦与汉志合。同上。

尽力莫如敦笃。《汉书·五行志》引作惇笃。案:惇,通作敦。同上。

戮力同心。石经、宋本戮作勠。《释文》亦作勠。案《说文》:戮,并力也,从力,翏声。惠栋说详补注。同上。

虔、刘:我边陲。石经、宋本、淳熙本、岳本、纂图本、足利本作我边垂,是也。按《说文》:垂,远边也;陲,危也。其义各别。同上。

《汉书·古今人表》作曹刿时。颜师古注云：即曹欣时也。同上。

贾氏以为书执行父舍于莒丘，言失其所；不书至者，刺晋听谗，执之示已[己]无罪也。《左传疏》卷二十八。

服虔以外绝其好，为刑不正邪也。食话言为义不建利也，疲民以逞，为信不守物也。同上。

巢，《说文》作轈，云：兵车高如巢以望敌也。《释文》。《说文》：轈，兵高车加巢以望敌也。同上。今《说文》与疏同引传曰：楚子登轈车。

服虔以此皆曰之文在州犁、贲皇之下，解云：贲皇、州犁皆言曰，晋、楚之士，皆在君侧，且陈厚不可当，以为州犁言晋疆，贲皇言楚疆，故云皆曰也。同上。

服虔云：复，反也，阴盛于上，阳动于下，以喻小人作乱于上，圣人兴道于下，万物复萌，制度复理，故曰复也；其筮六爻无变者，故言其所遇之卦而已。同上。

服虔以为阳气触地射出，为射之象。同上。

《说文》云：掀，举出也。同上。《说文》引传：掀公出于淖。

贾逵云：一染曰韎。《周礼·司服》：凡兵事韦弁服。郑玄云：韦弁，以韎韦为弁；又以为衣裳，晋郤至衣韎韦之跗，注是也。郑以跗当为幅，谓裁韦若布帛之幅相缝属。郑言以为衣裳，则衣裳不连。同上。

《说文》：谍，军中反间也。同上。

服虔云：金创为夷。同上。

郑玄云：竖，未冠者之名。同上。

服虔以为，叔孙豹先在齐矣，此时从国佐在师，声伯令人就齐师使豹，豹不忘宗国，闻白国佐，为鲁清逆。同上。

服虔以失军为失其军粮。同上。

《公羊传》曰：用者，何用者不宜用也，九月非所用郊也。《谷梁传》曰:夏之始可以承春,以秋之末承春之始,盖不可矣。九月用郊,用者不宜用也。贾逵以二传为说,诸书用者不宜用也。刘、贾以为诸言用皆不宜用。同上。

《晋世家》云:悼公周者,其先祖父捷,晋襄公少子也,不得立,号为桓叔。桓叔生惠伯谈,谈生悼公周。同上。此亦节《晋世家》文。"先祖父",今《史记》作"大父"。

服虔本作辛未。同上。阮氏校勘记引臧琳云:庚午既盟而入,故明日辛未即朝于始祖庙,服本是也。

服虔以为司士主右之官,谓司右也。同上。

郑玄云:天子衰,诸侯兴,故曰霸。夏有昆吾,商有豕韦、大彭,周有齐桓、晋文,此最强者也,故书传通谓彼五人为五霸耳。但霸是强国为之,天子既衰,诸侯无主,若有强者,即营霸业,其数无定限也。而何休以霸不过五,不许悼公为霸,以乡曲之学,足以忿人。传称文、襄之霸,襄承文后,绍继其业,以后渐弱,至悼乃强,故云复霸。同上。

贾氏又以为诸归国称所自之国,所自之国,有力也。同上。

贾氏:虽夫人姜氏之入,皆以为例,如此甚多。又依放《谷梁》云,称纳者,内难之辞,因附会诸纳为义。至纳北燕伯于阳,传称因其众穷,不能通,乃云时阳守距难,故称纳。又书纳公孙宁、仪行父于陈,陈县而见复,上下交欢。二人虽有淫纵之阙,今道楚匡陈贼,讨君葬,威权方盛,传称有礼,理无有难。同上。

《鲁世家》云:襄公名午,成公之子。《左传疏》卷二十九。此亦非《鲁世家》原文。

贾逵云:韩厥、荀偃帅诸侯之师,谓帅宋、卫、滕、薛伐郑,齐、鲁、曹、邾、杞次于鄫,故诸侯之师不序也。入郛不书者,晋人先以郑罪令于诸侯,故书伐郑入郛,既败郑,不复告,故不书。同上。

弃力,服本作弃功。《释文》。同上。阮氏校勘记引臧琳云:当从服本作弃功，言楚有功于郑也。

贾逵云：组甲，以组缀甲，车士服之；被练，帛也，以帛缀甲，步卒服之。凡甲所以为固者，以盈窍也。帛盈窍而任力者半，卑者所服；组盈窍而尽任力，尊者所服。马融云：组甲，以组为甲里，公族所服；被练，以练为甲里，卑者所服。同上。

服虔云：所举三贤，各能成其职事。同上。服虔云：谓敢斩杨干之仆，是不辟获死之难。同上。

服虔云：于是魏颉卒矣，使赵武将新军代魏颉，升魏绛佐新军代赵武也。《魏世家》：武子生悼子，悼子生绛。同上。

《说文》云：羿，帝喾射官也。贾逵云：羿之先，宜世为先王射官，故帝喾赐羿弓矢，使司射。《淮南子》云：尧时十日并出，尧使羿射九日而落之。同上。《说文》芎篆下云：帝喾射官，夏少康灭之，无"也"字。知芎为正字，羿为借字。

《夏本纪》：少康崩，子帝杼立。同上。杼，今《史说[记]》作予。

汉成帝时，杨雄爱虞箴，遂依放之作十二州二十五官箴，后亡失九篇。后汉崔骃，骃子瑗，瑗子实世补其阙，及临邑侯刘騊駼、太傅胡广，各有所增，凡四十八篇。广乃次而题之，署曰《百官箴》，皆放此虞箴为之。同上。

服虔云：重，犹大也，言武事不可大任。同上。

服虔云：荐，草也，言狄人逐水草而居，徙无常处。同上。

髽之形制，《礼》无明文。先世儒者各以意说。郑众以为枲麻与发相半结之；马融以为屈布为巾，高四寸，著于颡上；郑玄以为玄纚而紒。同上。

服虔云：言子罕不阿同族，亦逐乐辔，以正国法，忠之至也。及乐辔射其门，畏从华弱之罚，复善乐辔，知初是为茹柔吐刚，丧其志矣。传故举之，明《春秋》之义，善恶俱见。《左传疏》卷三十。

贾逵云：然未必有文可据，相传为此说也。同上。此指注二，孙子狐之子语。

郑玄以匪为非，如非行迈之谋，言止而不行，坐图远近也。同上。

《说文》云：畚，蒲器，所以盛粮也。同上。今《说文》作“蒲器也，所以盛穜”。

《说文》云：挶，戟，持也。同上。《说文》戟作戟。

《方言》云：自关而东，周、洛、韩、魏之间，谓之绠，关西谓之繘。同上。

《说文》云：缶，瓦器，所以盛酒浆。同上。《说文》“浆”作“滌”。

服虔云：皇郧，皇父充石之后，十世宗卿，为人之子，大司马椒也。车马甲兵，司马之职，使皇郧掌此事，皇郧必是司马也。同上。

钮吾。《大宰传》无其文。贾逵云：然相传说耳，不知其本何所出也。同上。

《周礼》：司爟掌行火之政令，季春出火，民咸从之，秋季内火，民亦如之。郑玄云：火所以用，陶冶民随国而为之。郑司农云：以三月本时昏心星见于辰上，使民出火；九月本黄昏心星伏在戌上，使民内火。故《春秋传》曰以出、内火。同上。阮氏校勘记云：《汉书·五行志》引传，作“以出、入火”。惠栋云：周《毛伯郑敦》云：毛伯内门，立中庭，“内”读为“入”，“立”读为“位”。古文《春秋》经，“公即位”为“公即立”，“出、入火”为“出、内火”，皆古文也。《尚书》：九江纳，锡大龟。《史记》：“内”作“入”。是古“入”字皆作“内”。

《春秋》：伟文耀钩云味，谓鸟阳七星为颈。同上。

《史记·五帝本纪》云：帝尧为陶唐氏。同上。今《史记》无“氏”字。

《殷本纪》：契生昭明，昭明生相土。同上。此节改《殷本纪》文。

服虔云：相土居商丘，故汤以为天下号。同上。

揲蓍求爻系辞有法，其揲所得，有七、八、九、六，说者谓七为少阳，八为少阴，其爻不变也；九为老阳，六为老阴，其爻皆变也。周《易》以变为占，占九、六之爻，传之诸筮，皆是占变爻也。其《连山》、

《归藏》以不变为占，占七、八之爻，二《易》并亡，不知实然以否。世有《归藏易》者，伪妄之书，非殷《易》也。假令二《易》俱占七、八，亦不知此筮为用《连山》，为用《归藏》；所云遇艮之八，不知意何所道，以为先代之《易》，其言亦无所据。贾、郑先儒相传云耳。同上。

震为雷，兑为泽，象曰：泽中有雷，随。郑玄云：震，动也，兑，说也，内动之以德，外说之以言，则天下之民慕其行而随从之，故谓之随也。同上。

姣，户交反，注同徐，又如字。服氏同嵇叔夜音效。《释文》。服虔读姣为放效之效，言效小人为淫。同上。

服虔以为放郑囚。同上。

贾逵以为三分四军为十二部。郑众以为分四军为三部。同上。

服虔以成公是卫之曾祖，即云：祧，谓曾祖之庙也。同上。

服虔云：质，诚也。无忠诚之信，故神弗临也。同上。

附录：

《说文》雁字注云：春秋时秦有士雁。同卷阮氏校勘记。《说文》作"《春秋传》"。

《说文》云：餱，干食也。同上。

卷三

服虔云：寿梦发声，吴蛮夷言多发声，数语共成一言。寿梦一言也，经言乘，传言寿梦，欲使学者知之也。《左传疏》卷卅一。

服虔云：抉，撅也，谓以木撅抉县门使举，令下容人出也。同上。

郑玄云：大车，平地载任之车也。同上。

服虔云：古者以石为箭镝。引《国语》，有隼集于陈候[侯]之庭，楛矢贯之石砮，以证石为箭镞。同上。

服虔云：不书讳从。晋不能服郑，旋复为楚、郑所伐，耻而讳之也。同上。

服虔云：郑旧世卿，父死子代。今子孔欲擅改之，使以次先为士大夫乃至卿也。同上。

《膏肓》何休以为左氏说云尊公室，休以为与舍中军义同，于义左氏为短。郑康成箴云：《左氏传》云，作三军，三分公室，各有其一，谓三家始专兵甲，卑公室；云左氏说者尊公室，失左氏意远矣。同上。阮氏校勘记作"何休《膏肓》"，各本误倒。

实十三国，而言十二。服虔云：晋主盟，不自数。同上。

服虔见下有钟、镈师、磬，即云三师，钟师、镈、磬师，谓悝能钟，蠲能镈，触能磬也。同上。阮氏校勘记云：宋本、监本、毛本无"师"字，是也。谓"镈"下无"师"字。又云：宋本"镈"下有"师"字。恩孚按：此传写者误以下句"镈师"之"师"字入上句"镈"下耳。

郑玄云：广车，横陈之车也。服虔云：軘车，屯守之车也。同上。

遍见服本，皆云淳十五乘。同上。

服虔云：八年，从四年以来至十一年也。九合诸侯者，五年会于戚，一也；其年又会于城棣，救陈，二也；七年会于鄬，三也；八年会于邢丘，四也；九年会于戏，五也；十年会于柤，六也；又戍郑虎牢，七也；十一年同盟于亳城北，八也；又会于萧鱼，九也。同上。会于戏，阮氏校勘记云：浦镗止误，"会"作"盟"，是也。

附录：

士庄子曰。惠栋云：服虔本作士庄伯，见《太平御览》。同卷阮氏校勘记。

《说文》云：聊，鲁下邑，孔子乡，从邑，取声。同上。《说文》"孔子"下有"之"字。

筚门圭窦之人。惠栋云：《说文》引作筚门圭窬。同上。见毕篆下。

同盟于亳[亳]城北。《公羊》、《谷梁》亳[亳]作京。《公羊》疏云：《谷梁》与此同，《左传》经作亳[亳]城北。服氏之经亦作京城北，乃与此传同之也。惠栋云：案亳[亳]城当依服氏作京，京，郑地，在荥阳，隐元年谓之京城，是也。同上。

《方言》云：病差谓之愈。服虔云：愈，犹病愈。郑玄《论语》注云：愈，犹胜也。《左传疏》卷三十二。

《周语》称尧遭洪水，使禹治之，共之从孙四岳佐之，胙四岳国，命为侯伯，赐姓曰姜。贾逵云：共，共工也，从孙同姓，末嗣之孙；四岳，官名，大岳也，主四岳之祭焉。姜，炎帝之姓，其后变易，至于四岳，帝复赐之祖姓，以绍炎帝之后。同上。

服虔云：不得成战陈之事。同上。

服虔云：执追公徒者。公如郪，故郪人为公执之。同上。

《说文》云：軥，车轭下曲者。服虔云：车轭两边乂马颈者。同上。今《说文》作"軶下曲者"。阮氏校勘记云：宋本无"车"字，与今《说文》同。

坏，如字。服本作怀。《释文》。服本坏作怀解，云怀柔也，繄蒙也，赖恃也。王室之不怀柔诸侯，恃蒙齐桓之匡正也。孙毓云：案旧本及贾氏皆作坏。同上。

服虔云：连尹射官，言射相连属也。同上。

《公羊》以为溴梁之盟，君若赘旒。然《谷梁》云：不曰诸侯之大夫，大夫不臣也。贾、服取以为说，言恶大夫专而君失权也。《左传疏》卷三十三。

服虔云：言君义已，故来唁之，是惠赐也。谓已无死，不以义望，已是不终也。同上。

服虔云：盖，覆盖之。言左师无鹰鹯之志，而盖不义之人，故尤之。同上。

服虔云：策，马捶也。自为短策，过华臣之门，助御者击马而驰，恶之甚也。必为短策者，私助御者，不欲使人知也。同上。

《说文》云：脰，项也。同上。

服虔以为卯酉以北，律吕为北风，以南为南风。同上。

服虔云：南风律气不至，故声多死。同上。

附录：

《说文》猘字下，引《春秋传》曰：猘犬入华臣氏之门。《汉书·五行志》引亦作猘，是《左传》古文本作猘也。诸本无之门字，惟《论衡·感类篇》引与《说文》同。同卷阮氏校勘记。

贾逵云：围齐而致伐，以策伐勋也。《左传疏》卷三十四。

《公羊传》曰：其言自漷。水何以漷，为竟也。何言乎，以漷为竟，漷，移也。贾、服取以为说，言刺晋偏而鲁贪。同上。

《说文》云：瘅，劳病也，疸痡也。痡，肿也，疡头创也。同上。

桓谭以为荀偃病而目出，初死其目未合，尸冷乃合，非其有所知也，传其异而记之耳。同上。

服虔云：妇人，从人者也，故不为制刑，及犯恶，从男之刑也。同上。

《公羊传》曰：还者何，善辞也；何善尔，大其不伐丧也。此受命乎君而伐齐，则何大乎其不伐丧。大夫以君命出，进退在大夫也。何休云：《礼》兵不从中御外，临事制宜，唯义所在，故善之。是与左氏同也。同上。

杜于此注皆用贾逵之说。服虔引彭仲博云：齐欲诛卫，呼而下，与之言，固可取之，无为揖之，复令登城。仲博以为齐侯号卫，卫惭而下，云问守备焉，问卫之守高唐者。卫无恩信，故令守者以无备告。齐侯善其言，故揖之，乃命士卒登城。服虔谓此说近之。同上。杜注云：卫下与齐侯语。又云：齐侯以卫告诚，揖而礼之，欲坐之也。卫志于战死，故不顺齐侯之揖，而还登城。

贾逵以为称名罪其偪。同上。

郑玄、服虔皆以盍为何不也。同上。

诸儒以为邾、莒无命卿。刘、贾又云，《春秋》之序，三命以上乃书于经。颍氏以为再命称人。同上。

贾逵云：十子皆栾盈之党，知范氏将害栾氏，故先为之作难，讨范氏，不克而死。同上。

附录：

《说文》襺字注：《春秋传》曰盛夏重襺。同卷阮氏校勘记。

《说文》妒字注：妇妒夫也。同上。

视寝二字，依王充《论衡·言毒篇》所引增入，不足为据也。同上。

服虔云：武仲非卿，故不书。《左传疏》卷卅五。

服虔云：实，谓谴让也。同上。阮氏校勘记云，宋本“实”上有“口”字，是也。

杜从贾说，以为庶其之党同有窃邑叛君之罪。同上。

服虔以为传发此言，为不书庆氏以陈叛，为楚所围，称国以杀，不成恶人肆其志也。同上。

服虔云：下军舆帅七人。同上。

服虔云：鲂，盈之子。同上。

左翼曰启，右翼曰胠。贾逵以为此言或当有成文也。《说文》云：胠，掖下也。服虔引《司马法·谋帅篇》曰：大前驱启乘车，大晨倅车属焉。同上。

服虔云：张设旗鼓也。同上。

服虔以东阳为鲁邑。同上。

《公羊传》曰：曷为先言救而后言次，先通君命也。僖元年，齐师、宋师、曹师次于聂北救邢公。《公羊传》曰：曷为先言次而后言救君也。贾氏取以为说，谓此传云礼者，言其先救后次，为得礼也。同上。

服虔云：夫谓孟孙也，桓十三年传，夫固谓君。夫岂不知，服虔云，夫谓斗伯比也。二十六年传，夫不恶女乎，服、杜并云，夫谓大子也。同上。

《汉书·食货志》云：元龟为蔡。郑玄云：出蔡地，因以为名焉。同上。

《檀弓》说此事云，齐庄公袭莒于夺，杞梁死焉。郑玄引此传云，隧、夺声相近。同上。

服虔以下从上读，言敝庐在下。同上。

服虔云：不顺谓阿，季氏废长立少也。不恕谓恶，孟氏立庶也。同上。

《汉书·律历志》载刘歆三统之术，以为五月二十二分月之二十，乃为一交，以为交在望前，朔则日食，望则月食；交在望后，望则月食，后月朔则日食;交正在朔,则日食既,前后望不食;交正在望,则月食既,前后朔不食。而二十一年九月、十月频月食,此年七月、八月日食,凡交前十五度,交后十五度,并足食竟,去交远则日食渐少,去交近则日食渐多,正当交则日食既。若前月在交初一度日食,则至后月之朔日,犹在交之末度,未出食竟。月行天既吊[匝],来及于日,或可更食。若前月日在交初二度以后,则后月后食无理。今七月日食既,而八月又食,于推步之术,必无此理。盖古书磨灭,致有错误。同上。"以为"以下至"前后朔不食",今《汉书·律历志》无此文。而阮氏校勘记云:宋本"二分"作"三分",与《律历志》合,未知其据何本《汉书》也。"此年七月、八月日食"句下,校勘记云,宋本"日"字上有"频月"二字。

《史记》云:帝尧为陶唐氏。同上。

《郑语》云:祝融之后八姓,大彭豕韦为商伯矣;又曰:彭姓彭祖豕韦,则商灭之矣。贾逵云:大彭豕韦为商伯,其后世失道,殷德复兴而灭之。同上。

《晋语》:訾祏对范宣子云,昔隰叔子违周,虽奔于晋,生子舆,为司空,世及武子,佐文襄为卿,以辅成、景,后之人可,则足以受随范。贾逵云:宣王杀杜伯,其子逃而奔晋。子舆,士蒍字;武子,士会也。会,士蒍之孙,是隰叔四世。及士会食邑于范,为范氏也。贾逵注《国语》云:武王封尧后为唐、杜二国。同上。阮氏校勘记云:宋本"虽"作"难",与《晋语》合。

立德,谓创制垂法,博施济众,圣德立于上代,惠泽被于无穷;故服以伏羲、神农,杜以黄帝、尧、舜当之。立功谓拯厄除难,功济于时;故服、杜皆以禹、稷当之。立言谓言得其要,理足可传,记传称史逸有言,《论语》称周任有言,及此臧文仲既没,其言存立于世,皆其身既没,其言尚存;故服、杜皆以史佚、周任、臧文仲当之。同上。

服云:焚,读曰偾;偾,僵也。《释文》。服虔云:焚,读曰偾,偾,僵也。同上。

服虔云:喻小国无贤材,知勇之人而与大国等也。同上。

附录：

惠栋云：僖廿四年传及成十三年传，皆作膰[燔]。《说文》曰：鐇，宗庙火孰肉，从炙，番声。《春秋传》曰：天子有事，鐇焉以馈同姓诸侯。此传燔字当作鐇，转写误为燔耳。同卷阮氏校勘记。

《说文》：眅，多白眼也，从目，反声。《春秋传》曰，郑游眅字明。同上。

五经文字有尊无樽。左氏凡作樽者，皆为后人所加，唯昭九年请佐公使尊不误。惠栋云：案曹宪《文字指归》云，检字无此从缶、从木者。《说文》曰：字从酋、寸，酒官法度也。今之尊、卑，从此得名。同上。《说文》：䔿，酒器也，从酉，廾以奉之。"尊"为"䔿"之重文。

《说文》引《春秋传》作辅趚。同上。

北宋刻《释文》，娄，本或作塿。应邵[劭]《风俗通义》、李注《文选·魏都赋》引，并作培塿。同上。

贾氏虽夫人，姜氏之入，皆以为例。《左传疏》卷三十六。

服虔云：二卦皆妄也。同上。

陪臣干。徐云：读曰犴，胡旦反，注同服，音如字。掫，侧柳反。徐又子俱反，一音作侯反。《说文》云：掫，夜戒有所击也；从手，取声。《字林》同，音子侯反。服本作诹，子须反，谋也。今传本或作诹，犹依掫音。《释文》。先儒相传，皆以干掫为行夜。《说文》云：掫，夜戒守有所击，从手、取，夜扞[扞]寇盗，手有所击，故以干掫为行夜，官名也。服虔云：一日[曰]干，扞[扞]也，诹，谋也，言受崔子命扞[扞]御谋淫之人。同上。阮氏校勘记云：《史记》作陪臣争趣有淫者。徐广曰：争，一作扞。《索隐》曰：《左传》作扞趣。陈树华曰：干，扞本字也；掫、趣古字通。恩孚按：今《史记索隐》亦作扞掫。

《方言》云：自关而东谓扇为翣。同上。

服虔云：下车，遣车也。同上。

服虔以为祝与司徒等皆是陈人，各致其所主于子产。同上。

赵文子初始为政，与令尹相知，望其在后，兵息，知是新令尹也。下文始言屈建为令尹者，因伐舒鸠，而追序之。其实蔿子冯卒在此盟前，故服、杜皆以令尹为屈建也。同上。

垫，丁念反。《方言》云：下也。《释文》。《方言》云：垫，下也。同上。

《史记·陈世家》云：陈胡公满者，虞帝舜之后也。舜传禹，而舜子商均为封国，夏后之时或失续；周武王克殷，求舜后，得妫满，封之于陈，以奉帝舜祀，是为胡公。同上。此节《史记·陈杞［"杞"字衍］世家》文。阮氏校勘记云：宋本"失"下有"或"字，是也。

《说文》：卤，西方鹹也。《释文》。贾逵云：淳鹹也。

《说文》云：卤，西方鹹地也，从西省，象盐形，安定有卤县。东方谓之斥，西方谓之卤。同上。两"鹹也"，"也"字均当作"地"。阮氏校勘记引浦镗正误，仅正其一。

贾逵以疆为疆檃墝埆之地。郑众以为疆界内有水潦者。同上。阮氏校勘记云：宋本"为疆"作"为彊"。

《说文》云：町，田践处曰町。同上。

贾云：下平曰衍，有溉曰沃。《释文》。贾逵云：下平曰衍，有溉曰沃。同上。

自度山林之下，至此有九事。贾逵以为赋税差品，其注云：山林之地，九夫为度，九度而当一井也。薮泽之地，九夫为鸠，八鸠而当一井也。京陵之地，九夫为辨，七辨而当一井也。淳卤之地，九夫为表，六表而当一井也。疆潦之地，九夫为数，五数而当一井也。偃猪之地，九夫为规，四规而当一井也。原防之地，九夫为町，三町而当一井也。隰皋之地，九夫为牧，二牧而当一井也。衍沃之地，亩百为夫，九夫为井。《周礼·小司徒》云：乃经土地而井牧其田野。郑玄云：隰皋之地，九夫为牧，二牧而当一井，今造都鄙，授民田，有不易，有一易，有再易，通率二而当一，是之谓井牧。是郑、贾同此说也。同上。

《方言》云：围棋谓之弈，自关东、齐、鲁之间皆谓之弈。同上。阮氏校勘记云：篡[纂]图本、监本、毛本“弈”作“弈[?]”。按《说文》作弈，云：围棋也，从弈[亦]，廾声。恩孚按，当作从廾，亦声，此传写误也。

服虔云：杀大子角不书，举重者。《左传疏》卷三十七。

刘、贾说：三叛人以地来奔，不书叛，谓不能专也。服虔云：专禄，谓以戚叛也；既叛卫，亦不臣于晋，自谓若小国，是为专禄。同上。

服虔云：六十邑。同上。

服虔云：晋侯自嘉乐，愚之甚也。同上。

服虔云：惠、伊皆发声，实为墙戾。同上。

郑众云：此范匄所言，苗贲皇亦言之，故声子引以为喻。同上。

贾逵、郑众皆读易为变易之易。贾以行为道也，栾为将，范为佐，二人分中军，别将之，欲使栾与范易道，令范先诱楚，栾以良卒从而击之。郑谓易行，中军与下军易卒伍也。同上。

贾、郑先儒皆以衅为动也。同上。

服虔云：取鲁高鱼及反之，皆不书，盖讳之。同上。

附录：

毛本颔作颌，误。叶抄《释文》作颔，云：本又作颌。案惠栋云：《说文》引作顉，云，低头也。《玉篇》引杜氏注亦作顉，又音钦，曲颐也。《列子》云，巧夫顉其颐而歌合律，张湛注云：顉，摇头也。以顉为颔，此古文假借也。同卷。阮氏校勘记：《说文》，颔，面黄也，从页，含声。顉，低头也，从页，金声。《春秋传》曰，迎于门顉之而已，知顉为正字，颔为假借字。

服虔云：衰麻已除，日月已过，乃闻丧而服，是为税服，服之轻者。《左传疏》卷三十八。阮氏校勘记云：宋本“服”上重“税服”二字。

服虔云:以其多文辞,故特举而用之。后世谓之孔氏聘辞,以孔氏有其辞,故传不复载也。同上。

服虔云:伯夙,晋大夫。同上。

贾逵云:叔孙义也,鲁疾之,非也。服虔云:叔孙欲尊鲁国,不为人私,虽以违命见贬,其于尊国之义得之。同上。

服虔云:楚君恒以大夫为宾者,大夫卑,虽尊之,犹远君也。楚先歃为盟主,故尊赵孟为客。同上。

服虔云:文公为戎右,襄灵为大夫,成公为卿,景公为大傅也。同上。

服虔云:向戌自以止兵民不战斗,自矜其功,故求免死之赏也。同上。

敝,必死反;徐,亡世反。服虔、王肃、董遇并作弊,婢世反,云,踣也。《释文》。服虔曰:毙,踣也,一曰罢也。同上。阮氏校勘记云:石经及诸本作蔽。《释文》云:服虔、王肃、董遇并作弊。案正义云:董遇、王肃本皆作蔽,谓以诬人之道掩诸侯也,与陆氏异。惠栋云:敝与弊通。昭十四年传云,叔鱼蔽罪邢侯;《周礼·大司寇》职云,以邦成弊之;郑众曰,弊之,断其狱讼也。服虔又作毙,字异而音义实同也。

长历称,大凡经传有七百七十九日。汉末宋仲子集七历,以考春秋鲁历,得五百二十九日,失二百五十日,是其不与春秋相符也。同上。

《汉书·律历志》云:星纪初斗十二度,终于婺女七度;玄枵初婺女八度,终于危十五度。《汉书·律历志》载刘歆三统历,歆以为岁星一百四十四年行天一百四十五次,一千七百二十八年为岁星岁数,言数满此年,剩得行天一周也。同上。"星纪"至"十五度",节《律历志》文;"歆以为"以下,非律历志原文。

服虔云:岁为阳,玄枵为阴;岁垂阴,进至玄枵,阴不胜阳,故温无冰。同上。

服虔云:此行也,楚康王卒,至昭四年楚灵王合诸侯于申,距今八年,故曰不几十年。同上。

《礼》有坛、墠者，先儒以为除地曰墠，封土曰坛。服虔本作墠，解云：除地为墠。同上。

洎，其器反，肉汁也。《说文》云：洎，灌釜也。《释文》。《说文》云：洎，灌釜也。同上。

史游《急就篇》云：倡优俳笑。同上。

张衡《西京赋》曰：甍宇齐平。《说文》云：甍，栋梁也。同上。今《说文》云：甍，屋栋也。

服虔以句余为余祭。同上。

郑玄《论语》注云：十人，谓文母、周公、大公、召公、毕公、荣公、大颠、闳夭、散宜生、南宫适。同上。

贾逵、服虔皆以为夷末新即位，使来通聘。《左传疏》卷三十九。

襚，音遂。《说文》云：衣死人衣。《释文》。同上。今《说文》云：襚，衣死人也，从衣，遂声。《春秋传》曰：楚使公亲襚。已见阮氏校勘记。

蔡邕《独断》云：玺，印也，信也；天子玺白玉，螭虎纽，古者尊卑共之。《月令》曰，周封玺，季武子使公冶问玺书。此诸侯大夫印称玺也。卫宏云：秦以前，民皆以金、玉为印，唯其所好。自秦以来，唯天子之印独称玺，又以玉，群臣莫敢用也。同上。

服虔本作衹，见疏，解云：衹，适也。同上。阮氏校勘记云：毛谊父《六经正误》云："衹"作"衹"，误。讴，音低，衹裯短衣。案：衹裯之衹，见《方言》，从氐，不从氏。恩孚按：《说文》同《方言》校勘记又引惠栋云，"疏"当为"謊"字之误也。吕览《知接篇》云，无由接而言，见謊。高诱曰，谎，读诬妄之诬，下云欺其君，何必使余明，疏为诬，欲之而言叛，非诬乎。恩孚按：《说文》云，谎，梦言也，从言，巟声，呼光切。

肄，以二反。《诗》传云：斩而复生曰肄。《方言》云：枿余也，秦、晋之间曰肄。《释文》。《方言》云：肄，枿余也，秦晋之间曰肄。郑玄云：斩而复生曰肄。同上。"郑玄云"，阮氏校勘记云当作"毛传云"。

服虔云：不尚，尚也。尚当取女，叔侯杀之。下叔侯云：先君而有知也，毋宁夫人而焉用老臣。服虔云：毋宁，宁也。宁自取夫人，将焉用老臣乎。同上。阮氏校勘记云：宋本，“下”，下首文字，是也。

先儒以为季札所言，观其诗辞而知。同上。

《汉书·地理志》云：周既灭殷，分其畿内为三国，《诗·风》邶、鄘、卫国是也。邶以封纣子武庚，鄘，管叔尹之，卫，蔡叔尹之，以监殷民，谓之三监。故《书》序曰，武王崩，三监叛，周公诛之，尽以其地封弟康叔。故邶、鄘、卫三国之诗相与同风。汉世大儒孔安国、贾逵、马融之徒皆以为然。郑玄《诗谱》云：武王伐纣，以其京师封纣子武庚，为殷后，庶殷顽民，被纣化日久，未可以建诸侯，乃三分其地，置三监，管叔、蔡叔、霍叔使尹而监教之。自纣城而北谓之邶，南谓之鄘，东谓之卫。武王崩后五年，周公居摄，三监道武庚叛。成王既黜殷，命杀武庚，复伐三监，更于此三国建诸侯，以殷余民封康叔于卫，使为之长。后世子孙稍强，兼并彼二国，混其地而名之。先儒唯郑言然。康叔以后七世至顷侯，仁人不遇，邶人作《柏舟》之诗以刺之，以后继作十九篇为《邶风》，十篇为《鄘风》，十篇为《卫风》，皆美刺卫君，而分为三耳。此三国之风，实同是卫诗，而必为三者，郑玄云，作者各有所伤，从其本国，分而异之，故为邶、鄘、卫之诗焉。同上。此引《地理志》有节句。阮氏校勘记云：宋本“必”下首□[有]“分”字是也。

《史记·孔子世家》云：古者诗三千余篇，孔子去其重，取三百五篇。同上。此节改《孔子世家》文。

郑玄以为，周王平、桓之世，魏君俭啬，且褊急，不务施德，国人作《葛屦》之诗以刺之。同上。

郑玄以为，周王夷、厉之时，郐公不务政事，而好衣服，大夫作《羔裘》之诗以刺之。同上。阮氏校勘记引浦镗云：“好”下脱“絜”字，从《诗谱》增。

服虔以为，此叹变《小雅》也，其意言思上世之明圣，而不贰于当时之王，怨当时之政，而不有背叛之志也。其周德之衰微乎，疑其幽、厉之政也。服虔读为衰微之衰，谓幽、厉之时也。同上。

郑玄云：《颂》之言容也。天子之德光被四表，格于上下，无不覆焘，无不持载，此谓之容也。同上。《诗》疏载《诗谱》，无两“也”字；“谓之”作“之谓”。

箾，舞曲名，言天下乐，箾去无道。郑玄注《诗》云：象用兵时刺伐之舞。同上。阮氏校勘记引段玉裁云：箾，当作削，此以削训箾也。恩孚按：以削训箾，则当云，箾，削也。段氏好改字，若以象箾为象削，恐非。

郑玄《周礼》注云：大武，武王乐也。武王伐纣，以除其害，言其德能成武功也。同上。

郑玄云：言禹能大尧、舜之德。同上。

郑玄云：韶之言绍也，言舜能继绍尧之德。同上。

问王子之为政。一本作问王子围之为政。服虔、王肃本同。《释文》。服虔云：王子，楚令尹王子围也。《左传疏》卷四十。恩孚按：服以“王子围”注“王子”，则服本亦作“王子”甚明。《释文》所云一本，非服本也。正义又云，王肃云，王子，楚令尹围也。则一本亦非王本也。云同者，同其谊。

吏走。一本作使走，如字，速疾之意也。一曰走使之人也。服虔、王肃本作吏，云：吏，不知历者。《释文》。服虔云：吏不知历数，故走问于卿大夫。同上。

《说文》云：亥，荄也。十月微阳，起接盛阴，从二。二，古文上字，一人男，一人女也。从乙，象怀子。咳咳之形也。同上。今《说文》“从”作“从”，“怀”作“裹”；“形”下无“也”字；引《春秋传》曰：亥有二首，亦身。

服虔云：舆尉，军尉，主发众使民。同上。

出，如字。郑注《周礼》引此作诎诎。刘昌宗亦音出。《释文》。同上。阮氏校勘记云：惠栋云叫；《说文》引作訆，云大呼也。傅逊曰：《说文》云譆，痛也。案《说文》：诶，可恶之辞，引传云，诶诶出出，从言，矣声；譆，痛也，从言，喜声。盖许意谓左作诶诶，即譆譆之假借字也。其所见左氏作诶，与他家作譆者异耳。郑氏《周礼》注引作譆譆诎诎。

服虔云：殷，宋之祖也，故鸣其社；伯姬鲁女，欲使鲁往悟伯姬也。同上。

服虔云：不书大非，灾火及人，伯姬坐而待之耳。同上。

敖，五报反，本亦作傲。服本作放，云：淫服[“服”字衍]放也虔[“虔”字衍]。《释文》。服虔云：言大夫淫放。同上。

闬，户旦反。《说文》云：闾也。汝南平舆县里门曰闬。《释文》。《说文》云：闬，门也。汝南平舆里门曰闬。同上。今《说文》同正义。

贾、服、王、杜皆读为盈，盈是满也，故皆训为受。同上。

服虔云：延，延陵也，州来邑名。季子让王位，升延陵为大夫，食邑州来，传家通言之。同上。

二十一年。贾逵注经云：此言仲尼生，哀十六年夏四月己丑卒，七十三年。昭二十四年，服虔载贾逵语云：是岁孟僖子卒，属其子使事仲尼，仲尼时年三十五，定以孔子为襄二十一年生也。《孔子世家》云：鲁襄公二十二年而孔子生，年七十三，鲁哀公十六年夏四月乙[己]丑卒。同上。此节改《孔子世家》文。

服虔云：言令尹动作以君仪，故云以尹矣。同上。

《周本纪》称纣囚西伯于羑里，闳夭之徒求美女美宝而献之纣，纣大说，乃赦西伯，赐之弓矢，使之得争伐。其下乃云：虞芮争狱，俱让而去，诸侯闻之曰，西伯，受命之君也。同上。此亦节改《周本纪》本。

《鲁世家》：昭公名裯，襄公之子齐归所生。《左传疏》卷四十一。此非《鲁世家》原文。阮氏校勘记云：杜氏《释例》、《史记·十二诸侯年表》、《汉书》《古今人表》、《律历志》、《世本》并作“稠”。徐广云：又作袑。

《公羊传》曰：此陈侯之弟招也。何以不称弟，贬。曷为贬，杀世子偃师，贬。大夫相杀称人，此其称名氏以杀何言，将自是弑君也。然则曷为不于其弑焉贬，以亲者弑，然后其罪恶甚。《春秋》不待贬绝而罪恶见者，不贬绝以见罪恶也；贬绝然后罪恶见者，贬绝以见罪恶也。今招之罪已重矣，曷为复贬乎，此著招之有罪也，何著乎招之有罪，言楚之托乎讨招以灭陈也。先儒或取《公羊》为说。《释例》云：颍氏曰，臣无竟外之交，故去弟以贬季友，子招乐忧，故去弟以惩过。郑段去弟，唯以名通，故谓之贬。今此二人皆书公子，公子者，名号之美称，非贬所也。同上。此引《公羊传》有节句。《公羊》“杀世子”上有“为”字。阮氏校勘记云：宋本“杀”上有“为”字，与《公羊》合；又云监本、毛本“所”作“词”。

贾逵云：楚以伐莒来讨，故讳伐不讳取。同上。

《说文》云：谤，毁也。同上。

服虔云：二人执戈在前，在国居君离宫，陈卫在门。同上。

服虔云：蒲宫，楚君离宫，言令尹在国，已居君之宫，出有前戈，不亦可乎。同上。

服虔云：慭，忧也。代伯州犁忧公子围，代子羽忧子皙。同上。

《书》序曰：成王伐淮夷，遂践奄。淮夷与奄同时伐之，此徐、奄连文，故以为徐即淮夷。贾逵亦然，是相传说也。服虔云：一日[曰]鲁公所伐徐戎也。同上。

服虔云：礼衣端正无杀，故曰端；文德之衣，尚褒长，故曰委。同上。

上蔡字，音素葛反。《说文》作𥻦，音同，字从杀下米，云，𢹎𥻦，散之也。《释文》。《说文》云：𥻦，散之也。从米，杀声。同上。《说文》𥻦，“糕𥻦，散之也”在糕篆下。“𢹎”字当是传写之误。

服虔以为每于十里置币车一乘，千里百乘，以次相授，车率皆日行一百六十里，谓从绛向雍，去而复还，一享之间八度至也。同上。阮氏校勘记云：此本“车”上空缺一字；闽本、监本、毛本作币，非也。

玩，五唤反。《说文》云：习厌也。《释文》。同上。《说文》云：玩，习厌也，从习，元声。《春秋传》曰，玩岁而惕日。阮氏校勘记云：诸本作玩。叶钞《释文》云：又作忨，是也。案《说文》心部忨字注云：贪也，从心，元声，引传作忨岁而濈日。外传作忨日而濈岁。韦昭云：忨，贪也；濈，迟也。《汉书·五行志》亦作忨岁。恩孚按：《说文》两引传而文异，知今本必有后人羼入者矣。

服虔引司马注云：五十乘为两，百二十乘为伍，八十一乘为专，二十九乘为参，二十五乘为偏；彼皆准车数多少，以为别名。此传去车用卒，而有此名，则此名不以车数为别也。同上。

服虔以唐人即是刘累。同上。

服虔以为，唐叔虞即下句邑姜所生者也。同上。

震，本又作娠，之慎反；又音申，怀妊也。《释文》。

《说文》云：娠，女妊身动也，从女，辰声。同上。恩孚按：《说文》娠篆下引传，后緡方娠。娠为正字，震为假借字。阮氏校勘记云：《史记·郑世家》、《汉书·高帝纪》应劭注、《吕览·重言篇》高诱注引传，并作娠。

《史记》：叔虞封唐侯。叔虞之子燮父改为晋侯。《释文》。

《晋世家》云：初，武王之与叔虞母会时，梦天谓武王曰，余命女生子名虞。

服解此云：已武王也。《晋世家》云：唐叔子燮，是为晋侯。同上。《释文》所引非《史记》原文。今《史记》"武王"下无"之"字。

贾逵以为营攒用币。同上。

湫，子小反；徐音秋，又在酒反；服云：著也。底，丁礼反；服云：止也。《释文》。服虔云：湫，著也，底，止也。同上。

贾逵以末疾为首疾，谓风眩也。同上。

皿，命景反。《说文》：读若猛。《释文》。同上。

服虔以孟为赵盾子，余为赵衰。同上。

服虔云：甲辰朔，夏十一月朔也。同上。

附录：

《释文》云：灭，《诗》作威。案《说文》威字注云：灭也，从火，戌声，火死于戌，阳气至戌而尽；引《诗》曰：褒姒威之。《汉书·谷永传》引《诗》同。同卷。阮氏校勘记：今《说文》无"声"字。

郑司农《考工记》函人注引，作櫜甲而见子南。同上。

《汉书·地理志》引，作全名。案《说文》云：名自命也。《史记·天官书》：免，七命，《索隐》云：免星，凡有七名也。《祭法》黄帝正名百物,《国语·鲁语》作成命百物,是名、命二字古同声同义。同上。

惠栋云:《史记·郑世家》封作国。案《尚书序》云:武王既胜殷,邦诸侯。又《康诰[诰]序》云:以殷余民邦康叔。此传依《史记》当云邦大叔。古字邦、封同。汉讳邦,改曰国,故曰国大叔也。同上。

《史记·郑世家》作汾,洮神也。同上。

《易·系辞》云:《易》之兴也,其当殷之末世、周之盛德邪,当文王与讨之事邪。郑玄云:据此言,以《易》是文王所作,断可知矣。且史传谶纬皆言文王演《易》,演,谓为其辞而演说之。《易》经必是文王作也。但《易》之爻辞,有箕子之明夷利贞,箕子明伤,乃在武王之世,文王不得言之。又云,王用亨于岐山,又云,东邻杀牛,不如西邻之禴祭,实受其福,二者之意,皆斥文王;若是文王作经,无容自伐其德。故先代大儒郑众、贾逵等,或以为卦下之彖辞,文王所作;爻下之象辞,周公所作。《左传疏》卷四十二。

服虔云:誉,游也,宣子游其树下;夏谚曰:一游一誉,为诸侯。同上。侯下夺"度"字。阮氏校勘记云:惠栋云,服虔曰誉,游也,宣子游其下;夏谚曰:一游一誉,为诸侯度。今《孟子》作"豫"。赵岐《章句》:豫亦游也。《春秋传》曰:鲁季氏有嘉树,宣子豫焉。《周易·序卦》曰豫,豫必有随。郑氏注引《孟子》吾君不豫以为证。则知此传"誉"字本作"豫",故服、赵互引为证。《孙子兵法》曰,人效死,而上能用之,虽优游暇誉,今犹行也;外传作"暇豫"。李善曰:"誉"与"豫",古字通。

服虔云:所以宠异不与齐众女字等,言齐国如此好女甚少。同上。

焜,胡本反,又音昆,服[云]:明也。耀,羊照反,服云:照也。《释文》。

服虔云:耀,照也;焜,明也。言得备妃嫔之列,照明己之意望也。同上。

三老。服云:工老、商老、农老也。《释文》。服虔云:三老者,工老、商老、农老。同上。

燠,于喻反,徐音忧;又于到反,一音于六反。休,虚喻反;徐:许留反。贾云:懊,厚也;休,美也。《释文》。

贾逵云:懊,厚也;休,美也。服虔云:懊休,痛其痛而念之,若今时小儿痛,父母以口就之曰燠休,代其痛也。同上。

服虔云:相随也。同上。

殣,音觐。《说文》云:道中死者,人所覆也。毛《诗》作墐,传云:墐,路冢也。《释文》。同上。今《说文》者作:人引《诗》,亦作"殣"。

谗,任咸反。服云:疾谗之鼎也。《释文》。服虔云:谗鼎,疾谗之鼎,明堂位所云崇鼎是也。一云谗,地名,禹铸九鼎于甘谗之地,故曰谗鼎。同上。

服虔云:郑僖公之为大子丰,与之俱适晋。同上。阮氏校勘记云:宋本重"子"字,是也。

《檀弓》下云:滕成公之丧,使子叔敬叔吊,进书,子服惠伯为介。及郊,为懿伯之忌,不入。惠伯曰:政也,不可以叔父之私不将公事。遂入。记文虽字有小异,意与传同。而郑玄注云:敬叔有怨于懿伯,难惠云,故不入;又云:敬叔于昭穆,以懿伯为叔父。同上。

《白虎通》云:岳者,何岳之为言桷也,桷,功德也。应劭《风俗通》云:岳,桷也;桷,考功德黜陟也。《风俗通》又云:泰山,山之尊者,一曰岱宗。岱,始也,宗,长也;万物之始,阴阳交代,故为五岳长,王者受命,恒封禅之。衡山,一名霍山,言万物霍然大也。华,变也,万物成变由于西方也。恒,常也,万物伏北方有常也。同上。

服虔云:三涂,大行、轘辕、崤渑也,谓三涂为三处行道也。同上。

《地理志》云:武帝置嵩高县,以奉大室之山,是为中嶽;又有少室,在大室之西也。同上。此非《地理志》原文。"嵩高",《汉志》作"崇高";"中嶽",《汉志》作"中岳"。

《汉书·律历志》载刘歆三统历云:玄枵之初,日在婺女八度为小寒节，在危初度为大寒中，终于危十五度。同上。此非《律历志》原文。

三统历云：大梁之初，日在胃七度为清明节，在昴八度为谷雨中，终于毕十一度。三统历：春分日在娄四度。服虔以为二月日在娄四度春分之中，奎始朝见东方，以是时出冰。《月令》：仲春，天子乃献羔启冰是也。服虔又以此，言出之即是仲春启冰，故为此说。如郑玄答其弟子孙皓问云：西陆朝觌，谓四月立夏之时，《周礼》夏班冰是也。同上。

《说文》云：弧，木弓也。服虔云：桃，所以逃凶也。棘矢者，棘赤有箴，取其名也。盖出冰之时，置此弓、矢于凌室之户，所以禳除凶邪，将御至尊，故慎其事、为此礼也。同上。

《说文》云：震，辟历震物者。同上。此与疏卷四异说，见前。阮氏校勘记云：宋本“辟历”作“霹雳”，下同，是也。恩孚按：“霹雳”为后出字，《说文》所无，阮说非也。

何休《膏肓》难此云：《春秋》书雹，以为政之所致，非由冰也。若今朝廷藏冰，亦不于深山穷谷，何故或无雹；天下郡县皆不藏冰，何故或不雹。若言有之于古者，必有验于今。此其不合于义，失天下相与之意。郑玄箴之曰：两[雨]雹，政失之所致，是固然也。国之失政，君子知其大者，其次知其小者。藏冰之礼，凌人掌之，《月令》载之，《豳》诗歌之，此独非政与，故其小者耳。夫深山穷谷，固阴沍寒，极阴之处，冰冻所聚，不取其冰，则气蓄不泄，结滞而为伏阴。凡雨水，阳也，雪雹，阴也。雨水而伏阴薄之，则凝而为雹；雨雪而衍阳薄之，则合而为霰。中丰见时失藏冰之礼而有雹，推之阴阳，知此伏阴所致，亦圣人之寓言也；详载其言者，以著藏冰之礼不可废耳。同上。

服虔云：召陵之役，齐桓退舍以礼楚灵王，今感其言，是以用之。同上。

堕，许规反，布也。服云：输也。《释文》。服虔云：堕，输也，言将输受宋之币于宗庙。同上。

服虔以为，子产作丘赋者，赋此一丘之田，使之出一马三牛，复古法耳。丘赋之法不行久矣，今子产复修古法，民以为贪，故谤之。同上。

附录：

刘向《新序》引作欲盈逞，古多通用。同卷阮氏校勘记。

诸本作乡。《释文》云：本又作嚮。《新序》引传亦作嚮，俗乡字。同上。

《新序》作终南。《水经注》云：《地理志》曰，县有大一山，古文以为终南，杜预以为中南也。同上。

刘向《新序》引，不可，作不足。同上。

《说文》：豭，牡豕也，从豕，叚声。同上。

服虔云：言卿葬三辞于朝，从朝出正门。卿佐国之桢干，君之股肱，必过于朝，重之也。《左传疏》卷四十三。

使乱大，从如字。服云：使乱大，和顺之道也。《释文》。服虔云：使乱大，和顺之道。同上。

郑、服皆以享为献耳。《释文》。郑氏先儒以为，朝聘之礼，使执玉以授主国之君，乃行享礼。献国之所有頫见也，谓行享礼，以见主国之君也。同上。

服虔云：陪牛羊豕鼎，故云陪鼎。同上。

贾逵云然。同上。此谓杜注，叔禽、叔椒、子羽皆韩起庶子，依用贾说。

《世本》：叔向兄弟有季夙。疑季夙即是虎也。故服氏数伯华、叔向、叔鱼、季夙。同上。

启彊发首言可。此云，何不可之，有言其可也，绍上可之言。服虔云：何不可之，有如是。同上。

服虔云：改衰为叔世，叔世逾于季世，季世不能作辟也。同上。

服虔云：仪善式，用刑法，靖谋也。言善用法，文王之德，日日谋安四方。同上。

服虔云：仪善也，刑法也，善用法者，文王也。言文王善用其法，故能为万国所信也。同上。

服虔云：铸鼎藏争辟，故今出火，与五行之火争明，故为灾在器，故称藏也。同上。

匄，本或作丐，音盖，乞也。《说文》作匄。逯安说，亡人为匄。《释文》。服虔云：抽，裂也，言不毁裂所舍之屋也。匄，乞也，不就人强乞也。同上。

附录：

段玉裁云：羊舌肸，食采于杨，故亦称杨肸；其子食我，亦称杨石。《汉书·地理志》：河东郡杨县，应仲远谓即杨侯国。同卷阮氏校勘记。

是故闲之以义。《汉书·刑法志》引，作以谊。按谊、义，古今字。同上。

耸之以行。诸本作耸，《汉书·刑法志》引作㧐。晋灼曰：古竦字。同上。

涖之以彊。闽本、监本、毛本，彊作疆。《汉书·刑法志》引，涖作莅，与《释文》同。同上。

贿路并行。《汉书·刑法志》引，作货赂并行。同上。

火如象之。《汉书·五行志》引，作火而象之。古如、而字通用。同上。

徐仪楚，聘于楚。案《说文》作徐郐楚，云：郐，临淮徐地。同上。

《谷梁传》云：以外及内，曰暨；谓此为鲁与齐平。贾逵、何休亦以为鲁与齐平。许惠卿以为燕与齐平。

服虔云：襄二十四年，仲孙羯侵齐；二十五年，崔杼伐我。自尔以来，齐、鲁不相侵伐。且齐是大国，无为求与鲁平。此六年冬，齐侯伐北燕，将纳简公，齐侯贪贿，而与之平，故传言齐求之也。《左传疏》卷四十四。

服虔云：皁，造也。造，成事也。舆，众也，佐皁举众事也。隶，隶属于吏也。僚，劳也，共劳事也。仆，仆竖，主藏者也。台，给台下微名也。同上。

仆区，乌侯反；徐如字。服云：仆，隐也，区，匿也，为隐匿亡人之法也。《释文》。服虔云：仆隐也，区，匿也。为隐亡人之法也。同上。正义夺一“匿”字。

屈，居勿反；大屈，弓名。服同；又云大曲也。贾云：宝金可以为剑、出大屈也。《释文》。贾逵云：大屈，宝金可以为剑；大屈，金所生地名。服虔云：一曰大屈，弓名。同上。

黄熊，音雄，兽名；亦作能，如字，一音奴来反，三足鳖也。解者云：兽非入水之物，故是鳖也；一曰既为神，何妨是兽。案：《说文》及《字林》皆云，能，熊属，足似鹿；然则能既熊属，入为鳖，今本作能者胜也。东海人祭禹庙，不用熊白及鳖为膳，斯岂鲧化为二物乎。《释文》。诸本皆作熊字。贾逵云：熊，兽也。《说文》云：熊，兽，如豕，山居，冬蛰。张衡《东京赋》云：能鳖三趾。同上。

服虔云：鼎三足则圆，四足则方。同上。

何休《膏肓》难此，言孔子不语怪力乱神，以鬼神为政，必惑众，故不言也。今左氏以此令后世信其然，废仁义而祈福于鬼神，此大乱之道也。子产虽立良止，以托继绝，此以鬼赏罚，要不免于惑众，岂当述之以示季末。郑玄答之曰：伯有，恶人也，其死为厉鬼，厉者，阴阳之气相乘不和之名，《尚书·五行传》六厉是也。人死体魄则降，知气在上，有尚德者附和气而兴利，孟夏之《月令》，雩祀百辟卿士，有益于民者，由此也。为厉者因害气而施灾，故谓之厉鬼，《月令》民多厉疾，《五行传》有御六厉之礼，《礼》天子立七祀，有大厉，诸侯立五祀，有国厉，欲以安鬼神弭其害也。子产立良止，使祀伯有以弭害，乃《礼》与《洪范》之事也。子所不语怪力乱神，谓虚陈灵象，于今无验也。伯有为厉鬼，著名若此，何不语乎。同上。

《周本纪》：高圉是公刘玄孙之孙。高圉生亚圉，亚圉，大王亶父之祖也。同上。此据《周本纪》叙其世次，全非原文。

刘、贾、颍云：蒐于红，不言大者，言公大失权在三家也。十一年蒐于比蒲，经书大蒐，复云：书大者，言大众尽在三家。同上。阮氏校勘记云：宋本"颖"作"颍"，是也。

贾、服以葬哀公之文在杀孔奂之下，以为楚葬哀公。同上。

魏榆。服云：魏邑也，榆州里名。《释文》。服虔云：魏邑，榆州里名。同上。

据今毛、郑解《诗》，哀哉不能言者，贤人不能言也，不能以其正道，曲从君心，故身见困病胥矣。能言，乃指时世所谓能言者，巧言从俗，如转流矣，阿谀顺旨，不依正法，得使身居休美。同上。此据《诗》毛传、郑笺，全易其文。

服虔云：将往者，欲往到；陈氏问助子良攻我意。同上。

服虔云：一日[曰]，马，陈侯所乘马；玉，陈侯所佩玉，故杀马毁玉，不欲使楚得之。同上。

《陈世家》言：舜居妫汭，其后因姓妫氏。同上。此非《陈世家》原文，节省之。

附录：

《说文》引传，作儷，是儷为正字，鬣为假借字。同卷阮氏校勘记。

《说文》云：废，固疾也，在疒部。毛谊父《六经正误》云：兴国本作废，非也。同上。《说文》作"固病也"。

《公羊传》曰：陈已灭矣，其言陈火，何存陈也。《谷梁传》曰：国曰灾，邑曰火，火不志，此何以志，闵陈而存之也。贾、服取彼为说，言愍陈不与楚，故存陈而书之，言陈尚为国也。《左传疏》卷四十五。

服虔以为，此会宋、郑、卫之大夫，不书叔弓后也。同上。

服虔云：蒲姑，商奄，滨东海者也；蒲姑，齐也，商奄，鲁也。同上。

服虔云：妇之父曰姻，王之后丧父，于王亦有服义，故往吊。同上。

服虔云：火，离也；水，坎也。《易》卦离为中女，坎为中男，故火为水妃。同上。

《楚世家》云：高阳生称，称生卷章，卷章生犁。犁为高辛氏火正，甚有功，能光融天下，帝喾命曰祝融。共工作乱，帝使黎诛之而不尽，帝诛黎，而以其弟吴回为后，复居火正为祝融。四[回]生陆终，陆终生子六人，六曰季连，楚其后也。同上。此节改《楚世家》文，先"犁"后"黎"，知两"犁"字误也。《楚世家》均作重黎。阮氏校勘记云：宋本"犁"作"黎"。疏卷四十八略同。

服氏以为，有事于武宫之岁，龙度天门。同上。

载，如字，《诗》作哉。毛云：哉，载也。郑云：始也。《释文》。同上。

《方言》云：出溺为拯。同上。

簉，本又作造，初又反。《说文》：簉，从艸。《释文》。同上。《说文》：簉，艸皃，知簉为假借字，簉为后出字。

襘，古外反。《说文》云：带所结也。《释文》。同上。

羹，旧音郎。《汉书・地理志》作更字。《释文》。古者羹、臛之字，音亦为郎，故《鲁颂・閟宫》、《楚辞・招魂》与史游《急就篇》，羹与房、浆、糠为韵。同上。今《汉书・地理志》颍川郡定陵下注，有东不羹，襄城下注，有西不羹。

郑众云：子元即檀伯也。厉公杀檀伯，居栎，因栎之众偪弱昭公，使至杀死。同上。

贾逵云：五大，谓大子、母弟、贵宠公子、公孙、累世正卿也。郑众云：大子晋申生，居曲沃是也；母弟郑公叔段，居京是也；贵宠公子若弃疾，在蔡是也；贵宠公孙若无知，食渠丘是也；累世正卿卫宁殖居蒲，孙氏居戚是也。五细：贱妨贵，少陵长，远间亲，新间旧，小加大也。不在庭，不当使居朝廷为政也。同上。

郑众以渠丘为无知之邑。同上。

谷梁曰：其曰晋狄之也不正，其与夷狄交，伐中国，故狄称之也。贾、服取以为说。同上。

刘、贾云，《春秋》之序，三命以上乃书于经。颍氏以为再命称人。同上。

服虔云：已乎，决绝之辞。同上。阮氏校勘记云：闽本、监本“乎”误矣。宋本“已乎”重与传文合。

《楚世家》云：陆终生子六人，坼剖而产焉，一曰昆吾，二曰参胡，三曰彭祖，四曰会人，五曰曹姓，六曰季连。季连芊[芈]姓，楚其后也。同上。今《史记·楚世家》一日[曰]上有“其长”二字，“季连”不重。

《周礼》：外史掌三皇五帝之书。郑玄云：楚灵王所谓三坟五典是也。贾逵云：三坟，三王之书；五典，五帝之典；八索，八王之法；九丘，九州亡国之戒。延笃言张平之说，三坟，三礼，礼为大防。《尔雅》曰：坟，大防也。《书》曰：谁能典朕三礼。三礼，天、地、人之礼也；五典，五帝之常道也；八索，《周礼》八议之刑，索，空空设之；九丘，《周礼》之九刑，丘，空也，六空设之。马融说：三坟，三气，阴阳始生天、地、人之气也。五典，五行也；八索，八卦；九丘，九州之数也。同上。阮氏校勘记云：宋本“王”作“皇”。

贾逵云：祈，求也，昭明也；言求明德也。马融以圻为王圻，千里王者，游戏不过圻内，昭明也；言千里之内足明德。同上。阮氏校勘记云：据此，则贾逵本作祈昭，马融本作圻昭也。

马融云：圻内，游观之宫也。同上。恩孚按：据此，马融本祗宫作圻宫。

附录：

《后汉书·光武纪》作蒹阳，注引《左传》文云：戏与蒹同。又按

《说文》我部云：巍郡有鄯阳县。同卷阮氏校勘记。《说文》鄯篆下“巍”作“魏”，“县”作“乡”。

蕴利生孽。石经、宋本、宋残本、淳熙本、岳本、足利本，蕴作藴，下及注同，与北宋刻《释文》合。《说文》藴字注，引《春秋传》，亦作藴利生孽。案：蕴，俗藴字。岳本孽作孼，《释文》作孽，《说文》无孽字。同上。

《说文》云：憖，从心，猌声。又犬部云：猌，从犬，来声，读又若银。同上。

单子其将死乎。臧琳云：《汉书·五行志》无将字，乎作虖。虖，古乎字。同上。

《说文》作堋字，注引《春秋传》曰，朝而堋。同上。

《说文》旰字注引《春秋传》曰，日旰君劳。同上。

筚路蓝缕。纂图本、毛本、足利本，蓝作篮。案《史记》作筚路蓝蒌。徐广曰：案服虔云，筚露，柴车素大路[辂]也；蓝蒌，言衣敝坏，其蒌蓝蓝然也。是徐广所见服氏本亦作蓝。山井鼎云：作蓝恐非误也。同上。

卷四

挤，子细反。《说文》云：排也，一音子礼反。《释文》。《左传疏》卷四十六。

刍，初俱反。《说文》云：刈草也。《释文》。《说文》云：荛，薪也，从艹。同上。《说文》"草"作"艸"；刍篆下云，刈艸也，象包束艸之形；草篆下云，草斗栎实也，一日[曰]象斗子，从艸，早声。知艸为正字，草为假借字，经传多假草为艸。

郑众云：争所为承次贡赋之轻。同上。阮氏校勘记云：宋本作"争所当奉承贡赋之轻重"。

郑众、服虔云：郑伯爵在男服也。贾逵云：男当作南，谓南面之君也。同上。

服虔云：艺，极也，一日[曰]常也。同上。

蒲，本又作匍，同步都反，又音扶，本亦作扶；伏本又作匐，同蒲北反，又音服。《释文》。《说文》：匍，手行也；匐伏地也。同上。阮氏校勘记云：宋本"文"下有"云"字。

附录：

王沿夏，诸本作沿。案《说文》沿字注引传，作沿。同卷阮氏校勘记。

《释文》云：齐，本又作斋。案《史记》作召五公子斋而入。同上。《史记》无"公"字。

惠栋云：古苛字，本作荷。《檀弓》泰山妇人曰，无苛政；《释文》

曰，苛，本亦作荷。《毛诗序》云，哀刑政之荷，今本作苛。《汉张表碑》亦以荷为苛。陈树华云：师古注《汉书·郦食其传》，亦云荷与苛同。同上。

《释文》云：湫，徐音椒；又作子服椒止一人耳。案惠栋云：湫，本与椒同音；《说文》湫，从水，秋声；荀子引《诗》曰，凤皇秋秋，其翼若干，其声若箫，秋与箫协韵，明秋亦有椒音。惠伯名椒，独此作湫者，声之误也。晋以来唯徐仙民识古音，诸儒皆不及也。按：惠说误；古音椒如揪，箫如修。同上。

服虔云：司徒，姓也，老祁，字也；虑癸，亦姓氏也。二子，季氏家臣也。《左传疏》卷四十七。

服虔以宥为宽赦其罪。同上。

贾逵云：物官，量能授官也。郑众云：物官，相其才之所宜而官之，是也。同上。

乃施如字。服云：施罪于邢侯也。《释文》。服虔云：施罪于邢侯，施，犹劾也，邢侯亡，故劾之。同上。

服虔读减为咸。下属为句。不为末者，不为末綮，隐蔽之也。咸，曰义也，言人皆曰叔向是义。同上。

服虔云：水黑火赤，水火相遇云云。同上。

服虔以辱从下读，训之为欲。同上。

服虔曰：经，常也，常所当行也。同上。

贾逵云：楚子不名，以立其子。同上。

几，居岂反。服音机，近也。《释文》。服虔云：几，近也。同上。

服虔读类为颣，解云：颇偏也，颣，不平也。同上。

服虔云：祀其所自出之君于家，以为大祖。同上。

前氏诸儒皆以脤为祭社之肉。同上。

服虔以为其祭在庙，谓孔张先祖配庙食。同上。

服虔断“字小之难”以下为义，解云：字，养也，言事大国易，养小国难。同上。

差嚣，才何反。《字林》：才可反，又士知反。《说文》作佐㒁，云：齿差跌也，在何、千多二反。《释文》。同上。《说文》无佐字；臣铉等以为当从𪗉，传写之误。钱坫《说文解字斠诠》：𪗉字下云：今《左传》郑子嚣如此。此与下㒁字当有疑误，子嚣似当从传文，而㒁或后人所加，移所引以辅成其说耳。本书既无佐字，安得有从佐之字耶。恩孚按：钱说较大徐为近。

附录：

费无极。《史记·楚世家》：极作忌。《索隐》曰：《左传》作无极，极、忌声相近；《伍子胥传》同。同卷阮氏校勘记。

《汉书·五行志》引宴作燕，下燕乐同。同上。

《说文》云：锐，芒也。服虔云：锐，折也。同上。

《史记》云：黄帝者，少典之子，名曰轩辕，为天子，代神农氏，是为黄帝。《左传疏》卷四十八。《史记·五帝本纪》文。

《史记·天官书》曰：若烟非烟，若云非云，郁郁纷纷，萧索轮囷，是谓卿云。《孝经》援神契曰：德至山陵则景云出。服虔云：黄帝受命，得景云之瑞，故以云纪事。同上。

服虔云：黄帝以云名官，盖春官为青云氏，夏官为缙云氏，秋官为白云氏，冬官为黑云氏，中官为黄云氏。炎帝以火名官，春官为大火，夏官为鹑火，秋官为西火，冬官为北火，中官为中火。共工以水名官，春官为东水，夏官为南水，秋官为西水，冬官为北水，中官为中水。大皞以龙名官，春官为青龙氏，夏官为赤龙氏，秋官为白龙氏，冬官为黑龙氏，中官为黄龙氏。同上。

《说文》云：凤，神鸟也。《运斗枢》云：天枢德见，则凤皇翔。《中候握河纪》云：尧即政七十年，凤皇止庭，伯禹拜曰：昔帝轩提象，凤巢阿阁。《白虎通》云：黄帝时凤皇蔽日而至，止于东园，终身不去。同上。

《说文》云：燕，玄鸟也。同上。

贾逵云：西方曰鶅雉，攻木之工也；东方曰鶅雉，抟埴之工也；南方曰翚雉，攻金之工也；北方曰鵗雉，攻皮之工也。伊、洛而南曰翚雉，五色之工也。同上。“南方曰翚雉”，翟雉□[之]误。以本疏上云“贾逵亦云南□[方]曰翟雉”知。

樊光、服虔云：雉者，夷也，夷平也，使度量器用平也。同上。

贾逵云：春扈分循，相五土之宜，趣民耕种者也；夏厄[扈]窃玄，趣民耘苗者也；秋扈窃蓝，趣民收敛者也；冬扈窃黄，趣民盖藏者也；棘扈窃，为果驱鸟者也；行扈唶唶，昼为民驱鸟者也；宵扈啧啧，夜为农驱兽者也；桑扈窃脂，为蚕驱雀者也；老扈鷃鷃，趣民收麦令不得晏起者也。同上。“棘扈窃”下夺“丹”字。阮氏校勘记云：宋本、监本、毛本“窃”下有“丹”字，是也。

服虔注本，火出而章必火，火入而伏重火，别句，孙毓云：贾氏旧文无重火字。同上。阮氏校勘记云：臧琳云，当从服氏本，有“重火”字为是；又云：贾景伯不“重火”字，与汉志同。

郰，音禹。许慎、郭璞皆音矩。《释文》。同上。《说文》云：郰，妘姓之国，从邑，禹声。《春秋传》曰：郰人籍稻，读若规榘之榘。

先儒旧说，皆云炎帝号神农氏，一曰大庭氏。服虔云：在黄帝前。服虔云：四国次有火气也。同上。

《五行传》云：时有青眚青祥、白眚白祥之类。同上。

服虔云：弗良及者，不能及也，良，能也。同上。阮氏校勘记云：宋本“者”作“也”，是。

郑众云：摄摄束茅，以为屏蔽。同上。

《白虎通》云：纳之西壁。同上。

服虔云：藉，耕种于藉田也。同上。

服虔云：撊然，猛貌也。《方言》云撊，猛也。晋、魏之间曰撊。同上。阮氏校勘记云：钱大昕云，撊，当为僩之伪[讹]。《说文》僩，武貌；《荀子·荣辱篇》，陋者俄且僩。杨倞注：僩，与撊同，猛也；《方言》：晋、魏之间谓猛。僩，今本《方言》亦从手旁。恩孚按：《说文》"貌"作"皃"；钱说已见小徐系传。

贾逵云：楚子在蔡，为蔡公时也。同上。

此皆贾逵言也。同上。此指杜注大死曰札、小疫曰瘥、短折曰夭、未名曰昏四句。

服虔云：祏主藏于宗庙，故曰宗主。同上。

服虔云：二三老，驷偃家臣。同上。

附录：

石经，"在"字上旁增"六物之占"四字。案：惠栋云，当是晁公武据蜀石经增入，《御览》所引亦有此四字。蜀时贾、服《左氏》犹存，此盖据贾、服本也。同卷阮氏校勘记。

《说文》：鄣，纪邑也。同上。

驷氏耸。诸本作耸。《说文》㧐字注引传，作㧐；张载注《魏都赋》引同。同上。

贾逵云：前此以鄸叛也。叛便从鄸而出。叛不告，故不书。《左传疏》卷四十九。

服虔云：梓慎知失闰二月冬至，故独以二月望气。同上。

服虔云：城父人，城父大夫也。同上。

服虔云：相从愈于共死。同上。

《说文》云：掫，夜戒有所击也，从手，取声。同上。此与疏卷三十六同，详见前。阮氏校勘记云：《周礼》掌固，杜子春注引作"趣"，鏄师注引作"趋"；《周礼音义》云"趋"；《左传》作"掫"。段玉裁云：古音同，在尤侯类也。惠栋云：子春受学于刘歆，歆传《左氏春秋》以"趣"为"掫"，必有依据。

贾逵、郑众皆以为子张即颛孙，师服虔云。同上。本疏驳语可参考。

痎，旧音戒，梁元帝音该；依字则当作痎。《说文》云：两日一发之疟也；痎音皆。《释文》。《说文》：疥，搔也；疟，热寒休作；痁，有热疟；

痎，二日一发疟。同上。

服虔云：祝固，齐大祝，史嚚，大史也。谓祝、史之固陋，不能尽礼荐美，至于鬼神怒也。同上。

服虔云：上下谓人神无怨。同上。

一气。杜解以为人气也。服云：歌气也。《释文》。服虔云：歌气也。同上。

《汉书·律历志》云：五声者，宫、商、角、徵、羽也；所以作乐者，谐八音，荡涤人之邪志，令其正性，移风易俗也。五声和，八音谐，而乐成。商之为言章也，物成熟可章度也；角，触也，物触地而出戴芒角也；宫，中也，居中央，畅四方，唱始生，为四声纲也；徵，祉也，物盛大而蕃祉也；羽，宇也，物聚宇而覆之也。夫声者，中于宫，触于角，祉于徵，章于商，宇于羽，故四声为宫纪也。同上。此非《律历志》原文，有省句及增改字。《律历志》"声者"上无"五"字，"志"作"意"，"令"作"全"，"唱始生""生"上有"施"字，"物聚宇而覆之"作"物聚臧宇覆之"。阮氏校勘记未全校正。

《律历志》云：律有十二，阳六为律，阴六为吕，黄帝之所作也。黄帝使伶伦自大夏之西、崐崙之阴，取竹之窍厚均者，断两节间而吹之，以为黄钟之宫，制十二筩，以听凤皇之鸣，其雄鸣为六，雌鸣亦六，以比黄钟之宫，是为律本。黄钟，黄者中之色也，钟者种也，天之中数五，五为声，声上官[宫]，五声莫大焉，地之中数六，六为律，律有形有色，色上黄，五色莫盛焉；故阳气施种于黄泉，滋萌万物为六气，元也，以黄色名元气，律者，著宫声也，始于子，在十一月。大吕，吕旅也，言阴大旅助黄钟宣气而牙物也，位于丑，在十二月。大蔟，蔟，奏也，言阳气大奏，地而建物也，位于寅，在正月。夹钟，言阴气夹助大蔟，宣四方之气而出种物也，位于卯，在二月。姑洗，洗絜也，言阳气洗物辜絜之也；彼注云，辜，必也，位于辰，在三月。仲吕，言微阴始起未咸著，于其中旅助姑洗宣气齐物也，位于巳，在四月。甤宾，甤，继也，宾，道也，言阳气始道阴气使继养物也，位于午，在五月。林钟，林，君也，言阴气受任助甤宾，君主种物使长大茂盛也，位于未，在六月。夷则，则，法也，言阳气正法度，而使阴气夷当伤之位也，位于申，在七月。南吕，南，任也，言阴气旅助夷则任成万物也，位于酉，在八月。无射，射，厌也，言阳气究物而使阴气毕，剥落之终而复始无厌已也，位于戌，在九月。应钟，言阴气应无射，该藏万物而杂阳阂种也，彼注云，外闭曰阂，位于亥，在十月。同上。此亦□[节]《律历志》文。《汉书》“伶伦”作“冷纶”，“崐崘”作“昆仑”，“凤皇”无“皇”字，“鍾”均作“鐘”，“滋”作“孳”，“蔟”均作“族”，“咸”作“成”，“道”均作“导”，“茂”作“楙”，“当伤之位”“位”作“物”，“无”均作“亡”，“藏”作“臧”。

八风。《易纬通卦验》云：东北曰条风，东方曰明庶风，东南曰清明风，南方曰景风，西南曰凉风，西风[方]曰阊阖风，西北曰不周风，北方曰广莫风。条风又名融风，景风一名凯风。《释文》。《易纬通卦验》云：立春调风至，春分明庶风至，立夏清明风至，夏至景风至，立秋凉风至，秋分阊阖风至，立冬不周风至，冬至广莫风至；条风一名融风。贾逵云：兑为金，为阊阖风也；乾为石，为不周风也；坎为革，为广莫风也；艮为匏，为融风也；震为竹，为明庶风也；巽为木，为清明风也；离为丝，为景风也。坤为土，为凉风也。同上。

附录：

棠君尚。《释文》：君或作尹。惠栋云：《风俗通》作堂；案堂与棠古多通用，如《鲁峻碑》、《严䜣碑》皆以棠为堂字。案《广韵》引《风俗通》：堂，楚邑，大夫五尚为之，其后氏焉；又于棠下引《左传》：齐大夫棠无咎；是堂与棠之别也。同卷阮氏校勘记。

陈树华云：《史记索隐》云《左传》作鱄设诸，是也。《公羊》、《史记》、《吴越春秋》、贾子作专诸。《索隐》又云：专或作剸；《汉书》、《文选》、司马相如《子虚赋》并作剸诸。同上。

泽之萑蒲，舟鲛守之。案陈树华云：《风俗通义》引作莞蒲。庄述祖云：鲛当作䱽，䱽即篽字。《说文》引泽之自篽，自乃舟之误；或以自篽为萑蒲之异文，误也。同上。《说文》大徐本作“目篽”。

贾逵云：书入华貙，兄弟作乱，召而逆之。《左传疏》卷五十。

《汉书·地理志》曰：凡民函五常之性，而有刚柔缓急，音声不同，系水土之风气，故谓之风；好恶取舍，动静无常，随君上之情欲，故谓之俗。同上。《汉志》"有"作"其"，"无"作"亡"。

《说文》云：窕，深肆极也。同上。

服虔云：亟，疾也；疾言之欲使信。同上。。

服虔以君上属；孙毓以君下属。同上。

徽，许归反。《说文》作微。《释文》。《说文》云：微，帜也，以绛微帛箸于背，从巾，微省声。《春秋传》曰：扬微者公徒。

服虔云：狎，更也。子城谓华豹曰，不更射为鄙；一曰城言，我不狎习故鄙。同上。

贾逵云：宾孟，子朝之傅也。王爱子朝，因爱其傅，故朝起并有宠于景王也，与宾孟并谈，说之，欲立朝为大子。同上。"与"上宋本有"王"字。见阮氏校勘记。

《说文》云：牺，宗庙之牲也。《史记》称楚王欲以庄周为相国，谓使者曰：郊祭牺牛，养之数岁，衣以文绣，牵入大庙，是时欲为孤豚，岂可得乎。同上。此亦节改《史记》文。"狐豚"，《史记》作"孤豚"。

贾逵以为大子寿率，景王不立适子。郑众以为寿率，王命猛代之，后欲废猛立朝耳。服虔以贾为然。同上。

敬王名匄，本纪文也。本纪不言敬王是猛之母弟，先儒相传说耳。同上。

贾逵云：不国国，书师，恶其同役而不同心。刘炫用服虔义云：不书楚，楚讳败，不告。同上。

殊，如字。《说文》云：死也，一日[曰]断也。《释文》。同上。

贾逵云：使邾、鲁大夫各居一馆。郑众云：使叔孙、子服回各居一馆；邾、鲁大夫本不同馆，无为复言使各居一馆也，欲分别叔孙与子服回不得相见，各听其辞耳。服虔并载两说，仍云贾氏近之。同上。

贾氏云：泓之战，讥宋襄，故书朔；鄢陵之战，讥楚子，故书晦；鸡父之战夷之，故不书晦。同上。

贾、服、王、董皆作五候。贾、服云：五候，五方之候也，敬授民时，四方中央之候。王云：五候，山候、林候、泽候、川候、平地候也。董云：五候，候四方及国中之奸谋也。同上。

《楚世家》云：周成王始封熊绎于楚，以子男之田居丹阳，历十四君至于熊仪，是为若敖；若敖生霄敖，霄敖生蚡冒，蚡冒卒，弟熊达立，是为武王；武王生文王，始都郢。同上。此亦节改《楚世家》文。《楚世家》“熊达”作“熊通”。

附录：

大者不椒。诸本作椒。《汉书·五行志》引作椒，下同。案：椒乃《说文》新附字。《五经文字》作椒，云见《春秋传》。同卷阮氏校勘记。

《汉书·五行志》引传，作感，不误。同上。

王心弗堪。惠栋云：《汉书》作戡。孟康云：古堪字；《尚书》西伯戡黎，《说文》引作戡。郭璞《尔雅注》又作堪黎。古字戡、堪通。同上。

公子苦雉。石经、宋本、宋残本、岳本，雉作雂[雂]，与《释文》合。又按《说文》，雂，鸟也，从隹，今声；引《春秋传》公子苦雂。又考《玉篇》，苦作若。同上。

传曰：秋书再雩，旱甚也。是言前雩少得雨，旱甚而复雩。故贾云，上辛不注，是也。《左传疏》卷五十一。

《释名》：五气于各方，各施行。《白虎通》云：言为天行气，故谓之五行。同上。

服虔云：牲，麕、鹿、熊、狼、野豕。同上。阮氏校勘记云：宋本“云”下有“五”字，是也。

服虔云:三牺,雁、鹜、雉也。同上。

贾逵云:好生于阳,恶生于阴,喜生于风,怒生于雨,哀生于晦,乐生于明,谓一气生于一志。同上。

《说文》云:简牒也,牒札也。同上。

贾逵云:捣芬子为末,播其鸡翼,可以分土[“分土”,应为“坌”]郈氏鸡目。郑众云:不甲也,为鸡著甲。同上。

贾逵云:冰椟,丸盖也。《方言》曰:弓藏,谓云鞬,或谓之椟丸。同上。阮氏校勘记云:《方言》作皾丸。郭音牛犊。

《说文》云:楄,方木也。同上。《说文》云:楄部,方木也,从木,扁声。《春秋传》曰:楄部荐干。

经书取郓,而传言围郓故,云郓人自服不成围,以传[经]云书取,言易也。故贾为此解,杜从之也。同上。

附录:

今王室实蠢蠢焉。惠栋云:《说文》引作惷惷;三体石经作蠢;《尚书》蠢字,《说文》引作蠢。古蠢字皆作蠢,俗作蠢。同卷阮氏校勘记。

陈树华云:《史记·周本纪》引传云,朝用成周之宝珪沉于河;《汉书·五行志》引,作王子鼂以成周之宝圭湛于河。古文沉作湛。同上。

吾闻文武之世。石经、宋本、岳本,武作成,谓文公、成公也。陈树华云:《史记》、《汉书》、《论衡·异虚篇》、李善《幽通赋》注引,并作文成。按刘氏《史通》亦作文成。同上。

《汉书·五行志》作远哉摇摇。同上。

稠父丧劳。石经、宋本、小字宋本、岳本、足利本作裯父,与《汉书·五行志》引传合。同上。

《说文》暱字下引传,作私暱降燕。案:昵,暱之或体。同上。

公不得归其国而书至者。贾云：季氏示欲为臣，故以告庙。《左传疏》卷五十二。

服虔以为，往年齐侯取郓，实围郓耳。经于围书取，传实其事，故于是言取。同上。

朐，月俱反，本又作軥，同。《释文》。《说文》云：，轭下曲者。同上。《说文》“轭”作“軶”。

《说文》云：鬒，稠发也。同上。《说文》云：㐱，稠发也，从彡，从人；《诗》曰㐱发如云。鬒为㐱之重文。

刜，芳弗反。《说文》云：击也；又父勿反，又忿勿反。《释文》。《说文》云：刜，击也。同上。

《说文》云：鏧，金声也。同上。《说文》鏧篆下云：读若；《春秋传》曰，蹵而乘它车。今《说文》足部无蹵字，知今本非完书也。

服虔云：出成周也。同上。

服虔、王肃并注云：文王受命，武王伐纣，故云文、武克殷。同上。

刘炫案：《周本纪》，民相与叛，袭厉王，厉王出奔于彘。同上。此节改《周本纪》文。

《周本纪》云：彘之乱，宣王在召公之宫，国人围之，召公以其子代大子，大子竟得脱。周、召二公，二相行政，号曰共和元年。同上，此亦节改《周本纪》文。

《周本纪》云：共和十四年，厉王死于彘，大子靖长于召公家，二相乃共立之为王，是为宣王。同上。《周本纪》“靖”作“静”。

《周本纪》云：幽王大子母，申侯女也，而为后。王废后，并去大子，用褒姒为后，以其子伯服为大子。申侯怒，乃与缯西戎共杀幽王于骊山之下，虏褒姒，尽取周赂而去。于是诸侯乃即申侯，共立故幽王大子宜臼，是为平王，东迁徙于洛邑，辟戎寇也。同上。此亦节改《周本纪》文。

妖，本作祅，于骄反。《说文》云：衣服歌谣，草木之怪，谓之妖。《释文》。同上。今《说文》云：媄媄，巧也，一日女子笑皃；《诗》曰桃之媄媄，从女，芺声。

俗本作规。服、王、孙皆注云：玩，贪也。同上。

何休难年钧以德之言，云人君所贤，下必从之，焉能使王不立爱也。郑玄答云：《周礼》小司寇掌外朝之政，以致万民而询焉。其三日询，立君其位，王南乡，三公及州长百姓北面，群臣西面，群吏东面，小司寇以叙进而问焉。如此则大众之口，非君所能掩耳盗铃，是王不得立爱之法也。同上。

何休难云：大夫不世功而并为公卿，通继嗣，左氏为短。郑玄云：公卿之世有大功德，先王命所不绝者。同上。

贾逵云，然。同上。此指杜注二子皆王僚母弟语。

服虔云：上国，中国也，盖以吴辟在东南，地势卑下，中国在其上流，故谓中国为上国也。《檀弓》云：延陵季子适齐，于其反也，其长子死，葬于嬴悖之间。郑玄云：鲁昭二十七年，吴公子札聘于上国，是也。郑玄云：季子让国，居延陵，因号焉。同上。《檀弓》"悖"作"博"。阮氏校勘记云，宋本、闽本、监本、毛本"悖"作"博"，是也。

服虔云：王尹主宫内之政。同上。阮氏校勘记云：《释文》亦作"工"，定[宋]本同。纂图本、闽本、监本、毛本作"王"，与正义本合。孙志祖云：下云别有工尹寿，此当作"王尹"。

都邑之士以君子为号，故知是有复除者，谓优复其身，除其徭役。贾逵云然，今之律令，犹名放课役者为复除，是汉世以来有此言也。同上。

上国。贾云：上国与中国同。服云：上古国也。《释文》。贾逵云：上国，中国也。服虔云：上国，谓上古之国，贤士所言也。同上。

《吴世家》云：吴王寿梦有子四人，长曰诸樊，次曰余祭，次曰余昧，次曰季札。季札贤，而寿梦欲立之，季札让不可，乃立诸樊。诸樊卒，有命授弟余祭，欲传以次，必致国于札，兄弟皆欲致国令以渐致焉。余祭卒，弟余昧立。余昧卒，欲授季札，札让，逃去。于是吴人曰：先生有命，必致季子，今逃位，则余昧后立，今卒，其子当代。乃立余昧之子僚为王。公子光者，王诸樊之子也，常以为吾父兄弟四人，当传至季子，季子不受，光父先立，若既不传季子，光当立，遂杀王僚，光代立为王。襄二十九年《公羊传》曰：谒也，余祭也，夷昧也，与季子同母者四；季子弱而才，兄弟皆爱之，同欲立之以为君，弟兄迭为君而致国乎季子。故谒也死，余祭也立，余祭也死，夷昧也立，夷昧也死，则国宜之季子者也。季子使而亡焉。僚者，长庶也，即之。阖庐曰：将从先君之命与，则国宜之季子者也，如不从先君之命与，则我宜立者也，僚恶得为君乎。于是使专诸刺僚。服虔云：夷昧生光而废之，僚者夷昧之庶兄，夷昧卒，僚代立，故光曰，我王嗣也，是用《公羊》为说也。杜言光，吴王诸樊字，用《史记》为说也。同上。此引《吴世家》，亦节改《史记》文。

铍，普皮反。《说文》云：剑也。《释文》。《说文》云：铍，剑也。同上。今《说文》：铍，大针也，一曰剑如刀装者，从金，皮声。

《吴世家》云：鱄诸置匕首于炙鱼之中以进食，手匕首刺王僚。同上。"鱄"，《史记》作"专"。

服虔云：兵戟也。同上。

秆，古但反。《说文》云：禾茎也，或古旦反。《释文》。《说文》云：秆，禾茎也。同上。《说文》云：稈，禾茎也，从禾，旱声；《春秋传》曰，或投一秉稈。杆[秆]为稈之重文。

服虔云：民不肯爇也，鄢将师称，令尹使女燔炮之。同上。

主人请安，谓主人使司正请安于宾。服虔亦然。同上。

黰，之忍反。《说文》作㐱，又作鬒，云稠发也。《释文》。《说文》云：鬒，稠发也；此传黰下有黑，则黰文不兼于黑，故贾、杜皆云美发为黰。同上。"鬒"字说见前。

惏，力耽反。《方言》云：楚人谓贪为惏。纇，又作类，立对反；服作类。《释文》。《方言》云：晋、魏河内之北谓惏为残，楚谓之贪。贾逵云：惏，耆食也。其人贪耆财利饮食，无知餍足，忿怒狠戾，无有期度，时人谓之大猪。服虔云：忿怒其类，以餍其私无期度也。同上。

《家语》与《史记》皆谓羊舌赤为铜鞮伯华。同上。

郑玄云:类,善也。同上。

附录:

贯渎鬼神。诸本作贯。《说文》引传作掼。同卷阮氏校勘记。

年钧以德,德钧以卜。《后汉书·庐植传》引传,钧作均。陈树华云:古字通也。同上。

天道不諂。监本、毛本謟作谄。《释文》云:本又作慆。陈树华云:《论衡·变虚篇》引,作不闇;按依《论衡》则闇与谄媚字同韵,或《左传》古有作谄之本。同上。

君无违德。案惠栋云,《论衡》引作回德,回,邪也,与上文不回、下文回乱合。同上。

夏四月,光伏甲于堀室而享王。《释文》亦作堀,云:本又作窟。陈树华云:《史记》夏四月下有丙子二字,堀作窟,下同。《初学记》引,亦作窟。按作窟即《释文》所谓又作本也。同上。《史记》作四月丙子,光伏甲士于窟室;"四月"上无"夏"字。

铍交于胸。宋本、淳熙本、岳作[本]胸作胷。石经初刻作匈,合于《说文》,后改作胷,俗字也。此本作胷,《说文》之或体也。同上。

《汉书·古今人表》仍作扔。师古曰:扔,音仍。同上。《说文》仍、扔均训因。

盂丙为盂大夫。顾炎武云:今本作孟丙者,非;《汉书·地理志》云盂,晋大夫盂丙邑,以其为盂大夫而谓之盂丙,犹魏大夫之为魏寿余,阎大夫之为阎嘉,邯郸大夫之为邯郸午也。同上。

《说文》云:龙,祷旱玉也,为龙文。《左传疏》卷五十三。《说文》珑篆下云:祷旱玉,龙文,从玉,从龙,亦声。阮氏校勘记云:段玉裁校本"龙"作"珑",依《说文》改也。

服虔曰:豢,养也,谷食曰豢;御,亦养也。同上。

乘，绳证反，河、汉各二。服云：河、汉各二乘。《释文》。服虔云：四头为乘，四乘十六头也。同上。

服虔云：宿，思也，今日当预明日之事，如家人宿火矣。同上。

贾逵云然。杜用之也。同上。此指杜注郁滞也、湮塞也二语。

贾逵云：总言万物句芒，非专木生如句。同上。

贾逵云：句芒祀于户，祝融祀于灶，蓐收祀于门，玄冥祀于井，后土祀于中霤。同上。

汉氏[世]先儒说左氏者，皆以为五灵配五方，龙属木，凤属火，麟为土，白虎属金，神龟属水。其五行之次，木生火，火生土，土生金，金生水，水生木。王者修其母则致其子，水官修则龙至，木官修则凤至，火官修则麟至，土官修则白虎至，金官修则神龟至。故为其说云：视明礼修而麟至，思睿信立而白虎扰，言从文成而神龟在治，听聪知正而名川出龙，貌共体仁则凤皇来仪，皆修其母而致其子也。解此龙水物者，言龙为东方之兽，是此方水官之物也，水官废矣，故龙不生，得言母不修故子不至也。同上。"此方"，阮氏校勘记云：宋本"此"作"北"。

服虔云：天在上，火炎上，同于天；天不可同，故曰同人。同上。

贾逵云：处穷桑以登为帝，故天下号之曰穷桑帝。贾以济为渡也，言四叔子孙，世不失职，遂渡少皞之世。同上。

贾逵、郑玄皆云：烈山，炎帝之号。同上。

服虔云：鼓，量名也。《曲礼》曰：献米者操量鼓。取晋国一鼓，铁以铸之。同上。

服虔云：非公且徵过，昭公无道久在外。季氏非公不肯释。言公在某地，《春秋》之义，亦不书徵季氏之过；此年书者，公不得入晋，外内有困辱，季氏闵而释之，所谓事君如在国。同上。

郑玄以为，简公若在，君当自行。同上。

服虔云：言赐不使死，是为以死赐之。同上。

贾逵云：昭公得阚，季氏夺之不用，师徒谓此取阚为季氏取于公也。同上。

贾逵云：鲁有昭公难，故会而不盟。同上。

刘歆三统之术以为，岁星一百四十四年行天一百四十五次，计一干[千]七百二十八年，为岁星岁数，言数满此年，剩得行天一周。三统之历，以庚戌为上元，从上元至襄二十八年，积十四万二千六百八十六岁，置此岁数，以岁星岁一千七百二十八除之，得积终八十二，去之岁余九百九十；以一百四十五乘岁余，得十四万三千五百五十，以一百四十四除之，得九百九十六为积，次不尽一百二十六为次余。从襄二十八年至昭十五年，合有一十八年，岁星年行一次，年有一余，以次加次，得一千一十四，以余加余，得一百四十四，余数满法又成一次，以从积次得一千一十五也。以十二去之余，余次一百四十四周七个一百四十四年，还得剩行天一周也。余七命起星纪算，外得鹑火，是昭十五年岁星在鹑火也。计十三年在大梁，十五年当在鹑首，而在鹑火者，由其余分数满剩得一次，犹如闰余满而成月也。以十五年岁在鹑火，历而数之，则二十七年复在鹑火。故此年在星纪也，于十二次分野星纪，是吴越之分也。岁星是天之贵神，所在之次，其国有福。今越得岁星，故伐之则凶也。吴、越同分，而云越福吴凶者，以吴先用兵，故反受其殃。贾逵云然，杜从之也。郑玄云，天文分野，斗主吴，牵牛主越，此年岁星在牵牛，故吴伐之凶。同上。

附录：

以更豕韦之后。惠栋云：《史记·夏本纪》更作受。《周礼》巾车云岁时受读，杜子春云，受当为更。《仪礼》燕礼及大射仪注，皆云古文更为受，是更与受，古[“古”字衍]古今字也。同卷阮氏校勘记。

《说文》：坻，小渚也；坻，箸也；箸，直略切。然则此传当作坻伏，石经、宋本不误。同上。

《艺[风]俗通义》引作裸，郑氏《周礼·占梦》注引作倮。按《说文》作嬴，从衣，亯声；裸嬴，或从果。同上。《说文》：嬴，袒也。

《鲁世家》，定公名宋，襄公之子昭公，子昭公之弟。《左传疏》卷五十四。此亦非《鲁世家》原文。《鲁世家》云：昭公卒于乾侯，鲁人共立昭公弟宋为君，是为定公。

炀公，伯禽子。《世本》世家文。同上。

敲，苦孝反，又苦学反。《说文》作敂，云：击头也。《字林》同。又一曰击声也，口交反，又口卓反。训从敲，云横擿也；又或作茅，或作荆，口交反。《释文》。同上。

贾逵云：剃缓朝见释失所，不讳罪己。同上。

释畜于马，无肃爽之名，爽或作霜。贾逵云：色如霜纨。马融说：肃爽，鴈也，其羽如练，高首而修颈，马似之天下稀有，故子常欲之。同上。阮氏校勘记云：毛本“鴈”作“雁”。恩孚按：《说文》云：雁，鸟也，从佳，从人，厂声，读若鴈；鴈，鹅也，从鸟，人，厂声。

啧至。贾逵云然。同上。

《说文》云：衅，血祭也。同上。

《史记·管蔡世家》云：武王同母兄弟十人，母曰大姒，文王正妃也；其长子曰伯邑考，次曰武王发，次曰管叔鲜，次曰周公旦，次曰蔡叔度，次曰曹叔振铎，次曰郕叔武，次曰霍叔处，次曰康叔封，次曰聃季载。贾逵等皆言，蔡叔，周公兄。同上。《史记》“郕”作“成”，“聃”作“冉”。正义云：“冉”一作“枏”，音奴甘反；或作“那”，音同“枏”，国名也。季载，人名也；伯邑考最长，所以加伯，诸中子咸言叔，以载最少，故言季载。

郑玄云：古者伐国，迁其重器以与同姓，此繁弱，封父之国为之，不知何时灭其国而得之也。同上。阮氏校勘记引惠栋云：郑康成云，封父，国名，荀卿子曰繁弱。钜黍，古之良弓也，繁亦作蕃，《上林赋》云弯蕃弱，文颖曰，蕃弱，夏后氏良弓之名。李善曰，蕃与繁，古字通。

服虔云：备物，国之职；物之备也，当谓国君威仪之物，若今繖扇之属，备赐鲁也。同上。

《鲁世家》云：《周世家》云周公相成王，使其子伯禽代就封于鲁。同上。此亦节《鲁世家》文。

贾逵云：少皞居穷桑，登为帝。同上。此与疏卷五十三略同。

惎毒间乱。贾逵云然。《说文》云：毅，散之也，从米，杀声。隶书改作，已失字体，毅字不复可识，写者全类蔡字，至有为一蔡字重点以读之者。同上。阮氏校勘记引玉裁云：传文蔡，蔡叔；说者谓上蔡字即毅字也。古音蔡同杀減，杀字亦读入声。

郑玄云：曹，今济阴定陶也，去王城八百里。同上。

服云：畀我，季芊之字。《释文》。服虔云：季芊许嫁而畀我，季芊弟也。同上。

贾逵云：燧，火燧也；象，象兽也，以火系其尾，使奔吴师，惊却其众，使王得脱。《说文》云：象，长牙鼻，南越之大兽也。《史记·大宛传》日[曰]：身毒国其民皆乘象以战。同上。今《说文》"象"篆下作"长鼻牙，南越大兽"。

附录：

陨霜杀菽。《释文》菽作叔，云：本或作菽。石经初刻作叔，艸头后加。《说文》作尗。今字多作菽。同卷阮氏校勘记。

晋魏舒合诸侯之大夫于狄泉。诸本作狄。陈树华云：《汉书·五行志》作翟。案《水经注·谷水篇》引，同僖廿九年，亦作翟。翟、狄二字，古多通用。同上。

非义也，大事奸。义，陈树华云：《汉书》义并作谊。同上。

山川鬼神。郑氏注《仪礼·觐礼》引，作山川神祇。同上。

荣駕鹅曰。石经、淳熙本、岳本作驾，与叶抄《释文》合，下同。案《说文》无駕字。钱大昕云：依正文当用鸲，假借同音，则驾亦通也。同上。"鸲"，《说文》作"䮾"。

分之土田陪敦。诸本作陪。《释文》作倍，云：本亦作陪。陈树华云：《说文》培字注云，培，敦土田山川也，从土，咅声；则培乃陪本字，作倍，非也。同上。

綪茷旃旌。郑氏《礼记·杂记》注引，作蒨旆。《诗·小雅》白旆央央，正义云：茷与旆，古今字也，故《左传》云綪茷旃旌，茷亦旆也。石经綪字似改刻，疑初刻作蒨字。按《说文》云，綪，赤缯也；是綪为正字。同上。

惠栋云：冥阨，九塞之一，在楚。《史记·苏秦传》云塞鄳阨，徐广曰：江夏鄳县，栋谓鄳阨，即冥阨也。同上。

鑪金初官于子期氏。石经、宋本鑪作鑢，是也，与《释文》合。案《汉书·古今人表》亦作鑢字。宋本、岳本、足利本官作宦，淳熙本作窋，石经初刻同，后改宦，是也。同上。

《公羊传》曰：孰归之，诸侯归之；曷为不言诸侯归之，离至不可得而序，故言我也。《谷梁传》亦然。贾逵取彼为说云，不书所会后也。《左传疏》卷五十五。

《说文》云：璵璠，鲁之宝玉。同上。

张奂《古今人论》云：子西问城之高厚小大，而弗知也。子西怒曰：不能则如辞，能之而不知，又何知乎。同上。阮氏校勘记云：能之而不知，宋本、临本、毛本"能"作"城"；闽本同。

贾逵云：舒鼎，鼎名，昭兆宝龟。同上。

贾逵云：旱也。同上。

此宝玉大弓，必是国之重宝，历世掌之。故自刘歆以来说左氏者，皆以为夏后氏之璜，封父之繁弱，成王所以分鲁公也。同上。

《汉书·律历志》云：量者，龠、合、升、斗、斛也；本起黄钟之龠，以子谷秬黍中者千有二百实其龠，合龠为合，十合为升，十升为斗，十斗为斛，而五量嘉矣。权者，铢、两、斤、钧、石也；本起黄钟之重，一龠容千二百黍，重十二铢，两之为两，十六两为斤，三十斤为钧，四钧为石，而五权谨矣。同上。此亦节《律历志》文。

《吴越春秋》称：要离谓吴王夫差曰，臣迎风则偃，背风则仆。同上。

冲，昌容反。《说文》作幢，云：陷阵车也。《释文》。同上。陈，《说文》作敶，敶为正字，阵为陈之俗体。

贾逵以为主人出，鲁师奔走而却退，言鲁无战备也。同上。

贾逵云：《周礼》，公之孤四命，执皮帛；卿三命，执羔；大夫再命，执雁；鲁废其礼，三命之卿皆执皮帛，至是乃始复礼尚羔。郑众云：天子之卿执羔，大夫执雁；诸侯之卿当天子之大夫，故传曰，唯卿为大夫，当执雁而执羔，僭天子之卿也，鲁人效之而始尚羔，记礼所从坏。同上。

贾逵云：葱灵，衣车也，有葱有灵。同上。阮氏校勘记云：毛本"葱"作"蔥"，注及下同。惠栋云：《尚书大传》云，未命为士，不得有飞軨；郑康成注云，如今窗车也。"軨"与"灵"，古字通。

《说文》云：靳，当膺也。同上。

《赵世家》云：献侯即位，治中牟。《汉书·地理志》云：河南郡有中牟县，赵献侯自耿从此；又云：三家分晋，河南之中牟，魏分也。同上。此亦节《赵世家》文，节改《地理志》文。本疏可参考。

帻，音策，又音责。《说文》作齰，音义同。《释文》。《说文》云：齰，齿相值也。《说文》云：制裁也。同上。阮氏校勘记云：齰，正字；帻，假借字。

服虔云：是时齐克夷仪而有之，既为齐有，故齐得优其徭役也。同□[上]。

《说文》云：轩，曲辀也。同上。《说文》云：轩，曲辀藩车。

附录：

卒于房。顾炎武云：房，款即防字；古阝字作阜，脱其下，而为防字。《汉仙人唐公防碑》可证也；《汉书》汝南郡吴房，孟康曰，本房子国；而《史记·项羽□[本]纪》封扬武为吴防侯，字亦作防；《汉书·武帝纪》，济川王明废迁防陵，常山王敦废徙房陵，一卷之中，字体不同，又防、房二字相通之一证。陈树华云：《汉书·沟洫志》，宣防塞兮万福来，后云自塞宣房后，一篇之中，防、房互见；又《后汉书·光武纪》，南击新市真定元氏防子，注云房子，属常山郡，防与房，古字通用；《文选·月赋》，徘徊房露，李善注，防露，盖古曲也；《文赋》曰，寤防露与桑间。据此，则房之为防，审矣。同卷阮氏校勘记。

涉佗捘卫侯之手及捥。石经初刻作腕，后改捥；诸本同。惠栋云：《史记》樊于期偏袒搤捥。《索隐》曰：捥，古腕字；《史记》多古文，今人知者鲜矣，说详《左传补注》。同上。

桓子咋谓林楚。诸本作咋；石经初刻作乍，后加口旁。案钱大昕云：咋，暂也；《孟子》今人乍见孺子，赵岐训乍为暂。乍、暂声相近，疑经注皆无口旁，后人妄增。梁履绳云：咋字经典罕见，《左传》果有此字，《五经文字》何以不收也。同上。

卜过之龟焦。《说文》焦作𤓰。按《九经字样》收𤓰、焦二字，云上《说文》，下省，今传作焦，盖省文也。同上。《说文》"焦"为"䨐"之重文。𤓰，灼龟不兆也；引传云，龟𤓰不兆。

贾逵云：不书盟，讳以三百乘从齐师。《左传疏》卷五十六。本疏驳语可参考。

《史记》云：安于性缓，常佩弦以自急者，即此是也。同上。

檇，音醉，依《说文》从木。《释文》。同上。《说文》云：以木有所擣也，从木，隽声。《春秋传》曰：越败关于檇李。

成十三年传曰：国之大事在祀与戎。祀有执膰，戎有受脤。先儒及杜缘彼传文，知是定例，故解此云祭社之肉，盛以脤器，以赐同姓诸候[侯]。同上。归[受]脤，阮氏校勘记云：诸本作"脤"，《说文》作"祳"，郑注《周礼·地官》掌蜃，引作蜃；又脤器下云：闽本、监本"脤"作"蜃"；段玉裁校本亦作"蜃"。

服虔以会于洮上属为义，言卫侯为夫人南子召宋朝，故与宋公会于洮，言为召宋朝为此会也。同上。

颖氏唯系于先君之庙，患漆本非鲁邑，因说曰，漆有邾之旧庙。同上。阮氏校勘记云：襟本“颖”作“颍”，是也。

附录：

用秕，稗也。诸本作秕。《释文》云：《字林》音匕，或作粃，即《说□[文]》粊字，恶米也。今《说文》讹作粜。同卷阮氏校勘记。

齐人来归郓讙龟阴之田。陈树华云：《汉书·五行志》引来作俫，《地理志》引讙作酄。同上。

公子地有白马四。诸本作四。陈树华云：《汉书·五行志》引作驷，师古曰，四马曰驷。同上。

子伪不知。诸本作伪。《释文》作为，云，一本作伪。陈树华云：成九年为将改立君者，《释文》曰，本或作伪将也；昭廿五年传，臧昭伯之从弟会，为谗于臧氏，而逃于季氏，《史记》作伪谗臧氏，匿季氏。是皆为读伪之证。同上。

子贡观焉。《汉书·五行志》载古文《左传》作子赣。臧琳云：案《说文》贝部，贡，献功也，从贝，工声；赣，赐也，从贝，竷省声。是贡、赣不同，依《说文》当为赣，赣即赣之讹体。子贡名赐，故字子赣，作贡者，字之省借耳。同上。

栽，才代反，又音再，注同。《说文》云：筑墙长板。《释文》。《左传疏》卷五十七。

服虔云：蔡使楚，进疆于故江国与汝水之间。同上。

贾逵云：夏后相依斟灌而国，故曰杀夏后相也。同上。

《夏本纪》云：禹生启，启生大康，大康崩，弟仲康立，仲康崩，子相立。同上。此亦节改《夏本纪》文。《史记》“大”作“太”，“仲”作“中”。

《周礼·小司徒》云：乃井牧其田野。郑众云：井牧者，《春秋传》所谓井衍沃、牧隰皋者也。郑玄云：隰皋之地，九夫为牧，二牧而当一井;今造都鄙,授民田,有不易,有一易,有再易,率二而当一,是之谓井牧。昔夏少康在虞思有田一成,有众一旅,一旅之众而田一成,则井牧之法先然矣。同上。

服虔云:令少者无娶老妇,老者无娶少妇;女十七不嫁,男二十不娶,父母有罪也;将生子以告,与之毉,馈之饩也;死者释其征,必哭泣葬埋如其子也;孺子游者,必餔歠之也;非手所种,夫人所织,不用十年,不收于国。同上。阮氏校勘记云:宋本"毉"作"医"。

服虔云:以其半分军士,而后自食其余,若单醪注流也。同上。阮氏校勘记云:闽本、监本、毛本"单"作"箪"。

伐则三卿,盟唯二卿者,服虔云:季孙尊卿敌服先归,使二子与之盟。同上。

《周礼·司士》云:孤卿特揖,大夫以其等旅揖,士旁三揖。郑玄云:特揖,一一揖之;旅众也,大夫爵同者,众揖之;三揖者,士有上、中、下。郑众云:卿、大夫、士,皆君之所揖;《礼》、《春秋传》所谓三揖在下。服虔云:三揖,卿、大夫、士;土揖庶姓,时揖异姓,天揖同姓。同上。

志父音甫。服云:赵鞅入晋阳以畔,后得归,改名志父,《春秋》仍旧,犹书赵鞅。《释文》。服虔云:赵鞅入于晋阳以叛,诸侯之策书曰,晋赵鞅以叛,既复,更名志父。同上。

服虔云:王良也。同上。

《说文》云:靷,引轴也。同上。

《谷梁传》曰:此卫事也,其先国夏何也,子围父也。是先儒及杜皆同《谷梁》之说也。同上。阮氏校勘记云:宋本"子"下有"不"字,与《谷梁》合。

服虔云:季氏出桓公,又为僖公所立,故不毁其庙。服虔又云:俱在迭毁,故不言及。同上。

服虔云:召而问儿死意。同上。

《蔡世家》云:文侯申生景侯固,固生灵侯般,般生隐大子。同上。

此亦节改《蔡世家》文。《史记》"固"作"同"。《释文》云:宣十七年,蔡侯申卒,是文侯也;今昭侯是其玄孙,不容与高祖同名,未详何者误也。

附录:

《鲁世家》云:哀公名蒋,定公之子。同卷阮氏校勘记,据宋本补。此亦非《鲁世家》原文。"蒋",《史记》作"将";《索隐》云:系本"将"亦作"蒋"。

吴王夫差败越于夫椒。诸本作椒。《释文》云:又作椒。陈树华云:案《史记·伍子胥传》、《说苑》并作夫湫,古字通。同上。

惠栋云:服虔曰,为子,为大子也,荼少,故恐立之,言君长未有大子,一旦不讳,当若之何,欲齐侯早立也。案:今本"为子"作"为大子",疑后人所增。同上。

袗,之忍反。《史记》作珍字。《释文》。《左传疏》卷五十八。

辞,本又作辤。《说文》云:辞,不受也,受辛,宜辞也;辝,籀文。《释文》。同上。《说文》云:辤,不受也,从辛,从受,受辛,宜辤之;辞,讼也,从𤔔,𤔔犹理辜也,𤔔理也。

服虔云:诸侯皆有大史,主周所赐典籍,故曰周大史,一曰,是时往问周大史。同上。

贾、服、孙、杜皆不见古文,以为逸书,解为夏桀之时。同上。此古文即《尚书》伪古文也,贾、服、孙、杜皆无由见之。本疏谓王肃注《尚书》,其言多是孔传,疑肃见古文,匿之而不言,不知梅赜伪古文固即本于肃也。

贾逵以传文相连,谓遣意来召,又怪其曰[日]月错误,云其说未闻。同上。阮氏校勘记云:宋本"意"下有"兹"字。

《吴世家》云:大伯及仲雍皆周大王之子,而王季历之兄也。季历贤而有圣子昌,大王欲立季历以及昌,于是大伯、仲雍二人乃奔荆蛮,文身断发,示不可用。大伯之奔荆蛮,自号句吴,荆蛮义之,从而归之千余家,立为吴大伯。大伯卒,无子弟,仲雍立。《汉书·地理志》云:

越人文身断发，以辟蛟龙之害。应劭日[曰]：常在水中，故断其发，文其身，以象龙子，故不见伤害。同上。此引《吴世家》亦节改《史记》文。

服虔：以上二句，亦为孟孙之言，谓诸大夫诚知伐邾必危，何故不早言也。同上。

服虔云：众君子，诸国君妾耳。同上。阮氏校勘记云：闽本"妾"字模糊，宋本、监本作"妄"，是也。则服云：众君子，诸国君□[妄]耳。

《杞世家》：僖公过是悼公之子。同上。此据《杞世家》文耳。《史记》"僖"作"釐"。

服虔云：兆南行适火卜法，横者为土，立者为木，邪向经者为金，背经者为火，因兆而细曲者为水。同上。

《秦本纪》：秦伯翳之后为嬴姓也；《赵世家》云：赵氏之先与秦同祖，其伯翳后世为盈泄蜚廉，有子二人，一曰恶来，其后为秦，一曰季胜，其后为赵。同上。此皆节改《史记》文。今《赵世家》无"其伯翳后世为盈泄"语。

贾逵云：虞殡，遣殡歌诗。同上。

贾、服等注此传，皆云夏曰胡。同上。

《孔子世家》云：季康子使公华、公宾、公林以币迎孔子，孔子归。同上。今《孔子世家》"使"作"逐"，"归"下有"鲁"字。

贾逵以为，欲令一井之间，出一丘之税，井别出马一匹，牛三头。同上。

附录：

使胡姬以安孺子如赖。《史记》《齐世家》、《田完世家》、《十二诸侯年表》，《汉书·古今人表》并作晏孺子。陈树华云：安与晏，古字通。同卷阮氏校勘记。

《释文》鄫作缯，云一本作鄫。陈树华云：《谷梁》，《史记》《吴世家》、《鲁世家》、《孔子世家》并作缯。同上。

《释文》云：嬴，本又作倮，与王符《潜夫论》引合。按：当作嬴为正。同上。

《释文》云;柝字又作欜,同。案:《说文》作欜。同上。

夏齐人取讙及阐。诸本作讙,《汉书·地理志》引作酄,《说文》亦作酄。同上。此与疏卷五十六同。

顾景范《方舆纪要》云:应劭日[曰]:刚城,故阐邑也,战国时为齐之刚邑,秦昭王卅六年取齐刚寿即此,汉置刚县,属泰山郡,后汉属济北国。同上。

《释文》云:诟,本又作訽。案《说文》作诟,从言,后声;訽下云,诟或从句。同上。

拘鄫人之沤管者。惠栋云:郑康成注《考工记》引作渥;《释文》云,渥,乌豆反,与沤同。同上。

何故使吾水滋。《说文》引作水兹。叶抄《释文》同,云本亦作滋字。按:依《说文》则滋乃水名,《左传》字不从水。同上。

栫之以棘。《释文》栫作荐,注同,云本又作栫。惠栋云:《说文》云,以柴木壅也,从木,存声,本又作洊;《释文》作荐,音在薦反。同上。

《释文》云僮作童,云,本亦作僮。案《说文》童子字作僮。《礼记》作与邻重汪踦;郑注云:重,当为童,《春秋传》曰童汪踦。同上。

贾氏以为,言孟子,若言吴之长女也。《左传疏》卷五十九。

服虔云:致宾礼于地主,传言吴不行礼于卫,卫非地主。□□[同上]。

《说文》云:睨,邪视也。同上。《说文》"邪"作"衺"。衺为正字,邪为假借字。

《说文》云:麒,仁兽,从鹿,其声;麟,大牝鹿也,从鹿,粦声。说《左氏》者云:麟生于火,而游于土,中央轩辕大角之兽。孔子作《春秋》,《春秋》者,礼也,修火德以致其子,故麟来而为孔子瑞也。奉德侯陈钦说麟：西方毛虫金精也，孔子作《春秋》，有立言西方，兑为口，故麟来。许慎称刘向、尹更始等皆以为吉凶不并，瑞灾不兼，今麟为周异，不得复为汉瑞，知麟应孔子而至。郑玄以为修母致子，不如立言之说密也。贾逵、服虔、颖容等皆以为孔子自卫反鲁，考正礼乐，修《春秋》，约以《周礼》，三年文成，致麒麟感而至，取龙为水物，故以为修母致子之应。同上。《说文》"仁兽"下有"也"字；麐篆次麒，篆下云：牝麒也。知麐为正字，"麟"为假借字。

贾逵亦云：此下弟子所记。同上。

贾逵云：周在西，明夫子道系周。服虔云：言西者，有意于西，明夫子有立言，立言之位在西方，故著于西也。服虔云：车，车士，微者也，子姓，鉏商名。同上。

服虔云：仲尼名之曰麟，明麟为仲尼至也。同上。

服虔云：陈宗先祖鬼神也。同上。

《汉书·地理志》云：开封县，逢泽在东北，或曰宋之逢泽也。臣瓒按：汲郡古文，梁惠王废逢忌之薮以赐民，今浚，仪县有逢忌陂是也。《方言》畜无耦曰介。同上。此引《汉志》亦有增字。"逢泽在东北"，《汉志》"泽"作"池"；"废"，《汉志》作"发"；"逢忌陂"，《汉志》作"逢陂忌泽"。阮氏校勘记已见。

服虔云：在床曰尸，在棺曰柩。《礼》称既敛于棺，传言将以尸入者，记言对文耳，散则可以通。同上。

郑玄云：人君用牛，伯姬迫孔悝以豭下人君耳。同上。

附录：

惠栋云：《史记·齐世家》云，田常执简公于徐州。司马贞曰，徐字从人；《说文》作郐，并音舒。《战国策》齐一篇曰：楚成王战胜于徐州。高诱曰，徐州，或作舒州。是时徐属齐。案：徐、舒古字通。同卷阮氏校勘记。今《史记集解》云：《春秋》作舒州。贾逵曰：陈氏邑也。《索隐》云：徐音舒，其字从人；《左氏》作舒，舒，陈氏邑。说文作郐，郐，在薛县也。

《孔氏[子]世家》云：鲁襄公二十二年而孔子生，孔子年七十三，以鲁哀公十六年四月己丑卒。《左传疏》卷六十。此亦节《孔子世家》文。

诔，力轨反；《说文》云：谥也。《释文》。同上。

《周礼·大祝掌》作六辞以通上下亲疏远近，六日[曰]诔。郑众曰：诔，谓积累生时德行以赐之命，主为其辞，即引此传。郑玄《礼记注》云：诔，累也，累列生时行迹读之，以作谥。至汉王莽辅政，尊尚儒术，封孔子后为褒成侯，追谥孔子为褒成宣尼君。郑玄《礼注》云：尼父因且字以为之谥。同上。

郑玄驳异义云：大夫无主，孔悝之反，祏所出，公之主耳。同上。阮氏校勘记云：《释文》作返，云本亦作返字。按《说文》返字下出彶篆，云：《春秋传》返从彳，今《左传》不见有彶字，盖班固所谓多古字古言，许慎所谓用古文者，尽为转写改易矣。

服虔云：欲陈士卒甲兵，如与吴战时所入献捷。同上。

乘衷甸，时证反。《说文》作佃，云：中也；《春秋》乘中佃，一辕车也。《释文》。同上。《说文》云：佃，中也，从人，田声；《春秋传》曰：乘中佃，一辕车。

贾逵云，然。同上。此指杜注紫衣君服语。

杜以鱼劳则尾赤，方羊不能自安裔焉，谓鱼至水边以喻卫侯将如此，是贾逵之说。郑众以为，鱼劳则尾赤，方羊游戏，渝卫侯淫纵。同上。

《史记》《周本纪》及《十二诸侯年表》：敬王四十二年崩，子元王仁立。《释文》。《史记·十二诸侯年表》：敬王四十一年孔子卒，四十三年敬王崩。《周本纪》云：敬王崩，子元王立，八年崩，子定王立。同上。此引《周本纪》一改、一节。

𧩼，户快反，谓过谬之言。服云：伪，不信言也；《字林》作𧩼，云梦言意不慧也，音于例反。《释文》。服虔云：𧩼，伪不信也。同上。阮氏校勘记云：陈树华云，《说文》引《春秋传》曰，噧言款，即此𧩼言。

服虔云：此下但有适城，鉏以钩；越无奔宋之事，其说未闻。同上。

《卫世家》谓輒为出公季父黚杀，出公子而自立，是为悼公。同上。此亦节改《卫世家》文。《史记》“黚”作“黔”，“杀”作“攻”。

《宋世家》云：景公卒，公子得杀太子而自立，是为昭公。昭公者，元公之曾孙也；昭公父，元公孙纠；纠父公子禚秦，禚秦即元公小子也。景公杀昭公父纠，故昭公怨，贼杀大子而自立。同上。《史记》“得”作“特”，“曾孙”作“曾庶孙”，“元公孙纠”无“元”字，“贼杀大子”作“杀太子”。

《鲁世家》云：哀公奔越，国人迎哀公复归，卒于有山氏，子宁立，是为悼公。同上。此亦节《鲁世家》文。

《赵世家》云：孤布子卿见简子，简子遍召诸子相之。子卿曰，无为将军者。简子召子毋恤，毋恤至，子卿起曰，此真将军矣。简子曰，此其母贱，翟婢也，奚道贵哉。子卿曰，天之所授，虽贱必贵。自是之后，简子尽召诸子与语，毋恤最贤，乃废大子伯鲁，而以毋恤为大子。同上。此亦节《赵世家》文。

《鲁世家》云：定公三十三年孔子卒，三十七年定公卒。又云：定公卒，子出公凿立，十七年出公奔齐。又云：出公既奔，知伯立昭公曾孙骄为晋君，是为哀公。哀公之四年，赵襄子、韩康子、魏桓子共杀知伯。又《六国年表》亦云：晋哀公四年，鲁悼公十四年，韩、魏、赵败知伯于晋阳。同上。此亦均节改《史记》文。

附录：

茕茕余在疚，郑司农注《周礼・大祝》引作嬛嬛予在疚。《说文》引作嬛嬛在疚，盖古字通也。同卷阮氏校勘记。

《册府元龟》七百九十六引此篇，称余一人非名也，君两失之，亡国之风，较多五字；又引服虔注：天子自谓一人，非诸侯所当名也。然则其所据乃服本也。同上。

市南有熊宜僚者名经，熊字下后人旁增相字。《释文》云：本或作熊相宜僚。案《后汉书》《崔骃传》、《孔融传》注引传，并有相字，因宣十二年传，楚有熊相宜僚，为萧人所因，当涉彼文而误衍。《汉书・古今人表》无相字。同上。

国子实执齐柄。陈树华云:《史记·蔡泽传》索隐引柄作秉;又引服虔云:秉,权柄也。是服本作秉。同上。

天命不謟。《释文》亦作謟,云:本又作滔。案石经此处缺;张衡《西京赋》云,天命不滔,李善注云,滔与謟,音义同;岳本作谄,误;注同。同上。

般师而还。石经此处残缺。陈树华云:《史记·卫世家》作班师;注引传文同。同上。《卫世家》作斑师,集解同。

《说文》曰:鄸,宋地也,从邑,毚声。同上。

君将散之。石经本散作散;《释文》作嗀。案《说文》嗀字注云:欧皃,从口,㱿声;《春秋传》曰,君将嗀之六象。正误云,"嗀"作"㱿",误。同上。

春秋地名考略（摘汉谊）

春秋地名考略(摘汉谊) 吴 沈恩孚 辑录

卷 一

服虔云:河南有鼎。中观云:置九鼎孟、郏、鄏,即王城之别名矣。王城。

《史记》:敬王元年,晋人入,敬王子朝自立,敬王不得入居泽。贾逵曰:泽,邑名,即狄泉也。僖廿九年,狄泉。

服虔云:阳城,樊仲山父所居,故名阳樊。僖二十五年,阳樊。

服虔以三涂为道。昭四年,三涂。

服虔曰:前读为泉,即泉戎,地在伊阙南。昭二十三年,前城。

贾逵曰:泽,即翟泉也。昭二十三年,泽邑。

班固曰:尸乡,殷汤所都也,故有汤亭。昭二十六年,尸氏。

《说文》云:冯,姬姓国,今范阳李泽,中有冯水,即故冯地,古冯夷国。定六年,冯。

冯衍《显志赋》曰:求善卷之所在,遇许由于负黎是也。《史记》:郑缧公十六年伐韩,败韩兵于负黍;郑君乙二年负黍反,复归韩;《韩世家》:宣惠王十九年,秦拔我阳城负黍;又《楚世家》:悼王九年伐韩取负黍。定六年,负黍。

卷 二

《史记》:武王十一年封周公旦于曲阜,是为鲁公;周公不就封,留佐武王,于是卒相成王,而使其子伯禽代就封于鲁。又《史记》云,从郭出鲁奄中;贾逵云:少昊居穷桑,登为帝。鲁。

《史记》作笙读。贾逵曰:鲁地,句读也。庄九年,生窦。

《史记》:周安王二年,三晋伐楚,至乘丘而还。庄十年,乘丘。

《尚书大传》:周初淮浦、徐母并起为寇,伯禽伐之于费,作《费誓》。《史记》作《肸[肹]誓》。贾逵、《索隐》皆以费音同秘。僖元年,费。

《史记·曹世家》:顷公亡,迁于卞邑。汉置卞县,属鲁国。僖十七年,卞。

卷 三

班固曰:海岱临淄之间,亦一都会也。商。

服虔云:蒲姑、商奄,滨东海者也。蒲姑齐也,商奄鲁也。昭九年,蒲姑。

汉有贝丘县,属清河郡。应劭[劭]曰:齐襄公田处。庄八年,贝丘。

《史记》:齐桓公与鲁会柯而盟。庄十三年,柯。

卷　四

《史记》:周成王与弟妹虞削相为珪曰:以此封若。史佚因请择曰[日]立叔虞。于是遂虞封于唐。唐在河["河"字衍]河汾之东方百里,故曰唐叔虞。晋。

服虔谓唐人即刘累。《尚书大传》曰:大而高平者曰太原。昭元年,大夏。

贾逵曰:陉庭,翼南鄙邑名,亦谓之陉城。《韩世家》:桓惠王九年,秦拔我陉城汾旁。桓二年,陉庭。

采桑,《史记》作齧桑。《晋世家》:献公二十五年,晋伐翟以重耳故,翟亦击晋于齧桑。服虔以为翟地。《魏世家》:襄王十二年,诸侯执政与秦相张仪会于齧桑。僖八年,采桑。

卷　五

贾逵曰:孟门,晋隘道。襄二十三年,□□[孟门]。

《史记·秦本纪》:惠文君后九年伐赵,取中都、西阳、安邑。《六国表》:赵武灵王十年,秦取我中都、西阳、安邑。而《赵世家》则云:秦取我西都及中阳。一事而互异,盖《世家》误也。昭二年,中都。《史记正义》世家注:西都即中都,中阳即西阳,是矣。

汉《地里[理]志》有中都县,后汉志同。

服虔日[曰]:魏晋地榆卅里名,后谓之榆。《史记》秦庄襄二年,蒙骜攻赵,拔榆次,取三十七城,还定太原,是也。昭八年,魏榆。

汉《地理志》:太原郡有邬县,为司马弥牟邑。《史记》:曹参从韩信击赵相夏说于邬东,大破之,又围赵别将于邬城中。昭二十八年,邬。

汉《地理志》:太原郡榆次有涂水乡,晋大夫知徐吾之邑。同年,涂水。

汉《地理志》:太原郡盂县,盂,晋丙邑。同年,盂。

《汉书》:武帝元封四年,上幸太原,赦汾阳、夏阳、太原死罪以下,赐三县及杨氏无出今年租赋。同年,杨氏。

《史记》:赵献侯徙居中牟;又魏欲通平邑、中牟之道不成。定九年,中牟。

卷 六

《史记》曰：桓公卒，言王东徙其民雒东，而虢、桧卒献十邑，竟国之。班固《地理志》：桓公死，其子武公与平王东迁，卒定虢、桧之地。班固曰：今河南之新郑及荥阳成皋、颍川之崇高阳城，皆郑之分也。汉志长社县属颍川县。应劭［劭］曰：宋之长葛也，其社中树暴长，因更名；《后汉书》长社县有长葛城。隐五年，长葛。

郑玄曰：自平帝以后，荦泽塞为平地，荥阳人犹谓其地曰荥。宣十二年，荥泽。

《水经注》：洧水东迳阴坂，小水有梁焉，俗谓是滴参辰口。

服虔曰：水南曰阴，参与阴声相近而转；又晋居参觜之分，郑处大火之野，军师所次，故滴得望名焉。襄九年，阴坂。

《史记》：秦，嬴姓，其分封有修鱼氏。襄十一年，萧鱼。

《史记》：秦滑王十二年攻魏，围雍氏。襄十八年，雍梁。

《史记》：沛公与秦南阳守庄齮战于犨东。昭元年，犨。

卷 七

《史记》:卫康叔名封,周武王同母少弟。周公旦以成王命,兴师伐殷,杀武康[庚]、管叔,放蔡叔,以武庚余民封康叔为卫君,居河淇间。《汉书·地理志》曰:河内本殷之旧都,周既灭殷,分其畿内为三国,《诗·风》邶、庸、卫国是也。邶以封纣子武庚,庸管叔尹之,卫蔡叔尹之,以监殷民,谓之六监。《史记·乐书》纣为朝歌之音,邹阳曰,邑号朝歌。墨子回车卫。□[卫]

《史记》曰:商桓以卫数乱,乃率诸侯伐翟,为卫筑楚邱,之[立]戴公弟毁为卫君。班固《地理志》:山阳郡城武县有楚丘亭,商桓公所城,迁卫文公于此。僖二年,楚丘。

司马彪曰:牧野去朝歌十七里,战国为汲。秦纪庄襄三年蒙骜攻魏汲,拔之;又始皇七年骜兵攻汲是也。隐五年,牧[汲]。

《史记》:孔子去陈至蒲,会公叔氏以蒲叛,止孔子出,遂适卫。灵公问,蒲可伐乎;曰可。公曰,蒲卫之所以待晋楚也。

服虔云近郑之地。桓十八年,首止。

《史记·赵世家》:成侯十年攻卫取鄄。汉置鄄城县,属濟阴郡。庄十四年,鄄。

汉志,共县故国,小山淇水所出。闵二年,共。

《史记》:孔子自匡至蒲。僖十五年,匡。

敛盂,《史记》作敛于。僖二十八年,敛于。

《夏本纪》:鲧纳有莘氏之女。僖二十八年,有莘之墟。

《史记》年表,孝文帝十年,以商相召平之子奴为犁侯。哀十一年,犁。

汉《地理志》魏郡内黄县,应劭[劭]曰,春秋晋侯、吴子会于黄池,今黄泽在西。《史记》曰:伐宋,取黄池;《史记》:韩昭侯二年,宋取我黄池;又《魏世家》:惠王十六年侵宋黄池,宋复取之。哀十三年,黄池。

卷 八

《史记·楚世家》:熊绎五传熊渠,兴兵伐庸、扬、粤至于鄂,立其长子康为句亶王,中子红为鄂王,少子疵为越章王。张莹曰:句亶,今江陵,盖即郢也;汉地里[理]曰:南郡江陵县,故楚郢都。楚。

汉《地理志》:楚王畏吴,自郢徙若,寻复还郢。定四年,□[若]。

汉志曰:宜城故鄢,惠帝三年改名。桓十三年,鄢。

《史记》:周公辅成,封其弟季载于冉。孔氏曰:冉,亦作郍,或作那,皆读曰然,今那口也。庄十八年,那处。

《史记》:秦惠王二十四年伐楚取召陵。僖四年,召陵。

《史记》:魏使公孙喜、韩使暴鸢攻楚方城。僖四年,方城。

《史记》:秦始皇三十七年出游,行至云梦,望祀虞舜于九疑山,浮江下观籍柯。汉六年高祖伪游云梦。宣四年,□[云]梦中["中"字衍]。

《史记》:考烈王元年,秦取夏州。宣十一年,夏州。

卷 九

贾逵、服虔并以邓为国。成九年,邓。

《史记·齐世家》:灵公十九年令公子光会诸侯,盟于钟离。又《楚世家》,平王时候之边疆,卑梁女子与楚边邑钟离小僮争桑,两家交怒相攻,遂灭卑梁人。卑梁大夫怒,发邑兵攻钟离。楚王闻之怒,发国兵灭卑梁。吴王大怒,亦发兵使公子攻楚,遂拔钟离、居巢。楚恐而城郢。成十五年,钟离。

《史记》:秦昭王四十三年攻韩汾陉,拔之。襄十六年,汾。

《史记》:熊渠当周夷王时兴兵伐庸、扬、越,至于鄂。昭四年,夏。

《书大传》释《禹贡》大方山,一名章山。即吴人与楚夹汉之豫章也。昭六年,豫章。

《史记》:楚灵王七年就章华台,贾子翟王使,使之楚,楚王夸之章华台,三休乃止,因谓之三休台。东方朔日[曰],楚王起章华之台而民散,是也。昭七年,章华之台。

秦二世二年,遣长史司马欣、董翳击盗,杀陈胜于城父。汉五年,刘贾军从寿春屠城父至垓下,寻置城父县,属沛郡;后汉属沛国。昭九年,城父。

汉志,汝南有吴房县。孟康曰:吴房,本房子国,楚封吴夫概于此,为棠谿氏,以封吴,故曰吴房。定五年,棠谿。

卷　十

《史记·宋世家》云：武王克殷，微子启乃持其祭器造于军门，肉袒面缚，左牵牛，右把茅，膝行而前以告。武王乃释微子，复其位如故。服虔云：相土居商邱，故汤以为国号。郑康成曰：商国在太华之阳。宋。

汉《地理志》：蒙县有获水，首受菑，东南迳彭城，入泗。庄十二年，蒙泽。

汉《地理志》曰：古葛国，今梁国宁陵县之葛乡，正与蒙毫[亳]相近也。春秋皆为宋邑，亦名薄。庄十二年，毫[亳]。

《史记》谓之明都。僖二十八年，孟诸。

汉《地理志》：陈留封丘县，孟康日[曰]《春秋传》败翟于长丘，今翟沟是。文十一年，长丘。

《史记》：楚共王拔宋彭城以封宋左师鱼石，四年，诸侯共诛鱼石，而归彭城于宋。又《韩世家》：文侯二年伐宋，至彭城，执宋君。成十八年，彭城。

《史记·郑世家》，缥公十五年，韩景侯伐郑，取雍丘。又秦蒙骜拔魏雍丘；秦二世二年，沛公、项羽自定陶西略地，破秦于雍丘；曹参南攻雍丘，击李由军破之。汉置雍丘县，属陈留郡。哀九年，雍丘。

《史记》：陈胡公满者，帝舜之后也。舜已崩，传禹天下，而舜子商均为封国，夏后之时，或失或续，至于周武王克殷纣，乃复求舜后，封之于陈，以奉帝舜祀。《郊特牲》云：天子封二代之后，犹尊贤也；尊贤不过二代。郑玄以此谓杞宋为二王之后，蓟、祝、陈为三恪。《史记》：舜为庶人时，尧妻之二女，居于沩汭，其后因为姓，姓妫氏。武王求舜后，得妫满，封之于陈。陈。

《史记》：汉王败于彭城，还军砀西，过梁地至虞。汉置虞县展梁国。同前。

服虔曰:濮,水名也。隐四年,濮。

《史记》世家、汉《地理志》并云,叔度封上蔡。《史记·蔡世家》云:周公举胡以为鲁卿士,鲁国治于是,周公言于成王,复封之于蔡。蔡。

汉《地理志》:新蔡县,蔡平侯徙此。昭十三年,蔡。

服虔云:蔡使楚,进疆于故江国与汝水之间。哀元年,蔡。

《史记》:成王封周公旦子靖渊为邢侯。邢。

卷十一

《史记》:秦之先柏翳佐禹平水土,赐氏嬴氏;后有大骆生非子,非子居犬丘,为周孝王主马汧、渭之间,分土为附庸,邑之秦,号曰秦嬴。又《史记》:秦嬴三传秦仲,厉王无道,西戎反王室,灭犬丘大骆之族;宣王时,秦仲死于戎,宣王命其子庄公为西垂大夫,居其故西犬丘,生襄公。周室东迁,襄公以兵送周平王,平王封襄公为诸侯,生文公。文公东猎至汧、渭之会,曰,昔周邑我先秦嬴于此,卜居之,占曰吉,即营邑之。文公立四十四年,为鲁隐公元年,入春秋。秦。

《史记》:文公五十年卒,葬西山,子净公之长子立,是为宁公;宁公二年徙居平阳,是为鲁隐公九年也。同前。

《史记》:德公元年初居雍城大郑宫,祠鄜畤;卜居雍后,子孙饮马于河,时鲁庄公十七年也。《史记》曰:平王东徙,赐襄公岐以西之地,曰戎无道,侵夺我岐丰之地,秦能攻逐戎,即有其地,与誓封爵之。襄公十二年伐戎,至岐卒。文公十六年伐戎,戎败走,于是文公遂收周余民有之,地至岐,岐以东献之周。乃《诗谱》云,秦襄公横有周西都宗周畿内八百里之地,东至迤山,在荆岐终南惇物之野。同前。

《史记》:厉公十六年堑河旁,以兵二万攻大荔,取其王城。徐广曰:今之临晋也。僖十五年,王城。

贾山谓其自咸阳而西至雍,离宫三百,苑囿益广益。僖三十年,具囿。

秦纪,秦宁公出子皆葬衙。《史记》:秦武公元年伐彭戏氏至于华山。《正义》:彭,戎号也,即彭衙,文公尝于其地置泉县;汉改置粟邑及衙县,属左冯翊。文二年,彭衙。

《史记》:晋襄公三年,秦使孟明伐晋,取晋汪以归。文二年,汪。

汉志,泾水出并头山,东南至阳陵入渭,过郡三,行千六十里。成十四年,泾。

《史记》:秦景公十八年,晋悼公败秦军,追度泾,至棫林而还。襄十四年,棫林。

《史记》:吴太伯、太伯弟仲雍,皆周太王之子,而王季历之兄也。季历贤而有圣子昌,太王欲立季历以及昌,于是太伯、仲雍乃奔荆蛮,自号句吴,荆蛮义之,从而归之千余家。《吴越春秋》:古公病,二子托名采药衡山,遂之荆蛮。古公卒,二子归赴丧毕,还荆蛮,国民君而事之。太伯曰,吾以伯长居国绝嗣者也,其当有封者,吴仲也,故自号句吴,荆蛮义之。太伯起城,周三里二百步,外郭三百余里,在西川隅,名曰故吴,人民皆耕田其中。《史记》又曰:太伯无子弟,仲雍立,三传周章,是时武王克殷,求太伯、仲雍后,得周章,周章已君吴,因而封之,而封周章弟虞仲于周之北故夏墟,是为虞仲。

《周本纪》云:古公有长子曰太伯,次曰虞仲,太姜生季历。吴。

《越绝书》:吴大成,阖闾所造,周回二百一十步二尺。《史记》:阖闾十五年,越伐吴,败之故苏。《越绝书》:阖庐起姑苏台,三年聚材,五年乃成,高见三百里;子胥谏,夫差不听,曰,吾见麋鹿游姑苏之台也。《史记》:子胥曰,抉吾目悬吴东门,以见越之入吴也。同前。

《汉书·地理志》:豫章艾县有修水。哀二十年,艾。

《史记》:越,禹之苗裔,本少康之庶子也,封于会稽,以守禹之祀。汉地、粤地,牵牛婺女之分野也,其君禹,后文身断发以避蛟龙之害。司马迁曰:禹会诸侯于江南,计功而崩,因葬焉,命曰会稽。会稽者,会计也。《韩诗外传》:廉稽告荆王曰,夫越亦周家之列封也,不得处于大国,是已自无余以下二十余世,至允常。《吴越春秋》:勾践归至越,与范蠡谋定国立城。范蠡曰,不处平易之都,据四达之地,将焉立霸王之业。乃观天文,拟法于紫宫,筑作小城,周千一百二十一步,一圆三方,西北立龙飞翼之楼,以象天门,东南伏漏石窦,以象地户,陵门四达,以象八风,外郭缺西北,以示服吴,实欲取吴也。城阮[既]成,而怪山自生,本琅琅东武海中山也,一夕自来,故名怪山,范蠡以为昆仑之象,起游台其上;东南为司马门,立增楼冠其山巅以为灵台,起离宫于淮阳，宿台在于高平，驾台在于成丘，立苑于乐野，燕台在于石室，齐台在于襟山。勾践之出游也，休息食室于冰厨。《越绝书》：龟山起怪游台，东郭外小城曰冰室，齐于稷山，更驾驰于离丘。《越绝书》：勾践平吴，霸关东，从琅琅观台，周七里，以望东海。《地理志》曰：有禹冢、禹井，本越国也，武帝元鼎五年灭东越，无余绝祀。越。

贾逵曰：书序言淮夷与奄同伐，此徐奄连文，盖商即淮夷也。服虔曰：此徐即鲁公所伐徐戎也。昭元年，徐奄。

卷十二

郑氏曰:曹在济阴定陶,去王城八百里。《诗谱》曰:在雷夏荷泽之野,昔尧游成阳,死而葬焉,舜渔于雷泽,民俗始化,其风厚重多君子,务稼积,薄衣食,以致蓄积,夹于鲁、卫之间。《齐世家》:苏代曰,有陶、平陆,梁门不开。曹。

《史记》:武王求虞仲[“虞仲”应为“太伯、仲雍”]之后,得周章,已君吴,乃封周章弟虞仲于周之北故夏墟;又曰:予读春秋古史,乃知中国之虞与荆蛮句吴,兄弟也。《地理志》:河东大阳县,周武王封太伯后于此,是为虞公。虞。

贾逵曰:虢仲封东虢,虢制是也;虢叔封西虢,虢公是也。《史记》:幽王时有虢石父。蔡邕《郭有道碑》文曰:王季之穆有虢叔者,实有懿德,文王咨之,建国命氏,或谓之郭。班固则又谓之北虢。汉志曰:北虢在大阳,是也。虢。

赵岐曰:邹本邾子之国,至孟子时改号曰邹。《史记》:吴夫差九年会邹,伐鲁、邾。□[邹]。

《史记》:始皇二十八年东行郡,上邹峄山,诸儒刻石,纪秦功德。文十三年,绎。

《列女传》:齐人杞梁袭莒战死,其妻哭于城下,七日城为之崩。莒[莒]。

应劭曰:淳于东北六十里有平城亭,又四十里有密乡亭,故县也。隐二年,密。

《史记·陈杞世家》:杞东楼公者,夏后禹之苗裔也,殷时或封或绝,周武王克殷纣,得东楼公,封之于杞,以奉夏后祀。杞。

班固曰:春秋时徙鲁东北。服虔云:春秋前以黜陟之法,进爵为公。同前。

《地理志》曰:故许国,文叔所封。许。

昭四年,浑罕曰,蔡及曹、滕其先亡乎。服虔注曰,齐景亡滕。《史记》言春秋六世楚灭滕。滕[滕]。

《史记·齐世家》:田常执简公子徐州。贾逵曰:徐州,陈氏邑。后汉志;薛县本国,六国时曰徐州。薛。

应劭曰:邳在薛,后徙此,故曰下邳。昭元年,邳。

《史记》:召公奭与周同姓,姓姬氏。《诗谱》:文王为西伯,典治南国江、汉、汝旁之诸侯,雍、梁、荆、豫、齐、扬之人咸被其德,乃分岐邦周、召之地,为周公旦、召公奭之采邑,施先公之教于已所职之国,其得贤人之化者,谓之台南。《史记》:武王灭纣,封台公,公[居]北燕。成王时,召公为三公,自陕以西,召公主之,自陕以东,周公主之。《诗谱》曰:召公封燕,死谥曰康公,元子世之,其次子亦世守,采地在王官,春秋时召伯是也。《史记》:山戎伐燕,告急于齐,齐桓公救燕,遂伐山戎,至于孤竹而还。燕庄公遂送桓公入齐境。桓公曰,非天子,诸侯相送不出境,吾不可以无礼于燕,于是分沟割燕君所至之地与燕,命燕君复修召公之政,纳贡于周如成、康时。《史记》曰:武王封帝尧之后于蓟。张守节《正义》曰:召公始封,盖在北平无终县,以燕山为名,后渐强盛,乃并蓟,徙居之。蓟之名,则以地有蓟丘。

《燕世家》:王喜二十九年,秦攻拔我蓟,王亡徙居辽东。燕。

汉《地理志》曰:濡水于曲逆城东南曲而西流,入于祁水,故名曲逆。□年,濡上。

卷十三

《潜夫论》曰：申在宛北序山之下。《史记》：幽王以申侯女为后，生太子宜臼，即而嬖褒姒，废申后及太子，而立褒姒子伯服。申侯怒，与缯西夷犬戎攻幽王，杀幽王骊山下，太子立，为平王，遂东迁焉。隐元年，申。

汉志，东虢在荥阳。贾逵曰：虢叔以封东虢，制是也。

汉志，河南郡荥阳县，应劭云，故虢国，有虢亭。隐元年，虢。

汉《地理志》：沛郡有向县故国，《春秋》莒人入向，即此。隐二年，向。

贾逵曰：极，戎邑也。隐二年，极。

《管蔡世家》称郕叔武，文王子，武王之母弟。《说苑》：孔子游于郕之野。□[郕]。

《地理志》曰：本戴国，莽曰嘉谷，用秦名也。应劭曰：章帝改名考城。隐九年，戴。

汉置新息县，属汝南郡。应劭曰：古息国，后东徙，故加新。年[隐]十一隐[年]，息。

临晋，汉县，属冯翊郡。《地理志》曰：有芮乡，古芮国也。枢[桓]三年，芮。

《诗谱》曰：虞舜、夏禹所都之地，在《禹贡》冀州，雷首之北，析城之东，南枕河曲，北涉汾水。昔舜耕历山，陶于河滨，禹菲饮食，恶衣服，卑宫室，一帝一王，俭约之化，于时犹存。汉置河北县，属河东郡，《地理志》曰：《诗》魏国也。桓三年，魏。

《史记》：黄帝末孙陆孙之后封于黄。桓八年，黄。

应劭曰：邓，侯国也。桓七年，邓。

《魏世家》：文侯六年城少梁。秦纪，秦取魏少梁。桓九年，梁。

汉志，江夏竟县有郧乡，楚郧公邑。应劭曰：江夏云杜县有郧亭，即若敖娶处。桓十一年,郧。

《史记》:楚考烈王元年纳州于秦,以平汉为州陵县,属南郡。桓十一年,州。

《史记》:沛公攻湖阳,下之,汉为县,属南阳郡。《地理志》曰,故廖国。桓十一年,蓼。

汉置牟县,属泰山郡。《地理志》曰,故国也。桓十四年,牟。

宁陵,汉县,属陈留郡。应劭曰,故葛伯国。桓十四年,葛。

《史记·齐世家》桓公二□[年]灭郯,此误以谭为郯。庄九年,谭。

刘向《新序》:郭为北燕之地,与齐接壤。庄二十四年,郭。

《史记》:始皇二十五年,秦置骊邑,三十五年徙三万家于丽邑,即骊戎故城也。汉置新丰县,属京兆郡。《后汉志》:新丰,故骊戎国。《史记》周记,犬戎杀幽王骊山下;始皇二十七年作甬道,自咸阳至骊山;又始皇营葬于骊山,役徒七十万人。庄二十八年,骊戎。

公、谷及刘氏、贾氏皆言鄣为纪之边邑。庄三十年,鄣。

《史记》,祖乙迁邢。司马贞曰,邢,音耿。《地理志》有耿乡,古耿国也。闵元年,耿。

《史记》:霍叔处,武[文]王第八子,封子霍。《魏世家》:慎子徙居霍。闵元年,霍。

汉阳都县,属城阳国。应劭曰,故阳国也。闵二年,阳。

潞县,汉置,属上党郡。《地理志》曰,古潞子国。服虔曰,皋落,赤狄之都也。闵二年,东山皋落氏。

汉安阳县,属汝南郡。应劭曰,安阳有江亭,故江国。僖二年,江。

《鲁颂》曰:戎狄是膺,舒荆是惩,则莫我敢承。郑氏笺曰:鲁僖公与齐桓公举义兵,北当戎与狄,南艾荆及群舒,天下无敌御也。僖三年,舒。

汉轪县,属江夏郡。轪音义。《地理志》:故弦国也,为楚所灭。僖五年,弦。

汉志,阳安县,属汝南郡。应劭曰:阳安有道亭,故道国。僖五年,道。

西平,汉县,属汝南郡。应劭曰:有柏亭,故柏国也。僖五年,柏。

卷十四

《史记》:申侯与缯西夷犬戎攻幽王,杀王骊山下。《史记》:夫差七年败齐师于艾陵,道至缯。僖十四年,缯。

汉志,随县,故厉国。僖十五年,厉。

《史记》:皋陶之后,或封英六。张衡赋曰:皋陶迈而种德兮,树德懋于英六。司马迁《英布传赞》曰:英布者,其先岂《春秋》所见楚灭英六、皋陶之后哉。僖十七年,英氏。

汉置南顿县,属汝南郡。汉志曰,故顿子国,姬姓。应劭曰:顿迫于陈,其后南徙,故号南顿,故城尚在。僖二十三年,顿。

郑众、贾逵皆以二叔为管、蔡。马融以为夏殷叔世。僖二十四年,雍。

《史记》武王克商入,立于社南,毛叔郑奉明水。僖二十四年,毛。

《周本纪》:武王入商纣宫,周公把大钺,毕公把小钺,以夹武王。《史记·魏世家》云:毕公高与周同姓,武王伐纣,而高封于毕,为毕姓。《史记》曰:其后绝封为庶人,或在中国,或在夷狄,其裔孙曰毕万,事晋献公。刘向言文、武、周公葬于毕。《诗》郑注,毕,终南之道也。僖二十四年,毕。

《韩诗外传》:成王戏弟,以桐叶圭封之。周公曰,天子无戏言。王应声而对之曰,应侯。《吕氏春秋》、《史记》皆以为叔虞。汉父城县,属颍川郡。《地理志》有应乡,古应国。僖二十四年,应。

汉期思县,属汝南郡。师古曰,故蒋国。僖二十四年,蒋。

《楚世家》:熊绎五传为熊渠,渠长子康早卒,中子熊挚红立,挚红卒,弟熊延代立。汉置秭归县,属南郡,《地理志》古夔国。僖二十六年,夔。

汉黔陬县,属琅琊郡,《地理志》故分国也。僖二十九年,分。

《史记》:蔡昭侯十三年,与晋灭沈。汉置平舆县,属汝南郡。应劭曰,故沈子国,今沈亭是也。《后汉书》曰,沈,姬姓。文三年,沈。

《史记》:楚昭王五年,吴伐楚,取六。《地理志》,六县,古国也。文五年,六。

汉蓼县,高祖封孔衰为侯,邑寻,属六安国。《地理志》故国也。文五年,蓼。

汉锡县,属汉中郡。应劭曰,音阳。师古曰,即《春秋》之锡穴也。文十一年,康锡穴。

《史记》:吴公子光六年大败楚军于豫章,取楚之居巢而还。文十二年,巢。

《史记》:秦昭襄王二年与楚上庸,又三十四年秦与韩、魏上庸地。汉置上庸县,属汉中郡,后汉因之。文十六年,庸。

《史记》:楚文王始开濮地而有之。文十六年,百濮。

《史记》云:黄帝下妃生二子,其后皆有天下,一曰元嚣,是为青阳,降居江水。《汉书》曰:黄帝之子青阳,其子孙名挚,是为少皞。汉置郯县,为东海郡治。《地理志》曰,故郯国也。宣四年,郯。

《史记》:楚王无疆谓齐威王使者曰,愿齐之试兵营地,以聚常郯之境。司马贞曰,常,田文封邑也;汉置良城县,属东海郡。师古曰,即晋将会吴处也。昭十二年,良。

《史记》:太公封营丘,莱人来伐,与之争营丘。营丘边莱,莱人,夷也,会纣之乱,而周初定,未能集远方,故与齐争国。汉属东莱郡,有莱山。宣七年,莱。

汉志曰,蔡阳县之上唐乡,故唐国也。唐[宣]十二年,唐。

汉壶关县,属上党郡。应劭曰,黎,侯国也,今黎亭是。宣十五年,黎。

汉志,河南新城县曰蛮中,故蛮子国。成六年,蛮氏。

《史记》:魏伐赵,赵与韩共击魏,战于南梁。汉置梁县,属河南郡。成六年,梁。

贾逵曰:羿之先祖,世为先王射官,帝喾赐羿弓矢。襄四年,有穷。

汉嘉光县，属北海郡。应劭曰：古斟灌国，禹后，今灌城是也。师古曰：斟，音斟，后汉改属乐安国。襄四年，斟灌。

汉平嘉县，属北海郡。应邵[劭]曰：古斟寻国后，今斟亭是也；后又置斟县，亦属北海郡，后汉废。襄四年，斟寻。

汉傅阳县，属楚国。《地理志》故偪阳国也。师古曰：偪，音福，后汉属彭城国。襄十年，偪阳。

元父，秦县，汉因之，属东平国。《地理志》有邿亭，故诗国，后汉属任城国。襄十三年，邿。

贾逵曰，武丁灭豕韦，以刘累之后代之。韦孟述祖诗曰：豕韦之后，衰周尚存。襄二十四年传[“传”字衍]，豕韦。

汉鲁阳县，属南阳郡。《地理志》曰：有鲁山，故鲁县，御龙氏所迁，滍水所出，东北至定陵入汝。襄二十四年，鲁县。

刘炫述贾逵之言曰，成王封尧后为唐、杜二国。襄二十四年，唐、杜。

汉置汝阴县，属汝南郡。《地理志》曰故胡国。襄二十八年，胡。

郑氏以为周王夷厉之时，郐公不务政治，而好衣服，大夫作羔裘之诗以刺之，凡四篇，皆郐风也。其后郑武公灭其国而处之。襄二十九年，郐。

汉置畔观县，属东郡。应劭曰，夏国也；后汉建武三年改封周后姬常于此，日[曰]卫国，因为卫国县。《平准书》河决观。昭元年，观。

《史记》云：启立，有扈氏不服，故伐之。汉置鄠县，属有扶风。《地理志》：古国，夏启所伐，有扈谷亭。昭元年，扈。

姺，一作侁，先典切。《说文》云，商诸侯为乱者。昭元年，姺。

《史记》：赵敬侯伐中山，战于中人。两汉志皆云，唐县有中人亭。徐广以为在唐县之东北，是也。昭十二年，中人。

《史记》：赵王迁三年，秦攻赤丽宜安，李牧与战于肥下，却之。汉志，肥累县，属真定国。《地理志》曰，古肥子国也，后汉省。汉志，辽西有肥如县。应劭曰，肥子奔燕，燕封之于此。昭十二年，肥。

前汉志下曲阳注,应劭曰:荀吴灭鼓,今鼓聚昔阳亭是也。《史记》,赵攻,文王十六年,廉颇攻齐,拔昔阳。昭十五年,昔阳。

汉吴房县,属汝南郡。孟康曰,以楚封吴王弟夫概于此,故曰吴房。两汉、晋志皆作房字。昭十三年,房。

《史记》:秦迁白起于阴密山,汉置阴密县,属安定郡。《地理志》,《诗》密人国有嚣安亭,后汉省。昭十五年,密须。

汉置司吾县,属东海郡。应劭曰,古国钟[钟国]也,后汉属下邳郡。昭二十八年,钟吾。

汉舒县,属庐江郡。后汉志,舒县有桐乡,古桐国也。《列仙传》桐君族谱曰,楚东小国。定二年,桐。

汉置封丘县,属陈留郡。定四年,封父。

《诗·商颂》:韦顾既伐,昆吾夏桀。郑笺:顾、昆、吾皆已姓,三国党于桀恶,汤先伐韦顾,克之,昆、吾、夏桀则同时诛也。哀十七年,昆哥。

教学片羽

龙门书院读书日记

戊戌[戌]二月十二日

恩乎行年三十，始识《论语》一书，为人生立学之本，任择一语一字，身体力行，必有所得。数年以来，惟服膺恕字，以冀勉强行之。

《论语》文简而明，初学易解，尝谓童子入塾，略辨字义，即当令诵《论语》，次《孝经》，次《孟子》，次《尔雅》，次《诗》，次《书》，次三礼，戴记为发明二[三]礼之书，必先治二[三]礼而后及之；《大学》、《中庸》本戴记中之二篇，其言精深博大，非童子所能猝窥其义，且欲实践其言，舍《论语》、《孝经》其道无由，故竣能诵三礼时诵之未迟。次《春秋三传》，次《易》。如是则虽愚鲁子弟，不能兼治诸经，而童年以《论语》、《孝经》为根柢，苟粗通大义，他日必不失为循谨之士。今人狃于科举之学，志在速化，四子书外，以五经为限，先《学》、《庸》而后《论》、《孟》，舍《尔雅》而治《诗》、《书》，习戴记而遗《仪礼》、《周官》，戴记中如《丧服小记》、《杂记》、《丧大记》诸篇，塾师以场屋命题所不及，不复令生徒诵习，尤为可慨。尊《左氏》而凡废《公》、《谷》，不达圣人之所雅言而轻于学，宜经术之荒也。

十三日

《论语》重出之文，孔氏门人各记所闻，而会心正自不同。如巧言令色，鲜矣仁，记于第一篇者，次为仁之本后，恐巧令之妨仁也；记于第十七篇者，次今之愚也诈后，恶巧令也。不在其位，不谋其政，记于第八篇者，次危邦不入，乱邦不居后，意注不谋政也；记于第十四篇者，次之以君子思不出其位，意注不在位也。若主忠信，无友不如己者，过则勿惮改，第一篇、第九篇两见；三年无改于父之道，可谓孝矣，第一篇、第四篇两见；入太庙每事问，第三篇、第十篇两见；博学于文，约之以礼，亦可以弗畔矣夫，第六篇、第十二篇两见；吾未见好德如好色者也，第九篇、第十五篇两见。而文有详略，字有出入，此或圣人重言之，或门人同时并志之而各从其类。胡氏有以为逸其半者，殆非也。今人于重出之文，多置弗诵，苟简之习，窃所不取。

十四日

《论语》，事君敬其事而后其食，《说文》敬从攴、苟。苟，自急敕也，则敬其事即急其事，敬与后，字义正相对，犹敏于事而慎于言、讷于言而敏于行之例也。故孔氏以先尽力而后食禄为解。《方言》：自关而西，秦、晋之间凡相敬爱谓之亟。《广雅》：亟，敬也。《文中子》拟《论语》，至一字一语皆肖之，颇为后世訾议，然古之仕者为人，今之仕者为己二语，大是有味，有位者正可借以自惕。

顾亭林先生以《论语》两难矣哉，分南方、北方之学者，寄慨深矣。今之学者或且兼当日南、北之病，士风变而愈下，此人才所由匮乏也。

十五日

孔氏家学，不外《诗》、《礼》，而《诗》学之精曰思无邪，《礼》学之精曰非礼勿视，非礼勿听，非礼勿言，非礼勿动，身心切要之事备矣。纷纷然论齐、鲁、韩、毛之异同，争郑、王之得失，不如从此数语，随事省察。

五月二十一日

《春秋》义，母以子贵，故妾子立，母得为夫人。顾妾母虽为夫人，特庙而祭，且其庙子死则废，盖加隆而本尝无等，所以为天下后世防其微也。范武子《谷梁传序》曰，以妾母为夫人，是嫡、庶可得而齐也，意盖谓母以子贵，《公羊》之义，而非《春秋》之通义，岂未知何氏《解诂》已剖析言之乎。

二十二日

《公羊》义《春秋》变周之文，从殷之质；而何氏述立子之法，谓其双生也，质家据见立先生，文家据本意立后生。今孪生子以先生者为兄，后生者为弟，此质家之制，而即《公羊》之义也。

二十三日

《公羊传》，若楚王之妻娟，何云娟妹也。而《尔雅·释亲》无此文。《说文》据此传云：楚人谓女弟曰娟。而扬子《方言》无此文。考《方言》母谓之媓，谓妇妣曰母姼，称妇考曰父姼，皆南楚语，而独不著此。雄问异语于天下，上计孝廉及内郡卫卒会者，凡二十七岁而成书，不应复有所遗，疑雄时此语已不传。如以经传所见而略之，则谓虎于菟，固曾见于《左氏传》者，何著之于第八篇欤。《唐书·宗室传》云：同安公主，高祖同母娟也。此于千余年后操春秋之楚语，岂史家之体乎。

六月初五日

三传多异义，不胜举，其歧出之甚者，如一仲子也，隐元年天王使宰咺来归惠公仲子之赗，五年考仲子之宫。《公羊》以为桓之母，《谷梁》以为惠公之母、孝公之妾，以《左氏》断之，则《公羊》信而《谷梁》诬也。一夫人子氏也，隐二年夫人子氏薨。《公羊》以为隐公之母，《谷梁》以为隐之妻，《左氏》无传，而杜氏以为仲子；以经上书归仲子赗核之，则杜氏申左之意诬；而三传均无隐娶于宋之据，则又《公羊》信而《谷梁》诬也。一尹氏也，隐三年尹氏卒。《公羊》、《谷梁》皆以为天子之大夫，而《左氏》经尹作君，传以为声子；以夫人子氏为隐母断之，则《左氏》诬也。一齐仲孙也，闵元年齐仲孙来。《公羊》以为公子庆父，《春秋繁露》同。《左氏》以为仲孙湫，以《谷梁》断之，若《公羊》信而《左氏》诬，以经前后皆书公子庆父核之，庄三十二年，闵二年。则《左氏》信而二传诬也。一夫人也，僖八年禘于大庙用致夫人。《公羊》以为齐媵女之先至者，即声姜。《左氏》以为哀姜，《谷梁》但言立妾非正，与《公羊》实无异词，而范氏泥外弗夫人之意，《谷梁传》云，一则以宗庙临之而后贬焉，一则以外之弗夫人而见正焉，上一指此夫人，下一指秦人归成风襚弗夫人，皆妾为夫人者也。据刘子政说以为成风，以经下书夫人姜氏核之，僖十一年，十七年。则《公羊》信，《左氏》诬，而范氏又踵刘说之误也。一蔡侯朱也，昭二十一年蔡侯朱出奔楚。《公羊》、《左氏》经无异文，而《谷梁》经朱作东，传以为贬东国曰东；以经尹氏、君氏之异文推之，朱、东亦形相近而讹，则《谷梁》诬也。他如戎捷之戎为菽，庄三十一年。《谷梁》说独异；伯于阳为公子阳生，昭十二年。《公羊》说独异；鄫季姬子、叔姬事，僖十四年、十五年，文十四年、十五年。《左氏》说独异，皆可据经以定其诬。经先书齐人伐戎，山戎则戎，非菽也；先书北燕伯款出奔齐，则齐高偃非纳公子阳生也；首书季姬，次书季姬归于鄫，终书鄫季姬，则遇鄫子非在来宁后也；不先书叔姬归于齐，则非配昭公者也。《汉书·艺文志》谓邱明论本事而作传，明夫子不以空言说经，末世口说流行，故有《公羊》、《谷梁》、邹、夹之传，则《左氏》固应优于二传，顾亦多未可信者。盖班志删刘歆之《七略》，其伸《左氏》而屈四家也，意本于歆，未宜遽以是少二传也。窃以为治《春秋》者，当据经以断传；于经无所据，则姑取三从二之义，庶凡其失之者鲜矣。《公羊》、《谷梁》经皆终于西狩获麟，《左氏》经独终于孔子卒，杜氏谓弟子欲记圣师之卒，故采鲁史记以续夫子之经，而终于此。此弟子尊其师则然，传经者乌得以弟子之私恩而失圣人之意乎。且《左氏》于传不箸其生日，而独有取于续经之卒日，非若二传之不箸卒日，得以经尽获麟为解也。刘氏逢禄谓续经乃刘歆妄作，不为无见。

初六日

《春秋繁露》《离合根》、《立元神》、《保立[位]权》、《循天之道》、《天地之行》诸篇，多杂道家之言，不类董子语。《崇文总目》谓疑后人取而附箸。窃意其所附箸者，亦多采文、景以前之说，故或原本黄老，不纯于儒；而程泰之定其非古，宜楼大防以所见未广讥之也。

初七日

董子曰，性之名非生与，又曰，性待教而为善，见《春秋繁露》《深察》、《名号》篇。此与告子言生之谓性异，亦犹荀子言性恶意在劝学，与告子性犹杞柳义犹桮棬异。告子之言性，以学与教为妨性者也，荀子则惟恐人之弗学，董子则惟恐人之弗教者也。特董子之言性有善质而未能善，视荀子性恶之说为无弊，故后儒无集矢于董子者，其宗指亦何尝不异孟子欤。

十二日

梁惠洒耻一问，兼举齐、秦、楚，而孟子言挞秦、楚之坚甲利兵，此孟子不欲梁修怨于齐，以成摈秦之势，非偶遗齐也。山东诸侯系天下之大势者，远秦之国莫如齐，近秦之国莫如梁。孟子游梁在秦取河西后，虑梁之不足支秦而五国将遍受其祸也；去齐在取燕后，闵六国之交之不可复合，而秦祸迫也，观齐宣问交邻而备陈事小事大之义，意可知矣。由是推之，则连诸侯者之次于上刑，谓连衡之人，非谓从[纵]人也。赵邠卿以连诸侯为合从[纵]，似失孟子意。

十九日

孟子言三代之学，皆所以明人伦，此即孔子所谓百世可知而不在损益之列者也，然则后之建学者，宜知所从事矣。

今郡县学有明伦堂，盖本孟子之意，惜徒存其名而已。好异者至以三纲之说出自纬书，而疑其不足据，此人心之大患也。

二十一日

赵邠卿谓孟子通五经，尤长于《诗》、《书》。考七篇中，言《诗》三十五，言《书》二十九，信矣。顾其得力所在，曰说《诗》者不以文害辞，不以辞害志，曰尽信《书》，则不如无《书》；盖治经而通其大意，以之权衡万物，绰如也。汉儒详于名物训诂，使学者得所依据而已，若夫经世之学，在读书者之挈其领尔。

二十二日

《周官》犹今之会典也，《仪礼》犹今之通礼也，近世治三礼者，号为通儒，而究心会典、通礼者，顾什不一二，安在其切于世用欤。

郑高密时以汉制说经，或颇訾议之，不知此正高密之所以为通儒也。

二十四日

《月令》本《吕氏春秋》十二月纪首章，盖不韦集诸儒为之，多采善言，故虽成于苛暴之世，而犹存三代遗意，令秦能遵而行之，去成周之治不远也。以是知秦无李斯，则商鞅之法犹未足亡秦矣。

七月初三日

《月令》，孟春日在营室，孟夏日在毕，孟秋日在翼，孟冬日在尾，此秦时之日躔也。今岁戊戌[戌]，春分日在室六度五十九分，夏至日在参五度五十九分，秋分日在翼七度十三分，冬至日在尾十五度九分，距秦二千余年，而《月令》孟月日躔之所，今为仲月日躔之所。恒星东行，积差一宫，则知《尧典》仲夏之星火，秦时固宜季夏而昏中，仲秋之星虚，秦时固宜季秋而昏中。王肃以《尧典》与《月令》不合，谓日中日永为仲月，星鸟星火为季月，不达其故，而欲巧说以诬经，曷怪其难郑而终不胜也。肃以《月令》为周公作，岂不以郑目录尝辨之，故持此说以自异欤。顾太尉秦官与季秋为来岁受朔日注，其说既无以易郑，即以中星之法考之，周初距尧时岁差固不及一宫，亦多见其支离而已。

初四日

《学记》，今之教者呻其占毕，多其讯。郑注言今之师自不晓经之义，但吟诵其所视简之文，多其难问也。据此则二千年以前塾师之陋，已略同于今。然曰多其讯，则犹教而知困者也。知困即教学可以相长矣，岂若今之塾师，徒呻其占毕已乎。

官先事，士先志。二语已尽出处之义。

初五日

《祭法》，帝喾能序星辰以著众，鲁语，帝喾能序三辰以固民。知《尧典》中星之法，固非创始矣。考《通鉴外纪》附注，地皇氏定星辰，分昼夜，以三十日为月，十一月为冬至。说本《通历》。此中土天文学之鼻祖也。

初六日

《礼器》，大明生于东，月生于西；《祭义》，日出于东，月生于西。孔氏广牧历引大戴记、《史记》历书、夏纪、《法言》以释之，见《礼记·天算》释。至详析矣。江氏衡尝自述其新义云，日出于东，据一日言，月生于西，据一月言。意不出孔释外，其简明则无以过也。

初七日

《乐记》，三王异世，不相袭；《礼》经解，以旧礼为无所用而去之者，必有乱患。合而观之，即孔子答子张之意也。世知管子变周公之法而霸齐，亦知其效在张四维欤。

初八日

《中庸》，执其两端，用其中于民，见舜之大知，虽好问，而无轻用之言也。苟不察于其善恶，而惟迩言之是用，则巧令、孔壬接踵于虞廷矣。

十二日

《大学》，生之者众，为之者疾。先儒以生与为皆属之农。窃以为古者农工并重，生之者谓农，为之者谓工也。盖农之利，取之天地，而工之利，取之于身，以是为生财大道，绝非与人争利者。比《周官》太宰九职，一曰三农生九谷，五曰百工饬化八材，此农工并重之证。《中庸》九经，一曰来百工，且曰来百工则财用足，此工为生财大道之证。《孟子》，百工之事，固不可耕且为也，一人之身，而百工之所为备，此为之者谓工之证。郑注，是不务禄不肖，而勉民以农也，或仅指生众食寡言。孔疏，为之者疾，谓百姓急营农桑事业也，生与为始并属之农。吕氏不夺农时之说本此。

十三日

《射义》，与为人后者，郑注，与犹奇也，后人者，一人而已，既有为者而往奇之，是贪财也。观此知衰周风俗之偷，而周公之教息矣。徐氏师曾训与为干，其义较明。焦氏循训与为兼，亦可备一说。万氏斯同、俞氏樾并以后为役字之误，恐非。

十九日

《周官》，正月谓周正，正岁谓夏正，郑注，正月之吉，周正月朔日也；正岁，夏正月朔日。巾车王之五路，木路与焉，明堂位，大路，殷路也；郑注，大路，木路也。大司乐以乐舞教国子，大韶与焉。郑注，大韶，舜乐也。以此见孔子之论为邦，不惟服冕为从周，即夏时殷辂韶舞，亦非变易时王之制也。《春秋》改制之说，其足据乎。《春秋繁露》曰，春秋之道，奉天而法古，又曰，春秋之于世事也，善复古，讥易常，欲其法先王也。董子述《公羊》义如是而已。自何注谓《春秋》托新王受命于鲁，于是述何者群以改制诬孔子，正董子所谓僻者得此以为辞，世迷是闻，疑正道而信邪言也。

二十三日

《考工记》云，国有六职，百工与居一焉。郑注，百工，司空事官之属，司空篇亡记所列五材三十工，得事官六十之半。而冢宰之属，玉府工八人，典妇功四人，追师工二人，屦人工八人；宗伯之属，龟人工四人，巾车工百人；司马之属，弁师工四人，皆在官之工，与在官之贾同在府史下、胥徒上。冢宰之属，庖人贾八人，大府贾十有六人，玉府贾八人，职币贾四人，典妇功贾四人，典丝贾四人；司徒之属，泉府贾八人；司马之属，马质贾四人，羊人贾二人，巫马贾二人；司寇之属，犬人贾四人。郑注，贾，主市买知物贾。其一官而工贾备者，工犹必在贾上，以四民之序序之也。太宰九职，五曰百工饬化八材，六曰商贾阜通货贿。闾师，任工以饬材事贡器物，任商以市事贡货贿，亦此意。惟司市伪饰之禁十有二，商贾独先于工，盖抑末之一端。后世工政不修，渐至抑工于贾之下，而所以饬材辨器者不古若矣。

二十八日

《仪礼·丧服》，为人后者，为其父母报。传曰，为人后者，孰后，后大宗也。此非特以或后祖父、或后曾高祖见所后之不定，亦兼弟后兄者言，故经不曰为人子，而曰为人后。自《公羊》谓为人后者为之子，而何氏又谓弟无后兄之义，为乱昭穆之序，失父子之亲；于是后世之议《礼》者纷纷矣，不知以弟为子，固非《礼》意，谓弟不可为兄后，则大宗无从子，行者将不得立后，尤非《礼》意。《白虎通》云，小宗可以绝，大宗不可以绝，故舍己之后，往为后于大宗。戴圣云，大宗不可绝，言适子不为后者，不得先庶耳；族无庶子，则当绝父以后大宗，此但就无支子者言。胡氏培翚驳许猛小宗无支子则大宗自绝之说，而未穷小宗并无适子之变。春秋于跻僖公讥，明兄继弟者犹不可以先弟，则弟为兄后，又何嫌乎。推无从子行之变，则亦可以穷并无弟者之变。

八月初六日

丧、祭二礼，乃圣人所以端风俗之本，曾子所谓慎终追远，民德归厚也。十七篇中，丧、祭之礼居七，而《丧服》一篇，子夏独为子传，圣门宗旨盖可见矣。

《论语》所重民食、丧、祭，食者，养之本，丧、祭者，教之本也。

五洲歌

国名、地名，译无定字，熟习地图者，自能悟之，而初学未易了了。歌中凡立约之国，据约章，此外据大学堂审定中等课本、《中外舆地全图》，旁注俱单行，图与约章异字者，亦添注。及日本依田雄甫《最新万国形劳[势]指掌全图》，与《中外舆地全图》异字者，旁注俱双行。参龚、徐、许合编《五洲图考》，王编《地理问答》，赵译、谢、丁重订之《地理志略》，吴译《世界地理学》，谢编《瀛寰全志》，大学堂审定《大地平方全图》，日本岸吟香《坤舆全图》，若原《万国新地图》，间采《外交报》，虽极小之国，现存者必备其名。国名第一字之右作◎形，地名第一字之右作‖形；中加×者为立约国，加·者为自主国；其名国而为列强所吞并者作┃形。光绪三十年八月，吴县沈恩孚识。

[注：著者在小引中所列的种种符号，在印刷成书时，大约因排版困难，并没有标示出来。所以本次整理时，也就不再标示。]

亚细亚洲歌

中国北亘东西三面环俄罗斯疆，东有日本岛国强。日韩即朝鲜相对形似箝，遵海而南越南，即安南抱暹罗。越今隶法兰西暹仅存，暹西缅甸印度皆英吉利吞。印西阿富汗俾路芝，即俾路直坦接波斯，又西少北土耳其。俾入英兮阿波逼，土绕阿剌伯，即亚剌比亚边阿曼建国。此外不丹尼泊尔及布坦拉即布哈尔基注，即基华，西藏之南新疆西。

欧罗巴洲歌

欧西三岛英吉利，其东瑞嗹哪威，即瑞典、挪威二国，今合为一丹麦，即丁抹德意志和兰，即荷兰比利时，即白耳义。比之西南法日斯巴尼亚，即西班牙葡萄牙，法德而俄渐东徂。俄土均跨亚洲界，奥斯马加，即奥地利亚，即奥地利、匈牙利罗马尼亚，即罗马利阿塞尔滨，即塞尔维亚门的内哥罗，即门的内格罗保加利亚，即布加利阿波斯尼亚，亦作巴斯宁，即波士尼阿，二国均土属介，土南希腊出义大利，即意大里，即意太利东，义法德奥环瑞士逢。瑞奥之间瓦都斯国小，三马力诺即圣马利诺安道耳，即安度拉卢森不尔厄，即鹿信布麻纳哥略相肖。义包三四面兮日包安东南西三面，卢于比德法界看。法界东南麻所在，三面法包南濒地中海。海中一岛新立国，干地亚即克列德。

亚美利加洲歌

北美半为英领地加拿他，即加拿大，丹领东北隅格陵兰，即格林兰而已。南半大国美利坚，西南墨西哥国向东偏。洲西北角阿拉斯加，即亚剌士喀亦隶美，亚洲东北境相对。中美之地如剖瓜，危地马拉，即瓜地马拉哄都拉斯，即奔都罗斯，其西北为英领百里斯，即白黎士桑萨尔瓦多耳，即三萨瓦多尼加拉瓜，即尼加罗瓜哥斯德尔黎加，即古斯多里加而巴拿马。东北岛国三多明各斯，即圣多明各海地，即海提，二国共一岛古巴，余岛统名西印度。南美北境委内瑞辣可伦比亚，即哥伦比亚存，委东圭亚那，那给亚那地法和英三国分。其南巴西西半边，厄瓜多尔，即厄瓜多秘鲁玻利非亚，即玻利比亚巴拉圭阿根廷，即亚瑠然丁那乌拉乖连。阿西智利山为界，北邻玻秘形如带。

阿非利加洲歌

非北埃及，贡土英监的黎波里即的利波利，土属突尼斯阿尔及耳，即阿耳及利阿，均法领摩洛哥，自河逾漠法地多北至地中海；东至的黎波里及英领达尔夫耳；西北至摩洛哥及日领迪里斯厄尔喀拉；东南至刚果，即公额公果；南自德领喀麦隆，英领索科多，即琐可拖，德领多哥兰，即拖果，英领亚干的，即亚山提；西南自里比利亚，即赖比里亚，英领塞拉勒窝内，即西辣略尼，葡领毕扫，即毕萨，英领巴得斯特即拔透斯特，各在海岸外均法领。埃南努比阿，即努比亚境英范围，努之东南阿比西亚，即阿比西尼阿亦危东北为义领亚法，即伊里德勒亚，法领俄布克，即噪声博克；东至南皆英、义领地。又南涉海索谋里兰，即索毛利，义领，英占其北桑给巴尔，即三西巴，英领北，德领南莫三鼻给，即三鼻克莫，葡领，英义英德葡界错。漠南苏丹东至西，英界相望法间之。法跨西南海岸通，乍得湖即差德湖滨三界逢。西塞内冈比亚南几内亚均濒海，其间里比利亚在。塞几之地法渐并，英葡德占界奇零。中央刚果比兼统，西北西南法葡共。西[西]南葡地安哥拉，即安瞿拉亦连，南有达马拉那马瓜，即那马夸兰德领焉。洲南太半皆英地，北自刚果东南起。葡德东西占两边，极南开浦英占全。开东北国鄂兰吉，即疴兰日德兰士瓦，即特兰斯窥耳名，三面东南自苏路至开浦墩，即开浦当；西贝专纳，即伯楚阿那；北摩大贝勒，即马提珀尔英包并属英。附洲群岛分略定，马达加斯加，即马达葛斯加在东南归法领。

海洋洲歌

海洋洲内岛纷纭，约分大势为数群。起自南洋群岛兮，苏门答剌瓜[爪]哇，均和领婆罗洲，和领南大半，英领北小半西里伯摩鹿加，均和领苏禄菲力宾，即非里宾，美领。东南大岛澳大利亚，即澳大利亚，塔斯马呢亚，均英领与巴布亚，和领西半，英领东半之南，德领东北之北分南北暨。又东南括新西兰即纽西兰，英领，东北小岛如星繁多为英法德美所领。茫茫最大太平洋，散得维齿美领居中央。

新格言

事事从远处著眼，事事从近处立脚。

做不到的事不要说，说不出的事不要做。

我说人坏处无益，人说我坏处有益。

不要妒忌人胜我，只要盼望我胜人。

计划将来的事也应得看看既往，处分现在的事也应得算算将来。

每一年内至少做一件有益公众的事，每一日内至少看几张有益身心的书。

若要谋事，先决定自己能做什么事，若要骂人，先决定自己不做这样人。

说得好还是空话，做得好才是实事。

占着便宜不要高兴，逢着挫折不要灰心。

不取丝毫分外的钱财，不卸丝毫分内的责任。

看见人的坏处要自己反省，看见人的好处要自己实行。

今天应当做的事不要搁至明天做，明天应当做的事不妨提到今天做。

人家懒惰我不要跟着懒惰，只须我处处勤奋，懒惰的自然惭愧；人家虚伪我不要跟着虚伪，只须我处处诚恳，虚伪的自然惭愧。

没有勇气不能成事，但有勇气也要坏事。

宝贵时间不要消磨在闲处，宝贵精神须要发挥在大处。

知识不能正用还够不上叫知识，银钱不能正用也对不起这银钱。

呆守旧学说没有变化的思想是古人的奴隶，盲从新学说没有辨别的知识是今人的奴隶。

听了不中听的话要子细想想，这话是不是爱我；听了很中听的话要子细想想，这话是不是诳我。

有多余的银钱千万不要娶妾，有空闲的工夫千万不要赌钱。

娶妾不过要寻快乐，但是不免伤了夫妇的和睦，或者坏了家庭的风纪，并且不知不觉消耗了许多精神，却得了很不好的结果。

赌钱也是要寻快乐，但是有时改了自己的品性，或者成了儿童的榜样，并且不知不觉消耗了许多经济，也得了很不好的结果。

省了娶妾的银钱，培养几个贫寒子弟，比生了许多儿女不一定管得好，这银钱还用得上算些。

省了赌钱的工夫，规划几件公共事业，比赢了几分筹码不一定拿得到，这工夫也用得上算些。

吃的穿的不必精美，只须清洁，坐处卧处不必华丽，只要整齐。

嫁女不是卖女，切不可计较聘金；娶妇不是娶财，切不可计较奁赠。

聘金是人家尊重他新妇的一种表示，倘若女家计较这聘金，差不多父母要把女儿换钱了，非但失悼[掉]了聘金的本意，还成什么话。

奁赠是人家爱怜他女儿的一种表示，倘若男家计较这奁赠，差不多丈夫要靠妇人吃饭了，非但失悼[掉]了奁赠的本意，还成什么话。

但是男家的计较奁赠，也许是为女家计较聘金，才发生这奁赠的问题。我盼望做女家的，只要有选择女婿的眼力，爽爽快快对男家说明，我不计较你什么聘金，你也不要计较什么奁赠，大家省费了许多事。好女婿的价值，没有比他再高的。

况且女家的计较聘金，也许是为男家计较奁赠，才发生这聘金的问题。我盼望做男家的，只要有选择新妇的眼力，爽爽快快对女家说明，我不计较你什么奁赠，你也不要计较什么聘金，大家省费了许多事。好新妇的荣光，没有比他再胜的。

初入社会办事，不要计较报酬，多替公众出力，自然增加信用。

饭要大家吃吃，倘然只有我吃，人家都没得吃，这却很危险；事要大家做做，倘然只教人做，自己全没有做，这也不公平。

男子的恶习惯是把女子当做玩具，所以男子对于女子，也该有相当的敬礼。

富人的恶习惯是把穷人当做用具，所以富人对于穷人，也该有相当的敬礼。

女子有了几个钱，就格外的装饰，也是恶习惯，倘若不是天然优美，却装饰得奇形怪状，这分明是预备做人家的玩具，怪不得男子要戏弄他。所以要打破男女不平等的习惯，先要加高女子的人格。

穷人没有一个钱，反格外的懒惰，也是恶习惯，倘若不是天然残废，竟懒惰到吃尽当光，这恐怕还不够做人家的用具，怪不得富人要欺侮他。所以要打破贫富不平等的习惯，先要加高穷人的人格。

加高女子的人格，责任还在男子身上，要教女子和男子受同等的教育。

加高穷人的人格，责任还在富人身上，要教穷人和富人受同等的教育。

坐享祖遗财产，是青年的羞耻；养成后起人才，是前辈的责任。

不要靠人家的信用图谋私利，不要怕人家的反对牺牲公道。

要做成一个好人，先要不干坏事；要做成一件大事，先要不用小人。

不能自动，那能独立；不能互助，那能合群。

不必怕人家骂，只怕自己该骂；不单望自己好，要望人家也好。

劝人家牺牲，先要想想自己牺牲没牺牲；说人家腐败，先要想想自己腐败不腐败。

不论那一家，要知道婚丧喜庆，虽然免不了用钱，也不该空讲体面，穷奢极侈。倘然把这些钱节省下来，留做儿女教育经费，中国还有不开通的风气么。

不论那一人，要知道烟酒嫖赌，非但免不了丢钱，并且是消耗精神，有损无益。倘然把这些钱聚集起来，办些社会公共事业，中国还有不发达的地方吗。

不论那一个学校，不要单教学生念书，要把手脑并用的新法，训练那学生，他自然有了勤敏的习惯，不是空说自动、空说互助了，还怕这种学生，离开学校许多人都不欢迎么。

不论那一个善堂，不要光请穷人吃饭，要把教养兼施的旧话，造就那穷人，他自然有了生活的本领，也能想到成家、想到立业了，还怕这种穷人，靠着善堂一辈子没有出息么。

要希望社会改良，先要从自己家庭做起，空说社会腐败是无益的。

要希望政治改良，先要从自己地方做起，空说政治腐败是无益的。

果然许多家庭都有一种和平快乐、整整齐齐的样子，而且全知道教育子女为家庭永久的根本，还怕产生不出良好的社会么。

果然许多地方都有几个精明强干、轰轰烈烈的人才，而且全知道敦崇品格为地方信仰的根本，还怕产生不出良好的政治么。

要从自己家庭做起，还要问问自己有没有改良家庭的决心。

要从自己地方做起，也要问问自己有没有改良地方的决心。

无成人传

无成人传

吴　沈恩孚　著

无成人某君，佚其姓名。太翁吴人也，太平天国之难，遁而乡居，生君于嘉定之娄塘。君幼而聪颍[颖]，父母钟爱之，谓可置身青云也，呼之曰青云；四岁能属文，六岁授里之同岁生读。同岁生之祖母绘图以张之，乞太翁题诗其上，有六岁为师古未闻句。八岁而迁居嘉定之县城，从伯兄习举业。

十五还吴应童子试，试于县，首二场均第四，三场一跃而首列，终于第二。府试首二场均第一，知府事者将以第一酬其师之子，因于三场抑居第二，亦终于第二。其幕僚以为君宜首选也，争之不获，竟辞去。是岁游于庠，学使则福建林锡三先生天龄也。十六省试未捷，十八授读于沪，交嘉定浦季韶君文球、夏椒饮君曰浅，始治抚氏《说文》。历己卯、壬午、乙酉三试，一荐而未售。

二十四居母忧，二十七又居父忧，读《礼》之暇，治学自劭，试入龙门书院肄业，以诗受知于浙江孙渠田先生锵鸣，录为住院生，与上海姚子让君文楠、张了方君坚、宝山邵心炯君曾鉴、元和陈季藩君世垣等为莫逆交，日相与讨论经世之学，以为汉宋诸儒各分门户，实无能逃孔学范围，而词章学亦有时见，道道在足供世用而已。

君家素贫，倚各书院课膏火为事蓄资，先后首列者积百有二，从游者日众，其高弟或长于外交，或深于教育，雅负时望。癸巳省试，有某君乞将其文竟刊登闱艺，而君仍未捷也。三十一始举于乡，以二场经学荐，而主试者浙江冯莲塘先生文蔚极赏其首场之首艺，称为精能。适值甲午中日之战，应礼闱[闱]试，意志隤丧。有同门友适同号舍，君首艺成其二，友录其一竟获隽，而君未捷也。

戊戌入都参与公车上书，盖关心时事，逊清德宗锐意革新兴学，诏下任宝山县学堂总教习，兼校士馆长，二年中所造人材多适于实用，今颇有居要冲者矣。龙门书院改道立师范学校，袁海观观察树勋派赴日本考察教育，同行者宝山袁观澜君希涛、上海叶醴雯君景沄、嘉定夏琅云君曰璈，归任监督。南通张季直先生闻其办学成绩，躬造访之，强之兼任图书公司编辑事。君以兼职非宜，辞监督职校事，由袁观澜君继任。君任监督时发起苏府同乡会，被选为会长，发起江苏学务总会，被选为评议员，发起苏路公司，被选为董事，其任职图书公司，所延编辑员皆笃学知名士，其书风行，后以费绌辞。

学务总会已遵部章改教育总会，适驻会办事沈友卿君同芳受粤督之聘，君继其职，又被选为上海城自治公所议事会议长，又发起全国教育会联合会，被推为主席。苏抚程云阳以爱民著，求通一省情素，徵意见于张南通，以南通之介，受抚署顾问聘。

辛亥革命事起，君自中央教育会南旋，悲清廷之无望，同盟会江宁章木良君梓诣会，谆谆以维持地方秩序见属，君感其诚而赞助之。时全国民意集中于沪，惟沪之舆论是瞻，左右之者，武进赵惜阴先生凤昌也。有主采英国虚君制者，谓共和不适国情，君默察世界趋势，共和国日多，不愿再以一姓兴亡重苦斯民，力持共和之议，议遂定。程云阳既树光复帜，君与松江雷继兴君奋通电，召集各省都督府代表会议于沪，国事粗有端绪矣。嗣任都督府民政司副长，驻苏同署办公，以廉洁为僚属介，养成一时风气。云阳攻宁，代政务厅长。宁苏既合，移驻宁署。军民分治，改任省公署首席秘书。省长应永康亲之如兄弟。以是乐为赞助，一切省单行法皆君手拟也。

二次革命起，云阳度力不敌袁，与永康弃官隐于沪，乃仍任教育会驻会事。自二次革命败，而筹安会鼓吹帝制，自袁以帝制败，而中国几无宁岁。方黎黄陂任总统，各省初设教育厅，被简为湖南教育厅长，力辞不就，其词云：国家患求官之人多，社会患服务之人少；并上书教育部长，密陈政潮未定，教育前途可危，甫得代。而时论颇以是推重之，凡国立大学之在苏省者，先后均推为校董。

新纪元之五年，偕黄任之君炎培等发起中华职业教育社，次年即创设中华职业学校，以养成职业人才。又于十三年发起人文社，设人文图书馆，搜辑近代史料，以供治学者之参考，即改称鸿英图书馆者是也。东南大学易长，君以部定校董会会章，校长由校董会推选，未改章而自废之，非法治也，争之力，不料以是开罪于某某。国民军之抵沪，某势方盛，声言学阀把持教育，将得而甘心。以某钜公主公道，未如其意。君闻而笑曰，我参与教育，为国耳，成功不必自我，我其退乎。因辞去省教育会及国立各校董职，自号无成人。

论曰：横览五洲，纵观二十五史，有成功而不死之人乎。成与不成，天也，非尽人事也。日抱雄心，必功成自我而始快，天下自此多事矣。事无大小，权集一身，非福也。若无成人者，自甘无成，其或知道乎。今国难未靖，海内颙颙望复兴，而欧西兵祸又亟矣。君尝谓世运果跻大同，必先调和各宗教，统一全球币制，破除关税壁垒，各以所有易所无，而后战争之祸根绝。呜呼，岂易言哉，岂易言哉。

沈信卿先生传

沈信卿先生传

黄炎培

先生姓沈，名恩孚，信卿其字，亦署心罄，初号蓁梧，又号渐庵，晚号若婴，籍江苏吴县，而居嘉定。幼颖异，博览群书，至暮年手未尝释卷也。年十四入县学为诸生，面白晰如冠玉，体甚短，而学行冠其曹，远近争延为私塾师，尝为《地球韵言》以启童蒙。

苏、松、太三属有书院在上海曰龙门，历任山长皆一时名宿，先生就院肄业，为山长兴化刘融斋熙载所器重，与同院生华亭沈约斋祥龙、宝山袁竹一康、上海李平书钟珏、姚子让文南辈，卓然负时望。岁甲午举于乡，先生既淹贯经史，尤精于文字学，亦尝治西北地理，刊行渐学庐丛著，顾中年以后，从不以示人；为诗文清腴而峻拔，波澜壮阔而一中于规矩；工书法，善作擘窠字，奄有闳肆与精严之胜。宝山县学堂成，先生往执教，及门多成材者，张君劢嘉森、公权嘉璈兄弟，金侯城其堡，皆出其门下。

甲辰，先生偕平书及宝山袁观澜希涛辈创议改龙门书院为师范学堂，当道韪之。是年秋，先生与观澜、上海叶醴雯景沄及嘉定夏琅云白[曰]璈东渡日本，考察教育。既归，先生受任为龙门师范学堂监督，是为先生委身教育，殚心竭力时期。四十年来，江苏新教育为各省先，蕃衍孳生，影响及于全省每一村落，饮水探源，龙门其最高峰，而先生则卓立峰巅，疾挥而高唱者也。维时江苏兴学之风大振，各地学校如云蔚起，而潜在之旧势力，时时与之抵牾，省吏往往挟旧者以自重而抑新进。清制江苏省置总督、巡抚各一，总督治江宁，巡抚治苏州，各于其下设提学使，宁、苏两提学使权责上时时相对抗。当科举未罢，苏、皖两省士子同受试宁闱，名江南乡试；制既革，而两省学产纠纷起。坐此种种，苏人士就上海创江苏学务总会，网罗全省新人物，而南通张季直謇、吴县王胜之同愈、太仓唐蔚芝文治诸老辈迭被选为会长，对全省新教育保障其生存、平亭其纠结，同时利用上海地绾中外海陆交通，慫吸世界新思潮，以为全国绍介。如为推行普及教育而倡小学单级教授法，设所传习；为建立民宪基础而集会研究地方自治；改组上海总工程局为市议会权舆，而先生被选为议长；为反对铁路借款而倡立江苏铁路公司，今沪杭甬路江苏段出苏人自建，而先生被选为董事。类此者殆不胜举。凡所以革新文化，伸张民权，无不以江苏学务总会为中心。

时当清季，国政日窳，人心日激，咸认惟兴学、惟地方自治可以基本救国，有毁家立学而拒绝清廷奖叙者，以地方政权掩护绅权，以绅权孕育民权，以迄于武汉革命起义江苏独立之前夕，凡此先生实为出全力终始之者之一人。江苏既独立，巡抚程德全被拥戴为江苏都督，组织都督府，先生与永康应季中德闳、吴县杨翼之廷栋、松江雷继兴奋辈入参戎幕。张仲仁一麐长民政司，先生副之，仲仁实未尝就职也。先生时得大展素抱，一新地方制度，为各省先声。知各县事者，什九代以夙负物望而具干才之本县或邻县人，测绘土地，浚修水利，整顿警察，大革新地方政务。江苏六十一县，由后思前，邈若黄农矣。江苏省公署成立，应德闳为省长，先生为秘书长，此实先生在政治上鞠躬戮力时期。试记一事以概其余。江苏鼎革之初，凡服官者，待遇至薄，都督月俸不过五十元，某长某长三十元乃至二十元耳，一切酬应禁绝，上下惟壹其心志为新邦效力，人民争相濯磨以迎新治。

癸丑难作，政局突变，先生立谢却政治生活，退而复理江苏教育，更广吸欧美思潮，为全国倡。在斯时政府未遑加意之际，倡体育、倡童子军、倡新教育一切理法。全国省教育会联合会岁一举行，先生代表江苏出席，未或缺也。先生乃复以严气正性，与恶势力抟[搏]。袁世凯欲称帝，风各省劝进，某省教育会既屈于势，电邀江苏列名，江苏覆电拒绝而公布之，实为全国抗袁第一声。上海警察厅长徐国梁倚世凯横行，煊赫不可向迩，先生面呵责之，人莫不称快，顾为先生危。未几而世凯死，国梁亦为人狙击死。

民国六年，先生被简为湖南教育厅厅长，湘人士争电欢迎，先生洒然谢。其谢政府谓，政府患求官之人多，社会患服务之人少，愿以在野之身，尽匹夫之责。盖先生不复从政之志决矣。由是发起中华职业教育社，筹创南京河海工程专门学校，负责董理东南大学、同济大学，创办鸿英图书馆，其间被选为上海市议会议长者，殆逾十年。而先生精力亦稍稍衰矣。

八一三战争起，先生以病留沪，仍不绝于吟咏，而气弥壮，志弥坚，所寄望于后之人无穷。民国三十三年四月四日以疾殁于上海鸿英图书馆馆长任，年八十有一。先生生日为其母忌日，故虽高龄，从不容人向之称寿。配杨夫人，清才淑德，俾先生绝内顾，尝集同志倡家庭日新会，以渐移风气，先先生十四年殁。子有乾、有鼎，皆清华学校毕业，留学美国，为名学者。女有瑶，婿王选青；有珪，婿胡厥文，以机械工业专家名于时；有琪、有琳，各专所学，为社会服务。先生于学于教于政见之著述者甚多，顾未尝集以行世，早岁渐学庐丛著既不可复见，晚年尝耗长时期心力为《春秋左传》、今地理之研究，既脱稿，亦未印行。虽然，先生之所以信且传，有余于文字者。

余传先生生平既竟，泫然自叹，余之获纳交于先生四十年，于兹矣，或出或处，或默或语，殆无不与先生偕，其间共晨夕者逾二十年。余所窥见先生论事精核，治事严正明条理，从无敢干以私。凡先生所为，人人共见之而共受之矣。要尚不及先生之所不为，其示范于人人更大。

中华民国纪元三十三年五月一日，黄炎培，渝都诸友好属为此文,余何敢辞。惟取材仅凭记忆,恐阙误滋多,敬请阅者教正。

炎培附记

跋

沈有珪·沈有琪

右先严勤毅公自为传也。公讳恩孚，字信卿，亦署心磬，初号莘梧，又号趣庵，民国十六年乃号若婴，即为此传时也。时有阻阨，兴慨无言，故以无成人自隐其事，别有致钮惕生诸先生书，见文集第三卷。先严生于民纪元前四十八年六月一日，以民三十三年四月四日卒于上海康定路康宁村，寿八十有一。于时黄任之先生传之于渝，蒋竹庄先生传之于沪，贾季英先生在沪亦为文追记。民三十五年一月有珪自渝还沪，即与有乾、有琪、有琳检点遗著，中获此传，窃谓先严生平行实，已著大要，参以各传，盖亦略具始末矣。

谨按，先严殁时，渝、沪友好诔祭稠叠，情文甚至。在沪则有群议代名之举，夏剑丞先生议谥文曰：吴县沈信卿先生蕴德邱园，尽瘁邦土，储恩垂务，服劳而匪懈其心，蹈道力行，纪善则无愆厥志，存为耆献，殁有余光，爰因众会，累状生平，群议佥同，谥曰勤毅云云。论德考行，殆无愧焉。

先严于自传之后，以群论所归，于职业教育及搜辑图史等行远久垂之业，孜孜矻矻，不能自辍。殆后抗日战起，上海沦陷于敌手，先严居之泰然，所为诗文，伸义斥贼，不复自为身计，挥毫累纸，散置几案间。家人方虑敌伺，匆猝收弃，旋复纷列如初。创融五讲经社及孔圣学会，聚合同志，以道义相摩励，矢远耻辱，守己待时，危机之伏，间不容发，先严不之顾也。

先严生有异秉，饮啖过人，晨起习熊经鸟伸，绝少疾病。生值母忌,至老拒人称寿。先慈杨夫人,主内贤明,尝倡家庭日新会,互相砥励,期有进益,先先严十四年卒。先严自是患疯痺者,屡以体健旋告痊,复常治图书馆事,风雨寒署[暑]无间。殁前一年秋,不能步履,始息于家,犹自强起吟咏,迄病甚昏惘乃已。

先严书法雄秀,由颜、柳溯钟、王,时流露分篆意趣。平生著作诗文而外,述学阐教论政之作甚多,顾未集以行世。趣学庐丛著以少作自閟,不易复得,皆待搜访。今就家存者刊诗存六卷,文存四卷,春秋左氏传汉谊四卷,教学片羽一卷,自传附,川沙黄先生所为传殿之,都十六卷,付诸剞劂,谨记传后以待夫徵献者。

中华民国三十八年元旦,沈有珪、有琪谨撰